說岳全傳

錢　彩　編次
金　豐　增訂
平慧善　校注

三民書局

說岳全傳　總目

引　言……一—二三
說岳全傳考證……一—一〇
說岳全傳序……一—一
回　目……一—六
正　文……一—七二三
附　錄……七二四—七五二

引言

平慧善

在中國小說史上，由「講史」發展而來的歷史演義小說，入明以後如雨後春筍、繽紛雜呈，其中相當一部分是側重於敷演寫人的，而在林林總總的這類演義小說中，諸如楊家將、英烈傳、說岳全傳、說唐全傳、三寶太監西洋記通俗演義、呼楊合兵等，就中以說岳全傳可謂是婦孺皆知、家喻戶曉、經久而不衰的了。

一、岳飛形象與意義

說岳全傳成功地塑造了岳飛這個民族英雄的形象。可以說，說岳的思想藝術價值，就在於此。

一開始，小說用一個傳說來描述岳飛出世，嫉惡如仇的大鵬鳥，象徵了一代名將岳飛的基本性格。說岳對岳飛的幼年、少年、青年作了生動的藝術概括。岳飛出世三朝，黃河泛濫，母子坐在一隻缸裡，神話般地從河南到了河北。父親岳和淹死，教育岳飛的責任，落在了岳母的身上。她教岳飛讀書寫字，特別在岳飛背上刺「盡忠報國」四字，她說道：「做娘的……要在你背上刺下『盡忠報國』四字。但願你做個忠臣，我做娘的死後，那些來來往往的人道：『好個安人，教子成名，盡忠報國，流芳百世！』我就含笑於九泉矣。」揭示了岳飛的高尚的道德文化素質與強烈的愛國主義情感的基礎。小說同時又寫了一代名師周侗的對岳飛悉心教導，使岳飛成為能文能武的一代英才。周侗死後，岳飛廬墓瀝泉山表達哀思。說岳中寫周侗與岳飛師徒情同父子，既顯現岳飛成材的淵源，又表露了他尊師重道的優良品質。

青年岳飛抱著「博個功名，榮宗耀祖」的願望，順利地通過縣考、院考，但到東京考試時，卻面臨嚴峻的挑戰。小梁王柴桂買通三個主考，企圖當上今科武狀元。岳飛不畏權貴，敢於和柴桂比試文才武藝，與柴桂立下生死文書，槍挑小梁王，與眾兄弟鬧翻了科試武場。東京比武，使岳飛看到了政治的腐敗。比武後，岳飛與眾兄弟殺死了盤據太行山的金刀王善，以五千人馬，打敗王善四、五萬之眾，救了留守宗澤，以謝知遇之恩。但是昏庸的徽宗只封他一個小小的承信郎，岳飛求取功名的願望破滅了。

岳飛困居數年中，適逢瘟疫，又遭乾旱，米糧騰貴。他拒絕了楊么派來的說客王佐的入夥邀請，與眾位兄弟劃地斷交，苦守清貧。雖然他目擊朝政黑暗、民不聊生，還是決心盡忠報國。青年岳飛的性格，經過數重打擊，包括政治上灰心失望，經濟上沉重壓迫，感情上強烈刺激。他的處境與品格，與王貴、湯懷、牛皐等人形成了鮮明的對照。

封建時代的歷史人物，他們的愛國家愛民族的思想，與尊重皇權的觀念往往交織在一起，對岳飛來說，忠於國家忠於民族的思想與忠君觀念是統一的。對此尤其必須歷史地加以理解。岳飛在槍挑小梁王時，他的目標主要是博取功名，後來他進一步確立了以忠為核心，忠與孝統一的思想，在抗金鬥爭中，岳飛的忠有著深刻的歷史內涵——直搗黃龍、恢復中原，迎接徽、欽二帝回朝。

靖康年間，金兀朮興兵入境，宋兵不敵，雖有忠臣良將，如陸登、張叔夜、韓世忠、宗澤、李綱等等，但敵強我弱，徽宗昏庸，欽宗無能，更有張邦昌、劉豫等奸臣禍國殃民，開門揖盜，終傾社稷。滄海橫流，方顯出英雄本色。岳飛起用於高宗復國之初，首戰八盤山，岳飛率八百兒郎，殺退金兵五千；再戰青龍山，打敗十萬金兵，差一點活捉金國大太子粘罕。小說寫岳飛與金兀朮之間有三次大戰役：愛華山之戰，岳飛神勇善戰，與金兀朮交戰七、八十回合，兀朮傷敗，險些被阮良擒住；牛頭山之戰，岳飛與韓世忠等協同作戰，追趕金兀朮，兀朮敗走黃天蕩，向韓世忠乞命；朱仙鎮之戰，岳飛運籌帷幄，先派人策反陸文龍，又運用鉤連槍破金兵的連環馬，然後全線出擊，大敗金兵，金兀朮自盡未亡，宋、金戰局發生根本性的變化。縱觀三大戰役，戰爭規模越來越大，形勢越來越複雜。作品在寫愛華山之戰時，主要突出岳飛的無比神勇與高強武藝，寫牛頭山、朱仙鎮之戰時，則更突出岳飛的智謀韜略與指揮才能。通過三大戰役與一系列的戰爭描寫，鮮明生動地表現了岳飛一代名將、統帥的基本特徵。

與此同時，小說一再渲染岳飛的民族大義和統帥風度。岳飛曾幾次奉詔平定據地稱王的武裝，他求才若渴，對其中著名的將領如楊虎、楊再興、余化龍、王佐等，均曉以民族大義，結為兄弟，團結抗金。特別是原楊么部下的王佐，幾度設計要害死岳飛，而岳飛一次金蘭會，一次探君山，都是為了收服王佐，終於使王佐歸宋。後來王佐自我傷殘，誆騙金兀朮，報「鐵浮陀」信，策反陸文龍，建立奇功。岳飛仁厚待人，不計私怨。戚方打死王佐的兒子，破壞了岳飛的部署，岳飛執行軍紀，責打戚方，戚方懷恨在心，兩次向岳飛放射暗箭，岳飛發現，在義正辭嚴責備了戚方後，仍放他一條生路。這種種充分顯現了作為三軍統帥岳飛的博大胸懷。岳飛對己嚴，待自己的親屬嚴，岳家軍紀律嚴明。岳雲年少氣盛，初到軍中就打碎免戰牌，岳飛不顧親生骨肉，要執行軍紀處決岳雲。然而他對部下關懷備至，像父兄一樣愛護將士。藕塘關總兵金節要把妻妹嫁給牛皐，牛皐急得騎馬逃離，岳飛親自為牛皐送親，並且下令：「從今日起，把『臨陣招親』這一款革去。……況這番往北路去迎二聖，臨陣交鋒，豈能保得萬全？若得生一後嗣，也好接代香火。」

正當宋軍抗金取得重大勝利之際，高宗卻下詔撤軍，並收回了三大帥的兵權。岳飛曾請求辭職歸里，未獲准許。嗣後金國提出以殺害岳飛為先決條件，才允訂立和議，並通過內奸秦檜，要挾高宗。於是製造了「莫須有」的冤獄，使岳飛屈死。當高宗一連十二道金牌召回岳飛時，岳飛對自己的處境有清醒的認識，但限於歷史條件，不願抗旨。他在臨行前對眾將交代了後事：「聖上命我進京，怎敢抗旨？但奸臣在朝，此去吉凶未卜。我且將大軍不動，單身面聖，情願獨任掃北之事。倘聖上不聽，必有疎虞。眾兄弟們務要戮力同心，為國家報仇雪恥，迎得二聖還朝，則岳飛死亦無恨也！」岳飛將兵權交給牛皐、施全代理，單身回到臨安。

在獄中，岳飛胸懷坦蕩，按照事實，據理力辯，面對酷刑，錚錚鐵骨，寧死不屈，粉碎了奸賊誣陷煉獄的陰謀。為了實現全忠全孝，岳飛寫信召岳雲、張憲入京，同死獄中。張保要救援他們出獄，三人堅決不允時，張保殉主撞壁而死，使岳飛一門忠孝節義四字俱全。

岳飛死後，牛皐、施全率軍穿白盔白甲，殺奔臨安，岳飛顯靈阻止。後施全在眾安橋行刺秦檜，又被岳飛的陰魂扯住他的兩臂而未果，以致被擒犧牲。值得指出的是，小說的作者始終把岳飛當作漢民族傳統道德的體現者，集全忠全孝全義於一身，從而使岳飛這個文學形象充盈著傳統倫理學的歷史內容。

岳飛的一生，是「盡忠報國」的一生。宋史岳飛傳記載宋高宗曾「手書『精忠岳飛』字，製旗以賜之。」贊美岳飛是純潔忠貞的岳飛，因此後人也有將「盡忠報國」寫成「精忠報國」，意思是突出岳飛的忠已到了極點，「精」義為甚。「精忠報國」四個字是他的思想行動的準則，即使身處逆境，始終懷著對祖國、民族的無限忠誠。第五十九回金山寺僧人道悅向他預言「風波之險」，勸其潛身林野，他說道：「我岳飛以身許國，志必恢復中原，雖死無恨！」字字擲地有聲，一代名將，心昭天日，竟屈死風波亭。

縱觀說岳全傳，小說以岳飛精忠報國為中心，多側面地表現岳飛遵依母教，尊敬師長，與眾兄弟肝膽相照，對國家民族忠貞不二，對敵人毫不妥協的性格，描寫岳飛在家庭，岳飛在軍隊，岳飛在獄中的不同場合的表現。從中國傳統文化的高度和限度，以岳飛的軍事生活為重點，多層次地表現了這位中華民族英雄、著名統帥的精神風貌。小說善於將岳飛放在抗金將士中，用其他抗金將領烘托岳飛，更將岳飛置於金國統帥兀朮與漢奸賣國賊秦檜、張邦昌一夥的對立面，在對比與錯綜複雜的爭鬥中，讓岳飛的形象與典型意義不斷地深化。可以這樣說，在以禦侮愛國為主題的古代文學作品中，說岳所塑造的岳飛這個民族英雄形象是最豐滿的。我國在抵禦外來侵略的漫長歷史中，產生了不少民族英雄，當這些歷史人物進入文學作品時，有的不是作品的主要人物，如桃花扇中的史可法，在誓師、沉江兩齣中，雖也表現得視死如歸，慷慨壯烈，但因為不是作品的主角，所以作者沒有作全方位的描寫，只是反映了他生活中的片段；有的雖是作品主人公，如于少保萃忠全傳中的于謙，但由於作品藝術上的不成功，因此形象也不鮮明生動。在這類作品中，就表現禦侮愛國的主題看，楊家將可與說岳比美，可謂是春蘭秋菊，是相向矗立於海上的羅浮二山。但是，就塑造人物而言，楊家將更側重表現的是楊家將集體群像，楊府世代忠勇，從楊老令公到楊六郎到楊文廣，從佘太君到穆桂英，父死子繼、夫亡妻承，展示了大無畏的戰鬥精神，「十二寡婦征西」，可歌可泣；而就其中的每一個英雄形象，則又無法與岳飛形象相提並論。

在中國小說史中，如果說三國演義深刻地表現三國時代各個軍事集團之間尖銳複雜的政治與軍事鬥爭，成功地塑造了傑出的政治家與軍事家諸葛亮、奸雄曹操、戰將張飛、關羽、趙雲等一系列正面與反面的藝術形象，生動地描繪了漢末到晉一統一百多年的歷史畫卷，而永垂不朽。水滸傳則表現了北宋末年的一次農民戰爭，從被逼上梁山，集聚起義，取得一系列勝利，到最後受招安被瓦解消滅的全過程，圓滿地塑造了林沖、魯智深、武松、李逵等一系列起義英雄形象，而彪炳史冊。那麼，說岳全傳則因深刻表現中華民族英勇抗擊異族入侵的主題，塑造了岳飛這個光照千古的民族英雄形象，在中國文學中成為不可或缺、永放異彩的奇葩。

千百年來，人們不只崇敬岳飛（譽之為「武聖」），而且從岳飛身上汲取著一種砥礪自己的力量，一種激發自己奮進的力量，這並不是偶然的。因為在人們頭腦中，岳飛是實有的歷史人物形象（並不計及他是否是以藝術手法刻劃的形象），而在岳飛身上凝聚著中華民族抗禦外侮的不屈意志與堅貞氣節，人們把他看作是這方面的象徵與化身，以之作為砥礪自己與效法的楷模。中華民族在歷史上迭遭異族侵凌，自漢之匈奴，魏晉的「五胡亂華」，隋唐之突厥，宋之遼、夏、金，明之瓦剌、倭寇，直至近代列強入侵（中間兩度完全處在異族貴族的統馭之下），而抗禦外侮，不向入侵者低頭，亦成了人們的歷史性心聲；從而使岳飛形象在人們心中永久地產生著共鳴、振顫。其間岳飛的冤死，固然是加劇了這種共鳴、振顫（人們既悲悼岳飛冤死，更痛恨封建統治者自毀長城，印象自是更為深刻難忘），而有關岳飛故事的多種說唱、敷演到說岳的廣泛傳播，更是大大增加了其擴展強度。這也是與岳飛同時期的以及後來的抗外歷史人物的影響，不若岳飛深遠的一個原因。

二、塑造人物的手法

說岳的人物塑造，從上述岳飛形象的示現中，可以看到這樣一點：即將人物置於矛盾衝突中（它有似於戲劇衝突）來表現人物。岳飛一生始終處於當時三大矛盾（宋、金民族矛盾、和戰或者說忠奸矛盾、安定全局與割據攪亂矛盾）的漩渦中，正是在這樣的風雲際會、逆流洶湧中，岳飛形象有似展翅大鵬、扶搖搏擊而上，矗立在人們面前。同樣，高宗趙構則有似畏葸的企鵝，其昏庸顢頇，苟且偷安的嘴臉，也在那個「時代」的激流中，袒露無遺。除此之外，說岳還運用了多種塑造人物的手法，主要有：

(一)以人物的語言、行動刻劃人

作品以人物的個性化語言與出人意表的行動來成功地刻劃人物。且看其對牛皐形象的塑造。牛皐遵父遺命奉母遠道投奔周侗，在亂草崗剪徑，欲以所得作「進見之禮」，初遇岳飛、湯懷、王貴、張顯，而被岳飛打翻在地，作品此時寫他：

> 一軲轆爬將起來，大叫一聲「氣殺我也！」遂在腰間拔出那把劍來，就要自刎。——第六回

因被戰敗而感到無比羞辱，乃至要橫劍自殺，生動地顯現了牛皐的生性剛烈。而第三十一回楊虎獻苦肉計平康郎山時，牛皐不知就裡，為其「討情」、作保，並寫下保狀，待事平方知是「計」，就當眾言道：「拿我做獃子。」其言雖有不平，卻具見其率真。余化龍、楊虎復奪汜水關，二人計議將功勞送與牛皐，以示和好。而當岳飛計功時，牛皐道：「我是不會說謊的，關是他二人搶的，說是把功勞讓我，我也不

要，原算了他們的罷。」同樣顯現了他的坦率真誠。其平時出言，對敵人或不滿意的人往往是「你這狗頭」怎樣怎樣，而稱自己總是「我牛老爺」如何如何。這表現了牛皐性格中風趣與粗獷的一面。在奉命援救汜水關，不料關已被金人奪取，他馬不停蹄到關下，向金人討戰，先要「番奴通下名來，好上我的功勞簿」，在得知對方是金邦駙馬張從龍，並也要自己通名時，作品寫道：

「你坐穩些，爺爺乃是揔督兵馬掃金大元帥岳爺部下、正印先鋒、牛皐老爺便是。且先來試試老爺的鐧看！」耍的一鐧，就打將過來。

堂堂正正地亮出旗號，掄起金鐧就打，視入侵金人如無物，即使在他遭遇金兀朮或戰況危殆時亦同樣如此，揭示了牛皐性格中英勇抗禦外侮的大無畏的個性。在「酒醉破番兵」中，牛皐奉令救藕塘關，守關總兵金節款待牛皐，牛皐先是說道：「若是誠心請我，竟取大碗來。」在連喝二三十碗後，金兵已來犯關。他又喝了半罈酒，踉蹌下關應敵，乘醉一鐧把看楞了的金邦元帥斬著摩利打死，大獲全勝。金節稱道他「將軍真神人也！」而牛皐則說：「若再吃了一罈，把那些番兵都殺盡了。」醉酒退番兵，固不無誇張，卻活現了這員鹵莽「福將」，而這同樣亦顯現出其一往無前的氣概。爾後金節與夫人商議將妻妹嫁給牛皐，備下喜宴，請牛皐去行婚禮，當一聲高叫「請新人出來」，牛皐

一張嘴臉脹得豬肝一般，急得沒法，往外一跑，出了大門，上馬跑回驛中去了。

這一逃婚喜劇，顯得其又何等突梯滑稽。在第四十七回牛皐偕吉青按岳飛指令，平定苗劉劫持高宗政變，

高宗欲加封牛、吉為左右二都督，隨朝保駕，作品寫此際牛皐的態度：

「你這個皇帝老兒，不聽我大哥之言，致有此禍！本不該來救你，因奉了哥哥之令，故此才來。今二賊已誅，俺們兩個要去回復大哥繳令，那個要做什麼官！」說完，竟自出朝上馬，回湯陰去了。

其言可驚廟堂，其行動更是出人意外。不稱皇帝為「陛下」、「皇上」，而是直呼以「你這個皇帝老兒」，且在言辭間根本不把高宗放在眼裡，兼之以掉頭不顧一切、揚長而去的行動，生動渲染了他蔑視皇權的觀念。而「那個要做什麼官」之語（在奉令出發前，他也曾對岳飛說過「成了功，也就回來，……那個要做什麼官」），則明白了當地表露了牛皐不貪圖功名利祿的個性。在以後岳飛接到剿寇詔時作品這樣寫：

牛皐道：「我是不去的。那個瘟皇帝，太平無事，不用我們；動起刀兵來，就來尋著我們，替他去廝殺，他卻在宮裡快活。」

表明他對高宗趙構有著清醒的認識與他那種來自自身體驗的反叛個性。他有強烈的正義感，對岳飛始終全義，這亦是從他的言行中體現的。岳飛生前，他唯岳飛之言是聽；岳飛死後，他興兵為岳飛報仇不成，落草太行山。岳雷投奔他，他毫不猶豫，派兵護送岳雷去雲南，直到嗣後岳飛昭雪，岳雷掃北，他又再度下太行抗金。作品就這樣通過牛皐的語言、行動，成功地塑造了一個剛烈、粗獷、英勇、滑稽、蔑視皇權、不貪官位而又深明民族大義、堅決抗禦外侮的可愛藝術形象。

在說岳中，其他如關鈴、牛通等，作品亦是如此塑造的。

有時則側重以人物的行動，甚至瞬間行動刻劃出人物的鮮明形象，前者如楊再興，後者如高寵。楊再興最初出現在東京較場比武，再次出場已是九龍山的山大王，讀者對他印象不深，而此番（第四十七回）與岳飛較量，竟大戰三百餘合不分勝負，顯現了其武藝的超凡絕倫。在歸向岳飛後，一日連擒三寇，不久，兀朮帶領二百萬金兵入侵，楊再興作為第一隊先行馳赴前線，在小商橋與敵遭遇，連挑金邦四員先鋒大將，乘勝奮勇追擊，誤陷小商河淤泥中，被亂箭攢射而亡，正是在這一連串行動中，一位威震敵膽、為國捐軀的蓋世英雄形象，就矗立在讀者面前。而高寵則在連挑兀朮十一輛「鐵華車」後，因馬乏力軟被「碾得稀扁」，就這一瞬間的壯烈行動，使高寵形象躍然紙上。

㈡用細節刻劃人

第二十四回張保由太師李綱推薦至岳飛營前效力，張保見營中招待他的肴饌不豐，頗為不滿。後得告知此已是岳飛待客特備的了，而岳飛本人則是「天天吃素」，而且每到吃飯時候總是朝北站著，叨念二聖，慟哭流淚（在第三十二回亦有類似一筆），這一細節展現了岳飛盡忠報國的一個動人側面。又如湯陰知縣徐仁，聞得高宗即位，親自解送糧米至金陵轅門，不料中軍索要巨額門包，就抽出馬鞭「將鼓亂敲」，終於得見主帥。這一擊鼓細節，突現了一位急赴國難的好縣令。再如第四十二回岳雲初到金門鎮軍前，因氣憤營前掛著免戰牌，認為有辱岳家軍體面，就將牌打得粉碎。這一細節固然表現了岳雲此時年少氣盛的衝動，從中亦可看出其豪氣干雲的個性。

三、情節事件架構

㈠總體架構

綜觀中國長篇小說的整體架構，或是以事件演化為主線，如三國演義之以魏、蜀、吳紛爭為主線；或是以人物為鈕帶，使人物先後登場，由此及彼而聯絡在一起，儒林外史結構的特點之一，就是如此。而說岳則既非以事件演化為主線，又非以眾多人物為鈕帶，而是以岳飛、岳雷父子為中心（自起始至「風波亭父子歸神」回，以岳飛為中心；自第六十二回至結束以岳雷為中心），散點投射架構。

前六十一回圍繞著岳飛的降生、岳飛的青少年時期受業、應考、投身抗金洪流、團結各色人等，在與入侵金軍及平定割據武裝中，成為砥柱中流，並於朱仙鎮給入侵者以致命一擊。由於統治者苟且偷安，使之功敗垂成，直到冤死風波亭，一切可歌可泣、令人扼腕、令人追思的情事場景，皆附麗於岳飛這個中心人物而生發，而收煞。後十九回由岳雷凝集眾兄弟、而至祭墳、上太行向牛皐借兵入雲南，岳霆因尋岳雷，結識伍連一眾小兄弟，打擂祭墳，歸雲南與岳雷會合，二十人聚義。爾後秦檜死，兀朮又入侵，朝廷赦罪封功，岳雷奉詔率眾兄弟最終打敗兀朮，枝幹分明。其間的王能、李直為岳飛冤死，毀廟罵神不公，斥潮神，玉帝准潮神奏，讓岳飛尋仇秦檜，檜驚見岳飛魂，於是有修齋靈隱遇瘋僧，遣何立追蹤而入地府等等，這在某種意義上，可謂是岳飛中心的餘波。

㈡草蛇灰線式的伏脈

「草蛇灰線，神仙不測，不令人見。苟尋繹而遇之，無不血脈貫注生氣，天成如鑄」（方東樹昭昧詹言）。運用這種有似「草蛇灰線」的伏脈，能使作品情節前後聯絡一氣，一無跳脫。說岳中諸如在「破潞安陸節度盡忠」回，陸登自刎殉國，屍身直立不倒，及至兀朮允撫遺孤方始倒地。其遺孤即雙槍陸文龍，十三年後成為金營一員驍將。王佐斷臂「降」金，向文龍說明身世策反其歸宋，成為朱仙鎮戰役中的重要突擊力量。正因有前此之伏脈，使陸登殉難、王佐斷臂、文龍歸宋諸情節前後照映聯絡，一絲不顯生扭。再像因有岳飛槍挑小梁王而與雲南柴家結了冤仇一節，伏下了而後岳飛冤死後，秦檜特意將岳氏家屬充發雲南，而由於柴娘娘恩義待仇，雲南反成了岳家立足基地。使情節生發自然而不突兀。再如第五十八回，苗王李述甫帶同外甥黑蠻龍原本欲助兀朮，因兀朮傲慢無禮，雙方鬧翻，故而轉向宋營，黑蠻龍與岳雲比武後義結金蘭，岳飛盛情款待苗王舅甥，苗王舅甥作別回國。其時正處於朱仙鎮大戰前夕，這苗王舅甥的出現與去來，似是無關大局的閑筆，然而正因有此一節，使後來岳霖的入贅苗王洞，黑蠻龍的帶兵祭岳墳到以後的參加岳雷平北，自然成文。

㈢運用說表關鈕

清人陳衍的石遺室詩話說「有結構之結構，有不結構之結構」。「說表」乃評話的一種手法，它並非結構成分，然因它有說明事件來龍去脈或背景的作用，因之將它運用在一定條件下，能起到「不結構之結構」的效應。在說岳第十一回東京比武中，突然出現貴為藩王的柴桂應試，因自恃身踞不跪參，為宗澤斥責，作品對此作了如下說表：

看官！你們可曉得柴王為著何事，現放著一人之下，萬人之上的王位不做，反來奪取狀元，受此羞辱麼？只因柴王來朝賀天子，在太行山經過，那山上有一位大王，……江湖上都稱他為「金刀大王」。此人姓王名善，有萬夫不當之勇。手下有勇將……左右軍師鄧武、田奇……聚集著嘍囉有五萬餘人，……他久欲謀奪宋室江山，卻少個內應。那日打聽得柴王入朝，……邀請上山。……田奇道：「昔日南唐時，雖然衰壞，天下安靜，被趙匡胤設謀，詐言陳橋兵變，篡了帝位，把天下謀去，直到如今。主公反只得一個掛名藩王空位，受他管轄，臣等心上實不甘服！臣等現今兵精糧足，大王……趁著今歲開科，謀奪了武狀元到手，把這三百六十個同年進士交結，收為心腹內應。那時寫書知會了山寨，臣等即刻發兵前來，幫助主公恢復了舊日江山，豈不為美？」……這柴王被他所惑，十分大悅，便道：「……孤家進京，即時幹辦此事，若得成功，願與卿等富貴共之。」……

有此一說表，不僅對梁王因何要爭狀元、梁王與王善勾結謀劃的來龍去脈，洞若觀火，且關鈕了爾後岳飛刀劈王善、直至後來的柴娘娘的恩義待仇。再如第五十回王氏置毒的一段：

那田思忠奉著聖旨，將三百罈御酒，發到秦檜衙門，叫他加封，送往岳爺軍前去。恰值秦檜在兵部衙門議事未回，這王氏夫人暗暗叫心腹家將，將毒藥每壜裡放上一把。他的心上思想藥死了岳飛，並那一班將士，好讓四太子來取宋朝天下。……

其王氏置毒酒中過程，其投毒目的緣由，皆躍然在目，關鈕了福將牛皐巧破奸謀，怒打酒罈，被趕出營、得遇異人鮑方「出家」修道……等情節。這些說表有時直接起著承前啟後的作用。像第四十七回平定苗、劉政變後：

高宗天子復登大寶，太平無事。到了紹興七年春日，有兵部告急本章入朝啟奏道：「山東九龍山楊再興作亂，又報湖州太湖水賊……聚眾謀反，十分猖獗。」……

將平叛後數年間情狀一筆帶過，使情節連接無痕，又啟後面的岳飛奉詔平叛。

(四)運用想像鑄情節「鏈」

小說（尤其是演義小說）情節有似一條長鏈，須環環相扣。在結構中運用想像、可打破時、空限制，不受實事實地的束縛，更完美地構造情節事件。說岳中以「泥馬渡康王」一節來說：康王趙構從兀朮營中逃出，前有大江，後是兀朮追兵，得一老漢授與一馬，作品這樣寫道：

那康王的馬跳入江中，原是浮在水面上的，……康王騎在馬上，好比霧裡一般，那裡敢開眼睛，耳朵內但聽得呼呼的水響。不一個時辰，那馬早已過了夾江，跳上岸。……那馬將康王聳下地來，望林中跑進去了。……抬起頭來，見日色墜下，天色已晚，只得慢慢地步入林中。原來有一座古廟在此。……廟門上有個舊扁額……寫著「崔府君神廟」……門內站著一匹泥馬，顏色卻與騎來的一樣。又見那馬濕漉漉的，渾身是水，暗自想道：「難道渡我過江的，就是此馬不成？」……只聽得一聲響，那馬就化了。

「泥馬渡康王」顯然不可能是現實而是出諸想像，它在民間流傳甚久，並不一定是說岳作者自創，這裡僅是就此想像的「情節」而言其在情節間架上的結構效應。其時趙構瀕臨絕境，無逃脫過江之現實可能，而南渡建立南宋政權，可謂是存亡續絕，在整個說岳情節中佔有不可或缺的地位，從而「泥馬渡江」也就成了重要的一「鏈」，有機地溶入了情節「鏈」的整體中。由是而言，正是由於構築了這一出於想像的泥馬渡江，化不可能為可能。再如何立入酆都一節，何立奉秦檜命追尋瘋僧，得賣卦人指示，到了泗聖祠，禱神後無甚效驗：

一步懶一步的走出廟門，在山前閑望，忽見一處山石嶙峋，奇峰壁立。何立走近一看，只見一塊石上，鐫著「捨身岩」三個大字，臨下一望，空空洞洞，深邃不測。何立思想道：「我半年之間歷盡艱辛跋涉，並無瘋僧下落，終久是死，不如跳入于此，做個了身之計。」……不覺坐在石上，傷心痛哭起來。……竟在那石上倒身睡去。

爾後寫何立見到被執帶鎖的秦檜，告以東窗事發，並遍歷地獄……猛然驚醒，卻原在捨身岩，乃是一場惡夢。作品把秦檜身受報應，想像以何立夢入（並非真人）地獄，預示秦檜即將身受孽報。差遣何立時，秦檜當在人世，作品要示現其未來，如寫何立親身直入地獄，未免有些荒誕，而想像之以夢入地獄，不僅達到了作者原來的創作構想，且虛虛實實、朦朦朧朧的境界，亦平添了作品的可讀性與趣味性。

四、戰爭與戰爭場面描寫

說岳可說是一部戰爭小說，作者集中筆力，敘寫宋代的抗金戰爭。以積弱至深的宋王朝軍事力量，對抗虎狼似的入侵金兵，在力量對比上，一直處於金強宋弱的態勢。戰爭初期，不論是潞安州陸登的困守孤城，不論是鎮守兩狼關的韓世忠夫婦，他們戰非不勇，謀非不忠，然而他們皆在沒有統一調度、未能協調作戰、未能扭轉敵我力量的消長、未能有強勁的後勤支援，從而先後失利了。在作品的敘寫中，清楚地表明了這一點。而朱仙鎮戰役的勝利，作品則正是從戰爭勝利的諸多因素，揭示了此役勝負進展的必然性。此役從「楊再興誤走小商河」開始，至「大破金龍陣關鈴爭能」為止，在全書中佔有近六回篇幅。金方集合六國三川的六十萬大軍，號稱二百萬。作品有條不紊地敘寫宋軍在以深謀遠慮、熟諳用兵之道兼擅外交的岳飛為軍事領導核心，統一韓、劉、張諸軍步調，連同王佐以「苦肉計」策反陸文龍歸宋，並由他們教育曹寧反正，在兀朮內部瓦解削弱其力量，統共從五個方面作好了準備工作：第一是準備好充足的糧草。牛皋運齊糧草返回大營，並且懲辦了剋扣軍糧的王俊、錢自明。第二是借鑑梁山好漢徐寧的經驗，訓練成新戰術——鉤連槍，破除金兵的連環馬。又由於陸文龍、王佐的配合，及時報信，使岳家軍避開鐵浮陀的殺傷力，設計破壞了鐵浮陀，使金兵不在戰術、武器與裝備上佔優勢。第三是積聚力量，陸文龍、王佐返回宋營，實力大大增強，後來又接納了狄雷、樊成、關鈴加入，宋營戰鬥力空前強大。第四是消滅隱患，查出暗中向岳飛放箭的歹徒戚方。第五是外交的成功，聯絡雲南化外國，岳雲與黑蠻龍以武會友，結拜兄弟；化外國國王李述甫受岳飛委托，鎮治關外，保證宋軍一心與金兵打仗。

眾所周知，戰爭的勝負決定於敵我力量的消長，所以不待戰鬥打響，戰役的勝負已是可以預見的了！這次戰場安排在平原上，在持久廣闊的時空範圍內，兩軍演出了威武雄壯、氣勢磅礴的戰爭劇。說岳敘寫的「朱仙鎮戰役」是我國戰爭文學的範例之一，它足以與三國演義、水滸所寫的轟轟烈烈的戰爭篇章相媲美。

說岳寫了許多戰爭場面，其中有些是寫得頗為出色的。且看「梁夫人擊鼓戰金山」回的水面鏖戰：

那兀朮到了三更……也不鳴金吹角，只以胡哨為號，三萬番兵，駕著五百號戰船，望焦山大營進發。正值南風，開帆如箭，……梁夫人早已準備砲架弓弩，遠者砲打，近的箭射，俱要啞戰，不許吶喊。那粘沒喝戰船將近焦山，遂一齊吶喊，宋營中全無動靜，兀朮在後邊船上，正在驚疑，忽聽得一聲炮響，箭如雨發，又有轟天價大炮打來，把兀朮的兵船打得七零八落，慌忙下令轉船，……怎禁得梁夫人在高桅之上，看得分明，即將戰鼓敲起，如雷鳴一般。號旗上掛起燈球：兀朮向北，也向北；兀朮轉南，也轉南。韓元帥與二位公子率領遊兵，照著號旗截殺，……看看天色已明，韓尚德從東殺來，韓彥直從西殺來，三面夾攻，兀朮那裡招架得住。……這一陣殺得兀朮上天無路，入地無門，只得敗回黃天蕩去了。那梁夫人在桅頂上看見兀朮敗進黃天蕩去，把那戰鼓敲得不絕聲響……。

這一激戰在宋軍方面來說是一場攔截戰，在金兵方面來說是一場偷襲戰（兀朮在牛頭山被岳飛戰敗，企圖夜半實施突然襲擊，脫圍渡江北歸）。戰鬥在黑夜悄無聲息中開始，隨著號砲聲響，戰鼓雷鳴，箭砲齊下，金兵遭到了致命的打擊，宋軍憑指揮船桅頂燈球訊號圍追截殺，及至天明，又復三面夾攻，兀朮所部傷亡慘重，敗回黃天蕩。再看朱仙鎮戰役最後一戰，大破「金龍陣」的場面，岳、韓、劉、張四帥從兩翼親自領兵進擊，中間則由岳雲、嚴成方、陸文龍等十二人率兵突破。這次戰鬥持續一日一夜，寫來極有層次。戰況十分激烈、雄壯，隨著：

三個轟天大砲，中間這六根鎚、六條槍、一枝銀剪戟、三條銅鐵棍，衝進陣來，撞著錘，變為肉餅；挨著棍，馬仰人翻。

這是寫中央「正面」的激戰，繼寫兩翼進攻：

金營將臺上一聲號炮，左右營陣腳走動，方才圍裹攏來。岳元帥已從左邊殺入，舉起瀝泉鎗亂挑。馬前張保掄動鑌鐵棒，馬後王橫舞著熟銅棍，好似天神出世。後邊牛皐、吉青、施全、張顯、王貴等眾英雄，一齊殺入陣來。右邊韓元帥手舞長鎗，左手大公子，右手二公子，後邊蘇勝、蘇德等眾將一齊殺進。

然而戰況又有了逆轉：

金營將臺上又是一聲號炮，四面八方團團圍裹攏來。那「金龍陣」原是兩條「長蛇陣」化出來的，頭尾各有照應，猶如兩個剪刀股形一般，一層一層圍攏來。殺了一層，又是一層，都是番兵番將，殺不散，打不開。這四個元帥、大小將官，俱在陣中狠殺。真個是殺得天昏地暗，日色無光。

戰鬥進入了膠著狀態。爾後有關鈴會合了狄雷、樊成不期而來的突入參戰，兀朮親自迎戰，敵不住三個「出林虎」，只得轉馬敗走，為不衝動陣營，繞陣而走，而金兵見是兀朮在前，不好阻擋，反被隨後緊追的關、狄、樊把「金龍陣」衝得七零八落，於是戰況急轉直下：

那陣內四位元帥見陣腳散亂，就指揮眾將四處追殺。……殺得那兀朮大敗虧輸，往下敗走。眾營頭立腳不住，一齊棄寨而逃，亂亂竄竄，敗走二十餘里。

戰鬥以兀朮徹底失敗，乃至欲撞頭自殺而告終。整個戰鬥場面寫得有聲有色，雄烈壯闊。而中間作品寫的：

岳公子銀鎚擺動，嚴成方金鎚使開，何元慶鐵鎚飛舞，狄雷雙鎚並舉，一起一落，金光閃爍，寒氣繽紛……殺得那些金兵尸如山積，血若川流。

這「八鎚大鬧朱仙鎮」可謂是場面中的場面了。同以上的戰爭場面相比較，作品掃北結束牛皐與兀朮的單打獨鬥場面則又是另一番光景：

牛皐在陣內東尋西尋，只揀人多的地方尋人廝殺。不意兀朮正在招集敗殘軍士逃命，劈面迎著牛皐，兀朮回馬便走。牛皐大叫道：「兀朮！今番你待往那裡去！」拍馬來趕，兀朮大怒道：「牛皐！你也來欺負我麼？」回馬舉斧來戰牛皐。不上三四合，兀朮左臂疼痛，只用右手使斧砍來。牛皐一手接住斧柄，便撇了鐧，雙手來奪斧。只一扯，兀朮身體重，往前一衝，跌下馬來。牛皐也是一交跌下，恰恰跌在兀朮身上，跌了個頭搭尾。……牛皐趁勢翻身騎在兀朮背上，大笑道：「兀朮！你也有被俺擒住之日麼？」兀朮回轉頭來，看了牛皐，睜圓兩眼，大吼一聲：「氣死我也！」怒氣填胸，口中噴出鮮血不止而死。牛皐哈哈大笑，快活極了，一口氣不接，竟笑死於兀朮身上。

這一「虎騎龍背，氣死金兀朮，笑殺牛皐」的場面，既有傳奇色彩，又有喜劇的嘔噱。

五、說岳的語言運用

(一)以韻語議論

說岳中每回有回首詩（詞），回中回末亦常有。這中間有些是以之發議論（品評）的，其中主要：有指斥南宋小朝廷苟且偷安的。如第二十回開卷的「樓臺歌舞春光暮」，「中興事業渾如夢」即是之；其或直接指斥宋高宗趙構：「高宗素志在偷安，奸佞紛紛序鴛班。從此山河成破碎，蒙塵二帝不能還」（第四十六回回中）。有示憤懣、感嘆時局的。像第一回回首的「那知南渡偏安主，不用忠良萬姓愁」與「奸邪誤國忠良死，千古令人恨不甘」（第六十一回回首）。有褒贊忠勇之烈的。如「罵賊忠臣粉碎身，千秋萬古孰為鄰，不圖富貴惟圖義，留取丹心照汗青」（第十九回回中贊李若水）；「眉鎖江上恨，心分國士憂」（第四十四回回中贊梁紅玉）；「忠心不計殘肢體，義膽常留青史名」（第五十五回回首贊王佐）；「春秋稱豫讓，宋代有施全」（第七十回回中）。有鞭笞嘲諷奸佞國賊的。如「劉豫降金實可羞，邦昌獻璽豈良謀？欺君賣國無雙士，嚇鬼瞞神第一流」（第二十四回回首）；「晝暗狐狸誇得勢，天陰魑魅自持權。不圖百世流芳久，那愁遺臭萬千年」（第二十六回回首斥張邦昌）

(二)下語生動形象

說岳中有些語言十分形象生動。如寫牛臯醉酒，言其「猶如死的一般」、「把口張開竟像靴統一樣」（第三十二回），「死的一般」極言其醉，而口張似「靴統」，則又醉態可掬。再如第三十三回寫劉豫動用大量人力圍拿孟邦傑時寫「莊前人喊馬嘶，搖天沸地」，用一「沸」字，形象地突現了敵人的氣勢兇猛。再像牛臯奉岳飛命面見韓世忠，來到潤州轅門，要旗牌通報，說我牛老爺同吉老爺，有事要見元帥。那旗牌答以：「好大來頭！隨你羊老爺、豬老爺也不在我心上」（第四十六回）。「羊老爺、豬老爺」，諧趣而又生動。有時僅片言隻語，卻十分生動形象。如第四十一回，牛臯睡在高寵墳邊，朦朧中有人叫他去立功，他殺進了番營，被圍，招架不住，高叫高兄弟助我，眾番兵譏笑：「牛臯在那裡說鬼話了」。「說鬼話」的「鬼」，南音讀「ㄐㄩ」，比之「瞎說」、「胡說」，形象生動多多。

(三)明白如話

說岳語言口語化，通俗易懂。諸如「七搭八搭」、「蓬蓬松松」、「爛醉」、「說說話話」、「反來供奉你這殺坯不成」、「那囚犯好不快活」（非常適意）、「看來不搭對」（不對頭）、「打得七零八落」等即是之。此外，作品中運用了不少諺語，諸如「積善雖無人見，存心自有天知」、「大難不死，必有厚祿」、「在山吃山，靠水吃水」、「急驚風撞著慢郎中」等，皆是民間口頭語。值得一提的是，說岳語言中有相當數量的吳方言，如將鬧著玩玩（有時亦指不當一回事）叫做「吃補藥」，將痛快痛快說成「燥燥脾胃」（第十四回），酒醉說是「有酒了」（第三十二回），得意說成「像意」（第三十三回）等，這類口頭語，即使不諳南音的讀者，也可意會得出。

這部說岳全傳的點校以乾隆年間金氏餘慶堂刻本為底本，以同治庚午（一八七〇年）務本堂本（簡稱務本）與光緒三十二年（一九〇六年）商務印書館本為參校本（簡稱商務本）。

考慮到說岳全傳是一部通俗讀物與出版社的要求，校勘時對錯字一般都逕改，不出校記。對異體字，如「寔」同「實」，「飡」同「餐」，「揔」同「總」，「嘿」同「默」等，簡化字，如「憐」簡為「怜」，「薦」簡為「荐」，「麼」簡為「么」，「檯」、「臺」簡為「台」，「裏」「裡」簡為「里」等，假借字包括通假字，如「烏」（乎）通「嗚」，「什」（麼）通「甚」，（朝）「庭」通「廷」，（帳）「蓬」通「篷」，「徼」（幸）通「僥」等，為了保持底本原貌，都不做改動，不求統一。另外，的、得、地三字，在現代漢語中用法有嚴格區分，但在古代漢語中都用「的」來表現，校勘時也一任底本，謹此說明。

說岳全傳考證

一、關於作者與版本

說岳全傳，全稱增訂精忠演義說本岳王全傳，題「仁和錢彩錦文氏編次」，「永福金豐大有氏增訂」。據此看來，杭州人錢彩字錦文的是本書的作者，他將已流傳的岳飛故事重新序次編寫，臨安是南宋的京城，也是岳飛被害犧牲的地方，岳飛的英雄事蹟和故事在杭州廣泛流傳，為錢彩的創作提供了極為有利的基礎。廣西永福人金豐字大有的則是本書的增補修訂者。增訂後金豐還為全書寫了序，表明了寫作的原則。可惜至今沒有發現錢彩、金豐的其他著作，身世也不詳。估計二人都是下層知識分子，寫話本演義小說在當時是不會被重視的，因此沒有生平資料留傳下來。

說岳全傳的最早的版本，據各種有關資料介紹，為清康熙間金氏餘慶堂刻本，卷首有金豐序，時間署為「甲子孟春」。按甲子年清代有康熙二十三年（一六八四）、乾隆九年（一七四四）、嘉慶九年（一八〇四）、同治三年（一八六四）等四個，因此最早的版本可以定為康熙二十三年（一六八四）。此本正文卷首題「增訂精忠演義說岳傳」，半葉十行，每行二十字，白口，四周單邊，大連圖書館藏。此次為點校說岳，曾請人專訪該圖書館，得到的答覆竟是無此書。現在我點校的底本為乾隆年間刊本，理由是該書

第一回中「胤」、「弘」、「真」三字為避名諱（雍正皇帝名胤禛、乾隆皇帝名弘曆）寫成「胤」、「弘」、「真」，康熙時當然不會發生避後代皇帝名諱的事；嘉慶時當然也不會發生避前代皇帝名諱卻不避本朝皇帝名諱的事，說明它只可能是乾隆時的本子。而且扉頁題「校正新鐫說岳全傳」，可證它不是最早的版本，引款亦是半葉十行，行二十字，二十卷，八十回。這是一個次早的版本，因此較之後面的本子更真實地保留了版本的原來面目。錢彩是杭州人，因此創作常運用一些浙江方言，如第三回寫三個員外教育頑劣兒子，各自的妻子都護短，其中有「王明尚未開口，又見一個人氣吽吽的叫將進來」，「氣吽吽」原指因氣憤發怒出聲的樣子，吽，音「ㄏㄡˇ」，是杭嘉湖地區常用的方言，後來的本子因不明方言，改成了「氣喘喘」。又如第二十回泥馬渡康王後，「那馬濕漉漉的」，也是杭嘉湖地區的方言，有的本子改成了「濕淋淋」。又如第六回中形容岳飛「龍長秀臉，相貌魁偉」。浙東方言有長龍臉、瓜子臉、鵝蛋臉，句意為岳飛長了一副長龍秀臉。後來的本子竟有將其改為「眉長臉秀，相貌魁偉」的。以上是不明方言而錯改的例子。還有不明文意而錯改的，如第三回中岳母責備岳飛「我叫你去扒些亂草柴，反與小廝們廝打，惹得人上門上戶。況且這枯枝乃是人家花利，倘被山主看見了，豈不被他們責打？」「花利」原指田地等所得的一切收益，當然包括枯枝。後來的本子改為「花木」，是因不明此詞義而亂改的。此種情況，屢見不鮮。所以我以最接近原本的乾隆本為底本（古典文學出版社於一九五八年出版的說岳全傳是據清同治庚午（一八七〇）木刻本排印的，後來上海古籍出版社的說岳全傳的底本均依此重印）。

乾隆以後有清大文堂刻本，題署與上全同，亦二十卷，八十回。半葉十二行，行二十五字，分裝十二冊，藏天津圖書館。另據大冢秀高中國通俗小說書目改訂稿日本東京大學東洋文化研究所雙紅堂文庫尚藏「以文居藏板」本，半葉十四行，行二十一字。有圖十六葉。柳存仁倫敦所見中國小說書目提要著錄英國博物院藏嘉慶六年（一八〇一）「福文堂藏板」本。北京師範大學圖書館藏嘉慶三年（一七九八）刊本。此後各種本子更多，同治九年（一八七〇）務本堂本，光緒八年（一八八二）京都老二酉堂重刻本，二十年（一八九五）源記書局排印本，三十二年（一九〇六）商務印書館本，民國以後直到今天，各種本子也層出不窮，不再一一列舉。版本的繁多，說明說岳全傳的讀者多，受到群眾的廣泛歡迎。

二、岳飛故事的演化及其他

在說岳全傳問世以前，岳飛的故事就以不同的形式廣為流傳。由於岳飛奮力抗金，無辜被殺，人們既痛悼岳飛寃死，又忿恨高宗、秦檜自毀長城，因之以褒揚岳飛忠勇、揭露秦檜一伙賣國勾當，來表達他們的悲憤心情，所以在岳飛死後不久，有關岳飛的故事就出現了。而隨著時間的推移與特定的歷史需要（在民族出現異族入侵危機、君暗臣奸，人們更是聞鼙鼓而思岳飛那樣的忠臣良將），故事也就愈益發展和廣為流傳。從發展的過程看，其內容從簡單「片段」到完整事件，其形式從口頭的「說話」、說唱到舞臺演出的戲劇與長篇小說。它們的共同特點是富有民間的想像色彩和強烈的愛憎感情。

(一)故事的演化

起始階段的岳飛故事，據宋羅燁醉翁談錄與吳自牧夢粱錄的記載，南宋時就有新話（專講當代新發生事件的「說話」）、復華篇、中興名將傳講述岳飛等抗金名將的勛業，大抵是述說某個戰役的克敵致勝，其故事無多大鋪陳，情事簡單。

爾後進入敷演階段。元、明雜劇、傳奇相繼興起，一些作者以岳飛抗金冤死為題材，寫出好多種劇本，岳飛故事從而具有了相對完整的情節。其間無名氏的雜劇宋大將岳飛精忠，圍繞岳飛擊破兀朮進犯淮陽，因功封侯展開：兀朮得秦檜傳來願為內應密訊，出兵奪取淮陽，面對兀朮進犯，尚書左僕射兼中書侍郎李綱與秦檜、岳飛、韓世忠等計議戰守，秦檜極力為金人張目，極言金兵勢不可抵擋，李綱決意主戰，請旨抗金。岳飛奉詔進軍與粘罕部大戰，粘罕部四十萬人馬損折大半。兀朮會合粘罕殘兵，出動連環拐子馬再次發動進攻，岳飛令士卒使麻扎刀，大破拐子馬，金兵慘敗潰退。故事以高宗封賞將帥，封岳飛為開國侯總都大帥而告終。其重點在褒贊岳飛抗金業績，對秦檜勾結兀朮一節，僅側面揭示，並不突出。

而孔文卿的地藏王證東窗事犯其側重點就不同了：岳飛朱仙鎮大捷，正擬收復北宋首都東京，忽一日連接十二道金牌，宣詔班師回京。抵京後即被下大理寺監獄，與岳雲、張憲一起被冤殺。地藏王化身呆行者，揭露前此秦檜與妻王氏在東窗下，基於誣陷岳飛有似縛虎易、縱虎難考慮，決計殺害岳飛的內幕，警示其決無好下場。秦檜差虞候何宗立捉拿呆行者，不見呆行者影蹤，僅見其留下一詩，中說「相公問我歸何處，家在東南第一山」。何求助賣卜人指點山的去處，找到了此山（實際上是冥間的酆都地獄），意外見到披索戴枷的秦檜鬼魂，滿面愁苦地要何宗立傳語王氏，「東窗事犯了」。岳飛忠魂奉佛牒與玉帝敕為神，托夢太上皇（高宗趙構）訴冤，乞誅秦檜。何宗立二十年後回京，向新君孝宗奏聞酆都所見秦檜在陰間受審，與岳飛等均已昇天為神情狀，孝宗下詔雪岳飛之冤，並隆重祭奠，將秦檜剖棺剉尸，誅其九族。故事重在鞭撻陷害忠臣的賣國賊秦檜，昭示其終於得到冥誅報應。

四十折傳奇岳飛破虜東窗記的故事，則與前二者的各有側重又不同：岳飛罷兵棲家，兀朮興兵壓境，朝廷召岳飛統兵出征，大敗兀朮的鐵浮圖拐子馬，大軍駐紮朱仙鎮，朝廷交付秦檜差人欽賜玉帶與精忠旂。先前被虜至金邦、後與兀朮盟誓作內奸而放歸的秦檜，此時已居相位，恐岳飛功成，自己有負兀朮，憂心忡忡，王氏獻計匿下玉帶、精忠旂，差心腹打探岳飛父子不法之事，召回岳飛。同時，兀朮方面也差人傳言秦檜好生用心，要尋思岳飛罪過，取回京師將其殺害。王氏又獻計差心腹狀告岳飛按兵不動，與金國同謀，奏請朝廷取回京師下大理寺獄，暗裡吩咐勘官害了性命。朝廷決定與金議和，詔岳飛不可孤軍久駐，作速回京，並連發十二道金牌催促。岳飛命岳雲、張憲屯軍朱仙鎮，自己單騎回京。岳夫人在家夢入深山，見虎落澗中，被強徒擒住，削爪敲牙剝皮，心急出征親人，請人卜卦，云岳飛有牢獄之災，延請道士禳解。岳飛行至瓜洲，夜夢二犬對言，訪金山寺道悅和尚，道悅看其面相，言其有喪生之患，其所夢二犬對言，乃「獄」字，云此去必有牢獄之苦。岳飛至京就被下在大理寺獄。秦檜要大理寺少卿周三畏勘問，命其用心拷打，不得容情。審訊中岳飛袒示背刺的「盡忠報國」四字，周三畏察知誣陷，無力挽回，棄官遁世。秦檜改派万俟卨勘問，嚴刑拷打岳飛，指稱有部將王俊首告岳飛與金同謀背叛，岳飛不承，為防止朱仙鎮的岳雲、張憲知其遭冤屈而有意外舉動，自動寫信召二人來京「接受朝廷封賞」。秦檜、王氏東窗計議，秦檜欲放岳飛，王氏認為如同阱虎，放之反受其害。適值韓世忠派人贈秦檜黃柑，王氏示意秦檜剖柑藏密諭給獄官，令其將岳飛父子等三人勒死於風波亭，再將家屬發嶺南安置。鄂州岳夫人得施全急報，僱船趕赴京師，在離風波亭二里井邊祭奠後，母女投井而死。地藏王化身瘋行者棲身靈隱寺，秦檜自從殺害岳飛後，常夢見岳飛父子索命，因之去靈隱寺做功德超度，於法堂壁上見瘋行者的揭露東窗密謀題詩，瘋行者手拿掃帚見秦，直呼檜名，言「掃帚要把丘山（岳）冤盡掃」，指斥秦乃「大金三人」，極盡譏諷嘲弄，秦檜狼狽萬狀。歸途於眾安橋遭施全行刺（未成自殺）。岳飛受玉帝敕封雷霆賞善罰惡都元帥，岳雲、張憲亦受封。冥司差鬼役拘拿秦檜、王氏，兩人一身扭枷，四望刀山劍樹，黑雲迷茫，驚懼不已。朝廷下詔雪岳飛冤，以禮葬棲霞嶺下，並建立忠烈廟。三曹神會同閻王於冥司報冤殿勘問秦檜、王氏，岳飛父子到場會鞫並由岳飛親審。岳飛痛斥秦檜賣國欺君，屈殺忠良，又有已升仙班的周三畏到場作證，秦檜只得將如何與兀朮盟誓作內奸、如何設計發金牌召岳飛、唆使王俊誣告、如何與王氏東窗密謀將岳飛父子勒死於風波亭，一一招供。秦檜被判處押赴酆都獄，永受萬劫不得輪迴之苦。爾後以岳廟告成，朝廷追封岳飛為鄂國武穆王，妻李氏與岳雲、張憲亦俱封贈而終結。

可以看出，破虜東窗故事是褒忠懲奸並重，在內容上多出了岳飛留張憲、岳雲屯軍朱仙鎮（再作書召回），道悅說夢，岳妻驚夢、禳解，得飛死訊赴京祭奠，母女自殺，施全刺秦等情節，較之前兩者要豐滿得多。對秦檜與兀朮勾結過程，秦檜的受冥誅，揭露鞭撻更為詳盡，融入更多的想像（願望）成份，其岳飛死後成神，親自參與冥司鞫訊秦檜陰魂懲處賣國賊，可謂大快人心。岳飛故事的輪廓，至此大體鑄成。（吳玉虹的如是觀是唯一的例外，它把岳飛冤死改為：秦檜誣陷岳飛未成，岳飛繼續統軍打敗金兵，收復東京，兀朮求和不成北逃，岳飛迎還二聖，高宗斬秦檜、王氏作結。）當時大型寫岳飛故事的除已佚陳衷脈的金牌記、無名氏的精忠旗、續精忠等（據相關記載，故事均不脫此大概，只是關目上有所異同）外，有姚茂良的精忠記傳奇，其故事與地藏王證東窗事犯大抵相同，獨異的是，不將王氏寫成誣陷岳飛的同謀者，且對之有所迴護、開脫。

明季演義小說盛行，有關岳飛的小說亦出現不止一種，就中熊大木編撰的新刊大宋中興通俗演義（又名武穆王演義），是「以王（岳飛）本傳行狀之實跡，按通鑑綱目而取義」（熊序），所以其故事是較近於岳飛史實的（自然也有其「與本傳互有異同」的成份），然其架構亦不脫此輪廓。之後，有吉水鄒元標刪節歸併熊本的岳武穆精忠傳，與于華玉的「病」熊本之繁蕪而刪節的岳武穆盡忠報國傳，它們的故事基幹亦仍復如此。

及至康熙二十三年（一六八四）餘慶堂刊刻的增訂精忠演義說本岳王全傳（即今之說岳全傳）出現，增添了岳飛早年身世，韓世忠、梁紅玉失兩狼關、戰金山，陸登殉國及其後王佐斷臂說遺孤、陸文龍歸宋（還有平洞庭、太湖水寇）等與岳飛及其抗金相關內容；尤其是把岳飛說成佛頂大鵬鳥臨凡，王氏乃女土蝠投胎，兀朮乃赤鬚龍下界，從而把岳飛故事用岳飛與秦檜、王氏冤冤相報這一線索貫穿了起來。至於這些增添的內容出諸誰手？從錢彩的署曰「編次」、金豐的署曰「增訂」，可以推論：一是，在他們前已有成書，即增添這些內容的是另有其人；一是，乃金豐（或錢彩、金豐二人）所為；兩者必居其一。

(二)故事外的故事

岳飛故事（包括全傳）儘管有很多想像成份，卻未能將岳飛所有事跡囊括無遺，其中有些是數百年來盡人皆知且敬作為語典的。諸如言岳飛所部能攻善守，難以擊破，連敵人也驚呼「撼山易，撼岳家軍難！」這在宋史岳飛傳中有記：

> 善以少擊眾，欲有所舉，盡招諸統制與謀，謀定而後戰，戰有勝無敗，猝遇敵不動，敵為之語曰：

「撼山易，撼岳家軍難！」

又如今已作捏造誣陷代名詞的「莫須有」，乃由韓世忠為岳飛冤獄面詰秦檜而來：

獄之將上也，韓世忠不平，詣檜詰其實，檜曰：「飛子雲與張憲書雖不明，其事體莫須有。」世忠曰：「莫須有三字何以服天下？」——宋史岳飛傳

這些史乘有記載的未被融入，乃與故事的情節架構（不能連及）有關。

至於見諸筆乘的與岳飛故事密切相關，可謂純屬故事外的故事，則更有好多。諸如岳飛被害不久，伶人在秦檜賀宴上當面譏諷秦檜殺害岳飛，邀取功賞：

秦檜以紹興十五年四月丙子朔，賜第望仙橋……有詔就第賜宴，假以教坊優伶，宰執咸與。中席……有參軍者（指參軍戲演員）前，褒檜功德。一伶以荷葉交椅從之，詼語雜至，賓歡既洽，參軍方拱揖謝，將就椅，忽墮其幞頭，乃總髮為髻，如行伍之巾，後有大巾鐶，為雙疊勝。伶指而問曰：「此何環？」曰：「二勝環（『二聖還』諧音）。」遽以扑擊其首曰：「爾但坐太師交椅，請取銀絹例物，此環掉腦後可也」；一座失色。檜怒，明日下伶於獄，有死者。——桯史優伶諧語

人們對賣國賊秦檜切齒痛恨，自岳飛故事搬上舞臺，觀者激於義憤而上臺毆打「秦檜」者，不止一見，

蓴鄉贅筆云：

楓江鎮為江、浙連界，商賈叢積。……一日演秦檜殺武穆父子，曲盡其態。忽見一人從眾中躍登臺，挾利刃直前，刺「檜」流血滿地，執縛見官，訊擅殺平人之故，其人對曰：「民與梨園從無半面，一時憤激，願與秦檜同死，實不暇計真與假也。」

類似這種記載亦見於極齋雜錄。不僅是平民，即使連士人亦有如斯者。焦循劇說（卷六）：

相傳，周忠介蓼洲先生初釋褐，選杭州司理，杭人在郡者置酒相賀，演岳武穆事。至奸相東窗設計，先生不勝憤怒，將優人捶打而退，舉座驚駭，疑有開罪。明日托友人問故，先生曰：「昨偶不平，打秦檜耳。」

之外，至今江、浙民間仍在生活中保留著的富有憎惡國賊秦檜的物（地）名，如呼油條為「油炸檜」（又有「蔥包檜」），杭州近郊有地名勾莊（「狗葬」諧音——傳說秦檜曾葬此），即屬之。而秦檜之被唾罵、譴責，則又令奸人宵小為之膽懾。秦征蘭宮詞注（見焦循劇說卷五）：

天啟（明熹宗年號）時，上設地炕於懋勤殿，御宴演戲。嘗演金牌記，至瘋魔和尚罵秦檜，魏忠賢趨匿壁後，不敢正視。

秦檜的誤國賣國、屈殺岳飛，亦使其後世子孫為之愧恧、蒙羞：

秦澗泉，精篆隸行草，未第時賣畫自給，乾隆壬申（一七五二）狀元，傳為官杭州，人知檜裔，約遊西湖，見檜跪像，同行求作聯，乃作「人從宋後羞名檜，我到墳前愧姓秦」。

又：池北偶談秦羅子孫：

說聽載秦檜裔某宰湯陰，綽有政聲，每欲謁忠武祠，輒逡巡弗果。將及瓜，謂同僚曰：「少保與先世有惡，豈在後裔耶，且吾守官無愧神明，往謁何害！」遂為文祭之。

千百年來，岳飛不只被人們認作衛國忠臣的楷模，亦且砥礪著人們的民族氣節，於民族危難之秋，視死如歸。狐臏記的：明末抗清英雄張蒼水，失敗後從容就義，在此前，作遺詩十數首置囊中明志，其中一首即人們所熟知的：「國亡家破又何之，西子湖頭有我師」，其師之一也就是廟貌於「乾坤半壁岳家祠」中的岳飛。

說岳全傳序

從來創說者不宜盡出於虛，而亦不必盡由於實。苟事事皆虛，則過於誕妄，而無以服考古之心；事事皆實，則失於平庸，而無以動一時之聽。如宋徽宗朝有岳武穆之忠、秦檜之奸、兀朮之橫，其事固實而詳焉；更有不聞於史冊，不著於紀載者。則自上帝降災，而始有赤鬚龍、虬龍變幻之說也，有女土蝠化身之說也，有大鵬鳥臨凡之說也。其間波瀾不測，枝節紛繁，冤仇並結，忠佞俱亡，以及父喪子興，英雄復起，此誠忠臣之後不失為忠，而大奸之報不恕其姦，良可慨矣！若夫兀朮一戰於朱仙，而以武穆敗之，再戰於朱仙，而以岳雷驅之，雖云奔北，而竟以一人兼敵父子之勇，不亦難乎！至於假手仙魔之說，信其有也，固可；信其無也，亦可。總之，自始及終皆歸於天。故以言乎實，則有忠、有奸、有橫之可考；以言乎虛，則有起、有復、有變之足觀。實者虛之，虛者實之，娓娓乎有令人聽之而忘倦矣❶。予亦樂是說之可以公諸同好，因序數語，以弁諸首而付之梓。

甲子孟春上浣永福金豐識於餘慶堂

❶「忘倦矣」以下，商務本作「余觀之而不忍置之，因付鉛印以公同好，特弁數語，諒不以是書為誕而以予說為妄也，是為序。光緒二十四年戊戌孟秋之月，古吳景雲氏程世爵識。」

回目

第一回　天遣赤鬚龍下界　佛謫金翅鳥降凡……一
第二回　泛洪濤虬王報怨　撫孤寡員外施恩……一一
第三回　岳院君閉門課子　周先生設帳授徒……一八
第四回　麒麟村小英雄結義　瀝泉洞老蛇怪獻鎗……二六
第五回　岳飛巧試九枝箭　李春慨締百年姻……三五
第六回　瀝泉山岳飛廬墓　亂草崗牛皐剪徑……四三
第七回　夢飛虎徐仁荐賢　索賄賂洪先革職……五一
第八回　岳飛完姻歸故土　洪先糾盜劫行裝……五八
第九回　元帥府岳鵬舉談兵　招商店宗留守賜宴……六八
第十回　大相國寺閑聽評話　小教場中私搶狀元……七八
第十一回　周三畏遵訓贈寶劍　宗留守立誓取真才……八七
第十二回　奪狀元鎗挑小梁王　反武場放走岳鵬舉……九七

第十三回　昭豐鎮王貴染病　牟駝崗宗澤踹營……一〇五
第十四回　岳飛破賊酬知己　施全剪徑遇良朋……一一四
第十五回　金兀朮興兵入寇　陸子敬設計禦敵……一二三
第十六回　下假書哈迷蚩割鼻　破潞安陸節度盡忠……一三二
第十七回　梁夫人炮炸失兩狼　張叔夜假降保河間……一四一
第十八回　金兀朮冰凍渡黃河　張邦昌奸謀傾社稷……一四八
第十九回　李侍郎拚命罵番王　崔總兵進衣傳血詔……一五七
第二十回　金營神鳥引真主　夾江泥馬渡康王……一六四
第二十一回　宋高宗金陵即帝位　岳鵬舉劃地絕交情……一七〇
第二十二回　結義盟王佐假名　刺精忠岳母訓子……一七九
第二十三回　胡先奉令探功績　岳飛設計敗金兵……一八七
第二十四回　釋番將劉豫降金　獻玉璽邦昌拜相……一九四
第二十五回　王橫斷橋霸渡口　邦昌假詔害忠良……二〇二
第二十六回　劉豫恃寵張珠蓋　曹荣降賊獻黃河……二一二
第二十七回　岳飛大战愛華山　阮良水底擒兀朮……二一九
第二十八回　岳元帥調兵剿寇　牛統制巡湖被擒……二二七

第二十九回　岳元帥單身探賊　耿明達兄弟投誠……二三四
第 三 十 回　破兵船岳飛定計　襲洞庭楊虎歸降……二四二
第三十一回　穿梭標明收虎將　苦肉計暗取康郎……二五一
第三十二回　牛皐酒醉破番兵　金節夢虎諧婚匹……二六一
第三十三回　劉魯王縱子行兇　孟邦傑逃灾遇友……二六九
第三十四回　掘陷坑吉青被獲　認弟兄張用獻関……二八〇
第三十五回　九宮山解粮遇盜　樊家庄爭鹿招親……二九〇
第三十六回　何元慶兩番被獲　金兀朮五路進兵……三〇一
第三十七回　五通神顯靈航大海　宋康王被困牛頭山……三一三
第三十八回　解軍粮英雄歸宋室　下戰書福將進金營……三二五
第三十九回　祭帥旗奸臣代畜　挑華車勇士遭殃……三三三
第 四 十 回　殺番兵岳雲保家属　贈赤免関鈴結義兄……三三九
第四十一回　鞏家庄岳雲聘婦　牛頭山張憲救主……三四九
第四十二回　打碎免戰牌岳公子犯令　挑死大王子韓彥直衝營……三五六
第四十三回　送客將軍雙結義　贈囊和尚泄天機……三六四
第四十四回　梁夫人擊鼓戰金山　金兀朮敗走黃天蕩……三七三

第四十五回　掘通老鸛河兀朮逃生　遷都臨安郡岳飛歸里……三八一
第四十六回　兀朮施恩養秦檜　苗傅銜怨殺王淵……三八七
第四十七回　擒叛臣虎將勤王　召良帥賢后賜旗……三九四
第四十八回　楊景夢授殺手鐧　王佐計設金蘭宴……四〇四
第四十九回　楊欽暗獻地理圖　世忠計破藏金窟……四一三
第　五　十　回　打酒壜福將遇神仙　探君山元戎遭厄难……四二七
第五十一回　伍尚志計擺火牛陣　鮑方祖贈寶破妖人……四三二
第五十二回　嚴成方較鎚結義　戚統制暗箭報仇……四四〇
第五十三回　岳元帥大破五方陣　楊再興誤走小商河……四四九
第五十四回　貶九成秦檜弄權　送欽差湯懷自刎……四五六
第五十五回　陸殿下單身戰五將　王統制断臂假降金……四六五
第五十六回　述往事王佐獻圖　明邪正曹寧弑父……四七二
第五十七回　演鈎連大破連環馬　射箭書潛避鉄浮陀……四八〇
第五十八回　再放報仇箭戚方喪命　大破金龍陣関鈴逞能……四八九
第五十九回　召回兵矯詔發金牌　詳惡夢禪師贈偈語……五〇〇
第　六　十　回　勘冤獄周三畏掛冠　探囹圄張揔兵死義……五〇九

第六十一回　東窗下夫妻設計　風波亭父子歸神……五二四
第六十二回　韓家庄岳雷逢義士　七寶鎮牛通鬧酒坊……五三六
第六十三回　興風浪忠魂顯聖　投古井烈女殉身……五四六
第六十四回　諸葛梦裡授兵書　歐陽獄中施巧計……五五六
第六十五回　小弟兄偷祭岳王坟　呂巡檢婪贓鬧烏鎮……五六四
第六十六回　牛公子直言觸父　柴娘娘恩義待仇……五七三
第六十七回　趙王府莽漢鬧新房　問月菴弟兄雙配匹……五八三
第六十八回　綁牛通智取盡南關　刦岳霆途遇眾好漢……五九四
第六十九回　打擂臺二祭岳王坟　憤冤情哭訴潮神廟……六〇三
第七十回　靈隱寺進香瘋僧遊戲　眾安橋行刺義士捐軀……六一二
第七十一回　苗王洞岳霖入贅　東南山何立見佛……六二三
第七十二回　黑蛮龍三祭岳王坟　秦丞相嚼舌歸陰府……六三二
第七十三回　胡夢蝶醉後吟詩遊地獄　金兀朮三曹對案再興兵……六三八
第七十四回　赦罪封功御祭岳王坟　勘奸定罪正法棲霞嶺……六四九
第七十五回　萬人口張俊應誓　殺奸属王彪報仇……六五七
第七十六回　普風師寶珠打宋將　諸葛錦火箭破駝龍……六七〇

第七十七回　山獅駝兵阻界山　楊繼周力敵番將……六七九
第七十八回　黑風珠吉青喪命　白龍帶伍連被擒……六九〇
第七十九回　施岑收服烏靈母　牛皐氣死金兀朮……七〇四
第八十回　表精忠墓頂加封　証因果大鵬歸位……七一七

第一回　天遣赤鬚龍下界　佛謫金翅鳥降凡

三百餘年宋史，中間南北縱橫❶。閒將二帝❷事評論，忠義堪悲堪敬。
忠義炎天霜露❸，奸邪秋月痴蠅❹。忽荣忽辱總虛名，怎奈黃粱❺不醒！

右調西江月

詩曰：

五代干戈未肯休，黃袍加體❻始無憂。那知南渡偏安主❼，不用忠良萬姓愁。

❶ 中間南北縱橫：宋代三百年間，有北宋與南宋交替。

❷ 二帝：指北宋的最後兩個皇帝徽宗與欽宗。

❸ 忠義炎天霜露：忠臣義士如炎熱夏天的霜露，很少出現，極為難得。

❹ 奸邪秋月痴蠅：奸臣邪佞如秋天痴迷的蒼蠅，迫近冬天，已長不了。

❺ 黃粱：指黃粱夢。唐傳奇枕中記敘述：盧生夢中歷盡繁華富貴，夢醒時旅店主人蒸的黃粱飯尚未熟，因而悟出榮辱得失全是虛空的道理。

❻ 黃袍加體：後周趙匡胤謀奪帝位，在陳橋驛發動兵變，諸將替他披上黃袍，擁立為帝，定國號為宋。後以之指登上帝位。

自古天運循環，有興有廢。在下這一首詩，却引起一部南宋精忠武穆王❽盡忠報國的話頭。

且說那殘唐五代之時，朝梁暮晉。黎庶遭殃。其時西岳華山，有個處士❾陳摶，名喚希夷先生，是個道高德行仙人。一日，騎著驢兒，在天漢橋經過，抬頭看見五色祥雲，忽然大笑一聲，跌下驢來。眾人忙問其故，先生道：「好了，好了！莫道世間無真主，一胎生下二龍來。」列位，你道他為何道此兩句？只因有一宦家，姓趙，名弘殷❿，官拜司徒之職，夫人杜氏，在夾馬營中生下一子，名叫匡胤，乃是上界霹靂大仙下降，故此紅光異香，祥雲擁護。那匡胤長大來，英雄無比。一條捍棒，兩個拳頭，打成四百座軍州⓫，創立三百餘年基業，國號大宋，建都汴梁⓬。自從陳橋兵炕，黃袍加體，即位以來，稱為見龍天子。傳位與弟匡義，所以說「一胎二龍」。自太祖開國至徽宗，共傳八帝。那八帝乃是：

太祖、太宗、真宗、仁宗、英宗、神宗、哲宗、徽宗。

---

❼南渡偏安主：指南渡長江，偏安一方的宋高宗趙構。

❽精忠武穆王：指岳飛。宋孝宗登基後，下詔恢復岳飛的官職，以禮改葬，建廟於鄂，號忠烈，淳熙六年，謚武穆。嘉定四年，加封鄂王。故稱。

❾處士：古時候稱呼有才能卻隱居不仕的人。

❿弘殷：宋太祖趙匡胤之父。據宋史太祖紀記載：「少驍勇，善騎射，屢立軍功，官至檢校司徒。與子匡胤分掌禁軍。」

⓫軍州：宋代行政區劃的名稱。

⓬汴梁：今河南省開封市。

這徽宗乃是上界長眉大仙降世，酷好神仙，自称為道君皇帝。其時天下太平已久，真個是馬放南山，刀鎗入庫；五穀豐登，萬民樂業。有詩曰：

堯天舜日慶三多，鼓腹含哺⑬遍地歌。雨順風調民樂業，牧牛放馬棄干戈。

閒言不道。且說西方極樂世界大雷音寺我佛如來，一日，端坐九品蓮臺⑭，傍列着四大菩薩⑮、八大金剛⑯、五百羅漢⑰、三千揭帝⑱、比邱尼⑲、比邱僧⑳、優婆夷㉑、優婆塞㉒，共諸天㉓護法聖眾，

---

⑬ 鼓腹含哺：即「含哺鼓腹」，口含食物，飽食挺腹，形容過安樂的生活。出於莊子馬蹄：「含哺而熙，鼓腹而遊，民能以此矣。」

⑭ 九品蓮臺：佛教淨土宗認為修行完滿者死後可往西方極樂世界，身坐蓮花臺座。臺座有九等之別，因各人生前修行深淺不同，坐的等級也有區別。九品蓮臺是最高一級。

⑮ 四大菩薩：指彌勒、文殊、觀音、普賢四大菩薩。

⑯ 八大金剛：即八大金剛明王、八大金剛童子之略稱。他們都手執金剛杵，因此得名。

⑰ 羅漢：梵語 Arhat（阿羅漢）的省稱。小乘教的最高果位，謂已斷煩惱，超出三界輪回，應受人天供養的尊者。

⑱ 三千揭帝：三千，泛言數目之多。揭帝，亦作「揭諦」。佛教語。佛教護法神。有金頭揭諦、銀頭揭諦、波羅揭諦、摩訶揭諦等。

⑲ 比邱尼：佛教語。梵語 Bhiksuni 的譯音。俗稱尼姑。

⑳ 比邱僧：梵語 Bhiksu 的譯音。俗稱和尚。

㉑ 優婆夷：梵語，指在家中奉佛的女子。

㉒ 優婆塞：梵語，指在家中奉佛的男子，即居士。

齊聽講說妙法真經㉔。正說得天花亂墜㉕、寶雨繽紛㉖之際，不期有一位星官，乃是女土蝠，偶在蓮臺之下聽講，一時忍不住，撒出一個臭屁來。我佛原是個大慈大悲之主，毫不在意。不道惱了佛頂上頭一位護法神祇，名為大鵬金翅明王，眼射金光，背呈祥瑞，見那女土蝠污穢不潔，不覺大怒，展開雙翅落下來，望着女土蝠頭上，這一嘴就啄死了。那女土蝠一點靈光射出雷音寺，徑往東土認母投胎，在下界王門為女，後來嫁與秦檜為妻，殘害忠良，以報今日之仇。此是後話，按下不提。

且說佛爺將慧眼一觀，口稱：「善哉，善哉！原來有此一段因果！」即喚大鵬鳥近前，喝道：「你这孽畜！既歸我教，怎不皈依五戒㉗，輒敢如此行兇，我這裡用你不着，今將你降落紅塵，償還冤債。直待功成行滿，方許你歸山，再成正果。」大鵬鳥遵了法旨，飛出雷音寺，逕來東土投胎。不表。

且說那陳摶老祖，一生好睡，他本是在睡中得道的神仙，世人不曉得，只說是「陳摶一睏千年」。那一日老祖正睡在雲床㉘之上，有兩個仙童，一個名喚清風，一個叫做明月。兩個無事，清風便對明月

㉓ 諸天：界名。佛教中慾界有六天，叫六慾天。色界的四禪共有十八天，無色界的東南西北四處有四天，還有日天、月天、韋馱天等諸種天神。

㉔ 妙法真經：佛教語。指義理深奧的佛法。

㉕ 天花亂墜：亦作「天華亂墜」。佛教傳說：佛祖講經，感動天神，諸天各色香花，紛紛下墜。後以「天花亂墜」形容言談虛妄、動聽而不切實際。

㉖ 寶雨繽紛：形容天花亂墜如雨，五彩繽紛。

㉗ 五戒：亦作「五誡」。佛教指在家信徒終身應遵守的五條戒律，即不殺生、不偷盜、不邪淫、不妄語、不飲酒。

㉘ 雲床：僧道的坐榻。

道：「賢弟，師父方纔睡去，又不知幾時方醒，我和你往前山去遊玩片時如何？」明月道：「使得。」他二人就手攙著手，出洞門來閑步尋歡。但見松徑清幽，竹陰逸趣。行到盤陀石邊，猛見擺着一副殘棋。清風道：「賢弟，何人在此下棋，留到如今，你可記得么？」明月道：「小弟記得。當年趙太祖去關西之時，在此地經過，被我師父將神風攝上山來下棋，贏了太祖二百兩銀子，逼他寫賣華山文契，却是小青龍柴世宗、餓虎星鄭子明做中保。後來太祖登了基，我師父帶了文契下山，到京賀喜，求他免了錢粮。這盤棋就是他的殘局。」清風道：「賢弟，好記性，果然不差。今日無事，我請教你，對奕一盤何如？」明月道：「師兄有興，小弟即當奉陪。」

二人對面坐定，正待下手時，忽聽得半空中一聲响亮，二人急抬頭看時，只見那西北角上黑氣漫天，將近東南，好生怕人。清風叫一聲：「師弟，不好了！想是天翻地覆了！」兩個慌慌張張走到雲床前跪下，大叫道：「師父，不好了！快些醒來，要天翻地覆了！」

老祖正在夢酣之際，被那二人叫醒了，只得起來，一齊走出洞府，抬頭一看，老祖道：「原來是這個畜生，如此兇惡，也難免這一劫！」清風、明月道：「師父，這是什么因果？弟子們迷心不悟，望師父指點。」老祖道：「你門兩個根淺行薄，那裡得知。也罷，說與你們聽聽罷。這段因果，只為當今徽宗皇帝元旦郊天㉙，那表章上原寫的是『玉皇大帝』，不道將『玉』字上一點，點在『大』字上去，却不是『王皇犬帝』了，玉帝看了大怒道：『「王皇」可恕，「犬帝」難饒！』遂命赤鬚龍下界，降生於北地女真国黃龍府內，使他後來侵犯中原，攪亂宋室江山，使萬民受兵革之灾，豈不可慘！」二童道：「師

㉙ 郊天：祭天。

父，今日就是這赤鬚龍下界么？」老祖道：「非也。此乃我佛如來恐赤鬚龍無人降伏，故遣大鵬鳥下界，保全宋室江山，以滿一十八帝年數。你看，這孽畜將近飛來，你兩個看好洞門，待我去看他降生何處？」就把雙足一登，駕起祥雲，看那大鵬一翅飛到黃河邊。

这黃河有名的叫做九曲黃河，環繞九千里。當初東晉時，許真君[30]老爺斬蛟，那蛟精變作秀才，改名慎郎，入贅在長沙賈刺史家，被真君擒住，鎖在江西城南井中鐵樹上，饒了他妻賈氏，已後往烏龍山出家。所生三子，真君已斬了兩個，其第三子逃入黃河岸邊虎牙灘下，後來修行得道，名為「鐵背虬王」。這一日，變做個白衣秀士，聚集了些蝦兵蟹將，在那山崖前擺陣頑耍，恰遇着這大鵬飛到。

那大鵬這雙神眼認得是個妖精，一翅落將下來，望著老龍，這一嘴正啄着左眼，霎時眼睛突出，滿面流血，叫一聲「阿呀」，滾下黃河深底藏躲。那些水族連忙跳入水中去躲。却有一個不識時務的團魚精，仗著有些力氣，舞著雙叉，大叫道：「何方妖怪，擅敢行兇！」叫聲未絕，早被大鵬一嘴啄得四脚朝天，烏呼哀哉。一靈不滅，直飛至東土投胎，後來就是万俟卨[31]，鍛鍊岳爺爺冤獄，屈死風波亭上，以報此仇。此也是後話。

當時老祖看得明白，點頭歎息道：「这業畜落了劫，尚且行兇，這冤冤相報，何日得了！」一面嗟嘆，一面駕著雲頭，跟著大鵬。那大鵬飛到河南相州[32]一家屋脊上立定，再看時就不見了。當時老祖也

---

[30] 許真君：即許遜。傳說中的仙人，相傳為晉代道士，有感於晉室紛亂，棄官東歸，周遊江湖。東晉太康二年，舉家四十二人拔宅飛升。

[31] 万俟卨：音ㄇㄛˋ ㄑㄧˊ ㄒㄧㄝˋ。南宋高宗時任湖北提點刑獄，秉承秦檜的意旨，構陷岳飛冤獄。万俟，複姓。

就落下雲頭，搖身一變，變做一個年老道人，手持一根拐杖，前來訪問。

却說那個人家姓岳名和，安人姚氏，年已四十，纔生下这一個兒子。丫環出來報喜，这員外年將半百，生了兒子，自然快活，忙忙的向家堂神廟點燭燒香，忙個不了。不道這陳摶老祖變了個道人，搖搖擺擺來到庄門首，向着那個老門公打個稽首道：「貧道腹中飢餓，特來抄化一齋，望乞方便。」那個老門公把頭搖一搖，說道：「師父，你來得不湊巧，我家員外極肯做好事，往常時不要說師父一個，就是十位、二十位，俱肯齋的。只因年已半百，沒有公子，去年在南海普陀去進香求嗣，果然菩薩靈驗，安人回來就得了孕。今日生下了一位小官人，家裡忙忙碌碌，況且廚下不潔淨。不便，不便，你再往別家去罷。」老祖道：「貧道遠方到此，或者有緣，你只與我進去說一聲，允與不允，就完了齋公的好意了。」門公道：「也罷。老師父且請坐一坐，待我進去與員外說一聲看。」說罷，就走到裡邊，叫一聲：「員外，外邊有一個道人，要求員外一齋。」岳和道：「你是有年紀的人，怎不曉事？今日家中生了小官人，忙忙碌碌，況且是暗房。那道人是個修經念佛的人，我齋他不打緊，他回到那佛地上去，我與孩兒兩個身上，豈不反招罪過么？」

門公回身出來，照依員外的話，對老祖說了。老祖道：「今日有緣到此，相煩再進去稟復一聲，說『有福是你享，有罪是貧道當便了。』」門公只得又進來稟。員外道：「非是我不肯齋他，實是不便，却怎么處？」門公道：「員外这也怪他不得，荒村野地，又無飯店，叫他何處投奔？常言道：『出錢不坐罪。』員外齋他是好意，豈反有罪過之理？」岳和想了一想，點頭道：「這也講得有理，你去請他進

㉜ 相州：州名。宋時屬河北西路。屬縣有安陽、湯陰、臨漳、林慮。

來。」門公答應一聲，走將出來，叫聲：「師父，虧我說了多少帮襯的話，員外方肯請師父到裡邊去。」老祖道：「难得，难得！」一面說，一面走到中堂。

岳和抬頭一看，見這道人鶴髮童顏，骨格清奇，連忙下堦迎接。到廳上見了禮，分賓主坐下。岳和開言道：「師父，非是弟子推托，只因寒荊㉝產了一子，恐不潔淨，觸污了師父。」老祖道：「『積善雖無人見，存心自有天知。』請問員外貴姓大名？」岳和道：「弟子姓岳名和，祖居在此相州湯陰縣該管地方。這裡本是孝弟里永和鄉，因弟子薄薄有些家私，畊種幾畝田產，故此人多稱我這裡為岳家庄。不敢動問老師法號，在何處焚修？」老祖道：「貧道法號希夷，雲遊四海，到處為家。今日偶然來到貴庄，正值員外生了公子，豈不是有緣？但不知員外可肯把令郎抱出來，待貧道看看令郎可有甚么關煞㉞，待貧道與他禳解禳解。」員外道：「這個使不得，那污穢觸了三光，不獨老夫，就是師父，也難勉㉟罪過。」老祖道：「不妨事，只要拿一把雨傘撐了出來，就不能污觸天地，兼且神鬼皆驚。」員外道：「既如此，老師父請坐，待老夫進去與老荊相商。」說罷，就轉身到裡邊來，吩咐家人收拾潔淨素齋，然後進臥房來，見了安人，問道：「身子安否？」安人道：「感謝天地神明、祖宗護佑，妾身甚是平安。員外，你看看小孩子生得好么？」岳和看了看，抱在懷中，十分歡喜，便對安人道：「外邊有個道人進門化齋，他說：『修行了多年，會得禳解之法。』要看看孩兒，若有關煞，好與他解除消灾。」院君道：「纔生下

㉝ 寒荊：舊時對人謙稱自己的妻子。

㉞ 關煞：舊時星命家用語，謂命中注定的災難。

㉟ 勉：通「免」。

的小廝，恐血光污觸了神明，甚不穩便。」員外道：「我也如此說，那道人傳與我一個法兒，叫將雨傘撐了，遮身出去，便不妨事，兼且諸邪遠避。」院君道：「既如此，員外好生抱了出去，不要驚了他。」員外應聲「曉得」，就雙手捧定，吽小廝拿一把雨傘撐開，遮了頭上，抱將出來，到了堂前立定。道人看了，贊不絕口道：「好個令郎！可曾取名字否？」員外道：「小兒今日初生，尚未取名。」老祖道：「貧道斗胆，替令郎取個名字如何？」員外道：「老師肯賜名，極妙的了！」老祖道：「我看令郎相貌魁梧，長大來，必然前程萬里，遠舉高飛，就取個『飛』字為名，表字『鵬舉』，何如？」員外聽了，心中大喜，再三稱謝。老祖道：「這裡有風，抱了令郎進去罷。」員外應聲道「是」，便把兒子照舊抱進房來睡好，將道人取的名字，細細說與院君知道。那院君也是十分歡喜。

員外復到中堂，欵待道者。那老祖道：「有一事告稟員外，貧道方纔有一道友同來，却往前村化齋去，貧道却走这里來，約定『若有施主，邀來同享』。今蒙員外盛席，意欲去相邀這道友同來領情，不知尊意允否？」員外道：「這是極使得的。但不知这位師父却在何處？待弟子去請來便了。」老祖道：「出家人行踪無定，待貧道自去尋來。」遂移步出廳，只見那天井內有兩件東西，老祖連聲道「好」，不因老祖見了這兩件東西，有分教：

相州城內，遭一番洪水波濤；內黃縣中，聚幾個英雄好漢。

正是：

萬事皆由天數定，一生都是命安排。

畢竟後事如何，且聽下回分解。

第二回　泛洪濤虬王報怨　撫孤寡員外施恩

詩曰：

波浪洪濤滚滚來，無辜百姓受飛灾。冤冤相報何時了，從今結下禍殃胎。

常言道：「冤家宜解不宜結。」那人來惹我，尚然要忍耐，讓他幾分，免了多少是非。何况那蛟精，在真君劍下逃出命來，躲在这黃河岸邊，修行了八百幾十年，纔挣得個「鐵背虬龍」的名號，滿望有日功成行滿，那里想到被這大鵬鳥驀地一嘴，把这左眼啄瞎。這口氣如何出得？所以後來弄出許多事來。此雖是大數，也是這大鵬結下的冤仇。

那陳摶老祖預知此事，又恐怕那大鵬脫了根基，故此與他取了名字，遺授玄機❶。當時仝岳員外走出廳來，見天井内有兩隻大花缸，擺列在堦下，原是員外新近買來，要養金魚的，尚未貯水。老祖假意道：「好一對花缸！」將那拐杖在缸內画上靈符，口中嘿嘿念咒，演法端正，然後出門。岳和在後相送到大門首。老祖道：「我們出家人不打誑語的，倘若到前村，有了施主，貧道就不來了。」岳和道：「不要这等說。師父到前村尋見了令道友，就仝到小庄，齋供幾日，方稱我意。」老祖道：「多謝！但有一

❶ 玄機：神妙的計策。

事，三日之內，若令郎平安，不消說得；倘若有甚驚恐，可叫安人抱了令郎，坐在左首那隻大花缸內，方保得性命。切記吾言，決不要忘了！」岳和連聲道：「領命，領命。師父務必尋著道友仝來，免得弟子懸候。」那老祖告別，員外送出庄門，飄然回山而去。

且說那岳和歡歡喜喜，到了第三日，家內掛紅結綵，親眷朋友都來慶賀三朝。見過了禮，員外設席欵待。眾人齊道：「老來得子，真是天來大的喜事！老哥可進去與老嫂說聲，抱出來與我們看看也好。」岳和滿口應承，走到房中，與安人說了，仍舊叫小廝撐了一把傘，抱出廳上來，與眾人看。眾人見小官人生得頂高額闊，鼻直口方，個個稱贊。

不道有個後生冒冒失失走到面前，揑著小官人手，輕輕的抬了一抬，說道：「果然好個小官人！」話聲未絕，只見那小官人怪哭起來。那後生着了忙，便對岳和道：「想是令郎要吃奶了，快些抱進去罷。」岳和慌慌張張，抱了進去。这班親友俱各埋怨這位後生道：「員外年將半百，方得此子，乃是掌上明珠。這粉嫩的手，怎的冒裡冒失，揑他一把，如今哭將起來，使他一家不安，我等也覺沒趣。」又向着一個老家人問道：「小官人安穩了么？」那家人答道：「小官人只是哭，連乳也不要吃。」眾人齊聲道：「這便怎么處！」一面說，臉上好生沒趣，淡淡的走開的走開，回去的回去，一霎時都散了。

那岳員外在房中見兒子啼哭不止，沒法處治，安人埋怨不絕。岳員外忽然想起，前日那個道人曾說我兒「三日內倘有不安，却叫安人抱出去，坐在花缸內，方保無事」的話，對安人說了。安人正在沒做理會處，便道：「既如此，快抱出去便了。」說罷，把衣裳穿好，叫丫環拿條絨毡，鋪在花缸之內。姚氏安人抱了岳飛，方纔坐定在缸內，只聽得天崩的一聲响亮，登時地裂，滔滔洪水，漫將起來，把個岳家庄炕成大海，一村人民俱隨水飄流。

列位，你道這水因何而起？乃是黃河中的鉄背虬龍要報前日一啄之仇，打聽得大鵬投生在此，却率了一班水族兵將興此波濤，枉害了一村人性命，却是犯了天條。玉帝命下，着屠龍力士在剮龍臺上吃了一刀。这虬精一靈不忿，就在東土投胎，後來就是秦檜，連用十二道金牌，將岳爺召回，在風波亭上謀害，以報此仇。後話不表。

且說这岳飛幸虧陳摶老祖預備花缸，不能傷命。這岳和扳着花缸，姚氏安人在缸內大哭道：「这事怎處？」岳和叫聲：「安人，此乃天數難逃！我將此子托付於你，仗你保全岳氏一點血脉，我雖葬魚腹，亦得瞑目。」說還未了，手略一鬆，泊的一聲，隨水飄流，不知去向了。

那安人坐在缸中，隨著水勢，直淌到河北大名府內黃縣方住。那縣離城三十里有一村，名喚麒麟村。村中有個富戶，姓王名明，安人何氏，夫婦同庚五十歲。王明一日清早起來，坐在廳上，叫家人王安過來道：「王安，你可進城去，請一個算命先生來，我在此等着。」王安道：「我請了一個有眼睛的來，還好，倘若請了個沒眼睛的先生，此去來徃有六十里，員外那裡等得？不知員外要請这算命的何用？」王明道：「我夜來得了一個梦，要請他來圓梦。」王安道：「若說算命，小的不會；若是圓夢，小人是極在行的。只是有三不圓。」王明道：「怎么有『三不圓』？」王安道：「初更二更的夢不圓，四更五更的夢不圓，記得夢頭忘了梦尾不圓。要在三更做的夢，又要記得清楚，方圓得有准。」王明道：「我正是三更做的夢：梦見半空中火起，火光冲天，把我驚醒。不知主何吉凶？」王安道：「恭喜員外，火起必遇貴人。」王明大怒，罵道：「你这狗才，那裡會圓什么梦！明明怕走路，却將这些胡言來哄我。」

王安道：「小人怎敢。那日跟員外到縣裡去完錢粮，在書坊門首經過，買了一本解夢全書。員外若不信，待小人取來與員外看。」王明道：「拿來我看。」王安答應一聲，進房去拿了一本夢書，尋出這一行，送與員外看。員外接來一看，果有此說，心中暗想：「此地村庄地面，有何貴人相遇？」正在半疑半信，忽聽得門外震天價喧嚷。員外吃了一驚，便叫：「王安，快到庄前去看來。」王安答應不及，飛一般赶將出來，看得明白，慌來報與員外道：「不知那裡水發，水口邊淌著許多家❷伙什物。那些村裡人都去搶奪，故此喧喧嚷嚷。」員外聽了這話，即仝了王安，走出庄來觀看，一步步行到水口邊，只見那些眾鄰舍亂搶物件。王明歎息不已。王安遠遠望見一件東西淌來，上面有許多鷹鳥，搭着翎翅，好像涼棚一般的蓋在半空。王安指道：「員外請看，那邊這些鷹鳥，好不奇怪么？」員外抬頭觀看，果然奇異。

不一時，看看流到岸邊來，却是一隻花缸，花缸內一個婦人抱着一個小廝。那眾人只顧搶那箱籠物件，那裡還肯來救人。王安上前赶散了鷹鳥，叫道：「員外，这不是貴人？」員外走近一看，便叫王安：「一個半老婦人，怎么說是貴人？」王安：「他懷中抱着個孩子，漂流不死。古人云：『大難不死，必有厚祿。』況兼这些鷹鳥護佑着他，長大來必定做官。豈不是個貴人？」王明暗想：「不知何處飄流到此？」便向缸內問道：「这位安人住居何處？姓甚名誰？」連問了幾聲，全不答應。員外道：「敢是耳聾的麼？」却不知这安人，生產纔得三日，人是虛的；又遭此大难，在水面上團團轉轉，自然頭暈眼昏，故此問而不答。那王安道：「待小人去問來。」即忙走到缸邊喊道：「這位奶奶的耳朵可是聾的？我家員外在此問你是何方人氏？怎么坐在缸內？」姚氏安人聽得有人叫喚，方纔抬起頭來一看，眼淚汪汪，

❷ 家：「傢」的古字。

說道：「这裡莫不是陰司地府么？」王安道：「这個奶奶好笑，好好的人，怎么說是陰司地府起來。」

王員外方曉得他是坐在缸內昏迷不醒，不是耳聾，忙叫王安向近村人家，討了一碗熱湯，與他吃了。便道：「安人，我这裡是河北大名府內黃縣麒麟村。不知安人住居何處？」安人聽了，不覺悲悲咽咽的道：「妾身乃相州湯陰縣孝弟里永和鄉岳家庄人氏，因遭洪水泛漲，妾夫被水飄流，不知死活，人口田產盡行漂沒。妾身命不該絕，抱著小兒坐在缸內，淌到此地來。」說罷，就放聲大哭。員外對王安道：「許遠路途，一直淌到这裡，好生怕人！」王安道：「員外做些好事，救他母子兩個，留在家中，做些生活，也是好的。」員外點頭道：「說得有理。」便對安人道：「老漢姓王名明，舍下就在前面。安人若肯到舍下權且住下，待我着人前去探聽得安人家下平定，再差人送安人回去，夫妻父子完聚。不知安人意下如何？」安人道：「多謝恩公！若肯收留我母子二人，真乃是重生父母。」員外道：「好說。」叫王安扶了安人出缸，對著那些鄉裡人說道：「這個你們不要搶了去。」眾人都笑着員外是個獃子，東西不搶，反收留了兩個吃飯的回去。

王安先去報知院君。這裡姚氏安人慢慢的行到庄門前，王院君早已出庄迎接。安人進內，見過了禮，訴說一番夫婦分離之苦。院君與丫環等聽了亦覺傷心。當日院君分付婦女們打掃東首空房，安頓岳家安人住下。那安人做人一團和氣，上下眾人無不尊敬。王員外又差人往湯陰縣探聽，水勢已平復，岳家人口並無下落。岳安人聽了，放聲大哭。王院君再三勸解，方纔收淚。自此二人情同姊妹一般。一日閑話中間，說起員外無子，岳安人道：「『不孝有三，無後為大。』這樣大家財，被別人得了，豈不可惜？不如納一偏房，倘或生下一男半女，也不絕了王門一脉。」那個王院君本來有些醋意，却被岳安人勸轉，即着媒人討了一妾與王員外。到了第二年，果然生下一子，取名王貴。王員外十分感激那岳安人。

不覺光陰易過，日月如梭，這岳飛看看長成七歲，王貴已是六歲了。王員外請個訓蒙先生到家，教他兩個讀書識字。那村中有個湯員外、一個張員外，俱是王員外的好友，各將兒子湯懷、張顯送來讀書。那岳飛還肯用心，這三個小頑皮非惟不肯讀書，終日在學堂裡舞棒弄拳，先生略略的責罰幾句，不獨不服管，反把先生的鬍子幾乎撏得精光。那先生欲待認真，又俱是獨養兒子，父母愛恤，奈何他不得，只得辭館回去。一連幾個，俱是如此。王明也沒奈何，對岳安人道：「令郎年已長成，在此不便，門外有幾間空房，動用傢伙俱有在內。不若安人徃那邊居住，日用薪水，我自差人送來。不知安人意下如何？」岳安人道：「多蒙員外、院君救我母子，大恩难報。又蒙員外費心，我母子在外居住到❸也相安。」王員外即去備辦了許多柴米油塩、家伙動用之物。岳安人即取通書❹，揀定了吉日，搬移出去另住，日逐與鄰舍人家做些針指，趁幾分銀錢添補，倒也有些積趲。一日，對岳飛道：「你今年七歲，也不小了，天天頑耍也不是個了局。我已備下一個柴扒、一隻筐籃在此，你明日去扒些柴回來也好。就是員外見了，也見得我娘兒兩個做人勤謹。」岳飛道：「謹依母命，明日孩兒就去打柴便了。」當夜無話。

到了次日早起，岳安人收拾早飯，吽岳飛吃了。岳飛就拿了筐籃柴扒出去，吽聲：「母親，孩兒不在家中，可關上了門罷。」好一個賢惠❺安人，果然是「夫死從子」，答應一聲，関門進去，嚎啕痛哭

---

❸ 到：通「倒」。

❹ 通書：曆書。

❺ 惠：通「慧」。

道：「若是他父親在日，這樣小小年紀，自然請個先生教他讀書，如今却教他去打柴！」正是：

千悲萬苦心俱碎，腸斷魂消胆亦飛。

畢竟岳飛入山打柴，又做出甚么事來，且聽下回分解。

第三回　岳院君閉門課子　周先生設帳授徒

詩曰：

藁砧❶已喪年將老，堪嗟幼子困蓬蒿。終宵紡績供家食，勤將書史教兒曹。

且說这岳飛出了門，一時應承了母親出來打柴，却未知往何處去方有柴。一面想，一頭望着一座土山走來，立住脚，四面一望，並無一根柴草，一步步直走到山頂上，四下並無人跡。再扒❷至第二山後一望，只見七八個小廝，成團打塊的在荒草地下頑耍。內中有兩個，却是王員外左邊鄰舍的兒子：一個張小乙，一個李小二。認得是岳飛，叫一聲：「岳家兄弟，你來做甚事？」岳飛道：「我奉母親之命，來鈀❸些柴草。」衆小童齊聲道：「你來得好。且不要鈀柴，仝我們堆羅漢耍子。」岳飛道：「我奉母命，叫我打柴，沒有工夫仝你們頑耍。」那些衆小廝道：「動不動什么『母命』，你若不肯陪我們頑，就打你這狗頭。」岳飛道：「你們休要取笑，我岳飛也是不怕人的嘘。」張一道：「誰與你取笑。」李二

❶ 藁砧：古代處死刑，罪人席藁伏於砧上，用鈇斬之。鈇夫同音，後因以「藁砧」為婦女稱丈夫的隱語。

❷ 扒：通「爬」。

❸ 鈀：用手或器具把東西聚攏。

接口道：「你不怕人，難道我們到怕了你不成？」王三道：「不要與他講！」就上前一拳，趙四就跟上來一腳，七八個小廝就一齊上前打攢盤❹，却被岳飛兩手一拉，推倒了三四個，趁空脫身便走。眾小廝道：「你走，你走！」口裏雖是這等說，却見岳飛厲害，不敢追來。有幾個反赶到岳家來，哭哭啼啼告訴岳安人，說是岳飛打了他。岳安人把幾句好話，安頓了他回去。

那岳飛打脫了眾小廝，却往山後折了些枯枝，裝滿一籃，天色已晚，提了那筐籃，慢慢的走回家來。走進門，放下柴籃，到裡邊去吃飯。岳安人看見籃內俱是枯枝，便對岳飛道：「我叫你去扒些亂草柴，反與小廝們廝打，惹得人上門上戶。况且這枯枝乃是人家花利❺，倘被山主看見了，豈不被他們責打？况且爬上樹去，倘然跌將下來，有些差遲❻，叫做娘的倚靠何人？」岳飛連忙跪下道：「母親且免愁煩，孩兒明日不取枯枝便了。」岳安人道：「你且起來。如今不要你去扒柴了。我向來在員外裡邊，取得这幾部書留下，明日待我教你讀書。」岳飛道：「謹依母命便了。」當夜無話。

到了明日，岳安人將書展開，教岳飛讀。那經得岳飛資質聰明，一教便讀，一讀便熟。過了數日，岳安人叫聲：「我兒，你做娘的積趲得幾分生活銀子，你可拿去買些紙筆來，學寫書法，也是要緊的。」岳飛想了一想，便道：「母親，不必去買，孩兒自有紙筆。」安人道：「在那裡？」岳飛道：「待孩兒去取來。」即去取了一個畚箕，走出門來，竟到水口邊，滿滿的畚了一箕的河砂；又折了幾根楊柳枝，

---

❹ 攢盤：包圍毆打。

❺ 花利：指田地等所得的收益。

❻ 差遲：意外。

做成筆的模樣。走回家來，對安人道：「母親，這個紙筆不消銀錢去買，再也用不完的。」岳安人微微笑道：「这倒也好。」就將砂鋪在桌上，安人將手把了柳枝，教他寫字。把了一會，岳飛自己也就會寫了。從此在家，朝夕讀書寫字，不提。

且說王員外的兒子王貴，年紀雖只得六歲，却生得身強力大，氣質粗鹵。一日同了家人王安，到後花園中遊玩，走進那百花亭上坐下，看見桌上擺著一副象棋。王貴問道：「這是什么東西？怎麼會有這許多字在上面？做甚么用的？」王安道：「这個叫做『象棋』，是兩人對下，賭輸贏的。」王貴道：「怎么便贏了？」王安道：「或是紅的吃了黑的將軍，黑的就輸；黑的吃了紅的將軍，黑的算贏。」王貴道：「这個何难。你擺好了，我和你下一盤。」王安就將棋子擺好，把紅的送在王貴面前道：「小官人，請先下。」王貴道：「我若先動手，你就輸了。」王安道：「怎么我就輸了？」王貴先將自己的將軍吃了王安的將軍，便道：「豈不是你輸了？」王安笑道：「那裡有这樣的下法，將軍都是走得出的？還要我來教你。」王貴道：「放屁！做了將軍，由得我做主，怎么就不許走出？你欺我不會下棋，反來騙我么？」拿起棋盤，就望王安頭上打將過來。這王安不曾隄防，被王貴一棋盤，打得頭上鮮血直流。王安叫聲：「阿呀！」雙手捧著頭，掇轉身就走。王貴隨後赶來。王安跑到後堂，員外看見王安滿頭鮮血，問其原故。王安將下棋的事，稟說一遍，正說未完，王貴恰恰赶來。員外大怒，罵道：「畜生！你小小年紀，敢如此無禮！」遂將王貴頭上一連幾個栗爆。

王貴見爹爹打罵，飛跑的赶進房中，到母親面前哭道：「爹爹要打死孩兒！」院君忙叫丫環拿菓子與他吃，說道：「不要哭，有我在此。」說還未了，只見員外怒冲冲的走來，院君就房門口攔住。員外道：「这小畜生在那里？」院君也不回言，就把員外臉狠狠的一掌，反大哭起來，罵道：「你這老殺才！今日說無子，明日道少兒，虧得岳安人再三相勸討妾，纔生得这一個兒子。為著什么大事，就要打死他？這粉嫩的骨頭，如何經得起你打？罷！罷！我不如與你這老殺才拚了命罷！」就一頭望員外撞來。幸虧得一眾丫環使女，連忙上前，拖的拖，勸的勸，將院君扯進房去。員外直氣得開口不得，只掙得一句道：「罷，罷，罷！你这般縱容他，只怕悞了他的終身不小。」轉身來到中堂，悶昏昏沒個出氣處。

只見門公進來報說：「張員外來了。」員外叫請進來。不一時，接進裡邊，行禮坐下。王明道：「賢弟為何尊容有些怒氣？」張員外道：「大哥，不要說起，小弟因患了些瘋氣，步履艱难，為此買了一匹馬，養在家中代代脚力。誰想你這張顯姪兒，天天騎了出去，撞壞人家東西，小弟只得認賠，也非一次了。不道今日又出去，把人都踏傷，抬到門上來炒⑦鬧，小弟再賠罪，與了他幾兩銀子去服藥調治，方纔去了。這畜生如此胡為，自然責了他幾下，却被你那不賢弟媳護短，反與我大鬧一塲，臉上都被他抓破。我氣不過，特來告訴告訴大哥。」王明尚未開口，又見一個人氣吽吽⑧的叫將進來道：「大哥！二哥！怎么處，怎么處？」二人抬頭觀看，却是王明、張達的好友湯文仲。二人連忙起身相迎，問道：「老弟為着何事这般光景？」文仲坐定，氣得出不得聲，停了一會道：「大哥！二哥！我告訴你：有個金老兒夫妻兩個，租着小弟門首一間空房，開個湯圓店。那知你這湯懷姪兒，日日去吃湯圓，把他做的都吃了，只叫不夠，次日多做了些，他又不去吃，做少了，又去炒鬧。那金老沒奈何，來告訴小弟，小弟賠

⑦ 炒：通「吵」。

⑧ 氣吽吽：因氣憤發怒出聲的樣子。吽吽，音ㄏㄡˇ ㄏㄡˇ。原為牛鳴聲。

他些銀子把湯懷罵了幾句。誰知這畜生昨夜搬些石頭，堆在他門首。今早金老起來開門，那石頭倒將進去，打傷了脚，幸喜不曾打死。他夫妻兩個哭哭啼啼的來告訴我，我只得又送些銀錢，與他去將養。小弟自然把這畜生打了幾下，你那不賢弟婦，反與我要死要活，打了我一麵杖！這口氣無處可出，特來告訴大哥。」王明道：「賢弟不必氣惱，我兩個也是同病。」就將王貴、張顯之事，說了一遍。各各又氣又惱，又沒法。

正在無可奈何，只見門公進來，稟說：「陝西周侗❾老相公到此要見。」三個員外聽了大喜，一齊出到門外來相接，迎到廳上來，見礼坐下。王明開言道：「大哥久不相會，一向聞說大哥在東京，今日甚風吹得到此？」周侗道：「只因老夫年邁，向來在府城內盧家的時節，曾掙得幾畝田產在此地，特來算算賬，順便望望賢弟們，就要返舍去的。」王明道：「難得老哥到此，自然盤桓幾日，再無就去之理。」忙叫廚下備酒接風，一面叫王安打發庄丁去挑了行李來。

三個員外聚坐閒談。王明又問：「大哥別來二十餘年，未知老嫂、令郎在于何處？」周侗道：「老妻去世已久，小兒跟了小徒盧俊義前去征遼，沒于軍中。就是小徒林沖、盧俊義兩個，俱被奸臣所害。如今真個舉目無親了。不知賢弟們各有幾位令郎么？」三個員外道：「不瞞兄長說，我們三個正為了这些業障，在此訴苦。」三個人各把三個兒子的事，告訴一番。周侗道：「既然如此年紀，為何不請個先生來教訓他？」三個員外道：「也曾請過幾位先生，俱被他們打去，这樣頑劣，誰肯教他。」周侗微笑

---

❾周侗：武藝絕高，是岳飛的武術師傅，宋史岳飛傳記載「(飛) 生有神力，未冠，挽弓三百斤，弩八石，學射於周同，盡其術。」至於說周侗是林沖、盧俊義的師傅，乃是小說家言。

道：「这都是这幾位先生不善教訓，以致如此。不是老漢誇口，若是老夫在此教他，看他們可能打我么？」三個員外大喜道：「既然如此，不知大哥肯屈留在此么？」周侗道：「三位老弟面上，老漢就成就了侄兒們罷。」三個員外不勝之喜，各各致謝。當日酒散，張湯二人各自回去，不提。

且說王貴正在外邊頑耍，一個庄丁道：「員外請了個狠先生來教學，看你們頑不成了。」王貴聽了，急急的尋著張顯、湯懷商議，准備鉄尺短棍，好打先生個下馬威。

次日，眾員外送兒子上學，都來拜見了先生，請周侗吃上學酒。周侗道：「賢弟們且請回，此刻不是吃酒的時候。」就送了三個員外出了書房，轉身進來，就叫王貴上書⑩，王貴道：「客還未上書，那有主人先上書之理？這樣不通，還虧你出來做先生！」便伸手向襪統內一摸，掣出一條鉄尺，望着先生頭上打來。周侗眼快手快，把頭一側，一手接住鉄尺，一手將王貴夾背一拎，撳倒在櫈上，取過戒方，將王貴重重的打了幾下。你道富家子弟從未經着疼痛過的，這幾下直打得王貴伏伏貼貼，只得依他教訓。那張顯、湯懷見了，暗暗的把短傢伙撇掉，也不敢放肆了。自此以後，皆聽從先生，用心攻讀。

且說這岳飛在隔壁，每每將櫈子墊了脚，爬在墻頭上聽那周侗講書。忽一日，書童稟說：「西鄉有一個什么王老實，要見老相公。」周侗道：「我正要見他，快請他進來。」書童應聲「曉得」。出去不多時，引那王老實到書房內來，見了周侗便道：「小人一向種的老相公的田地，老相公有十餘年不曾到此，小人將歷年租米，賣出來的銀子，收在家裏。今聞得老相公在此，特來看望，請老相公前去把賬來算算。」周侗道：「难得你老人家这等志誠。」便叫王貴：「你進去對王安說：『先生有個佃戶到此，可

⑩ 上書：舊時塾師向學生講授新課。

有便飯，拿一筋與他吃。』」王貴轉身進去。周侗又問：「目下田稻何如？」王老實道：「小人田內，一年有兩年的收成。今年禾生雙穟，豈不是老相公的喜事？」周侗道：「禾生雙穟，主出貴人的。这也大奇，明日仝你去看。」

正說間，書童來叫佃戶外邊吃飯去，當日就留王老實住下。次日，周侗對三個學生道：「我出三個題目在此，你們用心做成破題⓫，待我回來批閱。」一面說，一面換了衣服，便同了王老實出門下鄉去了。

且說岳飛看見周侗出門，心內想道：「先生既出去，我不免到他館中去看看。」遂走將過來，王貴看見，就一把扯住，叫道：「湯哥哥，張兄弟，你兩個人來看看，这個人就叫岳飛，我爹爹常說他聰明得極。今日先生出了題目，要我們做，我們那有这樣心情，不如央他代做做，何如？」張、湯兩個齊聲道：「有理。我們正要回去望望母親，岳哥替我們代做了罷。」岳飛道：「恐怕做來不好，不中先生之意。」三人道：「休要太謙，一定要拜煩的了。」王貴恐岳飛逃走了去，將那書房門反鎖起來，對岳飛道：「你若肚中飢餓，抽梯內有點心，儘着你吃。」說罷，三個飛跑的頑耍去了。

岳飛將三人平昔所做的破題，翻出看了，照依各人的口氣，做了三個破題。走到先生位上坐下，將周侗的文章細細看了，不覺拍案道：「我岳飛若得此人訓教，何慮日後不得成名！」立起身來，提著筆，蘸着墨，端過塾脚小櫈，站在上邊，在那粉壁上寫了幾句道：

⓫ 破題：唐、宋時，應舉詩賦和經義的起首處，須用幾句話說破題目要義，叫破題。明、清八股文的頭兩句，亦沿稱破題，並成為一種固定的程式。

投筆⓬由來羨虎頭⓭，須教談笑覓封侯。胸中浩氣凌霄漢，腰下青萍⓮射斗牛⓯。英雄自合調羹鼎⓰，雲龍風虎⓱自相投。功名未遂男兒志，一任時人笑敝裘⓲。

寫完了，念了一遍，又在那八句後，寫着八個字道：「七齡幼童岳飛偶題」。方纔放下筆，忽聽得書房門鎖响，回身一看，只見王貴仝著張顯、湯懷推進門來，慌慌張張的說道：「不好了！快走，快走！」岳飛吃了一驚，不知為着何事，且聽下回分解。

⓬ 投筆：「投筆從戎」省用，即棄文就武。

⓭ 虎頭：貴相。後漢書班超傳：「相者曰：生燕頷虎頭……此萬戶侯相也。」

⓮ 青萍：古寶劍名。也泛指劍。

⓯ 斗牛：二十八宿中的斗宿和牛宿。

⓰ 英雄自合調羹鼎：鼎是煮食物的器具，古代是代表君王權威的寶物。也是祭器與供養賢士的器皿。此句意為英雄應為君王、國家調和羹湯美食，即治理國事。

⓱ 雲龍風虎：龍虎喻指君臣。雲從龍、虎生風，故稱雲龍風虎。

⓲ 敝裘：破舊的皮衣。形容窮困。

第四回　麒麟村小英雄結義　瀝泉洞老蛇怪獻鎗

古人結交惟結心，此心堪比石與金。金石易消心不易，百年契合共于今。今人結交惟結口，往來懽娛等着酒。只因小事失相酬，從此生嗔便分手。嗟乎大丈夫，貪財忘義非吾徒。陳雷❶管鮑❷莫再得，結交輕薄不如無。水底魚，天邊雁，高可射兮低可釣。萬丈深潭終有底，只有人心不可量。虎熟不堪騎，人心隔肚皮。休將心腹事，說與結交知。自後無情日，反成大是非。

此一篇古風，名為結交行。乃是嗟嘆今世之人，當先如膠似漆，後來反面無情。那里學得古人如金似石，要像如陳、雷、管、鮑生死不移的，千古無二。所以說古人結交惟結心，不比今人惟結口頭交也。

---

❶ 陳雷：後漢陳重與雷義二人友誼很深。後漢書獨行傳中記述，陳重年輕時與雷義交友，太守推舉重為孝廉，重要讓給義。義明年被舉為孝廉。後來重與義都官任尚書郎。義被黜退，重見義離去，亦以病自免。義歸家後，被推舉為茂才，要讓給陳重，刺史不同意，義於是假狂披髮，逃避不赴任。鄉里為此傳語：「膠漆自謂堅，不如雷與陳。」

❷ 管鮑：春秋時管仲與鮑叔牙，兩人相知最深，管仲嘗曰：「吾與叔牙分財多取，不以我為貪，知我貧也；謀事窮困，不以我為愚，知時不利也；三仕三退，不以我為不肖，知我不遇時也；三戰三走，不以我為怯，知我有老母也。生我者父母，知我者鮑子也。」後齊桓公聽從鮑叔牙的推薦，用管仲為相，終成霸業。

閑話慢表。

且說那岳飛，因慕周先生的才學，自愧家寒，不能從遊❸，偶然觸起自家的抱負，一時題了这首詩在壁上，剛剛寫完，不道先生回來。王貴三人，恐怕先生看見，破了他代做之弊，為此慌慌張張叫道：「快些回去罷！先生回來了。快走，快走！」岳飛只得走出書房回家，不表。

且說周侗回至館中坐定，心中暗想：「禾生雙穟，甚是奇異，這小小村落，那裡出什么貴人？」一面想，見那三張破題擺在面前，拿過來逐張看了，文理皆通，儘可成器。又將他三人往日做的一看，覺得甚是不通，心下自忖道：「今日這三個學生，為何才學驟長？想是我的老運亨通，也不枉傳授了三個門生。」再拿起來細看了一回，越覺得天然精密。又想道：「莫不是倩人代做的，亦未可定。」因問王貴道：「今日我下鄉去後，有何人到我書房中來？」王貴回說：「沒有人來。」周侗正在疑惑，猛然抬起頭來，見那壁上寫着幾行字，立起身上前一看，却是一首詩。雖不甚美，却句法可觀，且抱負不小。再看到後頭，寫著岳飛名字。方知王員外所說，有個岳飛甚是聰明，便指著王貴道：「你这畜生！現有岳飛題詩在墻上，怎說沒有人到書房中來？怪道你們三個破題，做得比往日不仝，原來是他替你們代做的。你快去與我請他過來見我。」

王貴不敢則聲，一直走到岳家來，對岳飛道：「你在書房內墻上，不知寫了些什么東西，先生見了發怒，呌我來請你去，恐怕是要打哩！」岳安人聽見，好生驚慌，後來聽見一個「請」字，方纔放心，便對岳飛道：「你前去須要小心，不可造次。」岳飛答應道：「母親放心，孩兒知道。」

❸ 從遊：跟從遊學。

遂別了安人，仝著王貴到書房中來。見了周侗深深的作了四個揖，站立一邊，便道：「適蒙先生呼喚，不知有何使令？」周桐見岳飛果然相貌魁梧，雖是小小年紀，却舉止端方。便命王貴取過一張椅子，請岳飛坐了。問道：「这壁上的佳句，可是尊作么？」岳飛紅著臉道：「小子年幼無知，一時狂妄，望老先生恕罪。」周侗又問岳飛：「有表字么？」岳飛應道：「是先人命為『鵬舉』二字。」周侗道：「正好顧名思義。你的文字却是何師傳授？」岳飛道：「只因家道貧寒，無師傳授，是家母教讀的幾句書，沙上學寫的幾個字。」周侗沉吟了一會，便道：「你可去請令堂到此，有話相商。」岳飛道：「家母是孀居，不便到館來。」周侗道：「是我失言了。」就向王貴道：「你去對母親說，說：『先生要請岳安人商議一事，拜煩令堂相陪。』」王貴應聲「曉得」，到裡邊去了。

周侗方對岳飛道：「已請王院君相陪，如今你可去請令堂了。」岳飛應允，回家與母親說知：「先生要請母親講話，特請王院君相陪，不知母親去與不去？」岳安人道：「既有王院君相陪，待我走遭，看是有何話說。」隨即換了幾件乾淨衣服，出了大門，把鎖來鎖了門，仝岳飛走到庄門首。早有王院君帶了丫環出來迎接，進內施禮坐定。王員外也來見過了禮，說道：「周先生有甚話說來請安人到舍，未知可容一見？」安人道：「既如此，請來相見便了。」王員外即着王貴到書房中去，與先生說知。

不多時，王貴、岳飛隨着周先生來至中堂，請岳安人見了禮。東邊王院君陪着岳安人，西首王員外仝周先生各各坐定，王貴仝岳飛兩個站❹在下首。周侗開言道：「請安人到此，別無話說。只因見令郎十分聰俊，老漢意欲螟蛉為子，特請安人到此相商。」岳安人聽了，不覺兩淚交流，說道：「此子產下

❹ 站：站立。

三日，就遭洪水之炕。妾受先夫臨危重托，幸蒙恩公王員外夫婦收留，尚未報答。我並無三男兩女，只有这一點骨血，只望接續岳氏一脉。此事實难從命，休得見罪。」周侗道：「安人在上，老夫不是擅敢唐突。因見令郎題詩抱負，後來必成大器。但無一個名師點撥，这叫做『玉不琢，不成器』。豈不可惜？老夫不是誇口，空有一身本事，傳了兩個徒弟，俱被奸臣害死。目下雖然教訓着這三個小學生，不該在王員外、安人面前說，那裡及得令郎這般英傑？那螟蛉之說非比過繼，既不更名，又不改姓，只要權時認作父子称呼，以便老漢將平生本事，盡心傳得一人。後來老漢百年之後，只要令郎將我这幾根老骨頭掩埋在土，不致暴露，就是完局了。望安人慨允。」

岳安人聽了，尚未開言，岳飛道：「既不更名改姓，請爹爹上坐，待孩兒拜見。」就走上前，朝著周侗跪下，深深的就是八拜。列位看官，這不是岳飛不遵母命，就肯草草的拜認別人為父。只因久慕周先生的才學，要他教訓詩書，傳授武藝，故此拜他。誰知這八拜，竟拜出一個武昌開國公、太子少保、總督兵粮、統屬文武都督、大元帥來。當時拜罷，又向著王員外、王院君行了禮，然後又向岳安人面前拜了幾拜。岳安人半悲半喜，無可奈何。王員外吩咐安排筵席，差人請了張達、湯文仲來，與周侗賀喜。王院君陪岳安人自在後廳相敘。當晚酒散，各自回去，不提。

次日，岳飛進館攻書。周侗見岳飛家道貧寒，就叫他四人結為弟兄。各人回去，與父親說知，盡皆歡喜。從此以後，周侗將十八般武藝，盡傳授與岳飛。

不覺光陰如箭，夏去秋來，看看岳飛已長成一十三歲。眾兄弟們一仝在書房中朝夕攻書。雖是周侗教法精妙，他們四個却是再來人，所以不上幾年，各人俱是能文善武。一日，正值三月天氣，春暖花香，周侗對岳飛道：「你在館中，與眾兄弟用心作文。我有個老友志明長老，是個有德行的高僧，他在瀝泉山，一向不曾去看得他，今日無事，我去望望他就來。」岳飛道：「告稟爹爹：难得這樣天光，爹爹路上獨自一個又寂寞，不如帶我弟兄們一同去走走，又好與爹爹作伴，又好讓我們去認認那個高僧，何如？」周侗想了想道：「也罷。」遂仝了四個學生，出了書房門，叫書童鎖好了門。

五個人一仝往瀝泉山來。一路上春光明媚，桃李爭妍，不覺欣欣喜喜。將到山前，周侗立定脚，見那東南角上有一小山，心中暗想：「好塊風水地！」岳飛問道：「爹爹看什么？」周侗道：「我看這小山，山向甚好，土色又佳，來龍得勢，藏風聚氣，好個風水！不知是那家的產業。」王貴道：「此山前後團團一帶，都是我家的。先生若死了，就葬在此不妨。」岳飛喝道：「休得亂道。」周侗道：「這也不妨。人孰無死？只要學生不要忘了就是。」就對岳飛道：「此話我兒記着，不要忘了。」岳飛應聲「曉得」。

一路閑說，早到山前。上山來不半里路，一帶茂林裡現出兩扇柴扉。周侗就命岳飛叩門，只見一個小沙彌開出門來，問聲：「那個？」周侗道：「煩你通報師父一聲，說：『陝西周侗，特來探望。』」小沙彌答應進去。不多時，只見志明長老手持拐杖走將出來，笑臉相迎。二人到客堂內，見禮坐下。四個少年侍立兩傍。長老敘了些寒溫，談了半日舊話，又問起周侗近日的起居。周侗道：「小弟只靠這幾個小徒。這個岳飛乃是小弟螟蛉之子。」長老道：「妙極！我看令郎骨格清奇，必非凡品，也是吾兄修來的。」一面說，一面吩咐小沙彌去備辦素齋相待。看看天色已晚，當夜打掃淨室，就留師徒五個安歇了。長老自往雲床上打坐。

到了次日清早，周侗辭別長老要回去。長老道：「难得老友到此，且待早齋了去。」周侗只得應允。坐下少刻，只見小沙彌捧上茶來，吃了，周侗道：「小弟一向聞說這裡有個瀝泉，烹茶甚佳，果有此說否？」長老道：「這座山原名瀝泉山，山後有一洞，名為瀝泉洞。那洞中這股泉水本是奇品，不獨味甘，若取來洗目，便老花復明。本寺原取來烹茶待客，不意近日有一怪事，那洞中常常噴出一股烟霧迷漫，人若觸着他，便昏迷不醒，因此不能取來奉敬。這幾日只吃些天泉。」周侗道：「這是小弟無緣，所以有此奇事。」

那岳飛在傍聽了，暗暗想道：「既有這等妙處，怕什么霧！多因是這老和尚慳吝，故意說这等話來唬嚇人。待我去取些來與爹爹洗洗眼目，也見我一點孝心。」遂暗暗的向小沙彌問了山後的路徑，討個大茶碗，出了菴門，轉到後邊。只見半山中果有一縷流泉，傍邊一塊大石上邊，鐫著「瀝泉奇品」四個大字，却是蘇東坡的筆跡。那泉上一個石洞，洞中却伸出一個斗大的蛇頭，眼光四射，口中流出涎來，點點滴滴，滴在泉內。岳飛忖道：「這個孽畜，口內之物，有何好處？滴在水中，如何用得？待我打死他。」便放下茶碗，捧起一塊大石頭，覷得親切，望那蛇頭上打去。不打時猶可，这一打，不偏不歪，恰恰打在蛇頭上。只聽得呼的一聲响，一霎時星霧迷漫，那蛇銅鈴一般的眼，露出金光，張開血盆般大口，望著岳飛撲面撞來。岳飛連忙把身子一側，讓過蛇頭，趁著勢，將蛇尾一拖。一聲响亮，定睛再看時，手中拿的那裡是蛇尾，卻是一條丈八長的醮金鎗，鎗桿上有「瀝泉神矛」四個字。回頭看那泉水，已乾涸了，並無一滴。

岳飛十分得意，一手拿起茶碗，一手提著这鎗，回至菴中，走到周侗面前，細細把此事說了一遍。

周侗大喜。長老叫聲：「老友！這瀝泉原是神物，令郎定有登臺拜將之荣。但這裡的風水，已被令郎所破，老僧难以久留，只得仍回五臺山去了。但這神鎗，非比凡間兵器，老僧有兵書一冊，內有傳鎗之法，并行兵佈陣妙用，今贈與令郎用心溫習。我與老友俱是年邁之人，後會無期。再二十年後，我小徒道悅在金山上與令郎到有相會之日。謹記此言。老僧從此告別。」周侗道：「如此說來，俱是小弟得罪，有誤師父了。」長老道：「此乃前定，與老弟何罪之有？」說罷，即進雲房去，取出一冊兵書，上用錦匣藏鎖，出來交與周侗。周侗吩咐岳飛好生收藏。

拜別下山，回至王家庄。周侗好生歡喜，就叫他弟兄們置備弓箭習射，將鎗法傳授岳飛。他弟兄四個每日在後面空場上，開弓射箭，舞劍掄刀。一日，周侗問湯怀道：「你要學甚么傢伙？」湯懷道：「弟子見岳大哥舞的鎗好，我也鎗罷。」周侗道：「也罷，就傳你個鎗法。」張顯道：「弟子想那鎗雖好，倘然一鎗戳去，刺不着，過了頭，須得鎗頭上有個鈎兒方好。」周侗道：「原有这個傢伙，名叫『鈎連鎗』。我就畫個圖樣與你，叫你父親去照樣打成了來，教你鈎連鎗法罷。」王貴道：「弟子想來，妙不過是大刀，一刀砍去，少則三四個人，多則五六個。若是早上砍到晚上，豈不有幾千幾百個？」周侗原曉得王貴是個一勇之夫，便笑道：「你既愛使大刀，就傳你大刀罷。」

自此以後，隻日習文，單日習武。那周侗是那東京八十萬禁軍教頭林沖的師父，又傳過河北大名府盧俊義的武藝，本事高強。岳飛又是個再來人，少年力量過人。周侗年邁，巴不的將平生一十八般武藝，盡心傳授與螟蛉之子。所以岳飛文武隻全，比盧、林二人更高。这也不在話下。

一日，三個員外同先生在庄前閑步，只見村中一個里長，走上前來施禮道：「三位員外同周老相公在此，小人正來有句話稟上：昨日縣中行下牌來小考，小人已將四位小相公的名字，開送縣中去了，特來告知，本月十五日要進城，員外們須早些打點打點。」王明道：「你這人好沒道理，要開名字，也該先來通知我們，商議商議，你知道我們兒子去得去不得？就是你的兒子也要想想看，怎的竟將花名開送進縣？那有此理！」周侗道：「罷了。他也是好意，不要埋怨他了。令郎年紀雖輕，武藝可以去得的了。」又對里長道：「得罪你了，另日補情罷。」那里長覺道沒趣，便道：「好說。小人有事要往前村去，告別了。」周侗便對三個員外說道：「各位賢弟，且請回去整備令郎們的考事罷。」眾員外告別，各自回家。

周侗走進書房來，對張顯、湯懷、王貴三個說：「十五日要進城考武，你們回去叫父親置備衣帽弓馬等類，好去應考。」三人答應一聲，各自回去，不題❺。

周侗又叫岳飛也回去與母親商議，打點進縣應試。那岳飛稟道：「孩兒有一事，难以應試，且待下科去罷。」周侗便問：「你有何事，推却不去？」那岳飛言無數句，話不一席，有分教：

❺題：說起；提起。後多作「提」。

千人叢內，顯穿楊❻手段；五百年前，締種玉姻緣❼。

不知岳飛說出幾句甚麼話來，且聽下回分解。

---

❻ 穿楊：謂射箭能在遠處命中楊柳的葉子。是極力形容射技的精湛。

❼ 種玉姻緣：晉干寶搜神記卷十一：「公汲水作義漿於坂頭，行者皆飲之。三年，有一人就飲，以一斗石子與之，使至高平好地有石處種之，云：『玉當生其中。』楊公未娶，又語云：『汝後當得好婦。』語畢不見。乃種其石，數歲，時時往視，見玉子生石上，人莫知也。有徐氏者，右北平著姓，女甚有行，時人求，多不許。公乃試求徐氏，徐氏笑以為狂。因戲云：『得白璧一雙來，當聽為婚。』公至所種玉田中，得白璧五雙，以聘。徐氏大驚，遂以女妻公。」後因以「種玉」比喻締結良緣。

第五回　岳飛巧試九枝箭　李春慨締百年姻

詩曰：

未曾金殿❶去傳臚❷，先識魚龍變化多。不用屏中圖孔雀，却教仙子近嫦娥。

話說當時周侗問岳飛：「為着何事，不去應試？」岳飛稟道：「三個兄弟俱是豪富之家，俱去備辦弓馬衣服。你看孩兒身上這般襤襤褸褸，那有錢來買馬？為此說且待下科去罷。」周侗點頭道：「這也說的是。也罷，你隨我來。」岳飛隨了周侗到臥房中開了箱子，取出一件半新不舊的素白袍，一塊大紅片錦，一條大紅鸞帶，放在桌上。叫聲：「我兒，這件衣服，與你令堂講，照你的身材，改一件戰袍，餘下的改了一頂包巾。這塊大紅片錦，做一個坎肩，一副紮袖。大紅鸞帶，拿來束了。將王員外送我的這匹馬，借與你騎了。到十五清早，就要進城的，可連夜收拾起來。」岳飛答應一聲，拿回家去，對母親說知就裏。安人便連夜動手就做。

❶ 金殿：指宮殿。

❷ 傳臚：科舉時代，殿試唱名的一種儀式。在公布名次之日，皇帝至殿宣布，由閣門承接，傳於階下，衛士齊聲傳名高呼，叫傳臚。

次日，周侗獨坐書房，觀看文字，聽得腳步响，抬頭見湯懷走進來道：「先生拜揖。家父請先生看看學生，可是這般裝束麼？」周侗見那湯懷，頭上帶一頂素白包巾，頂上綉着一朵大紅牡丹花，身上穿一領素白繡花戰袍，頸邊披着大紅繡絨坎肩，兩邊大紮袖，腰間勒着銀軟帶，腳登烏油粉底靴。周侗道：「就是這等裝束罷了。」湯懷又道：「家父請先生明日到舍下用了飯，好一仝進城。」周侗道：「這到不必，總在教場❸會齊便了。」

湯懷纔去，又見張顯進來，帶着一頂綠緞子包巾，也綉着一朵牡丹花，身穿一領綠緞繡花戰袍，也是紅坎肩、紅紮袖，軟金帶勒腰，腳穿一雙銀底綠緞靴。向周侗作了一個揖道：「先生看看學生，可像個武中朋友么？」周侗道：「好。你回去致意令尊，明日不必等我，可在教場中會齊。」張顯答應回去。劈腳跟王貴走將進來，呌道：「先生，請看學生穿着何如？」但見他身穿大紅戰袍，頭帶大紅包巾，繡著一朵白粉團花，披着大紅坎肩，大紅紮袖，赤金軟帶勒腰，腳下穿著金黃緞靴。配着他這張紅臉，渾身上下，火炭一般。周侗道：「妙啊！你明日同爹爹先進城去，不必等我，我在你岳大哥家吃了飯，仝他就到教場中來會齊便了。」

方纔打發王貴進去，岳飛又走進來道：「爹爹，孩兒就是這樣罷？」周侗道：「我兒，目下且將就些罷。你弟兄們已多約定，明日在教場中會齊。我明日要在你家中吃飯，同你起身。」岳飛道：「只是孩兒家下沒有好菜欵待。」周侗道：「隨便罷了。」岳飛應諾，辭別回家，對母親說了。

到次日清晨，周侗過來，同岳飛吃了飯，起身出門。周侗自騎了這匹馬，岳飛跟在後頭。一路行來，

❸ 教場：舊時操練或比武的場地。

直至內黃縣教場。

你看人山人海，各樣趕集的買賣并那茶篷酒肆，好不熱鬧！周侗揀一個潔淨茶篷，把馬拴在門前樹上，走進篷來，父子兩個佔一副座頭吃茶。那三個員外是城中俱有親友的，各各扛抬食物，送到教場中來，揀一個大酒篷內坐定，叫庄丁在四下去尋那先生和岳大爺。那庄丁見了這匹馬，認得是周侗的，望裡面一張，見他父子兩個坐着。即忙回至酒篷，報與各位員外。三個員外忙叫孩兒們仝了庄丁來至茶篷內，見了先生道：「家父們俱在對過篷內，請先生和岳大哥到那裡用酒飯。」周侗道：「你們多去致意令尊：『這裏不是吃酒的所在。』你們自去料理，停一會點到你們名字，你三人上去答應。那縣主倘問及你哥哥，尔等可禀說：『在後就來。』」王貴便問道：「為甚麼不叫哥哥仝我們一齊上去么？」周侗道：「爾等不知，非是我不叫他仝你們去，因你哥哥的弓硬些，不顯得你們的手段，故此叫他另考。」那三個方纔會意，辭別先生，回到酒蓬與眾員外說了此話，眾員外讚羡不已。

不多時，那些各鄉鎮上的武童，紛紛攘攘的到來。真個是「貧文貴武」，多少富家兒郎，穿着得十分齊整，都是高頭駿馬，配着鮮明華麗的鞍甲，一個個心中俱想取了，好上東京去取功名。果然人山人海，說不盡繁華富麗。再一會，只見縣主李春，前後跟隨了一眾人役，進教場下馬，在演武廳上坐定。左右送上茶來吃了，看見那些赴考的人好生熱鬧，縣主暗喜：「今日若選得幾個好門生，進京得中之時，連我也有些光彩。」

少刻，該房書吏送上冊籍。縣主看了，一個個點名叫上來，挨次比箭，再看弓馬。此時演武廳前，但聽得嗤嗤的箭，响聲不絕。那周侗和岳大爺在茶篷內，側著耳朵，聽著那些武童們的箭聲。周侗不覺微微含笑。岳飛問道：「爹爹為何好笑？」周侗道：「我兒，你聽見么？那些比箭的，但聽得弓聲箭响，不聽得鼓聲响，豈不好笑么？」

那李縣主看射了數牌，中意的甚少。看看點到麒麟村，大叫：「岳飛！」叫了數聲，全無人答應。又叫：「湯懷！」湯懷應聲道：「有。」又叫張顯、王貴兩個，兩個答應。三個一齊上來。眾員外俱在篷子下睜着眼睛觀看，俱巴不得兒子們取了，好上京應試。當時縣主看了三個武童比眾不仝。行禮已畢，縣主問道：「還有一名岳飛，為何不到？」湯懷稟道：「他在後邊就來。」縣主道：「先考你們弓箭罷。」湯懷稟說：「求老爺吩咐把箭垜擺遠些。」縣主道：「已經六十步，何得再遠？」湯懷道：「還要遠些。」縣主遂吩咐：「擺八十步上。」張顯又上來稟道：「求老爺還要遠些。」縣主又吩咐：「擺整一百步。」王貴叫聲：「求大人再遠些。」縣主不覺好笑起來：「既如此，擺一百二十步罷。」從人答應，下去擺好箭垜。

湯懷立着頭把，張顯立了二把，王貴是第三把。你看他三個開弓發箭，果然奇妙，看的眾人齊聲喝采，連那縣主都看得呆了。你道為何？那三個人射的箭，與前相反，箭箭上垜，並無虛發。但聞擂皷响，不聽見弓箭的聲音，直待射完了，鼓聲方住。三人仝上演武廳來，縣主大喜，便問：「你三人弓箭，是何人傳授？」王貴道：「是先生。」縣主道：「先生是何人？」王貴又道：「是師父。」縣主哈哈大笑道：「你武藝雖高，肚裡却是不通。是那個師父，姓甚名誰？」湯懷忙上前稟道：「家師是関西人，姓周名侗。」縣主道：「原來令業師就是周老先生。他是本縣的好友，久不相會，如今却在那裡？」湯懷道：「現在下邊茶篷內。」縣主聽了，隨即差人同着三人來請周侗相見，一面就委衙官看眾人比箭。

不多時，周侗帶了岳飛到演武廳來，李春忙忙下堦迎接。見了禮，分賓主坐下。縣主道：「大哥既在敝縣設帳，不蒙賜顧，却是為何？」周侗道：「非是為兄的不來看望，那麒麟村中的居民，最好興詞搆訟，若為兄的到賢弟衙裡走動了，就有央說人情等事。賢弟若聽了情分，就壞了國法；不聽，又傷了和氣，故此不來為妙。」李春道：「極承見諒了。」周侗道：「別來甚久，不知曾生下幾位令郎了？」縣主道：「先室已經去世，只留下一個小女，十五歲了。」周侗道：「既無令公子，是該續娶了。」縣主道：「小弟因有些賤恙，不時舉發，所以不敢再娶。未知大哥的嫂嫂好么？」周侗道：「也去世多年了。」李春道：「曾有令郎否？」周侗把手一招，叫聲：「我兒，可過來見了叔父。」岳飛應聲上前，向着縣公行禮。李春看了笑道：「大哥又來取笑小弟了，這樣一位令郎，是大哥幾時生的？」周侗道：「不瞞老弟說，令愛是親生，此子却是愚兄螟蛉的。名喚岳飛，請賢弟看他的弓箭如何？」李春道：「令徒如此，令郎一定好的，何須看得。」周侗道：「賢弟此乃為國家選取英才，是要從公的。況且也要使大眾心服，豈可草草任情么？」李春道：「既如此，叫從人將垜子取上來些。」岳大爺道：「再要下些。」縣主道：「就下些。」從人答應。岳飛又稟：「還要下些。」李春向周侗道：「令郎能射多少步數？」周侗道：「小兒年紀雖輕，却開得硬弓，恐要射到二百四十步。」李春口內称贊，心裡不信，便吩咐：「把箭垜擺列二百四十步。」

列位要曉得，岳大爺的神力，是周先生傳授的「神臂弓」，能開三百餘斤❹，并能左右射，李縣主如何知道？看那岳大爺走下堦去，立定身，拈定弓，搭上箭，颼颼的連發了九枝。那打鼓的從第一枝箭打

❹ 斤：宋朝一斤約合今一點二斤。

起，直打到第九枝，方纔住手。那下邊这些看考的眾人齊聲喝采，把那各鄉鎮的武童都驚呆了。就是三個員外，同著湯懷、張顯、王貴三個在茶篷內看了，也俱拍手稱妙。只見那打箭的，連着這塊泥並九枝箭，一摠捧上來，稟道：「這位相公，真個希奇！九枝箭從一孔中射出，箭攢斗上❺。」李春大喜道：「令郎青春幾歲了？曾畢姻否？」周侗道：「虛度二八，尚未定親。」李春道：「大哥若不嫌棄，願將小女許配令郎，未識尊意允否？」周侗道：「如此甚妙，只恐攀高不起。」李春道：「相好弟兄，何必客套。小弟即此一言為定，明日將小女庚帖送來。」周侗謝了，即叫岳飛：「可過來拜謝了岳父。」岳飛即上來拜謝過了。周侗暗暗歡喜，隨即作別起身道：「另日再來奉拜。」李春道聲：「不敢，容小弟奉屈到衙一敘。」周侗回道：「領教。」遂別了李春，同岳飛下演武廳來。到篷內同了眾員外父子們，一齊出城回村，不表。

且說那李知縣公事已畢，回至衙中。到了次日，將小姐的庚帖寫好，差個書吏，送到周侗館中去。書吏領命，來到了麒麟村，問到王家庄上，庄丁進來報與周侗，周侗忙教請進。那書吏進到書房，見了周侗，行禮坐定，便道：「奉家老爺之命，特送小姐庚帖到此，請老相公收了。」周侗大喜，便遞與岳飛道：「這李小姐的庚帖，可拿回去供在家堂上。」岳飛答應，雙手接了，回到家中，與母親說知。岳安人大喜，拜過家堂祖宗，然後觀看小姐的年庚。說也奇異，卻與岳大爺仝年仝月仝日仝時生的，豈不是姻緣輻湊❻？不在話下。

---

❺ 箭攢斗上：箭攢聚於背面。因箭中垛沒羽，故於背面見之。攢，音ㄘㄨㄢˊ。聚集；集中。斗，背面。春秋運斗樞：「居陰背陽」。

這邊周侗封了一封礼物，送與書吏道：「有勞尊兄遠來，無物可敬，些些代飯，莫嫌輕褻！」書吏道聲：「不敢。」收了礼物，稱謝告別回去。不提。

再說岳大爺復至館中，周侗吩咐：「明日早些仝我到縣裡去謝了丈人。」岳大爺應聲：「曉得。」過了一夜，次早天明，父子兩個梳洗了，就出了庄門。步行進城，來到縣門首，將兩張謝帖在宅門上投進。李春即時開了宅門，出來接進內衙。行禮畢，岳飛拜謝了贈親之恩，李春回了半禮，敘坐談心。少停，擺上筵席，三人坐飲了一會，從人將下桌搬出去，周侗見了，便道：「小弟兩個是步行來的，沒有帶得家人來，不消費心得。」李春道：「既如此，賢婿到此，無物相贈，小弟還有幾十匹馬，未曾賣完，奉送令郎一匹如何？」周侗道：「小兒習武，正少一騎，若承厚賜，極妙的了。酒已過多，到是同去看看馬，再來飲酒罷。」李春道：「使得。」便起身，一仝二人來到後邊馬房內，命馬夫：「取套杆，伺候挑馬。」馬夫答應一聲。周侗便悄悄的對岳飛道：「你可放出眼力來，仔細挑選，这是丈人送的，不便退換。」岳飛道：「曉得。」就走將下去，細細一看，他本性心裡最喜白馬的，有那顏色好些的，把手一按，脚都殂下去了。連挑數匹，俱是一般，並無一匹中意。李春道：「難道这些馬都是無用的麼？」岳大爺答道：「这些馬並非是無用，只好那富家子弟配著華麗鞍轡，遊春玩景，代步而已。門婿心上須要選那上得陣，交得鋒，替國家辦得事業，自己掙得功名，这樣的馬纔好。」李縣主搖著頭道：「我这是賣剩得这幾十匹馬，也不過送一匹與賢婿代代步。那有這樣好馬？」

正說之間，忽聽得隔壁馬嘶聲响。岳大爺道：「这叫聲，卻是好馬！不知在何處？」周侗道：「我

---

❻ 姻緣輻湊：姻緣聚攏。輻，車輪中湊集於中心轂上的直木。

兒聽見聲音，又未見馬，怎知他是好馬？」岳飛道：「爹爹，豈不聞此馬聲音洪喨，必然力大，所以說是好的。」李春道：「賢婿果然不錯，此馬乃是我家人周天祿在北地買回，如今已有年餘。果然力大無窮，見了人亂踢亂咬，無人降得住他，所以賣了去又退回來，一連五六次，只得將他鎖在隔壁這墻內。」岳大爺道：「何不仝小婿去一看？」李春道：「只怕賢婿降不住他，若降得住，就將來相贈便了。」便叫馬夫開了門，馬夫叫聲：「岳大爺！須要仔細，這馬却要傷人的。」岳大爺把馬相了一相，便把身上的海青❼脫掉了，上前來。那馬見有人來，不等岳大爺近身，就舉起蹄子亂踢。岳大爺纔把身子一閃，那馬又回轉頭來乱咬。岳大爺望後又一閃，趂勢一把，把鬃毛抓住，舉起拳來便打，一連幾下，那馬就不敢動了。正是：

驊騮❽逢伯樂❾，馳騁遇王良❿。

不知後事如何，且聽下回分解。

---

❼ 海青：方言。大袖長袍。
❽ 驊騮：周穆王八駿之一。泛指駿馬。
❾ 伯樂：春秋秦穆公時善於相馬的人。
❿ 王良：春秋時晉國善於馭馬的人。

第六回　瀝泉山岳飛廬墓　亂草崗牛皐剪徑

詩曰：

飄蓬❶身世兩茫然，回首孤雲更可憐。運籌絳帳無他慮，只圖四海姓名傳。

自古道：「物各有主。」這馬該是岳大爺騎坐的，自然伏他的教訓，動也不敢動，聽憑岳大爺一把牽到空地上。仔細一看，自頭至尾足有一丈長短，自蹄至背約高八尺，頭如博兔❷，眼若銅鈴，耳小蹄圓，尾輕胸闊，件件俱好。但是渾泥污濁，不知顏色如何，看見傍邊有一小池，岳大爺就叫馬夫：「拿刷鉋來。」馬夫答應，取了刷鉋，遠遠的站立著，不敢近前。岳大爺道：「不妨事。我拿住在此，你可上前來，與我刷洗乾淨了。」馬夫道：「姑爺須要拿緊了，待我將舊籠頭替他上了，然後洗刷。」岳大爺道：「不妨，你上來就是。」馬夫即將籠頭上了，將馬牽到池邊，替他刷洗得乾淨。岳大爺看了，果然好匹馬，却原來渾身雪白，並無一根雜毛，好不歡喜。岳大爺穿好了衣服，把馬牽到後堂堦下，拴住了，上廳拜謝岳父贈馬之恩。李春道：「一匹馬，何足掛意」。又命家人去取出一副好鞍轡來，備好在馬

❶ 飄蓬：蓬，即蓬蒿，遇風常吹折離根，隨風飄飛不止。詩中比喻飄泊不定的身世。

❷ 博兔：大兔。

背上。周侗在傍看了，也喝采不迭。

三個重新入席，又飲了幾盃。起身告別，李春再三相留不住，叫馬夫又另備了一匹馬，送周老相公回去。那馬夫答應了，又去備了一匹馬。李春送出了儀門，作別上馬。馬夫跟在後頭，出了內黃縣城門。周侗道：「我兒，這馬雖好，但不知跑法如何？你何不出一轡頭，我在後面看看如何？」岳大爺應道：「使得。」就加上一鞭，放開馬去。只聽得忽喇喇四個馬蹄翻盞❸相似，往前跑去。周侗這老頭兒一時高興起來，也加上一鞭，一轡頭趕上去。這馬雖比不得岳大爺的神馬，那馬夫那裡跟得上來，直赶得汗流氣喘不住。

那父子兩個，前後一直跑到了庄門首，下馬進去。周侗稱了五錢銀子，賞了馬夫。馬夫叩謝了，騎了那匹原來的馬，自回去了。這裡岳大爺將那匹馬牽回家中，與母親細說岳父相贈之事。母子各各感激周先生提挈之恩。

且說那周侗只因跑馬跑得熱了，到得書房，就把外衣脫了，坐定，取過一把扇子，連搧了幾搧。看看天色晚將下來，覺得眼目昏花，頭裡有些疼痛起來，坐不住，只得爬上床睡。不一會，胸腹脹悶，身子發寒發熱起來。岳大爺聞知，連忙過來服侍。過了兩日，越覺沉重。這些弟子俱來看望。員外們個個求醫問卜，好生煩惱。岳大爺更為着急，不離左右的伏侍。到了第七日，病勢十分沉重。眾員外與岳飛、王貴等，俱在床前問候。

周侗對岳飛道：「你將我帶來的箱籠物件，一應都取將過來。」岳大爺答應一聲，不多時，都取來

❸ 翻盞：形容馬蹄疾騰的樣子。

擺在面前。周侗道：「难得眾位賢弟們俱在這裡，愚兄病入膏肓，諒來不久于世的了！这岳飛拜我一場，無物可贈，慚愧我漂流一世，並無積蓄，只有这些須物件，聊作記念。草草後事，望賢弟備辦的了。」眾員外道：「大哥請放心調養，恭喜好了，就不必說；果有不妥，弟輩豈要鵬舉費心。」周侗又叫聲：「王賢弟，那瀝泉山東南小山下，有塊空地，令郎說是尊府的產業，我却要葬在那裡，未知王賢弟允否？」王明回道：「小弟一一領教便了。」周侗道：「全仗，全仗！」便叫岳飛過來拜謝了王員外。岳飛就連忙跪下拜謝。王員外一把扶起道：「鵬舉何須如此。」周侗又對三個員外說：「賢弟們若要諸姪成名，須離不得鵬舉。」言畢痰湧而終。時乃宣和十七年九月十四日，行年七十九歲。

岳飛痛哭不已，眾人莫不悲傷。當時眾員外整備衣衾棺槨，靈柩停在王家庄，請僧道做了七七四十九日經事，送往瀝泉山側首。殯葬已畢，岳大爺便在坟上搭個蘆棚，在內守墓。眾員外時常呌兒子們來陪伴。

時光易過，日月如梭，過了隆冬，倏忽已是二月清明時節。眾員外帶了兒子們來上坟，一則祭奠先生，二則與岳大爺收淚。王員外叫聲：「鵬舉！你老母在堂，無人侍奉，不宜久居此地，可收拾了同我們回去罷。」岳大爺再三不肯。王貴道：「爹爹不要勸他，待我把这牢棚子拆掉了，看哥哥住在那里！」湯懷、張顯齊聲拍手道：「妙阿，妙阿！我們大家來。」不一時，三個小弟兄，你一拔，我一掀，把那蘆棚拆得乾乾淨淨。岳大爺無可奈何，只得哭拜一場，回身又謝了眾員外。眾員外道：「我等先回，孩兒們可仝岳大哥慢慢的來便了。」眾小爺應聲「曉得」。眾員外俱乘著轎子，先自回庄。

這裡四個小弟兄揀了一個山嘴，呌庄丁將菓盒擺開，坐地飲酒。湯懷道：「岳大哥，老伯母獨自一人在家中，好生慘切，得你今日回去，纔得放心。」張顯道：「大哥，小弟們文字武藝盡生疏了，將來怎好去取功名。」岳大爺道：「賢弟們，我因義父亡過，这『功名』兩字到也不在心上。」王貴道：「先師之恩雖是難忘，那功名也是要緊事情。若是大哥無心，小弟們越發無望了。」

弟兄們正在閑談，忽聽得後邊草响。王貴起身回頭將脚向草中这一攪，只見草叢中扒❹將一個人出來，呌聲：「大王饒命。」早被王貴一把拎將起來，喝道：「快獻寶來！」岳大爺忙上前喝道：「休得胡說，快些放手。」王貴大笑，把那人放下。岳大爺問道：「我們是好人，在此祭奠坟墓，吃盃酒兒，怎么稱我們做大王？」那人道：「原來是幾位相公。」便向草內說：「你們都出來，不是歹人，是幾位相公。」只聽得枯草裡颼颼的响，猛然走出二十多個人來，都是背著包裹雨傘的，齊說：「相公們，這裡不是吃酒的所在。前邊地名呌做亂草崗，原是太平地面。近日不知那里來了一個強盜，在此攔路，要搶來往人的財帛，現今攔住一班客商。小人們是在後邊抄小路到此，見相公們人眾，疑是歹人，故此躲在草內，不道驚動了相公們。小人們自要往內黃縣去的。」岳大爺道：「內黃縣是下山一直大路，爾等放心去罷。」眾人謝了，歡歡喜喜的去了。

岳大爺便對眾兄弟道：「我們也收拾回家去罷。」王貴道：「大哥，那強盜不知是怎么樣的，我們去看看也好。」岳大爺道：「那強盜不過昧着良心，不顧性命，希圖目下之富，那顧後來結果。這等人看他做甚么？」王貴道：「我們不曾見過，去看看也不妨事。」岳大爺道：「我們又沒有兵器在此，倘然他動手動脚起來，將如之何？」張顯道：「大哥，我們揀那不多大的樹，拔他兩棵起來，也當得兵器。

---

❹ 扒：通「爬」。

難道我們弟兄四個人，到怕了一個強盜不成？」湯懷道：「哥哥，譬如在千軍萬馬裡邊也要去走走，怎么說了強盜，就是這等怕。」岳大爺見弟兄們七張八嘴，心中暗想：「我若不去，眾兄弟把我看輕了，只道我沒有胆量了。」吩咐庄丁：「你等先收拾回庄，我們去去就來。」內中有幾個胆大的庄丁說道：「大爺帶挈我們也去看看。」岳大爺道：「你這些人好不知死活，倘然強盜兇狠，我們自顧不暇，那裡還照應得你等。这是什么好看的所在，帶你們去不得的。」眾人道：「大爺說得是，小人們回去了。」

他弟兄三個等不的，各人去拔起一棵樹來，去了根稍，大家拿了一枝，望後山轉到亂草崗來。遠遠就望見這個強盜，面如黑漆，身軀長大，頭帶一頂鑌鉄盔，身上穿著一副鑌鉄鎖子連环甲，內襯一件皂羅袍，緊束着勒甲絛，騎着一匹烏騅馬，手提兩條四楞鑌鉄鐧。攔住着一夥人，約有十五六個，一齊跪在地下討饒道：「小的們沒有什麼東西，望大王爺饒命罷。」那好漢大喝道：「快拿出來，饒你們狗命！不拿出來，叫你們一個個都死！」岳大爺看見，便道：「賢弟們，你看那強盜好條大漢，待愚兄先去會他一會，賢弟們遠遠的觀看，不可就上前來。」湯懷道：「哥哥手無寸鉄，怎麼去會他？」岳大爺道：「我看此人氣質粗鹵，可以智取，不可力敵。倘然我敵他不過，你們再上來也不遲。」

說罷，就走到前面，叫聲：「朋友！小弟在此，且饒了这干人去罷。」那個好漢舉頭一看，見岳大爺龍長秀臉❺，相貌魁偉。便道：「你也該送些與我。」岳大爺道：「自然呢。自古說的好：『在山吃山，靠水吃水。』怎說不該送？」那好漢聽了，便道：「你這個人說的話，到也在行。」岳大爺道：「我是個大客商，夥計、車輛都在後邊。這些人俱是小本經紀，有甚油水？可放他們去，少停，待我等多送

❺ 龍長秀臉：浙東方言有長龍臉、瓜子臉、鵝蛋臉等。句意為長了一副長龍秀臉。

些與大王便了。」那個好漢聽了，便對眾人道：「既是他這等講，放你們去罷。」眾人聽說，叩了頭，爬起身來，沒命的飛跑去了。

那好漢對岳大爺道：「如今你好拿出來了。」岳大爺道：「我便是這等說了，只是我有兩個夥計不肯，却怎麼處？」好漢道：「你夥計是誰？却在那裡？」岳大爺把兩個拳頭漾了一漾道：「这就是我的夥計。」好漢道：「这是怎么講？」岳大爺道：「你若打得過他，便送些與你；如若打他不過，却是休想。」那好漢怒道：「諒你有何本事，敢來捋虎鬚？但你一么精拳頭，我是鉄鐗，贏了你，算不得好漢。也罷，我也是拳頭對你罷。」一面說，一面把雙鐗掛在鞍轎上，跳下馬來，舉起拳頭，望岳大爺劈面打來。眾兄弟看見，齊吃了一驚，却待要向前，只見岳大爺也不去招架他的拳頭，竟把身子一閃，反閃在那漢身後。那漢撤轉身又是一拳，望心口打來，这岳大爺把身子向左邊一閃，早飛起右脚來，這一脚正踢着那漢的左肋，顛翻在地。

湯懷等見了，齊聲叫道：「好武藝！好武藝！」那好漢一軲轆扒將起來，大叫一聲：「氣殺我也！」遂在腰間拔出那把劍來，就要自刎。岳大爺慌忙一把攔腰抱住，叫聲：「好漢，為何如此？」那漢道：「我從來沒有被人打倒，今日出醜，罷了！罷了！真真活不成了！」岳大爺道：「你这朋友真真性急！我又不曾與你交手，是你自己靴底滑跌了一交，你若自盡，豈不白送了性命？」那漢回頭看著岳大爺道：「好大力氣！」便問：「尊姓大名？何方人氏？」大爺道：「我姓岳名飛，就在此麒麟村居住。」那漢道：「你既住在麒麟村，可曉得有個周侗師父么？」岳大爺道：「这是先義父。你緣何認得？」那漢聽了，便道：「怪不得我輸與你了，原來是周師父的令郎。何不早說？使小弟得罪了！」連忙的拜將下去。

岳大爺連忙扶起。

兩個便在草地上坐了，細問來歷。那漢道：「不瞞你說，我叫做牛臯，也是陝西人，祖上也是軍漢出身。只因我父親沒時，囑付我母親說，若要兒子成名，須要去投周侗師父，故此我母子兩個離鄉到此，尋訪周師父。有人傳說在內黃縣麒麟村內，故此一路尋來。經過這裡，却撞著一夥毛賊在此剪徑，被我把強盜頭打殺了，奪了他這副盔甲鞍馬，把幾個小嘍啰却都赶散了。因想我就尋見了周師父，將什么東西來過活？為此順便在這裡搶些東西，一來可以糊口，二來好拿些來做個進見之禮。不想會着你這個好漢。好人！你可仝我去見我母親，再引我去見見周侗師父罷。」岳大爺道：「不要忙，我有幾個兄弟，一發叫來相見。」就把手一招，湯懷等三個一齊上前相見，各各通了名姓。

牛臯引路，四弟兄一路同走。走不多遠，來到山坳內，有一石洞，外邊裝著柴扉。牛臯進內，與老母說知，老母出來迎接。四位進內，見禮坐下。老母將先夫遺命投奔周侗的話說了一遍，岳大爺垂淚答道：「不幸義父於去年九月已經去世了。」老母聞言，甚是悲切。對岳大爺道：「老身蒙先夫所托，不遠千里而來，不道周老相公已作故人❻。我兒失教，將來料無成名之日，可不枉了這一場！」岳大爺勸道：「老母休要悲傷，小姪雖不能及先義父的本領，然亦粗得皮毛。今既到此，何不仝到我舍間居住？我四弟兄一齊操演武藝，何如？」

牛母方纔歡喜，就進裡邊去，將所有細軟，打做一包。牛臯把老母扶上了這匹烏騅馬上騎了，背上包裹，便仝了一班小弟兄取路望王家庄來。到了庄門首，牛臯扶老母下了馬，到岳家來。見了岳安人，

❻ 故人：此處指已死的人。亦作「古人」。

細說此事。即時去請到三位員外來，牛皐拜見了，將前後事情說了一遍。眾員外大喜，當日就王員外家設席，與牛皐母子接風，就留牛母與岳安人同居作伴。揀個吉日，叫牛皐與小兄弟們也結拜做弟兄。岳大爺傳授牛皐武藝，兼講究些文字。

一日，弟兄五個，正在庄前一塊打麥場上比較鎗棒，忽見對面樹林內，一個人在那里探頭張望。王貴就赶上去，大喝一聲：「呔！你是甚么歹人，敢在我庄上來相脚色。」那個人不慌不忙，轉出樹林，上前深深作個揖，說出幾句話來，有分教：

岳爺爺再顯英雄手段，重整舊業家園。

正是：

五星炳炳聚奎❼邊，多士❽昂昂氣象鮮。萬里前程期唾手❾，馳驟爭看着祖鞭❿。

畢竟那人說出甚么話來？且聽下回分解。

---

❼ 奎：奎宿，二十八星宿之一，古人因其形似文字而認為它是主文運的。

❽ 多士：眾多之士。

❾ 唾手：比喻很容易。

❿ 祖鞭：晉劉琨給親舊信中說：「吾枕戈待旦，志梟逆虜，常恐祖生（指東晉名將祖逖）先吾著鞭耳！」後遂以「祖生鞭」作勉人努力進取的典故。

第七回　夢飛虎徐仁荐賢　索賄賂洪先革職

詩曰：

堪嘆人生似夢中，爭名奪利鬧烘烘。驀聽雞聲驚報曉，算來萬事一場空。

却說那人走上前來，作個揖便說道：「小人乃是這裡村中一個里長的便是。只因相州節度都院劉大老爺行文到縣，各處武童俱要到那裡考試，取了方好上京應試。特來通知岳大爺和眾位小爺。因見小爺們在此操演武藝，不敢驟然驚動，故此躲在林中觀看，並不是歹人。」岳大爺道：「我知道了。」那里長作別去了。次日岳大爺騎馬進城，來到內黃縣衙門內。門吏進內通報，知縣說一聲：「請進來相見。」門吏答應一聲，忙走出來，請岳大爺進去。這岳大爺走進內衙，拜見了岳父，便道：「小婿要往相州院考，特來拜別。還有一個結義兄弟也要去應試，只因前日未曾小考，要求岳父大人附冊送考。」李縣主道：「既是你的義弟，叫做什麼名字？我與他添上罷了。」岳飛道：「叫做牛臯。」李春吩咐從人記了補上，又道：「賢婿到相州，待我寫一封書與你帶去。」一面吩咐衙中擺酒款待，一面走進書房，寫了一封書，封得好了，出來交付與岳飛道：「我有一個仝年在相州做湯陰縣，叫做徐仁，為人正直，頗有聲名，就是都院也甚是敬重他的。賢婿可帶這封書去，與他看了，這補考諸事，就省辦了。」

岳大爺接書收好了，拜謝出來。回到家中，與眾員外說道：「小姪方纔到縣裡去，把牛兄弟名字也補上了。明朝是吉日，正好起身。」眾員外應允，各人回去端正行李馬匹。

到次日，都到王員外庄上會齊。五位弟兄各各拜別了父母，出庄上馬，前往相州進發。一路上曉行夜住，弟兄們說說笑笑，俱是憨憨頑頑，只有岳大爺心內暗想：「我原是湯陰祖籍，漂流在外。」不覺眼中流下淚來。

不一日，到了相州。眾弟兄進了南門，走不到里許，却就有許多客店。岳大爺抬頭看時，只見一家店門上掛著一扇招牌，上寫著「江振子安寓客商」七個大字。岳大爺看那店中，倒也潔淨，五人就下馬立定。裡邊江振子見了，連忙出來迎接，叫小二將五位客人行李搬上樓去，把馬都牽入後槽上料，自己却來陪那五個小爺坐下吃茶。問了名姓來歷，連忙整備接風酒飯。岳大爺向主人問道：「此時是甚么時候了？」江振子答道：「晌午了。」岳大爺呻吟道：「这便怎處？只好明日去了。」江振子道：「不知大爺要往何處去？这等要緊！」岳大爺道：「有封書要到縣裡去下一下。」江振子道：「若說縣裡，此刻還早得緊哩。這位縣主老爺在这裡歷任九載，為官清正，真個『兩袖清風，愛民如子』。幾次報陞，却被眾百姓攀轅留住。那個老爺坐了堂，直要到更把天方纔退堂，此時正早哩。」岳大爺道：「但不知此去縣前有多少路？」江振子道：「離此不遠。出了小店的門，投東轉上南去，看見這座衙門就是。」岳大爺聽畢，便去房中開箱子，取了書，鎖好了房門，一仝眾兄弟出了店門，望縣前來。

不道那縣主徐仁，當夜得了一夢。那日升堂理事，兩邊排列各班書吏衙役，知縣問道：「本縣夜來得了一夢，甚是驚恐，你們可有那個會詳夢的么？」傍邊走過一個書吏，渾名叫做「百曉」，上前稟說：

「小人極會詳夢。不知老爺夢見些甚么？」縣主道：「我昨夜三更，忽然夢見五隻五色老虎飛上堂來，望着本縣身上撲來，不覺驚惶而醒，出了一身冷汗，未知主何吉凶？」百曉道：「恭喜老爺！昔日周文王夜夢飛熊入帳，後得子牙于渭水。」話還未曾說得完，那知縣大怒起來，拍案罵道：「这狗頭，好胡說！我老爺是何等之人，却將聖賢君王比起來？好生可惡！」那個百曉無言可對，只得站過一邊。

忽見門役稟說：「內黃縣有五位武士，口稱：『縣主李老爺有書求見。』」徐老爺吩咐：「請他們進來。」門役答應一聲，出來相請。五人來到公堂上，行禮已畢，將書呈上。縣主接書看了，又見五個人相貌軒昂，心中暗想：「昨夜的夢，莫非應在那五人身上么？」就問：「賢契們在何處作寓？」岳大爺對道：「門生們在南門內江振子店中作寓。」徐仁道：「既如此，賢契們請回寓。都院大人的中軍官洪先，却是本縣的相與，待我着人央他照應，賢契們明日赴轅門候考便了。」岳大爺等謝了縣主，出衙回寓。

過了一夜，次日，五個人齊至轅門，來見中軍。岳飛上前稟道：「岳飛等五人求大老爺看閱弓馬，相煩引見。」洪先聽了，回轉頭來，問家將道：「他們可有常例送來么？」家將稟道：「不曾送來。」岳飛聽見，便上前稟道：「武生等不知這裡規矩，不曾帶得來，待回家着人收拾送來罷。」洪先道：「岳飛，你不知大老爺今日不考弓馬，你停三日再來。」岳飛只得答應，轉身出來，上馬回寓。

一路與眾兄弟商議，忽見徐縣主乘着四人暖轎，眾衙役左右跟定。將到面前，五人一齊下馬，候立道傍。縣主在轎中見了，吩咐住了轎，便道：「我正要去見洪中軍，托他周全周全考事，不道賢契們回來得恁快，不知考得怎樣了？」岳飛稟道：「那中軍因不曾送得常例與他，呌我們過了三日再去。」徐仁道：「好胡說！難道有你这中軍纔考得，沒有你这中軍，就不考了么？賢契們可隨我來。」五人答應一聲，俱各上馬。跟着徐縣主，來到轅門，投了手本。傳宣官出來，一聲傳湯陰縣進見，兩邊吆喝聲响，徐仁進了角門，踏邊而上，來至大堂跪下。劉都院說聲：「請起。」徐仁立起，打了一拱道：「卑職稟上大人：今有大名府內黃縣武生五名，求大人考試弓馬。」劉都院就吩咐傳進來，旗牌官領令，將五人傳入，到丹墀跪下。

劉公看那五個人的相貌，果然魁偉雄壯，心中好生歡喜。只見中軍走上廳來稟道：「这五個人的弓馬甚是平常，中軍已經見過，吽他回去溫習，下科再來，怎么又來觸犯大老爺？」徐仁又上前稟道：「這中軍，因未曾送得常例與他，故此誣稟。這些武生們三年一望，望大人成全！」洪先又道：「我早上明明見過他的武藝低微，如何反說我誣稟？若不信，敢與我比比武藝么？」岳飛稟道：「若大老爺出令，就與你比試何妨？」劉都院聽了各人言語，說：「也罷，就命你二人比試武藝與本都院看。」

二人領命下堦，就在甬道上各自佔個地步。洪先叫家人取過一柄三股托天叉來，使個門戶。只聽得索郎郎的叉盤聲响，使個「餓虎擒羊」，喝道：「你敢來么？」岳飛不慌不忙取過瀝泉鎗輕輕的吐個旗鼓吽做「丹鳳朝天」勢。但見那冷颼颼亂舞雪花飛，說聲：「恕無禮了。」那洪先恨不得一叉把岳大爺就叉個不活，舉起叉望岳大爺劈頭蓋將下來。这岳大爺把頭一側，讓過叉，心中暗想：「我和他並無大仇，何苦害他性命？」這洪先又一叉，向岳大爺劈面飛將過來。那岳大爺把頭一低，側身躲過，拽回步，拖鎗而走。洪先只道他輸了，拔步赶將入來，望岳大爺當背一叉。岳大爺忽轉過身來，把鎗望上一隔，將洪先的叉掀過一邊，趁勢倒轉鎗桿，在洪先背上輕輕的一捺。这洪先站不住脚頭，撲的一交，跌倒在地，那殷叉也丟在一邊了。廳上廳下這些人，禁不住喝聲采：「果然好武藝！」那劉都院大怒叫洪先上去，喝道：「你这樣的本事，那裡做得中軍官！」叫左右：「與我叉出轅門去！」左右答應一聲，將洪先赶下丹墀，滿面羞慚，抱頭鼠竄的去了。

劉都院命徐知縣帶那五個武生，仝到箭廳比箭。先是四個射過。又考到岳飛的箭，比四人更好，便問岳飛：「你是祖居在内黃縣么？」岳大爺稟道：「武童原是这裡湯陰縣孝弟里永和鄉人氏，因生下三日，就遭洪水之灾，可憐家產盡行漂沒。老母在花缸内抱著武生，在水面上漂流至内黃縣，感蒙恩主公王明收養長大，因此就住在内黃縣的。又得先義父周侗教成我眾弟兄的武藝。如今只求大老爺賞一批冊，好進京去。倘能取得功名，日後就好重還故里了。」劉節度聽了，大喜道：「原來是周師父傳授，故爾都是这般好手段。本院向來久聞令師文武兼全，朝庭幾次差官聘他做官，他只是不肯出來。如今乃作故人，豈不可惜！如今賢契可回去收拾，本都院着人送書進京，與你料理功名便了。」又喚徐仁道：「這個門生，日後定有好處，貴縣可回衙去，替他查一查所有岳家舊時基業，查點明白，待本院發銀蓋造房屋，叫他仍歸故土便了。」徐知縣領命。岳飛等一齊叩謝。

出了轅門，跟著徐縣主回至縣衙。縣主設宴欵待，對岳飛道：「我这裡與賢契收拾房屋，你可回家去，接取令堂前來居住便了。」岳大爺謝了。當日仝眾弟兄回至寓所，算還飯錢。到次日，別了店主人，一逕回内黃縣來，各自分別回家。岳大爺將劉都院並徐縣主之事，與岳安人說知。岳安人好生歡喜，忙忙收拾，不提。

再說眾兄弟各自歸家，與父親說知岳大哥歸宗之事，眾員外好生不忍。次日，三位員外正在王員外庄上談論商酌，只見岳大爺走來向眾員外作過揖，就將歸宗之事稟明。王員外不覺眼中流下淚來，叫聲：「鵬舉，你在此間，小兒輩正好相交。況且令尊遺命，叫小兒輩『不要離了鵬舉，方得功名成就。』如今你要歸宗，叫我怎生捨得？」岳大爺道：「小侄只因劉大人恩義，難違他命。就是小姪也捨不得老叔伯并兄弟們，也是出于無奈。」張員外道：「我倒有個主意在此，包你們一世不得分離。」湯員外忙問張達：「是何主意？」張員外道：「我掙了一分大家私，又沒有三男四女，只得這個孩兒，若得他一舉成名，祖宗面上也有些光彩。我的意思，止留兩房的當家人在此摠管田產，其餘細軟家私盡行收拾，一仝岳賢侄遷往湯陰，有何不可？」眾人齊聲道：「此論甚妙！我們竟都遷去就是。」岳大爺道：「這個如何使得？老叔偌❶大家資，又有許多人口，為了小姪，都要遷往湯陰居住，也不是輕易的事，還求斟酌。」眾員外道：「我等心意相仝，主意已定，鵬舉不必多言。」岳大爺只得回家，與母親說知眾員外要遷居之事。岳安人道：「且等我再去與各位院君商議。」牛臯道：「不相干，我自要仝大哥去的。」安人道：「賢姪母子既在此間，自然仝去。」

次日，岳大爺別了母親，備馬進城來見岳父，到得縣前下馬進去。門吏連忙通報。縣主吩咐一聲：「請進。」就有傍邊門子慌忙出來，將岳大爺接入後堂。見禮已畢，李公命坐吃茶，便問往相州去考試諸事。岳大爺將到了湯陰如何稟見縣尊，中軍如何索賄，如何比試，直到劉公着徐縣主查明小婿舊時基業損銀起造房屋，命小婿還居故土。此皆岳父大人提攜恩德，今日特來拜謝。」李縣主道：「難得劉公如此恩義。賢婿重歸祖業，乃是大事，但我有一句話，你可速速回去，與令堂說知。」岳大爺唯唯聽命。

❶ 偌：音ㄖㄨㄛˋ。這麼；那麼。

有分教：

金屋笙歌偕卜鳳❷，洞房花燭喜乘龍❸。

畢竟李知縣說出甚話來，且听下回分解。

---

❷ 卜鳳：意為擇婿。春秋齊懿仲欲嫁女給陳敬仲，占卜得「鳳凰于飛，和鳴鏘鏘」等吉語。典出左傳莊公二十年、史記田敬仲完世家。

❸ 乘龍：「乘龍快婿」省用。言得婿如龍，常用以喻佳婿。

第八回　岳飛完姻歸故土　洪先糾盜劫行裝

詩曰：

花燭還鄉得意時，忽驚宵小弄潢池❶。螳螂枉奮當車力，空結冤仇揔是痴。

話說李知縣對岳飛道：「老夫自從喪偶未娶，小女無人照看，你令堂正堪作伴。我且不留你，你速速回去與令堂說明：『明日正是黃道吉日，老夫親送小女過門成親。』一仝與你歸宗便了。」岳大爺禀道：「岳父大人在上，小壻家寒，一無所備，這些迎親之禮，一時匆促，那里來得及。望大人消停，待小壻進京回來，再來迎娶便了。」李縣主道：「不是这等說。你今離得遠了，我又年老無兒，等你還去之後，又費一翻跋涉。不如趁此歸宗時候，將就完姻，也了了我胸中一件事體。你不必多言，快些回去。我也好與小女收拾收拾，明日准期送來。」

岳大爺見岳父執定主意，只得辭別出衙，上馬回轉麒麟村來。適值眾員外都在堂前議論起身之事，見了岳大爺回來，便問：「你已辭過令岳了么？」岳大爺道：「家岳聽說小侄歸宗，他說家母無人侍奉，明日就要親送小姐過來。這件事怎么處？」眾員外道：「这是極妙的喜事了。」岳大爺又道：「老叔們

❶ 潢池：「潢池弄兵」之省用，謂叛亂、造反。典出漢書循吏傳龔遂。

是曉得的，小姪這等家寒，匆匆促促，那里辦得这些事來？」眾員外道：「賢姪放心！我們那一樣沒有現成的？就是你那邊，恐怕房屋窄小，我這裡空屋頗多，況一墻之隔，連夜叫人打通了，只要請你令堂自來揀兩間，收拾做新房便了。」岳大爺謝了，回去告稟了母親。岳安人自然歡喜，不消說得。

这裡王家庄上准備筵席，掛紅結綵，喚集了儐相樂人，鬧鬧熱熱，耑等明日吉期。到了次日，李縣主預先叫從役家人，抬了箱籠什物，粗細嫁裝，送到王家庄，大廳上兩邊擺列。隨後兩乘大轎，李縣主送親到來。眾員外接進中堂，各施禮畢。一眾樂人作起樂來，兩個喜娘扶小姐出轎，與岳大爺參天拜地，做過花燭，送入洞房。然後再出來，拜謝了岳丈，與眾員外見過了禮，請李縣主入席飲宴。縣主吃了三盃，起身道：「小婿小女年幼，全仗各位員外提攜！念我縣中有事，不得親送賢婿回鄉了，就此拜別。」眾員外再三相留不住，只得送出大門。李爺回縣，不提。

那眾人回至中堂，歡呼暢飲，盡醉方休。次日，岳大爺要去謝親，就仝了眾兄弟們，一齊進縣辭行。見了岳父，行禮已畢，眾弟兄亦上前見過禮。李爺就命設席欵待。眾弟兄飲過三杯，隨即告辭。縣主道：「賢婿與賢契們仝往東京，老夫在此，耑望捷音。」眾弟兄謝了，拜別回來。各家打點車馬，收拾行裝。過了三朝，齊集在王家庄上，五姓男女，共有百餘口，細軟車子百餘輛，駞馬挑夫，離了麒麟村，鬧鬨鬨望湯陰縣進發。

過不得兩日，來到一個所在，地名野猫村，都是一派荒郊，並無人家。看看天色又黑將下來，岳大爺對眾弟兄道：「我們只管貪趲❷路程，錯過了宿頭。此去三四十里，方有宿店，這車子又重如何趲得

❷ 趲：音ㄗㄢˇ。趕；加快。

上？你看一路去，俱是荒郊曠野，猛惡林子，如何存頓？湯兄弟，你可仝張兄弟先往前邊去，看左右可有甚么村落人家，先尋一個歇處方好。」兩個答應，把馬加上一鞭，豁喇喇的去了。

這裡岳大爺在前，牛臯、王貴在後，保着家眷車輛，慢慢行去。不多一會，湯、張二人跑馬回來，叫道：「大哥，我兩個直到十里之外，並無村落人家；只就這裡落西去三四里地，土山脚下卻有一座土地廟。雖是冷落，殿上兩廊，儘夠歇息。但是灘蹋不堪，又沒個廟主，沒處做得夜飯吃。」王貴道：「不妨。我們帶得有糧米鍋鑊在此，只要拾些亂柴，將就燒些飯食，過了一夜再處。」牛臯接口道：「不錯，不錯，趲快些，我肚裡餓了。」岳大爺吩咐一眾車輛馬匹，跟著湯懷引路，一直望著土山脚下而來。

到了廟門，一齊把車輛推入廟內，安頓在兩廊下。眾安人仝李小姐和丫環們等，俱在殿上歇息。那殿後邊還有三四間房屋，却停著幾口舊棺材，窓櫺朽爛，屋瓦俱無。傍邊原有一間廚房，只是灶上鍋都沒了，壁角邊倒堆着些亂草。當下牛臯、王貴，將帶來的傢伙，團團的尋着些水來，叫眾庄丁打火做飯。看看已是黃昏，眾員外等並小爺們各吃了些酒飯，只有牛臯獨自個拿大碗，將那酒不住價吃。岳大爺道：「不要吃了。古人說得好：『清酒紅人面，財帛動人心。』这裡是荒僻去處，倘有疎失，如之奈何？且待到了湯陰，憑你吃個醉便了。」牛臯道：「大哥太小胆了些！既如此講，就不吃了。」拿飯來一連吃了二三十碗，方纔住口。眾人吃完，都收拾去了。員外等也就在殿上左邊將就安歇，眾庄丁等都跟着車輛驢馬在兩廊下歇息。

岳大爺對湯懷、張顯道：「你二位賢弟，今夜不可便睡，可將衣服拴束好了，在殿後破屋內看守。若是後邊有失，與愚兄不相干的。」二人答應道：「是。」岳大爺又對王貴道：「王兄弟你看左邊墻壁破壞，你可看守，倘左邊有失，是兄弟的干係。」王貴道：「就是。」又叫：「牛兄弟呢？」牛皐道：「在這裡。有甚話吩咐？」岳大爺道：「右邊的墻，也將要倒快的了，你可守著右邊。」牛皐道：「大哥辛辛苦苦，睡罷了，什么大驚小怪，怕做甚么？若有差遲，俱在牛皐一人身上便了。」岳大爺微微笑道：「兄弟不知，自古道：『小心天下去得。』我和你兩個，有甚大行李？但是眾員外們，有这許多行裝，倘然稍有疎失，豈不被人恥笑么？故此有煩眾弟兄四邊守定，愚兄照管着大門，就有千軍萬馬，也不怕他了。但願無事，明日早早起行，就早早尋個宿店，一路太太平平，到了相州城，豈不為美？」牛皐道：「也罷。大哥既如此說，右邊就交在我處罷了。」一面說，一面自肚裡尋思道：「如今太平時節，有甚強盜？況有我這一班弟兄，怕他怎的？大哥只管嘮嘮叨叨，有這許多小胆。」就將自己的烏騅馬拴好在廊柱上，把鐧掛在鞍鐧上，歪着身子靠着欄杆上打盹。不題。

且說岳大爺將那兩扇大門関得好了，看見殿前堦下有一座石香炉，將手一搖，却是連座鑿成的。岳大爺奮起神威，兩隻手只一抱，抱將起來，把廟門靠緊了。將那桿瀝泉鎗靠在傍邊，自己穿着戰袍，坐在門檻上，仰面看那天上。是時正值二十三四，黑洞洞地並無一點月亮，只有些星光。將近二更，遠遠的聽得嚷鬧。少時一片火光，將近廟門，只聽得人喊馬嘶，來到廟門首，大叫：「曉事的快開門來！把一應金寶行囊獻出，饒你一班狗命！」又一個道：「不要放走了岳飛。」又有幾個把廟門來推，却推不開。岳大爺这一驚不小，又暗想：「我年紀尚輕，有甚仇人？那強盜却認得我。」

那廟門原是破的，就向那破縫中一張，原來不是別人，却是相州節度使劉光世手下一個中軍官洪先。他本是個响馬出身，那劉大老爺見他有些膂力，拔他做個中軍官。不道他貪賄忌才，與岳爺爺比武，跌了一交，害他革了職。因此糾集了一班舊時夥伴，帶領了兩個兒子洪文、洪武，到此報仇。岳大爺暗想：「『冤家宜解不宜結。』我只是守住了这大門，四面皆有小弟兄把守，諒他不能進來，等到天明，他自然去了。」就把馬上鞍轎整一整，身上勒絛緊一緊，提著瀝泉鎗，立定守著。

且說右邊牛臯，正在打盹，猛聽得吶喊聲响，忽然驚醒。望外一看，見得門外射進火光，一片聲喊呌。把眼揉一揉道：「咦！有趣啊！果然大哥有見識，真個有強盜來了！揔是我們要進京去搶狀元，不知自家本事好歹，如今且不要管他，就把強盜來試試鐧看。」就把雙鐧提在手中，撥開破壁，甩上馬，冲將出來。大呌一聲：「好強盜！來試鐧啊！」耍的一鐧，將一個打得腦漿迸出。又一鐧打來，把一個直打做兩截，原來把頸項多打折了，一顆頭滾了下來，豈不是兩截？王貴在左邊聽見道：「不好了！不好了！我若再遲些出去，都被他們殺完了。」舉起那柄金背大砍刀來，砍開左邊這堺破壁，一馬冲來，手起刀落，人頭滾下。

那時灯球火把，照得如同白日。洪先一馬當先，提着三股托天叉，抵住牛臯；洪文、洪武兩枝方天畫戟，齊向王貴戳來。牛臯罵道：「狗強盜！你敢來惹爺的事么？」使動这兩根鑌鉄鐧，飛舞打來。王貴喊道：「那怕你一齊來，留你一個，也不筭小爺的本事。」岳大爺聽見說：「不好了！這兩個出去，必要做出來了，待我出去勸他們，放他去罷，省得越結得冤仇深了。」就把石香炉推倒在一邊，開了廟門，上馬纔待上前，那後邊湯懷、張顯兩個，忙到殿上呌聲：「爹母們，休要驚慌！強盜自有眾弟兄抵擋住，不能進門的。待我兩個也去燥燥脾胃着。」兩個一齊上馬，一個爛銀鎗，一個鈎連鎗，冲出廟門。那些眾嘍囉，逢着就死，磕著就亡。

那洪武見父親戰牛皐不住，斜刺裡舉戟來助洪先。洪文單敵王貴，却被王貴一刀砍下馬來。洪武吃了一驚，被牛皐一鐧，削去了半個天靈蓋。洪先大吗一聲：「殺我二子，怎肯干休！」縱馬搖叉，直取牛皐。岳大爺吗聲：「洪先，休得無禮，我岳飛在此。」洪先正戰不下牛皐，聽得岳飛自來，心中着慌。正待回馬，不意張顯上來。一鈎連鎗，扯下馬來。湯懷赶上前一鎗，結果了性命。正是：

勸君莫要結冤仇，結得冤仇似海深；試看洪先三父子，今朝一旦命歸陰。

那些小嘍囉見大王死了，各自四散逃命。王貴、牛皐又赶上去，殺個爽快。岳大爺道：「兄弟們，讓他們逃去罷，不要殺了！」他兩個那里肯聽，兀自追尋。岳大爺哄他們道：「兄弟，後邊又有強盜來了，快回廟裡來！」那兩個只道是真，俱勒馬回轉廟門道：「在那裡？」岳大爺道：「他們既已逃去，就罷了，何必再去追趕？如今我們殺了這許多人，明日豈不要連累着地方上人？我們且到殿上來，商量個長便❸方好。」

于是眾弟兄一齊下馬，來到殿上。只見一眾庄丁，七張八嘴，不知倒什么鬼。眾員外、安人、李小姐和一眾丫環婦女，多嚇得土神一般，不做聲，只是發抖，看見岳大爺和四個兄弟一齊走來，纔個個歡喜，立起身來，你問一聲，我說一句，曉得殺了強盜，都放下心，謝天地不迭。岳大爺道：「你們不要亂嘈嘈的。你看天已明了，倘有人曉得，雖然殺了強盜，不要償命，也脫不了吃場大官司，这便如何處置？」王貴道：「我們自走他娘，不到得官府就曉得是我們殺的，來拿我們。」岳大爺道：「不好。現

❸ 長便：長久方便之計。

今殺了這許多尸首在此，地方上豈不要追究根尋，終是不了之事。」牛皐接口道：「我有個主意在此，不如把這些尸首堆在廟裡，我們尋些亂草樹枝來，放他一把火，燒得他娘乾乾淨淨。再叫鬼來尋我？」岳大爺笑道：「牛兄弟這句話，却是講得極是，倒要依你。」張顯、湯懷一齊拍手道：「妙啊！怪不得牛兄弟前日在亂草崗剪徑，原來殺人放火是道地本領！」眾人聽了，俱各大笑。

那時眾弟兄喚集阻壯庄丁，扛抬尸首，一齊堆在神殿上，將那些車輛馬匹俱端正好了，齊集廟門外，請家眷上車起行。牛皐就去尋些火種，把那些破碎窓櫺，堆在大殿上，放起一把火來，風狂火驟，霎時間把一座山神廟燒成白地。岳大爺和眾弟兄上馬提鎗，赶上車輛，一仝趲路，望相州進發。

有話即長，無話即短。在路不止一日，看看到了相州，就在城外尋個大大宿店，安頓了家眷并這許多行李馬匹。過了一夜，小弟兄五個先進城來，到得湯陰縣前下馬，與門吏說知。門吏進去稟過縣主，出來請列位相公進見。岳大爺仝眾弟兄，一齊進到內衙，叅見了徐縣公。徐仁命坐，左右奉上茶來。岳大爺就把李縣尊送女成親，眾員外遷來仝居之事，細細稟明。徐縣主道：「难得，難得！但是下官不知眾位到來，那房屋却小了些，便怎么處？」眾門生謝道：「有費了大人清心，早晚間待門生們添造罷了。」徐縣主道：「既如此，此時且不敢欵留，下官先仝賢契們去安頓了家眷，同去謝了都院大人，再與賢契們接風罷。」眾人連稱：「不敢。」徐縣主即時偹馬，仝岳大爺等一齊出了衙門，到城外歇店門首，岳大爺先去報知眾員外，接進，行礼已畢，先同了岳大爺一路往孝弟里永和鄉來。徐縣主在馬上指向岳大爺道：「下官在魚鱗冊❹上，查出這一帶是岳氏的基地，都院大人發下銀兩，回贖出來，造這幾

---

❹ 魚鱗冊：舊時為徵派賦役和保護土地所有權而編造的土地登記冊。因所繪田畝挨次排列，如魚鱗形狀，故名。

間房子，與賢契居住的。你可料理搬進去便了。」岳大爺再三稱謝。縣主隨即回衙，不表。

岳大爺當日即到客寓內，喚庄丁到新屋內收拾停當，請各家家眷搬進去。姚氏安人想起舊時家業，何等富麗；眼前又不見了岳和員外，不覺兩淚交流，十分悲苦。媳婦并眾位院君，解勸不住。岳大爺道：「母親不必悲傷。目下房屋雖小，權且安居。待等早晚，再造幾間，也是容易的。」遂命擺酒，合家慶賀。

到第二日，岳大爺仝了眾弟兄，進城來拜謝徐縣尊。徐縣尊隨即引了這弟兄五個，仝到節度衙門。傳宣官隨即進去稟道：「今有湯陰縣，率領岳飛等求見。」劉公吩咐：「傳進來。」傳宣官出來道：「大老爺傳你們進見。」眾人答應一聲。岳大爺回頭對眾弟兄說：「須要小心！」傳宣官引眾人來到大堂上跪下。徐知縣先參見了，將眾弟兄全來居住之事說了一遍，然後岳大爺叩謝：「大老爺天高地厚之恩，門生等怎能補報！」劉公道：「賢契們不忍分離，遷到這裡仝居，真是難得！貴縣先請回衙，且留賢契們在此盤桓片刻。」徐知縣打躬告退回衙。

這裡劉公就吩咐：「掩門。」兩傍答應一聲：「吓！」劉公又問：「賢契們何日起身上東京去赴考？」岳大爺稟道：「謝過了大恩，回去收拾收拾，明日就要起身。」劉公一想，又喚岳大爺近前，悄悄的說道：「我前已修書，捎寄與宗留守，囑他照應你考事，恐怕他朝事繁冗，丟在一邊，我如今再寫一封書，與你帶去，親自到那里當面投遞。他若見了，必有好處。」隨即取過文房四寶，修了一封書，又命親隨取過白金❺五十兩來，付與岳大爺道：「此銀賢契收下，權為路費。」岳大爺再三称謝收了書

❺ 白金：古指銀子。

札銀兩，與眾弟兄一仝拜別。出了轅門，上馬回到縣中，謝別縣尊。縣主道：「本縣窮官，無物相贈，但是賢契們家事，都在我身上，賢契們不必掛念。」岳大爺等五人拜謝出衙，回到家中，與眾員外說知赴考之話。員外問道：「幾時起身？」岳大爺道：「明日是吉日，姪兒們就要起身。」眾員外便吽：「挑選幾名能幹些的庄丁，隨去伏侍。」眾弟兄道：「我不要，我不要！我們自去，要他們去做什么？」

是日，大家忙碌碌各自去收拾盤纏行李包裹，捎在馬上，拜別眾員外、安人。岳大爺又與李小姐作別，吩咐了幾句話。眾人送出大門，上馬滔滔而去。

當下岳飛、湯懷、張顯、牛皐、王貴共是五騎馬，往汴京進發。一路上免不得曉行夜宿，渴飲飢飡。不止一日，看看早已望見都城。岳大爺吽聲：「賢弟們！我們進城，須要把舊時性子收拾些。此乃京都，却比不得在家裡。」牛皐道：「難道京裡人，都是吃人的么？」岳大爺道：「你那裡曉得。這京城內，非比荒村小縣，那些九卿、四相、公子、王孫，來往的多得狠。倘若粗粗鹵鹵，惹出事來，有誰解救？」王貴道：「不妨，我們進了城，多不開口，閉著嘴就是了。」湯懷道：「不是這等說，大哥是好話，我們凡事讓人些便是了。」

五個在馬上談談說說，不覺早已進了南熏門。行不到半里多路，忽然一個人氣喘噓噓，在後邊赶上來，把岳大爺馬上轡繩一把拖住，吽道：「岳大爺！你把我害了，怎不照顧我！」岳大爺回頭一看，吽聲：「阿呀！你卻緣何在此？」又吽：「各位兄弟，且轉來說話。」

不因岳大爺見了這個人，有分教：

三言兩語，結成死生知己；千秋百世，播傳報國忠良。

正乃是：

玉在璞中人不識，剖出方知世上珍。

不知岳大爺見的那人是誰，且聽下回分解。

第九回 元帥府岳鵬舉談兵 招商店宗留守賜宴

處世光陰難百歲，知己無多却少。眼前困厄莫心焦。但得春雷動，平步上青霄。
自古男兒須奮志，能文善武英豪。佇看名將出衡茅。談兵中窾處❶，莫認滑稽曹。

右調臨江月

話說岳大爺在馬上回頭看那人時，却是相州開客店的江振子。岳大爺道：「你如何却在此？怎地我害了你？」那江振子道：「不瞞大爺說，自從你起身之後，有個洪中軍，說是被岳大爺在劉都院大老爺面前贏了他，害他革了職。統領了許多人來尋你算賬。小人回他說，已回去兩日了。他怪小的留了大爺們，尋事把小人家中打得粉碎，又吩咐地方不許容留小人在那里開店。小人無奈，只得搬到這裡南熏門內，仍舊開個客寓。方纔小二來報說大爺們幾匹馬過去了，故此小人趕上來，請大爺們仍到小店去歇罷。」岳大爺歡喜道：「這正是『他鄉遇故知』了。」忙叫：「兄弟們轉來！」四人聽見，各自回轉馬頭。岳大爺細說：「江振子也在此開店。」四人亦各歡喜，一同回到江振子店前下馬。江振子忙叫小二，把相公們行李搬上樓去，把馬牽到後槽上料，送茶送水，忙個不了。岳大爺問江振子道：「你先到京師，

❶ 窾處：比喻事情的關鍵。

可曉得宗留守的衙門在那里麼?」江振子道:「此是大衙門,那個不曉?此間望北一直大路有四五里,極其好認的。」岳大爺道:「此時想已坐過堂了。」江振子道:「早得很哩。這位老爺官拜護國大元帥,留守汴京,上馬晉軍,下馬晉民。這時候還在朝中辦事未回,要到午時過後,方坐堂哩。」岳大爺說聲:「承教了。」

隨即走上楼來,取了劉都院的書,打點下楼。湯懷問道:「哥哥要往那裡去?」岳大爺道:「兄弟你有所不知,前日劉都院有書一封,叫我到宗留守處當面投遞。我聽見主人家說:『他在朝中甚有權勢。』愚兄今去下了這封書,若有意思,愚兄討得個出身,兄弟們都有好處。」牛皐道:「既如此,兄弟同你去。」岳大爺道:「使不得。什么地方!倘然你闖出禍來,豈不連累了我?」牛皐道:「我不開口,只在衙門前等你就是。」岳大爺執意不肯。王貴道:「哥哥好人!我們一齊同去,認認这留守衙門;不許牛兄弟生事便了。」岳大爺無可奈何,便道:「既是你們再三要去,只是要小心,不要做將出來,不是小可的噓!」四人道:「包你無事便了。」說罷,就將房門鎖好,下樓對江振子道:「相煩主人照應門戶,我們到留守衙門去去就來。」江振子道:「小人薄治水酒一盃,替大爺們接風,望大爺們早些回來。」五位兄弟應聲:「多謝,不勞費心。」

出了店門,一仝步行,一直到了留守衙門,果然雄壯。站了一會,只見一個軍健,從東首轅門邊茶館內走將出來。岳大爺就上前把手一拱,叫聲:「將爺,借問一聲,大老爺可曾坐過堂么?」那軍健道:「大老爺今早入朝,尚未回來。」岳大爺道:「承教了!」轉身回來,對眾弟兄道:「此時尚未回來,等到幾時?我們不如回寓,明日再來罷。」眾弟兄道:「悉聽大哥。」

五個人掇轉身，行不得半里多路，只見行路的都兩邊立定，說是：「宗大老爺回來了。」眾弟兄也就人家屋簷下站定了。少刻，但見許多職事、眾軍校隨着，宗留守坐著大轎，威威武武，一路而來。岳大爺同五人跟在後邊觀看，直至大堂下轎。進去不多時，只聽得三梆升堂鼓，兩邊衙役軍校，一片聲吆喝。宗留守就升堂公坐❷吩咐旗牌官：「將一應文書，陸續呈繳批閱。倘有湯陰縣武舉岳飛來，可着他進來。」旗牌官應一聲：「吓呀！」

列位，你道宗大老爺為何曉得岳飛要來？只因那相州節度劉光世先有一書送與宗留守，說得那岳飛人間少有，蓋世無雙，文武全才，真乃國家之樑棟，必要宗留守提拔。所以宗留守日日想那岳飛：「也不知果是真才實學，也不知是個大財主。劉節度得了他的賄賂，買情囑托。」疑惑未定，且等他到來，親見便知。

且說岳大爺等在外，見那宗留守果是威風，真真像個閻羅天子一般，好生害怕。湯懷道：「怎的这留守回來就坐堂？」岳大爺道：「我也在此想，他五更上朝，此時回來，也該歇息歇息，吃些東西，纔坐堂理事。大約有甚么緊急之事，故此這般急促。」正說間，但見那旗牌官，一起一起，將外府外縣文書遞進。岳大爺道：「我也好去投書了，只是我身上穿的衣服是白色，恐怕不便。張兄弟，你可與我換一換。」張顯道：「大哥說的極是，換一換好。」當下兩個把衣服換轉。岳大爺又道：「我進去倘有機緣，連兄弟們都有好處；若有些山高水底，賢弟們只好在外噤聲安待，切不可發惱鼓噪。莫說為兄的，連賢弟們的性命也难保了。」湯懷道：「哥哥既如此怕，我等臨場，有自家的本事，何必要下这封書？

---

❷ 公坐：謂公眾場合。元典章吏部六儒吏：「本府州官公坐對眾。」

就得了功名，傍人也只道是借著劉節度的帮襯。」岳大爺道：「我自有主意，不必阻擋我。」

竟自一個進了轅門，來見旗牌，稟說：「湯陰縣武生岳飛求見。」旗牌道：「你就𠯈岳飛么？」岳飛道：「是。」旗牌道：「大老爺正要見你，你且候着。」旗牌轉身進去，稟道：「湯陰縣武生岳飛在外候見。」宗澤道：「喚他進來。」旗牌答應，走出叫聲：「岳飛，大老爺喚你，可隨我來，要小心些吓！」岳大爺應聲：「曉得。」隨着旗牌，直至大堂上。雙膝跪下，口稱：「大老爺在上，湯陰縣舉子岳飛叩頭。」宗爺望下一看，微微一笑：「我說那岳飛必是個財主，你看他身上如此華麗！」便問岳飛：「你幾時來的？」岳大爺道：「武生是今日纔到。」即將劉節度的这封書雙手呈上。宗爺拆開看了，把案一拍，喝聲：「岳飛，你這封書札，出了多少財帛買來的？從實講上來便罷，若有半句虛詞，看夾棍伺候！」

兩邊衙役吆喝一聲，早驚動轅門外這幾個小弟兄。聽得裡邊吆喝，牛臯就道：「不好了！待我進去，搶了大哥出來罷。」湯懷道：「動也動不得，且看怎樣發落，再作道理。」那弟兄四個指手划腳，在外頭探聽消息。

這裡岳大爺見宗留守發怒，卻不慌不忙，徐徐的稟道：「武生是湯陰縣人氏，先父岳和，生下武生三日，就遭黃河水發，父親喪於清波之中。武生賴得母親抱了，坐于花缸之內，淌至內黃縣，得遇王明恩公收養。家業田產，盡行漂沒。武生長大，拜下陝西周侗為義父，學成武藝。因在相州院考，蒙劉大老爺恩義，着湯陰縣徐公，查出武生舊時基業，又發銀蓋造房屋，命我母子歸宗。臨行又贈銀五十兩，為進京路費，着武生到此討個出身，以圖建功立業。武生一貧如洗，那有銀錢送與劉大老爺？」

宗澤聽了這一番言語，心中想道：「我久聞有個周侗，本事高強，不肯做官。既是他的義子，或者果有些才學，也未可定。」「也罷，你隨我到箭廳上來。」說了一聲，一眾軍校簇擁著宗爺，帶了岳飛，來到箭廳。宗澤坐定，遂叫岳飛：「你自去揀一張弓來，射與我看。」岳大爺領命，走到傍邊弓架上，取過一張弓來，試一試，嫌軟；再取一張來，也是如是。一連取過幾張，俱是一樣。遂上前跪下道：「稟上大老爺，這些弓太軟，恐射得不遠。」宗爺道：「你平昔用多少力的弓？」岳大爺稟道：「武生開得二百餘斤，射得二百餘步。」宗大老爺道：「既如此，叫軍校取過我的神臂弓來，只是有三百斤，不知能扯得否？」岳大爺道：「且請來試一試看。」

不一時，軍校將宗爺自用的神臂弓，并一壺雕翎箭，擺列在堦下。岳大爺下堦取將起來一拽，叫聲：「好！」搭上箭，嗤嗤嗤一連九枝，枝枝中在紅心。放下弓，上廳來見宗爺。宗爺大喜，便問：「你慣用甚么兵器？」岳大爺稟道：「武生各件俱曉得些，用慣的却是鎗。」宗爺道：「好。」叫軍校：「取我的鎗來。」軍校答應一聲，兩個人將宗爺自用那管點鋼鎗抬將出來，宗爺命岳飛：「使與我看。」岳大爺應了一聲，拈鎗在手，仍然下堦，在箭場上把鎗擺一擺，橫行直步，直步橫行，裡勾外挑，埋頭獻鑽，使出三十六翻身，七十二變化。宗爺看了，不覺連聲道：「好！」左右齊齊的喝采不住。岳大爺使完了，面色不紅，喉氣不喘，輕輕的把鎗倚在一邊，上廳打躬跪下。宗爺道：「我看你果是英雄，倘然朝庭用你為將，那用兵之道如何？」岳大爺道：「武生之志，倘能進步，只願：

令行閫外❸搖山岳，隊伍嚴看賞罰明。將在謀猷不在勇，高防困守下防坑。身先士卒常施愛，計重生靈不為名。獲獻元戎恢土地，指日高歌定太平。

宗留守聽了大喜，便吩咐：「掩門。」隨走下座來，雙手扶起道：「賢契請起。我只道是賄賂求進，那知你果是真才實學。」叫左右：「看坐來！」岳大爺道：「大老爺在上，武生何等之人，擅敢僭坐。」留守道：「不必謙遜，坐了好講。」岳大爺打了一躬，告坐了。左右送上茶來吃過，宗爺便開言道：「賢契武藝超群，堪為大將。但是那些行兵佈陣之法，也曾溫習否？」岳大爺道：「按圖佈陣，乃是死殺之法，亦不必深究。」宗爺聽了這句話，心上覺得不悅；便道：「據汝這等說，古人這些兵書陣法，都不必用了？」岳大爺道：「排了陣，然後交战，此乃兵家之常，但不可執死不變。古時與今時不同，戰場有廣、狹、險、易，豈用得一定的陣圖？夫用兵大要，須要出奇，使那敵人不能測度我之虛實，方可取勝。倘然賊人倉卒而來，或四面圍困，那時怎得工夫排佈了陣勢，再與他廝殺么？用兵之妙，只要以權濟變，全在一心也。」

宗爺聽了这一番議論道：「真乃國家梁棟，劉節度可謂識人。但是賢契早來三年也好，遲來三年也好，此時真真不湊巧。」岳大爺道：「不知大老爺何故忽發此言？」宗爺道：「賢契不知，只因有個籓王，姓柴名桂，乃是柴世宗嫡派子孫，在滇南南寧州，封為小梁王。因來朝賀當今天子，不知聽了何人言語，今科要在此奪取狀元。不想聖上點了四個大主考：一個是丞相張邦昌，一個是兵部大堂王鐸，一個是右軍都督張俊，一個就是下官。那柴桂送進四封書、四分禮物到來。張丞相收了一分，就把今科狀

❸ 閫外：指朝廷以外。

元許了他了；王兵部與張都督也收了；只有老夫未曾收他的。如今他三個作主，要中他作狀元，所以說不湊巧。」岳大爺道：「此事還求大老爺作主。」宗爺道：「為國求賢，自然要取真才，但此事有好些週折。今日本該相留賢契再坐一談，只恐耳目招搖不便。且請回寓，且到臨場之時，再作道理便了。」

岳大爺拜謝了，出轅門來。眾弟兄接見道：「你在裡邊好時候不出來，連累我們好生牽掛。為甚的你面上有些愁眉不展？想必受了那留守的氣了？」岳大爺道：「他把為兄的敬重的了不得，有什麼氣受？且回寓去細說。」弟兄五個急急赶回寓來，已是黃昏時候。岳大爺與湯懷將衣服換轉了。主人家送將酒席上來，擺在桌子上，叫聲：「各位大爺們！水酒蔬餚不中吃的，請大爺們慢慢的飲一盃，小人要照應前後客人，不得奉陪。」說罷，自下楼去了。这裡弟兄五個坐下飲酒。岳大爺只把宗留守看書演武之事說了一遍，並不敢提那柴王之話，但是心頭暗暗納悶。眾弟兄那知他的就裏，當晚無話。

到了次日上午，只見店主人上來，悄悄的說道：「留守衙門差人抬了五席酒餚，說是：『不便相請到衙，特送到此與大爺們接風的。』怎么發付他？」岳大爺道：「既如此，拿上楼來。」當下封了二兩銀子，打發了來人。主人家叫小二相帮，把酒送上楼來擺好，就去下邊燙酒，着小二來伏侍。岳大爺道：「既如此，將酒燙好了來，我們自會斟飲，不勞你伏侍罷。」牛皐道：「主人家的酒，不好白吃他的。既是衙門裡送來，不要回席的，落得吃他娘！」也不謙遜，坐下來，底著頭亂吃。

吃了一會，王貴道：「这樣吃得不高興，須要行個令來吃方妙。」湯懷道：「不錯，就是你起令。」王貴道：「不是这樣說，本該是岳大哥做令官；今日这酒席，乃是宗留守在岳大哥面上送來的，岳大哥算是主人。这令官該是張大哥做。」湯懷道：「妙阿，就是張大哥來。」張顯道：「我也不會行什么令，只要說一個古人吃酒，要吃得英雄；說不出的，就罰三盃。」眾人齊聲道：「好。」

當時王貴就滿滿的斟了一盃，奉與張顯。張顯接來一口吃乾，說道：「我說的是：關雲長單刀赴會❹，豈不是英雄吃酒？」湯懷道：「果然是英雄，我們各敬一盃。」吃完，張顯就斟了一盃，奉與湯懷道：「如今該是賢弟了。」湯懷也接來吃乾了，道：「我說的是：劉季子醉後斬蛇❺，可算得英雄么？」眾人齊道：「好！我們也各敬一盃。」第三輪到王貴自家，也吃了一盃道：「我說的是：霸王鴻門宴，可算得是英雄吃酒么？」張顯道：「霸王雖則英雄，但此時不殺了劉季，以致有後來之敗，尚有不足之處，要罰一盃。如今該輪到牛兄弟來了。」牛皐道：「我不曉得這些古董！只是我吃他幾碗，不縐眉頭，就算我是個英雄了！」四人聽了大笑道：「也罷，也罷，牛兄弟竟吃三盃罷。」牛皐道：「我也不耐煩這么三盃兩盃，竟拿大碗來吃兩碗就是。」當下牛皐取過大碗，自吃了兩碗。眾人齊道：「如今該岳大哥收令了。」岳大爺也斟了一盃，吃乾道：「各位賢弟，俱說的漢魏三国的人。我如今只說一個本朝真宗皇帝天禧年間的事：乃是曹彬之子曹瑋❻，張樂宴請羣僚。那曹瑋在席間吃酒，霎時不見，

❹ 關雲長單刀赴會：三國時魯肅為了索還荊州，請關雲長赴宴，關羽明知是計，但仍單刀赴會，憑藉智勇，安全返回。雲長，關羽字。

❺ 劉季子醉後斬蛇：劉邦字季。子，尊稱。劉邦為亭長時，為縣送徒役到酈山，因徒多逃亡，到豐西澤中，索性放走所送徒役，喝醉了酒，夜裡走在澤中小路上，因有大蛇擋路，於是拔劍擊斬蛇而行。後人來至蛇所，見一老嫗夜哭，問其故，曰：「吾子白帝子（指秦始皇）也，化為蛇當道，今為赤帝子（指漢高祖）斬之。」

❻ 曹瑋：北宋名將曹彬第三子。年十九即馭軍平叛，舉措若老將。出師多奇計，神速不可測。將兵四十年，未嘗失利。

一會兒就將敵人之頭擲于筵前。這不是英雄？」眾弟兄道：「大哥說得爽快，我們各吃一盃。」牛臯道：「你們是文縐縐的說今道古，我那里省得？竟是猜枚吃酒罷。」王貴道：「就是。你起。」牛臯也不推辭，竟仝各人猜枚，一連輸了幾碗，眾人亦吃了好些。这弟兄四個歡呼暢飲，吃個盡興。

獨有那岳大爺心中有事，想：「这武狀元若被王子佔去，我們的功名就出于人下，那能個討得出身？」一時酒湧上心頭，坐不住，不覺靠在棹上，竟睡着了。張、湯兩個見了，說道：「往常仝大哥吃酒，講文論武，何等高興！今日只是不言不語，不知為着甚事？」那兩個心上好生不快活，立起身來向傍邊榻上也去睡了。王貴已多吃了兩盃，歪著身子，靠在椅上，亦睡着了。只剩牛臯一個，獨自拿着大碗，尚吃個不住。抬起頭來，只見兩個睡着在桌上，兩個不知那裡去了，心中想道：「他們都睡了，我何不趁此時到街上去看看景致，有何不可？」遂輕輕的走下樓來，對主人道：「他們多吃了一盃，多睡着了，不可去驚動他。我却去出個恭就來。」店主人道：「既如此，这裏投東去一條胡同內，有大空地寬暢好出恭。」牛臯道：「我自曉得。」

出了店門，望着東首亂走，看著一路上挨挨擠擠，果然鬧熱。不覺到了三叉路口，就立住了脚，想道：「不知往那一條路去好耍？」忽見對面走將兩個人來；一個滿身白淡，身長九尺，圓白臉；一個渾身穿紅，身長八尺，淡紅臉。兩個手攙着手，說說笑笑而來。牛臯側耳聽見那穿紅的說道：「哥哥，我久聞这里大相國寺甚是熱鬧，我們去走走。」那個穿白的道：「賢弟高興，愚兄奉陪就是。」牛臯聽見，心裡自忖：「我也聞得東京有個大相國寺是有名的，我何不跟了他們去遊玩遊玩，有何不可？」定了主意，竟跟了他兩個轉東過西，到了相國寺前。但見九流三教，做買賣赶趁的，好不熱鬧。牛臯道：「好所在！連大哥也未必曉得有这樣好地方哩。」又跟着那兩個走進天王殿來，只見那東一堆人，西一堆人，多圍裹着。那穿紅的將兩隻手向人叢中一拉，叫道：「讓一讓！」那眾人看見他來得兇，就大家讓開一條路來。牛皐也隨了進去。正是：

白雲本是無心物，却被清風引出來。

不知是做甚事的，且聽下回分解。

第十回 大相國寺閑聽評話 小教場中私搶狀元

詩曰：

世事紛紛似轉輪，秋來冬過又逢春。徒然蝸角爭名利❶，往昔今朝仝一墳。

却說牛臯跟了那兩個人走進圍場裡來，舉眼看時，却是一個說評話的，擺着一個書場，聚了許多人坐在那裡聽他說評話。那先生看見三個人進來，慌忙立起身來，說道：「三位相公請坐。」那兩個人也不謙遜，竟朝上坐下。牛臯也就在肩下坐定，聽他說評話。却說的北宋金鎗倒馬傳的故事。正說到：「太宗皇帝駕幸五臺山進香，被潘仁美引誘觀看透靈牌，照見塞北幽州天慶梁王的蕭太后娘娘的梳裝樓，但見樓上放出五色豪光。太宗說：『朕要去看看那梳裝樓，不知可去得否？』潘仁美奏道：『貴為天子，富有四海，何況幽州？可令潘龍賫旨❷去叫蕭邦暫且搬移出去，待主公去看便了。』當下閃出那開宋金刀老令公楊業，出班奏道：『去不得。陛下乃萬乘之尊，豈可輕入虎狼之域？倘有疏虞，干係不小。』

❶ 蝸角爭名利：蝸角，比喻極小的境地。莊子則陽：「有國于蝸之左角者，曰觸氏；有國于蝸之右角者，曰蠻氏。時相與爭地而戰，伏屍數萬。」莊子通過這個寓言想使天下人明白所爭之細而不爭。

❷ 賫旨：捧持聖旨。賫，音ㄐㄧ。持；帶；送。

太宗道：『朕取太原，遼人心胆已寒，諒不妨事。』潘仁美乘勢奏道：『楊業擅阻聖駕，應將他父子監禁，待等回來，再行議罪。』太宗准奏，即將楊家父子拘禁。傳旨着潘龍來到蕭邦，天慶梁王接旨，就與軍師撒里馬達計議。撒里馬達奏道：『狼主可將機就計，調齊七十二島人馬，湊成百萬，四面埋伏，待等宋太宗來時，將幽州圍困，不怕南朝天下，不是狼主的。』梁王大喜，依計而行。欵待潘龍，搬移出去，恭迎天駕徃臨。潘龍覆旨，太宗就仝了一眾大臣離了五台山，來到幽州。梁王接駕進城，尚未坐定，一聲炮响，伏兵齊起，將幽州城圍得水泄不通。幸虧得八百里淨山王呼必顯藏旨出來，會見天慶梁王，只說：『回京去取玉璽來獻，把中原讓你。』方能騙出重圍，來到雄州，召楊令公父子九人，領兵來到幽州解圍。此叫做『八虎闖幽州』，楊家將的故事。」說到那裡就不說了。那穿白的去身邊取出銀包打開來，將兩錠銀子遞與說書的道：「道友，我們是過路的，送輕莫怪。」那說書的道：「多謝相公們！」

二人轉身就走，牛臯也跟了出來。那說書的只認他是三個仝來的，那曉得是聽白書的。牛臯心裡還想：「这廝不知搗他娘什鬼？還送他兩錠銀子。」那穿紅的道：「大哥，方纔这兩錠銀子，在大哥也不為多，只是這裡本京人看了，只說大哥是鄉下人。」那穿白的道：「兄弟，你不曾聽見說我的先祖父子九人，這個個祖宗，百萬軍中沒有敵手。莫說兩錠，十錠也值！」穿紅的道：「原來為此。」牛臯暗想：「原來為祖宗之事，倘然說着我的祖宗，拿甚么與他？」

又見那穿白的道：「大哥，這一堆去看看。」穿紅的道：「小弟當得奉陪。」兩個走近人叢裡，穿白的叫一聲：「列位！我們是遠方來的，讓一讓。」眾人聽見，閃開一條路，讓他兩個進去。那牛臯仍舊跟了進來，看是做甚么的。原來與對門一樣說書的。这道友見他三個進來，也叫聲：「請坐。」那三個坐定，聽他說的是興唐傳。正說到：「秦王李世民在枷鎖山赴五龍會，內有一員大將，天下數他是第七條好漢，姓羅名成，奉軍師將令，獨自一人拿洛陽王王世充、楚州南陽王朱燦、湘州白御王高談聖、明州夏明王竇建德、曹州宋義王孟海公。」正說到：「羅成獨要成功，把住山口。」說到此處就住了。这穿紅的也向身邊拿出四錠銀子來，叫聲：「朋友，我們是過路的，不曾多帶得，莫要嫌輕。」說書的連稱：「多謝！」三個人出來。牛皐想道：「又是他祖宗了。」

列位，這半日在牛皐眼睛裡，只曉得一個穿紅的，一個穿白的，不曉得他姓張姓李。在下却認得那個穿白的姓楊，名再興，乃是山後楊令公的子孫；這個穿紅的是唐朝羅成的子孫，叫做羅延慶。當下楊再興道：「兄弟，你怎么就與了他四錠銀子？」羅延慶道：「哥哥，你不聽見他說我的祖宗狠么？獨自一個在牛口谷鎖住五龍，不比大哥的祖宗，九個保一個皇帝，尚不能週全性命。算起來，我的祖宗狠似你的祖宗，故此多送他兩錠銀子。」楊再興道：「你欺我的祖宗么？」羅延慶道：「不是欺哥哥的祖宗，其實是我的祖宗狠些。」楊再興道：「也罷，我與你回寓去，披掛上馬，往小教場比比武藝看：若是勝的，在此搶狀元；若是武藝醜的，竟回去，下科再來考罷。」羅延慶道：「說得有理。」兩個爭爭嚷嚷去了。

牛皐道：「还好哩，有我在此聽見。若不然，狀元被这兩個狗頭搶去了。」牛皐忙忙的赶回寓來，上楼去，只見他們還睡着沒有醒，心中想道：「不要通知他們，且等我去搶了狀元來，送與大哥罷。」遂將雙股鐧藏了，下楼對主人家道：「你把我的馬牽來，我要牽他去飲飲水，將鞍轡好生備上。」主人聽了，就去備好，牽出門來。牛皐便上了馬，往前竟走，却不認得路，見兩個老兒掇條板櫈，在籬笆門口坐著講古話。牛皐在馬上叫道：「呔！老頭兒，爺問你，小教場往那裡去的？」那老者聽了，氣得目瞪口呆，只把眼看着牛皐不做聲。牛皐道：「快講我聽。」那老者只是不應。牛皐道：「悔氣！撞着一個啞子。若在家裡，惹我老爺性起，就打死他。」那一個老者道：「冒失鬼！京城地面容得你撒野？幸虧是我兩個老人家，若撞着後生，也不和你作對，只耍你走七八個轉回哩！這裡投東轉南去，就是小教場了。」牛皐道：「老殺才！早替爺說明就是，有這許多嚕囌。若不看大哥面上，就一鐧打死你！」說罷，拍馬加鞭去了。那兩個老兒肚皮都氣破了，說道：「天下那有這樣蠢人！」

却說牛皐一馬跑到小教場門首，只聽得叫道：「好鎗！」牛皐着了急，忙進教場，看那二人走馬舞鎗，正在酣戰，就大叫一聲：「狀元是俺大哥的。你兩個敢在此奪么？看爺的鐧罷！」耍的就是一鐧，望那楊再興頂梁上打來。楊再興把鎗一抬，覺道也有些斤兩，便道：「兄弟，不知那裡走出這個野人來？你我原是弟兄，比甚武藝，倒不如將他來取笑取笑。」羅延慶道：「說得有理。」遂把手中鎗緊一緊，望牛皐心窩裡戳來。牛皐纔架過一邊，那楊再興也一鎗戳來。牛皐將兩根鐧盤頭護頂，架隔遮攔，後來看看有些招架不住了。你想牛皐出門以來，未曾逢着好漢。況且楊再興英雄無敵，這桿爛銀鎗，有酒杯兒粗細；羅延慶力大無窮，使一桿鏨金鎗，猶如天神一般。牛皐那裡是二人的對手？幸是京城之內，二人不敢傷他的性命，只逼住他在此作樂。只聽得牛皐大叫道：「大哥若再不來，狀元被別人搶去了！」楊、羅二人聽了，又好笑，又好氣：「这個獃子，叫什么大哥大哥，必定有個有本事的在那里，且等他來會他一會看。」故此越把牛皐逼住，不放他走脫了。

且說那客店楼上，岳大爺睡醒來，看見三個人都睡着，只不見了牛皐，便叫醒了三人，問道：「牛兄弟呢？」三人道：「你我俱睡着了，那里曉得。」岳大爺便仝了三個人忙下楼來，問主人家。主人家道：「牛大爺偹了馬去飲水了。」岳大爺道：「去了幾時了？」店主人道：「有一個時辰了。」岳大爺便叫：「王兄弟，你可去看他的兵器可在么？」王貴便上樓去，看了下來道：「他的雙鐗是掛在壁上的，如今却不見了。」岳大爺聽了，嚇得面如土色，叫聲：「不好了！主人家快將我們的馬偹來。兄弟們各把兵器來端正好了，若無事便罷，倘若惹出禍來，只好偹辦逃命罷了。」

弟兄們上楼去紮縛好了，各將器械拿下楼來。主人家已將四匹馬偹好在門首了。岳大爺又問主人道：「你見牛大爺往那條路去的么？」主人道：「往東首去的。」那弟兄四人上了馬，向東而來，來到了三叉路口，不知他往那條路上去的。却見籬笆門口，有兩個老人家坐着，拍手拍腳，不知在那裡說些什么。岳大爺就下了馬，走上前把手一拱道：「不敢動問老丈，方纔可曾見一個黑大漢，坐一匹黑馬的，往那條路上去的？望乞指示！」那老者道：「这黑漢是尊駕何人？」岳大爺道：「是晚生的兄弟。」那老者道：「尊駕何以这等斯文！你那個令弟，怎这般粗蠢？」就把問路情狀說了一遍，幸是遇着老漢，若是別人，不知指引他那里去了。他如今說往小教塲去，尊駕若要尋他，可投東上南，就望見小教塲了。」岳大爺道：「多承指教了。」遂上馬而行，看看望見了，只聽得牛臯在那里大叫：「哥哥若再不來，狀元被別人搶去了。」岳大爺忙進內去，但見牛臯面容失色，口中白沫亂噴。又見一個穿白的，坐著一匹白馬，使一桿爛銀鎗；一個穿紅的，坐一匹紅馬，使一桿鏨金鎗，猶如天將一般。一盤一旋，纏住牛臯，牛臯那裡招架得住。岳大爺看得親切，叫聲：「眾兄弟不可上前，待愚兄前去救他。」說罷，就拍馬上來，大叫一聲：「休得傷了我的兄弟。」楊、羅二人見了，即丟了牛臯，兩桿鎗一齊挑出。岳大爺把鎗望下一擲，只聽得一聲响，二人的鎗頭着地，前手打開，右手拿住鎗鑽上邊。這個武藝，名為敗鎗，再無救處的。二人大驚，把岳大爺一看，說道：「今科狀元，必是此人，我們去罷。」遂拍馬而走。岳大爺隨後赶來，大叫：「二位好漢慢行，請留台姓大名！」二人回轉頭來，叫道：「我乃山後楊再興、湖廣羅延慶是也。今科狀元權且讓你，日後再得相會。」說罷，拍馬竟自去了。

岳大爺回轉馬頭，來到小教塲，看見牛臯喘氣未定，便道：「你為何與他相殺起來？」牛臯道：「你說得好笑！我在此與他相殺，無非要奪狀元與大哥。不想這廝兇狠得緊，殺他不過，虧得哥哥自來贏了他，这狀元一定是哥哥的了。」岳大爺笑道：「多承兄弟美意。这狀元是要與天下英雄比武，無人勝得，纔為狀元。那裏有兩三個人私搶的道理？」牛臯道：「若是这等說，我倒白白的仝他空殺这半天了。」眾弟兄大笑，各各上馬，仝回寓中，不表。

且說楊再興、羅延慶兩人回到寓處，收拾行李，竟回去了。

再說岳大爺次日起來，用過早飯，湯懷與張顯、王貴道：「小弟們久要買一口劍來掛掛，昨日見那兩個蠻子都有的，牛兄弟也自有的，我們沒有劍掛覺得不好看相，今日煩哥哥仝去各人買一口，何如？」岳大爺道：「这原是少不得的。因我沒有餘錢，故爾不曾拈起。」王貴道：「不妨。哥哥也買一口，我有銀子在此。」岳大爺道：「既如此，我們仝去便了。」

當時各人俱帶了些銀兩，囑付店家，看管門戶，一仝出門來。在大街上走了一回，看着那些刀店上掛着的，都是些平常貨色，並無好鋼火的，況且那些來徃行人，挨擠得狠。岳大爺道：「我們不如徃小街上去看看，或者到有好的，也未可定。」就仝眾兄弟們轉進一個小衚衕內來，見有好些店面，也有熱鬧的，也有清淡的。看到一家店內，擺列着幾件古董，掛着些名人書畫，壁上掛着五六口刀劍。岳大爺走進店中，那店主就連忙站起身來，拱手道：「眾位相公請坐，敢是要賜顧些甚么東西？」岳大爺道：「若有好刀，或是好劍，乞借一觀。」店主道：「有，有，有。」即忙取下一口刀來，揩抹乾淨，送將過來。岳大爺接在手中，先把刀鞘一看。然後把刀抽將出來一看，便道：「此等刀却用不着，若有好的取來看。」店主又取下一把劍來，也不中意。一連看了數口，總是一樣。岳大爺道：「若有好的，可拿出來；若沒有，就告辭了，不必費手。」店主心上好生不悅，便道：「尊駕看這幾口刀劍，還是那一樣不好？倒要請教。」岳大爺道：「若是賣與王孫公子、富宦之家，希圖好看，怎說得不好？在下們買去，却是要上陣防身、安邦定國的，如何用得？倘果有好的，悉憑尊價便是。」牛皐接口道：「憑你要多少銀子，決不少你的，可拿出來看，不要是这么寒抖抖的。」那店主又舉眼將眾弟兄看了看，便道：「果然要好的，只有一口，却是在舍下。待我叫舍弟出來，引相公們到寒舍去看，何如？」岳大爺道：「到府上有多少路？」店主道：「不多遠，就在前面。」岳大爺道：「既有好劍，便走幾步也不妨。」主人便叫小使：「你進去請二相公出來。」小使答應，進去不多時，裡邊走出一個人來，叫聲：「哥哥，有何吩咐？」店主道：「这幾位相公要買劍，看過好幾口，都不中意，諒來是個識貨的。你可陪眾位到家中去看那一口看。」那人答應一聲，便向眾人把手一拱，說：「列位相公請仝步。」岳大爺也說聲：「請前。」

遂別了店主，一仝出門行走。岳大爺細看那人時：

頭帶一頂晉陽巾，面前是一塊羊脂白玉，身穿一領藍道袍，脚登的一雙大紅朱履，手執湘妃金扇，
風流俊雅超然。

行來却有二里多路，來到一座庄門，門外一帶俱是垂楊，低低石墻，兩扇籬門。那人輕輕把門扣了一下，裡邊走出一個小童，把門開了，就請眾位進入草堂，行禮坐下。小童就送出茶來，用過了。岳大爺道：「不敢動問先生尊姓？」那人道：「先請教列位尊姓大名？仙鄉何處？」岳大爺道：「在下相州湯陰縣人氏，小可姓岳名飛，字鵬舉。」那人道：「久仰，久仰。」岳大爺又道：「这位乃大名府内黄縣湯懷，这位姓張名顯，这位姓王名貴，都是仝鄉好友。」牛臯便接口道：「我叫做牛臯，陝西人氏。我自家有嘴的，不須大哥代說。」岳大爺道：「先生休要見怪。我这兄弟性子雖然暴躁，最好相與的。」那人道：「这也难得。」

岳大爺正要問那人的姓名，那人却已站起身來道：「列位且請坐，待學生去取劍來請教。」一直望内去了。岳大爺抬頭觀看，說道：「此乃達古之家，纔有这古畫掛着。」又看到兩傍對聯，便道：「這個人原來姓周。」湯懷道：「一路仝哥哥到此，並未問他姓名，何以知他姓周？」岳大爺道：「你看對聯就明白了。」眾人一齊看道：「並沒有個『周』字在上邊吓！」岳大爺道：「你們只看那上聯是『柳營春試馬』，下聯是『虎將夜談兵』。如今不論營伍中皆貼着此對，却不知此乃是唐朝李晋王贈與周德威的，故此我說他是姓周。」牛臯道：「管他姓周不姓周，等他出來問他，便知道了。」

正說間，只見那人取了一股寶劍走將出來，放在桌上，覆身坐下道：「失陪，有罪了。」岳大爺道：

「豈敢。請教先生尊姓貴表？」那人道：「在下姓周，賤字三畏。」眾皆吃驚道：「大哥真個是仙人！」三畏起身：「請岳兄看劍。」岳大爺就立起身來，接劍在手，左手拿定，右手把劍鋒抽出，纔三四寸，覺得寒氣逼人。再抽出細看了一看，連忙推進，便道：「周先生，請收了進去罷。」三畏道：「岳兄既看了，為何不還價錢？難道還未中意么？」岳大爺道：「周先生，此乃府上之寶，價值連城。諒小子安敢妄想，休得取笑！」三畏接劍，仍放在桌上，叫聲：「請坐。」岳大爺道：「不消，要告辭了。」三畏道：「岳兄既識此劍，還要請教，那有就行之理！」岳爺無奈，只得坐下。三畏道：「學生祖父原係世代武職，故遺下此劍。今學生已經三代改習文學，此劍並無實用。祖父曾囑咐子孫道：『若後人有識得此劍出處者，便可將此劍贈之，分文不可取受。』今岳兄既知是寶劍，必要請教，或是此劍之主，亦未可定。」岳大爺道：「小可意下却疑是此劍，但說來又恐不是，豈不遺笑大方？今先生必要下問，倘若錯了，幸勿見笑。」三畏道：「幸請見教，學生洗耳恭聽。」

那岳大爺疊兩個指頭，一席話，直說得：

報仇孝子千秋仰，節婦賢名萬古留。

不知這劍委是何等出處？且聽下回分解。

第十一回　周三畏遵訓贈寶劍　宗留守立誓取真才

詩曰：

三尺龍泉❶一紙書，贈君他日好為之。英雄自古難遭遇，管取功成四海知。

却說周三畏必要請教岳大爺此劍的出處，當下岳大爺道：「小弟當初曾聽得先師說：『凡劍之利者，水斷蛟龍，陸剸❷犀象。有龍泉、太阿、白虹、紫電、莫邪、干將、魚腸、巨闕諸名，俱有出處。』此劍出鞘，即有寒氣侵人。乃是春秋之時，楚王欲霸諸侯，聞得韓國七里山中，有個歐陽冶善，善能鑄劍，遂命使宣召進朝。这歐陽冶善來到朝中，朝見已畢。楚王道：『孤家召你到此，非為別事，要命你鑄造二劍。』冶善道：『不知大王要造何劍？』楚王道：『要造雌雄二劍，俱要能飛起殺人，你可會造么？』歐陽冶善心下一想：『楚王乃強暴之君，若不允他，必不肯饒我。』遂奏道：『劍是會造，恐大王等不得。』楚王道：『却是為何？』歐陽冶善道：『要造此劍，須得三載工夫，方能成就。』楚王道：『孤

---

❶龍泉：寶劍名。亦泛指劍。晉書張華傳中說張華見斗、牛二星之間有紫氣，後使人於豐城獄中掘地得二劍，一名龍泉，一名太阿。

❷剸：音ㄊㄨㄢˊ。割；截斷。

家就限你三年便了。』隨賜了金帛彩緞。冶善謝恩出朝，回到家中，與妻子說知其事，將金帛留在家中，自去山中鑄劍。却格外另造了一口，共是三口。到了三年，果然造就，回家與妻子說道：『我今前往楚國獻劍。楚王有了此劍，恐我又造與別人，必然要殺我，以斷後患。今我想來，總是一死，不如將雄劍留埋此地，只將那二劍送去。其劍不能飛起，必然殺吾。你若聞知凶信，切莫悲啼。待你腹中之孕十月滿足，生下女兒，只索罷了；倘若生下男來，你好生撫養他成人，將雄劍交付與他，好叫他代父報仇，我自在陰空護佑。』說罷分別，來至楚國。楚王聽得冶善前來獻劍，遂率領文武大臣，到教場試劍。果然不能飛起，空等了三年。楚王一時大怒，把冶善殺了。冶善的妻子在家得知了凶信，果然不敢悲啼。守至十月，產下一子，用心撫養，到了七歲，送在學裡攻書。一日全那館中學生爭鬧，那學生罵他是『無父之種』。他就哭轉家中，與娘討父。那婦人看見兒子要父，不覺痛哭起來，就與兒子說知前事。無父兒要討劍看，其母只得掘開泥土，取出此劍。無父兒就把劍背着，拜謝了母親養育之恩，要往楚國，與父報仇。其母道：『我兒年紀尚小，如何去得？』自家懊悔說得早了，以致如此，遂自縊而死。那無父兒把房屋燒毀，火葬其母，獨自背了此劍，行到七里山下，不認得路途，日夜啼哭。哭到第三日，眼中流出血來，忽見山上走下一個道人來，問道：『你这孩子，為何眼中流血？』無父兒將要報仇之話，訴說了一遍。那道人道：『你這點點年紀，如何報得仇來？那楚王前遮後擁，你怎能近他？不如代你一往。但是要向你取件東西。』無父兒道：『就要我的頭，也是情愿的。』道人道：『正要你的頭。』無父兒聽了，便跪下道：『若得報仇，情愿奉獻。』就對道人拜了幾拜，起來自刎。道人把頭取了，將劍佩了，前往楚國，在午門之外，大笑三聲，大哭三聲。軍士報進朝中，楚王差官出來查問。道人說：『笑三聲者，笑世人不識我寶；哭三聲者，哭我空負此寶，不遇識者。我乃是送長生不老丹的。』軍士回奏楚王，楚王道：『宣他進來。』道人進入朝中，取出孩子頭來。楚王一見，便道：『此乃人頭，何為長生不老丹？』道人說：『可取油鍋兩隻，把頭放下去；油滾一刻，此頭愈覺唇紅齒白；煎至二刻，口眼皆動；若煎三刻，拿起來供在桌上，能知滿朝文武姓名，都叫出來；煎到四刻，人頭上長出荷葉，開出花來；五刻工夫，結成蓮房；六刻結成蓮子，吃了一顆，壽可活一百二十歲。』楚王遂命左右取出兩隻油鍋，命道人照他行之。果然六刻工夫，結成蓮子。滿朝文武無不喝采。道人遂請大王來摘取長生不老丹。楚王下殿來取，不防道人拔出劍來一劍，將楚王之頭，砍落于油鍋之內。眾臣見了，來捉道人，道人亦自刎其首於鍋內。眾臣連忙撈起來，三個一樣的光頭，知道那一個是楚王的，只得用髮穿了，一齊下棺而葬。古言楚有『三頭墓』，即此之謂。此劍名曰『湛盧』。唐朝薛仁貴曾得之，如今不知何故，落于先生之手？亦未知是此劍否？」

三畏聽了这一席話，不覺欣然笑道：「岳兄果然博古，一些不差。」遂起身在桌上取劍，雙手遞與岳大爺道：「此劍埋沒數世，今日方遇其主。請岳兄收去！他日定當為國家之棟樑，也不負了我先祖遺言。」岳大爺道：「他人之寶，焉敢擅取？決無此理。」三畏道：「此乃祖命，小弟焉敢違背？」岳大爺再四推辭不掉，只得收了，佩在腰間，拜謝了相贈之德，告辭要別。三畏送出門外，珍重而別。

岳大爺又仝眾弟兄各處走了一會，買了三口劍。回至寓中，不覺天色已晚，店主人將夜飯送上楼來。岳大爺道：「主人家，我等三年一望，明日是十五了，要進場去的，可早些收拾飯來與我們吃。」店主人道：「相公們放心，我們店裡有許多相公，總是明早要進場的，今夜我們家裡一夜不睡的。」岳大爺道：「只要早些就是了。」弟兄們吃了夜飯，一仝安寢。

到了四更時分，主人上楼，相請梳洗。眾弟兄隨即起身來梳洗。吃飯已畢，各各端正披掛：但見湯懷白袍銀甲，插箭弯弓；張顯綠袍金甲，掛劍懸鞭；王貴紅袍金甲，渾如一團火炭；牛皐鐵盔鐵甲，好似一朵烏雲；只有岳大爺，還是考武舉時的舊戰袍。你看他弟兄五個，裙甲索瑯瑯的响，一同下楼，來到店門外，各人上馬。只見店主人在牛皐馬後摸摸索索了半會；又一個走堂的小二，拿着一個灯籠，高高的挑起送考。眾人正待起身，只見又一個小二，左手托個糖菓盒，右手提着一大壺酒。主人便叫：「各位相公們，請吃上馬盃，好搶個狀元回去。」每人吃了三大盃，然後一齊拍馬往教場而來。到得教場門首，那拿灯籠的店小二道：「列位爺們，小人不送進去了。」岳大爺謝了一聲，小二自回店去，不提。

且說眾弟兄一齊進了教場，只見各省舉子，先來的，後到的，人山人海，挨擠不開。岳大爺道：「此處人多，不如到略靜些的地方去站站。」就走過演武廳後首，站了多時。牛皐想起出門的時節，看見店主人在我馬後拴掛什么東西，待我看一看。就望馬後邊一看，只見鞍後掛着一個口袋，就伸手向袋內一摸，却是数十個饅頭，許多牛肉在內。这是店主人的規例，凡是考時，恐他們來得早，等得飢餓，特送他們做點心的。牛皐道：「妙阿！停一會比武，那有工夫吃，不若此時吃了，省得这馬累墜。」就取將出來，都吃個乾淨。不意停了一會，王貴道：「牛兄弟，我們肚中有些飢了，主人家送我們吃的點心，拿出來大家吃些。」牛皐道：「你沒有的么？」王貴道：「一總掛在你馬後。」牛皐道：「這又悔氣了！我只道你們大家都有的，故此方纔把这些點心牛肉，狠命的都吃完了，把個肚皮撐得飽脹不過，那裡曉得你們是沒有的。」王貴道：「你倒吃飽了，怎叫別人在此挨餓？」牛皐道：「如今吃已吃完了，這怎么處？」岳大爺听見了便叫：「王兄弟，不要說了，倘別人聽見了，覺道不雅相。牛兄弟，你本不該是這等，就是吃東西，無論別人有沒有，也該問一聲，竟自吃完了，這個如何使得？」牛臯道：「我知道了。下次若有東西，大家仝吃便了。」

正在閑爭閑講，忽聽得有人叫道：「岳相公在那裡？」牛臯聽得，便喊道：「在这裡。」岳大爺道：「你又在此招事攬非了。」牛臯道：「有人在那裡叫你，便答應他一聲，有甚大事？」說不了，只見一個軍士在前，後邊兩個人抬了食籠，尋來說道：「岳相公如何站在这裡？叫小人尋得好苦。小人是留守衙門裡來的，奉大老爺之命，特送酒飯來與相公們充飢。」眾人一齊下馬來謝了，就來吃酒飯。牛臯道：「如今讓你們吃，我自不吃了。」王貴道：「諒你也吃不下了。」眾人用完酒飯，軍士與從人收拾了食籠，抬回去了。

看看天色漸明，那九省四郡的好漢，俱已到齊。只見張邦昌、王鐸、張俊三位主考，一齊進了教場，到演武廳坐下。不多時，宗澤也到了，上了演武廳，與三人行禮畢，坐着用過了茶。張邦昌開言道：「宗大人的貴門生，竟請填上了榜罷！」宗澤道：「那有甚么敝門生，張大人这等說。」邦昌道：「湯陰縣的岳飛，豈不是貴門生么？」列位，要曉得大凡人做了點私事，就是被窩裡的事也瞞不過，何況那日眾弟兄在留守衙門前，豈無人曉得？況且留守師爺抬了許多酒席，送到招商店中，怎瞞得眾人耳目？兼之這三位主考，都受了柴王禮物，豈不留心？張邦昌說出了「岳飛」兩字，倒弄得宗澤臉紅心跳，半晌沒個道理回覆这句話來，便道：「此乃國家大典，豈容你我私自揀擇？如今必須對神立誓，表明心跡，方可考試。」即叫左右：「過來，與我擺列香案。」立起身來，拜了天地，再跪下禱告過往神靈：「信官❸

宗澤，浙江金華府義烏縣人氏。蒙聖恩考試武生，自當誠心秉公，拔取賢才，為朝庭出力。若存一點欺君賣法、悮國求財之念，必死於刀箭之下。」

誓畢起來，就請張邦昌過來立誓。邦昌暗想：「这個老頭兒好混賬！如何立起誓來？」到此地位，不怕你推托。沒奈何，也只得跪下道：「信官張邦昌，乃湖廣黃州人氏。蒙聖恩仝考武試，若有欺君賣法、受賄遺賢，今生就在外國為豬，死於刀下。」你道這個誓，也從來沒有聽見過的，是他心裏想出來：「我這樣大官，怎能得到外國？就到番邦，如何變豬？豈不是個牙疼咒？」自以為得計。这宗澤是個誠實君子，只要辨明自己的心跡，也不來晉他立誓輕重。

那王鐸見邦昌立誓，亦來跪下道：「信官王鐸，與邦昌是仝鄉人氏。若有欺心，他既為豬，弟子即變為羊，一同死法。」誓畢起來，心中也在暗想：「你會奸，我也會刁。难道就學你不來么？」暗暗笑個不住。

誰知這張俊在傍看得清，聽得明，暗想：「这兩人立得好巧誓，叫我怎么好？」也只得跪下道：「信官張俊，乃南直隸順州人氏。如有欺君之心，當死于萬人之口。」列位看官，你道这個誓立得奇也不奇？这炕豬變羊，原是口頭言語，不過在今生來世，外國番邦上弄舌頭。那一個人，怎么死于千萬人之口？却不道後來岳武穆王墓頂褒封時候，竟應了此誓。也是一件奇事，且按下不表。

却說这四位主考立誓已畢，仍到演武廳上，一拱而坐。宗爺心裡暗想：「他三人主意已定，这狀元必然要中柴王。不如傳他上來，先考他一考。」便叫：「旂牌，傳那南寧州的舉子柴桂上來。」旗牌答

❸ 信官：官員向神祈禱表示虔誠的自稱。

應一聲：「吓呀。」就走下來大叫一聲：「嘚！大老爺有令，傳南寧州舉子柴桂上廳聽令。」那柴王答應一聲，隨走上演武廳來，向上作了一揖，站在一邊聽令。宗爺道：「你就是柴桂么？」柴桂道：「是。」宗爺道：「你既來考試，為何參見不跪，如此托大么？自古道：『做此官，行此禮。』你若不考，原是一家籓王，自然請你上坐。今既來考試，就降做了舉子了。那有舉子見了主考不跪之理？你好端端一個王位不要做，不知聽信那個奸臣的言語，反自棄大就小，來奪狀元，有甚么好處？況且今日天下英雄俱齊集於此，內中豈無高強手段，勝如于你，怎能穩穩狀元到手？你不如休了此心，仍回本郡，完全名節，豈不為美？快去想來！」柴王被宗爺一頓發作，無可奈何，只得低頭跪下，開口不得。

看官！你們可曉得柴王為着何事，現放着一人之下，萬人之上的王位不做，反來奪取狀元，受此羞辱么？只因柴王來朝賀天子，在太行山經過，那山上有一位大王，使一口金背砍山刀，江湖上都稱他為「金刀大王」。此人姓王名善，有萬夫不當之勇。手下有勇將馬保、何六、何仁等，左右軍師鄧武、田奇，足智多謀。聚集着嘍囉有五萬餘人，霸佔著太行山，打家刦舍，官兵不敢奈何他。他久欲謀奪宋室江山，却少個內應。那日打聽得柴王入朝，即與軍師商議，定下計策，扎營在山下，等那柴王經過，被嘍囉截住，邀請上山。到帳中坐定，獻茶已過，田奇道：「昔日南唐時，雖然衰壞，天下安靜，被趙匡胤設謀，詐言陳橋兵變，篡了帝位，把天下謀去，直到如今。主公反只得一個掛名籓王空位，受他管轄，臣等心上實不甘服！臣等現今兵精粮足，大王何不進京結納奸臣，趁著今歲開科，謀奪了武狀元到手，把这三百六十個仝年進士交結，收為心腹內應。那時寫書知會了山寨，臣等即刻發兵前來，帮助主公恢復了舊日江山，豈不為美？」这一席話，原是王善與軍師定下的計：借那柴王做個內應，奪了宋朝天下，怕不是王善的？那知这柴王被他所惑，十分大悅，便道：「難得卿家有此忠心，孤家進京，即時幹辦此事，若得成功，愿與卿等富貴共之。」王善當時擺設筵宴欵待，飲了一會，就送柴王下山。一路進京，就去結識这幾位主考。这三個奸臣，受了賄賂，要將武狀元賣與柴王。那知这宗爺，是赤心為國的，明知这三位受賄，故將柴王數說幾句。柴王一時回答不來。

那張邦昌看見，急得好生焦燥：「也罷！待我也叫他的門生上來，罵他一塲，好出出氣。」便叫：「官兒過來。」旗牌答應，上來道：「大老爺有何分咐？」張邦昌道：「你去傳那湯陰縣的舉子岳飛上來。」旗牌答應一聲：「吓。」就走將下來，叫一聲：「湯陰縣岳飛上廳聽令。」岳飛聽見，連忙答應上廳，看見柴王跪在宗爺面前，他就跪在張邦昌面前叩頭。邦昌道：「你就是岳飛么？」岳飛應聲道：「是。」邦昌道：「看你這般人不出眾，貌不驚人，有何本事，要想做狀元么？」岳飛道：「小人怎敢妄想狀元。但今科塲中，有幾千舉子，都來考試，那一個不想做狀元？其實狀元只有一個，那千餘人那能個個狀元到手？武舉也不過隨例應試，怎敢妄想？」張邦昌本待要罵他一頓，不道被岳大爺回出这幾句話來，怎麼罵得出口？便道：「也罷。先考你二人的本事如何，再考別人。且問你用的是什么兵器？」岳大爺道：「是鎗。」邦昌又問柴王：「用何兵器？」柴王回說：「是刀。」邦昌就命岳飛做鎗論、柴王做刀論。

二人領令起來，就在演武廳兩傍，擺列桌子紙筆，各去做論。誰知柴桂才學原是好的，因被宗澤發作了一塲，氣得昏頭搭腦，下筆寫了一個「刀」字，不覺寫出了頭，竟像了個「力」字。自覺心中着急，只得描上幾筆，弄得「刀」不成「刀」，「力」不成「力」，只好塗去另寫幾行。不期岳爺早已上來交卷。

柴王諒來不妥當，也只得上來交卷。邦昌先將柴王的卷子一看，就籠在袖裡，再看岳飛的文字，吃驚道：「此人之文才，比我還好，怪不得宗老頭兒愛他！」乃故意喝道：「這樣文字，也來搶狀元！」把卷子望下一擲，喝一聲：「叉出去！」左右呼的一聲擁將上來，正待動手，宗爺吆喝一聲：「不許動手，且住着！」左右人役見宗大老爺吆喝，誰敢違令？便一齊站住。宗老爺吩咐：「把岳飛的卷子取上來我看。」左右又怕張太師發作，面面相覷，都不敢去拾。岳大爺只得自己取了卷子，呈上宗爺。宗爺接來，放于案上，展開細看，果然是：

言言比金石，字字賽珠璣。

暗想：「這奸賊如此輕才重利。」也把卷子籠在袖裡，便道：「岳飛，你这樣才能，怎能取得功名到手？你豈不曉得蘇秦獻的萬言書、溫庭筠代作的南華賦么？」

你道這兩句是什么出典？只因當初蘇秦到秦邦上那萬言策，秦相商鞅忌他才高，恐他後來奪他的權柄，乃不中蘇秦，只中張儀。這溫庭筠是晉國承相桓文的故事：晉王宣桓文進御花園賞南花，那南花就是鉄梗海棠也。當時晉王命桓文作南花賦，桓文奏道：「容臣明日早朝獻上。」晉王准奏。辭朝回來，那裡做得出？却央家中代筆先生溫庭筠代做了一篇。桓文看了，大吃一驚，暗想：「若是晉王知道他有此才華，必然重用，豈不奪我權柄？」即將溫庭筠藥死，將南花賦抄寫獻上。这都是妒賢嫉能的故事。

張邦昌聽了，不覺勃然大怒。不因這一怒，有分教：

一國藩王，死于非命；數萬賊兵，盡成畫餅。

正是：

朝中奸党縱横時，總有忠良徒氣奪。

畢竟不知後事如何？且聽下回分解。

第十二回　奪狀元鎗挑小梁王　反武場放走岳鵬舉

詞曰：

落落寒貧一布衣，未能仗劍對公車❶。內承孟母三遷教❷，腹飽陳平六出奇❸。

悲淒楚，歎時非，腰金衣紫待何時？男兒未遂封侯志，空負堂堂七尺軀。

右調鷓鴣天

話說張邦昌聽得宗爺說出这兩椿故事，明知是罵他妒賢嫉能，却又自家有些心虛，發不出話來，真個是敢怒而不敢言，便道：「岳飛，且不要說你的文字不好，且問你敢與柴王❹比箭么？」岳大爺道：

---

❶ 未能仗劍對公車：意謂未能憑藉武藝為君王服務。公車，君主的兵車。兵車之法，左人持弓，右人持矛。

❷ 內承孟母三遷教：孟子的母親為了教育好孟軻，三遷其家。幼年時居處靠近墓地，軻遊戲為墓間之事；遂遷至街市附近，軻又為賈人衒賣之事；三遷至學宮旁，軻乃學祭祀禮儀，孟母才定居下來。句意為岳飛受到的母教如孟母一樣。

❸ 陳平六出奇：陳平，劉邦的謀士。先事魏、楚，不能被信任，乃歸劉邦，任護軍中尉，建議用反間計，使項羽去謀士范增，並以爵位籠絡大將韓信，從而使劉邦在楚漢之爭中取得決定性勝利。漢朝建立後，「常以護軍中尉從攻陳豨及黥布，凡六出奇計，輒益邑，凡六益封。奇計或頗祕，世莫能聞。」（史記陳丞相世家）

「大老爺有令，誰敢不遵？」宗爺心中暗喜：「若說比箭，此賊就上了當了。」便叫左右：「把箭垛擺列在一百數十步之外。」柴王看見靶子甚遠，就向張邦昌稟道：「柴桂弓軟，先讓岳飛射罷。」邦昌遂叫：「岳飛下階去先射。」又暗暗的叫親隨人去吩咐：「將靶子移到二百四十步。」令岳飛不敢射，就好叉他出去了。誰知这岳大爺不慌不忙，立定了身，當着天下英雄之面開弓搭箭，真個是「弓開似滿月，箭發像流星」，颼颼的一連射了九枝，只見那搖旗的搖一個不住，擂鼓的擂得個手酸。方纔射完了，那監箭官將九枝箭，連那射透的箭靶一齊捧上廳來，跪着。張邦昌是個近視眼，看那九枝箭并那靶子，一總擺在地下，不知是什么東西。只聽得那官兒稟道：「這舉子箭法出眾，九枝箭俱從一孔而出。」邦昌等不得他說完，就大喝一聲：「胡說！還不快拿下去。」

那柴王自想：「箭是比他不過的了，不若與他比武，以便將言語打動他，令他詐輸，讓这狀元與我。若不依從，趁勢把他砍死，不怕他要我償命。」算計已定，就稟道：「岳飛之箭皆中，倘然柴桂也中了，何以分別高下？不若與他比武罷。」邦昌聽了，就命岳飛與柴王比武。

柴王聽令，隨即下廳來，整鞍上馬，手提著一面金背大砍刀，拍馬先在教場中間站定，使開一個門戶；叫聲：「岳飛，快上來，看孤家的刀罷！」这岳大爺雖然武藝高強，怕他是個王子，怎好交手，不覺心裡有些躊躕。免強上了馬，倒提著鎗，慢騰騰的懶得上前。那教場中來考的、看的，有千千萬萬，見岳飛这般光景，俱道：「这個舉子，那裡是梁王對手？一定要輸的了！」就是宗爺也只說：「他是臨場阻怯，是個沒用的，枉費了我一番心血。」

---

❹ 柴王：柴桂封梁王，「柴王」義為姓柴的王，亦可，故校勘時不做統一。

且說那柴王見岳飛來到面前，便輕輕的道：「岳飛，孤家有一句話與你講，你若肯詐敗下去成就了孤家的大事，就重重的賞你；若不依從，恐你性命难保。」岳大爺道：「千歲吩咐，本該從命。但今日在此考的，不獨岳飛一人。你看天下英雄，聚集不少，那一個不是十載寒窗，苦心習學，只望到此，博個功名，荣宗耀祖？今千歲乃是堂堂一國藩王，富貴已極，何苦要佔奪一個武狀元，反丟却藩王之位，與这些寒士爭名？豈不上負聖主求賢之意，下屈英雄報國之心？竊為千歲不取，請自三思！不如還讓这些眾舉子考罷。」柴王聽了，大怒道：「好狗頭！孤家好意勸你，你若順了孤家，豈愁富貴？反是这等胡言亂語。不中抬舉的狗才！看刀罷！」說罷，噹的一刀，望岳大爺頂門上砍來。岳大爺把鎗望左首一隔，架開了刀。柴王又一刀攔腰砍來，岳大爺將鎗桿橫倒，望右邊架住。这原是「鷂子大翻身」的家數，但是不曾使全。惱得柴王心頭火起，舉起刀來，噹噹噹，一連六七刀。岳大爺使個解數，叫做「童子抱心勢」，東來東架，西來西架，那里會被他砍著。柴王收刀回馬，轉演武廳來。岳大爺亦隨後跟來，看他怎么？

只見柴王下馬，上廳來稟張邦昌道：「岳飛武藝平常，怎生上陣交鋒？」邦昌道：「我亦見他武藝不及千歲。」宗爺見岳飛跪在柴王後頭，便喚上前來道：「你这樣武藝，怎么也想來掙功名？」岳飛稟道：「武舉非是武藝不精，只為與柴王有尊卑之分，不敢交手。」宗爺道：「既如此說，你就不該來考了。」岳大爺道：「三年一望，怎肯不考？但是徃常考試，不過跑馬射箭，舞劍掄刀，以品優劣。如今與柴王刀鎗相向，走馬交鋒，豈無失誤？他是藩王尊位，倘然把武舉傷了，武舉白送了性命；設或武舉偶然失手，傷了柴王，柴王怎肯干休？不但武舉性命难保，還要拖累別人。如今只要求各位大老爺作主，令柴王與武舉各立下一張生死文書：不論那個失手，傷了性命，大家不要償命。武舉纔敢交手。」宗爺道：「这話也說得是。自古道：『壯士臨陣，不死也要帶傷。』那里保得定？柴桂你願不願呢？」柴王尚在躊躕，張邦昌便道：「这岳飛好一張利口！看你有甚本事，說得這等決絕？千歲可就仝他立下生死文書，倘若他傷了性命，好叫眾舉子心服，免得別有話說。」柴王無奈，只得各人把文書寫定，大家画了花押，呈上四位主考，各用了印。柴王的交與岳飛，岳飛的交與柴王。柴王就把文書交與張邦昌，張邦昌接來收好。岳大爺看見，也將文書來交與宗澤。宗爺道：「这是你自家的性命交関，自然自家收着，與我何涉，却來交與我么？還不下去！」岳大爺連聲道：「是，是，是！」

兩個一齊下廳來。岳大爺跨上馬，叫聲：「千歲，你的文書交與張太師了。我的文書，宗老爺却不肯收，且等我去交在一個朋友處了就來。」一面說，一面去尋着了眾弟兄們，便叫聲：「湯兄弟，倘若停一會梁王輸了，你可與牛兄弟守住他的帳房門首，恐他們有人出來打攪盤，好照應照應。」又向張顯道：「賢弟，你看帳房後邊，盡是他的家將，倘若動手幫助，你可在那裡攔擋些。王賢弟，你可整頓兵器，在教場門首等候，我若是被柴桂砍死了，你可收拾我的尸首；若是敗下來，你便把教場門砍開，等我好逃命。这一張生死文書，與我好生收着；若然失去，我命休矣！」吩咐已畢，轉身來到教場中間。那時節，这些來考的眾舉子，并那看的人，真個人千人萬，挨挨擠擠，都四面打着圍牆一般站着，要看他二人比武藝。

且說那梁王與岳飛立了生死文書，心裡就有些慌張了，即忙回到帳房之中。列位看官，又不是出征上陣，只不過考武，為什么有起帳房來么？一則他是一家籓王，比眾不仝；二來，已經買服奸臣，縱容他胡為，不去管他；三是他的心懷不善，埋伏家將虞侯在內，以備防護。故此搭下这三座大帳房：自己與門客在中間，兩傍是家將虞候，并那些親隨諸色人等。这梁王來到中間帳房坐定，喚集家將虞候人等齊集面前，便道：「本藩今日來此考試，穩穩要奪個狀元。不期偏偏的遇着这個岳飛，要與本藩比試，立了生死文書，不是我傷他，定是他傷我。你們有何主見贏得他？」眾家將道：「这岳飛有幾顆頭，敢傷千歲？他若差不多些就罷；若是恃強，我們眾人一擁而出，把他亂刀砍死。朝中自有張太師等作主，怕他怎的？」

梁王聽了大喜，重新整理好了披掛，上馬來到教場中間，却好岳大爺纔到。梁王抬起頭來，看那岳飛，雄糾糾，氣昂昂，不比前番这樣光景，心中着實有些胆怯，便叫聲：「岳舉子，依着孤家好！你若肯把狀元讓與我，少不得榜眼、探花也有你的分，日後自然還有好處與你。今日何苦要與孤家作對么？」岳大爺道：「王爺聽稟：舉子十載寒窗，所為何來？自古說：『學成文武藝，原是要貨與帝王家的。』但願千歲勝了舉子，舉子心悅誠伏；若以威勢相逼，不要說是舉子一人，還有天下許多舉子在此，多是不肯服的。」

梁王聽了大怒，提起金刀，照岳大爺頂梁上就是一刀。岳大爺把瀝泉鎗咯噹一架。那梁王振得兩臂酸痲，叫聲：「不好！」心慌急乱，再一刀砍來。岳大爺又把鎗輕輕一舉，將梁王的刀梟過一邊。梁王見岳飛不還手，只認他是不敢還手，就胆大了，使開金背刀，就上三下四、左五右六，望岳大爺頂梁頸膊上只顧砍來。岳大爺左讓他砍，右讓他砍，砍得岳大爺性起，叫聲：「柴桂！你好不知分量。差不多全你一個體面，早些去罷了，不要倒了眉吓！」梁王聽見叫他名字，怒發如雷，罵一聲：「岳飛好狗頭！

本簿抬舉你，称你一聲舉子，你擅敢冒犯本簿的名諱么？不要走，吃我一刀！」提起金背刀，照着岳大爺頂梁上，呼的一聲砍將下來。这岳大爺不慌不忙，舉鎗一架，鼻開了刀，耍的一鎗，望梁王心窩裡刺來。梁王見來得利害，把身子一偏，正中肋甲絛。岳大爺把鎗一起，把個梁王頭望下、脚朝天，挑于馬下，復一鎗，結果了性命。只聽得合教場中眾舉子并那些看的人，齊齊的喝一聲彩。急壞了左右巡場官，那些護衛兵丁軍夜班等，俱嚇得面面相覷。巡場官當下吩咐眾護兵：「看守了岳飛，不要被他走了。」那岳大爺神色不變，下了馬，把鎗插在地上，就把馬拴在鎗桿之上等令。

只見那巡場官飛奔報上演武廳來道：「眾位大老爺在上，梁王被岳飛挑死了，請令定奪。」宗爺聽了，面色雖然不改，心裡却也有些慌。張邦昌聽了，大驚失色，喝道：「快與我把这廝綁起來！」兩傍刀斧手答應一聲：「得令！」飛奔的下來，將岳大爺捆挷定了，推到將臺邊來。那時梁王手下这些家將，各執兵器搶出帳房來，要想與柴王報仇。湯懷在馬上把爛銀鎗一擺，牛臯也舞起雙鐗，齊聲大叫道：「岳飛挑死梁王，自有公論。爾等若是恃強，我們天下英雄，是要打抱不平的嚧！」那些家將看見風色不好，回頭打探帳後人的消息，纔待出來，早被張顯把鉤連鎗，將一座帳房扯去了半邊，大聲喝道：「你們誰敢擅自動手，休要惹我們眾好漢動起手來，頃刻間，叫你們性命休想留了半個！」當時这些看的人，有笑的，有高聲附和的，嚇得这些虞候人等怎敢上前？况且看見刀斧手已將岳飛挷上去了，諒來張太師焉肯饒他，只得齊齊的立定，不敢出頭。

只有牛臯看見綁了岳大哥，急得上天無路。正在驚慌，忽聽得張邦昌傳令：「將岳飛斬首號令。」左右方纔答應，早有宗大老爺喝一聲：「住着！」急忙出位來，一手扯了張邦昌的手，一手攙住王鐸的手，說道：「这岳飛是殺不得的。他兩人已立下死活文書，各不償命，你我俱有印信落在他處。若殺了他，恐這些舉子不服，你我俱有性命之憂。此事必須奏明聖上，請旨定奪纔是。」邦昌道：「岳飛乃是一介武生，敢將籓王挑死，乃是個無父無君之人。古言『亂臣賊子，人人得而誅之。』何必再為啟奏？」喝叫：「刀斧手！快去斬訖報來！」左右纔應得一聲：「吓！得令。」「得令」兩字尚未說完，底下牛皐早已聽見，大喊道：「呔！天下多少英雄來考，那一個不想功名？今岳飛武藝高強，挑死了梁王，不能彀做狀元，反要將他斬首，我等實是不服！不如先殺了这瘟試官，再去與皇帝老子算賬罷！」便把雙鐧一擺，望那大纛旂杆上噹的一聲，兩條鐧一齊下，不打緊，把個桅杆打折，哄嚨一聲响，倒將下來。再是眾武舉齊聲叫喊：「我們三年一望，前來應試，誰人不望功名？今梁王倚勢要強佔狀元，屈害賢才，我們反了罷！」這一聲喊，趁著大旗又倒下，猶如天崩地裂一般。宗爺將兩手一放，叫聲：「老太師可聽見么？如今悉聽老太師去殺他罷了。」

張邦昌與那王鐸、張俊三人，看見眾舉子这般光景，慌得手足無措，一齊扯住了宗爺的衣服道：「老元戎，你我四人乃是仝船合命的，怎說出这般話來？還仗老元戎調處安頓方好。」宗爺道：「且叫旗牌傳令，叫眾武舉休得囉唣，有犯國法，且聽本帥設處。」旗牌得令，走至滴水簷前，高聲大叫道：「眾武舉聽者，宗大老爺有令，叫你們休得囉唣，有犯國法，且靜聽大老爺裁處。」底下眾人聽得宗老爺有令，齊齊的擁滿了一階，竟有好些直擠到演武廳上來，七張八嘴的。當下張邦昌便對著宗爺道：「此事還請教老元戎如何發放呢？」宗爺道：「你看人情洶洶，眾心不服，奏聞一事也來不及。不如且將岳飛放了，先解了眼前之危，再作道理。」三人齊聲道：「老元戎所見不差。」吩咐：「把岳飛放了綁！」

左右答應一聲：「得令。」忙忙的將岳大爺放了。岳大爺得了性命，也不上廳去叩謝，竟去取了兵器，甩上了馬，往外飛跑。牛皐引了眾弟兄隨後赶上。王貴在外邊看見，忙將教場門砍開，五個弟兄一仝逃出。這些來考的眾武舉見了这個光景，諒來考不成的了，大家一鬨而散。这裡眾家將且把梁王尸首收拾盛殮，然後眾主考一齊進朝啟奏。

不知朝庭主意如何？且聽下回分解。

第十三回　昭豐鎮王貴染病　牟駝崗宗澤踹營

詩曰：

旅邸相依賴故人，新知何事遠留賓。若非王貴淹留住，宗澤何能獨踹營？

話說岳大爺弟兄五個，逃出了教場門，一竟來到留守府衙門前，一齊下馬，望着轅門，大哭一場，拜了四拜起來，對那把門巡捕官說道：「煩老爹多多拜上大老爺，說：『我岳飛等今生不能補報，待轉世來效犬馬之力罷！』」說完就上馬，回到寓所。收拾了行李，捎在馬上與主人算清了賬，作別出門，上馬回鄉，不表。

且說眾官見武生已散，吩咐梁王的家將收拾尸首，然後一仝來到午門。早有張邦昌奏道：「今科武場，被宗澤門生岳飛挑死了梁王，以致武生俱各散去。」一肩兒多卸在宗澤身上。幸虧宗澤是兩朝大臣，朝庭雖然不悅，不好定罪，只將宗澤削職閑居。各官謝恩退出。

宗爺回至衙中，早有把門巡捕跪下稟道：「方纔有岳飛等五人，到轅門哭拜說：『只好來生補報大老爺的洪恩。』」特着小官稟上。」宗爺聽了，嘆氣不絕道：「可惜，可惜！」吩咐家將：「快到裡邊抬了我的卷箱出來，仝我前去追赶。」家將道：「他們已經去遠了，老爺何故要赶他？」宗爺道：「尔等那裡曉得？昔日蕭何月下追賢❶，成就了漢家四百年天下。今岳飛之才不弱于韓信，況國家用人之際，豈可失此棟樑？故我要赶上他，吩咐他幾句話。」當時家將忙去把卷箱抬出來，宗爺又取些銀兩帶著，領了從人一路赶來，慢表。

且說岳大爺出了城門，加鞭拍馬，急急而行。牛皐道：「到了此處，還怕他怎么，要如此忙忙急急的走？」岳爺道：「兄弟，你有所不知，方纔那奸臣怎肯輕放了我？只因恩師作主，眾人喧嚷，恐有不測，將我放了。我們若不急走，倘那奸賊又生出別端來，再有意外之虞，豈不悔之晚矣？」眾人齊聲道：「大哥說得不差，我們快走的是。」一路說，一路行，不多時，早已金烏❷西墜，玉兔❸東陞。

眾人乘着月色，離城將有二十餘里遠近，忽聽得後面馬嘶人喊。岳大爺道：「何如？後面必定是柴王的家將們追將來了。」王貴道：「哥哥，我們不要行，等他來，索性㕷他做個斷根絕命罷。」牛皐道：「眾哥哥們不要慌，我們都轉去，殺進城去，先把奸臣殺了，奪了汴京，岳大哥就做了皇帝，我們四個都做了大將軍，豈不好？受他們什么鳥氣！還要考什么武狀元！」岳大爺大怒，喝道：「胡說！你敢是瘋了么？快閉了嘴！」牛皐努着嘴道：「就不開口，等他們兵馬赶來時，手也不要動，伸長了頸脖子，

❶ 蕭何月下追賢：賢指韓信，與蕭何、張良合稱漢初三傑。韓信，淮陰人，先投項羽，羽不能重用，因而亡楚歸漢。與蕭何語，何奇之。因劉邦也未看重他，所以又離去。何聞訊連夜追趕，將其追回。在蕭何的竭力推薦下，漢王拜信為大將軍。劉邦最終定天下，韓信功居多。

❷ 金烏：古代神話太陽中有三足烏，因用金烏做為太陽的別稱。

❸ 玉兔：神話傳說，謂月亮中有白兔，因用為月亮的別稱。

等他砍了就是。」湯懷道：「牛兄弟，你忙做什么？我們且勒住了馬停一停，不要走，看他們來時，文來文對，武來武當❹。終不然，难道怕了他么？」

正說間，只見飛也似先有一騎馬跑來，大叫道：「岳相公慢行，宗大老爺來了。」岳大爺道：「原來是恩師赶來，不知何故？」不多時，只見宗爺引了從人赶來。眾弟兄連忙下馬，迎上馬前，跪拜於地。宗爺連忙下馬，雙手扶起。岳爺道：「門生等蒙恩師救命之恩，未能報答，今因逃命心急，故此不及面辭。不知恩師赶來，有何吩咐？」宗爺道：「因為你們之事，被張邦昌等劾奏一本，聖上旨下，將老夫削職閒居，因此特來一會。」眾人聽了，再三請罪，甚覺不安。宗爺道：「賢契們不必介懷，只恐朝廷放不下我。若能休致❺，老夫到得個安閒自在。」遂問家將：「此處可有什么所在？借他一宿。」家將稟道：「前去不上半里，乃是諫議李大老爺的花園，可以借坐得。」宗爺聽說，便仝眾人上馬前行。

不多路，已到花園。園公出來跪接。宗老爺仝小弟兄等一齊下馬，進入園中，到花廳坐下，就問園公道：「我們都是空腹，此地可有所在備辦酒餚么？」園公道：「此去一里多路，就是昭豐鎮，有名的大市鎮。隨你要買什么東西，也有廚司替人整備。」宗爺就命親隨帶了銀兩，速到鎮上去買辦酒餚，就帶個廚司來整備。一面叫人抬過卷箱來，交與岳飛說道：「老夫無甚物件，只有一副盔甲衣袍，贈與賢契，以表老夫薄意。」岳大爺正少的是盔甲，不覺大喜，叩頭謝了。宗爺又道：「賢契們目下雖是功名不遂，日後自有騰達，不可以一跌就灰了心。倘若奸臣敗露，老夫必當申奏朝庭，力保賢契們重用。那

❹ 當：抵敵。

❺ 休致：古代官員致仕退休，稱休致。

時如魚得水，自然日近天顏。如今取不得個『忠』字，且回家去侍奉父母，博個『孝』字。文章武藝，亦須時時講論，不可因不遇，便荒疎了，悮了終身大事。」眾弟兄齊聲應道：「大老爺這般教訓，門生等敢不努力！」說不了，酒筵已備完送來，擺了六席。眾人告過坐，一齊坐定。自有從人伏侍斟酒，共談時事，并講論些兵法。

却說王貴、牛皐是坐在下席。他自五鼓吃了飯，在教場守了这一日，直到此處肚中正在飢餓，見了這些酒餚，也不聽他們談天說地，好似渴龍見水，如狼似虎的吃個精光，方纔住手。不道那廚司因晚了，手脚忙亂，菜蔬内多擱了些塩，这兩個吃得嘴鹹了，只管討茶吃。那茶夫叫道：「夥計，你看不出，上邊幾席上，斯斯文文的；这兩席上的二位，粗粗蠢蠢，不是個吃細茶的人。你只管把小盃熱茶送去，你把那大碗的冷茶送上去，包管合式。」那人聽了，真個把冷茶大碗價送將上去。王貴好不快活，一連吃了五六碗，說道：「好爽快！」方纔住了手，重新再飲。說說笑笑，不覺天色黎明。岳大爺等拜別了宗爺，宗爺又叫從人：「有那騎來的牲口，讓一匹與岳大爺駝了卷箱。」岳大爺又謝了，辭別上路而行。正是：

暢飲通宵到五更，忽然紅日又東昇。路上有花并有酒，一程分作兩程行。

這里宗爺亦帶領從人回城，不表。

且說岳大爺等五人一路走，一路在馬上說起宗澤的恩義：「真是难得！為了我們，反累他削了職，不知何日方能報答他？」正說間，忽然王貴在馬上大叫一聲，跌下馬來，傾刻間，面如土色，牙關緊閉。

眾皆大驚，連忙下馬來，扶的扶，叫的叫，唬得岳大爺大哭，叫道：「賢弟吓！休得如此，快些甦醒！」連叫數聲，揔不見答應。岳大爺哭聲：「賢弟吓！你功名未遂，空手歸鄉，已是不幸。若再有三長兩短，叫為兄的回去，怎生見你令尊、令堂之面？」說罷，又痛哭不止。眾人也各慌張。牛皐道：「你們且不要哭，我自有個主意在此。若是一哭，就弄得我沒主意了。」岳大爺便住了哭，問道：「賢弟有甚主意？快些說來！」牛皐道：「你們不知，王哥原沒有病的，想是昨夜多吃了些東西，灌下幾碗冷茶，肚裡發起脹來。待我來替他醫醫看。」便將手去王貴肚皮上揉了一會，只聽得王貴肚裡邊嘓碌碌的，猶如雷鳴一般，响了一會，忽然放了許多臭水出來；再揉了幾揉，竟撒出糞來，臭不可當。王貴微微甦醒，呻吟不絕。眾人忙將衣服與他換了。岳大爺道：「我們且在此暫息片時。湯兄弟可先到昭豐鎮上去，端正了安歇的地方，以便調理。」

湯懷答應，馬上來到鎮上，但見人烟鬧熱，有幾個客店掛着灯籠。左首一個店主人，看見湯懷在馬上東張西望，便上前招接道：「客官莫不要打中火么？」湯懷便跳下馬來，把手一拱道：「請問店主上姓？」店主道：「小人姓方，这裡昭豐鎮上有名的方老實，從不欺人的。」湯懷道：「我們有弟兄五個，是進武場的，因有一個兄弟傷了些風寒，不能行走，要借歇幾天，養病好了方去，可使得么？」方老實道：「小人開的是歇店，這又何妨？家裡儘有乾淨房屋，只管請來就是。若是要請太醫，我這鎮上也有，不必進城去請的。」湯懷道：「如此甚好，我去邀了仝來。」遂上馬回來，與眾弟兄說了。便攙扶了王貴上馬，慢慢的行到鎮上，在方家客寓住下。當日就煩方老實去請了個醫生來看，說是飲食傷脾，又感了些寒氣，只要散寒消食，不妨事，就好的。遂撮了兩服煎劑。岳大爺封了錢把銀子，謝了太醫自去。

眾弟兄等且安心歇下，調理王貴。按下不表。

且說這太行山金刀王善，差人打聽梁王被岳飛挑死，聖旨將宗澤削職歸農，停止武場，遂傳集了諸將軍師并一眾嘍囉，便開言道：「目今奸臣當道，將士離心。柴王雖然死了，却幸宗澤削職，朝中別無能人。孤家意欲趁此時興兵入汴，奪取宋室江山。卿等以為何如？」當下軍師田奇便道：「當今皇帝，大興土木，萬民愁怨；舍賢用奸，文武不和。趁此時守防懈怠，正好興兵，不要錯過了。」王善大喜，當時就點馬保為先鋒，偏將何六、何七等，帶領人馬三萬，扮做官兵模樣，分作三隊，先期起行；自仝田奇等，率領大兵隨後。

一路往汴京進發，並無攔阻。看看來到南薰門外，離城五十里，放炮安營。这里守城將士聞報，好不慌張。忙把各城門緊閉，添兵守護，一面入朝啟奏。徽宗忙御金鑾大殿，宣集眾公卿，降旨道：「今有太行山強寇，興兵犯闕，卿等何人領兵退賊？」當下眾臣你看我，我看你，並無一人答應。朝廷大怒，便向張邦昌道：「古言：『養軍千日，用在一朝。』卿等受國家培養有年，今當賊寇臨城，並無一人建策退兵，豈不辜負國家數百年養士之恩么？」話聲未絕，只見班部中閃出一位諫議大夫，出班奏道：「臣李綱啟奏陛下，王善兵強將勇，久蓄異心；只因畏懼宗澤，故尔不敢猖獗。今若要退賊兵，須得復召宗澤領兵，方保無虞。」聖上准奏。傳旨就命李綱宣召宗澤入朝，領兵退賊。

李綱領旨退朝，就到宗澤府中來。早有公子宗方出來迎接，李綱道：「令尊翁在于何處，不來接旨？」公子道：「家父臥病在牀，不能接旨，罪該萬死！」李綱道：「令尊不知害的什么証候？如今現在何處？」公子道：「自從鬧了武場，吃了驚恐，回來就染了怔忡之症，如今臥在書房中。」李綱道：「既然如此，且將這聖旨供在中堂，煩引老夫到書房去看看令尊如何？」公子道：「只是勞動老伯不當。」李綱道：「好說。」當時公子宗方便引了李綱來到書房門口，只聽得裡邊鼾聲如雷，李綱道：「幸是我來，若是別人來，又道是欺君了。」公子道：「實是真病，並非假詐。」說不了，只聽見宗澤叫道：「好奸賊吓！」翻身復睡。李綱道：「令尊既是真病，待我覆了旨再來。」說罷，抽身出來，公子送出大門。

李綱回至朝中，俯伏奏道：「宗澤有病，不能領旨。」朝庭道：「宗澤害何病症？可即着太醫院前去醫治。」李綱奏道：「宗澤之病，因前日鬧了武場，受了驚恐，削了官職，憤恨填胸，得了怔忡之症，恐藥石一時不能療治。臣見他夢中大罵奸臣，此乃他的心病，必須心藥醫之。若萬歲降旨，將奸臣拿下，則宗澤之病，不藥自愈矣。」朝庭便問：「誰是奸臣？」李綱方欲啟奏，只見張邦昌俯伏金堦先奏道：「兵部尚書王鐸乃是奸臣。」朝庭准奏，即傳旨將王鐸拿下，交與刑部監禁。看官，你道張邦昌為甚反奏王鐸，將他拿下？要曉得奸臣是要有才情的方做得。他恐李綱奏出他三個，一連拿下，便难挽回了。如今他先奏，把王鐸拿下，放在天牢內，尋個機會，就可救他出來的。李綱想道：「这個奸賊，卻也知竅。也罷，諒他也改過前非了。」遂辭駕出朝，再往宗府中來。

这裡宗澤見李綱覆命，慌忙差人打聽動靜。早已報知朝庭將王鐸拿下天牢，今李綱復來宣召。只得出來接旨，來到大廳上，李綱將張邦昌先奏拿下王鐸之事，一一說知。宗澤道：「只是太便宜了这奸賊。」兩人遂一仝出了府門，入朝見駕。朝庭即復了宗澤原職，令領兵出城退賊。張邦昌奏道：「王善烏合之眾，陛下只消發兵五千與宗澤前去，便可成功。」朝庭准奏，命兵部發兵五千與宗澤，速去退賊。宗澤再要奏時，朝庭已捲簾退朝，進宮去了。只得退出朝門，向李綱道：「『打虎不着，反被虎傷。』如何是好？」李綱道：「如今事已至此，老元戎且請先領兵前去。待我明日再奏聖上，添兵接應便了。」當時二人辭別，各自回府。

到了次日，宗爺到教場中點齊人馬，帶領公子宗方，一仝出城。來到牟駝崗，望見賊兵約有四五萬，因想：「我兵只有五千，怎能敵得他過？」便傳令將兵馬齊上牟駝崗上扎營。公子宗方稟道：「賊兵眾多，我兵甚少。今爹爹傳令于崗上安營。倘賊兵將崗圍困，如何解救？」宗澤拭淚道：「我兒，為父的豈不知天時地利？奈我被奸臣妬害，料想五千人馬，怎能殺退这四五萬嘍囉？如今紮營于此，我兒好生固守，待為父的單鎗獨馬，殺入賊營。若得僥倖殺敗賊兵，我兒即率兵下崗助陣；倘為父的不能取勝，死于陣內，以報国恩，我兒可即領兵回城，保你母親家眷回歸故土，不得留恋京城。」吩咐已畢，即匹馬單鎗出本營，要去獨踹金刀王善的營盤。

这宗留守平日間最是愛惜軍士的。眾人見他要單人獨騎去踹賊營，就有那隨征的千總、遊擊、百戶、隊長一齊攔住馬前道：「大老爺要往那里去？那賊兵勢大，豈可輕身以蹈虎穴？即使要去，小將們自然効死相隨，豈肯讓大老爺一人獨去之理？」宗澤道：「我豈不知賊兵眾盛，就帶你們仝去，亦無濟於事。不若捨吾一命，保全尔等罷。」眾軍士再三苦勸，宗爺那裡肯聽，竟一馬冲入賊營，大呌一聲：「賊兵當我者死，避我者生！看宗留守來踹營也。」這些眾嘍囉聽見，抬頭看時，但見宗老爺：

頭帶鐵幞頭，身披烏油鎧；內襯皂羅袍，坐下烏騅馬；手提鉄桿鎗，面如鍋底樣；一部白髫鬚，
好似天神降。

那宗老爺把鎗擺一擺，殺進營來，人逢人倒，馬遇馬傷。眾嘍囉那裡抵擋得住，慌忙報進中營道：「啟大王，不好了！今有宗澤單人匹馬，踹進營來，十分厲害，無人抵擋，請大王定奪。」王善心中想道：「那宗澤乃宋朝名將，又是忠臣。今單身殺進營來，必然是被奸臣算計，萬不得已，故此拚命。孤家若得此人歸順，何愁江山不得到手？」就命五營大小三軍：「速出迎敵！只要生擒活捉，不許傷他性命！」眾將答應一聲：「得令！」就將宗老爺重重疊疊圍裹攏來，大叫：「宗澤，你此時不下馬，更待何時？」正是：

英雄失志受人欺，白刃無光戰馬疲。得意狐狸強似虎；敗翎鸚鵡不如雞。

畢竟不知宗老爺性命何如？且聽下回分解。

第十四回　岳飛破賊酬知己　施全剪徑遇良朋

詩曰：

轅門昨日感深恩，報効捐軀建士勳。白鵲旗邊懸賊首，紅羅山下識良朋。

話說那宗留守老爺，一人一騎獨踹王善的營盤，滿拚一死。不要說是眾寡不敵，倘然賊兵一陣亂箭，这宗老爺豈不做了個刺蝟？只因王善出令要捉活的，所以不致傷命。但是賊兵一重一重，越殺越多；一層一層，圍得水泄不通，如何得出？且按下慢表。

却說這昭豐鎮上王貴病體畧好些，想要茶吃。岳大爺叫：「湯懷兄弟，你可到外邊去，與主人家討盃茶來，與王兄弟吃。」湯懷答應了一聲，走到外邊來，連叫了幾聲，並沒個人答應。只得自己到爐子邊去，搧了一會，等得滾了，泡了一碗茶。方欲轉身，只聽得推門响，湯懷回頭看時，卻是店主人仝著小二兩個慌慌張張的進來。湯懷道：「你們那里去了？使我叫了这半天，也不見個人影兒。」店主人道：「正要與相公說知：今有太行山大盜起兵來搶都城，若是搶了城倒也罷了；倘若被官兵殺敗了，轉來就要逢村搶村，遇鎮搶鎮，受他的累。因此我們去打聽打聽消息，倘若風色不好，我們這裡鎮上人家都要搬到鄉間去躲避。相公們是客邊，也要收拾收拾，早些回府的妙。」湯懷道：「原來有這等事。不妨得的，那些強盜若曉得我們在此，決不敢來的。恐怕曉得了，還要來納些進奉，送些盤纏來與我們哩。」這店小二呶著嘴道：「霹靂般的事，这相公還講着沒氣力的閒話。」湯懷笑了笑，自拿了茶走進來，遞與王貴吃了。岳大爺便問：「湯兄弟，你去取茶，怎去了这許多時？王兄弟等着吃，惹得他心焦。」湯懷便將店主人的話說了一遍。岳大爺便叫店主人進來，問道：「你方纔这些話，是真是假？恐怕還是訛傳？」店主人道：「千真萬確。朝庭已差官兵前去征勦了。」岳大爺道：「既如此，煩你與我快去做起飯來。」店主人只道他們要吃了飯，起身回去，連忙答應了一聲，如飛往外邊去做飯，不提。

且說岳大爺對眾兄弟道：「我想朝庭差官領兵，必然是恩師宗大人。」湯懷道：「哥哥何以見得？」岳大爺道：「朝內俱是奸臣，貪生怕死的，那裡肯沖鋒打仗？只有宗大人肯實心為國的。依愚兄的主意，留牛兄弟在此相伴王兄弟；我仝著二位兄弟前去打探着。若是恩師，便助他一臂；若不是，回來也不遲。」湯、張二人聽了，好不歡喜。牛皐就叫將起來道：「王哥哥的病已好了，留我在此做什么？」岳大爺道：「雖然好了，沒有個獨自丟他一個在此的。為兄的前去相助恩師，只當與賢弟仝去一樣。」牛皐再要開言，王貴將手暗暗的在牛皐腿上捻了一把。牛皐便道：「什么一樣不一樣，不要我去就罷。」

正說之間，店小二送進飯來。王貴本不吃飯，牛皐賭氣也不吃。三個人吃了飯，各自披掛了，提著兵器，出店門上馬而去。这裡牛皐便問：「王哥哥，你方纔捻我一把，做甚么？」王貴道：「你这獃子！大哥既不要你去，說也徒然。你曉得我為何生起病來？」牛皐道：「我那裡曉得。」王貴道：「我對你說了罷，只因我前日在教場中，不曾殺得一個人，故此生出病來。你不聽得如今太行山強盜去搶京城，必然人都在那裡。我捻你这一把，叫你等他三個先去，我和你隨後趕去，不要叫大哥曉得，殺他一個暢快，只當是我病後吃一料大補藥，自然全好了。你道我該去不該去？」牛皐拍手道：「該去，該去！」于是二人也把飯來吃了，披掛端正，托店主人照應行李：「我們去殺退了賊兵就來。」出門上馬，提著兵器，亦望南薰門而來。

且說岳大爺三人先來到牟駝崗，抬頭觀看，果然是宗澤的旗號。岳大爺叫聲：「哎喲！恩師精通兵法的，怎么扎營在崗上？此乃不祥之兆。我們且上崗去，看是如何？」三人乘馬上崗。早有小校報知宗公子，下崗相迎，接進營中。岳大爺便問：「令尊大人素練兵机，通陣法，却為何結營險地？倘被賊兵困絕汲水打粮之道，如何是好？」宗方淚流兩頰，便將奸臣陷害，不肯發兵；老父滿拚一死，以報朝廷，故尔駐兵于此，匹馬單鎗已踹入賊營去了。岳大爺道：「既如此，公子可遙為接應，待我愚弟兄下去，殺入賊營，救出恩師便了。」便叫：「湯兄弟可從左邊殺進，張兄弟可從右邊殺進，愚兄從中營冲入。如有那個先見恩師的，即算頭功。」湯懷道：「大哥，你看這許多賊兵，一時那裡殺得盡？」岳大爺道：「賢弟，我和你只要擒拿賊首，救出恩師，以酬素志，何必慮那賊兵之多寡？」二人便道：「大哥說得是。」

你看他吼一聲，三個人奮勇當先，湯懷舞動这管爛銀鎗，從左邊殺進去。

好一如毒龍出海，渾似那惡虎翻身。

冲進營中，那些嘍囉怎能抵擋得住？這張顯把手中鉤連鎗擺開，橫衝直撞，只見：

半空中大鵬展翅，斜刺裡獅子搖頭。

殺得那些嘍囉，馬仰人翻，神号鬼哭。那岳大爺：

頭帶着爛銀盔，身披著鎖子甲。銀鬃馬，正似白龍戲水；瀝泉鎗，猶如風舞梨花。渾身雪白，遍體銀裝。馬似掀天獅子，人如白玉金剛。鎗來處，人人喪命；馬到時，個個身亡。

正是：

斬堅入陣救忠良，賊將當鋒俱滅亡。成功未上凌烟閣，岳侯名望至今香。

擺動手中這桿瀝泉鎗，沖入營來，大叫一聲：「岳飛來也。」

这宗留守被眾賊困在中央，殺得氣喘不住，但聽得那些賊兵口中，聲聲只叫：「宗澤，俺家大王有令，要你歸降，快快下馬，免你一死。」宗爺正在危急之際，猛聽得一片聲齊叫道：「鎗挑小梁王的岳飛殺進來了！」宗老爺暗想：「那岳飛已回去，难道是夢裡不成？」正在疑惑，只聽得一聲吶喊，果然岳飛殺到面前。宗澤大喜，高叫：「賢契，老夫在這裡！」岳大爺上前叫聲：「恩師，門生來遲，望乞恕罪。」話聲未絕，只見湯懷從左邊殺來，張顯從右邊殺來，岳大爺便叫：「二位兄弟，恩師在此，且併力殺出營去。」宗爺此時好生歡喜，四個人併在一堆，逢人便殺，好似砍瓜切菜一般。

不道那牛臯、王貴，恐怕那些賊兵被他三個殺完了，因此急急赶來。將到營門，抬頭一望，滿心歡喜，說道：「還有，還有。」王貴道：「牛兄弟，且慢些上來，等我先上去吃兩帖補藥，補補精神着！」牛皐道：「王哥，你是病後，且讓我先上去燥燥脾胃着。」你看他拍着烏騅，舞動鉄鐧，狠似玄壇❶再世；那王貴騎著紅馬，使開大刀，猛如関帝臨凡。一齊殺入營來，真個是人逢人倒，馬遇馬傷。那些嘍囉忙報王善道：「啟上大王爺，不好了！前營殺進三個人來，十分利害！不道背後，又有一個紅人、一個黑人殺進來，凶惡得緊！無人抵挡，請令定奪。」王善聽了大怒，叫：「偹馬來！待孤家親自去拿他。」左右答應一聲：「得令。」一時帶馬的、抬刀的，王善忙忙的上馬，提刀衝出中營，嘍囉吆喝一聲：「大王來了！」王貴看見，便道：「妙吓！大哥常說的『射人先射馬，擒賊必擒王。』」就一馬當先，逕奔王善。牛皐大叫：「王哥哥，不要動手，这帖補藥我要吃的！」这一聲喊，猶如半空裡起個霹靂。王善吃了一驚，手中金刀鬆得一鬆，早被王貴一刀，連肩帶背砍于馬下。

王貴下馬取了首級，掛在腰間，看見王善这口金刀好不中意，就把自己的刀撇下，取了金刀，跳上馬來。牛皐見了，急得心頭火起，便想我也要尋一個这樣的殺殺，纔好出氣。便舞開雙鐧，逢著便打。正在發瘋，早被岳大爺看見，心中暗想：「難道他撇了王貴，竟自前來不成？」正要上前來問，忽見王貴腰間掛著人頭，從斜次裡將賊將鄧成追將下來。正遇岳大爺馬到，手起一鎗，鄧成翻身落馬；復一鎗，結果了性命。田奇舉起方天畫戟，正待來救，被牛皐左手鐧嚣開了畫戟，右手一鐧，把田奇的腦蓋打得粉碎，跌下馬來，眼見得不活了。那些眾賊兵，看見主帥、軍師已死，料难抵擋，大潰奔逃。

山頂上宗方公子看見賊營已亂，領兵冲下，直抵賊營亂殺。眾賊乞降者萬餘，殺死者不計其數，逃

❶ 玄壇：指道教尊為「正一玄壇元帥」的財神趙公明。其繪像身跨黑虎，故又名「黑虎玄壇」。

生者不上千人。宗澤吩咐鳴金收軍，收拾遺棄的旗帳衣甲、兵器粮食，不計其數。又下令將降兵另行扎營住下。自己擇地安營，等待次日進城。

岳飛等拜辭宗澤，即欲起身回去。宗爺道：「賢契等有此大功，豈宜就去？待老夫明日進朝，奏過天子，自有好音。」岳飛應允，就在營中歇了一夜。到了次日，宗爺帶領了弟兄五人，來到午門。宗爺入朝，俯伏金堦啟奏道：「臣宗澤奉命領兵殺賊，被賊兵圍困，不能得出。幸得湯陰縣岳飛等弟兄五人殺入重圍，救了臣命，又誅了賊首王善，并殺了賊將軍師鄧成、田奇等，俱有首級報功。降兵一萬餘人，收得車馬粮草兵械，不計其數。候旨發落。」徽宗聽奏大喜，傳旨命宗澤平身，宣岳飛等五人上殿見駕。五人俱俯伏，山呼已畢。徽宗就問張邦昌：「岳飛等有如此大功，當封何職？」邦昌遂奏道：「若論破賊，該封大官。只因武場有罪，可將此功折罪，權封為承信郎，俟日後再有功勞，另行陞賞。」徽宗准奏。傳下旨來，岳飛謝恩退出。又命戶部收點粮草，兵部安貯降兵。其餘器械財帛，盡行入庫。各官散班退朝，宗澤心中大怒，暗罵：「奸賊！如此妬賢嫉能，天下怎得太平？」

列位，你道這承信郎是什么前程？就是如今千把總之類，故此宗澤十分懊惱。但是聖上聽了奸臣的話，已經傳旨，亦不好再奏，只得隨著眾官散朝，含怒回府。

只見岳飛等俱在轅門首伺候。宗澤忙下馬，用手相攙，同進轅門，到了大堂坐定。宗爺道：「老夫本欲力荐大用，不期被奸臣阻抑。我看此時非是幹功名之時候，賢契等不如暫請回鄉，再圖機會罷了。老夫本欲屈留賢契居住幾日，只是自覺赧顏。」岳大爺道：「恩師大德，門生等沒齒不忘。今承台諭，就此拜別。」宗爺雖如此說，心中原是不捨。只因奸臣當道，若留他在京，恐怕別生事端，只得再三珍重囑咐，送出轅門。

岳大爺弟兄五人辭了宗爺，回到昭豐鎮上，收拾行李，別了店主人，一路望湯陰縣而來。有詩曰：

浩氣衝霄貫斗牛，萍踪梗迹嘆淹留❷。奇才大用知何日？李廣誰憐不拜侯❸！

岳大爺弟兄五個在路上談論奸臣當道，难取功名。牛臯道：「雖不得功名，也吃我殺得爽快！有日那些朝內奸臣，也是这様殺殺纔好！」岳大爺道：「休得胡說！」王貴接口道：「若不是大哥，我們在朝內，就把那個什么張邦昌揪將下來，一頓拳頭打殺了！拚得償了他一命，不到得殺了我的頭，又把我充了軍去。」湯懷道：「你这冒失鬼，若是外頭打殺了人，一命抵一命。皇帝金殿上打了人，就是欺君的罪名，好不厲害哩！」五個人你一句，我一句，正在路上閒講；忽見前面一夥客人，約有十多個，慌張失智，踉蹡而來。見那五個人在馬上說說笑笑的走路，內中一人便喊道：「前邊去不得，你們快往別處走罷。」一面說，一面就走。張顯就下馬趕回來，一把扯住了一個道：「你且說說，為何前邊去不得？」那人苦掙不脫，着了急，便道：「前邊紅羅山下，有強盜阻路，我們的行李多被搶去了，走得快，逃了性命。我好意通你個信，你反扯住我做什麼？」張顯道：「原來有強盜，什麼大驚小怪？」把手一

❷ 萍踪梗迹嘆淹留：嘆息生活像浮萍斷梗在水中一樣蹤跡不定，功名無望，久久滯留。淹留，停留；久留。

❸ 李廣誰憐不拜侯：有誰同情李廣未被封侯。李廣，漢文帝時因擊匈奴有功，任郎騎常侍，武帝時，為北平太守，善射，匈奴畏之，號為飛將軍。與匈奴大小七十餘戰，諸部校尉以下，才能不及中人，然以擊胡軍功取侯者數十人，廣不落人後，卻因命運不佳，未能封侯。

放，那個人撲地一交，扒起來，飛奔去了。張顯便向岳大爺道：「說前面有個把小強盜，沒甚大事。」牛皐大喜道：「快活，快活！又是買賣到了！」岳大爺道：「休得如此，也要小心為妙。湯兄弟，可打前先去探聽，我們隨後就來。」遂一齊披掛好了。

湯懷一馬當先，來到一座山邊。只見山下一人，坐一匹紅砂馬，手掄大刀，攔住喝道：「拿買路錢來！」湯懷道：「你要買路錢？吓！什么大事，只問我夥計要便了。」那人道：「你夥計在那裡？」湯懷把手中爛銀鎗一擺，說道：「这就是我的夥計。」那人大怒，舉起大刀，照著湯懷頂門上砍來。湯懷把鎗一舉，架開刀，分心刺來。那人在馬上把身子一閃，還刀就砍。刀來鎗架，鎗去刀迎，战有一二十個回合，真是對手，沒個高下。

恰好岳大爺等四個人一齊都到，看見湯懷战那人不下，張顯把鈎連鎗一擺，喝聲：「我來也！」話聲未絕，山上一人紅战袍，金鎧甲；手提點鋼鎗，拍馬下山，接住了張顯廝殺。王貴舉起金刀，上前助战。山上又跑下一人，但見他面如黃土，遍體金裝，坐下黃膘馬，手托三股托天叉，接住王貴大戰。牛皐看得火起，舞動雙鐧打來。只見一人生得青面獠牙，海下無鬚，坐着青鬃馬，手舞狼牙棒，抵住牛皐接战。

岳大爺想道：「不知这山上有多少強盜？看他四對人相殺，沒甚高低，我若不去，如何分解？」便把雪花騌一拎，却待向前，只聽得山上鑾鈴响，一個人帶一頂爛銀盔，穿一副白鎧甲，坐下白戰馬，手執一枝画桿爛銀戟，大聲喝道：「我來也！」不分皂白，望着岳大爺舉戟就刺。岳爺杷鎗一逼，搭上兵器，不上五六個照面，七八個回合，那人把馬一拎，跳出圈子，叫聲：「少歇，有話問你。」岳大爺把鎗收住，便道：「有話說來。」那人道：「我看你有些面善，不知從那里會來？一時想不起，你且說是姓甚名誰？從那裡而來？」岳大爺道：「我等是湯陰縣舉子，在武場不第而回，那裡認得你們这班強盜！」那人道：「莫不是鎗挑小梁王的岳飛么？」岳大爺道：「然也。」那人聽了，慌忙下馬來，插了戟，連忙行禮道：「穿了衣甲，一時再認不出，多多得罪了！」岳大爺亦下馬來，扶住道：「好漢請起，為何認得小弟？」那人道：「且待小弟喚那幾個兄弟來，再說便了。」正是：

一笑三生曾有約，算來都是會中人。

不知那人如何認得岳飛？且聽下回分解。

第十五回　金兀朮興兵入寇　陸子敬設計禦敵

詩曰：

漁陽鼙鼓❶動喧天，易水蕭蕭星斗寒❷。金戈鉄騎連蕃❸漢，烟塵笳角滿関山。

却說那人上前一步，高聲叫道：「列位兄弟，休得動手，都來說話。」那四個人正戰到好處，忽听得那人叫，便一齊收住兵器，上前來道：「我等正要捉拿那廝，不知大哥為何呼喚小弟們？」那人指着岳大爺道：「此位正是挑梁王的岳飛。」四人聽見，便一齊下馬來，與岳飛行禮，岳大爺亦叫湯懷眾兄弟一齊過來，見了禮，便問那用戟的道：「請問眾位好漢尊姓大名？」那人道：「小弟姓施名全，这用刀的兄弟喚做趙云，那使鎗的兄弟叫做周青，拿叉的叫梁興，用狼牙棒的名吉青，我們五個是結義弟兄。

❶ 漁陽鼙鼓：指西元七五五年安祿山在漁陽（今天津市薊縣）舉兵叛唐事。鼙鼓，騎兵用的小鼓。語出白居易長恨歌：「漁陽鼙鼓動地來，驚破霓裳羽衣曲」。後亦用為外族侵略的典故，書中指金人入侵宋朝。

❷ 易水蕭蕭星斗寒：戰國策燕策三載，荊軻將為燕太子丹往刺秦王，丹在易水（今河北易縣境）邊為他餞行，高漸離擊筑，荊軻和而歌曰：「風蕭蕭兮易水寒，壯士一去兮不復還！」表現了壯士誓死完成事業的悲壯心情。

❸ 蕃：通「番」。

因來搶武狀元，不意被大哥挑死粱王，散了武場。小弟等欲待回家，怎奈囊空羞澀思量又無家小，不如投奔大哥。來到紅羅山下恰遇着一班毛賊攔路，被我們殺了，眾人們留我為主，因此就在此胡乱取些金銀財帛，以作進見之禮。不想在此相遇，適纔冒犯，幸勿介意。」岳大爺大喜，施全等忙請眾位上山，擺了香案，一齊結為兄弟。各各收拾行李，跟隨岳大爺，一齊回轉湯陰居住，終日修文演武，講論兵機戰法。按下慢表。

且說那北地女真國黃龍府，有一個総領狼主，呌做完顏烏骨達，國號大金。生有五子：大太子名為粘罕，二太子名為喇罕，三太子荅罕，四太子兀朮，五太子澤利。又有左承相哈哩強，軍師哈迷蚩，參謀勿迷西，大元帥粘摩忽，二元帥咬摩忽，三元帥奇渥溫鐵木真，四元帥烏哩布，五元帥瓦哩波，管下六國三川多少地方。每想中原花花世界，一心要奪取宋室江山。

一日老狼主陞殿，當有番官上殿啟奏道：「軍師回來了。」老狼主命宣來。當時哈迷蚩上殿，俯伏朝見已畢，奏道：「狼主萬千之喜！」老狼主道：「有何喜事？」哈迷蚩奏道：「臣到中原探聽消息，老南蛮皇帝，讓位與小皇欽宗。這小皇帝自即位以來，不理朝政，專聽那些奸臣用事，黜貶忠良。兼之那些関塞上邊，並無好漢保守。今狼主要奪中原，只消發兵前去，包管一鼓而可得也。」老狼主聽奏大喜，即擇定了十五日吉利日子，往教場中挑選搶宋大元帥。出榜通衢，曉諭軍民人等，都往教場比武。各官領旨退朝。

到了那日，老狼主擺駕往教場中，來到演武廳上坐下。兩邊文武官員朝見已畢，站立兩傍。且說那演武廳前有一座鉄龍，原是先王遺下鎮國之寶，重有一千餘斤。老狼主即命番官傳旨高叫道：「不論軍民人等，有能舉得起这鐵龍者，即封為昌平王、掃南大元帥之職。」旨意一下，那些王子、平章、軍丁、將士個個想做元帥。这個上來搖一搖，漲得臉紅；那個上來拔一拔，掙得面赤。好像蜻蜓撼石柱，俱各滿面羞慚，退將下去。老狼主道：「當年項羽拔山❹，子胥舉鼎❺，难道我國枉有这許多文武，就沒個舉得起这千金之物？」正在煩惱，忽見傍邊閃出一人，但見他生得：

臉如火炭，髮似烏雲。虬眉長髯，闊口圓睛。身長一丈，膀闊三停。分明似狠金剛下降，却錯認開路神猙獰。

原來是老狼主第四個太子，名喚兀朮。他本是天上赤鬚龍下降，要來擾亂宋室江山的。當下上前俯伏奏道：「臣兒能舉这鐵龍。」老狼主聽了，大喝一聲：「與我綁去砍了！」左右番軍答應一聲，登時就把兀朮綁起。

列位看官，你道老狼主聽見自家兒子能舉鉄龍，應該歡喜，為何反要殺他起來？只因有個緣故：那兀朮雖然生長番邦，酷好南朝書史，最喜南朝人物，常常在宮中學穿南朝衣服，因此老狼主甚不喜歡他。今日見無人舉得起鐵龍，心中正在煩惱，却見他挺身出來，一時怒起，要將他斬首。早有軍師哈迷蚩連

❹ 項羽拔山：項籍字羽，史記項羽本紀中說他身長八尺餘，力能扛鼎，在楚漢戰爭失敗時，悲歌「力拔山兮氣蓋世，時不利兮騅不逝，騅不逝兮可奈何，虞兮虞兮奈若何？」可見他自詡力能拔山。

❺ 子胥舉鼎：子胥即楚伍員，力能舉鼎，父兄被楚平王所殺，伍子胥奔吳，後佐吳伐楚，攻入郢都時平王已卒，於是掘平王墓，鞭尸三百。其父說他「少好于文，長習于武，文治邦國，武定天下」。

忙奏道：「今日選將吉期，正要觀太子武藝，如何反要將他斬首？乞狼主詳察！」老狼主道：「軍師有所不知，你看滿朝王子、各平章、武將尚舉不起，量他有甚本領，出此大言。这等狂妄之徒，不殺了，留他何用？」哈迷蚩又奏道：「凡人不可貌相。依臣愚奏，且命四太子去舉鐵龍，若果然舉得起，即封為前職，去奪中原，得了宋朝天下，此乃狼主洪福；倘若舉不起，然後殺他，也叫他死而無怨。」老狼主依奏，即命將兀朮放了，叫他去舉鉄龍，若舉不起，即時斬首，以正狂妄之罪。

番軍領旨，即將兀朮放了綁。兀朮謝了恩，下廳來仰天暗暗祝告：「我若進得中原，搶得宋朝天下，望神力護佑，舉起鉄龍；若進不得中原，搶不得宋朝天下，便舉不起鉄龍，死于刀劍之下。」祝罷，就左手撩衣，右手將鐵龍前足一提，一舉舉將起來，高叫：「父王，臣兒舉鉄龍哩！」老狼主見了大喜，各殿下、各平章，那個不稱贊？文武官員、軍民人等齊聲喝采，俱說：「四殿下真是天神！」

那兀朮將鐵龍連舉三舉，哄嚨一聲响，將來撩在半邊，上廳來拜見父王繳旨。老狼主即封為昌平王、掃南大元帥，總領六國三川兵馬，帶領軍師參謀、左右丞相、各位元帥，還有各邦小元帥，選定良辰吉日，發兵五十萬，祭了珍珠寶雲旗，辭別父王，兵進中原。真個是：

人如惡虎，馬似遊龍；旌旗蔽日，金鼓喧天。

在路行了一月有餘，到了南朝地界。第一関乃是潞安州。此関有個鎮守潞安節度使，姓陸名登，表字子敬。夫人謝氏，止生一子，年方三歲。這位老爺綽號小諸葛，手下有五千多兵，乃是宋朝名將。这日正坐公堂，忽有探子來報：「啟上大老爺，不好了！今有大金國差主帥完顏兀朮，帶領五十萬人馬，來犯潞安州，離此只有百里之遙了。」陸節度聽見，吃了一驚，賞了探子銀牌一面，吩咐再去打聽。即時令旗牌官出去，把城外百姓盡行收拾進城居住；把房屋盡行拆了，等太平時照式造還。又令各營將士上城緊守，又差旗牌到舖中給償官價，收買斗缸，每一個城垛，安放一隻，命木匠做成木蓋蓋了。令軍士在城上派定五個城垛，打成灶頭三個。又令打造糞桶一千隻，桶內裝滿人糞。又取碗口粗的毛竹一萬根，細小竹子一萬根，棉花破布萬餘斤，做成唧筒。一面水關上下了千斤閘，庫中取出鋼鐵來画成鉄鉤様子，叫鐵匠照式打造鉄鈎，縛在網上。又在庫內取出數千桶毒藥，調入人糞之內，放在城上鍋內煎熬，放入缸內，耑等番兵到城下，即將滾糞潑下。若是番兵沾着此糞，即時爛死。晚上將鈎網張在城頭之上，以防番兵扒城。

料理已畢，然後親自修下一道告急本章，差官星夜前往汴梁，求朝庭發兵來救應。陸老爺恐怕救兵來遲，失了潞安州不打緊，那時連汴梁亦难保守。放心不下，又修了兩道告急文書：一道送至兩狼關總兵韓世忠處；一道送與河澗府太守張叔夜，求他兩人發兵前來相助。差人出城去了，陸老爺自家就率領三軍，上城保守，晝夜巡查。正是：

就地挖坑擒虎豹，安排鉄網取蛟龍。

花開兩朵，各在一枝。書中慢講陸老爺准備停當。且說兀朮領兵，一路滾滾而來，來到了潞安州，離城五十里，放炮安營。陸老爺在城上觀看番兵，果然厲害。但見：

滿天生怪霧，遍地起黃沙。但聞那扑通通駝鼓聲敲，又聽得咿嗚嗚胡笳亂動。東南上，千條條鋼鞭、鐵棍、狼牙棒，西北裡，萬道道銀鎚、画戟、虎頭牌。來一陣藍青臉，朱紅髮，豰唇露齒，真個奇形怪狀；遇兩隊槒槌頭，板刷眉，環睛爆眼，果然惡貌猙獰。波斯帽，牛皮甲，腦後插㚼雉尾；烏號弓，雁翎箭，馬項掛纍纍毛纓。旗旛錯雜，难分赤、白、青、黃；兵器縱橫，那辨刀、鎗、劍、戟？真個是滾滾征塵隨地起，騰騰殺氣蓋天來。

有詩曰：

萬丈紅光飄靉靉❻，千層戈戟鬧該該❼。胡馬踏翻歌舞地，征夫塞滿太平街。母死兒啼悲切切，夫逃妻散哭哀哀。世人不肯存公道，天降流離兵火災。

城上那些兵將見了，好不懼怕，有的要乘金人初到，出去殺他一陣。陸老爺道：「此時彼兵銳氣正盛，只宜堅守，等候救兵來到再處。」那時眾將士各各遵令防守，耑等救兵，不題。

且說兀朮在牛皮帳中，問軍師道：「这潞安州是何人把守？」哈迷蚩道：「這里節度使是陸登，綽號小諸葛，極善用兵的。」兀朮道：「他是個忠臣，還是奸臣？」軍師道：「是宋朝第一個忠臣。」兀朮道：「既如此，待某家去會會他。」當時隨即傳下號令來，點起五千人馬，仝著軍師，出了營來。眾

---

❻ 靉靉：音ㄞˋ ㄞˋ。雲盛貌。

❼ 該該：喜笑貌。該，通「咳」。說文：「咳，小兒笑也。」

番兵吹著喇叭，打着皮鼓，殺到城下。

陸登吩咐軍士：「好生看守城池，待我出去會他一會。」當時下城來，提着鎗，翻身上馬，開了城門，放下弔橋，一聲炮响，匹馬單鎗，出到陣前。抬頭一看，見那兀朮：

頭帶一頂金鑲象鼻盔，金光閃爍；傍插兩根雉雞尾，左右飄分。身穿大紅織錦繡花袍，外罩黃金嵌就龍鱗甲；坐一匹四蹄點雪火龍駒，手拿着螭尾鳳頭金雀斧。好像開山力士，渾如混世魔王。

大叫一聲：「來者莫非就是陸登否？」陸登道：「然也。」那兀朮也把陸登一看，但見他：

頭帶大紅結頂赤銅盔，身穿連環瑣子黃金甲。走獸壺中，箭比星；飛魚袋內，弓如月。真個英雄氣象，蓋世無雙，人材出眾，豪傑第一。

兀朮暗想：「果然中原人物，比眾不仝。」便開言叫聲：「陸將軍！某家領兵五十萬，要進中原去取宋朝天下，这潞州乃第一個所在。某家久聞將軍是一條好漢，特來相勸，若肯歸降了某家，就官封王位，不知將軍意下若何？」陸登道：「你乃何人？快通名來！」兀朮道：「某家非別，乃是大金國摠領狼主殿前四太子，官拜昌平王、掃南大元帥完顏兀朮的便是。」陸登大喝一聲：「休得胡說！古來天下有南北之分，各守疆界。我主仁德遠布，存尔醜類，不加兵刃。尔等不思靜守臣節，反提無名之師，犯我邊疆，勞我師旅，是何道理？」兀朮道：「將軍說話差矣！自古天下者，非一人之天下，唯有德者居之。尔宋朝皇帝肆行無道，去賢用奸，大興土木，民怨天愁。因此我主興仁義之師，救百姓于倒懸。將軍及早應天順人，不失封侯之位；倘若執迷，只恐你这小小城池經不起。那時踏為平地，玉石不分，豈不悔之晚矣？」陸登大怒，喝道：「好奴才！休得胡言！照爺爺的鎗罷！」噹的一鎗，望兀朮刺來。兀朮舉起金雀斧，革噹一响，躍開鎗，回斧就砍。陸登掄鎗接戰，戰有五六個回合，那裡是兀朮對手？招架不住，只得帶轉馬頭便走。兀朮從後趕來，陸登大叫：「城上放炮！」只一聲叫，兀朮轉馬就走。城內放下弔橋，接應陸登進城。對着眾將道：「這兀朮果然厲害，尔等可用心堅守，不可輕覷了他。」

且說兀朮收兵進營，軍師問道：「適纔陸登單騎敗走，太子何不追上前去拿住他？」兀朮道：「陸登一人出馬，必有埋伏。況他大砲打來，還赶他做甚？」軍師道：「太子言之有理。」

當日過了一夜。次日兀朮又到城下討戰。城上即將「免戰牌」掛起，隨你叫罵，揔不出战。守了半個多月，兀朮心焦起來，遂命烏國龍烏國虎去造雲梯，令三元帥奇渥溫鐵木真領兵五千打頭陣，兀朮自領大兵為後隊。來到城河，吽小番將雲梯放下水中，當了吊橋，以渡大兵過河。將雲梯向城墻扯起，一帶擺開，令小番一齊扒城。將已上城，那城上也沒有什么動靜。兀朮想道：「必然那陸登逃走了。不然，怎的城上沒個守禦？」正想不了，忽聽得城上一聲炮响，滾糞打出，那些小番一個個翻下雲梯，盡皆跌死。城上軍士，把雲梯盡皆扯上城去了。兀朮便問軍師：「怎么這些扒城軍跌下來，盡皆死了？却是為何？」哈迷蚩道：「此乃陸登用滾糞打人，名為臘汁，沾着一點即死的。」兀朮大驚，忙令收兵回營。这裡陸登叫軍士將跌死小番取了首級，號令城上，把那些雲梯打開劈碎，又好煎熬滾糞，不表。

且說兀朮在營中，與軍師商議道：「白日扒城，他城上打出糞來，難以躲避；等待黑夜裡去，看他怎樣？」算計已定。到了黃昏時候，仍舊領兵五千，帶了雲梯，來到城河邊，照前渡過了河，將雲梯靠著城墻，令番兵一齊扒將上去。兀朮在黑暗中，看那城上並無灯火，那小番一齊俱已扒進城垛，心中大喜，向軍師道：「这遭必得潞安州了！」說還未了，只听得城上一聲炮响，一霎時灯球火把，照得如同白日，把那小番的頭盡皆抛下城來。兀朮看見，眼中流泪，問軍師道：「这些小番怎樣被他都殺了？却是何故？」哈迷蚩道：「連臣也不解其意。」原來那城上是將竹子撐着絲網，網上盡掛著倒鬚鉤，平平撐在城上，懸空張着。那些扒城番兵，黑暗裡看不明白，都踹在網中，所以盡被殺了。兀朮見此光景，不覺大哭起來，眾平章相勸回營。兀朮思想，此城攻打四十餘日，不得成功，反傷了許多軍士，好不煩惱。

軍師看見兀朮如此，勸他出營打圍散悶。兀朮依允，点起軍士，帶了獵犬鷂鷹，望亂山茂林深處打圍。遠遠望見一個漢子，向林中躲去，軍師便向兀朮道：「这林子中有奸細。」兀朮就命小番進去搜獲，不一時小番捉得一人，送到兀朮面前跪著。兀朮道：「你是那裡來的奸細？快快說來！若支唔半句，看刀伺候。」不因这個人說出幾句話來，有分教：

大胆軍師，割去鼻子真好笑；忠良守將，刎下頭顱實可欽。

不知那人說出什么話來？且聽下回分解。

第十六回　下假書哈迷蚩割鼻　破潞安陸節度盡忠

詩曰：

殉难忠臣有幾人？陸登慷慨獨捐生。丹心一點朝天闕，留得聲名萬古稱。

却說當時小番捉住那人，兀朮便問：「你好大胆！孤家在此，敢來捋虎鬚。實在是那里來的奸細？快快說來！若有半句支吾，看刀伺候。」那人連忙叩頭說道：「小人實是良民，並非奸細，因在関外買些貨物，回家去賣。因王爺大兵在此，將貨物寄在行家，小人躲避在外。今聞得大王軍法森嚴，不許取民間一草一木，小人得此消息，要到行家取貨物去。不知王爺駕來，迴避不及，求王爺饒命！」兀朮道：「既是百姓，饒你去罷。」軍師忙叫：「主公，他必是個奸細；若是百姓，見了狼主，必然驚慌，那里還說得出話來？今看他對答如流，並無懼色，百姓那有如此大胆？如今且帶他回大營，細問情由，再行定奪。」兀朮吩咐小番：「先帶了那人回營。」兀朮打了一會圍，回到大營坐下，取出那人細細盤問，那人照前說了一遍，一字不改。兀朮向軍師道：「他真是百姓，放了他去罷。」軍師道：「既要放他，也要將他身上搜一搜。」遂自己走下來，叫小番將他身上細細搜檢，並無一物。軍師將那人兜屁股一脚，喝聲：「去罷！」不期後邊滾出一件東西，軍師道：「这就是奸細帶的書。」兀朮道：「这是什么書？

為何这般的？」軍師道：「这叫做『蠟丸書』。」遂拔出小刀，將蠟丸破開，果有一團綿紙；摸直了一看，却是兩狼関總兵韓世忠，送與小諸葛陸登的。書上說：

有汴梁節度孫浩，奉旨領兵前來助守関隘。如若孫浩出戰，不可助陣，他乃張邦昌心腹，須要防他反覆。即死于番陣，亦不足惜。今特差趙得勝達知，伏乞鑒照，不宣。

兀朮看了，對軍師道：「这封書沒甚要緊。」軍師道：「狼主不知，这封書雖然平淡，內中却有機密。譬如孫浩提兵前來，與狼主交战，若是陸登領兵來助陣，只消暗暗發兵，一面就去搶城。倘陸登得了此書，不出來助陣，堅守城池，何日得進此城？」兀朮道：「既如此，計將安出？」軍師道：「待臣照樣刻起他紫粉印來，套他筆跡，寫一封書教他助陣，引得他出來，我这裡領大兵將他重重圍住。一面差人領兵搶城，事必諧矣。」兀朮大喜，便教軍師快快打點，命把奸細砍了。軍師道：「这個奸細，不可殺他，臣自有用處，賞了臣罷。」兀朮道：「軍師要他，領去便了。」

到了次日，軍師將蠟丸書做得好了，來見兀朮。兀朮便問：「誰人敢去下書？」問了數聲，並沒個人答應。軍師道：「做奸細須要隨機應變。既無人去，待臣親自去走一遭罷。臣去時，倘然有甚差遲，只要狼主照顧臣的後代罷了。」兀朮道：「軍師放心前去，但愿事成，功勞不小。」

當時哈迷蚩扮做趙得勝一般裝束，藏了蠟丸，辭了兀朮出營。來到吊橋邊，輕輕叫：「城上放下弔橋，有机密事進城。」陸登在城上見是一人，便叫放下弔橋。哈迷蚩過了弔橋，來到城下，便道：「開了城門，放我進來，好說話。」城上軍士道：「自然放你進來。」一面說，只見城上墜下一個大筐籃來，叫道：「你可坐在籃內，好扯你上城。」哈迷蚩無奈，只得坐在籃內。那城上小軍就扯起來，將近城垛，就懸空掛着。陸登問道：「你叫甚麼名字？奉何人使令差來？可有文書？」那哈迷蚩雖然學得一口中國話，也曾到中原做過幾次奸細，却不曾見過今日这般光景，只得說道：「小人叫做趙得勝，奉兩狼關總兵韓大老爺之命，有書在此。」陸登暗想：「韓元帥那邊原有一個趙得勝，但不曾見過。」便道：「你既在韓元帥麾下，可曉得元帥在何處得功，做到元帥之職？」哈迷蚩道：「我家老爺全張叔夜招安了水滸寨中好漢得功，欽命鎮守兩狼關。」陸登又問：「夫人何氏？」哈迷蚩道：「我家夫人非別人可比，現掌五軍都督印，那一個不曉得梁氏夫人？」陸登道：「甚么出身？」哈迷蚩道：「小的不敢說。」又問：「可有公子？」哈迷蚩道：「有兩位。」陸登道：「叫甚名字？多大年紀了？」哈迷蚩回道：「大公子韓尚德，十五歲了；二公子韓彥直，只得三四歲。」陸登道：「果然不差，將書取來我看。」哈迷蚩道：「放小人上城，方好送書。」陸登道：「且等我看過了書，再放你上來不遲。」哈迷蚩到此地位，無可奈何，只得將蠟丸呈上。你道哈迷蚩怎么曉得韓元帥家中之事，陸登盤他不倒？因他拿住了趙得勝，一夜裡問得明明白白，方好來做奸細。

且說陸老爺把蠟丸剖開，取出書來，細細觀看，心內暗想道：「孫浩是奸佞門下，怎么反叫我去助他？況且我去助陣，倘兀朮分兵前來搶城，怎生抵擋？」正在疑惑，忽然一陣羊騷氣，便問家將道：「今日你們吃羊肉么？」家將稟道：「小人們並不曾吃羊肉。」陸登再將此書細細一看，把書在鼻邊聞了一聞，哈哈大笑道：「若不是这陣羊騷氣，幾乎被他瞞過了。你这騷奴，把这樣機関來哄下官，怎出的我的手？快快從實講來！若在番邦有些名目的，本都院放你去；若是無名小卒，要你也無用，不如殺了。」

哈迷蚩想：「这個人果然名不虛傳。」便笑道：「『明知山有虎，故作採樵人。』因你城中固守难攻，故用此計。我乃大金國軍師哈迷蚩是也。」陸登道：「我也聞得番邦有個哈迷蚩，就是你么？我聞你每每私進中原，採聽消息，以致犯我邊界。我今若殺了你，恐天下人笑我怕你計策來取中原；若就是这樣放你回去，你下次再來做細作，如何識認？」吩咐家將：「把他鼻子割了，放他去罷。」家將答應一聲，便把他鼻子割去，將筐籃放下城去。

哈迷蚩得了性命，奔過弔橋，掩面回營，來見兀朮。兀朮見他渾身血染，問道：「軍師為何如此？」哈迷蚩將陸登識破之事，說了一遍。兀朮大怒道：「軍師且回後營將息，待等好了，某家與你拿那陸登報讐便了。」軍師謝了狼主，回後營將養了半月有餘，傷痕已愈，做了一個瘢鼻子，來見兀朮。商議要搶潞安州水關，点起一千餘人，捱至黃昏，悄悄來到水関，一齊下水，思想偷進水関。誰知水関上將網攔住，網上盡是銅鈴，如人在水中碰着網，銅鈴響處，撓鈎齊下。番人不知，俱被拿住，盡皆斬首，號令在城上，那岸上番兵看見，報與兀朮。兀朮無奈，只得收兵回營。與軍師議道：「此人機謀，果然厲害！某家今番只索自去搶那水関，若然失手死于水內，尔等便收兵回去罷了。」

到了晚間，兀朮自領一千兵馬，等到三更時候，兀朮先下水去，看看來到水関底下，將頭鑽進水関來，果然一頭撞在網裡。上面銅鈴一响，城上聽見，忙要收網；却被四太子將刀割斷跳出，上岸來，把斧頭砍死宋軍。奔到城門邊來，砍斷門拴，打去了鎖，開了城門，放下吊橋，吹動胡笳，外邊小番接應。卻好這一日陸登回衙去了，無人阻當。番兵一擁進城。詩曰：

兩國交爭各用兵，陸登妙計勝陳平。獨憐天佑金邦主，不助荒淫宋道君❶。

却說陸登正在衙中料理，忽聽軍士報道：「番兵已進城了。」陸登忙對夫人道：「此城已失，我焉能得生？自然為國盡忠了！」夫人道：「相公盡忠，妾當盡節。」乃向奶母道：「我與老爺死後，只有这點骨血。須要與我撫養成人，接續陸氏香火，就是我陸氏門中的大恩人了！」吩咐已畢，走進後堂，自刎而亡。陸登在堂，聞報夫人已自刎，連叫數聲：「罷了！」亦拔劍自刎。那尸首却崢然立着，並不跌倒。一眾家丁見老爺、夫人已死，各自逃生。

那奶娘收拾東西，正要逃走，却見兀朮早已騎馬進門來，奶娘慌忙躲在大門背後。兀朮下馬，走上堂來，見一人手執利劍，昂然而立。兀朮大喝一聲：「你是何人？照鎗罷！」見不則聲，走上前仔細一看，認得是陸登，已經自刎。兀朮倒吃了一驚，那有人死了不倒之理？遂把鎗插在堦下，提劍走入後堂，並無人跡，只有一個婦人尸首，横倒在地。再往後頭一直看了一回，並無一人。復走出堂上，看見陸登尸首尚還立着。兀朮道：「我曉得了，敢是怕某家進來，傷害你的尸首，殺戮你的百姓，故此立着麼？」正想之間，只見哈迷蚩進來道：「臣聞得狼主在此，特來保駕。」兀朮道：「來得正好。與我傳令出去，吩咐軍士：『穿城而去，尋一個大地方安營，不許動民間一草一木。違令者斬！』」哈迷蚩領命，傳令出去。兀朮道：「陸先生，某家並不傷你一個百姓，你放心倒了罷。」說畢，又不見倒。兀朮又道：「是了，那後堂婦人的尸首，敢是先生的夫人，為夫盡節而亡。如今某家將你夫妻合葬在大路口，等過往之

❶ 宋道君：即宋徽宗趙佶。他尊信道教，自稱教主道君皇帝。

人曉得是先生忠臣節婦之墓，如何？」說了又不見倒。兀朮道：「是了，某家聞得當年楚霸王自刎，直到漢王下拜，方纔跌倒。如今陸先生是個忠臣，某家就拜你幾拜何妨？」兀朮便拜了兩拜，又不見倒。兀朮道：「這也奇了！」就拖過一把椅子來，坐在傍邊思想。

只見一個小番，拿住一個婦人，手中抱着個小孩子，來稟道：「这婦人抱着這孩子在門后吃奶，被小的拿來，請狼主發落。」兀朮便問婦人：「你是何人？抱的孩子是你甚人？」奶母哭道：「这是陸老爺的公子，小婦人便是这公子的乳母。可憐老爺、夫人為國盡忠，只存这點骨血，求大王饒命。」兀朮聽了，不覺眼中流下淚來道：「原來為此。」便向陸登道：「陸先生，某家決不絕你后代，把你之子撫為己子，送往本國，就着这乳母撫養；直待成人長大，承你之姓，接你香火，如何？」話纔說完，只見陸登身子仆地便倒。

兀朮大喜，就將公子抱在懷中。恰值哈迷蚩進來，看見便問：「这孩子那裡來的？」兀朮將前事細說一遍。哈迷蚩道：「这孩子既是陸登之子，乞賜與臣，去將他斷送了，以報割鼻之仇。」兀朮道：「此乃各為其主。譬如你拿住個奸細，也不肯輕放了他。某家敬他是個忠臣，可差官帶領軍士五百名，護送公子并乳母回轉本邦。」一面命人收拾陸登同夫人的尸首，合葬在城外高阜處。着番將哈利祿鎮守潞安州，自家率領大兵，來搶兩狼關。

那兩狼関揔兵韓世忠老爺正坐中軍，忽有探子來报：「啟上元帥，今有金兀朮打破潞安州，陸老爺夫妻盡節。今兀朮領兵來犯本関，離此只有百里了，請元帥定奪。」元帥聞報，賞了探子銀牌一面，叫他再去打聽。當下元帥遂傳令各營將士，在三山口各處緊要関隘，設立伏兵火炮，添兵把守，一面修表入朝告急。正在料理，又有探子來报：「啟上大老爺，今有汴梁節度孫老爺領兵五萬，遶城而過，殺進番營去了。」元帥道：「咻！这奸賊怎么直到此時纔到？也不前來知會本帥一聲。那兀朮有五十餘萬人馬，你有何本領擅敢以少敵眾，自取滅亡乎？」叫左右賞了探子羊酒銀牌，再去打聽。探子荅應一聲，如飛去了。

元帥心下思想：「若不發兵救應，必至全軍覆沒；若去救應，又恐本關有失。」正在躊躕，左右报說：「梁氏夫人出堂。」韓元帥相見坐定，便問道：「夫人出來，有何高見？」夫人道：「妾聞孫浩提兵殺入番營，以他这樣才能武藝，領五萬人馬，當兀朮五十餘萬之番兵，猶如驅羊入虎口耳。倘或有失，那奸臣必然上本，反說相公坐視不救。依妾愚見，相公還該發兵接應纔是。」韓元帥道：「夫人雖說得是，只是便宜了这奸賊。」遂傳下令來，問：「誰人敢領兵前去救應孫浩？」早有一員小將上前應道：「孩兒敢去。」元帥一看，原來是大公子韓尚德。元帥就道：「我兒你可領兵一千，前去救應孫浩回來。」公子答應一聲，正欲下去。夫人又叫轉來吩咐道：「我兒為將之道，須要眼觀四處，耳聽八方，可戰則战，可守則守。若不見孫浩，可速回兵，切勿冒險與戰！」

公子應聲「曉得」，隨即領兵出關。將近番營，抬頭一看，五六十里地面盡是番營。公子思想：「这些番兵，若殺進去，这一千人馬都白送了性命；若不殺進去，又不知孫浩下落，这便如何是好？也罷！」就吩咐眾軍士：「你們且扎住營盤，在此等我。我獨自一人踹進營中，尋見了孫浩，或者一仝殺出來；倘尋不見孫浩，我戰死番營，你們可回报大老爺便了。」軍士領令，就扎住營盤。公子拍馬舞刀，大喝一聲：「兩狼關韓尚德來踹營了！」一聲喊，望番營砍來。舉起刀來，殺得人頭滾滾，猶如砍瓜切菜一般，來尋孫浩。那知道这時候，孫浩的人馬已全軍覆沒了。

那小番报進牛皮帳中：「啟上狼主，又有一個小南蛮殺進營來，十分厲害，說叫做什么韓尚德，候狼主發令擒拏。」兀朮便問軍師：「可曉得那一個韓尚德是甚么人，這等厲害？」哈迷蚩道：「就是前日臣對狼主講的韓世忠的大兒子。他的父母本事高強，就生出这個兒子來，也是狠的。」兀朮笑道：「他一個人，任是天人，怎敵得我五十萬人馬？看孤家生擒他來，叫他降順。」即命眾平章傳令下來：「務要生擒，不許傷他性命。」这些番兵聞令，一齊擁將上來，把韓公子團團圍住。公子並無懼怯，把手中这桿刀，左攔右架，東格西擋，在番營內大战。只是人馬眾多，不能殺出。那領來这一千人馬，在外邊遠遠的望了半日，並不見公子的消息，大約已喪在番營了，就回進関中，報上元帥：「公子著令我們屯兵在外，單人獨騎，踹進番營中去了。半日不見動靜，諒已不保了。」那元帥听报，就走進後堂來與夫人說知。夫人大哭起來道：「我想做了武將，固當捐軀报國，但是我兒年幼，不曾受得朝廷半點爵祿，豈不可傷？」元帥道：「夫人不必悲傷，待下官領兵前去，一則探聽番兵消息，二來與孩兒报仇。」

元帥說罷，隨即出堂，仍帶这一千人馬，上馬出関，望金營來。行至中途，軍士皆停馬不走。元帥就問：「為何軍士不行？」軍士道：「前番公子有令，說：『番營人馬眾多，我們这千把人去，枉送性命。』着在这裡等的。」元帥聽了流下淚來：「我兒既有此令，你們原在此等罷。」元帥一馬直入番營，大叫一聲：「大宋韓元帥來了！」搖動手中刀，殺入重圍，逢著就死，挡著就亡，好不厲害。殺透了幾個營盤，無人抵當。小番慌忙报進帳中，兀朮連連称贊：「好個韓世忠吓！」就與軍師計議，下令叫眾平章等將韓元帥圍住；一面調兵去搶兩狼関，叫他首尾不能照應。那韓元帥雖是英雄，怎當得番兵眾多，一層一層圍裹攏來，一時那里殺得出來？这裡兀朮帶領大兵，浩浩蕩蕩，殺奔兩狼関來。

那元帥帶來的一千兵，等候元帥不見出來，反見番兵望関上殺來：「不好了！元帥決無性命了！」一齊進関報知夫人。夫人恐亂了軍心，不敢高聲痛哭，只得暗暗垂淚，叫過奶公、奶母，抱公子上堂，悄悄吩咐道：「你二人可收拾金銀珠寶，帶了兩個印信，騎馬先出関去，在左近探听消息。若我得勝，你們可原進関來，再作商量；我若死了，你可將公子撫養成人，只算是你的兒子一般。待他成人送入朝中，令他襲父之職。千萬不可有悞！」二人領命，收拾先出関去。不一會，探子來报：「金兵已到関下了。」說不了，又有探子來报：「有番將討战。」即連幾報，好似：

長江後浪催前浪，月趕流星風送雲。

不知梁夫人如何抵敵？且聽下回分解。

第十七回　梁夫人炮炸失兩狼　張叔夜假降保河間

詩曰：

大砲轟雷失兩狼，那堪天意佑金邦。丈夫枉有旋乾手，空將血淚洒沙場！

又詩曰：

金將南侵急困城，張君矢日效忠誠。非關屈膝甘降虜，計保河間一郡民。

話說梁夫人見丈夫、兒子俱已遭傷，將幼子托付奶公夫婦，先出城去，自己帶領家將人馬，來到關前。守關眾將上前迎接道：「番兵勢大，夫人只宜堅守關隘，不可出兵。」夫人道：「列位將軍有所不知，我夫、子二人俱死于賊手，此仇不共戴天，如何不報？尔諸將們可將『鉄華車』擺列端正，把大炮設放三山口上，等那番兵近關，一齊推出『鉄華車』擋住，那時打放大炮，不得有悞。」眾將領令安排。

夫人帶了人馬，放炮出關，對着番兵，排下隊伍。旗門開處，夫人出馬。那邊兀朮四太子看見这邊調遣，暗暗的喝采：「果然是女中豪傑，真個話不虛傳！」梁夫人喝道：「番奴！你是何等樣人？快通名來！」兀朮道：「某乃大金國黃龍府四殿下，官拜昌平王、掃南大元帥完顏兀朮是也。南蛮婆，可道名來！」梁夫人道：「番奴听著，我乃大宋天子駕前御筆親點兩狼關大元帥韓夫人，官拜五軍都督府梁紅玉是也。」兀朮道：「原來就是你。某家久聞你熟諳兵機，深通战法，豈不識天命人事？某家統領大兵來取你南朝天下，如泰山壓卵。你若識時務，早早降順，不獨保全性命，且不失你之官爵，可細細想來。」梁夫人罵聲：「番奴！我丈夫、孩兒的性命，俱害在你手內，恨不得拿你來碎尸萬段，方洩此恨，尚敢搖唇鼓舌！」兀朮道：「你丈夫、兒子何曾死？俱被某家困在營中。你若降順了，我還你丈夫、兒子便了。」梁夫人大怒道：「休得胡說！放馬過來！」說罷，掄起手中刀，望兀朮就砍。兀朮舉斧相迎，战得五六個回合，梁夫人那裡招架得住，只得回馬敗下。兀朮隨後赶將上來，將近關前，梁夫人高叫一聲：「放炮！」那三山口上眾將正待開炮，不道霎時間滿天黑霧迷漫，只聽得半空中豁喇喇一聲霹靂打將下來，將那「九牛大將軍」一震，不想這炮轟天响亮，兩邊炸開，把那兩狼關打開一条大路。此一回，就叫做「雷震三山口，炮炸兩狼關」。那兀朮趁勢擁將上來，搶入關中。

梁夫人見炮炸了，也使不得「鉄華車」，関已失了，急得如喪家之犬、漏網之魚，只得落荒而走。前面到一茂林，正待想要進去歇息歇息，忽听得林中叫道：「夫人快進來，公子在此！」夫人勒馬看時，却是奶公、奶母。夫人下馬走入林中，抱住公子大哭一場。奶公便問：「夫人出兵，勝敗若何？」夫人回言：「関已失了。老爺、公子並無下落，諒已难保。我們如今歸于何處？」不覺淚如雨下。

不表夫人在林中悲切，再說那韓元帥在番營大战，只見番兵往前後走動。你道為何？原來那些番兵知道得了兩狼関，都想搶進関去，故此圍兵漸漸薄了。韓元帥奮勇往外冲來，却見馬上一員小將被一番將赶下來，元帥細認却是大公子，便高叫一聲：「我兒，為父的在此！」公子叫聲：「爹爹！番將厲害，殺不過他。」元帥拍馬上前，舉刀望着那員番將劈頭砍下，正中了那將的頭盔。忽見那番將頭上迸出一道白光，刀不能下。看官，你道那員番將是誰？却叫做奇渥溫鐵木真，只因他日後生下一子，名爲忽必烈，却是元朝始祖，故有此異。那奇渥溫鐵木真被韓元帥这一刀，吃了一驚，拖鎗敗去。元帥暗想：「这番奴有此奇異，日後倒有好處。」當時韓元帥父子二人，併力殺出重圍，遙望關前關上都是金兵旗號，只得落荒而走。前至茂林之處，夫人在林内望見，大叫：「相公、孩兒，妾身在此。」元帥半驚半喜，就下馬來。公子亦下馬來，見了母親，請了安。元帥就問夫人：「為何失了關隘？」夫人道：「只因軍士報你與孩兒陣亡，故此妾身出兵，與你報仇。不意雷震三山，炮炸兩狼，故此把關隘失了，逃避在此。」元帥道：「此乃天意，非人力所能挽回也。」夫人道：「如今關隘已失，我們往那里去好？」元帥道：「我等仝往京都候旨便了。」於是夫妻、父子，仝着奶公、奶母，一齊往汴梁一路而來，不提。

且說兀朮進了兩狼関，查點了倉庫錢粮，看見那「鉄華車」，便問軍師：「此車何人置造？」軍師回說：「昔日韓信造此車，困住了西楚霸王。今日狼主洪福齊天，皇天護佑，得破此関。可趂此銳氣，發兵進攻河間府，渡過黃河，那汴京指日可取也。」兀朮道：「如此可即整頓粮艸，起兵去攻河間府。」且按下不表。

再說韓世忠夫婦等來到黃河地界，正遇着欽差官賫旨而來。世忠夫婦一齊跪接。欽差宣讀詔書，說：

韓世忠失守兩狼關，本應問罪，姑念有功免死，削職爲民。

世忠夫婦一仝謝恩，交還了兩顆印信。夫妻、父子一仝回到陜西，不表。

却說河間府節度使張叔夜，聞報失了兩狼關，兀朮率領大兵來取河間府，不覺驚慌，心中暗想：「那陸登何等智謀，不能保全；韓世忠夫婦驍勇異常，况有大炮『鉄華車』，尚且失守。何況下官？」想定主意，就與眾將士計議：傳令城上豎起降旗，等金兵到來，權且詐降，以保一府百姓，免受殺戮之慘。等他渡過黃河，各路勤王兵集，殺敗兀朮，那時我將兵截其歸路，必擒兀朮也。諸將領令，端正降金。

不道那張叔夜有兩位公子：大公子名喚張立，身長一丈，方面大耳；二公子名喚張用，也是身長一丈，淡黑面龐。这弟兄兩個各使一根鉄棍，力大無比。这一日仝在書房中讀書，直到了午後還不見送飯進來。張用對哥哥道：「今日这時候還不送飯來，敢是忘記了不成？」張立道：「我也在这裡想，不知何故？」正說之間，只見書童端進飯來。大公子道：「爲何这時候纔送來？」二公子道：「敢是你这狗才徃那里去頑耍，忘記了？該打这狗才！你怎么連我二人都不放在心上了！」書童道：「今日雖則遲了些，還有飯吃；再過兩日，只怕沒得吃了。」張立道：「这狗才，一發胡說了！爲甚事情，就到得沒飯吃？」書童道：「二位相公坐在此間，那里知道外面金兵殺來，潞安州、兩狼関俱已失了。如今將到河間府，我家老爺害怕，在堂上仝眾將商量料理投降之事。一府亂慌慌的，故此飯遲。倘若那金兀朮不准投降，殺進城來，豈不是沒飯吃了？」張用道：「不信有这等事！我家老爺豈肯投降那韃子？」書童道：「公子不信，外面去問，那一個不曉得么？」說罷，書童自去了。

大公子道：「难道我爹爹要做奸臣不成？」二公子道：「哥哥，我仝你吃了飯，去問母親。若果有此事，就向母親討了二三百兩銀子，仝你逃出城去，迎着番兵拚命殺他一陣；若殺不過，我們帶了銀子，逃徃他方，再作道理。何如？」張立道：「兄弟言之有理。」兩個忙忙的把飯吃了，仝到中堂，見了母親，說道：「爹爹為何要做奸臣投降番邦？是何道理？」夫人道：「你二人小小年紀，曉得甚么？此是國家大事，由你爹爹做主，連我也只好隨着他。」二人道：「既然如此，我們要二三百兩銀子。」夫人道：「此時匆匆忙忙，要銀子那里去使？」張立道：「我們要趁早買些東西，若等金兵進城，我們就不好上街去了。」夫人認以爲真，隨取了二百銀子，付與弟兄兩個。

兩個接了銀子，回到書房，捆扎端正，開了後園門，一路出城來。行不到二三十里，正迎着番兵。弟兄二人見傍邊有一座山崗，就上崗來。看那金兵如潮似浪，滔滔不絕。看了多時，越看越多，張用道：「哥哥，等不完了，下去與他打罷。」二人跳下崗子來，擺開兩条鉄棍，乒乒乓乓，將番兵打得落花流水，頭碰頭碎，額碰額傷，打死無數。

那小番忙忙报與兀朮。兀朮傳令眾平章：「不要傷他，與我活活的擒將來。」眾平章得令，將二人圍住，直殺到黃昏時分，張立不見了兄弟，心內自想：「此時不走，等待何時？」舉棍一個盤頭，使得勢大，打開一條血路而去。只因天色昏暗，又走得快，因此金兵拿他不住，这里張用也尋不見哥哥，冲出圍來，落荒而走。那弟兄兩個今日失散了，直到了岳元帥三服何元慶，纔得會合。这是後話，不表。

且說兀朮拿不住他弟兄，當夜安營扎住，到明日發兵前往。將近城池，只見一將遠遠帶人跪接，打着降旗，口称：「河澗府節度使張叔夜歸降，特來迎請狼主進城。」小番報與兀朮，兀朮上前看時，果然是叔夜俯伏在地。兀朮在馬上問軍師道：「这個人是忠臣，還是個奸臣？」哈迷蚩道：「久聞他是第一個忠臣，叫做張叔夜。」兀朮道：「待某家問他。」便道：「你就是張叔夜么？」叔夜道：「小臣正是。」兀朮道：「我久聞你是個忠臣，為甚歸降起某家來？莫非是詐么？」叔夜道：「小臣豈敢有詐？

只因目下朝內奸臣用事，貶黜忠良。今潞安州、兩狼關俱已失去，狼主大兵到此，諒小臣兵微將寡，怎能迎敵？城中百姓，必遭荼毒。故此情愿歸順，以救合郡生靈，並不敢希圖爵祿，望狼主鑒察！」兀朮听了道：「如此說來，果然是個忠臣！老先兒既識天時，仁心救民，是個好人。某家就封你為魯王，仍守此城。我的大兵，只收你的犒賞，遶城而去，不許進城。如有一人不遵，擅自進你城者，斬首號令。」叔夜謝恩而退，叫眾軍搬出豬羊酒，犒眾番兵吃了，俱各遶城而過。來到黃河口，揀一空地，安下營盤，打造船隻，等待渡河，不提。

且說地方官飛報入朝，这日正值欽宗設朝坐殿，進本官俯伏啟奏：「兀朮大兵五十餘萬，已近黃河，望陛下速即發兵退敵。」欽宗大驚，便問眾卿：「金兀朮兵勢猖獗，將何策退之？」當下張邦昌奏道：「潞安州陸登盡節，韓世忠夫婦棄關而逃，今河間張叔夜又投降，只剩这黃河阻住。若過了黃河，汴京甚危。臣觀滿朝文武全才，無如李綱、宗澤。聖上若命李綱為大帥，宗澤為先鋒，決能退得金兵。」欽宗准奏，降旨拜李綱為平北大元帥，宗澤為先鋒，領兵五萬前往黃河退敵。二人領旨出朝。这李綱雖是個有謀有智的忠臣，但是個文官，不會上陣廝殺。今金兵勢大，張邦昌明明要害他的性命，故此保奏。

那李綱回府與夫人辭別，忽見堦簷下站着一個長大漢子。李綱便問：「你是何人？」那人跪下答道：「小人就是張保。」李綱道：「你一向在那里？」張保道：「小人在外邊做些生意。」李綱道：「你可有些力氣么？」張保道：「小人走長路，挑得五六百斤東西。」夫人道：「老爺可帶他前去，早晚伏侍伏侍。」李綱就命張保收拾隨行。

到了次日，宗澤來請元帥起兵，李綱接進。相見已畢，李綱便道：「老元戎，你看那些奸臣如此厲害，明明欲害下官，保奏領兵。老夫性命，全仗週庇。」宗澤道：「元帥放心，吉人自有天相。」二人一仝出府，上馬來到教場，點齊五萬人馬，發炮起行。一路來到黃河口，安下營寨。沿河一帶撥兵把守，將四面船隻收拾上岸。宗澤寫下一封書扎，差人星夜往湯陰縣，去請岳飛仝眾弟兄前來助战。正是：

要圖定國安邦計，預備擎龍捉虎人。

畢竟李綱和宗澤兩個，怎生退得金兵？且聽下回分解。

第十八回　金兀朮冰凍渡黃河　張邦昌奸謀傾社稷

詩曰：

塞北胡風刁斗驚，宮墻狐兔任縱橫。慚愧上方無請處，臠奸磔佞❶恨方伸。

且說那宗澤差人往湯陰縣去，不多日，回來稟說：「岳相公病重，不能前來。那些相公們不肯離了岳相公，俱各推故不來。小人無奈，只得回來稟覆。」宗澤長嘆一聲：「岳飛有病，此乃天意欲喪宋室也！」

且說兀朮差燕子國元帥烏國龍、烏國虎往河間府取齊船匠，備辦木料，在黃河口搭起廠篷，打造船隻，整備渡河。李綱探聽的實，即着張保領數十隻小船，保守黃河口上，以防金人奸細過河窺探。那日張保暗想：「聽得人說番兵有五六十萬，不知是真是假，我不免過河去探聽個信息。」算計定了，到黃昏後，帶領十來個水手，放一隻小船，趁著星光，搖到對岸，把船藏在蘆葦中間。捱到五更，張保腰間掛着一把短刀，手提鉄棍，跳得上岸，輕輕走到營前，有許多小番俱在那里打盹。張保一手撈翻一個，

❶ 臠奸磔佞：分解奸佞之臣的屍體，把他們切成塊。臠，音ㄌㄨㄢˊ。切成塊的肉。磔，音ㄓㄜˊ。古代一種酷刑，即分屍。

夾在腰裡，飛跑就走。來到一個林中，放下來要問他消息，那曉得夾得重了些，只見这人口中流血，已是死了。張保道：「悔氣！拿着個不濟事的。」一面說，又跳轉來，又捞了一個。那小番正要呌喊，張保拔出短刀輕輕喝道：「高做聲，便殺了你！」又飛跑來至林中放下，問道：「你實說來，你們有多少人馬？」番兵道：「實有五六十萬。」張保道：「那座營盤是兀朮的？」番兵道：「狼主的營盤離此尚有三十里。爺爺拿我的所在，是先行官黑風高的。」張保又問：「那邊的呢？」番兵道：「这是元帥烏國龍、烏國虎在此監造船隻的。」張保問得明白了，說聲：「多謝你。」就一棍把小番打死。

轉身奔到黑風高的營前，大吼一聲，舉棍搶入營中，逢人便打，小番攔阻不住，被他打死無數。拔出短刀，割了許多人頭，掛在腰間。回身又到船廠中，正值眾船匠五更起來，煮飯吃了，等天明赶工，被張保排頭打去。有命的逃得快，走了幾個；無命的呆著看，做了肉泥。張保順便取些木柴引火之物，四面點着，把個船廠燒着了，然後來到河口下船，搖回去了。

这里小番報入牛皮帳中。黑風高吃了一驚，連忙起來，已不見了，只得收拾尸首，安置打傷小卒。又有那小番飛報元帥道：「有一蛮子把船匠盡皆打死，木料船隻俱被南蛮放火燒得乾乾淨淨了。又打到先鋒營內，割了許多首級，過河去了。」烏國龍道：「他帶多少人馬來？去了幾時了？」小番道：「只得一人，還去不多時候。」烏國龍、烏國虎帶了兵將，追到黃河口。但見黑霧漫漫，白浪滔天，又無船可渡。他兩個是個性急的人，不覺怒氣填胸，大叫一聲：「氣死我也！」無可奈何，等待天明，報與兀朮。再令人去置辦木料，招集船匠，重搭廠蓬，不提。

且說張保來見家主報功。李綱大喝道：「什么功！你不奉軍令，擅自冒險過河，倘被番兵殺了，豈不白送性命，損我軍威？以後若再如此，必然定罪！」吩咐把人頭號令。張保叩頭出營，笑道：「雖沒有功勞，卻是被我殺得快活！」仍舊自到黃河口邊去把守，不提。

却說天時不正，應該百姓遭殃。李綱、宗澤守住南岸，兀朮一時怎能渡得黃河之險？不道那年八月初三，猛然刮起大風，連日不止，甚是寒冷。番營中俱穿皮袄，尚擋不住，那宋兵越發凍得個個發抖。再加上連日陰雲密佈，細雨紛紛，把個黃河連底都凍了。兀朮在營中向軍師道：「南朝天氣，难道八月間就这樣寒冷了么？」哈迷蚩道：「臣也在此想，南煖北寒，天道之正。那有桂秋時候，就如此冷法，或者是主公之福，也未可知。」兀朮問道：「天寒有甚福處？」哈迷蚩道：「臣聞昔日郭威取劉智遠天下❷，那時也是八月，天氣寒冷，冰凍了黃河，大軍方能渡過。今狼主可差人到河口去打探，倘若黃河凍了，汴京在我手掌之中也。」兀朮听了，就令番軍去打聽。

不一時，番軍來回報，果然黃河連底都凍了。兀朮大喜，就下令發兵，竟踏着冰過河而來。那宋營中兵將俱是單衣鉄甲，當不住寒冷，聞得金兵過河，俱熬着冷出營觀看，果然見番兵勢如潮湧而來。宋軍見了，盡皆拚命逃走已來不及，那里還敢來對敵？張保見不是頭路，忙進營中，背了李綱就走。宗澤見軍士已潰，亦只得棄營而逃，赶上李綱，一仝來京候旨。先有飛騎报入朝中，二人未及進城，早有欽差賫旨前來，謂：

❷ 郭威取劉智遠天下：底本「郭威」作「郭彥威」，取後漢高祖天下的是後周太祖郭威，「彥」為衍字。郭威原事劉智遠從征多年，建有軍功，後為顧命大臣，隱帝即位，為樞密使兼領藩鎮，權勢更大。契丹入寇，威奉太后命，出禦契丹至澶州，自立為帝，國號周，史稱後周。

李綱宗澤失守黃河，本應問罪，姑念保駕有功，削職為民，追印繳旨。

二人謝恩，交了印信。欽差自去覆命。宗澤便對李綱道：「此還是天子洪恩。」李綱道：「什么天子洪恩，都是奸臣詭計！我等何忍在此眼睜睜看那宋室江山送與金人？不若回轉家鄉，再圖後舉罷。」宗澤道：「所見極是。」就命公子宗方進城搬取家小，李綱亦命張保迎取家眷，各望家鄉而去。朝裡欽宗降旨，差各將士緊守都城，耑等四方勤王兵到。按下不表。

回言再說那兀朮得了黃河，逢人便殺，佔了宋營。不多時候，忽然雨散雲收，推出一輪紅日，傾刻黃河解凍。兀朮差人收拾南岸船隻，渡那後兵過河，就點馬蹄國元帥黑風高領兵五千，為頭隊先行；燕了國元帥烏國龍、烏國虎領兵五千，為第二隊；自領大兵，一路來至汴京。離城二十里，安下營寨。

探軍飛報入朝，天子忙聚文武計議道：「今兀朮之兵，殺過黃河，已至京城，如何退得他去？」張邦昌道：「臣已差兵發火牌兵符，各路調齊勤王兵馬，以抵兀朮。不想他先過黃河，已至京城。臣想古人說的好：『窮韃子，富倭子。』求主公賞他一賞，備一副厚禮，與彼求和，叫他將兵退過黃河。主公这裡暗暗等那各路兵馬到來，那時恢復中原，未為晚也。」欽宗道：「從古可有求和之事么？」張邦昌道：「漢嫁昭君，唐亦尚❸公主，目下不過救急。依臣之見，可送黃金一車，白銀一輛，錦緞千疋，美女五十名，歌童五十名，豬羊牛酒之類。只是沒有这樣忠臣，肯去為天子出力。」欽宗便問：「兩班文武，誰人肯去？」連問數聲，並無人答應。張邦昌上前道：「臣雖不才，願走一遭。」欽宗便道：「還

❸ 尚：匹配。多用於匹配皇家的女兒。

是先生肯為國家出力，真是忠臣！」遂傳旨備齊禮物，交與張邦昌。

張邦昌來至金營，小番报與元帥。元帥道：「令他進來。」張邦昌來至裡邊，拜見黑元帥。黑元帥道：「你这南蛮，可是你家皇帝差你送禮來的么？」張邦昌道：「禮物是有一副，要見狼主親自送的。」黑元帥听說，大喝一聲：「拿去砍了！」左右小番一聲答應，一齊上前。張邦昌道：「元帥不須發怒。」又手把禮單捧上。黑元帥看了禮單，便說道：「張邦昌，你且起來，將禮物留在这裡你且回去，待本帥與你見狼主便了。」張邦昌道：「還有要緊話稟。」黑元帥道：「也罷，既有要緊話，可對我說知，與你傳奏便了。」邦昌道：「煩元帥奏上狼主，說張邦昌特來獻上江山，今先耗散宋國財帛。」黑風高道：「知道了。待本帥與你傳奏狼主便了，你去罷。」邦昌拜辭出了金營，回來交旨，不表。

且說那黑風高看見这許多禮物，又有美女、歌童，金銀、緞疋，心中想道：「我帮他們奪了宋室江山，就得了这些禮物，也不為過。」遂吩咐小番將禮物收下，唿哨一聲，竟拔寨起身，往山西抄路回轉本国去了。當有軍士报知兀朮，兀朮想道：「黑風高跟隨某家搶奪中原，早晚得了宋朝天下，正要重重犒賞他們，不知何故竟自去了？」吩咐小番傳令，調燕子國人馬上前五里下寨。

且說都城中有探軍报上殿來，道：「外面番兵又上來五里安營，請旨定奪。」欽宗問張邦昌道：「昨日送禮求和，今日反推兵上前扎營，是何道理？」邦昌道：「主公，臣想他們非為別事，必定見禮少人多，分不到，故此上前。主公如今再送一付禮與他，自然兵退黃河去了。」欽宗無奈，只得又照前備下一副禮物。到了次日，命張邦昌再送禮請和。

这奸臣領旨，出了午門，來到番營。小番稟過元帥，元帥道：「叫他進來。」小番出來，叫張邦昌一仝進內，俯伏在地，口称：「臣叩見狼主。臣為狼主親送禮物到來，還有機密事奏上。」烏國龍、烏國虎看了禮單，方纔說道：「吾非狼主。前日你送來的禮，是黑元帥自己收了，不曾送與狼主。如今这副禮，我與你送去便了。你可先入城去，聽候好音。」邦昌只得出營，進城覆旨，不表。且說烏國龍對烏國虎道：「怪不得黑元帥去了，我們自從起兵以來，立下多少功勞，論起來这副禮也該收得。不若收了他的，拔營也回本國，如何？」烏国虎道：「正該如此。」遂吩咐三軍連夜拔營起馬，從山東取路往本國去了。

再說小番又來报與兀朮道：「烏家弟兄，不知何故拔寨而去？」兀朮道：「这也奇了！待某家親自起兵上前，看是如何？」那宋朝探軍又慌忙報入朝內，說：「兀朮之兵，又上前五里安營。」欽宗大驚，即忙問張邦昌：「何故？」邦昌道：「兩次送禮，不曾面見兀朮，如今主公再送一副禮去，待臣親見兀朮求和便了。」欽宗哭道：「先生已經送了兩副禮去，此時再要，叫朕何處措辦？」邦昌道：「主公，此副禮不依臣時，日後切莫怪臣。」欽宗道：「既如此，可差官往民間去買歌童美女，再備禮物。」邦昌道：「若往民間去買，恐兀朮不中意。不如還在宮中搜括，備辦禮物送去為妙。」欽宗無奈，只得在後宮盡行搜點宮女湊足，罄括金珠首飾，俻齊禮物，仍着張邦昌送去。

邦昌此回來至番營，抬頭觀看，比前大不相仝，十分厲害。邦昌下馬見過平章等，禀明送禮之事。平章道：「站着。」轉身進入營中奏道：「啟上狼主，外邊有一個南蛮，口称是宋朝承相，叫做什么張邦昌，送禮前來。候旨。」兀朮問軍師道：「这張邦昌是個忠臣，還是奸臣？」哈迷蚩道：「是宋朝第一個奸臣。」兀朮道：「既是奸臣，吩咐『哈喇』了罷。」哈迷蚩道：「这個使不得。目今正在要用着奸臣的時候，須要將養他。且待得了天下，再殺他也不遲。」

兀朮聞言大喜，叫一聲：「宣他進來。」平章領旨出來，將張邦昌召入金頂牛皮帳中，俯伏在地，口称：「臣張邦昌，朝見狼主，願狼主千歲千歲千千歲！」兀朮道：「張老先兒，到此何幹？」張邦昌道：「臣未見主公之時，先定下托財之計。前曾到來送禮二次，俱被元帥們收去了。如今這副厚禮，是第三次了。」兀朮把禮單拿過來看了，說道：「怪不得兩處兵馬，多回本國去了，原來為此。」哈迷蚩道：「主公可封他一個王位，服了他的心，不怕江山不得。」兀朮道：「張邦昌，孤家封你為楚王之職，你可歸順某家罷。」邦昌叩頭謝恩。兀朮道：「賢卿，你如今是孤家的臣子了，怎麼設個計策，使某家奪得宋朝天下？」張邦昌道：「狼主要他的天下，必須先絕了他的後代，方能到手。」兀朮道：「計將安出？」張邦昌道：「如今可差一個官員，與臣同去見宋主，只說要一親王為質，狼主方肯退兵。待臣再添些利害之言哄唬他一番，不怕他不獻太子出來與狼主。」兀朮聞言，心中暗怒，咬牙道：「这個奸臣，果然厲害，真個狠計！」假意說道：「此計甚妙。孤家就差左丞相哈迷剛、右丞相哈迷強仝你前去。但這歌童美女，我这裡用不著，你可帶了回去罷。」

張邦昌同了二人出營，帶了歌童美女，回至城中。來到午門下馬，邦昌同哈迷剛、哈迷強朝見欽宗說：「兀朮不要歌童美女，只要親王為質，方肯退兵。為今之計，不若暫時將殿下送至金營為質，一面速調各處人馬到來，殺盡番兵，自然救千歲回朝。若不然，番兵眾多，恐一時打破京城，那時玉石俱焚，悔之晚矣！」欽宗沉吟不語。邦昌又奏道：「事在危急，望陛下作速定見。」欽宗道：「既如此，張先生可同來使暫在金亭館驛中等候着，朕與父王商議，再為定奪。」邦昌同了番營丞相出朝，在金亭館驛候旨。

張邦昌又私自入宮奏道：「臣啟我主：此乃國家存亡所繫，我主若與太上皇商議，那太上皇豈無愛子之心？倘或不允，陛下大事去矣！陛下須要自作主意，不可因小而失大事。」欽宗應允，入宮朝見道君皇帝，說：「金人要親王為質，方肯退兵。」徽宗聞奏，不覺泪下，說道：「王兒，我想定是奸臣之計。然事已至此，沒有別人去得，只索令你兄弟趙王去罷。」隨傳旨宣趙王入安樂宮來，道君含淚說道：「王兒，你可曉得外面兀朮之兵，甚是猖獗？你王兄三次送禮求和，他要親王為質，方肯退兵。為父的欲將你送去，又捨不得你，如何是好？」

原來这位殿下名完，年方十五，甚是孝敬。他看見父王如此愁煩，因奏道：「父王，休得愛惜臣兒，此乃國家大事，休為臣兒一人，致悮國家重務。況且祖宗開創江山，豈是容易的？不若將臣兒權質番營，候各省兵馬到來，那時殺敗番兵，救出臣兒，亦未晚也。」徽宗聽了無奈，只得親自出宮坐朝，召集兩班文武問道：「今有趙王願至金營為質，你等眾卿，誰保殿下同去？」當有新科狀元秦檜出班奏道：「臣願保殿下同往。」徽宗道：「若得愛卿仝去甚好，等待回朝之日，加封官職不小。」當下徽宗退回宮內，百官退朝畢。

張邦昌、秦檜同着兩個番官，同了趙王，前去金營為質。这趙王不忍分離，放聲大哭，出了朝門，上馬來至金營。这奸臣同了哈迷剛、哈迷強先進營去。只有秦檜保着殿下，立在營門之外。張邦昌進營來見兀朮，兀朮便問：「怎么樣了？」哈迷剛、哈迷強道：「楚王果然好，果然叫南蛮皇帝將殿下送來為質。又有一個新科狀元，叫什么秦檜同來，如今現在營門外候旨。」兀朮道：「可與我請來相見。」

誰知下邊有一個番將叫做蒲蘆溫，生得十分兇惡，他聽差了，只道叫拿進來，急忙出營問道：「誰是小殿下？」秦檜指着殿下道：「这位便是。」蒲蘆溫上前一把，把趙王拿下馬來，望裡邊便走。秦檜隨後赶來高叫道：「不要把我殿下驚壞了！」那蒲蘆溫來至帳下，把殿下放了，誰知趙王早已驚死。兀朮見了，大怒喝道：「誰叫你去拿他？把他驚死！」吩咐：「把這廝拿去砍了！」只見秦檜進來說道：「為何把我殿下驚死？」兀朮問道：「这就是新科狀元秦檜么？」哈迷強道：「正是。」兀朮道：「且將他留下，休放他回去。」

只因兀朮將秦檜留下，有分教：

徽欽二帝，老死沙漠之鄉；義士忠臣，盡喪奸臣之手。

正是：

無心栽下冤家種，從今生出禍殃來。

畢竟不知後事如何，且听下回分解。

第十九回　李侍郎拚命罵番王　崔總兵進衣傳血詔

詩曰：

破唇噀❶血口頻開，氈笠羞看帝主來。莫訝死忠惟一個，黨人氣節久殘灰。

話說當時兀朮將秦檜留住，不放還朝；命將趙王尸首，教秦檜去掩埋了。又問張邦昌道：「如今殿下已死，還待怎么？」張邦昌道：「如今朝內還有一個九殿下，乃是康王趙構，待臣再去要來。」遂辭了兀朮，出營來至朝內，見了道君皇帝，假意哭道：「趙王殿下跌下馬來，死于番營之內。如今兀朮仍要一個親王為質，方肯退兵。若不依他，就要殺進宮來也。」道君聞言，苦切不止，只得又召康王上殿。朝見畢，道君即將金邦兀朮要親王為質，趙王跌死之事，一一說知，康王奏道：「社稷為重，臣愿不惜此微軀前往金營便了。」二帝又問：「誰人保殿下前往？」當有吏部侍郎李若水上前啟奏：「微臣願保。」遂仝康王辭朝出城，來至番營，站在外邊。

那張邦昌先進營來，見了兀朮奏道：「如今九殿下已被臣要來，朝內再沒別個小殿下了。」兀朮聽了，恐怕又唬死了，今番即命軍師親自出營迎接。李若水暗暗對康王道：「殿下可知道：『能強能弱千

❶ 噀：音ㄒㄩㄣˋ。噴。

年計，有勇無謀一旦亡。』進營去見兀朮，須要隨機應炕，不可折了鋭氣。」康王道：「孤家知道。」遂仝了軍師進營來見兀朮。

兀朮看那康王，年方弱冠，美如冠玉，不覺大喜道：「好個人品！殿下若肯拜我為父，我若得了江山，還與你為帝何如？」康王原意不肯，聽見說是願還他的江山，只得勉強上前應道：「父王在上，待臣兒拜見。」兀朮大喜道：「王兒平身！」就命康王往後營另立帳房居住。只見李若水跟隨進來，兀朮問道：「你是何人？」李若水睜着眼道：「你管我是誰人！」隨了康王就走。兀朮就問軍師道：「这是何人？这等倔強。」哈迷蚩道：「此人乃是宋朝的大忠臣，現做吏部侍郎，叫做李若水。」兀朮道：「就是这個老先生，某家倒失敬了。天色已晚，就留在軍師營前欵待。」

次日兀朮升帳，問邦昌道：「如今還待怎么？」邦昌道：「臣既許狼主，怎不盡心？還要將二帝送與狼主。」兀朮道：「怎么送我？」邦昌道：「只須如此如此，便得到手。」兀朮大喜，依計而行。

且說張邦昌進城來見二帝道：「昨日一則天晚，不能議事，故尔在北營歇了。今日他們君臣計議，說道：『九王爺是個親王，還要五代先王牌位為當。』臣想道：『这牌位總之不能退敵，不如暫且放手與他，且等各省勤王兵到，那時仍舊迎回便了。』」二聖無奈，哀哀痛哭道：「不孝子孫，不能自奮，致累先王！」父子二人齊到太廟哭了一場，便叫邦昌：「可捧了去。」邦昌道：「須得主公親送一程。」二帝依言，親送神主出城。纔過吊橋，早被番兵拿住。二帝來至金營，邦昌自回守城，不表。

且說二帝拿至金營，兀朮命哈軍師點一百人馬，押送二帝往北。那李若水在裡面保着殿下，一聞此言，忙叫秦檜保着殿下，自己出營大罵兀朮，便要同去保駕。兀朮暗想：「若水若至本國，我父王必然要殺他。」乃對軍師道：「此人性傲，好生看管，不可害他性命。」軍師道：「曉得。狼主亦宜速即回兵，不可進城；恐九省兵馬到來，截住歸路，不能回北，那時間性命就難保。依臣愚見，狼主不如暫且回國，來春再發大兵，掃清宋室，那時即位如何？」兀朮聞言稱是，遂令邦昌守城，又令移取秦檜家屬，回兵不表。

且說二帝蒙塵，李若水保着囚車一路下來，看看來到河間府，正走之間，只見前面一將俯伏接駕，乃是張叔夜。君臣相見，放聲痛哭。李若水道：「你这樣奸臣，還來做甚？」叔夜道：「李大人，我之投降，並非真心。因見陸登盡節，世忠敗走，力竭詐降，實望主公調齊九省大兵殺退番兵，阻其歸路。不想冰凍黃河，又將宗澤、李綱削職，不知主公何故只信奸臣，以致蒙塵。」說罷，乃大叫：「臣今不能為國家出力，偷生在世，亦有何益？」遂拔劍自刎而死。二帝看見，哭泣而言道：「孤聽了奸臣之言，以致如此。」李若水對哈迷蚩道：「你可與我把这叔夜的尸首掩埋了。」軍師遂令軍士們葬了張叔夜，押二帝往北而進。

一路前來，李若水對哈迷蚩道：「還有多少程❷路？」哈迷蚩道：「沒有多遠了。李先兒你若到本國，那些王爺們比不得四狼主喜愛忠臣，言語之間須當謹慎。」李若水道：「这也不能，我此來只拚一死，餘外非所知也。」

不一日，到了黃龍府內，只見那本國之人，齊來觀看南朝皇帝，直至端門方散。哈迷蚩在外候旨，早有番官啟奏狼主：「哈軍師解進兩個南朝皇帝來了。」金主聞奏大喜，說道：「宣他進來。」哈迷蚩

❷程：指以驛站郵亭或其他停頓止宿地點為起訖的行程段落。

朝見了老狼主，把四太子進中原的話說了一遍：「先令臣解兩個南朝皇帝進來候旨。」老狼主道：「如今四太子在于何處？」哈迷蚩道：「如今中國雖然沒有皇帝，還有那九省兵馬未服，故此殿下暫且回國，在後就到。等待明春掃平宋室，然後保狼主前去即位。」老狼主大喜，一面吩咐擺設慶賀筵宴，一面令解徽宗、欽宗二帝進來。

番官出朝帶領徽、欽二宗來到裡邊，見了金主，立而不跪。老狼主道：「你屢屢傷害我之兵將，今被擒來，尚敢不跪么？」吩咐左右番官：「把銀安殿裡邊燒熱了地，將二帝換了衣帽，頭上與他帶上狗皮帽子，身上穿了青衣，後邊掛上一個狗尾巴，腰間掛著銅鼓，帶子上面掛了六個大响鈴，把他的手綁著兩根細柳枝，將他靴襪脫去了。」少刻，地下燒紅。小番下來，把二帝抱上去，放在那熱地上，燙着腳底，疼痛难挨，身上銅鈴鑼鼓俱响。他那里君臣看了他父子跳得有興，齊聲哈哈大笑，飲酒作樂。可憐一個南朝皇帝，比做把戲一般！這也是他聽信奸臣之語，貶黜忠良之報。

下邊李若水看見，心中大怒，赶上來把老主公抱了下去，又上來把小主公抱了下去。老狼主就問哈軍師：「这是何人？」哈迷蚩道：「這是他的臣子李若水，乃是個大忠臣。四狼主極重他的，恐老狼主傷他性命，叫臣好生看管他，如若死了，就問臣身上要人的，望乞吾主寬恩！」老狼主道：「既然如此，不計較他便了。」軍師謝恩而起。

只見李若水走上前來，指着罵道：「你这些囚奴，不知天理的！把中原天子如此凌辱，不日天兵到來，殺至黃龍府內，把你这些囚奴殺個乾乾淨淨，方出我今日之氣！」這李若水口內不住的千囚奴、萬囚奴罵個不休不了。那老狼主不覺大怒，吩咐小番：「把他的指頭剁去了。」小番荅應下來，把李若水手指割去一個。若水又換第二個指頭，指着罵道：「囚奴！你把我李若水看做甚么人？雖被你割去一指，我罵賊之氣，豈肯少屈？」狼主又叫：「將他第二指也割去了！」如此割了數次，五個指頭盡皆割去了。李若水又換右手指罵，狼主又把他指頭盡行割去了。李若水兩手沒了指頭，還大罵不止。老狼主道：「把他舌頭割去了！」那曉得割去舌頭，口中流血，還只是罵。但是罵得不明白，言語不清，只是跳來跳去。眾番人看見，說道：「倒好取笑作樂。」眾番官一面吃酒，一面說笑。那外國之人俱席地而坐的，過了一會，都在上酒之時；不曾防備李若水赶將上來，抱住老狼主，只一口咬着他耳朵，死也不放。那老狼主疼痛得動也動不得。那時大太子、二太子、三太子、五太子，文武眾官一齊上來乱扯，連狼主的耳朵都扯去了。把李若水推將下來，一陣亂刀，砍為肉泥。正是：

罵賊忠臣碎粉身，千秋萬古孰為鄰？不圖富貴惟圖義，留取丹心照汗青。

又詩曰：

元老孤忠節義高，牛驥堪羞同一皁❸。身騎箕尾歸天上，氣作山河壯宋朝。

當時眾番官俱各上前來請老狼主的安。那哈迷蚩悄悄着人收拾了李若水的尸首，盛在一個金漆盒內，私自藏好。那老狼主叫太醫用藥敷了耳朵，傳旨：「將徽、欽二帝發下五國城，拘在陷阱之內，令他坐井觀天。」

❸ 皁：「皂」的異體字。黑色。

過不得一二十天，兀朮大兵回國，拜見父王奏說：「臣兒初進中原，勢如破竹。」老狼主大喜。又說起被李若水咬去了一隻耳朵之事，兀朮再三請安。老狼主又傳旨，命番官分頭往各國借兵幫助，約定來年新春一全二進中原，按下慢表。

再說當年宋朝代州雁門關有個揔兵崔孝，失陷在於北邦，已經一十八年，善於醫馬，因此在眾番營裡四下來往，與那些番兵番將個個合式，倒也過得日子。这日聽得二帝因於五国城內，便取了兩件老羊皮袄子，燒了幾十斤牛羊脯，又帶了幾根皮条，來到五國城，對那些平章道：「我的舊主，聞得在此，望眾位做個人情，放我進去見一面，也盡我一點忠心。」眾平章道：「若是別人，那里肯放他進去；若是你，我們常有煩你之處，就放你進去看看。但是就要出來的。」崔孝道：「这個自然。」

那平章開了門，放了崔孝進去。崔孝一頭走，一頭叫道：「主公在那里？主公在那里？」叫了半日，不見答應。「你看这許多土井在此，叫我向何處去尋？」崔孝本是個年老的人了，從早至午，叫了这半日，有些走不動了，不覺腰裡也酸疼了，只得蹲在地下睡倒了。忽然耳中聽得叫：「王兒。」又聽得：「臣兒在此。」崔孝道：「好了，在这裡了。」便高叫：「萬歲，臣乃代州雁門関揔兵崔孝。無物可敬，只有些牛羊脯，并皮袄兩件，愿主上龍體康健！」遂將牛皮條把衣食縛了，送下井去。二帝接了，道聲：「难得你一片好心。」崔孝道：「中原還有何人？」二帝道：「只為張邦昌賣國，將趙王騙入金邦跌死；只有一個九殿下康王，又被他逼來了，在此為質，中原沒有人了。」崔孝道：「既有九殿下在此，主公可寫下詔書一道，待臣帶着，倘能相遇，好叫他逃往本國，起兵來救主公回國。」二帝道：「又無紙筆，叫寡人如何寫得詔書？」崔孝道：「臣該萬死，主公可降一道血詔罷。」二帝聽了，放聲大哭，只得將襯衣白衫扯下一塊，咬破指尖，血書數字，叫康王速奔中原即位，重整江山，不失先王祭祀。寫完，就縛在皮条上。崔孝吊起來，藏於夾衣內，哭了一場，辭別二帝。二帝哭道：「朕父子陷身于此，舉目無親，今得見卿，如仝至戚。略敘數言，又要別去，豈不叫朕痛殺？」崔孝道：「主公保重龍體，臣若在此，自然常常來看陛下也。」說罷，遂拜別了二帝出來。眾平章見了，大喝一聲：「崔孝，你幹得好事！」叫小番：「與我綁去砍了！」崔孝吃了一驚，真個是：

頭頂上失了三魂，脚底下走了七魄。

不知性命如何？且聽下回分解。

第二十回 金營神鳥引真主 夾江泥馬渡康王

古風：

胡馬南來衰宋祚❶，樓臺歌舞春光暮。玉人已去酒巵❷空，西曲❸當年隨帝輅❹。誰想奢華變作悲，龍爭虎鬪交相持。京城鼙鼓旌旗急，飉風逐人將士離。親皇后妃俱遭譴，義士忠臣無計轉。黃雲白草蔽胡塵，促去鑾輿関塞遠。致令天下勤王心，臨岐懷憤嗟怨深。欲挽干戈回日月，中原奚忍見傾沉。金陵氣運留英主，竟產英雄獲相遇。夾江夜走有神駒，神駒英主今何處？崔君廟畔樹蒼蒼，行人經過幾斜陽。中興事業渾如梦，盡付漁歌在滄浪❺。

話說當時眾平章喝住崔孝要殺。崔孝大叫道：「老漢無罪！」平章道：「我念你醫馬有功，通情放你進

---

❶ 祚：皇位；國統。

❷ 巵：音ㄓ。古代盛酒器。

❸ 西曲：即西洲曲。南朝樂府中的名篇，內容寫女子對所歡的思念，情思纏綿宛轉，音節和諧流暢。

❹ 帝輅：皇帝的車子。輅，音ㄌㄩˋ。車名。

❺ 盡付漁歌在滄浪：句意謂中興事業盡付流水。滄浪，古水名。劉澄之永初山川記云：「夏水，古人以為滄浪，漁父所歌也。」孟子離婁上：「有孺子歌曰：『滄浪之水清兮，可以濯我纓，滄浪之水濁兮，可以濯我足。』」

去，為何直到此時纔回？倘然狼主曉得，豈不連累着我們？」崔孝道：「裡邊陷阱甚多，沒處尋覓。況且老漢有了些年紀，行走不動，故此耽擱久了。望平章原情饒罪！」平章道：「也罷，念你舊情分上，饒恕你一次，下次再不許到此處來。」崔孝連連說：「不來，不來！」飛跑的奔回。每日裡仍往各營頭去看馬，留心打听康王消息，不提。

且說兀朮過了新春，到二月半邊，仍起五十萬人馬，并各國番兵、諸位殿下，一仝隨征，殺奔南朝。这就是金兀朮二進中原。一路上，但見那些番兵威風殺氣。分明是：

酆都❻失了城門鎖，放出一班惡鬼來。

行到四月中旬，方進了潞安州城門。你道这次為何來遲？只因在路上打了幾次圍場，故此耽延了日子。兀朮把陸節度盡忠之事，與眾殿下細說了一翻。眾殿下莫不贊嘆。不一日，又至兩狼關，又把雷震三山口、砲炸兩狼関的事也說了一遍。眾殿下俱道：「此乃我主洪福齊天所致。」迤運到了河間府，兀朮傳令：「不許入城騷擾百姓，有負張叔夜投順之心。」又一日，到了黃河，已是六月中旬了，天氣炎熱。兀朮傳令：「仍舊沿河一帶安下營盤，待等天氣稍涼，然後渡河。」

倏忽之間，又到了七月十五日，兀朮先已傳令搭起一座蘆蓬，宰了多少豬羊魚鴨之類，望北祀祖。把福禮擺得端正，眾王爺早已齊集伺候。只見兀朮坐着火龍駒，後邊跟着那個王子：穿着大紅團龍夾紗战袍，金軟帶勒腰；左掛弓，右插箭，掛口腰刀，坐下紅紗馬；頭帶束髮紫金冠，兩根雉雞尾左右分開。

❻ 酆都：舊時迷信傳說的陰間地獄。

那崔孝也跟在後頭來看，打聽得就是康王。

那康王正走之間，坐下馬忽然打了個前失，幾乎跌下馬來。那康王忙忙把扯手一勒，这馬就趁勢立了起來。兀朮回頭見了，大喜道：「王兒馬上的本事，倒也好了。」不道殿下因馬这一蹲，飛魚袋內這張雕弓墜在地下。那崔孝走上一步，拾起弓來，雙手遞上，說道：「殿下收好了。」兀朮聽見崔孝是中原口音，便問：「你是何人？」崔孝便向馬前跪下，答道：「小臣崔孝，原是中原人氏，在狼主这裡醫馬，今已十九年了。」兀朮大喜道：「看你这個老人家倒也忠厚，就着你伏侍殿下，待某家取了宋朝天下，封你個大大的官兒便了。」崔孝謝了，就跟着康王，來至廠前下馬，進來見了王伯、王叔。

兀朮望北遙祭，叩拜已畢，一眾人回到營中，席地而坐，把酒筵擺齊了吃酒。九殿下也就坐在下面。眾王子心上好生不悅，暗道：「子姪們甚多，偏要这個小南蛮為子做什么？」那里曉得这九殿下坐在下邊，不覺低頭流下淚來，暗想：「外國蛮人，尚有祖先。獨我二帝蒙塵，宗廟毀傷，皇天不佑，豈不傷心？」兀朮正在歡呼暢飲，看見康王含淚不飲，便問：「王兒為何不飲？」崔孝聽見，連忙跪下奏道：「殿下因適纔受了驚恐，此時腹中疼痛，身子不安，故飲不下嚥。」兀朮道：「既如此，你可扶殿下到後營將養罷。」崔孝領命，扶了康王回到本帳。

康王進了帳中，悲哭起來。崔孝遂進後邊帳房，吩咐小番：「殿下身子不快，你們不要進來，都在外邊伺候。」小番答應一聲，樂得往帳房外面好頑耍。这崔孝來到裡面，遂叫：「殿下，二帝有旨，快些跪接。」康王聽了，連忙跪下。崔孝遂在夾衣內，拆出二帝血詔，奉上康王。康王接在手中，細細一看，越增悲戚。忽有小番來报：「狼主來了。」康王慌忙將血詔藏在貼身，出營來接。兀朮進帳坐下，問道：「王兒好了么？」殿下忙謝道：「父王，臣兒略覺好些了，多蒙父王掛念。」

正說之間，只見半空中一隻大鳥，好比母雞一般，身上毛片俱是五彩奪目，落在對門帳篷頂上，朝著營中叫道：「趙構！趙構！此時不走，還等什么時候？」崔孝聽了，十分吃驚。兀朮問道：「这個鳥叫些什么？從不曾聽見这般鳥聲，倒像你們南朝人說話一般。」康王道：「此是怪鳥，我們中國常有，名為『鵔鸃』，見則不祥。他在那里罵父王。」兀朮道：「吓！它在那里罵我什么？」康王道：「臣兒不敢說。」兀朮道：「此非你之罪，不妨說來我聽。」康王道：「他罵父王道：『騷羯狗！騷羯狗！絕了你喉，斷了你首！』」兀朮怒道：「待某家射他下來。」康王道：「父王，賜與臣兒射了罷。」兀朮道：「好，就看王兒弓箭如何？」康王起身，拈弓搭箭，暗暗禱告道：「若是神鳥，引我逃命，天不絕宋祚，此箭射去，箭到鳥落。」祝罷，一箭射去。那神鳥張開口，把箭啣了就飛。崔孝即忙把康王的馬牽將過來，叫道：「殿下，快上馬追去！」

这康王跳上馬，隨了这神鳥追去。崔孝執鞭赶上，跟在後邊。逢營頭，走營頭；逢帳房，踹帳房，一直追去。兀朮尚自坐着，看見康王如飛追去，暗想：「这獃孩子，这枝箭能值幾何，如此追赶？」兀朮轉身，仍往大帳中去，與眾王子吃酒快樂。不一會，有平章报道：「殿下在營中發轡頭，踹壞了幾個帳房，連人多踹坏了。」兀朮大喝一聲：「什么大事？也來報我！」平章嘿然，不敢再說，只得出去。倒是眾王子見兀朮將殿下如此愛惜，好生不服，便道：「昌平王踹壞了帳房人口不打緊，但殿下年輕，不慣騎馬，倘然跌下來，跌壞了殿下，怎么處？」兀朮笑道：「王兒們說的不差，小弟暫別。」就出帳房來，跨上火龍駒，問小番道：「你們可見殿下那裡去了？」小番道：「殿下出了營，一直去了。」兀朮加鞭赶去。

且說崔孝那里赶得上，正在喘氣，兀朮見了：「吓！必定这老南蛮說了些什么？你不知天下皆屬于我，你往那裡走？」大叫：「王兒，你往那裡走？還不回來！」康王在前邊聽了，嚇得魂不附體，只是往前奔。兀朮暗想：「这孩子不知道也罷，待我射他下來。」就取弓在手，搭上箭，望康王馬後一箭，正中在馬後腿上。那馬一跳，把康王掀下馬來，扒起來就走。兀朮笑道：「嚇坏了我兒了。」

康王正在危急，只見樹林中走出一個老漢，方巾道服，一手牽着一匹馬，一手一条馬鞭，叫聲：「主公快上馬！」康王也不答應，接鞭跳上了馬飛跑。兀朮在後見了，大怒，拍馬追來，罵道：「老南蛮，我轉來殺你。」那康王一馬跑到夾江，舉眼一望，但見一帶長江，茫茫大水；後面兀朮又追來，急得上天無路，入地無門，大叫一聲：「天喪我也！」这一聲吶喊，忽然那馬兩蹄一舉，背著康王向江中烘❼的一聲响，跳落江中。兀朮看見，大叫一聲：「不好了！」赶到江邊一望，不見了康王，便嗚嗚咽咽哭轉來。到林中尋那老人，並無踪跡；再走幾步，但見崔孝已自刎在路傍。兀朮大哭回營。眾王子俱來問道：「追赶殿下如何了？」兀朮含淚將康王追入江心之事說了一遍。眾王子道：「可惜，可惜！这是他沒福，王兒且免悲傷。」各各相勸，慢表。

且說那康王的馬跳入江中，原是浮在水面上的，兀朮為何看他不見？因有那神聖護住，遮了兀朮的眼，故此不能看見。那康王騎在馬上，好像霧裡一般，那里敢開眼睛，耳朵裡但聽得呼呼的水响。不一個時辰，那馬早已過了夾江，跳上岸。又行了一程，到一茂林之處，那馬將康王聳下地來，望林中跑進

❼ 烘：同「哄」。象聲詞。

去了。康王道：「馬啊馬，你有心再駝我幾步便好，怎么抛我在这裡就去了？」

康王一面想，一面抬起頭來，見日色墜下，天色已晚，只得慢慢的步入林中。原來有一座古廟在此。抬頭一看，那廟門上有個舊匾額，雖然剝落，上面的字還看得出，却是五個金字，寫着「崔府君神廟」。康王走入廟門，門內站着一匹泥馬，顏色却與騎來的一樣。又見那馬濕漉漉的，渾身是水，暗自想道：「难道渡我過江的，就是此馬不成？」想了又想，忽然失聲道：「那馬是泥的，若沾了水，怎的不壞？」言未畢，只听得一聲响，那馬就化了。康王走上殿，向神道舉手道：「我趙構深荷神力護佑，若果然復得宋室江山，那時與你重整廟宇，再塑金身也。」說罷，就走下來，將廟門閂上，傍邊尋塊石頭頂住了。然後走進來，向神廚裡睡了。

此回就叫做：「泥馬渡康王」的故事。正是：

天樞拱北辰❽，地軸趨南曜❾。神灵隨默佑，泥馬渡江潮。

畢竟不知康王在廟中，有何人來相救？且聽下回分解。

---

❽ 天樞拱北辰：句意為天樞星拱衛北極星。喻指趙構因是皇帝，所以得到崔府君神與泥馬的護佑。北斗星的第一星名天樞，為土星。拱，拱衛。北辰，北極星，古以為天之最尊星。

❾ 地軸趨南曜：地軸趨向南邊的星辰。地軸，地球的自轉軸。曜，光耀；明亮。日月與五星的總稱。南曜，喻指南宋政權。

第二十一回　宋高宗金陵即帝位　岳鵬舉劃地絕交情

詩曰：

胡騎南來宋祚墟❶，夾江夜走有神駒。臨安事業留青史，莫負中興守一隅。

上回已講到了宋康王泥馬渡過夾江，在崔府君廟內躲在神廚裡睡覺。此回却先說那夾江这裡，却正是磁州豐邱縣所屬地方。那豐邱縣的縣主，姓都名寬。那一夜三更時候，忽然坐起堂來，有幾個隨衙值宿的快班衙役連忙掌起灯來，宅門上發起梆來。老爺坐了堂，傍邊轉過一個書吏，到案前稟道：「半夜三更，不知老爺升堂，有何緊急公事？」都寬道：「適纔本縣睡夢之中，見一神人，自稱是崔府君，說有真主在他廟內，叫本縣速去接駕。你可知崔府君廟在于何處？」書吏道：「老爺思念皇上，故有此夢，況小吏實不知何處有崔府君廟。」都寬又問：「眾衙役，你們可有曉得崔府君廟的么？」眾人俱回稟：「不曉得。」都寬流下淚來道：「國無帝主，民不聊生，如何是好？」回過頭來，叫聲：「門子，拿茶來我吃！」門子答應，走到茶房。那茶夫姓蔡名茂，聽得縣主升堂，連忙起來，正在搧茶。門子叫道：「老蔡，快拿茶來，老爺等着要吃哩！」蔡茂道：「快了，快了，就滾了。半夜三更，為什么寂天摸地

❶ 墟：大壑。列子湯問：「東有大壑，名曰歸墟。」詩中意謂斷層、中斷。

坐起堂來，也要叫人來得及的！」門子道：「真正好笑！老爺一些事也沒有，做了一個梦，就炒得滿堂不得安穩。」蔡茂道：「做了甚么夢，就坐起堂來？」門子道：「說是梦見什么崔府君，叫他去接駕。如今要查那崔府君廟在那里，又沒人曉得，此時還坐在堂上出眼淚，你道好笑不好笑？」蔡茂道：「崔府君廟我倒曉得。只是接什么駕，真正是夢魘。」一面說，一面泡了一碗茶，遞與門子，又吩咐道：「你不要七搭八搭，說我曉得的，惹这些煩惱。等他吃了茶，好進去睡。」

門子笑着一直走到堂上，送上茶去吃。都寬一面吃茶，一面看那門子只管忍笑不住，都寬喝道：「你这奴才，有什么好笑？」扯起籤來要打。門子慌忙稟道：「不是小的敢笑。那崔府君廟，茶夫曉得，却叫小人不要說。」都寬道：「快去叫他來！」門子奔進茶房裡來，埋怨蔡茂道：「都是你叫我不要說，幾乎連累我打。如今老爺叫你，快些去！」蔡茂倒吃了一驚，鶻鶻突突❷來到堂上跪下。都寬道：「好打的奴才！你既曉得崔府君廟，如何叫門子不要說？快快講來，却在何處？」蔡茂道：「非是小人叫門子不要說。崔府君廟是有一個，只是清淨荒涼得緊，恐怕不是这個崔府君廟，所以不敢說。」都寬道：「你且說來。」蔡茂稟道：「小人祖居，近在夾江邊，離夾江五六里，有個崔府君廟，却是坍塌不堪的，所以說不是这個廟。或者城裡地方，另有別個崔府君廟，也未可知。明早老爺着保甲查問，自然就曉得了。」都寬道：「神明說是『江中逃难，衣服俱濕』。今既近江，一定就是这個崔府君廟。快叫備馬掌灯！」又命門子到裡邊取出一副袍帽靴襪，忙忙碌碌的亂了一會，帶了從人叫茶夫引路，來到城門邊，已經天明，出了城，一路望着夾江口而來。

❷ 鶻鶻突突：猶糊糊塗塗。

不一時蔡茂指着一帶茂林道：「稟老爺，这林邊就是崔府君廟。」老爺吩咐：「尔等俱在廟外候着，不許高聲！」只帶了一個門子，把廟門用力一推，那靠門的石小，竟推開了。走到裏邊，並無影响。殿上亦無人跡，殿後俱是荒地。老爺叫門子：「把神廚帳幔掀起來我看，可是这位神道？」那門子不掀猶可，將帳幔一掀，不打緊，只見兩根雉尾搖動，嚇得魂不附體，大叫：「老爺，有個妖怪在內。」

这一聲喊，早驚醒了康王。康王一手把腰刀拔出，揑在手中，跳出神廚，喝聲：「誰敢近前？」都寬跪下道：「主公係是何人？不必驚慌，臣是來接駕的。」康王道：「孤乃康王趙構，排行九殿下，在金營逃出，幸得神道顯靈，將泥馬渡孤過江。你是何人？如何說是來接駕的？」都寬道：「臣乃磁州豐邱知縣都寬。蒙神明梦中指點，命臣到此接駕。」康王大喜道：「雖是神聖有灵，也难得卿家忠義！」都寬叫門子喚進從人，進上衣服。康王更換了濕衣，齊出廟門。都寬將馬牽過來，扶康王上了馬，自己却同眾人步行跟隨，一路進城。

到了縣中，在大堂上坐定，重新參見了。一面送酒飯，一面準備兵馬守城。康王便問：「这裡有多少兵馬？」都寬稟說：「只有馬兵三百，步兵三百。」康王道：「倘然金兵追來，如何處置？」都寬道：「主公可發令旨，召取各路兵馬，張掛榜文，招集四方豪傑。人心思宋，自然聞風而至。」正在商議，忽報：「王元帥帶兵三千，前來保駕。未奉聖旨，不敢進見。」康王道：「快去與孤家宣進來！」軍士到城外傳旨。王淵進城，來到縣堂上朝見，君臣大哭一番。命王淵坐了，問道：「卿家如何得知孤家在此？」王淵道：「臣於數日前梦一神人，自稱東漢崔子玉，托夢叫臣到此保駕。不意主公果然在此。」正說間，又報：「有金陵張大元帥帶兵五千，前來保駕，在城外候旨。」康王道：「快宣進來！」張所進城朝見畢，奏說：「崔府君托梦，叫臣保駕，不意王元帥先已到此。」兩個又見了禮，各各賜坐。

康王看那王淵一表非凡。張所年已七十多歲，尚是威風凜凜，好生歡喜，便問：「二卿，此地地方偏小，城低兵少，倘金兵到來，如何迎敵？」王淵道：「二帝北轅❸，國不可一日無君。臣愿主公駕回汴京，明正大位，號召四方，以圖恢復。」張所道：「汴京已被金兵殘破，況有奸臣張邦昌賣國，守在那邊，其心不測，不宜輕往。金陵乃祖宗受命之地，況在四方之中，便于漕運，可以建都。」康王准奏，擇日起身，往金陵進發。一路上州官、縣官，俱各進送粮食供給。舊時臣子聞知，皆來保駕。

到了金陵，權在鴻慶宮駐蹕❹，諸臣依次朝見。有眾大臣進上冠冕法服，即于五月初一日，即位于南京，廟號高宗皇帝，改元建炎，大赦天下。發詔播告天下，召集四方勤王兵馬。數日之間，有那趙鼎、田思中、李綱、宗澤，并各路節度使、各摠兵俱來護駕勤王。又遣官往各路催取粮草。各路聞風，也漸漸起行，解送粮米接應。

內中來了一位清官，却是湯陰縣徐仁。聽見新君即位，偏偏遇着这等年歲，斗米升珠的時候，縣主親自下鄉催比粮米；又勸諭富戶鄉紳，各各輸助，湊足了一千担，親自解送。一路上克勤克儉，到了金陵，吩咐眾人，將粮車在空地上停住。走到轅門上，見了中軍官道：「湯陰縣解送粮米到此，相煩稟復。」中軍道：「帥爺此時有事，不便通报。」徐仁道：「此乃一樁大事。相煩，相煩。」中軍道：「我的事也不小！」徐仁听見，就會意了，便叫家人取個封筒，称了六錢銀子，封好了，復身進來，對着中

❸ 北轅：車轅往北。是徽、欽二帝被擄的婉轉說法。

❹ 蹕：音ㄅㄧˋ。帝王出行時開路清道，禁止通行，因即以指帝王的車駕。

軍陪笑道：「些須薄敬，幸乞笑納。帥爺那里，萬望週全。」中軍接在手中，覺道輕飄飄的，就是赤金，也值不得幾何，便把那封袋望着地下一擲，道：「不中抬舉的！」竟掇轉身進去，全不採着。

徐仁拾了封筒道：「怪不得朝庭受了苦楚！不要說是奸臣做了大位，就是一個中軍，尚然如此可惡！难道我到了这裡，罷了不成？也罷，做我不着，沒有你这中軍，看我見得元帥也不？」就在馬鞍邊抽出馬鞭來，將鼓亂敲。裡邊王元帥聽得擊鼓，忙坐公堂，叫旗牌出來查問，是何人擊鼓。旗牌官出來問明，進去报與元帥。元帥道：「傳進來。」旗牌答應一聲「吓」，就走出轅門，「大老爺傳湯陰縣進見。」徐仁不慌不忙，走至堦下，躬身稟說：「湯陰知縣徐仁，叅見大老爺，特送粮米一千到此。」遂將手本呈上。

王元帥看了大喜，便道：「难為貴縣了！但是觧粮雖是大事，應該着中軍進稟，不該擅自擊鼓。幸本院知道你是個清官，倘若別人，豈不罪及于汝？」徐仁道：「那中軍因卑職送他六錢銀子，嫌輕，擲在地下，不肯與卑職傳稟。卑職情急了，為此斗胆傳鼓，冒犯虎威，求元帥恕罪！」王元帥道：「有这等事！」吩咐：「把中軍綁去砍了！」兩邊答應一聲「吓」，即時把中軍拿下。徐仁慌忙跪下稟道：「若殺了他，卑職結深了冤仇，报不清了。還求大老爺開恩！」元帥道：「貴縣請起。既是貴縣討饒，免了死罪。」喝叫左右：「重責四十棍，赶出轅門！」又叫左右取過白銀五十兩：「送與貴縣，以作路費。」徐仁拜謝，辭了元帥，出了轅門，上馬而去。

王元帥忽然想起一事，忙叫旂牌：「快去與我請徐縣官轉來！」旂牌那隻耳朵原有些背的，錯听做拿徐縣官轉來，正要與中軍官出氣，就怒烘烘的出了轅門，飛跑赶上來，大叫：「徐知縣慢走！大老爺叫拿你轉去！」就一把抓住。那件圓領本來舊的，不經扯，一扯就扯破了半邊。徐仁大怒，就跑馬轉來，進了轅門，也不等傳令，下了馬，一直走到大堂上，把紗帽除下來，望元帥案前摜去。那元帥倒吃了一驚，便問：「貴縣為何如此？」徐仁道：「卑職吃辛吃苦，觧粮前來，就承賜了这點路費，也不為過。為何叫旗牌趕上來拿我，把我这件圓領扯破半件，攔路出醜？還要这頂紗帽做什么？」

元帥听了大怒，叫旗牌喝問道：「本院叫你去請徐縣主，為何扯破了他的圓領？」旗牌連連叩頭道：「小的該死，小的的耳朵實在有病，聽錯了，只道大老爺叫小的拿他轉來。他的馬走得快，小的着了急，輕輕一把，不道这件圓領不經扯，竟扯破了。」元帥大怒道：「小事猶可；倘若軍情大事，难道也聽錯得的么？」叫左右：「綁去砍了！」徐仁暗道：「原來是他聽錯了，何苦害他一条性命。」只得走上來將紗帽帶好了，跪下稟道：「既是偶然聽錯，非出本心，人命重大，望乞開恩。」元帥道：「又是貴縣討饒，造化这狗頭。」吩咐放綁，重責四十棍，叉出轅門。左右答應一聲「吓」，就把旂牌打了四十棍，趕出轅門而去。

这里元帥叫：「貴縣請起。本帥請貴縣轉來，非為別事。本帥久聞當年貴縣有個岳飛，如今怎樣了？貴縣必知詳細，故特請貴縣回來，問個明白。」徐仁道：「稟覆元帥，这岳飛只因在武塲內挑死了小梁王，功名不就。後來復在南熏門力剿太行大盜，皇上只封他為承信郎，他不肯就職。現今閑住在家，務農養親。」元帥道：「既如此，敢屈貴縣在館驛中暫宿一宵，等待明早仝去見駕，保舉岳飛，聘他前來共扶社稷，何如？」徐仁道：「若得大老爺保舉，庶不負了他一生才學。」當時元帥就着人送徐知縣往館驛中去，又送酒飯并新紗帽圓領，反添了一雙朝靴。徐仁收了，好不快活。一夜無事。

次日清晨，王元帥引了徐仁仝到午門。元帥進朝奏道：「有相州湯陰縣徐仁解糧到此。臣問及當年岳飛現在湯陰，此人果有文武全才，堪為國家樑棟，臣願陛下聘他前來共扶社稷。為此引徐仁在午門候旨，伏乞聖裁！」高宗聞奏，便道：「當年岳飛鎗挑小梁王，散了武場，又協仝宗留守除了金刀王善，果有大功。奈父王專聽了張邦昌，以致沉埋賢士。孤家久已曉得。可宣徐仁上殿聽旨。」徐仁隨奉旨上殿，朝見已畢。高宗道：「那岳賢士，朕已久知他有文武全才，只為奸臣蒙蔽，不得重用。今朕欲聘他前來，仝扶王室。孤家初登大寶，不能遠出，卿可待朕一行。」隨即傳旨，將詔書一道并聘岳飛的禮物交與徐仁，又賜了徐仁御酒三盃。徐仁吃了，謝恩出朝，一竟回湯陰來聘請岳飛。按下慢表。

且說那岳飛自從遇見了施全之後，一齊回到家中，習練武藝。不想其年瘟疫盛行，王員外、安人相繼病亡。湯員外夫妻兩個前來送喪，亦染了疫症，雙雙去世。又遇着旱荒，米粮騰貴。那牛皐吃慣了的人，怎熬得清淡，未免做些不公不法的事。牛安人戒飭不住，一口氣氣死了。

單有那岳家母子夫妻，苦守清貧，甚是淒涼。岳大爺一日正在書房看書，偶然在書中揀出一張命書。那星士批着：「二十三歲，必當大發。」岳大爺暗想：「古人說的：『命之理微。』这些星相之流，不過一派胡言，騙人財物而已。」正在嗟嘆，只見娘子送進茶來，呌聲：「相公，『達人知命，君子固窮。』看你愁眉不展，却為何來？」岳大爺道：「我適纔翻出一張命書，算我二十三歲必當大發，今正交此運，發在那里？況當此年荒歲歉，如何是好？」李氏娘娘勸道：「時運未來君且守，困龍亦有上天時。」岳大爺道：「雖然如此說，呌我等到幾時？」

正說之間，姚氏安人偶在書房門口走過，听見了，便走進書房，夫妻二人起身迎接。安人坐定，便道：「我兒，你時運未來，怎么反在此埋怨媳婦，是何道理？」岳飛急忙跪下稟道：「母親，孩兒只為目下困守，偶然翻着命書，故尔煩惱。怎肯埋怨媳婦？」話還未說完，岳雲從館中回來，不見母親，尋到書房裡來，看見父親跪着，他也來跪在父親後邊。安人看見七歲孫兒跪在地下，心下不安，真個是孝順還生孝順子，便叫岳雲起來。岳雲道：「爹爹起來了，孫兒纔起來。」安人即叫岳飛起來，即帶了媳婦、孫兒，一仝出書房去了。

岳飛獨自一個在書房內，想道：「昔日恩師吅我不可把學業荒廢了。今日無事，不免到後邊備取鎗馬，往外邊去練習一番，有何不可？」岳大爺即便提着鎗，牽着馬，出門來到空場上，正要練鎗，忽見那邊眾兄弟俱各全身甲冑，牽着馬，說說笑笑而來。岳大爺嘆道：「我幾次勸他們休取那無義之財，今翻必定又去幹那勾當了！待我問他們一聲看是如何。」便吅聲：「眾兄弟何往？」眾人俱不答應，只有牛臯應道：「大哥，只為飢寒二字难忍。」岳大爺道：「昔日邵康節先生有言：『為人寧可正而不足，不可邪而有餘。』」王貴接口道：「大哥雖說得是，但是兄弟想这幾日無飯吃，沒衣穿，却不道『正而不邪得不足』。」岳大爺聽了，便道：「兄弟們不聽為兄之言，此去若得了富貴，也不要與我岳飛相見；倘若被人拿去，也不要說出岳飛來。」便將手中这鎗在地下劃了一条斷紋，吅聲：「兄弟，為兄的從此與你們劃地断義，各自努力罷了。」眾人道：「也顧不得这許多，且圖目下，再作道理。」竟各自上馬，一齊去了。正是：

本是仝林鳥，分飛竟失羣。誰憐一片影，相失萬重雲。

又詩曰：

結義勝關張，豈期中道絕？情深不忍抛，無言淚成血！

岳大爺看見这般光景，眼中流下淚來。也無心操演鎗馬，牽馬提鎗，回轉家中。到了中堂，放聲大哭起來。姚安人聽見，走出來喝道：「畜生！做娘的方纔說你幾句，你敢懷恨悲啼么？」岳大爺道：「孩兒怎敢。只為一班弟兄們所為非禮，孩兒幾次勸他們不轉，今日與他們劃地断義。回來想起，捨不得这些兄弟，故尔悲傷。」安人道：「人各有志，且自由他們罷了。」

母子二人正在談論，忽聽得叩門聲急，岳飛道：「母親且請進去，待孩兒出去看來。」即走出外邊，把門開了。只見一個人頭帶便帽，身穿便衣，脚登快靴，身上背着一個黃包袱，氣喘吁吁走進門來，竟一直走到中堂。岳大爺細看那人，二十以上年紀，團臉無鬚，却不認得是何人，又不知到此何事。直待到：

雪隱鷺鷥飛始見，柳藏鸚鵡語方知。

畢竟不知此人是誰？到此何幹？且待下回分解。

第二十二回　結義盟王佐假名　刺精忠岳母訓子

詞曰：

寂寞相如臥茂陵，家徒四壁不知貧❶。世情已逐浮雲變，裘馬誰為感激人❷？花濺淚，鳥驚心，欲將修短問乾坤。陽和不敢窮途恨，漢帝常懸捧日心❸。

話說眾弟兄不肯安貧，各自散去。岳大爺正在悲傷之際，恰遇着那人來叩門。岳大爺開了進來，只見那個人一直走上中堂，把包袱放下，問道：「小可有事來訪岳飛的，未知可是这裡？」岳爺道：「在下就是岳飛。未知兄長有何見教？」那人聽了，納頭便拜道：「小弟久慕大名，特來相投，學些武藝。若蒙見允，情愿結為兄弟，住在寶庄，以便朝夕請教。不知尊意若何？」岳爺道：「如此甚妙。請問尊

---

❶ 寂寞相如臥茂陵二句：司馬相如，漢武帝時的辭賦家。未發跡時家貧窮，當富翁之女卓文君與他私奔歸家時，家中空無資儲，僅有四壁而已。後被同鄉推薦給漢武帝，遂得賞識，召為郎，通西南夷有功，拜為孝文園令。因病免。居住在茂陵（古縣名，在今陝西省興平縣東北）。

❷ 世情已逐浮雲變二句：世情已隨易變的、飄動的浮雲變化。謂眾兄弟不能安貧，各自散去。裘馬，輕裘肥馬，形容生活豪華。意為誰是嚮往富貴豪華生活的人。

❸ 花濺淚五句：商務本作「大盜徒然投幣帛，新君仗爾整乾坤。祇看賢母精忠訓，便識將軍報國心。」

姓大名？尊庚幾何？」那人道：「小弟姓于名工，湖廣人氏，行年二十二歲。」岳爺道：「如此叨長一年，有屈老弟了！」那人大喜，就與岳飛望空八拜，立誓：「永勝仝胞，各不相負。」拜罷起來，于工取出白銀二百兩，送與岳飛。岳飛推辭不受。于工道：「如今既為弟兄，不必推遜了。」

岳爺只得收了，就進去交與母親，遂轉身出來。于工道：「哥哥，有大盤子取出幾個來。」岳爺道：「有。」即進房去向娘子討了幾個盤子，出來交與于工。于工親自動手，把棹子擺在中間，將盤安放得停當。打開黃包裹，取出十個馬蹄金，放在一盤；又取出幾十粒大珠子，也裝在一盤；又將一件猩紅战袍，一条羊脂玉玲瓏帶，各盛在盤內；恰❹向胸去前取出一封書來，供在中央。便叫：「大哥，快來接旨！」岳大爺道：「兄弟，你好糊塗，又不說個明白，却叫為兄的接旨。不知这旨是何處來的，說明了，方好接得。」

那人道：「實不瞞大哥說，小弟並非于工，乃是湖廣洞庭湖通聖大王楊么駕下，官封東勝侯，姓王名佐的便是。只因朝庭不明，信任奸邪，勞民傷財，萬民離散。目下徽、欽二帝被金國擄去，國家無主。因此我主公應天順人，志欲恢復中原，以安百姓。久慕大哥文武全才，因此特命小弟前來聘請大哥，仝往洞庭湖去扶助江山，共享富貴。請哥哥收了。」岳大爺道：「好漢子，幸喜先與我結為兄弟，不然是就拿賢弟送官，連性命也难保了。我岳飛雖不才，生長在宋朝，況曾受承信郎之職，焉肯背國投賊？兄弟你可將这些東西快快收了，再不要多言。」王佐道：「哥哥，古人云：『天下者，非一人之天下，惟有德者居之。』不要說是二帝無道，現今被兀朮擄去，天下無主，人民離乱，未知鹿死誰手。大哥不趁

❹ 恰：才；剛剛。

此時幹功立業，還待何時？不必執迷，還請三思！」岳大爺道：「為人立志如女子之守身，岳飛生是宋朝人，死是宋朝鬼。揔有陸賈、隨何之口舌，难挽我貫日淩雲之浩氣。本欲屈留賢弟暫住幾日，今既有此舉，嫌疑不便。賢弟速速請回，拜覆你那主人，今生休再想我。难得今日與賢弟結拜一塲，他日岳飛若有寸進，上陣交鋒之際，再得與賢弟相會也。」王佐見岳爺侃侃烈烈，無可奈何，只得把禮物收了，仍舊包好。

岳大爺遂走進裡邊，對母親道：「方纔那個銀包取出來。」安人取了出來，交與岳爺接了。出來對王佐道：「这銀包請收了。」王佐道：「又來了！这聘禮是主公的，所以大哥不受。这些湏禮物，雖然不成光景，乃是小弟的敬意，仁兄何必如此？」岳大爺道：「兄弟，你差了，賢弟送與為兄的，我已收了。这是為兄的轉送與賢弟的，可收去做盤纏。若要推辭，不像弟兄了。」王佐諒來岳飛是決不肯收的了，也只得收下。收拾好了，拜辭了岳爺，仍舊背上包裹，悄然出門，上路回去，不提。

却說岳爺送了王佐出門，轉身進來，見了安人。安人問道：「方纔我兒說那朋友要住幾日，為何飯也不留一湌，放他去了，却是何故？」岳大爺道：「母親不要說起。方纔那個人先說是要與孩兒結拜弟兄，習學武藝，故此要住幾日。不料乃是湖廣洞庭湖反賊楊么差來的，𠮷做王佐，要聘請孩兒前去為官。被孩兒說了他幾句，就打發他去了。」岳安人道：「原來如此。」又想了一想，便叫：「我兒，你出去端正香燭，在中堂擺下香案，待我出來，自有道理。」岳爺道：「曉得。」就走出門外，請了香燭，走至中堂，端過一張桌子安放居中，又取了一副燭臺，一個香炉，擺列端正，進來稟知母親：「香案俱已停當，請母親出去。」

安人即便帶了媳婦一仝出來，在神聖家廟之前，焚香点燭，拜過天地祖宗。然後叫孩兒跪着，媳婦磨墨，岳飛便跪下道：「母親有何吩咐？」安人道：「做娘的見你不受叛賊之聘，甘守清貧，不貪濁富，是極好的了。但恐我死之後，又有那些不肖之徒，前來勾引，倘我兒一時失志，做出些不忠之事，豈不把半世芳名喪于一旦？故我今日祝告天地祖宗，要在你背上刺下『盡忠报國』四字。但愿你做個忠臣，我做娘的死後，那些來來往往的人道：『好個安人，教子成名，盡忠报國，流芳百世❺！』我就含笑于九泉矣。」岳飛道：「聖人云：『身體髮膚，受之父母，不敢毀傷。』母親嚴訓，孩兒自能領遵，免刺字罷！」安人道：「胡說！倘然你日後做些不肖事情出來，那時拿到官司，吃敲吃打，你也好對那官府說：『身體髮膚，受之父母，不敢毀傷』么？」岳飛道：「母親說得有理，就與孩兒刺字罷。」就將衣服脫下半邊，安人取筆，先在岳飛背上正脊之中，寫了「盡忠报國」四字，然後將綉花針拿在手中，在他背上一刺，只見岳飛的肉一聳。安人道：「我兒痛么？」岳飛道：「母親刺也不曾刺，怎么問孩兒痛不痛？」安人流淚道：「我兒，你恐怕做娘的手軟，故說不痛。」就咬著牙根而刺。刺完將醋墨塗上了，便永遠不退色的了。岳飛起來，叩謝了母親訓子之恩，各自回房安歇，不表。

書中再講到湯陰縣縣主徐仁，奉着聖旨，賫了禮物，回到湯陰，來聘岳飛。那一日帶領了眾多衙役，抬了禮物并羊酒花紅等件，來到岳家庄叩門。岳爺開門出看，却認得是徐縣主，就請進中堂。徐仁便叫：「賢契，快排香案接旨！」岳飛暗想：「我命中該有这些磨挫！昨日王佐來叫我接旨，今日徐縣尊也來叫我接旨。我想現今二帝北轅，朝內無君，必定是張邦昌那奸賊僭位，放我不下，故來算計我也。」便

❺「流芳百世」前底本有「豈不」二字，細會文意顯係衍文現刪去。

打一躬道：「老大人，上皇、少帝俱已北狩，未知此是何人之旨？說明了，岳飛纔敢接。」徐仁道：「賢契，你還不知么？目今九殿下康王，泥馬渡了夾江，現今即位金陵，这就是大宋新君高宗天子的旨意。」岳飛聽了大喜，連忙跪下。徐仁即將聖旨宣讀道：

奉天承運皇帝詔曰：朕聞多難所以興邦❻，殷憂所以啟聖❼。予小子遭家不造❽，金寇猖狂，二帝北轅，九廟邱墟。朕荷天眷，不絕宋祚，泥馬渡江，諸臣擁戴，嗣位金陵。但日有羽書之報，夜有狼烟之警，正我君臣臥薪嘗胆之秋，圖復中興报仇雪恥之日也。必有鷹揚❾之將，急過滑夏之虞❿。兹尔岳飛有文武全才，正堪大用。故命徐仁賫賜黃金彩段、羊酒花紅，即着來京受職，率兵討賊，殄滅腥羶，迎二帝于沙漠，救生民於塗炭。尔其倍道兼進，以慰朕懷！欽哉！謝恩！

徐仁讀罷，便將聖旨交與岳飛。岳飛雙手接來，供在中央。徐仁道：「軍情緊急，今日就要起身。我在此相等，賢契可將家事料理料理。」岳飛道：「既是聖旨，怎敢遲延！」就請徐仁坐定。將聘禮收進後堂，請母親出來坐了，李氏夫人侍立在傍。岳飛告稟母親：「當今九殿下康王在南京接位，特賜金帛，

---

❻ 多難所以興邦：謂國家多遭患難，可以促使內部團結，因而興盛起來。

❼ 殷憂所以啟聖：殷憂，深憂。深憂可以啟示聖明。劉琨勸進表：「或多難以固邦國，或殷憂以啟聖明。」

❽ 不造：不幸。詩周頌閔予小子：「閔予小子，遭家不造。」馬瑞辰通釋：「不，為語詞。造與戚一聲之轉，古通用。遭家不造，猶云遭家戚。」

❾ 鷹揚：如鷹之飛揚，威武貌。

❿ 滑夏之虞：擾亂華夏的憂患。滑，音ㄍㄨˇ。亂。

命徐縣尊前來聘召孩兒赴闕。今日就要起身，特此拜別。」安人道：「今日朝庭召你，多虧你周先生教訓之恩，還該在灵位前拜辭拜辭纔是。」

岳飛領命就將皇封御酒打開，在周先生靈位前拜奠了，又往祖宗神位前拜奠已畢。然後斟了一盃酒，跪下敬上安人。安人接在手中，便道：「我兒！做娘的今日吃你这盃酒，但愿你此去為國家出力，休恋家鄉。得你盡忠报國，名垂青史，吾愿足矣。切記，切記！不可有忘！」岳飛道：「謹遵慈命。」安人一飲而盡。岳飛立起來，又斟了一盃，向着李氏夫人道：「娘子，不知你可能飲我这盃酒麼？」李氏道：「五花官誥，尚要贈我，这盃酒，怎么吃不得？」岳爺道：「不是这等說。我岳飛只得孤身，並無兄弟，如今為國遠去，老母在堂，娘子須要代我孝養侍奉；兒子年幼，必當教訓成人。所以說娘子可能飲得此酒也？」李氏夫人道：「这都是妾身分内之事，何必囑付？官人只管放心前去，不必掛懷，俱在妾身上便了。」接過酒來，一飲而盡。这些事，那徐仁在外俱听得明白，嘆道：「难得他一門忠孝，新主可為得人，中興有日也。」就吩咐從人，將岳飛衣甲捎在馬上，軍器物件叫人挑了。

岳飛拜別了母親，又與娘子對拜了兩拜。走出門來，但見那徐縣主一手牽着馬，一手執着鞭道：「請賢契上馬。」岳飛道：「恩師，門生怎敢當此！」徐仁道：「賢契不要看輕了。當今天子本要親來徵聘，只因初登大位，不能遠出，故在金鑾殿上賜我御酒三盃，命我代勞。如蕭相國『推輪捧轂⓫』故事，賢契不必謙遜也。」岳飛只得告罪上馬，縣主隨在後邊送行。

⓫ 推輪捧轂：推車前進。古代帝王任命將帥時的隆重禮遇。史記張釋之馮唐列傳：「臣聞上古王者之遣將也，跪而推轂，曰：『閫以内者，寡人制之；閫以外者，將軍制之。』」

正待起行，忽見岳雲赶來，跪在馬前。岳爺見了問道：「你來做什么？」岳雲道：「孩兒在舘中聽得人說，縣主奉旨來聘爹爹，故此孩兒赶來送行；二來請問爹爹往何處去？做什么事？」岳爺道：「為父的因你年幼，恐不忍分離，故不來喚你。你今既來，我有幾句話吩咐你：今為父的蒙新君召去殺韃子，保江山。你在家中，須要孝順婆婆，敬奉母親，照管弟妹，用心讀書。牢記，牢記！」岳雲道：「謹遵嚴命！但是这些韃子，不要殺完了。」岳爺道：「这是為何？」岳雲道：「留一半與孩兒殺殺。」岳爺喝道：「胡說！快些回去！」岳雲倒底是個小孩子，並不留恋，磕了一個頭，起來跳跳舞舞的回去了。

这裡徐仁走了幾步，叫聲：「賢契先請前進，我回縣收拾收拾就來。」岳飛道：「恩師請便。」徐仁別了，自回縣中料理粮艸，飛馬赶上岳飛，一仝進京。在路無話。

不一日到了金陵，一齊在午門候旨。黃門官奏過天子，高宗傳旨宣召上殿。徐仁引岳飛朝見繳旨。高宗道：「有勞賢卿了！」勅賜金帛彩緞，仍回湯陰理事，不日再加陞擢。徐仁謝恩退朝，自回湯陰，不提。

且說高宗見岳飛相貌魁梧，身材雄壯，十分歡喜，便問眾卿家：「岳飛到來，當授何職？」宗澤奏道：「岳飛原有舊職是承信郎。」高宗道：「此乃父王欠明。今暫封為摠制，俟後有功，再加陞賞。」岳飛謝恩畢，又命賜宴。高宗又將在宮中親手画的五副大像，取出來與岳飛一副副看過。高宗道：「此乃是金國粘罕弟兄五人的像，卿可細細認着，倘若相逢，不可放過！」岳飛道：「臣領旨。」高宗道：「現今大元帥張所掌握天下兵權，卿可到他營前効用。」岳飛謝恩，辭駕出朝。

來到帥府，參見了元帥。張所見了岳飛，好生歡喜。次日就令岳飛往教場中去挑選兵馬，充作先行。

岳飛領令，就去挑選，選來選去，只選了六百名，來見元帥。元帥道：「我的營中，你也去挑選些。」岳飛又去挑選了二百名，連前共有八百名，來稟覆元帥。張所道：「难道一千人都挑不足么？」岳飛道：「就是這八百罷。」元帥遂令岳飛領八百兵，作第一隊先行。再問：「那一位將軍，敢為二隊救應？」連問了幾聲，並無人答應。元帥道：「都是这樣貪生怕死，朝庭便無人出力了！待我点名叫去，看他怎樣躲過。」便叫山東節度使劉豫。劉豫答應一聲：「有。」元帥道：「你帶領本部人馬，為第二隊先行。本帥親率大軍，隨後就到。」劉豫無奈，只得勉強領令，即去整頓人馬。

到了次日，張所率領岳飛、劉豫入朝來辭駕，恰有巡城指揮來奏：「今有強盜領眾來搶儀鳳門，聲聲要岳飛出陣，請旨定奪。」高宗聽奏，傳旨就着岳飛擒賊覆旨。岳飛領旨，辭駕出朝，帶領这八百兒郎出城，來到陣前。只見對陣許多嘍囉，手中拿的，那裡是什么鎗刀，都是些鋤頭、鉄搭、木棍、麪刀，亂亂哄哄的，不成模樣。岳爺大喝一聲：「那裡來的毛賊？快快來認岳飛！」喝聲未絕，只見對陣裡跑出一馬，馬上坐着個強人，生得來青面獠牙，十分兇惡。若不是西遊記中妖精出現，即便是封神傳內天將臨凡。正是：

未辨入山擒虎豹，先來沿海斬蛟龍。

畢竟不知岳爺捉得強盗否？且聽下回分解。

第二十三回　胡先奉令探功績　岳飛設計敗金兵

詩曰：

兵卒瘡痍血未乾，金兵湖寇幾時安？奇才妙計遭湮沒，方識風雲際會難。

却說岳爺見對陣內走出一個強盜來，生得青靣獠牙，頷❶下無鬚；坐下一疋青鬃馬，手舞狼牙棒。出到陣前，大叫一聲：「岳大哥，小弟特來尋你帶挈帶挈。」岳爺上前一認，却原來是吉青。岳爺罵道：「狗強盜！你甘心為賊，還來怎么？快與我拿下！」吉青跳下馬來道：「不要動手，只晉來拿。」軍士上前，將吉青拿下，牽了他的馬，拿了他的兵器。岳爺見那些嘍囉俱是鄉民，叫他們：「都好好散去，各安生業去罷。」眾人謝恩而去。

岳爺命眾兵丁帶了吉青進城來，一逕上殿來見駕，奏道：「強盜已拿在午門外候旨。」高宗命推上殿來。不多時，羽林軍將吉青推至金堦。吉青大叫：「萬歲爺！小人不是強盜，是岳飛的義弟吉青。來尋他與國家出力的。」高宗見了他这般形像，像個英雄，便問岳飛：「果是你的義弟么？」岳飛奏道：「雖是結義的兄弟，但是他所為不肖，已與他劃地断義的了。」高宗道：「孤家看他也是一籌好漢。況

❶ 頷：音ㄏㄢˋ。下巴。

當今用人之際，可赦其小過，以待立功贖罪罷。」傳命放綁，封為副都統之職，撥在岳飛營前効用，有功之日，再加陞賞。吉青謝恩畢。岳飛辭駕出朝，引吉青來見了元帥。元帥即令岳飛領兵先往鬼愁関去。劉豫領本部兵五千為第二隊。元帥自領大兵十萬在後，准備迎敵。

再說兀朮在河間府聞报康王在金陵即位，用張所為天下大元帥，聚兵拒敵，不覺大怒。即令金牙忽、銀牙忽二元帥各領兵五千為先鋒；又請大王兄粘罕，同着元帥同先文郎，率領眾平章，領兵十萬，殺奔金陵而來。

且說岳飛仝吉青，帶領了八百兒郎一路而來。來至一山，名為八盤山，岳爺吩咐眾兒郎住着。岳爺細細四下一看，對吉青道：「真是一座好山！」吉青道：「大哥要買他做風水么？」岳爺道：「兄弟好痴話！愚兄看这座山勢甚是曲折，若得兀朮到此，我兵雖少，可以成功也。」吉青道：「原來為此。」正說之間，忽見探軍來報道：「有番兵前隊已到此了。」岳爺舉手向天道：「此乃我皇上之洪福也。」遂令眾兒郎俱用強弓硬弩，在兩邊埋伏。命吉青前去引战：「只許敗，不許勝！引他進山來，為兄的在此接應。」

吉青听令，遂帶了五十人馬，前來迎敵。那番兵見吉青不上幾十個人，俱各大笑。吉青蹤馬上前，金牙忽、銀牙忽道：「我只道這南蛮是三頭六臂的，原來是这樣的賊形！」吉青道：「賊形要偷你媽的毴❷。」輪起棒來便打，金牙忽舉刀招架，战不上三個回合，吉青暗想道：「大哥原吽我敗進山去的。」遂把狼牙棒虛幌一幌，回馬就走。

❷ 毴：音ㄅㄧ。女子的外生殖器。

兩員番將帶領三軍隨後赶來，兩邊埋伏軍士一齊發箭，把番兵截住大半，首尾不能相顧。金牙忽恰待轉身尋路，忽聽得大喝一聲：「番賊那里走，岳飛在此！」擺動手中瀝泉鎗，迎着金牙忽廝殺。銀牙忽上前帮助，吉青回馬轉來敵住。兩軍吶喊，那山谷應聲，賽過雷轟。金牙忽不知宋軍有幾百萬，心上着忙，手中刀略鬆一鬆，被岳爺一鎗刺中心窩，翻身落馬。銀牙忽吃了一唬，被吉青一棒，把個天灵蓋打得粉碎。八百兒郎一齊動手，殺死番兵三千餘人，其餘有命的逃去报信。岳爺取了兩個番將首級，收拾旗鼓馬匹兵器等物，命吉青觧送劉豫軍前，轉送大營去報功。劉豫命吉青：「且自回營，待本帥與你轉達便了。」吉青回營，稟報岳爺，不提。

且說這劉豫想道：「这岳飛好手段！初出來就得此大功，一路去不知還有多少功劳。如今这第一功權且讓我得了，下次再與他报罷。」忙忙的將文書修好，差旗牌官將首級兵器等物，稟見元帥报功。元帥那里曉得，就上了劉豫第一功，賞了旗牌。旂牌謝過元帥，出營回轉本營，稟覆劉豫。劉豫暗暗歡喜，不提。

且說岳爺領兵前行，又至一山，名為青龍山。岳爺左顧右盼，吩咐將人馬扎住，對吉青道：「这座山比八盤山更好。為兄的在此扎營，意欲等候番兵到來，殺他一個片甲不留。你可往後邊營內去見劉豫元帥，要借口袋四百個、火藥一百担、撓鉤二百桿、火箭火炮等物，前來應用。」吉青領令，來到劉豫營中，見了劉豫，備述要借口袋等物。劉豫道：「本營那有此物，你且回去，待我差人到元帥大營中，取了送來便了。」吉青聽了，自回去回覆了岳爺。那劉豫即差人往大營內取齊了應用等物，送至前營。岳爺收了，遂分撥二百名人馬，在山前將枯草鋪在地上，洒上火藥，暗暗傳下號令：「炮响為號，一齊發箭。」又撥一百兵在左邊山澗水口，將口袋裝滿沙土，作壩阻水，待番兵到來，即將口袋扯起，放水淹他。若逃過山澗，自有石壁阻住去路，決往夾山道而走。遂撥一百名兵，於上邊堆積乱石，打將下來，叫他無處逃生。又令吉青領二百人馬，埋伏在山後，擒拿逃走番兵。又道：「賢弟，你若遇着一個面如黃土、騎黃驃馬、用流星鎚的，就是粘罕，務要擒住！如若放走了，必送元帥處軍法從事，不可有違！」吉青領令而去。岳爺自帶二百兵，在山頂搖旗吶喊，耑等金兵到來。

却說大元帥張所，那日獨坐後營，籌劃退敵之策，只見中軍胡先密來稟道：「今日劉豫差官來取口袋火藥等件，不知何用？小官細想岳統制頭隊在前，未曾敗績；怎么第二隊的劉豫，反殺敗了番兵，得了頭功？其中必有情弊。倘若有冒功等事，豈不使英雄氣短，誰肯替國家出力！因此特來請令，待小官扮作獸醫，前去探听消息，不知元帥意下若何？」元帥聽了，大喜道：「本帥也在此疑惑，正欲查究。得你前去探聽更好。」

胡先領令出營，扮作獸醫，混過了劉營，一路來到青龍山，已近黃昏。悄悄行至半山，見一棵大樹，就盤將上去。在樹頂上遠遠望去，只見番兵已到，漫山遍野而來，如仝螻蟻一般。胡先好不着急，想：「那岳統制只有八百人馬，怎么迎敵？決然被他擒了。」不表胡先坐在樹頂探望。

再說粘罕帶領十萬人馬，望金陵進發，途遇敗兵报說：「有個岳南蛮同一個吉南蛮，殺了兩個元帥。五千兵喪了一大半，傷者不計其數。」粘罕聽了大怒，催動大兵下來。忽有探軍报道：「啟上狼主，前面山頂上有南蛮扎營，請令定奪。」粘罕道：「既有南蛮阻路，今天色已晚，且扎下營盤住着，到明日開兵。」一聲炮响，番兵安營扎寨，尚未安歇。

这里青龍山上岳爺爺見粘罕安營，不來搶山倘到明日，彼眾我寡，难以抵敵。想了一想，便叫二百兒郎：「在此守着，不可亂動，待我去引这些番兵來受死。」遂拍馬下山，搖手中鎗，望着番營殺去。那胡先在樹頂上見了，一身冷汗，暗想道：「这真個是捨身為國之人！」

且看那岳爺爺一馬冲入番營，高叫：「宋朝岳飛來踹營也！」騎著馬，馬又高大；挺着鎗，鎗又精奇；逢人便挑，遇馬便刺；耀武揚威，如入無人之境。小番慌忙报入牛皮帳中。粘罕大怒，上馬提鎚，率領元帥、平章、眾將校一齊湧上來，將岳爺圍住。這岳爺那里在他心上，奮起神威，鎗挑劍砍，殺得尸堆滿地，血染成河，暗想道：「此番已激動他的怒氣，不若敗出去，賺他赶來。」便把瀝泉鎗一擺，喝道：「進得來，出得去，纔為好漢！」兩腿把馬一夾，唿喇喇冲出番營而去。

粘罕大怒道：「那有这等事！一個南蛮拿他不住，如何進得中原？必要踏平此山，方洩吾恨。」就招魔大兵吶喊追來。岳爺回頭看見，暗暗歡喜：「賊奴，这遭中我之計了！」連忙走馬上山。半山裏樹頂上，胡先看見岳統制敗回，後邊漫天蓋地的番兵赶來：吹起胡笳，好似長潮浪湧；敲動駝鼓，猶如霹靂雷霆。胡先想道：「这番完了，不獨他沒了命，我却先是死也！」正在着急，忽聽得一聲炮响，震得山搖地動，幾乎跌下樹來。那眾番兵亦有跌下馬來的，也有驚倒的。兩邊埋伏的軍士，火炮火箭打將下來，延着枯草，火藥發作。一霎時，烈焰騰空，烟霧亂滾，燒得那些番兵番將兩目难開，怎認得兄和弟；一身無主，那顧得父和孫。喧喧嚷嚷，自相殘踏，人撞馬，馬撞人，各自逃生。

全先文郎和眾平章保着粘罕，從小路逃生。却見一山澗阻路，粘罕叫小番探那溪水的深淺。小番探得明白，說：「有三尺來深。」粘罕遂吩咐三軍渡水過去。眾軍士依言，盡向溪水中走去，也有許多向溪邊吃水。粘罕催動人馬渡溪，但見滿溪澗盡是番兵。忽听得一聲响亮，猶如半天中塌了天河，那水勢望下倒將下來，但見滴溜溜人隨水滾，呼喇喇馬逐波流。粘罕大驚，慌忙下令別尋路徑，回兵要緊，那些番兵一個個魂飛胆喪，盡望谷口逃生。粘罕也顧不得眾平章了，跟了仝先文郎，拍馬往谷口尋路。只見前邊逃命的平章跑馬轉來，叫聲：「狼主！前面谷口都有山峰攔住，無路可通。」粘罕道：「如此說來，我等性命休矣！」內中有一個平章用手指道：「这左邊不是一条小路？不管他通不通，且走去再處。」粘罕道：「慌不擇路，只要有路就走。」遂同眾兵將一齊從夾山道而行。行不多路，那山上軍士聽得下邊人馬走動，一齊把石塊飛蝗一般打將下來，打得番兵頭開腦裂，尸積如山。

同先文郎保着粘罕，拚命逃出，谷口却是一条大路。這時候已是五更時分了，粘罕出得夾山道，不覺仰天大笑。同先文郎道：「如此吃虧，怎么狼主反笑起來，却是為何？」粘罕道：「我不笑別的，我笑那岳南蛮雖會用兵，到底平常。若在此處埋伏一枝人馬，某家插翅也难飛了。」話言未畢，只聽得一聲炮响，霎時火把灯毬照耀如仝白日，火光中，一將生得面如藍靛，髮似硃砂，手舞狼牙棒，躍馬高叫：「吉青在此，快快下馬受死！」粘罕對同先文郎道：「岳南蛮果然厲害，某家今日死于此地矣！」眼中流下淚來。同先文郎道：「都是狼主自家笑出來的。如今事已急了，臣有一個金蟬脫壳之計，只要狼主照看臣的後代！」粘罕道：「这個自然，計將安出？」同先文郎道：「狼主可將衣甲馬匹兵器與臣換轉，一齊冲出去。那吉南蠻必然認臣是狼主，與他交战，若南蛮本事有限，臣保狼主逃生；倘若他本事高強，被他捉去。狼主可覷便脫離此難。」粘罕道：「只是难為你了！」便忙忙的將衣甲馬疋調換了，一齊冲出。那吉青看見同先文郎这般打扮，認做是粘罕，便舉起狼牙棒打來。同先文郎使鎚招架，战不上幾合，早被吉青一把抓住，活擒過馬去了。那粘罕帶領敗兵，拚命奪路而逃。这里吉青追赶了一程，拿了同先文郎回來报功。

那胡先在樹頂上蹲了一夜，看得明白暗暗称贊不絕，慢慢的溜下樹來，自回營中，报與張元帥去了。再說岳爺在山上，等到天明，那九處埋伏兵丁俱來報功，一面收拾番兵所遺兵器什物，只見吉青回營繳令道：「果然拿着粘罕了。」岳爺命推上來。眾軍士將同先文郎推將上來，岳爺一看，拍案大怒，命左右：「將吉青綁去砍了！」左右答應一聲，真個是：

令行山岳動，言出鬼神驚。

不知吉青性命如何？且聽下回分解。

第二十四回　釋番將劉豫降金　獻玉璽邦昌拜相

詩曰：

劉豫降金實可羞，邦昌獻璽豈良謀？欺君賣國無雙士，嚇鬼瞞神第一流。

話說當時岳爺要把吉青斬首，吉青大叫：「無罪！」岳爺道：「我怎樣吩咐你，却中了他金蟬脫殼之計。」便向同先文郎喝問道：「你这等詭計，只好瞞吉青，怎瞞得我過？你實說是何等樣人，敢假裝粘罕替死？」同先文郎暗想：「中原有了此人，我主休想宋室江山也。」便叫道：「岳南蛮，我狼主乃天命之主，怎能被你拿了？我非別人，乃金國大元帥同先文郎便是。」岳爺道：「吉青，你聽見么？」吉青道：「我見他这般打扮裝束，只道是粘罕，那曉得他會調換的？大哥要殺我，就與他一仝殺罷了。」眾軍士俱跪下討饒。岳爺道：「也罷，今日初犯，恕你一次。日後倘再有悞事，王法無親，決不容情。」吉青謝了起來。岳爺道：「就着你領兵二百，把番將并馬匹軍器，前往大營报功。」

吉青領令，押解了同先文郎，并所獲遺棄物件，一路來到劉豫營前，叫小校稟知，好放過去到元帥大營。劉豫聞報，命傳宣官引吉青進見。吉青叩稟：「岳統制殺敗番兵十萬，活捉番將一員，得了許多軍器馬匹，現解在營門，乞元帥看驗明白，好讓路與小將到大元帥營中去報功。」劉豫聽了这一番言語，口中不語，心內暗思：「金兵十分厲害，南朝並無人敢當，岳飛初進之人，反有这等本事！我想他只用八百兵丁，殺敗了十萬人馬，擒拿了番邦元帥。若還論功，必定職居吾上。」想了一會，說道：「有了，索性待我佔了，後來的功再讓他罷。」主意已定，便假意開言道：「吉將軍，你仝岳統制殺敗番兵，擒獲番將，这件功勞不小！但你到大營去报功，須要耽擱時日；你營中乏人，恐金兵復來。我與你統制猶如弟兄一般，不如我差人代你送往元帥處。你與我帶了豬羊牛酒，先回本營去犒賞三軍罷。」吉青不知是計，即便謝了劉豫。劉豫吩咐家將整備豬羊牛酒，交與吉青帶回本寨去，分犒眾軍，不提。

且說劉豫將同先文郎囚在後營，解來物件暫且留下了。把文書寫停當封好了，叫旗牌上來吩咐道：「你到大營內去報功，大元帥若問你，你說：『金兵殺來，被本帥殺敗，拿住一個番將，囚在營中，若是大元帥要，就解送來；若是不要，就在那邊斬了。』元帥問你，說話須要隨機答應，不可漏了風聲。」旗牌得令出營，望大營而來。

再說胡中軍回營，換了衣服，來見元帥。元帥便問：「所探之事如何？」胡中軍將到了青龍山，扒在樹頂上一夜所見之事，細細稟知。元帥道：「难為你了，記上你的功勞。」

到了次日，元帥升帳，聚集眾節度、各摠兵議事。眾將參見已畢。有傳宣官上來稟道：「二隊先鋒劉節度差旂牌報功，在營門外候令。」元帥道：「令他進來！」那旗牌官進來，叩了頭，將文書呈上。張元帥拆開觀看，原來又將岳先鋒的功勞冒去了，便吩咐賞了旗牌：「且自回營，可將所擒番將活解來營。待本帥这裡敘功，送往京師，候旨便了。」旗牌叩謝出營而去。

張元帥打發了旗牌出營，便向眾將道：「兩次殺敗番兵，俱係前隊岳飛大功，今刘豫蔽賢冒功。朝廷正在用人之際，豈容奸將埋沒才能，以致賞罰混亂？本帥意欲將他拿來斬首示眾，再奏朝庭。那一位將軍前去拿他？」言未畢，胡中軍上前稟道：「元帥若去拿他，恐有意外之变。不如差官前去，傳元帥之令，請他到來議事，然後聚集眾將，究明細底，然後斬他，庶眾心誠服，他亦死而無怨。」元帥道：「此計甚妙，就着你去，請他到大營來商議軍機，不得有誤。」中軍得令，出營上馬，往劉營來。

不道元帥帳下有一兩淮節度使曹荣，却與劉豫是兒女親家。當時親見元帥命中軍去賺劉豫。「他的長子劉鱗，却是我的女婿。父子性命旦夕难保，叫我女兒怎么好？」遂悄悄出帳，差心腹家將，飛馬往劉營报知。此時劉豫正在營中盼望那報功的旗牌，不見回來，忽傳宣進來稟說：「兩淮節度使曹爺，差人有緊急事要見。」劉豫即着來人進見。來人進營，慌慌張張叩了頭，說道：「家爺不及修書，多多拜上：今大元帥探聽得老爺冒了岳先鋒的功勞，差中軍官來請爺到大營，假說議事，有性命之憂，請爺快作計較。」劉豫聽了，大驚失色，忙取白銀五十兩，賞了來人：「與我多多拜上你家爺，感承活命之恩，必當重報。」來人叩謝自回去了。

劉豫想了一會，走到後營，將同先文郎放了，坐下道：「久聞元帥乃金邦名將，悮被岳飛所算。我觀宋朝氣數已盡，金國當興，本帥意欲放了元帥，同投金國，不知元帥意下若何？」同先文郎道：「被擄之人，自分一死；若蒙再生，自當重報。吾狼主十分愛才重賢，元帥若往本國，一力在我身上保舉重用。」劉豫大喜，吩咐整備酒飯，一面傳令收拾人馬粮草。

正待起行，旂牌恰回來繳令，說：「大元帥命將所擒番將囚解大營，請旨定奪。」劉豫大笑，遂鳴鼓聚集眾將士，參見已畢，劉豫下令道：「新君年幼無能，張所賞罰不明。今大金狼主重賢愛才，本帥已約仝金國元帥，前去投順。尒等可作速收拾前去，共圖富貴。」言未畢，只聽得堦下一片聲說道：「我等各有父母、妻子在此，不願降金。」哄的一聲，走個罄盡。劉豫目瞪口呆，看看只剩得幾名親隨家將，只得和同先文郎帶領了这幾人上馬。又恐怕岳飛兵馬在前邊阻礙，只得從小路大寬轉取路前行。

忽見後面一騎馬飛奔赶來，叫道：「劉老爺何往？」劉豫回頭看時，却是中軍，便問：「你來做什么？」中軍道：「大老爺有令箭在此，特請元帥速往大營議事。」劉豫笑道：「我已知道了。我本待殺了你，恐沒有人報信。留你回去，說與張所老賊知道，我劉豫堂堂丈夫，豈是池中之物，反受你的節制？我今投順金國，權寄这顆駈頭在他頸上，我不日就來取也。」嚇得中軍不敢則聲，回轉馬頭就走，不知是那個走漏了風聲。飛跑赶回大營，來报與張元帥。張元帥隨即修本，正要差官進京啟奏，忽報聖旨下。張所接旨宣讀，却是命張所防守黃河，加封岳飛為都統制。張所謝恩畢，隨將所寫奏明劉豫降金、岳飛得功的本章，交與欽差帶進京去。命岳飛領軍前行，仝守黃河。且按下慢表。

再說那粘罕在青龍山被岳飛殺敗，領了殘兵，取路回河間府，來見兀朮。兀朮道：「王兄有十萬人馬，怎么反敗於宋兵之手？」粘罕道：「有個岳南蛮，吽做岳飛，真個厲害！」就把他獨來踹營，并水火埋伏之事，細細說了一遍。兀朮道：「並未曾聽見中原有什么岳飛，不信如此厲害。」粘罕道：「若沒有同先文郎替代，我命已喪于夾山道上矣！」兀朮聽了大怒道：「王兄，你且放心，待某家親自起兵前去，渡黃河拿住岳飛，與王兄報仇。直搗金陵，踏平宋室，以洩吾之根！」那兀朮正在怒烘烘要拿岳飛，却有小番來報：「同先文郎候令。」兀朮道：「王兄說他被南蛮拿去，怎得回來？」就着令：「進來！」

且說那同先文郎，仝著劉豫抄路轉到金營，即對着劉豫道：「元帥可在營門外等等，待我先去稟明，再請進見。」劉豫道：「全仗帮襯！」同先文郎進了大營，一直來到兀朮帳前，跪下叩頭。兀朮道：「你被南蠻拿去，怎生逃得回來？」同先文郎將劉豫投降之事，說了一遍。兀朮道：「這樣奸臣，留他怎么？拿來『哈喇』了罷。」哈迷蚩道：「狼主不可如此。且宣他進來，封他王位，安放他在此，自有用處。」兀朮听了軍師之言，就命平章宣進朝見，封為魯王之職，鎮守山東一帶。劉豫謝恩，不表。

再說張元帥兵至黃河，就分撥眾節度各處堅守。岳飛仝著吉青，向北扎下營寨守住。張元帥自領大兵攻取汴京。

那張邦昌聞知張元帥領兵來取城，心生一計，來至分宮楼前見太后，啟奏道：「兀朮兵進中原，不日來搶汴京。今康王九殿下在金陵即位，臣欲保娘娘前往。望娘娘將玉璽交付與臣，獻與康王去。」娘娘聞奏，兩泪交流：「今天子並無音信，要這玉璽何用？就交與卿便了。」張邦昌騙了玉璽，到家中收拾金珠，保了家小出城，竟往金陵去了。

再說張元帥兵至汴梁，守城軍士開城迎接。張所進城來請了娘娘的安。娘娘就將張邦昌騙去玉璽，帶了家眷不知去向，與張所說知。張所奏道：「四面皆有兵將守住，不怕奸臣逃去。臣差人探听奸人下落，再來覆旨。」元帥辭駕出朝，將兵守住汴梁，不表。

再說張邦昌到了金陵，安頓家眷，來至午門，對黃門官道：「張邦昌來獻玉璽，相煩轉達天顏。」黃門官奏知高宗。高宗問眾臣道：「此賊來時，眾卿有何主見？」李太師奏道：「張邦昌來獻玉璽，其功甚大，封他為右丞相。但他本心不好，主公只宜疏遠他，他就無權矣。」高宗大悅道：「可宣上殿來。」

邦昌來至殿前俯伏，高宗道：「卿之前罪免究，今獻玉璽有功，官封右丞相之職。」邦昌謝恩而退。

到了次日，邦昌上殿奏道：「臣聞兀朮又犯中原，有岳飛青龍山大战，殺得番兵片甲無存。若無此人，中原难保，真乃國家之樑棟也！現為都統不称其職。以臣愚見，望主公召他來京，拜為元帥，起兵掃北，迎請二帝還朝，天下幸甚！」高宗聽了，想道：「好是好，我挠不聽你。」「卿家不必多言，孤自有主意。」邦昌只得退出。

回至家中，想道：「這樣本章，主公不聽，雖為丞相，總是無權了。」正在無計可使，適值侍女荷香送茶進來。邦昌觀看，頗有姿色：「不若認為己女，將他送進宮中。倘得寵用，只要誘他荒淫酒色，不理朝政，便可將天下送與四狼主了。」遂與荷香說知了，荷香應允。

邦昌次日粧扮荷香，上了車子，推徃午門。邦昌進朝奏道：「臣有小女荷香，今送上主公，伏侍聖駕，在午門候旨。」那個少年天子，一聞此言，即傳旨宣召。荷香拜伏金堦，口称「萬歲」。高宗觀看大悅，遂傳旨命太監送進宮去。李綱出班奏道：「請主公送徃西宮。」邦昌又奏道：「望主公降旨，召岳飛回朝，拜帥掃北。」高宗傳旨，就命邦昌發詔去召岳飛。高宗自回宮去，與荷香成親，不表。

且說邦昌將旨放在家中，不着人去召岳飛，算定黃河徃返的日子，邦昌方來覆旨回奏：「岳飛因金兵犯界，守住要地。『將在外，君命有所不受』。因此不肯應詔。」高宗道：「他不來也罷了。」

且說李太師在府中與夫人說起張邦昌獻女之事，夫人道：「他為不得專權，故送此女，以圖寵用耳。」太師道：「夫人之言，洞悉奸臣肺腑，老夫早晚也要留心。」正說之間，只見簷下站着一人。太師道：「你是何人？」張保過來跪下，叩頭道：「是小人張保。」太師道：「張保，我一向忘了。只為國事匆忙，不曾抬舉你。也罷，你去取紙筆過來。」張保就去取了文房四寶來，放在槕上。太師爺就寫起一封書來，封好了，對張保說：「我荐你到岳統制那邊去做個家丁，你可須要小心伏侍岳爺。」張保道：「我不去的。古人云：『宰相家人七品官。』怎么反去投岳統制？」李太師說道：「那岳將軍真是個人中豪傑，蓋世英雄，文武雙全。这様人不去跟他，還要跟誰去？」張保道：「小人自去投他，如若不好，仍要回來的嘘。」當時叩別了太師，出了府門，轉身來到家中，別了妻子，背上包裹行李，提著混鉄棍，出門上路而行。

一日，來到黃河口岳爺營前，向軍士道：「相煩通报，說京中李太師差來下書人求見。」軍士進營报知岳爺。岳爺道：「可着他進來。」軍士出營，說：「家爺請你進去。」張保進營叩頭，將書呈上。岳統制把書拆開一看，說道：「張管家，你在太師身邊，討個出身還好；我這裡是個苦所在，怎么安得你的身子？且到小營便飯，待我修書回稟太師爺罷。」

張保仝了岳爺的家人，來到傍邊小營坐下。張保看那營中，不過是栢木槕子，動用傢伙俱是粗的。少停送進酒飯來，却是一碗魚，一碗肉，一碗豆腐，一碗牛肉，水白酒，老米飯。那家人向張保說道：「張爺請酒飯。」張保道：「為何把這様的菜來與我吃。」家人道：「今日却是為了張爺，特地收拾起來的。若是我家老爺，天天是吃素，還不能歡喜的哩。每到吃飯的時候，家爺朝北站著，眼中泪盈盈說道：『為臣在此受用了，未知二位聖上如何？』那有一湌不慟哭流泪！」張保道：「好，好，好，不要說了，且吃酒飯。」他就一連吃了數十餘碗，轉身出來，見了岳爺。岳爺道：「回書有了。」張保道：「小人不回去了，太師爺之命，却不敢違。」岳爺道：「既如此，權且在此過幾日再處罷。」遂命張保進營去，與吉青相見過了。吉青道：「好一條漢子！」張保自此在營中住下，不表。

且說張邦昌送玉璽時，一路上就印了許多紙，所以他就假傳聖旨頗多。那一日將一道假旨，到黃河口來召岳飛。岳飛出來接旨，到裡邊開讀了。岳爺道：「欽差請先行，岳飛隨後便來。」那欽差別過岳飛，回覆張邦昌去了。岳飛吩咐吉青說道：「兄弟，為兄的奉旨回京，恐番人渡河過來，非當小可。為哥的有一句要緊說話，不知賢弟肯依否？」吉青道：「大哥吩咐，小弟怎敢不依？」那岳爺對吉青說出这幾句話來，有分教：

猙獰虎豹排牙爪，困水蛟龍失雨雲。

畢竟不知岳爺對吉青說出甚么話來？且聽下回分解。

第二十五回　王橫斷橋霸渡口　邦昌假詔害忠良

詩曰：

地網天羅遍處排，岳侯撞入運時乖。纔離弔客凶神難，又遇喪門白虎災❶。

話說當時岳爺對吉青道：「愚兄今日奉聖旨回京，只愁金兵渡過河來，兄弟干係不小。恐你貪酒悞事，今日愚兄替你戒了酒，等我回營再開。兄弟若肯聽我之言就將此茶為誓。」說罷，就遞過一盃茶來。吉青接過茶來，便道：「謹遵大哥之命。」就將茶一飲而盡。岳爺又差一員家將，前往元帥營中去稟，說：「岳飛奉有聖旨進京，君命在身，不及面辭元帥。」又再三叮囑了吉青一番，帶了張保，上馬匆匆，一路望著京都而來。

一日行至中途，只見一座斷橋阻路，岳爺便問張保：「你前日怎么過來的？」張保道：「小人前日來時，这条橋是好端端的，小人從橋上走過來的。今日不知為甚么斷了？」岳爺道：「想是近日新斷的了。你可去尋一隻船來，方好過去。」張保領命，向河邊四下裡一望，並無船隻；只有對河蘆葦中，藏着一隻小船。張保便喊道：「梢公❷，可將船過來，渡我們一渡。」那船上的梢公應道：「來了。」看

❶ 白虎災：凶神惡煞之災。白虎，歲中凶神名。

他解了繩纜，放開船，咿咿啞啞搖到岸邊來，問道：「你們要渡么？」岳爺看那人時，生得眉粗眼大，紫膛面皮，身長一丈，膀闊腰圓，好個兇惡之相！那人道：「你們要渡河，須要先把價錢講講。」張保道：「要多少？」那人道：「一個人是十兩，一匹馬也是十兩。」岳爺暗想：「此橋必定是那人拆斷的了。」張保道：「好生意吓！朋友，讓些罷。」那人道：「一定的價錢。」張保道：「就依你，且渡我們過去，照數送你便了。」那梢公暗想道：「就渡你過去，怕你飛上天去不成？」又看看他們的包裹，甚是有限；好匹白馬，拿去倒賣得好幾兩銀子。看這軍官文縐縐的，容易收拾。倒是那個軍漢一臉横肉，只怕倒有些力氣，待我先對付了他，這匹馬不怕不是我的。便道：「客官，便渡你過去，再称也不妨。但是我的船小，渡不得兩人一馬，只好先渡了一人一馬過去，再來渡你罷。」張保道：「你既裝得一人一馬，那在我一個人，能佔得多少地方？我就在船梢上蹲蹲罷。」梢公暗笑：「这該死的狗頭，要在船梢上，不消我費半点力氣，就送你下水去。」便道：「客官，只是船小，要站穩些。」一面說，一面把船攏好。

岳爺牽馬上船，果然船中容不得一人一騎，岳爺將馬牽放艙中，自己却在船頭上坐地。張保背了包裹扒到船梢上，放下了包裹，靠着柁邊立着。梢公把船搖到中間，看那張保手中柱著那根鉄棍，眼睜睜的看着他搖櫓；自己手中又沒有兵器，怎生下得手來？想了一會，叫道：「客官，你替我把櫓來拿定了，待我取幾個点心來吃；你若肚裡餓了，也請你吃些個。」張保是久已有心防備着的，便道：「你自取去。」撇了混鉄棍，雙手把櫓來搖。回頭看那梢公蹲身下去，揭開艎板，颼的一聲扯出一把板刀來。張

❷ 梢公：船夫。梢，通「艄」。

保眼快，趁勢飛起左脚來，正踢着梢公的手，那把板刀已掉下河去了。再飛起右脚來，梢公看得親切，叫聲：「不好！」背翻身，撲通的一聲响翻下河去了。岳爺在船頭上見这般光景，便叫：「張保，須要防他水裡勾當！」張保應聲：「曉得，看他怎生奈何我？」就把这混鉄棍當作划槳一般，在船尾上划。那梢公在水底下看得明白，難以近船，前邊船頭上，岳爺也把那瀝泉鎗當作篙子一般，在船頭前後左右不住的攪，攪得水裡萬道金光。那個梢公幾番要上前算計他，又恐怕着了鎗棍，不敢近前。却被那張保一手搖櫓，一手划棍，不一時，竟划到了岸邊。岳爺就在船艙裡牽出馬來，跳上了岸。張保背了包裹，提了混鉄棍，踴身上岸。那隻船上沒有了人，滴溜溜的在水内轉。張保笑對岳爺道：「这梢公好悔氣！却不是『偷雞不着，反折了一把米』？請爺上馬走罷。」岳爺上了馬，張保跟在後頭。

纔走不得一二十步多路，只聽得後邊大叫道：「你兩個死囚！不還我船錢，待走到那里去？」張保回頭看時，只見那個梢公精赤著膊，手中拿条熟銅棍，飛也似赶來。張保把手中混鐵棍一擺，說道：「朋友，你要船錢，只問我这棍子肯不肯？」梢公道：「那有此事，反在大虫口裡來挖涎。老爺普天之下，这除了兩個人坐我的船，不要船錢，除此之外，就是當今皇帝要過此河，也少不得我一厘。你且聽我道：

老爺生長在江邊，不怕官司不怕天。任是官家來過渡，也須送我十千錢。」

張保道：「朋友少說，只怕連我要算第三個！」梢公道：「放屁！你是何等之人，敢來撩撥老爺？照打罷！」舉起熟銅棍，望張保劈頭打來，張保喝聲「來得好」，把混鉄棍望上格噹一聲响，架開了銅棍，使個「直搗黃龍勢」，望梢公心窩裡點來；梢公把身子往右邊一閃，剛躲個過，也使個「餓虎擒羊勢」，一棍向張保脚骨上掃來，張保眼快，雙足一跳，梢公這棍也撲個空。兩個人搭上手，使到了十五六個回合，張保只因背上駝着個包裹，未曾卸下，轉折不便，看看要輸了。

岳爺正在馬上喝采，忽見張保招架不住，便拍馬上前一步，舉起手中鎗，向那兩条棍子中間一隔，喝聲「且住」，兩個都跳出圈子外來。梢公道：「那怕你兩個一齊來，老爺不怕。」岳爺道：「不是这等說。我要問你，你方纔說天下除了兩個人，不要船錢，你且說是那兩個？」梢公道：「當今朝內有個李綱丞相，是個大忠臣，我就肯白渡他過去。」岳爺道：「再一個呢？」梢公道：「那一個除非是相州湯陰縣的岳飛老爺，他是個英雄豪傑，所以也不要他的渡錢。」張保道：「好哩！可不連我是第三個？」梢公道：「怎么便好連你？」張保道：「現放着俺家的爺爺不是湯陰縣的岳老爺？你不要他渡錢，难道倒好單要我的不成？」梢公道：「你这狗頭！休要哄我。」岳爺道：「俺正是岳飛。在黃河口防守金人，今奉旨召進京中，在此經過。不知壯士何由曉得岳飛，如此錯愛？」梢公道：「你可就是那年在汴京搶狀元、鎗挑小梁王的岳飛么？」岳爺道：「然也。」

梢公聽說，撇了棍，倒身便拜，說道：「小人久欲相投，有眼不識，今日多多冒犯！望爺爺收錄，小人情愿執鞭隨鐙。」岳爺道：「壯士請起。你姓甚名誰？家居何處？因何要來投我？」梢公道：「小人生長在揚子江邊，姓王名橫，一向在江河上邊做些私商勾當。只因好賭好吃，錢財到手就完。因思人生在世，也須幹些事業，只是無由進身。久聞爺爺大名，欲來相投，因沒有盤纏，故在此處折斷橋梁，詐些銀子，送來孝順爺爺，不意在此相遇。」岳爺道：「這也难得你一片誠心。既如此，與你仝保宋室江山，討個出身也好。」王橫道：「小人不願富貴，只要一生伏侍爺爺。」岳爺道：「你家在那裡？可有親人么?」王橫道:「小人從幼沒了父母,只有一個妻子,仝著小兒王彪,在这沿河樹林邊破屋裡,依着舅舅過活。我这船梢裏還有幾兩碎銀子,待小人取來與他做盤纏。」張保道:「快些,快些!我們要赶路的,不要戀家耽擱。」

于是三個一齊再到河邊來,王橫跳上船去,向梢裡取了銀子,跳上岸,把船撇了,一直向河邊樹林下茅屋內去,安頓了妻子,背上一個包裹,飛奔赶來。張保見了,便道:「朋友,我走得快,爺是騎馬的,恐你赶不上,把包裹一發替你背了罷。」王橫道:「我挑了三四百觔❸的担子,一日還走得三四百里路,何況这點包裹?我看你的包裹,重似我的,不如均些與我,方好仝走。」岳爺道:「既如此,待我上馬先走,看你兩個先赶上的,就算是他的本事。」張保道:「甚好,甚好!」岳爺把馬加上一鞭,只見唿喇喇一馬跑去,有七八里纔止,那王橫、張保兩個,放開脚步一口氣赶上來,王橫剛赶到岳爺馬背後,那張保已走過馬頭去了,只爭得十步來遠。岳爺哈哈大笑道:「你們兩個真是一對!这叫做『馬前張保,馬後王橫』也。」

三個人在路歡歡喜喜,不一日,到了京師。剛到得城門口,恰遇着張邦昌的轎子進城,岳爺只得扯馬閃在一傍。誰知那張邦昌早已看見,忙叫住轎,問道:「那一位是岳將軍么?」岳爺忙下馬,走到轎邊打一躬道:「不知太師爺到來,有失迴避!」邦昌道:「休記當年武場之事。目今吾為國家大事,保將軍進京為帥。聖上甚是記念,如今就仝將軍去見駕。」岳爺只得隨着進城。剛到午門,已是黃昏時分。邦昌道:「隨我上朝。」家人掌了灯亮進朝,到了分宮楼下,邦昌道:「將軍在此候旨,我去奏知天

❸ 觔:「斤」的異體字。

子。」岳爺答道：「領命。」邦昌進了分宮楼，往傍邊進去了。著人到宮中知會消息。

再說荷香正在宮中與聖上夜宴，有太監傳知此消息。荷香看主上已有幾分酒意，又見明月當空，跪下奏道：「臣妾進宮侍駕，還未曾細看宮闈，求萬歲帶臣妾細看一回。」康王道：「卿要看那宮庭么？」吩咐擺駕，先看分宮樓。鑾駕將至分宮楼，那岳飛看見一派宮燈，心中想道：「張太師果然權大！」上前俯伏，口稱：「臣岳飛接駕。」內監叫道：「有刺客！」兩邊太監上前拿住岳飛。高宗吃驚，即便回宮，問道：「刺客何人？」內監道：「岳飛行刺！」娘娘道：「若是岳飛，應該寸斬。前者宣召進京，他違旨不來；今日無故暗進京城，直入深宮，圖謀行刺。伏乞聖上速將他處斬，以正國法。」高宗此時還在醉鄉，聽了荷香之話，就傳旨出來，將岳飛斬首。宮官領旨，將岳飛綁出午門外來。

張保、王橫見了，上前問道：「老爺何故如此？」岳爺道：「連我也不知。」張保道：「王兄弟你在此看了，不許他動手。我去去就來。」張保忙提着混鐵棍就走，連柵門都打開。有五城兵馬司巡夜看見了，叫手下拿住。眾人急忙追來，那里追得着？張保來至太師門首，還等得叫門？一棍就打進裡邊。張保是在府中出入慣的，認得路徑，知道太師爺在書房裡安歇的，他就一脚將書房門踢倒，走進裡邊，揭起帳子，扯起太師，背了就走。走出府門，口中叫道：「不好了！岳爺爺綁在午門了！」李太師被張保背著飛跑，顛得頭昏眼暈，來至午門放下。李綱一見岳飛綁着跪下，便高聲叫道：「你幾時來的？」岳爺連忙回稟道：「小將在營中，奉有聖旨召來。纔到得城中，與張太師仝進午門，到了分宮楼下，叫小將站着，張太師進去了，好一會不見出來。只見天子駕到，小將上前接駕，不意內監叫道：『有刺客！』即將小將拿下，綁出午門。求太師與小將證明此事，死也甘心。」太師聽說，便叫：「刀下留人！」即去鳴鐘擂鼓，太師往裡邊進來，那曉得張邦昌奸賊已知，即暗暗的將釘板擺在東華門內。李綱一腳跨進，正踏著釘板，大叫一聲，倒在地下，滿身是血。張保見了，大叫：「太師爺滾釘板哩！」午門眾大臣聽見，連忙上前來救。但見太師的手足鮮血淋漓，倒在金階。

早有值夜內監，報知天子奏道：「眾大臣齊集午門。李太師滾釘板，命在傾刻！請駕升殿。」荷香奏道：「更深夜黑，主上明早升殿未遲。」高宗道：「眾卿齊集大殿，孤家怎好不去坐朝？」隨即升殿，眾文武山呼已畢，平身。高宗看見李太師滿身是血，傳旨宣太醫官調治。李太師奏道：「臣聞岳飛武職之官，潛進京師，欲害我主，必有主使，該取禁刑部獄中。待臣病好，審問岳飛，究明此事，問罪未遲。」高宗准奏，傳旨將岳飛下獄。眾大臣送李太師回府，張保、王橫牽馬跟着。高宗退朝回宮，不表。

再說李太師回到府中，着人忙請刑部大堂沙丙到來相見。吩咐道：「岳飛必有冤枉，可替他上一道本章，說他有病，飲食不進，萬望週全。待我病愈，自有處分。」沙丙領命，辭別太師回去。到次日，果然上了一本，天子准了。这也不在話下。

再說那李太師寫了一張冤單，暗暗叫人去刻出印板，印上數千，叫張保、王橫兩人分頭去貼，只說是張邦昌陷害岳飛情由，遍地傳揚。不道这個消息，直傳到一個所在，却是太行山。有個公道大王牛皐，聚眾在此山中，称孤道寡，替天行道。这日正值牛皐生日，那施全、周青、趙云、梁興、湯懷、張顯、王貴七個大王，俻禮來祝壽。見過禮，兩邊坐下。眾人道：「已拿了幾班戲子，候大王坐席唱戲。」牛皐道：「难為各位弟兄了。」看看到了晌午時分，湯懷說道：「眾位兄弟，等到何時纔坐席么？」牛皐道：「等吉大哥來。這吉大哥我平日待他不仝，我的生日他必定來的。」湯懷道：「如此說，等等他。

只怕要等到晚哩！」王貴道：「無可奈何，只得依他等罷。」湯懷氣悶，立起身來閑走，一走走到戲房門首，只聽得裡面說：「張邦昌陷害岳飛。」湯懷走進來問道：「誰害岳飛？」戲子回說：「方纔揭的一張冤單，閑空在此，故尔念念。」湯懷道：「拿來我看！」戲子即忙送過來，湯懷接着看了，轉身就走，來至分金殿上，說道：「牛兄弟，岳大哥被人陷害了！」牛臯道：「湯哥，你怎么知道？」湯懷就將冤單一一念與牛臯聽。牛臯聽了，怒發如雷道：「罷，罷，罷！也不做这牢生日了，快快收拾兵馬，進京去相救大哥。」即時傳令，將七個大王兵馬盡行聚集，連本山共有八萬人馬。下山一路而來，無人攔阻，直至金陵，離鳳台門五里安營下寨。

那守城官兵慌忙报上金堦，奏與高宗知道。高宗隨傳旨下來：「何人去退賊兵？」下邊有後軍都督張俊，領旨出午門來，帶了三千人馬出城，將人馬擺開。八個英雄走馬上來。湯懷對張俊說道：「我們不是反寇。你進去只把岳大哥送出來，便饒了你；你若不然，就打破金陵，雞犬不留，殺個乾乾淨淨。」張俊道：「怪不得岳飛要反，有你这一班強盗相與，想是要裡應外合。我今奉聖旨，到來拿你这一班狗強盜。」牛臯大叫一聲，舞着雙鐧，照頭就打。張俊掄刀格架，战不上三四個回合，那張俊那裡是牛臯的對手，轉馬敗走。湯懷對牛臯道：「讓他去罷。倘然我們追得急了，他那裡邊害了大哥的性命了，不必追他。」牛臯就命眾人且回營安歇，不提。

再說那張俊回至午門下馬，進朝上殿，奏道：「臣今敗陣回城。他們是岳飛的朋友湯懷、牛臯等作乱，來救岳飛。求主公先斬岳飛，以絕後患。」高宗主意未定，適值午門官啟奏：「李綱在午門候旨。」高宗降旨：「宣進來。」李太師上殿，朝拜已畢。高宗道：「朕正為賊兵犯闕，張俊敗回，孤家無計。

老太師有何主意？」李綱奏道：「就命岳飛退了賊兵，再將他定罪可也。」張邦昌奏道：「都督張俊敗回，奏聞聖上，这班強賊乃是岳飛的朋友。若命岳飛退賊，豈不中其奸計？」李綱、宗澤一仝奏道：「臣等情愿保舉岳飛，倘有差遲，將臣滿門斬首。」高宗道：「二卿所奏，定然不差。」即忙降旨，宣召岳飛上殿。岳飛進朝，朝見已畢。高宗就命岳飛去平賊寇回旨。

岳飛領旨，正往下走。李綱喝聲：「岳飛跪着！」岳飛只得跪下。李太師道：「聖上愛你之才，特命徐仁召你到京，着你保守黃河。你怎么敢暗進京師，意欲行刺聖躬？理應罪誅九族，你有何言奏答？」岳飛道：「太師爺，罪將萬死不得明冤！有聖上龍旨召進京城，現在供好在營中。若罪小將進宮，小將到京時，城外見了張太師，張太師仝小將仝至午門，叫小將在分宮樓下候旨。張太師進去，不見出來。適值聖駕降臨，罪將自然跪迎。岳飛一死何惜，只因臣母與我背上刺下『盡忠报國』四字，难忘母命！求太師爺作主！」張邦昌奏道：「想是岳飛要报武塲之仇，如此扳扯。求聖上作主！」李綱奏道：「既如此，聖上可查一查，那日值殿的是何官？問他就知明白了。」高宗降旨，命內侍去查，那日值殿者何官？不多時，內侍查明回奏：「乃是吳明、方茂值殿。」高宗就問那一晚之事，吳明、方茂奏道：「那晚有一小童手執灯籠，上寫『右丞相張』，見太師爺引着一人進宮，非是臣等當時不奏，皆因太師時常進宮來往，故無忌憚。」

高宗聞奏大怒，將張邦昌大罵道：「險些兒害了岳將軍之命！」吩咐將張邦昌綁了斬首。李綱道：「姑念他獻玉璽有功，免死為民。」高宗准奏，降旨限他四個時辰出京。張邦昌謝恩而出，回家收拾出京。不是李太師奏免他，殺了这個奸賊，後來怎得死在番人之手，以應武塲之咒。正是：

若不今朝邀赦免，何至他年作犬羊？

这是後話，慢表。且說高宗命岳飛領兵出城退賊，未知勝敗若何？且聽下回分解。

第二十六回　劉豫恃寵張珠蓋　曹荣降賊獻黃河

詩曰：

胡笳羯鼓透重関，千里紛騰起堠❶烟。揉掀風浪奸臣舌，斷送黃河反掌間。

晝暗狐狸誇得勢，天陰魑魅自持權。不圖百世流芳久，那愁遺臭萬千年。

却說高宗黜退了張邦昌，命岳飛領兵一千，出城退賊。岳飛辭駕出朝，披掛上馬，帶着張保、王横，下教場來，挑選一千人馬，出城過了弔橋。湯懷、牛臯等看見，齊聲叫道：「岳大哥來了！」各人下馬問候：「大哥一向好么？」岳爺大怒道：「誰是你們大哥？我奉聖旨，特來拿你等問罪。」眾人道：「不勞大哥拿得，我們自己綁了，但憑大哥見駕發落問罪罷了。」隨即各人自綁，三軍盡降，扎營在城外，候旨定奪。

先有探軍报進朝中奏道：「岳飛出城，那一班人不戰而自綁。」不多時，岳爺來至午門，進朝上殿，奏道：「賊人盡綁在午門候旨。」高宗道：「將那一班人推進朝中，待朕親自觀看。」堦下武士即將八人推進午門，俯伏金堦。湯懷奏道：「小人並非反叛，只因同岳飛鎗挑梁王，武場不第，回來又逢斗米

❶ 堠：音ㄏㄡˋ。古代瞭望敵情的土堡。

珍珠，难以度日，暫為不肖。況中國一年無主，文武皆無處投奔，何況小人？今聞張太師陷害忠良，故此興兵前來相救。今見岳飛無事，俯首就擒。愿聖上賜還岳飛官職，小人等情愿斬首，以全大義。」高宗聞奏，下泪道：「真乃義士也！」傳旨放綁，俱封為副摠制之職，封岳飛為副元帥之職，降兵盡數收用。眾皆謝恩而退。一面整頓人馬，調兵十萬，撥付粮艸，候副元帥起身。岳飛等領了十萬人馬，辭駕出朝，大兵下來，不表。

再說大金四太子兀朮，領兵三十萬，直至黃河。这日小番過河探聽，回來報與兀朮知道：「这件東西十分厲害！南蠻守住，擺着大炮在口，怎得過去？」兀朮心中好生憂悶。再說山東劉豫自從降金以來，官封魯王之職，好生威風。这日坐在船中，望見那船上旗旛光彩，劉豫問小番道：「為何我的船上旗旛如此不見光彩？」那平章道：「这是北國親王纔有此旗。」劉豫道：「就是那珍珠寶纛雲旛么？」小番道：「正是珍珠寶纛旛。」劉豫想了一會，吩咐：「俻一隻小快船來。」劉豫上了快船，竟往兀朮水寨而來。

平章报上兀朮船中道：「劉豫候旨。」兀朮道：「宣來。」劉豫上船，見了兀朮。兀朮道：「你來見某家，有何事故？」劉豫奏道：「多蒙狼主恩典，賜臣王位，但是沒有珍珠纛雲旗，不顯威風。望狼主恩賜一首旛，以免眾邦兵將欺臣。」兀朮大怒道：「你有何大功，連孤家的旛都要了？」劉豫奏道：「主公若賜了臣这首寶旛，黃河即刻可以渡得過去。」兀朮道：「既如此，也罷，就將寶旛賜與你罷！」劉豫謝恩下了小船，回到自己船上，就將寶旛扯起。不多時，只見各處保駕大臣，認是兀朮出了水寨，齊上船來保駕。劉豫走出船頭站着，說道：「眾位大臣，這不是狼主的龍船。这寶旛是狼主賜與我的。」

眾皆默然，放船來見兀朮，一齊啟奏道：「寶旛乃狼主旗號，為何賜與劉豫？」兀朮道：「劉豫要我賜他此旛，說是黃河立刻可渡，故此賜與他的。」眾平章纔知為此，各各散去，不表。

且說劉豫在船中思想：「威風是威風了，只是黃河怎生樣渡得過去？」想了一想道：「有了。」遂換了衣服，下了快船，叫軍士竟往對岸搖來。也是他的造化，遠遠望見兩淮節度使曹荣的旗號，劉豫叫把船直搖到岸邊。早有兵丁問道：「何人的船？」劉豫道：「煩你通報元帥，說有一個姓劉名豫的，有機密事相商，在外等令。」軍士报進營中，曹荣想道：「劉豫親來，不知何事？」忙來到水口看時，果是劉豫。劉豫忙上岸，深謝曹荣救命之恩，尚未荅報，實為記念。曹荣道：「親家在彼如何？」劉豫道：「在彼官封魯王之職，甚是荣耀。今日到來，相勸恩兄共至金國，仝享荣華，不知可否？」曹荣道：「既是金國重賢，我就歸降便了。」劉豫道：「兄若肯去，王位包在弟身上。」曹荣道：「要去，只在明晚，趁張所在于汴梁，岳飛入都未回，特獻黃河，以為進見之禮。」

劉豫別了曹荣，下船來至北岸見兀朮。兀朮宣進船中，劉豫奏道：「蒙狼主恩賜寶旛，臣特過黃河探聽。會着臣兒女親家兩淮節度使曹荣，臣說狼主寬洪仁德，敬賢禮士。講了一番，那曹荣聽臣之言，約在明晚獻上黃河，歸順狼主。特來啟奏。」兀朮想道：「那曹荣被他一席話，就說反了心，也是個奸臣。」乃向劉豫道：「你且回船，孤家明日去搶黃河便了。」劉豫領命而去，兀朮暗想：「康王用的俱是奸臣、求荣賣國之輩，如何保守得江山？」一面與軍師哈迷蚩商議發令，准備明日行事。

當日已過，到了次日，將至午後，兀朮慢慢發船而行。元叫劉豫引路而進，看看將至黃昏時分，引着兀朮的船，一齊攏岸。这邊曹荣在此等候，見兀朮上岸，跪着道：「臣曹荣接駕，願狼主千歲千千歲！」哈迷蚩道：「主公可封他王位。」兀朮就封曹荣為趙王之職。曹荣謝了恩，兀朮吩咐牽馬過來，兀朮上馬，叫劉豫、曹荣在此料理船隻，自己提斧上前。那些各營聞得曹榮降了兀朮，俱各驚慌，各自逃生，不表。

話說吉青自從岳爺進京之後，一連幾日，果然不吃酒。那日兀朮因劉豫過河，差了一個該死的探子，領了兩三個人扮做漁人，過河來做細作，却被岳爺營中軍士拿住。吉青拷問得實，解上大營。元帥大喜，賚了十坛酒、十腔羊來犒賞。吉青道：「元帥所賜，且開这一回戒，明日便不吃了。」當時一盃不罷，兩碗不休，正吃得大醉，還在那里討酒吃。軍士來報道：「兀朮已經過河，將到營前了，快些走罷。」吉青道：「好胡說！大哥叫我守住河口，往那里走？快取我的披掛過來，待我去打战。」

那吉青從來冒失，也不知金兵厲害，況又吃得大醉。家將捧過衣甲來，吉青裝束上馬，猶如風擺柳，好似竹搖頭，醉眼矇矓，提著狼牙棒，一路迎來，正遇着兀朮。兀朮看見他这般光景，說道：「是個醉漢，就砍了他，也是個酒鬼，叫他死不瞑目。」便叫：「南蛮，某家饒你去罷，等你酒醒了，再來打戰。」說罷，轉馬而去。吉青赶上道：「呔！狗奴！快些拿了頭來，就放你去。」舉起狼牙棒打來。兀朮大怒道：「这酒鬼自要送死，與我何干！」撥轉馬來，就是一斧，吉青舉棒一架，震得兩臂酸痲，叫聲：「不好！」把頭一底，霎的一聲响，那頭盔已經削下，吉青回馬就走。這八百兒郎是岳老爺挑選上的，那里肯乱竄，都跟着逃走。兀朮拍馬追將下來，一連轉了幾個彎，不見了吉青，回看自己番兵都已落後，一個也不見，況且半夜三更，天色昏黑。正欲回馬，只聽得吉青又在前面林子中轉出來，大罵：「兀朮！你此時走向那里去？快拿頭來！」兀朮大怒道：「难道孤家怕了你不成？」拍馬追來，那吉青不敢迎战，撥馬又走。引得兀朮心頭火起，獨馬單人，一直追下來有二十餘里，都是些小路，这吉青又不知那里去了。

兀朮一人一馬，東轉西轉，尋路出來，天已大明，急急走出大路。但見有一村庄，樹木參天，庄上一簇人家，俱是竹籬茅舍，十分幽雅。兀朮下馬來，見一家人家籬門半開，就將馬繫在門前樹上，走入中堂坐下，問道：「有人么？」不多時，裡邊走出一個白髮婆婆，手扶柱杖，問一聲：「是那個？」兀朮站起身來道：「老媽，我是來問路的。你家有漢子在家，可叫他出來。」老婆子道：「你这般打扮，是何等樣人？要往那裡去？」兀朮道：「我乃大金國殿下四太子。」那兀朮話尚未說完，那婆婆提起柱杖來，照頭便打。兀朮見他是個老婆子，況且是個婦人，那個與他計較，便道：「老媽，你也好笑，為何打起某家來？也須說個明白。」那婆婆便哭將起來道：「老身八十多歲，只得一個兒子，靠他養老送終，被你這個賊子，斷送了性命。叫我孤單獨自，無靠無依！今日見了殺子仇人，還要这老性命何用？不如拚了罷！」一面哭，又提起柱杖來亂打。兀朮道：「老媽媽，你且住手。你且說你兒子是那一個？或者不是我害他的，也要講個明白。」那婆婆打得沒氣力了，便道：「我的兒子叫做李若水，不是你这賊子害他的么？」又嗚嗚咽咽哭個不住。兀朮聽說是李若水的母親，也不覺傷感起來。

正說間，只聽得門首人聲喧雜，却見哈軍師走進來道：「主公一夜不見，臣恐有失，帶領眾軍，那一處不尋到！若不是狼主的馬在門首，何由得知在这里。請狼主快快回營，恐眾王爺等懸望。」兀朮便把追赶吉青，迷道至此的話說了一遍，便指著李母道：「这就是若水李先兒的母親，快些來見了。」哈迷蚩上前見了禮。兀朮道：「这是我的軍師。你令郎盡忠而死，是他將骨殖收好在那里。我叫他取來還你，擇地安葬。」命取白銀五百，送與老太太，以作養膳之資；命取令旗一面，插在門首，禁約北邦人馬，不許進來騷擾。軍師領命，一一備辦，兀朮辭了李母，出門上馬，軍師和眾軍士隨後取路回營，不表。

如今再講到那副元帥岳飛，領兵十萬前來。將近皇陵，岳元帥吩咐三軍悄悄紮下營盤，不要驚了先王。岳爺來到陵上，朝見已畢，細看那四圍山勢，心下暗想：「好個所在！」便問軍士：「这是什么山？」軍士稟道：「这叫做愛華山。」岳爺想道：「此山真好埋伏人馬。怎能個引得番兵到此，殺他個片甲不留，方使他不敢藐視中原。」一面打算，一面回到營中坐定。

且說那吉青當夜帶領了八百兒郎，敗將下來。天色大明，將到皇陵前，見有營盤扎住，便問守營軍士道：「这是何人的營寨？」軍士回道：「是岳元帥的營盤，你是那裡人馬，問他怎的？」吉青道：「煩你通報，說吉青候令。」軍士進營稟道：「啟上帥爺，營門外有一吉青將軍要見。」岳爺道：「吉青此來，黃河定然失了！」遂令他進來。吉青進營來，參見了岳爺。岳爺道：「你今來此，敢是黃河失了？必定是你酒醉，不聽吾言之故也。」吉青道：「不關我事，乃是兩淮節度使曹荣献的黃河。」岳爺道：「你為何弄得这般模樣？」吉青道：「末將與兀朮交戰，不道那個蛮子十分厲害，被他一斧砍去盔冠，幸虧不曾砍着頭，不然性命都沒有了。」牛皐笑道：「我說蓬蓬鬆鬆，那里走出这個海鬼來！」岳元帥道：「休得胡說！我如今就命你去引得兀朮到此，將功折罪；引不得兀朮到此，休來見我。」吉青領令，也不帶兵卒，獨自一個出營上馬，來尋兀朮。正叫做：

老虎口中挖脆骨，毒龍項下探明珠。

不知後事如何？且聽下回分解。

第二十七回　岳飛大战愛華山　阮良水底擒兀朮

詩曰：

將軍敢勇士爭先，番寇忙忙去若烟。失鹿得馬相倚伏❶，空擒兀朮獻軍前。

却說岳元帥令吉青去引兀朮。先令：「張顯、湯懷，帶領二萬人馬，弓弩手二百名，在東山埋伏；但聽炮响為號，擺開人馬，捉拿兀朮。」二人領命而去。又令：「王貴、牛皐，帶領二萬人馬，弓弩手二百名，在北山埋伏；此處乃進山之路，等兀朮來時，讓他人馬進了谷口，聽炮响為號，將空車裝載亂石，塞斷他的歸路，不可有違。」二將領命，依計而行。又令：「周青、趙云，領兵二萬，弓弩手二百名，在西山埋伏；炮响為號殺將出來阻住兀朮去路。」二人領令而去。又命：「施全、梁興領兵二萬，

❶ 失鹿得馬相倚伏：謂得失禍福互相倚伏。失鹿，比喻失掉統治權力。漢書蒯通傳：「秦失其鹿，天下共逐之。」得馬，淮南子人間訓：「近塞上之人，有善術者，馬無故亡而入胡。人皆吊之，其父曰：『此何遽不能為福乎?』居數月，其馬將胡駿馬而歸。人皆賀之，其父曰：『此何遽不能為禍乎?』家富良馬，其子好騎，墮而折其髀。人皆吊之，其父曰：『此何遽不能為福乎?』居一年，胡人大入塞，丁壯者控弦而戰，塞上之人，死者十九。此獨以跛之故，父子相保，故福之為禍，禍之為福，化不可極，深不可測也。」失鹿與得馬兩典故在文中均為得失禍福之意。

弓箭手二百名，在正南上埋伏；號炮一响，一齊殺出，阻住兀朮去路。」二將各各領命而去。又分撥軍兵五千守住糧草。岳元帥自領一萬五千人馬，仝着張保、王横佔住中央。分撥停當，耑等兀朮到來。

且說吉青也不知兀朮在那里，尋思：「叫我何處去尋他？」蹲著頭只望着大路上走去，忽聽得前邊馬嘶人喊，漸漸而來。不多時，人馬已近。吉青抬頭看來，叫一聲「妙阿！」原來是軍師帶領一千餘人，尋着了兀朮，在李家庄上回來。吉青把馬打上一鞭，赶上前來，大叫：「兀朮，快拿頭來！」兀朮見了，便道：「你这殺不死的南蛮，某家饒你去罷了，又來怎么？」吉青道：「臭狗奴！倒說得好！昨夜是老爺醉了，被你割斷了頭髮；如今我已醒了，須要賠還我。难道罷了不成？」兀朮大怒，掄斧就砍，吉青使棒相迎，二馬相交，兀朮追赶二十餘里，勒住馬不赶。吉青見他不赶，又轉回馬來叫道：「你這毛賊，為何不赶？」兀朮道：「你这個狗蛮子，不是我的對手，赶你做什么？」吉青道：「我實實不是你的對手。我前面埋伏着人馬，要捉你這毛賊，諒你也不敢來。」兀朮大怒道：「你不說有埋伏，某家倒饒了你；你說是有埋伏，某家偏要拿你。」就把馬一拎，啞喇喇追將下來。

吉青在前，兀朮在後，看看追至愛華山，吉青一馬轉進谷口去了。軍師道：「狼主，我看这蛮子鬼頭鬼腦，恐怕真個有埋伏，回營去罷。」兀朮道：「这是那南蛮恐怕某家追赶，故說有埋伏唬我，況此乃上金陵必由的大路。你可催趲大隊上來，待某家先進去，看是如何。」兀朮帶領眾軍追進谷口，只見吉青在前邊招手道：「來，來，來！我與你戰三百合。」說罷，往後山去了。

兀朮細看那山，中央闊，四面都是小山抱住，沒有出路。「今我已進谷口，倘被南蛮截住歸路，如何是好，不如出去罷。」正欲轉馬，只聽得一聲炮响，四面盡皆吶喊，豎起旗幟，猶如一片刀山劍嶺。那十萬八百兒郎，團團圍住愛華山，大叫：「休要走了兀朮！」只吓得兀朮魂不附體。但見帥旗飄蕩，一將當先：頭戴爛金盔，身披銀葉甲，內襯白羅袍，坐下白龍馬，手執瀝泉鎗，隆長白臉，三綹微鬚，膀闊腰圓，十分威武。馬前站的是張保，手執渾鉄棍；馬後跟的是王橫，拿著熟銅棍。威風凜凜，殺氣騰騰。

兀朮見了，先有三分着急了，只得硬着胆問道：「你这南蛮，姓甚名誰？快報上來。」岳爺道：「我已認得你这毛賊，正叫做金兀朮。你欺中國無人，興兵南犯，將我二聖劫遷北去，百般淩辱，自古至今，從未有此。恨不食你之肉，寢你之皮！今我主康王即位金陵，招集天下兵馬，正要前來搗你巢穴，迎回二聖，不期天網恢恢，自來送死。吾非別人，乃大宋兵馬副元帥姓岳名飛的便是。今日你既到此，快快下馬受縛，免得本帥動手。」兀朮道：「原來你就是岳飛。前番我王兄悞中你之詭計，在青龍山上，被你傷了十萬大兵，正要前來尋你報仇。今日相逢，怎肯輕輕的放走了你？不要走，吃我一斧！」拍馬搖斧，直奔岳爺，岳爺挺鎗迎戰，鎗來斧擋，斧去鎗迎。真個是：棋逢敵手，各逞英雄。兩個殺做一團，輸贏未定。

却說那哈迷蚩飛馬回報大營，恰遇着大狼主粘罕、二狼主喇罕、三狼主答罕、五狼主澤利，帶領元帥粘摩忽、吱摩忽、空裡布、窩裡布、賀必達、斗必利、金骨都、銀骨都、銅骨都、鉄骨都、金眼大磨、銀眼大磨、同先文郎、鉄先文郎、哈里圖、哈里強、哈鉄龍、哈鉄虎、沙文金、沙文銀、大小元帥、眾平章等，率領三十萬人馬，正在跟尋下來。哈迷蚩就將吉青引戰，今已殺入愛華山去了說與眾人。粘罕就催動人馬，望愛華山而來。

山上牛皐望見了，便對王貴道：「王哥，只有一個番將在这裡邊，怕大哥一個人殺不過，還要把这車擋在此做什么？你看下邊有許多番兵來了，我等閑在这里，不如把車兒推開了，下去殺他一個快活，燥燥脾胃，何如？」王貴道：「說得有理！」二人就叫軍士把石車推開，領着这二萬人馬，飛馬下山來迎敵。且按下慢表。

再說这岳元帥與兀朮交战，到七八十個回合，兀朮招架不住，被岳爺鈎開斧，拔出腰間銀鐧，耍的一鐧，正中兀朮肩膀；兀朮大叫一聲，撥轉火龍駒，徃谷口敗去，見路就走。奔至北邊谷口，正值那王貴、牛皐下山去交战了，無人攔阻，逕被兀朮一馬逃下山去了。元帥查問守車軍士，方知牛皐、王貴下山情由，元帥就傳令眾弟兄，各各領兵下山接戰。一聲炮响，這幾位兇神惡煞，引着那十萬八百長勝軍，蜂湧一般，殺入番陣內。將遇將傷，兵逢兵死，直殺得天昏日暗，地裂烟飛，山崩海倒，霧慘雲愁。這正是：

大鵬初會赤鬚龍，愛華山下顕神通。南北兒郎爭勝負，英雄各自逞威風。

这一場大戰，殺得那金兵大敗虧輸，望西北而逃。岳元帥在後邊摧動人馬，急急追赶，直殺得尸橫遍野，血流成河。番兵前奔，岳兵後赶，赶下二三十里地面，却有兩座惡山，緊緊相對：那左邊的叫做麒麟山，山上有一位大王，叫做張國祥，原是水滸寨中菜園子張青之子，聚集了三四千人馬，在此做那殺人放火的生涯；右邊的喚做獅子山，山上也有一位大王，姓董名芳，也是水滸寨中雙鎗將董平之子，聚集了三四千人馬，在此幹那打家劫舍的道路。这一日，約定了下山擺圍場吃酒，忽見嘍囉來報道：「前面遮天蓋地的番兵敗下來了。」張國祥道：「賢弟，怪不得兩日我們生意清淡，原來多被他們抄掉了！我們何不把兵馬兩邊擺開，等他們來時，俱使長鎗撓鉤，強弩硬弓，飛爪留客住，兩邊脩削。待他過去了一半，我和你出去截殺，搶他些物件，以備山寨之用，何如？」董芳道：「哥哥好主意！」就叫眾嘍囉埋伏停當。恰好金兵敗到兩山交界，只聽得齊聲吶喊，那眾番兵頂梁上攝去了三魂，脚底下溜掉了七魄。後邊人馬追來，前面又有人馬擋住，豈不是死？只得拚命奪路而走。却被那些嘍囉左修右削，殺死無數。但是番兵眾多，截他不住，只得讓他走。看看過了一大半，只剩得三千來騎人馬，那張國祥一條棍，董芳兩枝鎗，殺將出來，殺得那些番兵番將，滿山遍野，四散逃生。

正殺得鬧熱，後邊王貴、牛皐、梁興、吉青四員統制，剛剛追到这里。張国祥與董芳兩個那里認得，見他們生得相貌兇惡，只道也是番將，搶上來接著廝殺。王貴、牛皐也是蠢的，不管三七二十一，就與他交战。四個殺兩個，各各用心，反把那些番兵放走了。

不一時，岳元帥大兵已到，看見兩員將與牛皐等廝殺，便大叫：「住手！」兩邊聽見，各收住了兵器。岳元帥道：「尔等何人，擅敢將本帥的兵將擋住，放走了番兵，是何道理？」張國祥、董芳見了岳元帥旗號，方曉得認錯了，慌忙跳下馬來，跪在馬前道：「我們弟兄兩個是綠林中好漢，見番兵敗來，在此截殺。看見这四位將軍，生得醜陋，只道也是番將，故此交戰。不知是元帥到來，故尔冲撞！我弟兄兩個，情愿投在麾下，望元帥收錄！」岳爺便下馬來，用手相扶，說道：「改邪歸正，理當如此。二位請起，請問尊姓大名？」張國祥就把兩人的姓名、履歷，細細說明。岳爺大喜，便道：「此刻本帥要追赶兀朮，不得工夫與賢弟們敘談。你二位可回山寨去，收拾了，逕到黃河口營中來相會便了。」二人道：「如此元帥爺請先行，小人們隨後就來。」又向牛臯等說道：「適纔冒犯，有罪，有罪！」牛臯道：「如今是一家了，不必說客話。快去收拾罷。」二人別了眾將，各自上山收拾人馬糧草。不提。

再說岳元帥大兵，急急追赶。兀朮正行之間，只聽得眾平章等哭將起來，原來前邊就是黃河阻住，並無船隻可渡，後邊岳軍又吶喊追來。兀朮道：「这遭真個沒命了！」正在危急之際，那哈迷蚩用手指道：「恭喜狼主，这上流頭五六十隻战船，不是狼主的旗號么？」兀朮定睛一看「果然不差，是我的旗號。」就命眾軍士高聲叫喊：「快把船來渡我們過去。」你道这戰船是那裡來的？却是魯王劉豫與曹荣守着黃河，却被張所殺敗，敗將下來，倒是因禍而得福。偏偏又遇着橫風，一時使不到岸。

後邊岳兵看看赶到，兀朮好不驚慌。忽見蘆葦裡一隻小船搖將出來，梢上一個漁翁獨自搖着櫓。兀朮便叫漁翁：「快將船來救某家過去，多將金銀謝你。」那漁翁道：「來了。」忙將小船搖到岸邊道：「我船上只好渡一人。」兀朮道：「我的馬一仝渡過去罷。」漁翁道：「快些上來，我要赶生意。」兀朮慌慌張張，牽馬上船。那漁翁把篙一點，那隻小船已離岸有幾里，把櫓慢慢的搖開。这兀朮回頭看那些战船剛剛攏得岸邊，這些王兄、御弟、元帥、平章等，各各搶下船逃命，四五十號大船都裝得滿滿的。有那些番兵爭上船，跌下水去淹死者，不計其數。內有一號裝得太重，纔至河心，一陣風，嘚碌碌的沉了。還有岸上無船可渡的番兵，盡被宋兵殺死，尸骸堆積如山。

兀朮正在悲傷，只聽得岸上宋將高聲大叫：「你那漁戶，把朝庭的對頭救到那里去？還不快快搖攏來！」漁翁道：「这是我發財發福的主人，怎么到送與你做功勞？」岳元帥道：「那漁翁聲音，正是中原人。可對他說：『捉拿番將上來，自有千金賞賜，萬戶侯封。』」張保、王橫領著軍令，高聲傳令道：

「那漁翁快將番將獻來！」兀朮對那漁翁道：「你不要聽他，我非別人，乃大金四太子兀朮便是。你若救了某家，回到本國就封你個王位，決不失信。」漁翁道：「說是說得好，但有一件成不得。」兀朮道：「是那一件？」漁翁道：「我是中原人，祖宗姻戚俱在中國，怎能受你富貴？」兀朮道：「既如此，你送我到對岸，多將些金銀謝你罷。」漁翁道：「好是好，與你講了半日的話，只怕你還不曾曉得我的姓名。」兀朮道：「你姓甚名誰？說與我知道了，好補報你。」漁翁道：「我本待不對你說，却是你真個不曉得。我父親叔伯名震天下，乃是梁山泊上有名的阮氏三雄。我就是短命二郎阮小二爺爺的兒子，名喚阮良的便是。你想大兵在此，不去藏躲，反在这里救你，那有這樣獃子？只因目下新君登位，要拿你去做個進見之禮物。倒不如你自己把衣甲脫了，好等老爺來綁，省得費我老爺的力氣。」兀朮聽了大怒，吼一聲：「不是你，便是我。」提起金雀斧，望阮良頭上砍來。阮良道：「不要動手。待我洗淨了身子，再來拿你。」一個翻觔斗，撲通的下水去了。那隻船却在水面上滴溜溜的轉。那兀朮本來是北番人，只慣騎馬，不會乘舟的，又不識水性，又不會搖櫓，正沒做個理會處；那阮良却在船底下雙手推着，把船望南岸上送。兀朮越發慌張，大叫：「軍師！快來救我！」哈迷蚩看見，忙叫：「小船上兵卒併到大船上來，快快去救狼主。」阮良聽得有船來救，透出水來一望，趁勢兩手扳着船沿，把身子望上一起，又往下一墜，那隻船就面向水，底朝天。兀朮翻入河中，却被阮良連人帶斧兩手嬲❷住，兩足一登，戲水如遊平地，望南岸而來。这正是：

---

❷嬲：音ㄋㄧㄠˇ。糾纏；戲弄。

屋漏遭霪雨，船破遇颺風❸。

畢竟不知兀朮性命如何？且听下回分解。

❸ 颺風：風飛揚。颺，「揚」的異體字。

第二十八回　岳元帥調兵勦寇　牛統制巡湖被擒

詩曰：

昨夜旄頭耀斗魁，今朝上將誥戎師。臂挽雕弓神落雁，腰橫寶劍勇誅螭。

三千羆虎❶如雲擁，百隊旌旗掣電隨。試看纍囚爭獻馘❷，遐方讋伏❸賀唐虞。

卻說岳元帥在岸上，看見阮良在水中擒住了兀朮，心中好不歡喜，舉手向天道：「真乃朝庭之洪福也。」眾將無不歡喜，軍兵個個勇躍。阮良擒住了兀朮，赴水將近南岸，那兀朮怒氣沖天，睜開二目，看着阮良大吼一聲，那泥丸宮內一聲响亮，透出一條金色火龍，張牙舞爪，望阮良臉上撲來。阮良叫聲：「不好！」拋了兀朮，竟望水底下一鑽。这邊番兵駕着小船，剛剛赶到，救起兀朮，又撈了这馬，仝上大船。一面換了衣甲，過河直抵北岸。眾將上岸，回至河間府，撥兵守住黃河口。兀朮對眾平章道：「某家自進中原，從未有如此大敗，这岳南蛮果然厲害！」即忙修本，差官回本國去，再調人馬來，與岳南

❶ 羆虎：喻勇士。

❷ 馘：音ㄍㄨㄛˊ。古代戰時割取敵人的左耳，用以計功。亦即指所割下的左耳。

❸ 讋伏：亦作「慴伏」。因畏懼而慴伏。

蠻決战。且按下慢表。

再說南岸岳元帥見兀朮被番兵救了去，向眾將嘆了一口氣道：「这也是天意了！只可惜那條好漢，不知性命如何了。」說未了，只見阮良在水面上透出頭來探望。牛皐見了，大叫道：「水鬼朋友，元帥在这裡想你哩，快些上岸來。」阮良聽見，就赴水來到南岸，一直在岳元帥馬前跪下叩頭。岳元帥下馬，用手相扶，說道：「好漢請起，請教尊姓大名？」阮良道：「小人姓阮名良，原是梁山泊上阮小二之子。一向流落江湖。今日原想擒此賊來獻功，不道他放出一個怪來，小人一時驚慌，被他走了。」元帥道：「此乃是他命不該絕，非是你之無能。本帥看你一表人物，不如在我軍前立些功業，博個封妻蔭子，也不枉了你这条好漢。」阮良道：「若得元帥爺收錄，小人情愿捨命圖報。」岳元帥大喜，遂命軍士與阮良換了乾衣服。一面安營下寨，殺猪宰羊，賞劳兵卒。又報張國祥、董芳帶領軍士糧草到來，元帥就命進營。與眾將相見畢，又叫阮良與張國祥、董芳亦拜為義友。又寫成告捷本章，并新收張、董、阮三人，一併奏聞，候旨封賞。

一日，元帥正坐營中，與諸弟兄商議：差人各處找尋船匠，打成戰船渡河，殺到黃龍府去，迎請二聖還朝。忽報有聖旨下，元帥出營接進，欽差開讀：

今因太湖水寇猖狂，加陞岳飛為五省大元帥之職，速即領兵下太湖勦寇。

岳爺謝恩畢，天使辭別，自回去了。岳元帥急忙差官知會張元帥，撥人把守黃河。即命牛皐、王貴、湯懷、張顯四將：「領兵一萬先行，為兄的整頓糧艸，隨後即來。」四將領令，發炮起行。

有話即長，無話即短。在路不止一日，早已到了平江府。離城十里，安下營寨，歇息了一天。牛皐獨自一個騎着馬出營，閑步了一回。但見百姓人家俱已逃亡，止剩空屋，荒涼得緊。牛皐想道：「別的還好，只是沒處有酒吃，好生难過！」又走了一程，見有一個大寺院。走到面前，抬頭觀看，却認得牌扁上四個舊金字，是「寒山古寺」。就進了山門，來到大殿前下了馬，把馬拴在一棵樹上，一路叫將進去：「有和尚走兩個出來！」直尋到裡邊，也沒半個人影；再尋到廚房下去，四下一看，連鍋灶都沒有了，好生沒興。只得轉身出來，只見一間破屋內，堆着些草灰，牛皐道：「这灰裡不要倒藏着東西。」把鐵鐧向灰裡一戳，忽見一個人，從灰裡跳將出來，倒把牛皐嚇了一跳。

那個人滿身是灰，跪下磕頭道：「大王爺爺饒命吓！」牛皐道：「你这狗頭，是什么人？躲在灰裡唬老爺么？」那人道：「小的是寒山寺裡道人。因前日大王們來打粮，合寺和尚都已逃散。只有小人還有些零星物件要收拾，方纔聽得大王爺來，故此躲在灰裡。望大王爺饒命！」牛皐道：「我那裡是什么大王。我是當今皇帝差來捉拿大王的、岳大元帥麾下統制先行官的便是。我且問你，这裡那裡有酒賣么？」道人道：「原來是一位摠兵爺爺，小的却認錯了。这裡是楓橋大鎮，那一樣沒有得賣？却是被那太湖裡的強盜常來搶劫，百姓們若男若女，都逃散了，目今却沒有買酒處。」牛皐道：「嗄！难道这里是沒有地方官的么？」道人道：「地方官这里原是有的，就是平江府陸老爺。他的衙門在城裡，不在此地。」牛皐道：「这裡到平江府城有多少路？」道人道：「不多遠，不到得七八里，就是府城。」牛皐道：「既如此，你引我老爺到那里去。」道人道：「小人的脚被老爺戳壞了，那里走得去！」牛皐道：「我有道理。」把道人一把拎着，走到大殿前，解了馬，自己跳上去，把道人橫拿在馬上，一路跑來，直到了府城下，將道人放下，就逃去了。

牛皐對着城上高聲叫道：「岳元帥奉旨領兵到此勦賊，地方官為何不出來迎接，如此大胆么？」守城軍士飛報與知府知道，慌忙開城迎接，說是：「平江府知府陸章叅見元帥爺。」牛皐道：「免叩頭罷。我乃統制牛爺，還有弟兄三個，領大兵一萬，離此十里安營。俺家元帥早晚就到，我們辛辛苦苦為你地方上事，难道酒肉都不送些來么？」陸章道：「只因連日整頓守城事務，又未見有报，不知統制到來，故此有罪了！即刻就親自送酒肉到營來便了。」牛皐道：「我也不計較你，但是要多送些來。」知府連連應允，牛皐方纔回馬。陸太守嘆道：「如今乱世年成，不論官職大小，只要本事高、有力氣的，就是他大了。」只得整偹酒餚，打點送去。

且說牛皐一路回營，湯懷問道：「牛兄弟，你往那裡去了这半日？」牛皐道：「你們坐在營中，有何用處！我纔去找着了平江知府陸章，即刻就有酒肉送來。你們見了他，湏要他叩頭！」湯懷道：「牛兄弟，你下次不可如此，你統制有多大的前程，不怕人怪么？」正在說話間，軍士報道：「平江太守送酒肉在外。」湯懷仝了三弟兄，一齊出來迎接進營。陸章仝眾人見過了禮，㕥從人抬進了多少酒席豬羊之類。湯懷㕥收了，齊道：「难為了貴府了！且請問賊巢在於何處？如今賊在那裡？」陸章道：「这里太湖團團三萬六千頃，重重七十二高峰。中間有兩座高山：東邊為東洞庭山，西邊為西洞庭山。東山乃賊寇扎營安住，西山乃賊人屯粮聚草之所。兵有五六千，船有四五百號。賊首㕥楊虎，元帥叫做花普方。他倚仗着水面上本事，口出大言，要奪我朝天下，不時到此焚劫。不瞞將軍說，本府这裡原有個兵馬都監吳能，管下五千人馬，在此鎮守的，却被这水賊詐敗，引至太湖邊，伏兵齊起，被他捉去壞了性命，五千人馬傷了一大半。因此下官上本告急，請兵征勦。今得岳元帥仝將軍們到此，真乃十分之幸也！」湯懷道：「貴府只管放心！就是金兀朮五六十萬人馬，也被我們殺得抱頭鼠竄，何況這樣小寇？但是水面上須用船隻，不論大大小小，煩貴府拘齊端正，多點水手備用。小將們明日就好移營到太湖邊防守，等元帥到時，開兵搗他的巢穴便了。」陸知府說聲：「領命，待下官就去端正便了。」說罷，辭別回城，自去備辦船隻水手，齊泊在水口聽用。

却說明日，湯懷等四將拔寨起行，直到水口沿湖邊安下營寨。看看天晚，湯懷道：「兄弟們，不可托大，把这些強盜看得太輕了！我們四人，每人駕領小船十隻，分作四路在太湖邊巡哨，以防賊人劫營。你道如何？」眾人道：「湯哥說得極是。」當下就點齊了四十隻小船，每隻船上撥兵二十名，每人分領十隻，沿着太湖邊緊要處泊着。

是夜，正值中秋前後，牛皐吃了些酒，坐在船頭上，看那月色明朗得有趣，便問水手道：「你們这班狗頭，為什么把船泊住，不搖到湖中間去巡哨？」水手稟道：「小的們不敢搖到中間去，恐怕強盜來，一時間退不及。」牛皐喝道：「放屁！我老爺為拿賊而來，难道倒怕起賊來？我如今行船，猶如騎馬一般，我若要加鞭，你們就要搖上去。如不遵令者斬！」眾水手答應一聲「是」，即時把船搖開，後面九隻小船，隨着而行。牛皐坐在船頭，見此皓月當空，湖光接着水光，真是一色，酒興發作，叫：「取酒來！與我加鞭！」牛皐一面吃酒，水手一面搖。牛皐又叫：「加鞭！」眾水手不敢違拗，逕望湖心搖來。

忽見上溜頭一隻三道蓬的大戰船氽將下來，水手稟道：「啟上牛老爺：前邊來的，正是賊船。」牛皐道：「妙阿！與我加鞭。」水手無奈，只得望著战船搖來。牛皐立起來，要去取鐧，不道船小身重，这一幌，兩隻腳已有些軟。誰想那大船趁著風順水順，撞將下來，正磕着牛皐的船頭。牛皐跕不穩，扑通的一聲响，跌落湖心去了。那戰船上元帥花普方，在船頭上看得明白，也跳下水去，撈起牛皐來，將繩索綁了，回轉船頭，觧往山寨而去。

那小船上的水手，嚇得屁滾尿流，仝着那九隻軍士的船，回轉船頭來，尋着湯老爺的船報信，細細的將牛皐要加鞭、遇賊被他拿去之事，說了一遍。湯懷大哭起來，遂傳集了眾兄弟商議救他。張顯、王貴也沒做主意處：「这茫茫蕩蕩的太湖，又沒處探個信息，只好等岳大哥來再處。」弟兄三個各自呆着，沒做理會。

再說花普方擒了牛皐，回船來到洞庭山。等待天明，啟奏楊虎道：「臣于昨夜拿得一將，乃是岳飛的先行官，名喚牛皐，候主公發落。」楊虎即令：「帶進來！」兩邊軍士一聲「吓」，即將牛皐推至面前。楊虎道：「牛皐，你既被擒，見了孤家怎么不跪？」牛皐兩眼圓睜，大罵一聲：「無名草賊！我牛老爺昨晚吃醉了酒，自家跌下水去，悮被你擒來。你不來下禮於我，反要我跪，豈不是個瞎眼毛賊？」楊虎道：「也罷，孤家不殺你。你若降順了我，也封你做個先鋒，去取宋朝天下，何如？」牛皐道：「放你娘的駉子屁！我牛老爺堂堂正正，是朝廷勅封的統制官，來降你这偷雞偷狗的賊子。你若是肯听老爺的好話，把老爺放了，與你商量把这烏山寨燒了，收拾些粮草人馬，投降了我岳大哥，一仝去捉了金朮，自然奏上你的功勞，封你做個大大官兒。若不聽我老爺的好話，快快把老爺殺了。等我岳大哥到來，少不得拿住了你，碎尸萬段，他倒肯饒了你么？」楊虎聽了大怒，叫：「拿去砍了！」兩傍刀斧手一聲答應，將牛皐推下來。正是：

可憐年少英雄將，頓作滄刀飲血人。

畢竟不知牛皐性命如何？且听下回分解。

第二十九回　岳元帥單身探賊　耿明達兄弟投誠

詞曰：

世事有常有變，英雄能弱能強。從來海水斗难量。壯懷昭日月，浩氣貫秋霜。
不計今朝凶吉，那知他日興亡。忠肝義胆豈尋常？拚身入虎穴，冒險探豺狼。

右調滿庭芳

話說楊虎大怒，命左右將牛皐推出斬首。當有元帥花普方跪下稟道：「主公暫息雷霆之怒。这牛皐是一員勇將，乃是岳飛的結義兄弟。那岳飛是個最重義氣的人，不如將他監禁在此，使岳飛心持兩端。那時勸他歸順了主公，何愁宋朝天下不是主公的？」楊虎依言，就命把乾衣與牛皐換了，帶去收禁，衣甲兵器貯庫。花普方拜辭了楊虎下殿。列位，你道楊虎一個草強盜，怎么也有殿？只因他本事高強，佔了洞庭山。山上有的是木頭，出的是石頭，那山上原有個聖帝殿，他就收拾起來做了王殿，聚些木石，一般的造起後宮、庫房，一應衙門房屋。當時將牛皐收入監內。

到了次日，花普方備了酒食，帶領從人來到監門。守監軍士迎接進去，在那三間草廳上坐定，便問：「牛爺在那里？說我要見。」軍士領命，來到後邊牢房裡來稟道：「花元帥請牛爺相見。」牛皐喝道：

「好打的狗頭！他不進來，难道叫我老爺去迎接他不成？」軍士無奈，只得出來跪下，直言稟覆。花普方只得自己走進來道：「牛將軍見禮了。」牛臯道：「罷了。」花普方命左右過來，與牛爺去了刑具。軍士答應，將刑具去了。花普方道：「小弟慕兄大名已久，今見兄仗義不屈，果然是個好漢。今欲與兄結為兄弟，不知可否？」牛臯道：「本不該收你。我也是响馬出身，做過公道大王的，收你做個兄弟罷。」花普方就拜牛臯為兄，起來坐在傍邊說道：「既蒙不棄，早晚還要哥哥教些武藝。」牛臯道：「这個自然。」花普方遂命從人：「抬進酒餚來，我與牛爺談心。」

不一時，從人搬進來擺下，花普方斟酒送與牛臯，兩人對坐，飲到三盃，牛臯開言道：「花兄弟，你今既與我做了弟兄，我須要把正經語替你說：目下康王在金陵登位，是個好皇帝。我家岳飛大哥是天下無雙的好漢，況有一班弟兄都是英雄。不日就要殺到黃龍府去，迎請二聖還朝。在生封妻蔭子，過世萬古揚名。你那楊虎不過是個無名草寇，成得甚大事來？你何不棄暗投明，歸降宋朝，自然封你官職，一仝建功立業，強如在此帮那強盜偷雞吊狗的。一旦有失，落得個罵名千古，豈不枉了你一世的英雄！」那花普方一心原想來勸牛臯歸順，不道反被牛臯先說了去，倒弄得做聲不得，只得勉強答應道：「今日我們且講吃酒，別事另容商議。」

兩個又吃了一回。花普方暗想：「且探探他兵勢如何？」便問道：「大哥說的岳飛不知怎生了得？手下戰將像大哥这樣的有幾位？」牛臯暗想：「他不敢說我投降，就探我營中的虛實。且待我嚇他一嚇。」便道：「兄弟，你不曾見過我那岳大哥，生得貌似天神，身材雄偉，如今生了些髫鬚。向在汴京鎗挑了小梁王，天下聞名，人人知道。目今新天子拜為都元帥之職，即日就要來掃蕩你的山寨。賢弟須要小心些！若說那些副將：有湯懷，也愛穿白，亦學用鎗，與大哥差不多本事，只少幾根髫鬚；還有張顯，身長力大，使得好鉤連鎗，真個神出鬼沒；還有王貴，紅馬金刀，曾在汴京力誅太行山王善，那個不曉得？其餘是施全、周青、趙云、梁興、吉青，併有那梁山泊好漢的子孫張國祥、董芳、阮良等，那一個不是十分本事！我岳大哥領的这十萬八百大兵，有名的叫做『長勝軍』，從不會打敗仗的。若說愚兄这樣的本事，還不如我大哥的馬前張保、馬後王橫哩！」花普方聽了这一席話，半信半疑，看那牛皐是個莽漢，这話只怕倒也不假。只得隨口贊揚了幾句，便起身告辭道：「今日幸蒙教誨，閑時再來奉陪。」牛皐道：「賢弟請便。」花普方告退出去。

这裡軍士就跪上來稟道：「小的們干係！」牛皐道：「我曉得，拿來上了。」眾軍士叩了頭，依舊把刑具上了。这牛皐拘禁在洞庭山上，不知幾時纔得脫離此难。且按下慢表。

却說那岳元帥率領大兵，在路非止一日，來到太湖，早有湯懷等出營迎接。元帥見了三個人，獨不見牛皐，心下好生疑惑，只因初到，不便動問，且傳令安營。只聽得扑通通三聲炮响，安下營寨。岳元帥在營中坐定，地方官都來參見過了，眾將士站立兩傍，岳爺就問：「牛皐在何處？」湯懷就將他酒醉行船、被賊拿去之事說了一遍。元帥心中好生煩惱，少停退到後營，坐了一會，又想了一會，叫張保：「去請湯老爺來。」張保答應，即去請了湯懷到後營來，見了元帥。元帥道：「愚兄明日要假充作老弟，親往賊營去探聽虛實并牛兄弟消息。賢弟可代愚兄護持帥印，只說我身子不健，不能升帳。」湯懷道：「哥哥為國家之梁棟，如何身入重地？」岳元帥道：「賢弟放心，我去自有主見，決無妨碍。」湯懷領命回營，心下好不着急。

到了次日，岳元帥把戰書寫就，帶了張保、王橫，悄悄的到水口，下了小船，徑望他水寨而行。將次到寨，那守寨的嘍囉就喝問道：「什么船？」張保立在船頭上答道：「是岳元帥帳前統制湯懷老爺，元帥差來下戰書的。」嘍囉道：「且住着！待稟過了大王，然後攏船。」那嘍囉忙報上関，把関頭目直到殿前跪下稟道：「稟上大王，今有岳元帥差副將湯懷來下战書，不敢擅入，候令定奪。」楊虎即命傳宣官：「宣他進來。」當時小嘍囉就開了水寨柵門，放那岳元帥的小船進來泊好。岳爺命王橫看着，自己仝著張保上岸。細看山勢，果然雄險，上面又將大石堆砌三関，兩傍旗旛招颭。早有傳宣官來至関口傳令：「大王宣來將進見。」隨引了岳爺來到殿前，張保自在殿門外等候。岳爺進殿跪下道：「小將湯懷奉主帥之命，有書呈上大王。」楊虎道：「既是一員副將，請起，賜坐。」岳爺謝了，就坐在下邊。楊虎將戰書看過，即在原書後批着：「准于五日後交兵。」

正要將戰書交還，又將岳爺一看，心中想道：「这個人好像在何處見過？」一時間想不起來，想了一會：「這個人好像那年在武場內鎗挑梁王的岳飛，莫非就是他，生了些鬍鬚？不要當面錯過了。」就暗暗差人到監中，取出牛皐來。这里楊虎又與岳爺盤問一番，岳爺隨機閒講了一會。不多幾時，牛皐已到了殿門首。張保大驚，慌忙過來跪下道：「小人叩頭。」牛皐道：「你怎么在这里？」張保道：「小人跟隨湯懷老爺在此下戰書。」牛皐也不再言，進來望見岳爺坐着，暗暗叫苦。一直到殿上，看着楊虎道：「你叫老爺出來做什么？」楊虎道：「喚你出來，非為別事。你營中有人在此，你可寄個信去，叫他們早早投降，免得誅戮。」牛皐道：「來人在那里？」岳爺嚇得魂不附體，暗道：「这遭罷了！」那里曉得牛皐看了岳爺，叫道：「原來是湯懷哥，你回營去多拜上岳大哥，說我牛皐悞被这草寇所擒，死了也名垂竹帛、揚名後世的。他若是拿住了这逆賊，與我報仇罷了。」說罷，就指着楊虎罵道：「毛賊！我信已寄了，快把我殺了罷！」楊虎吩咐：「將牛皐仍舊帶去收監。湯將軍你回去可致意你家元帥，牛皐雖被擒來，未曾殺害。你元帥若肯歸順孤家，不失封侯富貴；若要交兵，恐一時失手，斷送了一世的英名，豈不可惜！叫他早早商量，休要後悔！」岳爺拜辭了楊虎出殿，帶了張保一路出來，王橫接着岳爺上了小船，小嘍囉開了水柵，出湖一路回營。

恰好那花普方往西洞庭運粮回來，見過大王繳旨。楊虎道：「方纔岳元帥差一員副將湯懷來下戰書，元帥若早來，會會他也好。」花普方道：「那湯懷怎么樣一個人品？」楊虎便將面貌身材說了一遍。花普方道：「如此說來，恐怕是岳飛假裝做湯懷，來探我的虛實。」楊虎道：「我也有些疑心，所以叫牛皐出來問過。」花普方道：「主公不知。那岳飛必有人帶來，或者看見，就遮了消息，亦未可知。如今既去不遠，待臣去拿他轉來。」楊虎道：「不論是真是假，卿家速去拿他轉來便了。」

花普方領令出來，忙到水寨，放一隻三道桅的大船，扯滿風篷追上來。花普方立在船頭上，大叫：「岳飛，你走那里去？俺花普方來也！」岳爺回頭見來船將近，叫張保取過彈弓來，喝聲：「花普方，叫你看本帥的神彈！」一面說，撲的一彈正打在桅上溜頭裡，把風蓬索塞住。那風篷上不得，下不得，把個船横將轉來。岳爺又喚王横取過火箭來，又叫一聲：「花普方，再看本帥的神箭！」颼颼的連射了三枝火箭，那篷上霎時火起，燒將起來。岳爺又叫：「花普方，看本帥这一彈，要打你左眼珠！」花普方嚇得魂飛胆喪，往後慌跑，忙忙的叫軍士砍倒桅杆，救火不及，那里還敢追來？

岳元帥安安穩穩到水口，上岸回營。眾弟兄等接進營中，參見問安。元帥將上項事說了一遍，眾人道：「求元帥早早開兵，相救牛兄弟便好。」元帥道：「我看賊勢猖獗，且在湖水中央，若堅守不出，一時怎能破得？」正在議論間，有傳宣來稟：「有兩個漁戶求見元帥。」岳爺暗想：「漁戶求見，不知何故？」即命進見。那傳宣領令，遂仝漁翁來至帳中，跪下叩頭。元帥一看，見那二人眉粗眼大，膀闊身長，便問：「你二位姓甚名誰？到此何幹？」漁翁道：「小人耿明初，这是兄弟耿明達。我弟兄兩個，原住在这里太湖邊，靠着打魚過活。那一年來了这個楊虎，聚集人眾，霸佔了洞庭山，就不容人在湖內打魚。因此小人和他打過了幾仗，这楊虎本事高強，小的兩個勝不得他，他也贏不得小人，就與小人結為兄弟，單許我二人在湖內捉魚。他幾次差人來邀小的入夥，只因老母在家，恐他受不得驚嚇，因此力辭不去。如今聞得大老爺來征勦太湖，我弟兄二人思想捉魚怎得出身，故此特地來投在麾下，做個小卒，望大老爺收錄！」岳元帥道：「既如此說，你二位是個識時務的俊傑了。快請起來！」就命親隨：「可引二位到後營更衣相見。」耿家弟兄就謝了起來，仝家丁到後營換了衣服，出來重新向岳元帥行禮，跪將下去。元帥雙手扶起道：「你二位既來與國家出力，我和你是一殿之臣，何須行此大禮？你看兩邊副將皆與本帥結為弟兄，今二位亦與本帥結義便了。」耿家弟兄再三推辭，眾將道：「我們皆是如此的。」耿家弟兄推辭不過，只得對拜了幾拜，又與眾將一一見過了禮。元帥吩咐安排慶賀筵席，合營眾將俱各開懷暢飲。

飲至半酣，岳爺向耿明初問道：「二位賢弟，既與楊虎相交，必知他用兵虛實，有何本領，就佔得太湖，官兵就奈何他不得？」耿明初道：「元帥不知，这楊虎水裡本事甚好，岸上陸战却是有限。手下眾將，只有元帥花普方、先行許賓兩個厲害些，其餘也俱平常。但是他有四隊兵船，十分厲害，所以官兵不能勝他。元帥交兵之際，也須要小心提防。」元帥道：「什么兵船，就說得这等厲害？」耿明初道：「他第一隊，有五十號，名為『炮火船』。船上四面架着炮火，交戰之時，把火點着，一齊施放起來，甚难招架。第二隊名為『弩楼船』，也有五十號。頭尾俱有水車，四圍用竹笆遮護，軍士踏動如飛。船面上豎立弩楼，弩楼上俱用生牛皮做成擋牌，軍士在上放箭。弩楼下軍士亦用擋牌護體，各執長刀砍人，所以官兵不能攔擋。」元帥道：「第三隊何如？」耿明達接口道：「那第三隊五十號，叫做『水鬼船』。船內水鬼俱是在漳、泉州近海地方聘請來的。他在水底下可以伏得七日七夜，捉的魚也就是这等生吃了。若遇交战的時節，那些水鬼跳下水去，將敵船船底鑿通，灌進水去，那船豈不沉了？他就是这三隊兵船厲害。若能破得，这第四隊楊虎自領的戰船，不足為慮了。」元帥道：「若非二位賢弟到此，本帥那知这些就裏麼？乃天子之洪福也！」當時說說笑笑，各人盡欢方散。另扎後營，與耿氏弟兄安歇。

岳爺自回帳中安寢，尋思一計。到得次日清早，悄悄來到後營，耿氏弟兄連忙接進坐定，問：「元帥何故早臨？」岳爺道：「我有一機密事，不知二位賢弟肯一行否？」耿氏弟兄道：「蒙元帥厚恩，若有差遣，我弟兄兩個雖赴湯蹈火，亦不敢辭，求元帥令下便是。」那岳元帥對耿氏弟兄在耳上悄悄的說了幾句，有分教：

虎踞深林，頃刻裡江翻海倒；蜂屯三澨❶，一霎時火裂煙飛。

正是：

---

❶ 蜂屯三澨：喻指楊虎率眾聚集在洞庭湖區。蜂屯，猶蜂聚。三澨，水名，在湖北省境，入漢水。

將軍三箭天山定❷，貔貅❸一战便成功。

不知岳元帥說出甚話來？且聽下回分解。

---

❷將軍三箭天山定：出自舊唐書薛仁貴傳，謂薛仁貴領兵擊九姓突厥於天山，當時九姓有眾十餘萬，令驍健數十人來戰，仁貴發三箭，射殺三人，其餘一時下馬請降，仁貴恐為後患，全都坑殺掉，再到磧北安撫餘眾，擒其偽葉護兄弟三人而還。軍中歌曰：「將軍三箭定天山，戰士長歌入漢關」。九姓自此衰弱，不再成為邊患。

❸貔貅：音ㄆㄧˊ ㄒㄧㄡ。原是古籍中的猛獸，舊說可以教戰，比喻勇猛的軍士。

第三十回　破兵船岳飛定計　襲洞庭楊虎歸降

詩曰：

楊虎蜂屯兩洞庭，氣吞雲梦控湖濱❶。岳侯妙算驚神鬼，安排水陸建奇勳。

却說岳元帥悄悄的對耿氏弟兄道：「你二位照舊時打扮，詐去投降楊虎，決然不疑。等待開兵之時，賢弟即謀一差，替他看守山寨。等楊虎出兵，先去放了牛臯，做了帮手，就拿了楊虎家眷，不可殺害。將他的金銀財帛收拾好了，四面放起火來，燒了他的山寨。这便是二位賢弟的大功勞。」二人領命，仍舊換了打漁的服色，別了元帥，下了小船，竟往洞庭東山水寨而來。

那小卒都已認得是耿家弟兄，先來報知楊虎。楊虎命請到大寨相見。兩弟兄跪下叩見，楊虎連忙扶起道：「二位賢弟少禮。不知今日甚風吹得到此？」耿明達兩弟兄齊聲應道：「小弟蒙大王恩情，容在湖中生業，家下豐足，皆是大王之德。今聞岳飛領兵到此，欲與大王作對，因此家母命小弟兩人前來，帮助一臂之力。大王若有差遣，上天下地，並不敢辭。」楊虎大喜道：「多承美意！幾次相勸二位共圖

❶ 氣吞雲梦控湖濱：雲梦，原為古澤藪名，但後人把它的範圍越說越大，一般都把洞庭湖包括在內。句意形容楊虎的氣勢很大，佔領了洞庭湖及周邊地區。

大業，皆因难拂令堂之意。今惠然肯來，真乃天助我也。」吩咐取袍服過來，與二位兄弟換了。一面整備筵席慶賀，不表。

再說岳元帥命平江知府去整備粗細竹子蔴繩听用。又紮造木排，置辦生牛皮做成棚子、遮箭牌等。在城內各大戶鄉紳家，借棉被數千床，放在船上，防避弓箭火砲。又画成圖樣，叫鐵匠照式打造倒鬚鈎子，并三尖小刀聽用。一面命湯懷、張顯取短板紮縛于笆斗上，令兵卒站在上邊，在于淺灘水上習練，名為「笆斗兵」，日後站在船上，迎風走浪却就不怕。湯、張二人領令，就在太湖邊岸教練去了。再命施全帶領船匠，將毛竹片裹釘❷船底，下邊安排倒鬚鉤、三尖刀。施全領令去了。

過了四五日，楊虎着小嘍囉來下書催戰。岳元帥推辭有病，暫緩數日。直等過到半個多月，眾將皆來繳令：「諸色俱已齊備，但無大战船，如何迎敵？」元帥道：「不必大船，我自有妙用。將軍們可穿着軟底鞋子，腰纏紮緊，只看本帥紅旗為號，一齊鑽入小船篷下藏躲。待他火炮打過，然後出來交戰。」又命王貴帶領幾十號小船，去打撈水草，堆貯船中，躲在兩邊。他那第二隊「弩楼船」來時，把草船使出來，將水草推下水去，護住他的車輪。等那楼船行走不動，就上去殺他的兵，釘死他的炮眼。然後再下小船，分左右來助陣。王貴領令去了。又命周青、趙云、梁興、吉青四將帶領五千人馬，前往無錫大橋埋伏：「那楊虎若敗了，必由此路投九江去，你們到那里截住。只要生擒，不許傷他性命。違令者斬！」四將得令而去。岳元帥料理停當，擇日出兵。三軍齊至水口，發炮下湖。一貼木排，夾着一隊小船。前一帶皆是竹城，用繩索穿就雷頭。若將繩子一扯，竹城就睡倒；將繩一放，那竹城依然豎起。眾

❷ 裹釘：四圍密釘。

兵將多站立在木排上，吶喊而來。

那邊山上忙忙報知楊虎，楊虎即命先行許賓率領「炮火船」，元帥花普方率領「弩楼船」，水軍頭領何進率領「水鬼船」，自己率領大战船，親自督陣，與岳飛交戰。當有耿氏二弟兄奏道：「岳飛詭計極多，恐沿湖另伏兵將，擊我之後。我二人在此保守山寨，以免大王內顧之憂。」楊虎大喜道：「若得二位賢弟保守了大寨，我好放心去。这一陣，定教他片甲不留。」當時二人直送至水寨方回。

楊虎上船，放炮開船。那岳元帥眾兵將在木排上，猶如平地一般。那許賓駕的第一隊「炮火船」，看見就一齊放起炮火。岳元帥將紅旗一招，眾兵將躲進小船，將竹城睡倒遮護，停住不行。但聽得炮聲不絕，那砲子打在竹城上，一片聲响，俱溜下水去了。放了一會，聽得炮聲不响，眾將仍舊豎起竹城，又吶喊殺來。这一隊「砲火船」，兩路分開，一聲鼓响，第二隊「弩楼船」擁將上來，萬弩齊發。岳元帥又將紅旗一招，照舊睡倒竹城。那王貴將草船放出，一齊將水草推下湖去。那楼船上水車，却被水草塞住了車輪，再也踏不動，那船好似釘住一般，轉折不來。王貴豁喇一聲，率領眾軍跳上「弩楼船」，逢人就砍。眾嘍囉那裏敵得住，殺的殺了，下水的下水去了。王貴吩咐眾軍士一齊動手，把炮連架子多推下湖去。花普方正來救護，王貴已經下了小船，與岳元帥合兵一處了。那第三隊「水鬼船」，見前面兩隊火炮弩箭不得成功，便一聲梆子响，眾水鬼齊齊下水。元帥見了，也把紅旗一展。那阮良手提着兩把潑風刀，帶了幾個會水的軍士，撲通的跳下水去。那些水鬼在排底船底下，用力將鑿子來鑿船底。那船底下多是竹片釘着的，那里鑿得通？也有被倒鬚鈎鈎住的，也有碰着三尖刀割壞的。阮良仝这幾個水軍見一個，殺一個，那水鬼只識得水性，却不會廝殺，那裡當得阮良这些好漢？十停中倒殺掉了九停，依舊跳上木排來助战。這里賊兵看見水面上只管冒出紅來，不見岳家兵船沉將下去，情知又着了道路。楊虎只得催動戰船，來與岳飛決战。

岳元帥站立于船頭之上，高聲呌道：「楊將軍，你今大事已去，不若早早歸降，上與祖宗爭氣，下得封妻蔭子，休要自誤了！」楊虎道：「岳飛，你休誇大口！不要說我兵強將勇，就踞著这太湖，水勢滔天，進則可攻，退則可守，你怎生奈何得我？」岳元帥大笑道：「楊虎！你兀自不知，你那巢穴已被我搶了，尚在那裡說梦話！你試回轉頭去望望看。」楊虎聽說，回頭一看，但見滿山紅焰，火勢滔天，早有小嘍囉飛船來報：「大王不好了！耿家弟兄搶出牛皐，劫了山寨，四面放火，回去不得了。」楊虎大叫一聲：「好岳飛！俺怎肯輕饒了你！」催動战船，駛將上來，刀鎗兵器，如雨點一般價❸來。岳爺小船上兵將，仰着难以抵敵，岳爺忙命撓鈎手搭着人船，眾將湧身而上楊虎之船，俱各團裹攏來。王貴手起刀落，將許賓砍下水去。湯懷、張顯跳上楼船，雙戰花普方，花普方跳下湖，赴水逃到岸上，徃湖廣去投楊么去了。「水鬼船」上何進提刀下水，來到木排邊，只望來殺岳飛，被王横一銅棍，打得腦漿迸出，死在湖内。楊虎見不是頭，也只得跳下水逃命。阮良見了，也跳下水來擒捉楊虎。岳元帥見四隊兵船俱破，下令：「降者免誅。」那些大小賊船聽得，俱齊聲願降。元帥就令湯懷、張顯，發船徃山寨招撫賊兵，如降者不許殺害。一面救滅了火，將楊虎家眷送到本帥營中候令。二將領令去了。又命王貴、施全收拾降軍船隻，發炮鳴金，奏凱回營。有詩曰：

---

❸ 價：結構助詞。相當「地」。

捲斾生風喜氣新❹，早持龍節❺靜邊塵。漢家天子圖麒閣❻，身是當今第一人。

且說楊虎在水中戰不過阮良，逃往西邊上岸，恰遇着數百敗走的嘍囉，楊虎就揀匹馬來騎了，一仝去投混江王羅輝、靜山王萬汝威，思量借兵報仇。行了一夜，天色纔明，早到了無錫大橋邊，只聽得一聲炮响，周青、吉青、趙雲、梁興四將一齊殺出，大叫：「我等奉岳元帥將令，在此等候多時。快快下馬受縛，免得老爺們動手。」楊虎大怒，舉刀來戰四將，可憐楊虎殺了一日，走了一夜，肚中又飢，人困馬乏，那里戰得過四將？只得虛幌一刀，沿着河敗將下去。四將隨後追來，又聽得前面炮聲又起，楊虎道：「我命这番休矣！後面追來，前面又有伏兵，怎生逃得過？」

恰待要自刎，忽聽得前邊河内呌道：「楊將軍！你令堂在此，快來相見！」那四將在後，就各把馬勒住。楊虎舉目看時，只見水面上一二十號小船，齊齊擺列兩岸；中間三號大船，岳元帥站立船頭，左邊張保，右邊王横，好似天神一樣。岳元帥高叫：「楊將軍！你令堂、寶眷俱已在此，何不早降？」楊虎道：「岳飛，我已拚一死，休要來哄我。」言未畢，那楊虎的母親，早從船艙裡鑽將出來，喝道：「逆

❹ 捲斾生風喜氣新四句，係唐代詩人王維的平戎辭。斾，同「旆」。音ㄆㄟˋ。古時旗末狀如燕尾的垂旒。泛指旌旗。

❺ 龍節：龍形的符節。周禮地官掌節：「凡邦國的使節，山國用虎節，土國用人節，澤國用龍節。」後泛指奉王命出使者所持之節。

❻ 圖麒閣：即麒麟閣。漢代閣名，在未央宮中。漢宣帝時曾畫霍光等功臣像於閣上。封建時代，多以畫像於麒麟閣表示卓越功勳和最高的榮譽。

子！我一家性命，皆蒙元帥不殺之恩，還不下馬拜降，等待何時？」楊虎見了，慌忙跳下馬來，撇了刀，跪在岸邊，說道：「元帥虎威大德，楊虎情愿歸降。但是屢抗天兵，恐朝庭不肯寬赦，奈何？」岳元帥忙攏船上岸，雙手扶起道：「天下英雄，皆為奸臣當道，失身甚多。本帥當年在武場亦曾受屈，所以小弟兄輩也做些不肖之事。當今天子敬賢愛才，將軍既能改邪歸正，就是朝庭的臣子了，都在本帥身上，保舉將軍共扶宋室，立功顯親，也不枉了人生一世。快請看視令堂，安慰寶眷。」楊虎連聲称謝，下船來問候母親。元帥命四將由陸路先回平江府去。那幾百嘍囉愿降者，俱令後船湯、張二將分隸部下；不愿為兵者，聽其歸農。發炮開船，與楊虎仝往東西兩山，招撫羽党，收拾糧草。

次日到了洞庭山，與二耿、牛皋相會，一仝回至平江，安撫地方，拔寨起行。平江知府陸章率領合城耆老鄉紳，各送牛酒犒劳。路上百姓家家插香點燭，無不感謝。岳元帥兵律森嚴，于路秋毫無犯。

不一日，早到了金陵，在城外紮住了營盤，安頓軍士。岳元帥帶領眾將齊至午門見駕。高宗宣進，朝見已畢，岳飛將收伏太湖、楊虎歸降之事，一一奏明。高宗大悅，即敕光祿寺整備御宴。一面降旨封楊虎、張國祥、董芳、阮良、耿明初、耿明達六人，俱為統制之職；岳飛加銜紀錄；一班隨征將士，俱各紀功陞賞。即着岳飛統領大軍，去征勦鄱陽湖水寇。

岳飛領旨出朝。楊虎自差人送老母、妻子回鄉安頓，耑候岳元帥擇日出兵。却点牛皋帶領人馬五千，為前隊先鋒；王貴、湯懷帶領五千人馬，為第二隊；自己仝眾將在後進發。那王貴向着湯懷道：「大哥不叫你我做先行，反點牛兄弟去，难道我二人的本事不如了他么？」湯懷道：「不是这等說。大哥常說他大难不死，是員福將，故此每每叫他充頭陣。」王貴道：「果然他倒有些福氣。」

不說二人，在路閒談。且說那牛臯掛了先鋒正印，好不興頭，領着人馬，一路到了湖口。當有摠兵官謝昆下營在彼處，等候岳元帥。探兵見牛臯打的是岳軍旗號，認做是岳爺，慌忙通報。謝昆連忙出營跪接，口称：「湖口總兵謝昆，迎接大老爺。」牛臯在馬上道：「賢總兵請起。我乃岳元帥先行都統制牛臯，元帥還在後邊。」謝昆氣得出不得聲，起來叫左右：「把報事人綁去砍了！」兩邊軍士答應一聲，就將探軍綁起。牛臯大怒，这摠兵如此可惡，便叫一聲：「謝摠兵，你既做了摠兵官，吃了朝庭的俸祿，一兩個小強盜，怕你還殺他不過，勦除不得，也要請我們來做什么？我們往別處下營去，这個功勞讓你罷！」說罷，就回馬轉身，吩咐眾兵士一齊退下。謝昆吃了一驚，「他是奉着聖旨來的，若在岳爺面前說些什么還了得！」只得忍著氣，赶上來扯住牛臯的馬，叫道：「牛將軍請息怒。軍中報事不實，應按軍法。幸是將軍來，報差了還好；倘是賊兵殺來，也報差了怎么處？既是將軍面上，吩咐放了綁，快來謝了牛老爺。」探子在馬前叩頭，謝了牛臯。

牛臯道：「謝摠兵，我且問你，这里有多少賊？賊巢在那里？」謝昆道：「这鄱陽湖內有座康郎山，山上有兩個大王：大頭領羅輝，二頭領萬汝威。他兩個佔住此山，手下雄兵猛將甚多。內中有個元帥，姓余名化龍，十分厲害，因此官兵近他不得。」牛臯道：「这康郎山離此有多少路？可有旱路的么？」謝昆道：「前面湖口望去，那頂高的就是。水路去不過三十里，若轉旱路就有五十里。」牛臯道：「既如此，可着個小軍來，引我們往旱路，就去搶山。你可速俻粮草，前來接應。」說罷就令眾兒郎望康郎山進發。謝昆暗想：「这莽匹夫不知厲害，由他自去，送了他的命，與我何涉？」

且說牛臯領兵來至康郎山，吩咐眾兒郎：「搶了山來吃飯罷。」三軍得令，在山前放炮吶喊。早有守山嘍囉飛報上山，萬汝威就命余化龍引兵下山迎敵。余化龍得令，帶領嘍囉，一馬沖下山來，大喝一聲：「那裡來的毛賊，敢來尋死。」牛皐抬頭一看，只見來將頭帶爛銀盔，坐下白龍馬，手執虎頭鎗，望去竟如岳爺相像。牛皐也不答話，舉鐧便打。余化龍笑道：「原來是個村夫。也罷，讓本帥賞你一鎗罷。」架開鐧，耍耍耍一連幾鎗，殺得牛皐氣喘汗流，招架不住，回馬便走。那些軍士道：「列位，走不得的！被他在馬後一追，我等盡是個死，寧可抵擋着他。」那時眾軍士齊齊站定兩傍，個個開弓發箭。余化龍見眾兵卒動也不動，箭似飛蝗一般射來，不敢追赶，嘆道：「話不虛傳，果然岳家兵厲害！」只得鳴金收軍，回山去了。眾軍士看見強人退上山去，又來收箭。

牛皐一馬跑回了十來里路，不見半個兵卒逃回，說道：「不好了！都被他殺盡了！單單剩了我一個光身，怎好回去見我岳大哥？待我轉去看看着。」又掇轉馬頭加上一鞭赶轉來，但見眾軍士都在草地上拾箭，牛皐便問：「強盜那里去了？」眾軍士道：「我們放箭射他，他收兵回去了。」牛皐道：「妙阿！倘然我老爺下次弄了敗仗，你們照舊就是了。」眾軍士倒好笑起來，牛皐不好去見謝搃兵，只得退下三十里安營住下。

次日，王貴兵到，仝湯懷安營在湖口。停不得兩日，岳元帥大隊已到，謝搃兵仝著湯懷、王貴迎接。元帥便問：「牛皐怎么不見？往那裡去了？」謝昆道：「他一到就往康郎山交兵去了。」岳爺取令箭一枝，命謝搃兵催粮應用，謝搃兵領令去了。岳元帥吩咐眾將，齊往康郎山旱路去取山。看看行至二十里，牛皐出營來接，元帥見他在傍側安營，料是又打了敗仗，元帥就問賊兵消息。牛皐便將余化龍厲害的話說了一遍，岳元帥就相度地方，安下營盤。

那邊小嘍囉飛報上山，兩個大王仍命余化龍下山討战。岳元帥命眾將士一齊放箭，堅守營寨，不與交战。余化龍令嘍囉辱罵了一回，元帥只是不動，余化龍只得收兵回山。岳元帥暗暗傳下號令：「眾將四下移營安歇，防他今夜來刧寨。只聽炮响為號，四下齊聲吶喊，却不要出战。」眾將領令，各各暗自移營埋伏。

且說余化龍回山奏上二位大王：「岳飛今日不肯出戰，今晚必定由水路來搶山，旱寨必然空虛，今我將計就計，二位大王保守水寨，臣領兵去刧他的旱寨，必然成功。」兩個頭領聽了大喜，依計而行。等到二更時分，余化龍領兵悄悄下山，一聲吶喊，殺入大營，並無一人，余化龍情知中計，撥回馬便走。但聽得哄嚨的一聲炮响，四下裡齊聲吶喊，眾嘍囉根命逃奔，自相踐踏，反傷了許多兵卒。岳爺卻不曾虧折了一人。次日天明余化龍又下山來討戰。岳元帥仍然堅守不出，余化龍只得收兵回山。到了黃昏時候，岳爺換了隨身便服，帶了張保一人，悄悄出營，不知作何勾當？正是：

奇才巧藝適相逢，屠龍寶劍射雕弓。赤胆忠心扶社稷，魚蝦端不識遊龍。

畢竟不知岳元帥黃夜出營，有何事故？且聽下回分解。

第三十一回　穿梭標明收虎將　苦肉計暗取康郎

詩曰：

山川擾擾戰爭時，渾似英雄一局棋。最好當機先一着，由他詐狠到頭輸。

話說岳元帥獨自一人，帶了張保，悄悄出了營門往康郎山左近，把山勢形狀細細觀看了一番。覆身回營，對眾弟兄道：「我觀康郎山，前靠太湖，山勢險峻，雖有百萬之眾，一時難以破他。況且余化龍武藝高強，本帥久聞其名。待我明日與他交戰，賢弟們只可傍觀，不可助战。待我收伏了他，方能破得此山；若不然徒然虛費錢粮，遷延時月，究竟無益也。」眾將俱各領命，各自歸營安歇。到了次日，岳元帥齊集眾將，只聽得朴通通三聲大炮，出了營門，一路上嘚鼕鼕战鼓齊鳴，帶領大軍直抵康郎山下。兩各將官齊齊的擺齊隊伍，在後邊觀看。那邊小嘍囉飛報上山，余化龍聞報，即引眾嘍囉下山來迎敵。兩邊軍士射住陣脚，旂幡開處，閃出那岳元帥立馬陣前，問道：「來將何名？」余化龍道：「本帥余化龍便是。來者莫非就是岳飛否？」岳爺道：「然也。你既知本帥之名，何不下馬歸降？待本帥奏聞天子，不失封侯之位。」余化龍大笑道：「岳飛我久聞你是個英雄好漢，可惜你不識天時。宋朝臣奸君闇，氣數已盡；二帝被擄，中原無主。不若歸順我主，重開社稷，再立封疆，豈不為美？你若仗着一己之力，欲要挽回天意，恐一旦喪身辱名，豈不遺笑于天下乎？請自三思。」岳爺道：「將軍之言差矣。我宋朝自太祖開基，至今已一百六七十年，恩深澤沛，偶為奸臣誤國，以致金人擾亂。今人心不忘故主，天意不肯絕宋，是以我主上神佑，泥馬渡江，正位金陵，用賢任能，中興指日可待。我看將軍堂堂一表，抱負才能，不能為國家樑棟，甘作綠林草寇，是為不忠；既不能揚名顯親，反自點污清白，是為不孝；荼毒生靈，殘害良民，是為不仁；但知康郎山之英雄，不知天下之大，豈無更出其右，一旦失手，辱身敗名，是為不智。將軍空有一身本事，忠、孝、仁、智，四樣俱無，乃是庸人耳，反說本帥不知天命耶！」

这一番話，說得余化龍羞慚滿面，無言可答，只得免強道：「岳飛，我也不與你鬪口，你若勝得我手中的鎗，我就降你；你若勝不得我，也須來歸降我主。」岳爺道：「一言既出，駟馬難追，若添一個小卒助戰，就算我輸。但是刀對刀，鎗對鎗，不許暗算，放冷箭，就不為好漢。」余化龍說聲：「妙阿！这纔是好漢！且與你战三百合看。」就舉虎頭鎗來战岳爺，岳爺把瀝泉鎗一擺，二馬相交，雙鎗並舉，这一個似醉舞梨花，那一個如風擺柳絮，果然好鎗，來來往往，戰有四十個回合，不分勝敗。余化龍架住岳元帥的鎗，叫聲：「少歇！岳飛，你果然好本事，今日不能勝你，明日再戰罷。」兩邊各自鳴金收軍。岳元帥回至營中坐定，對眾弟兄道：「余化龍鎗法，果然甚好。若得此人歸降，何愁金人不平乎？」眾弟兄亦各稱贊：「果然好鎗法。」當夜閒話不提。

到了明日，余化龍仍舊領兵下山，这裡岳元帥也領兵出營。余化龍道：「岳飛，本帥昨日與你未決雌雄，今日必要擒你。」岳爺道：「余化龍，且休誇口，今日與你見個高下。」二人舉鎗又戰，果然棋逢敵手，將遇良才，兩個又戰了一日，不分勝敗。岳元帥把鎗架住，叫聲：「余化龍，天已晚了，若要夜战，好命軍士掌灯；若不喜夜戰，且自收軍，明日再战。」余化龍道：「且讓你多活一夜，明日再戰罷。」兩下鳴金收軍，各自回營。

至第三日，又戰至午後，尚無高下。余化龍暗想：「岳飛果然本事高強，怎能勝得他？必需用我神標，方可贏得。但在眾人面前打倒他，只說我暗筭，損我威名；不如引他到山後無人之處，打他便了。」余化龍算計已定，虛幌一鎗，叫聲：「岳飛，本帥战你不過了！」回馬便望山左敗去，岳爺想道：「他鎗法未亂，如何肯敗？其中必有緣故。」便喝一聲：「余化龍，隨你鬼計，本帥豈懼了你？」就拍馬赶上，追至山後邊。余化龍見岳飛追來，撥回馬又战了七八回合，回馬又走，岳爺又追下去。余化龍暗暗取出金標，扭轉身軀喝聲「着」，一標打來。岳爺笑道：「原來这般低武藝。」把頭望左邊一偏，这標却打個空。余化龍又發一標打來，岳爺往右邊一閃，这標又打個不着。余化龍着了慌，簌的一聲，又將第三枝標望岳爺心窩裡打來，岳爺把手一綽，接在手中。道：「余化龍，你還有多少，索性一齊來。」余化龍道：「岳飛，你雖接得我的標，你也奈何不得我。」岳爺道：「也罷，本帥雖沒有用過这般暗器，今日就借你的來試試看。」就將手中標望余化龍頭上打來，余化龍一手接住，又望岳爺打來；岳爺又接住，又望余化龍打來。兩個打來打去，正好似美女穿梭一般。岳爺接標在手，叫聲：「余化龍，你既自負英雄，能識天命，仗你平生本事，尚不能勝本帥一人，何況天下之大，豈無更勝如本帥的么？何不下馬歸降，去邪歸正，以圖富貴乎？」余化龍道：「岳飛，你休得大言，叫我下馬。你若拿得我下馬，我就降你；若不能拿我，怎肯伏你？」岳元帥大喝一聲：「本帥好意勸你，你却不聽，快下馬者！」一聲喝，一標打來。余化龍但防了上下身子，却不曾防得岳爺一標，將余化龍坐馬項下的掛鈴打断，那馬一驚，跳將起來，把余化龍掀翻在地。岳爺跳下馬來，雙手扶起，說道：「余將軍，这馬未曾經臨大陣，請換了再來決战。」余化龍滿面羞慚，跪下道：「元帥真是天神！小將情愿歸降，望元帥收錄。」岳爺道：「將軍若果不棄，與你結為兄弟，仝扶宋室江山。」余化龍道：「小將怎敢？」元帥道：「本帥愛才如命，何必過謙？」二人就撮土為香，對天立誓。岳元帥年長為兄，余化龍為弟。

岳爺道：「賢弟，我只假做中了你的標，敗轉去，在眾人面前再战幾合，以釋你主之疑。」余化龍道聲：「遵命。」二人復上馬，岳爺前邊敗下，余化龍隨後追來。到了戰場之上，岳爺大叫：「眾兄弟，我被奸賊打了一標，你們快來助戰！」那時湯懷、張顯、王貴、牛皐等眾將，一齊上前。余化龍略戰幾合，眾寡不敵，敗回山去，見了兩個頭領稟道：「小臣詐敗，哄騙岳飛追赶，被我金標打傷，正要擒獲。誰知他那裡將眾人多，一齊助戰，殺他不過。明日必須主上親自出馬，必然大勝也。」羅輝對萬汝威道：「休怪元帥，一人怎敵眾手？明日與御弟親自出馬，擒他便了。」

不說二賊計議出戰之事。且說岳元帥收兵回營，眾弟兄只道岳爺真個着了標，俱來問安。岳爺假說：「被他暗算，幾乎失手，幸虧打中了手指，不曾受傷。」正在談議，忽有探子來报：「今有金兀朮差元帥斬着摩利之，領兵十萬，來打藕塘関；駙馬張從龍領兵五萬，攻打汜水関。十分危急，請令定奪。」元帥賞了探子牛酒銀牌，吩咐再去打聽，探子謝賞自去。

且說岳元帥心中好不納悶，對眾將道：「湖寇未平，金兵又到，如之奈何？」眾將俱各袖手無計。忽見楊虎上前稟道：「末將曾與萬汝威有一拜之交，他往往約我仝奪宋朝天下。不若待末將前去將利害之語，說他歸降，未知元帥意下如何？」岳爺大喜道：「若得將軍肯為国家出力，實乃朝廷之福也。但要小心前往，本帥耑候好音。」楊虎領令出營。到了明日，萬汝威與羅輝傳令眾嘍兵緊守三關，耑候二位大王親自下山與岳飛決战。

且說楊虎不走旱路，自到水口，用十二名水手駕着一隻小船，竟往水寨而來。小嘍囉報知，二位大王隨令上山相見。楊虎到了大寨，相見已畢。萬汝威道：「賢弟有一身本事，兼有太湖之險，怎么反降順了岳飛？今來見我，有何話說？」楊虎道：「不瞞兄長說，小弟在太湖，有大砲無敵，水鬼成羣，花普方等勇將無數，西山粮草充足，被岳飛一陣殺得大敗虧輸。蒙他愛才重義，收錄軍前，奏聞天子，恩封統制之職。故今特來相勸二位大哥，不如歸宋，必定封妻蔭子。不知二位大哥意下若何？」萬汝威聽了，不覺勃然大怒，喝聲：「推去砍了！」左右方欲動手，余化龍慌忙跪下道：「大王刀下留人！」大王道：「这等無志匹夫，自己無能，屈膝于人，反敢胡言來惑亂我的軍心，留他怎么？」余化龍道：「大王前曾有恩于楊虎，今日斬了他，豈不把往日之情化為烏有？」萬汝威道：「既如此，赶下山去。若在軍前拿住，決不輕恕。」楊虎抱頭鼠竄下山，來至水口。那來的小船空空的並無一人，只因大王將楊虎綁了要殺，这十二個水手，不敢下船，急急的從旱路逃回，報知岳元帥去了，所以只剩了一隻空船。楊虎只得央及幾個小嘍囉相帮，搖回本寨上岸，叫小嘍囉暫在營門外等候：「待我見過元帥，取銀錢相送。」

楊虎進營來見元帥，元帥道：「方纔水手逃回，說你被賊人斬首。今日安然回來，必然歸順了賊寇，思量來哄本帥。與我把这匹夫綁出去砍了！」楊虎大叫道：「小將恐元帥動疑，故將送來的小嘍囉留在營外，求元帥叫來問他，便知小將心跡了。」元帥令喚小嘍囉進來，一齊跪下，元帥問道：「你們還是鄱陽湖賊人，還是鄉間百姓，被他擄來的？」那些嘍囉要命，皆說道：「我們是良家百姓，被这位將軍捉來的。」元帥微微笑道：「如今還有何辯？快快推出去斬了！这些既是鄉下子民，放他去罷。」那幾個嘍囉叩頭謝了，慌忙跑回山去報信了。

且說这里將楊虎綁出營來，那些帳下眾將見事情重大，不敢出言，只有牛皐叫聲：「刀下留人！」過來跪下稟道：「楊虎私通賊寇，雖則該斬，但無實証，未定真假。求元帥開恩，饒他性命。」元帥道：「既是牛將軍討情，饒了死罪，綑打一百。」牛皐起初聽見說「饒了」，甚是欢喜，及至說要捆打一百，想道：「倒是我害了他了。若是殺頭，疼過就完了。这一百棍子，豈不活活打死？反要受这許多疼痛。」欲待再上去求，又恐動怒。看看打到二十，熬不住了，只得又跪下稟道：「做武將的人，全靠着兩条腿，若打壞了，怎生坐馬？牛皐情愿代打了八十罷。」元帥道：「既如此，饒便饒了，倘他逃走了去，豈不是放虎歸山？那個敢保他？」兩邊眾將並沒個人答應，還是牛皐上來道：「小將愿保。」岳元帥道：「你既肯保，寫保狀來。」牛皐道：「我是寫不來的。湯二哥，煩你代我寫了罷。」湯懷道：「你既肯捨命保他，难道不替你寫？」隨即寫了保狀，叫牛皐畫了押，送上元帥。元帥就叫牛皐帶了楊虎回營，眾將各各自散。楊虎謝了牛皐，叫家將：「取我的行李來，到牛老爺營中安歇。」牛皐道：「我若怕你逃走，也不保你了。請自回營將息。」楊虎道：「承兄厚情，何日得報？」遂辭了牛皐，回到自己營中。

坐定想道：「元帥打我幾下何妨，但是也該訪問個明白纔是。怎么糊糊塗塗的屈我？」正在懊惱，忽見家將悄悄稟道：「元帥有机密人求見。」楊虎隨命：「喚他進來。」家將出來，引那來人到跟前跪下，將密書呈上。楊虎拆開看了，就取過火來燒了，對來人說：「我曉得了。」來人叩頭辭去。楊虎就將藥湯洗淨棒瘡，取些酒來，吃得醉了，睡了半夜，到得五更起來，向家將說道：「我要往一個地方走走，須得兩日方回。尔等緊守營寨，不必聲張，只說我在後營養病，諸事不許通報。」

家將領命。那楊虎悄悄出了營門，上馬加鞭，獨自一人望康郎山來。到得山前，天已大明，高叫道：「楊虎求見大王。」守山嘍囉報知萬大王，大王命：「宣他進來！」楊虎來到大寨，見了萬汝威，跪下哭道：「不聽大王之言，幾乎喪了性命！叵耐岳飛叫我來說大王歸順，回去要斬。幸虧牛皐保救，打了數十，情實不甘，逃到此間。望大王念昔日之深情，代楊虎報了此仇，雖死無恨！」萬大王就命軍士看驗棒瘡，果然打得凶狠。萬汝威忽然大喝一聲：「楊虎，你敢効當年黃蓋献苦肉計么？」楊虎大叫道：「我此來差矣！」就在腰間拔出劍來要自刎。萬汝威慌忙下座，雙手扶住道：「孤家與你相戲，何得認真？你若早听孤言，也不致受苦了。」就吩咐余化龍：「可代孤之劳，引御弟到營中去將養棒瘡，治酒欵待。」化龍得令，同楊虎回到本營，將藥敷好，然後坐席飲酒。

余化龍暗想：「楊虎朝秦暮楚，是個反覆小人。」飲酒之間，嘲他一句道：「將軍前日來勸吾主降宋，怎么今日反降了我主，真個凡事不可預料也！」楊虎道：「將軍不知，楊虎此來，也只為能順天時、結好漢，標打穿梭義弟兄耳！」余化龍聽了此言，大驚失色，忙叫左右從人迴避。这些服事人役，一齊退後。化龍問道：「將軍此言，必有所聞。」楊虎回顧四下無人，便道：「實不相瞞，目今金兵攻打汜水、藕塘兩関，元帥不得分兵，心中憂悶，故着小弟行此苦肉之計，前來帮助將軍成功。」余化龍大喜道：「將軍真是英雄！不才有眼不識，抱慚實甚！」兩個說得投机，各人吃得大醉方歇。丟下一邊。

且說那日早晨，牛皐坐在營中，小校來报道：「楊虎走了。」牛皐聽了，心中好不懊惱：「这個狗頭果然害我！」只得來見元帥道：「楊虎夜間走了，不知去向，特來領罪。」元帥道：「我也不管，就命你去拿來贖罪。」牛臯得令，帶領五千人馬，來到康郎山下，大聲叫喊：「楊虎狗頭，快快出來見我！」嘍囉报上山去，萬汝威就命楊虎下山迎敵。楊虎道：「小將虧得牛臯保救，不好下手，求大王別遣良將。」余化龍道：「待小將即去擒來。」萬汝威道：「就命汝去。孤家即去邀請羅大王仝來山頂觀战。」余化龍一聲「得令」，帶領嘍囉兵冲下山來，大喝一聲：「牛臯，你是我手下敗軍之將，又來做什么？」牛臯道：「可恨楊虎这賊，我救了他的性命，反逃走了來害我。快快叫他出來，待我拿他去贖罪。」余化龍道：「楊虎今早來投降了，大王認為兄弟，十分荣貴。你不若也降了我主，待我在主公面前保奏，也封你做個大官，何如？」牛臯道：「放你娘的屁！我是何等之人，肯來降你？照爺爺的鐧罷！」噹的一鐧，望余化龍腦門上打來。余化龍舉鎗架開鐧，搭上手，戰了五六個回合，牛臯招架不住，敗回陣來。余化龍也不追赶，鳴金收軍，上山來見兩個頭領，正在商議退兵之策，忽報：「岳飛差人來下战書。」羅、萬兩個拆開觀看，上邊寫道：

> 大宋掃北大元帥岳，書諭萬汝威、羅輝知悉：汝等無能草寇，蟻聚蜂屯，縮首畏尾，豈能成事？若能战，則親自下山，決一雌雄；若不能戰，速將楊虎献出，率眾歸降。我皇上體上天好生之德，決能饒汝残生。若待踏平山寨，玉石不分。早宜自裁，勿遺後悔！

羅輝、萬汝威看了大怒，即在原書後面批定「來日決戰」，將來人赶下山去。兩邊各自歇息了一夜。

次日，岳元帥率領眾將，帶領大兵，直至康郎山下，三聲炮响，列成陣勢。羅、萬二頭領，亦領眾嘍囉下山，擺得齊齊整整。又是一聲炮响，岳元帥立馬陣前，羅輝、萬汝威亦出馬來，余化龍、楊虎跟在後面。牛臯見了楊虎，用手指着罵道：「你这無義匹夫！今日我必殺你！」這萬汝威推馬上前一步，叫聲：「岳飛，你空有一身本事，全然不識天時！宋朝氣運已終，何苦枉自費力，保着昏君？若不降順孤家，今日誓必拿你。」岳元帥道：「你二人若是知機，及早歸降，以保一門性命，如若執迷，性命只在頃刻也。」羅輝大怒，叫聲：「誰人與我拿下岳飛？」余化龍道：「我來拿他！」手起一鎗，將萬汝威刺于馬下。楊虎手起刀落，將羅輝砍為兩段。元帥即令「搶山」，这一聲吶喊，眾將士一齊上山，砍的砍了，走的走了，愿降者齊齊跪下。余化龍招撫餘党，殺了二賊家小，收拾錢粮下山，一仝元帥回營。此時眾將方知楊虎獻的是苦肉計。牛臯道：「這樣事也不通知我一聲，只拿我做獃子。下回打死，我也不管他閒事了。」當日大排筵席，合營眾將慶賀，不提。

明日，元帥升帳，眾將參見已畢。元帥就令牛臯帶領本部五千人馬，為第一隊先行，星夜前去救汜水關；余化龍、楊虎二人領兵五千，為二隊救應。三人領令去了。元帥將降兵入冊，錢粮入庫，命地方官收拾寨柵船隻。一面寫本進京报捷，保奏余化龍為統制，然後起兵往汜水關進發。

再說牛臯兵至汜水関，軍士报道：「汜水関已被金兵搶去了。」牛臯道：「既如此，孩兒們奪了関來吃飯。」三軍吶聲喊，到関下討战，番將出関迎敵，兩下列齊軍士。牛臯道：「番奴通下名來，好上我的功勞簿。」番將道：「南蛮听著，俺乃金邦老狼主的駙馬張從龍便是。你这南蛮既來尋死，也通個名來？」牛臯道：「你坐穩着，爺爺乃是摠督兵馬掃金大元帥岳爺部下、正印先鋒、牛臯老爺便是。且先來試試老爺的鐗看！」耍的一鐗，就打將過來。張從龍使的是兩柄八楞紫金鎚，搭上手，战不到十二三個回合，那張從龍的鎚重，牛臯招架不住，撥轉馬頭，敗將下來，大叫：「孩兒們照舊！」眾軍士果然吶喊一聲，乱箭齊發。張從龍見乱箭射將來，只得收兵轉去。牛臯敗陣下來，在路傍紥住營寨。

到了次日，佘化龍、楊虎二將到了，問軍士道：「為何牛爺下營在路傍？」軍士回稟說是：「一到搶関，打了敗仗。」楊虎對佘化龍道：「我們且安下營寨，仝你前去看看他。」不一時，安下營盤。佘化龍仝了楊虎走到牛臯營前，守營軍士忙要去通报。楊虎道：「與你家老爺是相好弟兄，报什麼！」竟自進營。那軍士怕的是牛臯性子不好，如飛進去報道：「佘、楊二位將軍到了。」牛臯大怒道：「由他到罷了，報什么？」軍士嚇得不敢則聲，走將開去。牛臯又罵道：「楊虎这狗男女，自己要功勞，鬼頭鬼腦的哄我。我以前每次出兵，俱打勝仗；自被他的賊元帥花普方在水中渰了这一遭，出門就打敗仗。」那佘、楊二人剛剛走進來，听見他正在那裡罵，就立定了脚，不好走進去，悄悄的出營。楊虎道：「他自己打了敗仗，反抱怨我們。」佘化龍道：「我們去搶了汜水関，將功勞送與他，講和了，省得只管着惱，何如？」楊虎道：「說得有理。」回到營中，吩咐眾軍士吃得飽了，竟去搶関。正是：

康郎已決安邦策，汜水先收第一功。

不知二人搶関勝敗若何？且聽下回分解。

第三十二回　牛臯酒醉破番兵　金節夢虎諧婚匹

詞曰：

這香醪，調和麯櫱多加料。須知不飲傍人笑。盃翻罍倒，酣醉破番獠。　飛虎夢，卜英豪，一霎時，百年隨唱，一旦成交好。

右調殿前欢

却說余化龍、楊虎二人帶領三軍，齊至汜水關前，放炮吶喊。早有小番飛報上關，張從龍率領番兵開關迎敵，兩陣對圓。余化龍出馬，並不打話，冲開戰馬，拎鎗便刺，張從龍舉鎚就打，鎗來鎚去，战到二十回合，不分勝負。余化龍想道：「怪不得牛臯敗陣。这狗男女果然厲害！」虛幌一鎗，詐敗下來，張從龍拍馬追來，余化龍暗取金標在手，扭回身子，豁的一標，正中張從龍前心，翻身落馬。楊虎趕上一刀，梟了首級。三軍一齊搶進關來，眾番兵四散逃走，兩將就進汜水関安營。

明日，二人一仝來見牛臯，牛臯道：「你二位到此何幹？」余化龍道：「我二人得了汜水関了。」牛臯道：「你二人得了功勞，告訴我做什么？」余化龍道：「有個緣故，昨日听見將軍抱恨楊虎，今我二人搶了汜水関，送與將軍：一則與將軍重起大運；二則小將初來，無以為敬，聊作進獻之禮。將軍以後不要罵楊將軍了。」牛臯道：「元帥來時怎么說？」余化龍道：「讓牛兄去报功，小弟們不報就是。」牛臯道：「如此說，倒生受你們了。」二人辭別回營。牛臯就領兵出大路口安營，伺候元帥。

这日，报元帥大兵已到，三人一齊上來迎接。元帥便問：「搶汜水關是何人的功劳？」三人皆不答應，元帥又問：「為何不报功？」牛臯道：「我是不會說謊的，關是他二人搶的，說是把功劳讓我，我也不要，原算了他們的罷。」元帥道：「既如此，你仍領本部兵馬去救藕塘關。本帥隨後即至。」牛臯領令而去，岳爺就與余、楊二人上了功劳簿，安撫百姓已畢，隨即起身，往藕塘關進發。

且說牛臯一路上待那些軍士，猶如赤子一般，效那當年楚霸王的行兵：自己在前，三軍在後。那些軍士常常帶了飯團走路，恐怕牛臯搶了地方，方許吃飯。一路如飛赶來。

这一日，看看來到藕塘關。守關揔兵聞报，說是岳元帥領兵已至關下，忙出關跪下道：「藕塘關總兵官金節，迎接大老爺。」牛臯道：「免叩頭。我乃先行統制牛臯，元帥尚在後頭。」金節忙立起來，只急得氣滿胸膛，暗想道：「一個統制見了本鎮要叩頭的，怎么反叫本鎮免叩頭？」吩咐：「把报事的綁去砍了！」牛臯听了，大怒道：「不要殺他。你既然本事高強，用俺們不着，我就去了。」吩咐轉兵回去。金節想道：「这個匹夫是岳元帥的愛將，得罪了他，有許多不便。」只得忍着氣上前叫聲：「牛將軍，請息怒。本鎮因他报事不明，軍法有律。既是將軍面上，就不准法罷。」便吩咐放綁，牛臯道：「这便是了。你若难為了他，我就沒體面了。」金節道：「是本鎮得罪了，請將軍進關駐扎。」二人進關，到了衙門大堂。只見處處掛紅張燈結綵，皆因元帥到來，故此十分齊整。牛臯來到滴水簷前，方纔下馬，上了大堂，在正中間坐下，總兵只得在旁邊坐了，送茶出來吃了。一面擺酒席出來，請牛臯坐下。

牛皋道：「幸喜這酒席請我，還見你的情；若請元帥，就有罪了。」金節忙問道：「这却是為何？」牛皋道：「俺元帥飲食，向北方流涕，因二聖却在那裡，坐井觀天，吃的是牛肉，飲的是駱漿，如此苦楚，為臣子的就吃一湌素飯，已為過分。俺們常勸元帥為國為民，勞心費力，就用些葷菜，也不為罪過，被俺們勸不過，如今方吃些魚肉之類。若見这般豐盛酒席，豈不要惱你？」金節聽了，連聲謝道：「多承指教！」牛皋道：「索性替你說了罷，俺元帥最喜的是豆腐，因河北大名府內黃縣小考時，吃了豆腐起身。他道：『君子不忘其本。』故此最愛豆腐。」金節道：「原來如此，越發承情指教了。」牛皋道：「若是「貴總兵，你這酒席，果然是誠心請我的么？」金節道：「本鎮果然誠心請將軍的。」牛皋道：「若是誠心請我，竟取大碗來。」金節忙叫從人取過大碗，牛皋連吃了二三十碗。金節暗想道：「这樣一個好元帥，用这樣蠢匹夫為先行！」看看吃到午時，牛皋問道：「貴摠兵，俺那些兵卒們須要賞他些酒飯吃。」金節道：「多與他們銀子，自買來吃了。」牛皋道：「如此費心了。」

金節看牛皋已有八九分醉意，只見外邊的軍士來報道：「金兵來犯関了！」金節悄悄吩咐軍人：「傳令各門加兵護守！」報子去了，牛皋問道：「金爺，你鬼頭鬼腦，不像待客的意思，有甚話但說何妨。」金節道：「本鎮見將軍醉了，故不敢說。番兵將近関了！」牛皋道：「妙阿！既有番兵，何不早說？快取酒來，吃了好去殺番兵。」金節道：「將軍有酒了。」牛皋道：「常聽得人說：『吃了十分酒，方有十分氣力。』快去拿來！」金節無奈，只得取一坛陳酒來，放在他面前。牛皋雙手捧起來吃了半坛，叫家將：「拿了这剩的那半坛酒，少停拿與你爺吃。」立起身來，踉踉蹌蹌走下大堂，眾人只得扶他上馬。三軍隨後跟出城來。

金節上城觀看，那牛皐坐在馬上，猶如死的一般。只見金邦元帥斬着摩利之身長一丈，用一條渾鐵棍，足有百十來斤，是員步將。出陣來，看見牛皐吃得爛醉，在馬上東倒西横，頭也抬不動。斬著摩利之道：「这個南蛮，死活都不知的。」就把那條鐵棍一頭豎在地下，一頭拄在胸膛，好似站堂的皂隷一般，口裡邊說：「南蛮，看你怎么了？」牛皐也不答應，停了一會，叫：「快拿酒來。」家將忙將剩的半坛酒，送在牛皐面前，牛皐雙手捧着亂吃。那曉得吃醉的人，被風一吹，酒却湧將上來，把口張開竟像靴統一樣，这一吐，直噴在番將面上。那番將用手在面上一抹，这牛皐吐了一陣，酒却有些醒了，睜開兩眼，看見一個番將，立在面前抹臉，就舉起鐧來，噹的一下，把番將的天灵蓋打碎，跌倒在地，腦漿迸出。牛皐下馬，取了首級，復上馬招呼眾軍，冲入番營，殺得尸横遍野，血流成河。追赶二十里，方纔回兵，搶了多少馬匹粮艸。

金節出関迎接，說道：「將軍真神人也！」牛皐道：「若再吃了一坛，把那些番兵多殺尽了。」說話之間，進了関來。金節送牛皐到驛中安歇。眾軍就在後首教場內安營。金節回轉衙中，戚氏夫人接進後堂晚膳，金爺說起：「牛皐十分無禮，不想他倒是一員福將，吃得大醉，反打敗十萬番兵，得了大功。」夫人道：「也是聖上洪福，出这樣的人來。」閒話之間，金爺吃完了晚膳，對夫人道：「下官因金兵犯界，連夜裡還要升堂去辦事，只好在書房去歇了。」夫人道：「相公請自便。」金節自往外去。

夫人進房安歇。到了三更時分，忽聽得房門叩响，夫人忙叫丫环開了房門，卻原來是夫人的妹子戚賽玉，慌慌張張走進房來，叫聲：「姐姐，妹子幾乎驚死！特來與姐姐作伴！」夫人道：「你父母早亡，雖是你姐夫撫你成人，但如今年紀長大，也要避些嫌疑。幸喜你姐夫在書房去歇了，倘若在此，也來叩門？」賽玉道：「不是妹子不知世事。方纔妹子睡夢裡見一隻黑虎來抱我，所以唬得睡不穩，只得來同姐姐作伴。」夫人道：「这也奇了，我方纔也梦見一個黑虎走進後堂，正在驚慌，却被你來叩門驚醒。不知主何凶吉？」遂留賽玉一仝宿了。

到了天明起來，梳洗已畢，金爺進後堂來用早膳。夫人道：「妾身昨夜梦見黑虎走入後堂，舍妹亦夢被黑虎抱住，不知主何吉凶？」金爺道：「有此奇事！下官昨晚亦夢有黑虎進內。莫非令妹終身應在此人身上么？」夫人道：「那個什么『此人』？」金爺道：「就是岳元帥的先行官牛皐。他生得面黑短鬚，身穿皂袍，分明是個黑虎。我看他人雖鹵莽，後來必定衣紫腰金，倒不如將令妹配與他，也完了你我一椿心事。不知夫人意下若何？」夫人道：「妾乃女流，曉得什么？但憑相公作主。」金爺道：「待下官去問他家丁，若未曾娶過，今日乃是黃道吉日，就與令妹完姻便了。」夫人大喜，就進房去與妹子說知。

金節出來叫他家丁來問，曉得牛皐未娶夫人。金節大喜，就命家人整俻花燭，着人將紗帽圓領送到驛中去：「你不要說甚么，只說請他吃酒，等他來時，就拜天地便了。」家人領命，遂來至驛中，見了牛皐，送上衣帽。牛皐道：「為何又要文官打扮吃酒？少停我便來罷了。」家將回府，說牛皐就來，金節甚喜，大堂上張灯結彩，供着喜神，准俻花燭。不一時，牛皐來至轅門下馬，金節出來迎接，走至大堂，牛皐見这光景，心中想道：「他家有人做親，所以請我吃喜酒。」牛皐便問金節道：「府上何人完姻？俺賀禮也不曾俻來，只好後補了。」金爺道：「今日黃道吉日，下官有一妻妹，送與將軍成親，特請將軍到來同結花燭。」叫：「請新人出來！」那牛皐聽見这話，一張嘴臉脹得猪肝一般，急得沒法，往外一跑，出了大門，上馬跑回驛中去了。这邊戚夫人見牛臯跑了去，便道：「相公，他今跑了去，豈不誤了我妹子終身大事？」金爺道：「夫人不必憂心，且候元帥到來，我去稟明，必成这頭親事。」

正說之間，忽報岳元帥大兵已來。金摠兵也不換衣甲，就穿着这冠帶，上了馬出關，直至軍前跪下，口称：「藕塘關摠兵金節，迎接大老爺。」岳爺道：「請起。」暗想：「那牛臯怎么不見來接？難道又打了敗仗了？」便問摠兵：「為何这等服色？」金節稟道：「只因牛先鋒兵至關中，甚是無禮，公堂飲酒，居中而坐，吃得大醉。適值番將領兵十萬來犯關，那個番將身長一丈四尺，十分厲害。牛臯先鋒决要出去交戰，來至陣前，牛先鋒吐酒於番將臉上，番將忙揩臉時，牛先鋒一鐧打死，大獲全勝。卑職荊戚氏有一胞妹，年方十七，尚未適人，因夜間夢兆有應，欲配先鋒，又逢今日黃道吉期，特請先鋒到衙完姻，不知何故竟自跑回。求元帥玉成，得諧秦晉，實為恩便。」元帥道：「貴摠兵請回，少停待我送來完姻便了。」金節謝了回衙，與夫人說知，各各歡喜。

再說岳元帥紮下營盤，便叫湯懷去喚牛臯來。湯懷得令，出營上馬，進得關來，來至驛中門首，便問軍士道：「你家牛老爺那里去了？」軍士稟道：「俺家老爺在後帳房。」湯懷道：「不必通報，我自進去。」只見牛臯朝着墻頭坐着，湯懷道：「賢弟，好打扮！」牛臯道：「湯哥幾時來的？」湯懷道：「元帥有令，令你前去。」牛臯道：「待我換了衣甲去。」湯懷道：「就是这樣的去罷。」扯了就走，一同上馬來至大營，湯懷先來繳令，然後牛臯跪下叩頭。岳爺道：「夫婦，人之五倫，你怎么跑了來？豈不害了那小姐的終身！今日為兄的送你去成親。」元帥也換了袍服，仝牛臯一齊來到摠兵衙門。金爺出來，接到大堂之上，先拜了元帥，就請新人與牛臯拜了花燭，送歸洞房。元帥對金摠兵道：「今日匆匆，另日補禮罷。」金摠兵連称「不敢」。元帥出了衙門，回營坐下，對眾將道：「眾位賢弟，從今日起，把『臨陣招親』这一欵革去。若賢弟們遇着有婚姻之事，不必稟明，便就成親。況这番往北路去迎二聖，臨陣交鋒，豈能保得萬全？若得生一後嗣，也好接代香火。」眾將謝了元帥。按下不表。

話分兩頭，再說那山東魯王劉豫，守在山東，殘虐不仁，詐害良民，也非止一端。那次子劉猊，倚着父親的勢頭，在外強佔民田，奸淫婦女，無所不為。忽一日，帶了二三百家將，往鄉村打圍作樂，一路來到一個地方，名為孟家庄，一眾人放鷹逐犬。不道一個庄家正在鋤田，忽見一鷹叼着一隻大鳥飛來，落在面前。这庄家是個村魯之人，曉得什么來歷，赶上前一耡頭打死，說道：「好造化！我家老婆昨日嫌我不買些葷腥與他下口，今日这兩個鳥兒拿回去煮熟了，倒有一頓好吃。」正在快活算計，誰知一眾家丁赶來尋鷹，看見那庄丁拿着在手裡相❼，便喝道：「該死的狗才！怎么把我的鷹打死了？」庄丁道：「这是他飛到我跟前來，所以打死，要拿回家去做下酒，干你甚事？」家丁道：「好個不知死活的人！你家在那裡？」庄丁道：「我就是孟家庄孟太公家的庄丁。你問我怎的？」內中一個道：「哥，你休要和他講，只拿他去見家主爺便了。」庄丁道：「打死了一個鳥兒，就要拿我，难道沒有王法的么？」眾家將听了大怒，就將庄丁乱打，內中一個赶上來一腳，正踢着庄丁的陰囊，一交跌倒在地，滾了幾滾，就嗚呼哀哉了。那眾家將見打死了庄丁，忙來报與劉猊道：「我家的鷹被孟家庄庄丁打死。小的們要他賠償，連公子也罵起來，所以小的們發惱，和他厮打，不道他跌死了。」劉猊道：「既然死了，要他家主賠還我的鷹來。」即帶了家丁，往孟家庄來。

❼ 手裡相：手裡面。滬、杭、蘇、錫地區方言。

到了庄上，家丁大喊道：「門上的狗頭，快些進去說：『刘王爺二爵主的鷹被你庄丁打死，快早賠還；萬事全休；如若遲了，報與四太子，將你一門碎屍萬段。』」庄丁听了，慌忙進來報與太公。太公聞言，想道：「劉豫这奸臣，投了外邦，他兒子連父親的相與，都不認了。待我自去見他，看他怎么樣要我賠鷹。」孟太公出了庄門，这劉猊在馬上道：「老頭兒，你家庄丁把我的鷹打死了，快些賠來。」太公道：「你怎么曉得是我庄丁打死的？」劉猊道：「我家家將見他打死的。」太公道：「若果是我家庄丁打死，應該賠你，待我叫他來問。」劉猊道：「你那庄丁，出言無狀，已被我打死了。」孟太公不听猶可，聽了庄丁被刘猊打死，直急得三尸神爆跳，七竅内生烟，大怒道：「反了，反了！你們把他打死了，不要償命，反要我賠鷹，真正是天翻地覆了！」劉猊大怒道：「老殺才！皇帝老兒也奈我不得，你敢出言無狀！」就把馬一推，冲上前來捉拿太公。太公看見他的馬冲上來，往後一退，立脚不住，一交跌倒。只一交不打緊，好似：

一團猛火燒心腹，萬把鋼刀割肚腸。

不知孟太公性命如何？且聽下回分解。

第三十三回　劉魯王縱子行兇　孟邦傑逃灾遇友

詩曰：

縱子行兇起禍胎，老軀身喪少逃灾。今日困龍初失水，他年驚看爪牙排。

話說劉猊催馬上前來捉太公，太公往後一退，立脚不住，一交跌倒，把個腦後，跌成一個大窟窿。那太公本是個年老之人，暈倒在地，流血不止，眾庄丁連忙扶起，抬進書房中床上睡下。太公醒來，便對庄丁道：「快去喚我兒來！」那太公中年沒了妻室，只留下这一個兒子，名為孟邦傑，小時也請過先生，教他讀過幾年書。奈他自幼專愛使鎗弄棒，因此太公訪求幾個名公教師，教了他十八般武藝，使得兩柄好雙斧。那日正在後邊菜園地上習練武藝，忽見庄丁慌慌張張來報道：「大爺不好了！我家太公與劉王的兒子爭論，被他的馬冲倒，跌碎了頭顱，命在須臾了！」孟邦傑聽了，嚇得魂不附體，丟了手中棒，三脚兩步赶進書房，只見太公倒在床上發昏。邦傑便問庄丁細底，庄丁把劉猊打死庄丁，來要太公賠鷹之事，述了一遍。太公微微睜開眼來，叫聲：「我兒！可恨刘猊这小畜生無理，我死之後，你須要與我報仇則個！」話還未畢，大叫一聲：「疼殺我也！」霎時間流血不止，竟氣絕了。孟邦傑叫了一回叫不醒，就大哭起來。

正在悲傷之際，又有庄丁來報說：「刘猊在庄門外嚷罵，說若不快賠他的鷹，就要打進庄來了。」孟邦傑聽了，就揩乾了眼淚，吩咐庄丁：「你去對他說：『太公在裡面兌銀子賠鷹，略等一等，就出來了。』」庄丁說聲「曉得」，就走出庄門。

那劉猊正在那里乱嚷道：「这討死的老狗頭！進去了这好一回，還不出來賠還我的鷹，难道我就罷了不成！」叫眾家將打將進去。那庄丁忙上前稟道：「太公正在兌銀子賠鷹，即刻就出來了。」刘猊道：「既如此，叫他快些，誰耐煩等他！」庄丁又進去對孟邦傑說了。邦傑提着兩柄扳斧，搶出庄門，罵一聲：「狗男女！你們父子賣國求荣，詐害良民，正要殺你。今日殺父之仇，還想走到那里去么？」綽起雙斧，將三四十個家將，排頭砍去，逃得快，已死殺了二十多個。刘猊看來不是路，回馬飛跑。孟邦傑步行，那里赶得上，只得回庄，將太公的尸首下了棺材，抬到後邊空地上，埋葬好了。就吩咐眾家人道：「刘猊这廝怎肯干休，必然領兵來報仇。你們速速收拾細軟東西，有妻子的帶妻子，有父母的領父母，快些逃命去罷。」眾家人果然個個慌張，一時間俱各打疊，一鬨而散。孟邦傑取了些散碎金銀，撒在腰間，紮縛停當，提了雙斧，正要牽馬，却听得庄前人喊馬嘶，搖天沸地，邦傑只得向庄後從墻上跳出，大蹈步往前途逃走。

說話的，你道那孟邦傑殺了刘猊許多家將，难道就罷了不成？當時刘猊逃回府中，听得父親在城上玩景乘涼，隨即來到城頭上，見了刘豫，叩頭哭訴道：「爹爹快救孩兒性命！」刘豫吃驚道：「為着何事，这般模樣？」刘猊就將孟家庄之事，加些假話，說了一遍。刘豫听了，大發雷霆：「罷了，罷了！我王府中的一隻狗走出去，人也不敢輕易惹他，何況我的世子？擅敢殺我家將，不謀反待怎的？就着你領兵五百，速去把孟家庄圍住，將他一門老小，盡皆抄沒了來回話。」刘猊答應未完，傍邊走過大公子刘鱗，上前來道：「不可，不可！爹爹投順金邦，也是出于無奈。雖然偷生在世，已經被天下人罵我父子是賣国求榮的奸賊。現今岳飛正在興兵征伐，倘若滅了金邦，我們就死無葬身之地。再若如此行為，只恐天理难容。爹爹還請三思！」劉豫道：「好兒子，那有反罵為父的是奸賊？」劉鱗道：「孩兒怎敢罵父親，但只怕难逃天下之口！古人道：『為臣不能忠于其君，為子不能孝于其親，何以立于人世？』不如早早自盡，免得旁人恥戮❶。」說罷，就望着城下湧身一跳，跌得頭開背折，死于城下。刘豫大怒道：「世上那有此等不孝之子！不許收拾他的尸首。」就命劉猊發兵去將孟家庄抄沒了。那劉猊領兵竟至村中，把孟家庄團團圍住，打進庄去，並無一人，就放起一把火來，把庄子燒得乾乾淨淨，然後回來繳令。當時城外百姓有好義的，私下將大公子的尸首掩埋了。且按下不題。

再說那孟邦傑走了一夜，次日清晨，來到一座茶亭內坐定，暫時歇息歇息。打算要到藕塘関去投岳元帥，不知有多少路程，只因越墻急走，又不曾帶得馬匹，怎生是好？正在思想，忽听得馬嘶之聲，回轉頭一看，只見亭柱上拴着一匹馬，邦傑道：「好一匹馬！不知何人的？如今事急無君子，只得要借他的來騎騎。」就走上前來，把轡繩解了，甩上馬，加上一鞭，那馬就豁喇喇如飛跑去。不道这匹馬，乃是这里臥牛山中一個大王的。这一日，那個大王在这里義井菴中與和尚下了一夜棋，兩個小嘍囉躲在韋馱殿前耍錢，把这馬拴在茶亭柱上。到了天明，大王要回山去，小嘍囉開了菴門來牽馬，却不見了，小嘍囉只叫得苦。和尚着了忙，跪下道：「叫僧人如何賠得起？」大王道：「这是嘍囉不小心，與老師父

❶ 恥戮：恥辱；羞辱。

何涉？」和尚謝了，起身送出菴門。大王只得步行回山。

却說孟邦傑一馬跑到一個松林邊，叫聲：「阿呀！不知是那一個不積福的，掘下这一個大泥坑。幸我眼快，不然跌下馬來了！」正說之間，只聽得一聲吶喊，林內伸出幾十把鐃鉤，將孟邦傑搭下馬來，跳出幾十個小嘍囉，用繩索捆綁了，將馬牽過來。眾嘍囉哈哈大笑道：「拿着一個仝行中朋友了。这匹馬是我們前山大王的，怎的被他偷了來？」內中一個嘍囉道：「好沒志氣，他是個賊，我們是大王，差遠多哩！」又一個道：「算起來也差不得多少，常言說的『盜賊』，盜、賊原是連的。」一個道：「休要取笑，解他到寨中去！」就將孟邦傑橫縛在馬上，押往山寨而來。

守寨頭目進寨通報了，出來說道：「大王有令，叫把这牛子去做醒酒湯。」嘍囉答應一聲，將孟邦傑拿到剝衣亭中，綁在柱上，那柱頭上有一個跳頭鐶，將他頭髮掛上。只見一個嘍囉，手中提着一桶水，一個拿着一個盆，一個捧着一個鉢頭，一個手中拿着一把尖刀，一個手中拿着一個指頭粗的籐條。那個嘍囉將鉢頭送在邦傑口邊道：「漢子，吃下些！」孟邦傑道：「这黑漆漆的是甚么東西，叫爺爺吃？」嘍囉道：「这裡頭的是清蔴油、蔥花、花椒。你吃了下去，就把这桶水照頭淋在身上。你身子一抖，我就分心一刀，刳出心來，放在盆裡，送去與大王做醒酒湯。」邦傑道：「我勸他將就些罷，如何要这般像意？」把牙齒咬緊不肯吃，这嘍囉道：「不肯吃下去，敢是这狗頭要討打么？」提起籐條要打，孟邦傑大叫道：「我孟邦傑死在这裡，有誰知道？」

这一聲喊，恰恰遇着那前山的大王上來，聽見喊着「孟邦傑」名字，忙叫：「且慢動手！」走到他面前仔細一看：「果是我的兄弟！」叫左右：「快放下來」，眾嘍囉慌忙放下，取衣服與他穿好。这里嘍囉忙報與大王，邦傑道：「若不是仁兄到來，小弟已為泉下之鬼矣！」那四個大王聞報，一齊來到剝衣亭上道：「大哥，这是偷馬之賊，為何認得他？」大王道：「且至寨中，與你們說知。」

眾大王同邦傑來到寨中，大家見了禮，一齊坐下。那救孟邦傑的，叫做錦袍將軍岳真。那後山四位：一個姓呼名天保，二大王名天慶，第三個大王姓徐名慶，那個要吃人心的是第四位大王姓金名彪。岳真道：「為兄的幾次請賢弟上山聚義，兄弟有回書來說，因有令尊在堂，不能前來。今日卻要往何方去，被我們的嘍兵拿住？既然拿住了，就該說出姓名來了，他們如何敢放肆？」孟邦傑道：「不是為弟的不思念哥哥，實係心中苦切，故此忘懷了。」那岳真道：「兄弟有何事心中苦切？」邦傑就將劉猊打圍、跌死父親这一席話，說了一遍。「今欲要投岳元帥去，領兵來報此仇。」岳真道：「原來如此。」於是大家重新見禮。

呼天保道：「大哥，孟兄要报父仇，有何难處。我等六人聚集兩個山寨中人馬，約有萬餘，足可以報得孟兄之仇，何必遠去？」孟邦傑道：「小弟聞得岳元帥忠孝兩全，大重義氣，我此去投他，公私兩盡。」眾大王道：「这也說得有理。」孟邦傑道：「依小弟看起來，这綠林中買賣，終無了局。不如聚了兩山人馬，去投在岳元帥麾下。他若果是個忠臣，我等便在他帳下聽用，掙些功勞，光耀祖宗；若是不像個忠臣，我們一齊原歸山寨，重整軍威，未為晚也。」岳真道：「我也久有此心，且去投他，相机而行便了。」就吩咐嘍囉，收拾山寨人馬、糧草、金銀。當日大排筵席，各各暢飲。到了第三日，眾大王帶領一萬嘍兵，一齊下山，望藕塘関而來。一路慢表。

且說藕塘関岳元帥那邊，这一日正逢七月十五日，眾將各俱在營中做羹飯。那牛皐悄悄對吉青道：

「那營中萬馬千軍，这些鬼魅如何敢來受祭？我和你不如到山上幽僻之處，去做一碗羹飯，豈不是好？」吉青道：「这句話講得有理。」就叫家將把菓盒抬到山上幽僻地方，牛皐道：「我就在此祭，老哥你往那首去，各人祭完了祖，抬攏來吃酒。」吉青道：「有理。」牛皐叫軍士躲開了。他想起母親，放聲大哭。吉青聽得牛皐哭得苦楚，不覺打動他傷心之處，也大哭了一場。兩個祭完了，化了紙錢，叫家將把兩桌祭禮抬攏來，擺在一堆吃酒。吃不得幾盃酒，牛皐說道：「这悶酒吃不下，請教吉哥行個令。」吉青道：「牛兄弟，就是你來。」牛皐道：「若要我行令，你要遵我的噓。」吉青道：「这個自然。」牛皐想了想道：「就將这『月亮』為題，吟詩一首。吟得來。便罷；吟不來，吃十大碗。」吉青道：「遵令了。」吃了一盃酒，吟詩道：

團團一輪月，或圓又或缺。安上頭共尾，一個大白鱉。

牛皐笑道：「那里有这樣大的白鱉，豈不是你獃我？罰酒，罰酒！」吉青道：「如此，吃了五碗罷。」牛皐道：「不相干，要罰十碗。」吉青道：「就吃十碗。你來，你來！」牛皐道：「你听我吟。」也斟了一盃酒，拿在手中吟道：

酒滿金樽月滿輪，月移花影上金樽。詩人吟得口中渴，帶酒連樽和月呑。

吉青道：「你也來獃我了。月亮这樣高，不必說他，你且把这酒盃兒吃了下去。」牛皐道：「酒盃兒怎么叫我吃得下去？」吉青道：「你既吃不下去，也要罰十大碗。」牛皐笑了笑道：「拿酒來我吃。」

一連吃了五六碗。立起身來就走，吉青道：「你往那里去，敢是要賴我的酒么？」牛臯道：「那個賴你的酒？我去小解一解就來。」牛臯走到山坡邊，解開褲子，向草裡撒將去。那曉得有個人，恰躲在这草中。这牛臯正撒在那人的頭上，把頭一縮，却被牛臯看見了。忙將褲子繫好，一手把那人拎將起來，走到吉青面前，叫道：「吉哥，拿得一個奸細在此。」吉青道：「牛兄弟，你好時運！連出恭都得了功勞。」忙叫家將收拾殘餚物件，把那人綁了。二人上馬，竟往大營前來候令。

元帥叫傳宣令二人進見。牛臯跪下道：「末將在土山上，拿得一個奸細在此，候元帥發落。」元帥道：「綁進來。」左右一聲「得令」，就將那人推進帳中跪下。元帥一見他的服色行徑，明知是金邦奸細，就假裝醉意，往下一看，叫道：「快放了綁！」說道：「張保，我差你山東去，怎么躲在山中，被牛老爺拿了？書在那裡？」那人不敢則聲，元帥道：「想必你遺失了，所以不敢回來見我么？」那人要命，只得應道：「小人該死！」元帥道：「沒用的狗才！我如今再寫一封書，恐怕你再遺失了，豈不悞我的事！」吩咐把他腿肚割開，將蠟丸用油紙包了，放在他腿肚子裡邊，把裹腳包好，吩咐：「小心快去，若再悞事，必然斬首。」那人得了命，諾諾而去。那牛臯看見張保站在岳爺背後，就是元帥醉了，也不致如此錯認。呆呆的看放那人去了，方上來問道：「元帥何故認那奸細做了張保？末將不明，求元帥指示。」岳爺笑道：「你那里曉得。大凡兵行詭道，你把这奸細殺了，也無濟于事。我久欲領兵去取山東，又恐金兵來犯藕塘関，故此將機就計，放他去替我做個奸細，且看何如？」眾將一齊称贊：「元帥真個神机妙算！我等如何得知。」元帥就命探子前往山東，探听刘豫消息，不表。

且說这個人果然是兀朮帳下的一個參謀，叫做忽耳迷。兀朮差他到藕塘関來，探听岳爺的消息，不期遇着牛臯，吃了这一場苦，只得熬着疼痛，回至河間府。到了四狼主大營，平章先進帳稟明，兀朮即命進見。看見忽耳迷面黄肌瘦，兀朮心下暗想：「必竟是路上害了病，所以違了孤家的限期。」便問道：「參謀，孤家差你去探听消息，怎么樣了？」參謀稟道：「我奉旨往藕塘関，因夜間躲在草中，被牛臯拿住，去見岳飛。不期岳飛大醉，錯認臣做張保，與臣一封書，教臣到山東去投遞。」兀朮道：「拿書來，待某家看。」參謀道：「書在臣腿肚子裡！」兀朮道：「怎么書在你腿肚子裡？」參謀道：「岳飛將臣腿肚割開，把書嵌在裡邊，疼痛难行，故此來遲了。」

兀朮遂命平章取來。可憐这參謀腿肚子都爛了！平章取出蠟丸，把水來洗乾淨了，送到兀朮跟前，將小刀割開，取出書來。兀朮細看，却是劉豫暗約岳飛兵取山東的回書。兀朮大怒道：「孤家怎生待你，你直如此反覆，真正是個奸臣！」就命元帥金眼韬魔、善字魔里之領兵三千，前往山東，把刘豫全家斬首。元帥領令，當有軍師哈迷蚩奏道：「狼主且住！这封書未知真假，不如先差人往山東探听真實，然後施行。若草草將劉豫斬了，焉知不中了岳飛反間之計？」兀朮道：「不管他是計不是計，这個奸臣，留他怎么？快快去把他全家抄沒了來！」金眼元帥竟領兵望山東而去。且按下慢表。

且說那岳元帥一日正坐帳中，有探子來报：「啟上元帥，関外大路上有一枝兵馬屯扎營寨，特來報知。」元帥道：「可是番兵么？」探子道：「不是番兵，看來好似綠林中人馬樣子。」元帥命湯懷、施全前去打探：「倘若是來歸降的，好生領他來相見。」二人答應，出營上馬開關。未到得十餘里，果見一枝人馬安下營頭。湯懷走馬上前，大喝一聲道：「嘚！你們是那里來的人馬？到此何幹？」早有小卒报入營中，只見走出六員战將，齊齊來到馬前道：「某等乃山東臥牛山中好漢岳真等，聞岳元帥禮賢重士，特來投順的。不知二位將軍尊姓大名？」湯懷、施全兩個听了，連忙跳下馬來道：「小將湯懷，此位施全。奉元帥之命，特來探問將軍們的來意。既如此，就請上馬，仝去見了元帥定奪，何如？」六人齊聲道：「相煩引見。」于是八個人俱各上馬進関。

到了營前，下了馬，湯懷道：「待小將先進去稟明元帥，然後請見。」六人道：「二位請便。」二人進營，見了元帥稟道：「有一枝人馬，為首六人乃是山東臥牛山中好漢，特來歸順，現在營前候令。」岳爺大喜，就命請進。六位好漢齊進營中跪下，口称：「岳真、孟邦傑、呼天保、呼天慶、徐慶、金彪在山東臥牛山失身落草，今因刘豫不仁，特來歸順元帥。」孟邦傑又道：「小人本係良民，因一門盡被刘猊殺絕，只有小人逃出。在外遇着这班好漢，欲與小人報仇，小人勸他們去邪歸正，來投元帥。求元帥發兵往山東捉拿刘猊，明正典刑，公私兩盡。」元帥道：「刘豫父子投順金邦，那兀朮甚不喜他，本帥已定計令他自相殘害。我已差人往山東去探聽消息，待他回來，便知端的。若此計不成，本帥親領人馬，與將軍报仇便了。」孟邦傑謝了元帥，元帥傳令，把降兵招為本隊，少不得改換了衣甲旗號。岳爺與这班好漢結為朋友，設筵款待，各立營頭居住。

不數日，岳爺正在營中與眾將聚談兵法，忽報探子回營。元帥令進來，細問端的。探子稟說：「小人奉令往山東，探得刘王長子劉麟，為兄弟抄沒了孟家庄，力諫不從，墜城而死。大金國差元帥金眼蹈魔、善字魔里之領兵三千，將刘豫一門盡皆抄沒。只有劉猊在外打圍，知風逃脫，不知去向。特來繳令。」元帥賞了探子銀牌羊酒，探子叩謝出營去了。元帥對孟邦傑道：「劉豫既死，賢弟亦可釋然。待後日拿住刘猊，將他的心肝設祭令尊便了。」邦傑謝了元帥，各自散去。

再表金眼謟魔、善字魔里之取了刘豫家財，回至河間府繳令。兀朮將財帛金銀計數充用，便下令道：「岳飛久居藕塘関，阻我進路，有誰人敢領兵去搶関？」當有大太子粘罕答應一聲：「某家願去！」兀朮道：「王兄可帶十萬人馬，務必小心攻打。」粘罕領令，就点齊十萬人馬，另有一班元帥、平章保駕，離了河間府，浩浩蕩蕩，殺奔藕塘関而來。

这里探子飛風報進岳元帥營中道：「啟上元帥大老爺，今有金國大太子粘罕領兵十萬，來取藕塘関，離此已不遠，特來報知。」元帥命再去打探。隨即令軍政司点兵四隊，每隊五千。命周青領一隊，在正南上下營，保護藕塘関；趙雲領一隊，在西首保関；梁興領一隊在東首安營；吉青領一隊在正北救應。四將領令，各去安營保守。元帥自仝諸將守住中央大營，以備金兵搶関。

且說粘罕大軍已至，離關十里，傳下令來：「今日天色已晚，且安下營盤，明日開兵。」这一聲令下，四營八哨紛紛乱乱，各自安營。粘罕緊對藕塘関紮住大營，暗暗思想：「向日在青龍山有十萬人馬，未曾提防得，不道到得二更時分，被岳南蛮單人獨馬，踹進營來，殺成個尸山血海。今日倘这蛮子再冲進來，豈不又受其害？」想了一回，就暗暗傳下號令，命眾小番在帳前掘下陷坑，兩邊俱埋伏下撓鈎手，以防岳南蛮再來偷劫營寨。小番得令，不一時間，俱已掘成深坑，上面將浮土蓋好。粘罕又挑選面貌相像的，裝成自己一樣，坐在帳中，明晃晃點着兩枝蠟燭，坐下看書。自己退入後營端正。不因是粘罕这一番小心防備，有分教：

挖下陷坑擒虎豹，沿江撒網捉蛟龍。

畢竟不知岳爺果然來劫寨否？且聽下回分解。

第三十四回　掘陷坑吉青被獲　認弟兄張用獻關

詩曰：

幾載飄零逐轉蓬，年來多难與兄同。雁南燕北分飛久，驀地相逢似夢中。

上回已講到那金國大太子粘罕統領大兵十萬，離藕塘關十里，安下營盤，准備與岳元帥交兵，自有一翻大戰，暫且按下慢表。

話❶中說起一位好漢，乃是河間府節度張叔夜的大公子張立，因與兄弟張用避难在外，弟兄分散，盤纏用盡，流落在江湖上，只得求乞度日。聞得岳元帥兵駐藕塘關，特地赶來投奔。不道來遲了一日，遍地俱是番營，阻住路頭。張立便走到一座土山上坐定，想道：「我且在这樹林中歇息歇息，等待更深時分，打進番營去，打一個爽快，明日去見岳元帥，以為進見之功，豈不是好？」算計已定，就在林中草地上，斜靠着身子，竟悠悠的睡去。

不道那日湖口揔兵謝昆，奉令催糧到此，見有金兵下營，不敢前進，只得躲在山後，悄悄安營，差人大寬轉去報岳元帥，差兵遣將來接糧米。那張公子在土山之上睡了一覺，猛然醒來，把眼睛擦擦，提

❶ 話：故事。如宋代說書人說故事的底本叫「話本」。

棍下山，正走到謝昆營前，舉棍就打，三軍吶喊一聲，謝昆驚慌，提刀上馬，大喝：「何等之人敢搶岳元帥的糧草？」張立抬頭一看，說聲：「阿呀！原來不是番營，反打了岳元帥的營盤，却是死也！」急忙退出，原上土山去了。謝昆也不敢追赶，說道：「倒被这廝打壞了幾十人，幸喜糧米無事。」

且說張公子上山來，觀看了一回，自想：「不得功勞，反犯了大罪，如何去見得岳元帥？不如原討我的飯去罷！」又恐有人上山來追趕，只得一步懶一步，下山望東，信步而去。

再說是夜吉青走馬出營，吩咐三軍：「少動！我去去就來。」家將忙問：「老爺黑夜徃那里去？」吉青道：「我前回在青龍山，中了这番奴『調虎離山』之計，放走了粘罕，受了大哥許多埋怨。今日他又下營在此，吾不去拿他來見元帥，等待幾時？」說罷了，就拍坐下能征慣战的寶駒，一直跑至粘罕營門首，提起狼牙棒，一聲喊，打進番營。三軍大喊道：「南蛮來踹營了！」攔擋不住，兩下逃奔。吉青直打至中間，望見牛皮帳中，坐着一人，面如黃土，雙龍鬧珠皮冠，雉尾高飄，身穿一件大紅猩猩战袍，滿口鮮紅，身材長大。吉青大喜道：「这不是粘罕么？」把馬一拍，竟冲上帳來，只聽得哄嚨一聲响，連人帶馬，跌入陷坑。兩邊軍士吶一聲喊，撓鈎齊下，把吉青搭起來，用繩索緊緊綁着，推進後營來見大狼主。那粘罕見不是岳飛，倒是吉南蛮，吩咐：「推出去砍了！」傍邊閃過一位元帥鉄先文郎，上前稟道：「刀下留人！」粘罕道：「這是吉南蛮，留他則甚？那日某家幾乎死在他手內。今日擒來，那有不殺之理？」鉄先文郎道：「狼主臨行之時，四狼主曾對狼主說過：『若拿住別個南蛮，悉听施行；若拿住了吉南蛮，必須解徃河間府，要報昔日愛華山之仇。』」粘罕道：「不是元帥講，我也忘了。」遂傳令叫小元帥金眼郎郎、銀眼郎郎：「你二人領兵一千，將吉青上了囚車，連軍器馬匹，一齊解徃四狼主那邊去。」二人領命，立刻發解起身。

再說到吉青家將，見吉青一夜不回，慌去報知岳元帥。元帥急傳令合營眾將，分頭亂踹番營，去救吉青。一聲令下，这班宋將湯懷、張顯、牛皐、王貴、施全、張國祥、董芳、楊虎、阮良、耿明初、耿明達、余化龍、岳真、孟邦傑、呼天保、呼天慶、徐慶、金彪，并有三營內梁興、趙云、周青等一眾大將，岳元帥跟的是馬前張保、馬後王横，一齊冲入番營。只見番兵分為左右，讓開大路。岳爺暗想：「番兵讓路，必有詭計。」傳令眾將分作四路，左右抄到他後營而入。一聲炮响，四面八方，一齊殺入，横冲直撞，番兵站身不住，往前一擁，俱各跌下陷坑，把陷坑填得滿滿的，聽憑宋兵東西衝突。粘罕帶領眾元帥、平章分兵左右迎敵，那裏當得起这班沒毛大虫，聲若翻江，勢如倒海。遇着他的刀，分作兩段；擋着他的鎗，戳個窟窿；鎚到處，忽成肉醬；鐧來時，变做血泥。但見：

兩家混战，士卒如雲。衝開隊伍勢如龍，砍倒旗旛雄似虎。個個威風凛凛，人人殺氣騰騰。兵對兵，將對將，各分頭目使深機；鎗迎鎗，箭迎箭，兩下交鋒乘不意。直殺得翻江攪海，昏慘慘冥迷天日；真個似拔地搖山，淅索索乱撒風砂。

正是：

迷空殺氣乾坤暗，遍地征雲宇宙昏。

有詩曰：

滄刀飲劍血濺然，滾滾人頭心胆寒。陣霧征雲暗慘淡，抛妻棄子恨漫漫。

这一陣，殺得番兵尸横遍野，血流成河，粘罕顧不得元帥，元帥顧不得平章，各自尋路逃走。岳爺分兵追赶，一面收拾輜重，不題。

又表那張立錯打了謝昆糧寨，當夜下土山，行了半夜，到得官塘上，但見一枝人馬，喧喧嚷嚷解着一輛囚車，望北而行，暗想：「这囚車向北去的，必然是個宋將。我昨夜悞打了元帥的粮草營頭，何不救了这員宋將，同他去見岳爺，也好將功折罪了。」就放了筐籃，提起鉄棍，赶向前來，大喝一聲：「嘚！你解的是甚么人？」小番喝道：「是宋將吉青。你是個花子，大胆來問他則甚？」張立道：「果然不錯。」舉起棍來便打，横三豎四早打翻了六七十個。番兵一齊吶起喊來，金眼郎郎在馬上問道：「前面為甚吶喊？」早有小番急來稟道：「有個花子來搶囚車，被他打壞了多少人了。」金眼郎郎、銀眼郎郎大怒道：「有这等事！」兩個就走馬提刀，赶上前來。張立也就提棍便打，番將舉刀迎战，战不幾合，被張立把鉄棍鈎開了金眼郎郎手中大刀，向馬腰上耍的一棍，將馬腰打斷，金眼郎郎跌下馬來，照頭一棍，打得稀爛。銀眼郎郎見打死了金眼郎郎，心內著慌，撥馬逃走。張立赶上，把棍横掃將去，連人帶馬打成四段。

吉青在囚車內見了，就將膀一掙，兩足一蹬，囚車已散；向小番手內，奪了狼牙棒，跳上了馬，舞棒亂打。看見張立身上襤褸，猶如花子一般，也不去問他，只顧追打番兵，往北赶去。張立跕住道：「豈有此理！我救了你的性命，連姓名也不來問一聲。这樣人是我救錯了，睬❷他則甚？不如原討我的飯去罷。」遂向地下拿了筐籃，向前行去。

郄說这裡有座山，叫做猿鶴山，山中有個大寨，寨中聚着四位好漢：為頭的諸葛英，第二個公孫郎，第三個刘国紳，第四個陳君佑；聚有四千餘人，佔住此山落草。忽有嘍囉報上山來道：「有一隊番兵在山前下來了。」諸葛英道：「山寨中正無粮草，这些番兵久在中原，腰邊必有銀兩，我下山去殺一陣，奪他些輜重粮草，也是好的。」衆人道：「好！」四位好漢帶領嘍囉一齊下山來，將这些番兵攔住，鎗挑刀砍，那些番兵那里夠殺？看看吉青赶來，那諸葛英等看見吉青青臉蓬頭，只道是個番將，遂一齊來拿。吉青舉狼牙棒來招架，那里戰得過这四人？

恰好張立一路走來，剛剛到这山下，看見吉青又與这四人交战，招架不住，看他走又走不脫，战又战不過，頃刻就有性命之憂，心裡想道：「这個人，論理不該救他，但是他四個人殺一個，我也有些不服。待我上去再救他一救，看他如何？」遂又放下了筐籃，提棍上前，大喝一聲道：「你們四個战一個，我來打抱不平也。」吉青正在危急之際，見了便叫道：「漢子快來帮我！」張立上前，與吉青兩個，抵住四人廝殺。四人無意中添個生力助戰，正在难解难分，不期粘罕被岳元帥殺敗，正望这條路上敗將下來。小番報道：「前面有南蛮阻路。」粘罕着慌：「前邊有兵阻路，後面岳飛追兵又到，如何處置？」只得揀小路扒山過嶺，四散逃命。

岳元帥帶領眾將，追至猿鶴山下，番兵俱不見了，只見吉青同一破衣服的大漢，與四將交战。牛皐道：「前面吉哥在那里打仗，我們快去助陣！」王貴听了，與牛皐兩騎馬飛風跑上前去，一柄刀，兩条

❷ 採：理睬。

鐧，不問來歷，叮叮噹噹，四個战住兩隻，十六隻臂把撩乱，二十八個馬蹄掀翻。岳爺在後赶上，看那四個好漢：一個手掄鑌鉄偏拐，一個雙刀，一個八角水磨青銅鐧，一個兩条竹節鞭，一個個本事高強。又見那破衣大漢，十分驍勇，況且吉青未曾遭害，心下好生歡喜，遂催馬上前，高聲喝問：「尔乃何等之人，擅敢攔阻本帥人馬，放走番兵？」四人听見了，忙叫：「各人且慢動手！」八個俱各跳出圈子外來。

　　諸葛英問道：「你們却是何處兵馬？來與俺門交战么？」牛臯道：「你眼睛又不瞎，不見岳元帥的旂號么？」四個人听見，慌忙跳下馬來道：「你这個青臉將軍，口也不開，又遇着这位好漢，身上襤襤縷縷。叫我那里曉得？」吉青不覺大笑起來，那四人就走到岳爺馬前跪下道：「小將諸葛英，兄弟公孫郎、刘國紳、陳君佑，共是四人，在此猿鶴山落草。因見番兵敗下來，在此截殺。不想遇着这位將軍，悮認他是番將，故此冒犯了元帥。」元帥道：「將軍們請起。我想綠林生理，終無了局，目今正在用人之際，何不歸降朝庭，共扶社稷，列公意下如何？」四人道：「若得元帥收錄，我等當効犬馬之勞。」元帥道：「既是情愿歸降，請上山收拾人馬，仝本帥回関。」四人大喜，一齊回山收拾。

　　岳元帥見那破衣大漢，站在路傍呆看，便問道：「你是何人？緣何帮了我將，與他們交战？」張立兩眼流淚，向前跪下道：「小人乃河間節度張叔夜之子，名喚張立。因兀朮初進中原，兵臨河間，小人不知父親是詐降，我弟兄兩個不肯做奸臣，遂瞞了父親，逃出家門，欲打番兵。因他人馬眾多，不能取勝。弟兄分散，流落江湖。後來聞得二聖蒙塵，父親盡節，母親又亡，小人無奈，只得求乞度日。近來聞得康王即位，拜老爺為帥，幾次要投奔帥爺，誰知小人大病起來，等得病好，帥爺兵到这里藕塘関。

赶到此處，却見都是番兵營寨，只得走上土山，將就歇息一回，去打番營。不意睡眼朦朧，錯打了元帥的糧草營頭，惧罪逃走。看見这一位青臉將軍，因在囚車內，小人打散了番兵，救出囚車，也不謝一聲，竟自往前追殺番兵。到这里又遇見他與那四位將軍交戰，看來招架不住，恐怕失了性命，一時激忿，故此又來助陣。」岳元帥聽了这一翻言語，便道：「原來是位公子，且有此功勞，待本帥寫本進京，請旨授職便了。」張立道：「多謝大老爺提拔！」

元帥喚過吉青喝道：「你受人救命大恩，不知作謝，是何道理？」吉青連忙過來，謝了張公子。元帥又道：「你未奉本帥將令，私自開兵，本當斬首，今姑從寬；已後若再犯令，決不輕恕！」吉青叩頭謝了。正在發放，那諸葛英等四人帶了山寨大小兒郎已到。元帥即命將山寨降兵併作一隊，一齊發炮回關，原在大營前扎好屯營。又與那四人拜了朋友。只有張立乃是晚輩，不便與他結拜。又報：「謝昆解送糧草候令。」元帥命照數查收，計功訖。

一日，又有聖旨來，命岳元帥征汝南曹成、曹亮。元帥接過了旨，送了欽差出營，即時升帳。命牛皐帶領本部人馬，前往茶陵關，候本帥到來，然後開兵，牛皐領令去了。元帥又命湯懷、孟邦傑兩人，送糧草軍前應用，二人領令去了。又命謝昆再去催糧接應，謝昆領令去了。隔了兩日，元帥諸事安排停當，命金摠兵好生把守藕塘関，金摠兵唯唯聽命。三聲大炮响，大兵拔寨起行。一路威風，且按下不表。

且說那牛皐兵至茶陵關，紮下營寨，天色尚早，吩咐兒郎：「搶了他的関，進去吃飯。」眾兵答應，一聲吶喊，到関前討战。只見関裡邊一聲炮响，関門大開，冲出一枝人馬，只有五百多人。為首一員步將，身長丈二，使一條鉄棍，飛舞而來。牛皐見他滿面烏黑，就哈哈的笑道：「你这個人，好像我的兒子。」那將大怒，也不回言，提棍就打；牛臯舉鐧招架，馬步相交，鐧棍並舉；战不到十幾個回合，牛臯招架不住，回馬便走，叫：「孩兒們快些照舊！」三軍吶喊一聲，一齊開弓上來射住陣脚。那將見了，也不追赶，就領兵進關。牛臯回頭一看，且喜三軍俱在，連忙轉來，移營在傍側扎住。

過了兩日，岳元帥大兵已到。牛臯上前迎接，元帥問道：「你先到此，可曾會战？」牛臯道：「前日會了一員步將，不肯通名，又不肯與我打仗，想是與元帥有什么仇隙，所以要候元帥兵到，方來交战。」元帥微微一笑，情知他又打了敗仗，便問：「怎么樣一個人？」牛臯道：「是一個身長黑大漢子，用一条鉄棍，却不騎馬，是員步將。」元帥吩咐下營安歇，當日無話。

次日，帥爺升帳，眾將兩行排列。岳爺道：「那位將軍領令打關？」傍邊閃過張立，上前道：「昨日听得牛將軍說，那員步將形狀，好似末將兄弟一般，待末將出去會他一會，看是如何？」元帥就命張立出馬，張立得令，領兵出營，直至關前討战。關內炮响一聲，飛出那員將來迎敵。門旗開處，閃出那位英雄，手提鉄棍，大喝一聲：「那個該死的到此尋死？通個名來。」張立仔細一看，果然是兄弟張用，假意喝道：「你不必問我的姓名。我奉了岳元帥的軍令，來拿你这班草寇，你便自己縛了，仝我去見元帥，或者饒了你的狗命，省得老爺動手。」張用對面一看，原來卻是哥哥，也不開言，提棍打來，張立舉棍招架。各人會意，假戰了三四個回合，張立虛打一棍，落荒而走。張用隨後赶來，赶到僻靜之處，張立轉身叫聲：「兄弟。」張用亦叫聲：「哥哥。」張立道：「兄弟你怎么得在这個所在？」張用道：「我自與哥哥分散之後，不知哥哥下落，兄弟無處栖身，在此投了曹成，封我為茶陵關摠兵之職。哥哥何不也歸降此處，也得手足完聚，仝享富貴，豈不是好？」張立道：「兄弟之言差矣！我二人因昔日不肯降金，故此瞞了父母，逃走出來。今曹成、曹亮也不過是個叛國草寇。目今宋康王現在金陵即位，名正言順。況且岳元帥足智多謀，兵精粮足，此關焉能保得？一旦有失，悔之晚矣！」張用道：「既如此，只好明日詐敗，獻關與哥哥罷。」張立道：「如此甚好。我且先作戰敗回營，稟明元帥便了。」說罷，就倒拖着鉄棍敗回來，張用在後追赶，赶至關前，又假戰了三四合，張立敗進營去，張用亦收兵回關。

張立回營進帳，將弟兄相會之事，細細稟知元帥，元帥大喜。到了次日，張立又到關前討戰，軍士報與張用。張用仍領兵出關，兩個並不打話，虛戰了三個回合，張用詐敗，張立在後赶至關前。張用立在關口大叫道：「吾已獻關，歸順朝庭，尔等大小三軍，願降者站過一邊。」三軍齊聲：「願降。」張立得了茶陵關，與張用全至府中，差人請岳元帥進關。元帥大喜，拔寨進關。安營已畢，張立引張用來見了元帥。元帥上了二人首功，一面修本差官進京，就保舉他為統制之職。差人催運粮草，準備去搶棲梧山。

元帥一日在營與眾將閒談，便向張用道：「你既在此為官，可知那曹成、曹亮用兵如何？」張用道：「他二人水裡本事甚好。還有副將賀武、解雲，十分了得。聚兵數十萬。因这曹成耑好結交，所以各處英雄，俱來投順。盡是一派虛詐，終是無謀之輩，不足為患。但这棲梧山上元帥何元慶，有萬夫不當之勇，元帥須要防備著他。」元帥听了一番言語，心中暗喜，且待粮草到時，就好開兵去搶棲梧山。且按下不表。

再說揔兵謝昆護送粮草，望茶陵關進發，軍士稟道：「前面有兩条路，不知老爺從那大路上去，還是從小路上走？」謝揔兵道：「那一条路近？」軍士道：「小路近些。」謝揔兵心下一想：「小路上恐有強盜，不如走大路，就遠些也罷。」遂吩咐從大路上走，三軍答應一聲，竟往大路而行。行了兩日，來到了一座高山，这山上有一位大王，那大王肩下齊齊的排列着四位兄弟，聚集嘍囉五千餘人，在此打家劫舍。早有嘍囉飛報上山道：「岳飛兵駐汝南，有揔兵官解粮到彼，在此經過，特來報知。」那大王聽了，呼呼大笑，對着那四位兄弟說出幾句話來。正是：

山中壯士，全無救苦之心；寨內強人，儘有害人之意。

正是：

說來驚破庸人胆，話出傷残義士心。

畢竟不知那大王說出甚么話來？且聽下回分解。

第三十五回 九宮山解粮遇盜 樊家庄爭鹿招親

詩曰：

不思昔日蕭何律❶，且効當年盜跖能。蜂囤蟻聚❷施威武，積草屯粮待战爭。

話說謝摠兵來到此山，名為九宮山。山上那位大王，姓董名先。手下四個弟兄：一個姓陶名進，一個姓賈名俊，一個姓王名信，一個也姓王名義。招集了五千多人馬，佔住这九宮山，打家劫舍。當日聞報說是岳元帥軍前的粮草在山下經過，不覺呵呵大笑，對着四個兄弟說道：「我正想要奪宋朝天下，做個皇帝，強如在此胡為。那宋朝只靠着岳飛一人，若拿了岳飛，何愁大事不成？如今他的粮草在此經過，豈肯輕輕放他過去！」就点起嘍囉一千，扎營在半山之中。看看粮車將近到來，大王就帶領嘍兵。冲下山來，一字兒擺開，大喝一聲：「嘟！會事的快快把粮草留下，饒你这一班狗命。牙縫內迸半個『不』字，就叫你人人皆死，休想要活一個！」軍士慌慌的報與謝昆，謝昆道：「原來是我走差了路頭，是我的不是了。」只得拍馬掄刀，挺身上前觀看。但見那強人身長九尺，面如鍋底，兩道黃眉直豎，頦下生

❶ 蕭何律：漢相國蕭何所制定的典制法令，亦省稱蕭律。

❷ 蜂囤蟻聚：形容人群如蜂蟻般雜亂地聚集在一起。

一部血染紅鬚，頭帶鑌鉄盔，身穿烏油鎧，坐下的是一匹點子青騌馬，手拿着一柄虎頭月牙鏟。見了謝昆就大喝一聲，如仝霹靂：「嘚！你是何等樣人，擅敢大胆在此經過？快把粮草送上山去，饒你狗命！」謝昆嚇得魂飛天外，魄散九霄，只得欠背躬身，叫聲：「大王不用動惱。小官是湖口揔兵謝昆，奉岳元帥將令，解粮在此經過。可憐小官年紀老邁，不是大王的對手。若是大王拏了粮去，元帥必然將我全家抄斬。望大王怜而赦之，放過此山，感德不淺！」那大王聽了，又把謝昆看一看，果然髯鬚有好些白了，便道：「謝昆，你倒是個老實人，我不搶你的粮草。你可將營頭扎住，速速差人去報與你元帥知道，說我九宮山鉄面董先大王阻住粮草，必要岳飛親來會戰。快快去報，俺們候你回音，如遲了，休怪我來欺你。」謝昆諾諾連聲而退，大王領眾嘍兵回歸本寨。

謝昆只得扎下營寨，急急寫了文書，差旗牌星飛報上荼陵関去。正值岳爺升堂議事，傳宣官上堂禀說：「謝揔兵有告急文書投遞。」元帥傳令命他進來，傳宣官領令，就仝旗牌來到滴水簷前跪下，將文書呈上。元帥拆開看見，大怒道：「好強盜，欺謝昆年老，擅敢搶奪粮草！」便問一聲：「那位將軍前去救回粮草？」堦前閃出施全來，應聲：「末將願往！」元帥就命帶領五百人馬，仝旗牌速去擒拿強盜。施全領令出関，仝着差官一路望九宮山而來。

不一日，已到了粮草營前，來見了謝揔兵，行禮過了。謝昆道：「施將軍還仝幾位來？」施全道：「就是小將一人。」謝昆道：「那個強盜，十分厲害，若只得將軍一位，恐难取勝。」施全道：「謝揔爺，你可放心，看小將擒他。」謝揔兵當時留施全吃了午飯，眾軍亦飽飡了一頓。施全道：「天色尚早，待末將去擒这強盜來。」

施全提戟上馬，帶領兒郎，來至山前擺開，高聲喊叫：「強盜快快下山來受縛！」嘍囉慌忙报與大王，董先拿鏟上馬，帶領嘍囉飛馬下山來，抬頭望見施全，大聲喝道：「來者可就是岳飛么？」施全道：「胡說！尔乃烏合小寇，何用我元帥虎駕親臨。我乃岳元帥麾下統制施全是也。奉元帥將令，特來拿你。」董先大怒，舉起手中月牙鏟，照頭便打，施全舉戟相迎；只聽得噹的一聲，打在戟桿上，震得施全兩臂麻木；又是一連幾鏟，施全招架不住，轉馬就跑。董先大叫：「你往那里走？」拍馬追赶下來，追了四五里路；施全走得遠了，董先只得勒馬回山。

这施全因被那董先这幾月牙鏟，打得魂魄俱消，不敢望粮草營中來，只顧落荒敗去。那自己的馬蹄鸞鈴响，他只認做後邊董先追來，所以沒命的飛跑，一口氣直跑下二十來里路。回轉頭來，不見了董先，方纔勒住了，喘息不定。忽見前面為首一位少年，生得前髮齊眉，後髮披肩，面如滿月；頭帶虎頭三叉金冠，二龍搶珠抹額；身穿大紅團花战袄，軟金帶勒腰；坐下一匹渾紅馬。後面隨着十四五個家將，各各騎着劣馬，手執器械，跟着这少年，一直望前而去。施全想道：「那個少年，必然是富家子弟，在此興圍作樂的。倘若前邊去遇着了这個強盜，豈不枉送了性命？待我通知他一聲，也是好事。」便高声叫道：「前邊这後生，快快轉來，休得前去送命。」那後生正行之間，听得此話，勒馬轉來，向施全問道：「將軍喚我轉來，却為何事？」施全道：「前邊有個強盜，十分厲害，恐你們不知，倘遇見了他，白送了性命，故此通知你一聲，快些轉去罷！」那後生道：「將軍何以曉得前邊有強盜？」施全道：「實不相瞞，我乃岳元帥麾下統制施全便是。因有護粮揔兵謝昆，被那九宮山上強盜阻住不放，我奉元帥軍令，前來保粮。不道強盜果然本事高強，殺他不過，被他打敗了。故此喚你們轉來，是個為好的意思。」

那少年道：「原來如此，極承你盛情。」遂吩咐家將：「取我的鎧甲來。」家將答應一聲，取過包袱解開，公子下馬披掛。那施全在傍，看他穿上一副就身可體的黃金甲，橫勒獅蠻帶，翻身跳上了渾紅馬。兩個家將抬過一桿虎頭鏨金鎗，公子綽在手中，叫聲：「施將軍！引我前去捉这強盜。」施全觀看他这一桿鎗桿，比我的戟桿還粗些，想必倒有些本事的，便道：「小將軍，你尊姓大名，这強盜委實厲害，不要輕看了他吓！」公子道：「我今且去會會这個強盜，若然勝了，與你說名姓；若然不能取勝，也不必問我姓名。就請將軍前行引道。」施全害怕，那里敢先走。那些眾家將都笑道：「虧你做了一位統制老爺，遇了強盜，这樣害怕，怎么去與金兵對敵？同去不妨的。」施全滿臉慚愧，無可奈何，只得一齊同走。

將近九宮山，施全把手指道：「前面半山裡的人馬，就是強盜的營頭。」那小將軍就催馬來到山下，高叫一聲：「快叫那董先強盜下來，認認我小將軍的手段！」嘍囉忙報知董先，董先飛馬下山。施全見了，對小將軍道：「強盜來了，須要小心些！」公子道：「待我拿他。」一馬冲上前去，施全仝家將在後邊觀看。那董先見了公子，便罵道：「施全这狗男女，也不成人，怎么去叫一個小孩子來送命？豈不可笑！」公子道：「你可就是董先么？」董先道：「既知我名，就該逃去，怎么還敢問我？」公子道：「我看你形狀，倒也像是一個好漢，日今用人之際，何不改邪歸正，掙個功名？我也是要去投岳元帥的，不若同了我去；若一味逞蛮，恐你性命不保。可細細去想來。」董先道：「你这小毛虫，有何本領，擅敢如此無禮，口出大言？打死你罷！」遂一鏟打來，公子擺手中这桿虎頭鎗，在他鏟柄上托，噹的一聲响，梟在半邊。耍，耍，耍，一連幾十鎗，殺得董先手忙脚乱，渾身臭汗，那里招架得住？只得轉馬敗上山去，大叫：「兄弟們，快來！」

那陶進等四人讓過董先，一齊走馬冲下山來，一見了那位小將軍，齊齊叫聲：「阿呀，原來是公子！」各各慌忙跳下馬來跪下，公子亦下馬來道：「俺祖爺原叫你們去投岳元帥，怎么反在这裡落草？」却說那四人原是張元帥舊時偏將，故此認得公子，當下便道：「小將們原要去投元帥的，往這裡經過，被这董哥拿住，結為兄弟，故此流落在此。不知公子何故到此？」公子道：「我遵祖父之命去投岳元帥，遇見了施將軍，說你們阻住了粮草，故尔來此。我想你等在此為盜，終無結果，既與董先結義，何不勸他歸順朝庭，同我到岳元帥營前効用？有功之日，亦可榮宗耀祖，揚名後世，豈不是好？」陶進等領了公子之言，連忙上山去勸董先，不題。

且說这施全，看見公子在那里降伏这四人，便來問家將道：「你家公子是何等樣人？緣何認得这強盜？」張興道：「俺家公子名叫張憲。俺家老爺便是金陵大元帥，今已亡過了。俺家太老爺因有半股瘋疾，故命我家公子去投岳元帥麾下，去幹功名的。」施全聽了大喜，連忙下馬來見了公子。謝揔兵亦聽得報說此事，亦出營來迎接。恰好陶進等四人下山，來見公子道：「小將們說起先老爺之事，董哥亦佩服公子英雄，情愿投順。但要收拾寨中，求公子等一天，方可仝行。」公子道：「不妨。你們可仝去帮助收拾，我在此間等候便了。」四人領命回山。这里謝昆、施全仝接張憲，各各見禮已畢，施全安排酒飯欵待，不表。

到了次日，董先等五位好漢收拾乾淨，放火燒了山寨，帶領數千嘍兵下山來。謝昆接進營中，與施全、張憲各各見禮已畢。施全把兵分為兩隊，往茶陵関而來。且按下慢表。

又說到湯懷仝着孟邦傑奉令催解粮草，到了三叉路口，軍士來稟道：「老爺走大路，還是走小路？」湯懷問道：「大路近，還是走小路近？」軍士道：「小路近得一二十里，但恐有草寇強盜。」湯懷道：「粮米早到軍前，就是功劳。既然小路近，就走小路。放着我二人在此，那裡有吃豹子心肝的強盜來惹我？怕他怎的！」軍士領令，竟望小路而走。不道路狹难行，反要扒山過嶺，本意圖快，不覺越慢了。

一日，行到一塊大平陽之地，湯懷就吩咐軍士安營造飯，方好盤山。眾軍領令，就扎下營寨歇息。湯懷對孟邦傑道：「賢弟，这幾日行路辛苦，我今閑坐在此，何不仝你到山前山後，尋些野味來下酒何如？」孟邦傑是個少年心性，便道：「悶坐不過，甚好，甚好！」湯懷就命家將：「緊守營門，我們閑耍一回就來。」

二人出營上馬，信步望着茂林深草處，一路沿着山下搜尋而來。只見前面一隻大鹿在那裡吃草，湯懷就拈弓，搭上箭，搜的一箭射去，正中在鹿背上。那鹿負痛，帶箭飛跑，湯孟二人加鞭追赶。那鹿沒命的跑去，追下有十來里路，斜刺松林裡轉出一班女將，為首兩個女子，生得：

眉湾新月，臉映桃花。蟬鬓金釵雙壓，鳳鞋金鐙斜登。連環鎧甲束紅裙，繡帶柳腰恰称。一個青萍劍，寒霜凛凛；一個日月刀，瑞雪紛紛。一個画雕弓，開處渾如月；一個穿楊箭，發去似流星。

常言道：「無巧不成話。」那隻鹿剛剛跑到那林邊，被那使刀的女子加上一箭，那鹿熬不住疼痛，就地打一滾，却被眾女兵一撓鉤搭住，將繩索捆了，扛抬去了。湯懷看見，便叫聲：「孟賢弟，你看好兩個女子，把我們的鹿捉將去了！」孟邦傑道：「我們上去討還來。」湯懷道：「有理。」遂赶上前來，高叫道：「这鹿是我們射下來的，你倒湊現成，那里有这等便宜事？快快送還便罷，休要惹我小將軍動手。」那拿劍的女子喝道：「胡說！这鹿明明是我妹子一箭射倒的。你要賴我，我就肯還你，只怕我手中这雙劍也未必肯。」湯懷大怒道：「好賤人！我看你是個女子，好言問你取討，你反敢無禮么？」就把鎗倒轉，一鎗桿打來。那女將舉劍隔開，劈面就砍。惱得湯懷心頭火起，使開鎗，耍耍耍，一連幾鎗。那女將力怯，招架不住。惱了使雙刀的女將，把馬一拍，舞動日月刀，上來帮助。孟邦傑看得高興，輪開雙斧，上前接住。兩男兩女，捉對兒廝殺。那女將抵敵不住，虛晃一刀，轉馬敗將下去。湯、孟二人那裡肯罷，隨後追赶。

不到二三里地面，來到一所大庄院，背靠一座大高山，庄前一帶合抱不攏的大樹。那女將到了此地，竟帶領女兵轉入庄內，將庄門緊緊関閉，竟自進去了。那湯懷赶到庄門口，高聲大叫：「你那兩個賤人，不還我鹿，待躲到那里去？快快把鹿送出來，萬事全休；若不然，惹得老爺性發，把你这鳥庄子，放一把火燒做白地。」叫了一回不見動靜，孟邦傑道：「哥哥，我們打進去，怕他怎的？」湯懷道：「那怕他是皇帝家裡！」二人正待動手，只見庄門開處，走出一位老者，年過半百，方臉花鬢，頭帶逍遙巾，身穿褐色絨袍。背後跟隨着三四個家將，各掛一口腰刀，慢慢的踱將出來，問道：「是那里來的村夫，上門來欺負人？我这村庄非比別處，休來討野火吃！」湯懷正要開口，却是孟邦傑上前一步，在馬上躬身道：「老丈聽著，我們二人乃是岳元帥麾下護粮統制。今日在此經過，在山前尋些野獸下酒，方纔射倒一鹿，却被你們庄裡兩個女將，恃強搶去，故此特來取討。」那老者听了，便道：「原來為此。一隻鹿值得甚事，大驚小怪！你們既是兩位護粮將軍，且請進小庄待茶。方纔这兩個是小女，待老夫去把鹿討來奉還便了。」湯、孟二人見那老者言語溫和，遂跳下馬來，跟隨老者進庄；庄客把馬拴好在庄前大樹上。

二人到了大廳上，撇下了兵器，望老者見禮畢，分賓坐定，就請問：「二位高姓大名？現居何職？」湯懷道：「小將姓湯名懷，是岳元帥從小結拜的義弟；这個兄弟，乃是山東孟邦傑，因惡了刘魯王，投在岳元帥麾下，都做統制之職，今奉元帥將令，催粮到此，偶尔逐鹿，多有搪突。請問長者尊姓大名？此地名何所？」老者道：「老夫姓樊名瑞，向為冀鎮摠兵，目今告病休官在家。此間後面高山，名為八卦山，因老夫賤姓樊，此庄順口就叫做樊家庄。今日难得二位將軍到此，山餚野蔬，且權當接風。」二人連称：「不敢。原來前輩尊官，小將們不知，多有冒犯，望乞恕罪。」

正說之間，左右安排桌櫈，擺列酒餚。二人連忙起身作謝，說道：「小將們公事在身，不敢久停。这鹿不還也罷，就此告辭了。」樊瑞道：「二位既來之，則安之。且請畧坐一坐，老夫還有話請教。」二人只得告禮坐下，兩邊家將斟過酒來，各人飲過了幾盃。樊瑞開言道：「二位將軍在外，終日在兵戈叢內馳騁，還念及家中父母妻孥否？」湯懷道：「不瞞老伯說，向來年荒時候，老父母多已見背。連年跟着岳元帥南征北討，也不曾娶得妻室，倒也無甚牽卦。」樊瑞道：「如此，正好盡力王事。但孟將軍青年，必竟萱椿還茂？」邦傑聽了不覺兩淚交流，遂將刘猊行兇之事告訴一遍，因此未有妻室。樊瑞聽了二人說話，暗暗點頭道：「难得，难得！老夫有一言，二位亦不必推辭。老夫向為摠兵，只為奸臣當道，不愿為官，隱居于此。年已望六，小兒尚幼。只因兩個小女，一向懶學女紅，專好掄刀舞劍，由他嬌養慣了，故今年雖及笄，尚未許人。恰好老夫昨夜三更時分，梦見兩隻猛虎赶着一鹿，奔入內堂。今日得遇二位到此，也是天緣。老夫意欲將兩個小女，招贅二位為東床嬌客，未知二位意下若何？」二人聽了，心中大喜，只得假意道：「極承老伯不棄，但恐粗鄙武夫，怎敢仰攀高門閨秀？」樊瑞道：「不必固遜。前日藕塘關金舍親曾有書來，說岳元帥已將『臨陣招親』一款革除。今賢婿們軍粮急務，难于久留，趁今日乃黃道吉辰，便行合巹。」遂飲了幾盃，撤過筵席，叫庄丁：「去把二位將軍的馬，牽入後槽餵養。」一面端整花燭，安排喜筵；一面差人去近庄村，請過鄰里老友來赴喜酌。那些合庄親鄰，亦都來賀喜。一時間，廳堂上點得灯燭輝煌，請出樊老夫人來，拜見了岳父、岳母，然後叅天拜地，送入洞房。

有詩曰：

堪誇女貌與郎才，天合姻緣理所該。十二巫山雲雨會，襄王今夜上陽台❸。

合巹已畢，湯、孟二人出到廳堂，欵待眾客。正在飲酒之間，家將來报說：「公子回來了。」但見家將們扛抬着許多獐麅鹿兔之類，放在簷下。後邊走進一位小英雄，前髮齊眉，後髮披肩，年紀十二三歲，生得一表人材，原來就是有名的虎將樊成，上廳來先見了爹爹。樊老將軍便問：「这次因何去了十

---

❸ 十二巫山雲雨會二句：意謂湯懷、孟邦傑二人今夜結婚，男女合歡。典出宋玉高唐賦，其序云：「昔者先王（指楚襄王）嘗遊高唐，怠而晝寢。夢見一婦人曰：『妾為巫山之女也，為高唐之客。聞君遊高唐，點薦枕席。』王因幸之。去而辭曰：『妾在巫山之陽，高丘之阻，旦為朝雲，暮為行雨，朝朝暮暮，陽臺之下。』」後巫山雲雨遂用為男女幽會的典故。巫山之上群峰疊起，著名的有十二峰，故云十二巫山。

數日方回？」樊成道：「那近山野獸俱已拿盡，故尔遠去興圍，遲了幾日。」老將軍道：「過來與兩位姐夫見禮。」樊成道：「孩兒不省怎么就招得这兩位姐夫？」老將道：「这個姓湯名懷，那個姓孟名邦傑，俱是岳元帥麾下，現居都統制之職。因為解粮過此，天緣湊合，招贅在此。」樊成聽了，方來見了禮。又與各親隣等見禮畢，然後就坐飲酒，直至二更方散，送歸洞房。

到了次日，樊老將軍宰了些牛、羊、猪、雞等物，叫庄丁扛抬十來坛自窨下的好酒，送到營中，犒賞了衆軍士。住了三日。到第四日，湯、孟二人請岳父出來稟道：「小婿軍務在身，今日拜別起行。」樊瑞道：「此乃國家大事，不敢相留。」就命準備酒席餞行。樊瑞道：「賢婿們可盡心王事，若能迎還二聖，我亦有光！小女自有老夫照看，放心前去。」樊成道：「再過兩年，我來幫你殺番兵。」湯、孟二人，拜辭了岳父母，與小姐妻舅作別了，出庄回營，領兵解粮起身，不表。

再說謝摠兵催粮到了関下扎住，仝衆將來到轅門候令。旗牌稟過元帥，元帥令進見。謝昆、施全先把九宮山鉄面董先降順之事，又將會着張公子的話，細細稟明。岳爺大喜，便叫：「快請張公子相見。」公子就上前叅見，將祖父之書雙手呈上。岳爺接過看了，隨即出位相扶道：「公子在我这邊皆是為朝庭出力。」遂吩咐張保：「將公子行李送在我衙門左近，早晚間還有話說。」張保領令而去。元帥又令董先等五人上堂，叅見已畢。岳爺道：「尔等到此，須與國家出力，掙功立名，博個封妻蔭子，不枉男兒之志。」董先等謝了元帥，傳令將董先帶來兵卒，命軍政司安插，收明粮草。

諸事已畢，大排筵宴，慶賀新來六將，各各見禮，合營暢飲。忽報：「湯、孟二將軍候令。」元帥道：「令進來！」二將進見，元帥道：「十數萬大兵，日費浩繁，何為今日纔來？」二人道：「末將有下情稟明，望元帥赦罪！」就將貪行小路，捉鹿招親，成婚三日，有悞軍機之事，細細稟明。元帥道：「我前已有令，把『臨陣招親』一欵已經革除，尔亦無罪。既是如此，且與眾將相見，另日與你們賀喜罷。」二人謝過，就來與張憲、董先等各各見禮，入席飲宴，不表。

且說岳元帥到了次日，將兩隊軍粮屯扎関中，遂發大兵起身，來取棲梧山。到得離山十里，安下營盤，來至山下討戰。何元慶聞報，披掛下山。岳爺抬頭觀看，見那將頭帶爛銀盔，身披金鎖甲，手拿兩柄銀鎚，坐下一匹嘶風馬，威風凛凛，相貌堂堂。岳爺暗想：「若得此人歸順，何愁二聖不還？」便開口問道：「來者莫非何元慶乎？」元慶道：「然也。來將可是岳飛么？」岳爺道：「既知我名，何不投降？」元慶道：「你既是岳飛，我聞你兵下太湖，收服楊虎、余化龍，果然是員名將。本帥久欲投降，奈我手下有兩員家將不肯，故尔中止。」岳爺道：「凡為將者，君命且不受，豈有反被家將牽制之理？虧你還要將領三軍，豈不可恥！」元慶道：「你不知我这兩個家將，非比別個，自幼跟隨着我，不肯半步相離，我亦不能一刻離他，所以如此。」岳爺道：「你那兩個家將是何等樣人，可叫他出來，待本帥認他一認，待本帥勸他歸順，何如？」元慶道：「我那兩個家將，有萬夫不當之勇，恐他未必肯聽你的話。」岳爺道：「你且叫他出來。」元慶道：「你必要見他，休得害怕！」岳元帥道：「不怕，不怕。」不知何元慶喚出那兩員家將來，有分教：岳元帥

計就山中擒虎將，謀成水裡捉英雄。

畢竟不知那兩個家將是何等之人，肯降不肯降，且聽下回分解。

第三十六回　何元慶兩番被獲　金兀朮五路進兵

詩曰：

廟堂無策可平戎，坐使甘泉照夕烽❶。寶鼎銅駝荊棘裏❷，龍楼鳳閣黍離中❸。

却說岳元帥要見何元慶的兩名家將，何元慶就把手中兩柄溜銀鎚一擺，叫聲：「岳飛，这就是我兩個家將！你只問他肯降不肯降？」岳爺大怒道：「好匹夫！百萬金兵，聞我之名，望風而逃，豈惧你这草寇？本帥見你是條好漢，不能棄暗投明，反去保助叛逆，故此好言相勸。怎敢在本帥面前搖唇弄舌？不要走，且吃本帥一鎗罷！」耍的一鎗，劈面門刺來。何元慶舉銀鎚，噹的一聲架開鎗，叫聲：「岳飛，

❶ 坐使甘泉照夕烽：因而使皇家宮室處於烽煙籠罩中。甘泉，漢武帝時將秦林光宮擴建成甘泉宮，故址在今陝西淳化縣西北甘泉山。

❷ 寶鼎銅駝荊棘裏：意謂寶鼎銅駝這些國家寶器都陷於荊棘裡，指山河傾破。鼎，古代以為立國的重器，故稱寶鼎。銅駝荊棘，晉書索靖傳記載，靖有預見，知道天下將亂，因而指洛陽宮門前的銅鑄的駱駝感嘆道：「會見汝在荊棘中耳！」

❸ 龍楼鳳閣黍離中：過去的皇宮現在成了種禾黍的田地。黍離本為詩王風中的一篇。黍離序云，周大夫經過故宗廟宮室，盡為禾黍之地，閔周室之顛覆，而作黍離。後遂用作感慨亡國之詞。

休要逞能！你果能擒得我去，我就降你；倘若不能，恐怕这鎚不認得人，有傷貴體，那時懊悔遲矣！」岳元帥道：「何元慶，你休得誇口！敢與本帥战一百合么？」耍的又是一鎗，何元慶舉鎚相迎。鎗挑鎚，好似狻猊舞爪；鎚架鎗，渾如獅子搖頭。这一場大战，真個是棋逢敵手，將遇良材，直战到未牌時分，不分勝敗。元慶把鎚架住了鎗道：「明日再與你战罷。」岳爺道：「也罷，且讓你多活一晚，明日早來領死。」兩下鳴金收軍。

且說元慶回山，暗暗傳下號令：「今夜下山去刦宋營，各各准俻。」不題。

且說岳元帥回至營中坐定，對眾將道：「我看何元慶未定輸贏，忽尔收兵，今晚必來刼寨。湯懷兄弟可引本部軍兵，在吾大營門首開掘陷坑，把浮土蓋掩。」再令張顯、孟邦傑各領撓鈎手，盡穿皀服，埋伏于陷坑左右：「如拿住了何元慶，不許傷他性命；如違，定按軍法。」三將領令，各去行事。又令牛皐、董先各帶兵一千，在中途埋伏，截住他歸路，湏要生擒，亦不許傷他性命。二將領令去了。元帥自把中軍移屯後面，分撥已定。

到了二更天氣，何元慶就帶領一千嘍囉，盡穿皀服，口啣枚菓，馬摘鸞鈴，悄悄下山，竟往宋營。看看將近營門，元慶在馬上一望，只見宋營寂然無聲，更鼓亂點，灯火不明。元慶道：「早知这般營寨，岳飛早已就擒。」當時就一聲號炮，點起灯球火把，如仝白日。何元慶為首，吶聲喊，一齊冲入宋營。只听得宋營中一聲號炮响，何元慶連人帶馬跌入陷坑。右有張顯，左有孟邦傑，帶領三軍一齊上前，將撓鈎搭起何元慶來，用繩索綁住。那些嘍囉見主帥被擒，各各轉身逃走。正遇董先、牛皐攔住去路，大叫：「休走了何元慶！」眾嘍囉齊齊跪下道：「主帥已被擒去，望老爺們饒命。」牛皐道：「既如此，隨俺們轉去。如要走回去的，須要留下頭顱來。」眾嘍囉齊聲道：「情愿歸降。」牛皐、董先帶了降兵，回至大營門口。

等候天明，岳元帥升帳坐定，眾將叅謁已畢。張、孟二將將何元慶綁來繳令，牛皐、董先亦來繳令。刀斧手將何元慶推至帳前，見了岳元帥立而不跪。元帥陪着笑臉，站起來道：「大丈夫一言之下，今請將軍歸順宋朝，再無異說。」元慶道：「此乃是我貪功，反墜了你的奸計。要殺就殺，豈肯伏你！」元帥道：「这又何难。」吩咐放了綁，交還了何將軍馬匹雙鎚，并本部降兵，再去整兵來战。左右領令，一一交清。

元慶出了宋營，帶領嘍兵，竟回棲梧山，寨中坐定，好生惱怒：「不想中了奸計，反被这廝取笑一塲。我怎生計較，拿住了岳飛，方出得胸中之氣。」不講元慶思想報仇之計。再說岳元帥次日升帳，喚過張用問道：「那棲梧山可有別路可通么？」張用道：「後山有一條小路，可以上去。只是隔着一溪澗，水雖不甚深，路狹难走。」元帥道：「既有此路，吾計成矣。」遂命張用、張顯、陶進、賈俊、王信、王義帶領步兵三千，每人整備叉袋❹一口，裝實砂土，身邊暗帶火藥。到二更時分，將砂袋填入山溪，暗渡過去。取棲梧山後殺入寨中，放火為號，六將領令而去。又暗寫一柬帖，命楊虎、阮良上帳，囑付照柬行事，二將領令去了。又喚耿明初、耿明達上帳，亦付柬帖，命依計而行，二將亦領令而去。正是：

---

❹ 叉袋：底本作「乂袋」，「乂」為「叉」之誤。袋口分開兩叉，可打結用，故叫叉袋。江浙方言中有麻叉袋之稱。現不少標點本因不明此意，逕將「叉袋」改作「布袋」，不妥。

計就月中擒玉兔，謀成日裡捉金烏。

岳元帥分撥已定，忽報何元慶在營前討战，元帥就帶領兵將，放炮出營，兩軍相對，射住陣腳。岳爺出馬，叫聲：「何將軍，今日好見個高低了。」元慶道：「大刀闊斧奇男子，今日與你战個你死我活，纔得住手。」岳爺道：「我若添一個小卒帮助，也不算好漢。放馬來罷！」元慶拍馬提鎚就打，岳爺舉鎗招架。元慶这兩柄鎚，盤頭護頂，攔馬遮人，一派銀光皎潔；岳爺那一桿鎗，右挑左撥，劈面分心，渾如蛟舞龍飛。兩個直殺到天色將晚，並不見個輸贏。岳爺把鎗架住雙鎚，叫聲：「將軍，天色已晚。你若喜欢夜戰，便叫軍士點起灯球火把，战到天明；若然辛苦，回去將養精神，明日再來。」元慶大怒道：「岳飛，休得口出大言。我與你战個三晝夜！」隨各吽軍士點起灯球火把，三軍吶喊，戰鼓忙催，重新一塲夜战。殺至三更相近，只聽得栖梧山上兒郎吶喊，火光沖天。岳爺把馬一拎，跳出圈子，吽聲：「何元慶，你山上火起了！快快回去救火！」何元慶回頭一看，果然滿山通紅，心裡吃了一驚。又聽得一班宋將齊聲高叫：「元帥爺，趁此機會拿这狗頭！」岳爺道：「不可。何將軍快些回去！」元慶轉馬便走，不多路，山上嘍兵紛紛的敗下山來，報道：「茶陵關張用，帶領人馬，從後山殺上來，四面放火，奪了山寨。小人們抵敵不住，只得逃下山來。」元慶咬牙切齒，大罵張用：「这喪心奸賊，與你何仇，搶我山寨，叫我何處安身！」眾頭目道：「山寨已失，後面又有岳飛兵阻，不如且回汝南，奏聞大王，再發傾國之兵前來報仇，何如？」元慶道：「講得有理。」就帶了眾軍士撥轉馬頭，望汝南大路進發。

行至天明，元慶叫聲：「苦！吾死于此矣！这一條大橋是誰拆断了？此處又無船隻，叫我怎生過去？」眾兒郎看了，正在着急，忽聽得一聲炮响，水面上撐出一隊小船來，俱是四槳雙櫓，刀鎗耀目。前面兩隻船頭上，站著楊虎、阮良，各執兵器，高聲大叫：「何將軍，我奉岳元帥將令，在此等候多時，邀請將軍仝保宋室江山。快請下船！」眾嘍兵驚得魂飛魄散。何元慶也不答話，撥馬便走。

直至白龍江口，眾兒郎一看，但見一派大江，並無船隻可渡，又聽得後面宋兵追聲已近。何元慶道：「又不能過得江去，不如殺轉去，與岳飛拼了命罷。」軍士用手指道：「这小港內不是兩隻漁船？」元慶一馬跑上來，叫道：「漁翁，快來救我！我乃棲梧山上大元帥何元慶。渡了我過去，重重謝你！」那漁翁听了，把船撐出港，把手一招，叫聲：「兄弟，快把船使來，是何老爺在此。」兩隻小船齊撐至沙灘，叫聲：「何老爺，快請上船來！」元慶道：「你这小船，怎渡得我的馬？」漁翁道：「老爺坐在小人船上，把这兩柄鎚，放在兄弟船上，老爺身體重，大江大水不是兒戲的，那里還顧得馬！」元慶只得下船，把鎚放在那隻船上，連忙撐得船離岸。岳元帥的追兵已經赶上，那些眾頭目齊齊跪下，情愿投降。元慶看了，十分淒楚：「還虧得不該死，遇着这兩個漁翁救我！只是可惜了我的馬，被他們拿去了！」元慶又叫：「漁翁，你兄弟的船，為何搖向那邊去了？」漁翁道：「阿呀！不好了，我这兄弟是好賭的，看見老爺这兩柄鎚，是銀子打的，便起不良之心，將鎚拐去了。」元慶道：「你快叫他轉來，我多將金帛賞他。」漁翁道：「老爺差了，他現的不取，反來取你賒的？」元慶道：「如此說來，是你與他仝謀的了。」漁翁道：「什么仝謀！老實與你說了罷：我那里是什么漁人，我乃當今天子駕前都統制將軍耿明初，这個兄弟耿明達是也。奉岳元帥將令，特來拿你的。」元慶聞言，立起身來打漁翁，这耿明初翻身滾落長江去了。何元慶站在船中，心內想道：「如今怎么處？」正在無可如何，那耿明初在水底下鑽出頭來，叫聲：「何元慶下來罷！」雙手把船一扳，船底朝天，元慶落水，被耿明初一把擒住，捉到岸上，用繩綁了，解到元帥馬前。

岳爺見了，連忙下馬，吩咐放綁，便道：「本帥有罪了！不知今番將軍還有何說？」元慶道：「这些詭計何足道哉！要殺便殺，決不服你！」岳爺道：「既如此，叫左右交還鎚馬，快請回去，再整大兵來決战。」元慶也不答應，提鎚上馬而去。眾將好生不服，便問道：「元帥兩次不殺何元慶，却是為何？」岳爺道：「列位賢弟不知，昔日諸葛武侯七縱孟獲，南蠻永不復反。今本帥不殺何元慶，要他心悅誠服來降耳。湯懷兄弟，你可如此如此。」湯懷領令而去。

却說何元慶來到江口，又羞又惱，又無船隻，暗想：「曹成也不是岳飛的對手，真個無路可投，不如自盡了罷！」正欲拔劍自刎，只見宋將湯懷匹馬空身，飛奔赶來道：「岳元帥記念何將軍，着我等來遠送。請將軍暫停鞭鐙，待小將整備船隻，送將軍渡江。」正說間，又見後邊牛皐帶領健卒，扛抬食物赶來道：「奉元帥將令，道何將軍辛苦，誠恐飢餓，特備水酒蔬飯，請將軍聊以充飢。」元慶泣道：「岳元帥如此待我，不由我不降也。」就仝了湯懷、牛皐來至岳元帥馬前跪下，口稱：「罪將該死，蒙元帥兩番不殺之恩，今情愿歸降！」岳爺下馬，用手相扶道：「將軍何出此言？賢臣擇主而事，大丈夫正在立功之秋，請將軍同保宋室江山，迎還二聖，名垂竹帛也。」遂叫左右將副衣甲與何將軍換了。遂率領三軍，回茶陵關扎營，傳令棲梧山降兵，盡換了衣甲，就撥與何元慶部領。又俻辦酒席，與何元慶結為兄弟。合營慶賀，一面申奏朝庭，養兵息馬，差人探聽曹成消息。

過了幾時报有聖旨下來，岳爺帶領眾將出關接旨，迎到堂上開讀：

因為湖廣洞庭湖水寇楊么猖獗，特調岳飛移兵剿滅。

元帥接過聖旨，送了欽差起身，恰好探子回報：「探得汝南曹成、曹亮領兵逃去，不知下落。」元帥就問何將軍：「那二曹不知往何處避兵？」元慶道：「曹成弟兄胆量甚小，聞末將歸降，故尔站身不住。他有許多親眷都在湘湖、豫章等處，佔據山寨作賊，必然投奔那邊去了。」岳爺道：「量这曹成不足為患。」遂傳令大兵，一齊拔寨，往湖廣進發。在路秋毫無犯。

不一日，到了澶州，早有鎮守本州摠兵率領眾官出関迎接。岳爺引兵將進関，到了帥府，問摠兵道：「楊么在何處？」摠兵道：「楊么連日在城外焚掠，想是聞知元帥兵到，已于兩日前，不知那里去了。」元帥傳令安頓營盤，一面差人探聽楊么消息，不提。

再說金邦兀朮探得岳元帥兵駐澶州，征服水寇，就與軍師哈迷蚩計議：「如今这岳南蛮遠出，正好去搶金陵。」哈迷蚩道：「臣已定有一計，狼主可請大太子領兵十萬，去搶湖廣。」兀朮道：「岳南蛮正在湖廣，怎么反叫大王爺到那里去？」哈迷蚩道：「那大太子到那里，並不與他交战。只要他守東，我攻西；他防南，我向北，牽制得那岳飛離不得湖廣。这裡就命二太子領兵十萬，去搶山東；三太子領兵十萬，去搶山西；五太子領兵十萬，去搶江西：弄得他四面八方來不及。然後狼主自引大兵去搶金陵，必在吾掌握之中矣。此是五路進中原之計，不知狼主意下如何？」兀朮聞言大喜，遂召請四位弟兄，各引兵十萬，分路而去。兀朮自領大兵二十萬，竟望金陵進發，但見：

殺氣橫空，日黑沙黃露漫漫，白雲衰草霜凜凜；紫塞風狂，胡笳羯鼓悲涼月，赤幟紅旂映日光。

遍地里逃灾难的，男啼女哭；一路來擄財帛的，萬户驚惶。番兵夷將，一似屯蜂聚蟻；長刀短劍，好如密竹森篁。可憐那櫛風沐雨新基業，今做了鬼哭神嚎古戰場！

詩曰：

刀鋒耀眼劍光芒，旗旛搖漾蔽天荒。馬蹄踏碎中原地，穩取金陵似探囊。

这時節宗留守守住金陵，屢屢上表，請康王回駐汴京，號令四方，志圖恢復，無奈康王不從。此時打探得兀朮五路進兵，岳飛又羈留湖廣，急得舊病發作，口吐鮮紅斗餘，大叫：「過河殺賊」而死，後人有詩曰：

丹心貫日竭忠誠，志圖恢復待中興，出師未捷身先死，長使英雄淚滿襟❺。

又詩曰：

禍結兵連逼帝都❻，中原義旅幾招呼？南朝誰唱公無渡❼，魂遶黃流血淚枯！

---

❺ 出師未捷身先死二句：出於杜甫蜀相詩。

❻ 禍結兵連逼帝都：底本作「雲確風簾句雅都」，據商務本改。

❼ 公無渡：即「公無渡河」，漢樂府相和歌辭名。一名箜篌引，朝鮮津卒霍里子高妻麗玉所作。子高晨起撐船，見有一白髮狂夫，披髮提壺，亂流而渡，其妻隨而止之，不及，遂墮河而死，於是援箜篌而歌曰：「公無渡

却說兀朮兵至長江，早有眾元帥、平章等四下拘覓船隻，伺候渡江。那長江摠兵姓杜名充，他見兀朮來得勢大，心下思想：「宗留守已死，岳元帥又在湖廣，在朝一班佞臣那里敵得兀朮大兵？那兀朮有令，宋臣如有歸降者，俱封王位。我不如献了長江，以圖富貴。」主意定了，就吩咐三軍豎起降旗，駕了小船來見兀朮，口稱：「長江摠兵杜充特献長江，迎接狼主過江。」兀朮大喜，就封為長江王之職。杜充謝恩道：「臣子杜吉官居金陵摠兵，現守鳳臺門，待臣去叫開城門，請狼主進城便了。」兀朮道：「尒子若肯歸順，亦封王位。」就命杜充為鄉導，大兵往鳳臺門而來。

再說朝庭正在宮中與張美人飲宴，只見眾大臣乱紛紛赶進宮來，叫道：「主公不好了！今有杜充献了長江，引番兵直至鳳臺門，他兒子杜吉開門迎賊，番兵已進都城！主公還不快走！」康王大驚失色，也顧不得別人，遂仝了李綱、王淵、趙鼎、沙丙、田思忠、都寬，君臣共是七人，逃出通濟門，一路而去。

那兀朮進了鳳臺門，並無一人迎敵，直至南門，走上金堦。進殿來，只見一個美貌婦人跪着道：「狼主若早來一個時辰，就拿住康王了。如今他君臣七人，逃出城去了。」兀朮道：「你是何人？」美人道：「臣妾乃張邦昌之女，康王之妃。」兀朮大喝一聲道：「夫婦乃五倫之首。你这等寡廉鮮耻、全無一點恩義之人，留他何用！」走上前一斧，將荷香砍做兩半爿。遂傳令命番官把守金陵，某家領兵追捉康王。遂令杜充前邊引路，沿城追赶。所到之處，人只道杜充是保駕的，自然指引去路，遂引着兀朮緊緊追赶

河，公竟渡河，墮河而死，當奈公何！」聲甚悽慘，曲終，亦投河而死。子高還告麗玉，麗玉傷之，乃引箜篌而寫其聲。文中只取「公無渡河」的文字含義。即表現南宋投降派，不敢渡河抗金、收復失地。

上來。

这里君臣七人，急急如喪家之狗，忙忙似漏網之魚，行了一晝夜，纔到得句容。李綱道：「聖上快將龍袍脫去，換了常服方好。不然，恐兀朮踪蹟追來。」康王無奈，只得依言，不敢住脚，望着平江府秀水縣，一路逃至海鹽。海鹽縣主路金，聞得聖駕避难到此，連忙出城迎接，接至公堂坐定。王淵道：「如今聖駕要往臨安，未知還有多少路？」路金道：「路雖離此不遠，但有番兵，皆在錢塘對面下營。節度皆棄兵而逃，聖駕若到臨安，恐無人保駕，不如且在此，待勤王兵到。」王淵道：「你这點小地方，怎生住得？」路金道：「地方雖小，尚有兵幾百。此地有一隱居傑士，只要聖上召他前來，足可保守。」高宗叫聲：「卿家，此地有甚么英雄在此隱居？」路金道：「乃是昔日梁山泊上好漢，覆姓呼延名灼。此人有萬夫不當之勇，主公召來，足可保駕。」王淵道：「呼延灼當日原為五虎將，乃是英雄。只恐今已年老，不知本事如何？」高宗道：「就煩卿家去請來。」知縣領旨而去。

一面縣中送出酒筵，君臣飲酒。王淵道：「依臣愚見，還是走的為妙。倘到得湖廣，會見岳飛，方保無事。」高宗道：「列位卿家！朕連日奔走辛苦，且等呼延灼到時，再作商議。」正說間，路金來奏：「呼延灼已召到候旨。」高宗命：「宣進來。」那呼延灼到縣堂來見駕，高宗道：「老卿家可曾用飯否？」呼延灼道：「接旨即來，尚未吃飯。」高宗就命路金準備酒飯，呼延灼就當駕前飽飡一頓。

忽見守城軍士來报：「番兵已到城下。」高宗着驚，呼延灼道：「請聖駕上城觀看，臣若勝了，萬歲可即在此等勤王兵到；臣若不能取勝，聖上即時出城，往臨安去罷。」高宗應允，遂仝了眾臣，一齊上城觀看。只見杜充在城下高叫：「城內軍民人等聽者，四太子有令，快快把昏君獻出，官封王位。莫待打破城池，雞犬不留，悔之晚矣！」話聲未絕，那城門開處，一位老將軍出城，大喝一聲：「你是何人，敢逼吾主？」杜充道：「我乃長江王便是。你乃何人？」呼延灼道：「嗄！你就是献長江的奸賊么？不要走，吃我一鞭！」耍的一鞭，望杜充頂梁上打來，杜充舉金刀架住，呼延灼又一鞭，攔腰打來，杜充招架不住，翻身落馬。眾番兵轉身敗去，呼延灼也不追赶，取了首級，進城見駕。高宗大喜道：「愛卿真乃神勇！寡人若得回京，重加官職。」吩咐將杜充首級，號令在城上。

再說番兵敗轉去，报與兀朮道：「長江王追赶康王，至一城下，被一個老南蛮打死了。」兀朮道：「有这等事！」就自帶兵來至城下，叫道：「快送康王出來！」高宗正與眾臣在城上，見了流淚道：「这就是兀朮，拿我二聖的。孤與他不共戴天之仇！」呼延灼道：「聖上不必悲傷，且整備馬匹。若臣出去，不能取勝，主公可出城去，直奔臨安，前投湖廣，尋着岳飛，再圖恢復。」說罷，就提鞭上馬，冲出城來，大叫：「兀朮休逼我主，我來也！」兀朮見是一員老將，鶴髮童顏，威風凜凜，十分歡悅，便道：「來的老將軍何等之人？請留姓名。」呼延灼道：「我乃梁山泊上五虎上將呼延灼是也。你快快退兵，饒你性命；不然，叫你死于鞭下。」兀朮道：「我非別人，乃大金國兀朮四太子是也。久聞得梁山泊聚義一百八人，勝似同胞，人人威武，個個英雄。某家未信，今見將軍果然名不虛傳！但老將軍如此忠心，反被奸臣陷害。某家今日勸你，不若降順某家，即封王位，安享富貴，以樂天年，豈不美哉！」呼延灼大怒道：「我當初仝宋公明征伐大遼，鞭下不知打死了多少上將，希罕你这樣個把番奴！」遂舉鞭望着兀朮面門上打來，兀朮舉金雀斧架住，兩個大战了三十餘合。兀朮暗想：「他果是英雄。他若少年時，不是他的對手。」二人又戰了十來合，呼延灼終久年老，招架不住，回馬敗走。兀朮縱馬追來，呼延灼上了吊橋。不道这吊橋年深日久，不曾換得木頭，朽爛的了。呼延灼跑馬上橋，來得力重了，踏斷了橋木，那馬前蹄陷將下去，把呼延灼跌下馬來。兀朮赶上前，这一斧砍死。城上君臣看見，慌忙上馬出城，沿着海塘逃走。

那兀朮砍死了呼延灼，勒馬道：「到是某家不是了。他在梁山上何等威名，反害在我手。」遂命軍士收拾尸首，暫時安葬：「待某家得了天下，另行祭葬便了。」城中百姓開城迎接，兀朮進城，問道：「康王往那里去了？」軍民跪着答道：「康王同了一班臣子，逃出城去了。」兀朮傳令，不許傷害百姓，遂帶領大兵，也沿着海塘一路追去。不上十來里路，遠遠望見他君臣八人在前逃奔。高宗回頭看見兀朮追兵將近，嚇得魂飛魄散，真個似：

分開八片頂陽骨，傾下半桶雪水來。

不知君臣們脫得此难否？且听下回分解。

第三十七回　五通神顯靈航大海　宋康王被困牛頭山

詩曰：

廟食人間千百春，威灵赫奕四方聞。從他著論明無鬼，須信空中自有神。

却說康王見兀朮將次赶上，真個插翅難逃，只待束手就擒。正在驚慌之際，忽見一隻海船駛來，眾大臣叫道：「船上駕長，快來救駕！」那海船上人聽見，就轉篷駛近來，攏了岸，把鉄錨來拋住了。君臣們即下馬來，把馬棄了，忙忙的下船。那船上人看見番兵將近，即忙起錨使篙，纔撐離得海岸，兀朮剛剛赶到，大叫：「船家！快把船攏來，重重賞你！」那船上人憑他叫喊，那里肯攏來，掛起風帆，一直駛去。兀朮道：「某家如今往何處去好？」軍師道：「量他不過逃到河南去投岳飛，我們不如也往那一路追去。」兀朮道：「既如此，待某家先行，你在後邊催趲粮草速來。」軍師領命，辭了兀朮自去。

那兀朮帶了人馬，沿着海塘一路追將上來。忽見三個漁人在那里釣魚，兀朮問道：「三位百姓，某家問你，可曾見一隻船渡着七八個人過去么？」三人道：「有的，有的。老老少少，共有七八個，方纔過去得。」兀朮道：「就煩你們引我們的兵馬追去，若拿住了，重重的賞你。」那三個人暗想：「待我們哄他沿邊而走，等潮汛來時，渰死这班奴才。」便道：「既如此，可隨着我們來。」就引了大兵，一路追去。

不一時，但見雪白潮頭湧高數丈，波濤滾滾，猶如萬馬奔騰。有詩為証：

怒氣雄聲出海門，舟人云是子胥魂❶。天排雪浪晴雷吼，地擁銀山萬馬奔。
上應月輪分晦朔，下臨宇宙定朝昏。吳征越戰今何在？一曲漁歌過晚村。

元來这錢塘江中的潮汛，非同小可，霎時間，巨浪滔天，猶如山崩地裂的一聲响，嚇得兀朮魂飛魄散，大叫一聲，連忙拍馬走到高處。那江潮氽❷來，將兀朮的前隊幾萬人馬，連那釣魚的三人，多被潮浪湧去，盡葬江魚之腹。聞得那三人却是朱縣主自捹一死，扮作漁翁，哄騙兀朮的，後來高宗南渡，封爲松木塲土地，朱、金、祝三相公，至今古跡猶存。那時兀朮大怒道：「到中了这漁翁的奸計，傷了許多人馬！」只見軍師在後面赶來道：「誂死臣也！雖然渰死了些人馬，幸得狼主無事。我們一直追至湖廣，必要捉了康王，方消此恨。」于是催趲大兵，一路追來。

再說高宗幸得海船救了危急，路金叫船家端正午飯。君臣尚未吃完，前邊駛下一隻大船來，將船頭

❶子胥魂：伍員魂。子胥，春秋楚大夫伍員的字。楚平王殺其父兄，他逃到吳國，幫助闔閭奪取王位。吳王夫差時，因力諫停止攻齊，拒絕越國求和，遭佞臣陷害，而漸被疏遠。後夫差賜劍命其自殺。子胥告其舍人曰：「抉吾眼，懸吳東門之上，以觀越寇之入滅吳也！」夫差大怒，將其屍體裝入革囊，投於江中。「子胥因隨流揚波，依潮來往，蕩激崩岸」。後因以伍胥潮謂怒潮。語出吳越春秋夫差內傳。

❷氽：音ㄊㄨㄣˇ。方言。滾；漂浮。

一撞，跳過幾個強人來，就要動手。眾大臣道：「休得驚了聖駕！」強人道：「什么聖駕？」太師道：「这是宋朝天子。」眾人道：「好吓！俺家大王正要那個宋朝天子。」這幾個強盜搶進艙來，將高宗并眾臣一齊捉下船去，解至蛇山，上了岸，报進寨去。那大王問道：「拿的甚么人？」嘍囉稟道：「是宋朝皇帝。」那大王聽說是宋朝皇帝，便大怒道：「綁去砍了！」李綱叫道：「且慢着！大海之中，怕我們飛了去不成？但是話也須要說個明白，和你有何仇恨，使我們死了，也做個明白之鬼。」大王道：「既要明白，叫頭目領他們到兩廊下去看了來受死。」那頭目領令，遂引了李太師一行人來到兩廊下，但見滿壁俱是圖画。李綱道：「这是什么故事？」頭目道：「这是梁山泊宋大王的出身。我家大王就是北京有名的浪子燕青。只因宋大王一生忠義，被奸臣害死，故有此大冤。」李綱又逐一看去，看到「蓼兒洼」，便道：「原來如此。」便放聲大哭起來，哭一聲「宋江」，罵一聲「燕青」，哭一聲：「宋江，好一個忠義之士！」罵一聲：「燕青，你這背主忘恩的賊！不能將蔡京、童貫一班奸臣殺了報仇，反是偷生在此快活。」燕青聽見，心下想道：「這老賊罵得有理。」叫頭目：「送他們到海中，由他們罷。」頭目答應一聲，將他們君臣八人推下海船，各自上山去了。

高宗與眾臣面面相覷。这茫茫大水，無路可通，俱各大哭道：「这賊人將我們送在此處，豈不餓死！」正哭之間，忽見一隻大船，迎着風浪駛來。眾大臣齊叫：「救命！」只見五個大漢把船帮上來，問道：「你們要往何處去？」眾人道：「要往湖廣去尋岳元帥的。」那五個大漢道：「我們就送你去。可進艙坐定，桌上有點心，你們大家吃些。」君臣進艙，正在肚飢時候，就將点心來吃。高宗道：「天下也有这樣好人！寡人若有回朝之日，必封他大大的官職。」說不了，船家道：「已到湖廣了，上岸去罷。」眾人道：「那有这樣快，休要哄我。」那五個人道：「你上去看，这不是界牌么？」李綱等保了高宗，上岸觀看果然是黃州界牌関。眾人大喜，正要作謝船家，回轉頭來，那里有什么船，但見雲霧裡五位官人，冉冉而去。眾臣道：「真個聖天子百灵護助，不知那里的尊神，來救了我君臣性命。」高宗道：「眾卿記着，待寡人回朝之日，就各處立廟，永享人間血食便了。」後來高宗遷徃臨安建都，即封為五顯靈官，在于普濟橋勅建廟宇，至今香火不絕。这是後話不表。

且說那君臣八人，進了界牌関，行了半日，來到一座村庄。中央一分人家門首，因他造得比別家高大，李綱抬頭一看，叫聲：「主公不好了！这是張邦昌的家裡，快些走罷！」沙丙、田思忠扶了高宗急徃前行。却被他門上人看見了，忙忙進去報知太師道：「門首有七八個人過去，聽見他說話，好似宋朝天子，徃東首去了，特來稟知。」邦昌聽了，忙叫備馬，出了門一路追來，看見前面，正是高宗君臣，高叫：「主公慢行，微臣特來保駕。」連忙赶上來，下馬跪着道：「主公龍駕，豈可冒險前行；倘有意外，那時怎麼處？且請聖駕枉駐臣家，待臣去召岳元帥前來保駕，方無失悮。」高宗對眾臣道：「且到張愛卿家，再作計議。」

邦昌就請高宗上了馬，自己仝着眾臣隨後跟着回家。進到了大廳上，高宗坐定，便問：「卿家可知岳飛今在何處？」邦昌道：「現在駐兵潼州，待臣星夜前去召來。」高宗大喜。邦昌吩咐家人，安排酒席欵待，天晚時送在書房一處安歇。私下叫家人前後把守，辭了高宗，只說去召岳飛。却星飛的到粘罕營中报知，叫他來捉拿康王去了。

却說邦昌的原配蔣氏夫人，修行好善，念佛看經，所以家事俱是徐氏二夫人掌管。那晚有個丫環，將邦昌在二夫人房內，商量拘留天子、太師，去报金邦大太子來捉之事，細細說知。蔣夫人吃了一驚，暗想：「君臣大義，豈不絕滅天倫！」挨至二更時分，悄悄來到書房，輕輕扣門，呌聲：「快些起來逃命！」君臣聽見，連忙開門，問是何人，夫人道：「妾乃罪臣之妻蔣氏。我夫奸計，款留聖駕在此，已去报粘罕來拿你們了！」高宗慌道：「望王嫂救救孤家，决當重报。」夫人道：「可隨罪婦前來。」君臣八人只得跟了蔣氏，來到後邊，蔣氏道：「前後門都有人看守，一帶俱是高墻难以出去，只有此間花园墻稍低，外面俱是菜园，主公可從墻上爬出去罷。」君臣八人只得攀枝依樹，爬出墻來，慌不擇路，一跌一銃，上路逃走。蔣氏諒脫不過，在腰間解下鸞帶，在一棵大樹上弔死了。

再說張邦昌來到番營報知粘罕。粘罕隨即領兵三千，連夜赶至張邦昌家裡，進到大廳坐定道：「快把南蛮皇帝拿來！」邦昌帶了一眾家人，走進書房，只見書房門大開，不見了君臣八人。这一驚不小，忙忙尋覓，一直尋到後花園，但見墻頭耙倒，呌聲：「不好了！」回轉頭來，只見蔣氏夫人懸掛在一棵樹上。邦昌咬牙恨道：「原來这潑賤壞了我的事！」即拔佩刀，將蔣氏夫人之頭割下，出廳稟道：「臣妻將康王放走，特斬頭來請罪。」粘罕道：「既如此，他們還去不遠，你可在前引路去追赶。但你既然歸順我國，在此無益，不如隨着某家回本國去罷。」命小番將張邦昌家抄了，把房子燒燬了。邦昌心下好生懊悔，只得由他抄了，將房子放起一把火來，連徐氏一并燒化在內，跟了粘罕前去。

再說高宗君臣八人走了半夜，剛剛上得大路，恰遇着王鐸帶領從人，騎馬來望張邦昌，要商議歸金之事。却好遇着了高宗君臣，王鐸大喜，慌忙下馬，假做失驚，跪奏道：「主公為何如此？」李綱將失了金陵之事，說了一遍。王鐸道：「既如此，臣家就在前面，且請陛下到臣家中，用些酒飯，待臣送陛下到澶州去會岳飛便了。」高宗允奏，隨仝眾臣，跟了王鐸，一齊到王鐸家中。進得裡頭，王鐸喝叫眾家將，將高宗君臣八人一齊綁了，拘禁在後園中。自己飛身上馬，一路來迎粘罕报信，不表。

先說王鐸的大兒子王孝如在書房內讀書，聽得書童說父親將高宗眾臣綁在後園，要献與金邦，忙至後園喝散家人，放了君臣，一仝出了後園門，覓路逃走。行不多路，王孝如心中暗想：「我不能為國报仇，為不忠；不遵父命，放走高宗，為不孝。不忠不孝，何以立于人世？」大叫一聲：「陛下，罪臣之子不能遠送了！」說罷望山澗中一跳，投水而死。君臣嘆息了一番，急急往前逃奔。

再說那王鐸一路迎着張邦昌，引見了粘罕，報知：「高宗已被臣綁縛在後園，耑候狼主來拿。」粘罕大喜，遂仝了王鐸，來至家中坐定。王鐸家人稟說：「公子放了高宗，一仝逃去了。」王鐸驚得呆了，只得奏稟：「逆子放走康王，一仝逃去了。」粘罕大怒，吩咐把都兒們，將王鐸家私抄了，房屋燒燬了。命王鐸與張邦昌兩個仝作嚮導，一路去赶康王。王鐸暗恨：「早知粘罕这般狠毒，何苦做此奸臣！」

却說王孝如身邊有一家將名喚王德壽，聽見小主放走康王，一仝逃走，便追將上去，思想跟隨孝如。那王鐸在路望見了，便稟上狼主：「前邊这個是我家人王德壽，他熟諳路途，叫他做嚮導，去追拿康王，必然穩當。」粘罕道：「既然如此，喚他來。」王鐸叫轉王德壽來見了粘罕，粘罕叫他騎匹好馬，充作嚮導。德壽道：「小人不會騎馬的。」粘罕道：「就是步行罷。」王德壽想道：「公子拚命放走朝廷，我怎麼反引他去追赶？不如領他們扒山過嶺，耽擱工夫，好讓他們逃走。」定了主意，竟往高山爬去。粘罕在山下扎住營盤，命眾番兵跟了王德壽爬山。爬到半山之中，抬頭觀看，上邊果有七八個在上扒山。王德壽叫聲：「我死也！怎么處？」就把身子一滾，跌下山來，跌成肉醬。

那些番兵看見上邊果然有人，就恨命爬上去。那君臣八人回頭望下觀看，見山下無數番兵爬上來，高宗道：「這次决难逃脫的了！」君臣正在危急之際，天上忽然陰雲佈合，降下一塲大雨，傾盆如注。但見：

霆轟電掣玉池連，高岸層霄一漏泉。雲霧黑來疑擁海，風嚮潮頭萬弩穿。

那君臣八人也顧不得大雨，拚命扒上山去。那些番兵穿的都是皮靴，經了水，又兼山上砂滑，爬了一步，倒退下了兩步；立脚不牢的，跌下來跌死了無數。那雨越下個不住，粘罕道：「料他們逃不到那里去。且張起牛皮帳來遮蓋，等雨住了，再上去罷。」再說那高宗君臣八人扒得上山頂平地，乃是一座灵官廟，又無廟祝，渾身濕透，且進殿躲過这大雨再處。說話的，一枝筆，寫不得兩行字；一張口，說不出夾層話。且把高宗在靈官廟內之事暫擱一邊。

且說那潭州岳元帥，一日正坐公堂議事，探子報道：「兀朮五路進兵。杜充献了長江，金陵已失，君臣八人逃出在外，不知去向了！」元帥一聞此言，急得魂魄俱無，大叫一聲：「聖上吓！要臣等何用！」拔出腰間寶劍，就要自刎。早有張憲、施全二人，急忙上前，一個攔腰抱住，一個攀住臂膊，叫聲：「元帥差矣！聖上逃难在外，不去保駕，反尋短見，豈是丈夫所爲？」岳爺道：「古語云：『君辱臣死。』如今不知那聖上蒙塵何處，為臣子者，何以生為！」傍邊走過諸葛英道：「元帥不必愁煩。末將同公孫郎善能扶乩請仙❸，可知君王逃在何處，我們就好去保駕了。」元帥拭淚，就命快排香案，祝

❸ 扶乩請仙：一種迷信活動。扶，指扶架子。乩，音ㄐㄧ。謂占卜問疑。術士製丁字形木架，其直端頂部懸椎

拜通忱。諸葛、公孫二人在仙乩上，扶出幾個字來道：

落日映湘潭，崔巍行路難。速展乾坤手，覓蹟在高山。

元帥道：「这明明說是聖上在湘、潭二處山上。但不知在那一個山上，叫我向何處去尋覓？」便請過潭州摠兵來道：「有煩貴鎮，將湘、潭二州山名，盡數寫來。」摠兵就在下邊細細開明，送上元帥。元帥就將山名做成鬮紙，放在盒內，重排香案，再熱清香，誠心禱告：「願求神明指示，天子逃在何處，即拈着何山。」祝畢，拏起一鬮，打開看時，却是「牛頭山」三字。元帥就命：「牛皐兄弟，你可帶領五千人馬，同着摠兵，速往牛頭山打探。我領大兵隨後即來。」牛皐得令，如飛而去。

將到牛頭山，恰正是君臣扒山遇雨的時候。牛皐軍士在山下，也撐起帳棚，等雨過了而行。軍士回報說：「前面有番兵扎營。」牛皐道：「既有番兵，君王必然在这山上了。請問摠兵，從何處上山？」摠兵道：「從荷葉嶺上去，却是大路。」牛皐領兵，就從荷葉嶺上去，一馬當先跑上山來。那靈官殿內君臣們走出偷看，見是牛皐，便大叫：「牛將軍！快來救駕！」牛皐跑至廟前，下馬進殿，見了高宗，叩頭道：「元帥聞知萬歲之事，幾乎自刎，幸得眾將救解，令牛皐先來保駕，果然在这裡。」就將身邊乾粮献上與高宗充飢，然後吩咐三軍守住上山要路。

那些番兵等雨住了，正要上山，忽見有宋兵把守，忙報知粘罕。粘罕就命人去催趲大兵，又着人望

下垂。架放在沙盤上，由兩人各以食指分扶橫木兩端，依法請神，木架的下垂部分即在沙盤上劃字，作為神的啟示，或與人唱和，或示人吉凶，或與人處方。

臨安一路，迎報兀朮領兵來。且把康王困住，不怕他插翅飛去。

且說牛皐就叫潼州摠兵回去保守潼州，速請元帥來救駕。那摠兵在路，正迎着元帥大兵，報說：「聖駕正在牛頭山，牛將軍請元帥速速上山保駕。」元帥聞得，飛奔上牛頭山來，牛皐迎接，同至靈官殿，朝見了高宗，奏道：「微臣有失保駕，罪該萬死！」高宗大哭道：「奸臣誤國，於卿何罪？」又把一路上受苦之事細細說了一遍。又道：「孤家因衣服濕透，此時身上發熱，如之奈何？」

眾臣正在商議，只見張保過來稟說：「拿得一個奸細，聽候發落。」岳爺道：「帶他過來。」張保一把拎將過來跪着，元帥看他是個少年道童，便問：「你是何人，敢來窺探？」那人道：「小人是上山玉虛宮道童。聞得有兵馬在此，師父特着小人來打聽，望乞救命。」岳爺道：「那玉虛宮可大么？」道童道：「地方甚大，有三十六個房頭。」岳爺道：「你去說與住持知道，不必驚慌。有當今天子避难至此，因聖體不安，着你們收拾好房幾間，送聖上來將養。」道童得命，飛奔上去報信。

岳爺奏道：「臣探得有玉虛宮可以安住。請陛下上車。」遂將小粮車出空了，載了天子。眾大臣俱各揀一匹馬騎着。眾將一齊送高宗來至宮前，早有住持率領三十六宮道士，跪着迎接。天子進了宮，十分喜悅。岳爺即將乾淨新衣，與高宗換了。眾臣請安已畢，只見走過一個老道士奏道：「有當年梁山泊上神醫安道全，在本山藥王殿內安頓淨養。今聞聖體違和，乞聖上召他來調治，可保聖躬無恙。」高宗大悅，就命老道士：「去請來調治朕躬，自當封職。」

又有李綱奏道：「乞於靈官殿左首，搭起一臺，效當年漢高祖築臺拜將之事，拜封元帥并眾將官屬，好使他捨身為國。」高宗准奏，遂命路金監督搭臺。次日，高宗出宮，眾將迎駕上臺，傳旨：「封岳飛為武昌開國公少保，統屬文武兵部尚書都督大元帥。」岳飛謝恩畢。正要加封牛臯等一班眾將，不道高宗一時頭暈，傳旨：「候朕病痊，再行封賞。」眾將跪送回宮。

到了次日早上，眾將到靈官殿前，但見掛着一張榜文，上寫着：

武昌開國公少保統属文武都督大元帥岳，為曉諭事：照得本帥恭承王命，統属六軍，共尓眾將，必期掃金扶宋，盡力王事。所有條約，各宜知悉：

聽點不到者斬。擅闖軍門者斬。

聞鼓不進者斬。聞金不退者斬。

私自開兵者斬。搶奪民財者斬。

奸人妻女者斬。泄漏軍机者斬。

臨陣反顧者斬。兵弁賭博者斬。

妄言禍福者斬。不守法度者斬。

笑語喧嘩者斬。酗酒入營者斬。

大宋建炎　年　月　日榜，張掛营門。

那牛臯听見眾人在那里一欵一欵念到後來兩條，便道：「胡說！大哥明明曉得我喜歡吃酒，是这樣高聲亂嚷的，却將这兩件事寫在上邊！停一會，待我闖一個轅門與他看，看他怎樣斬我？」眾將齊至營前，只見張保傳出令來：「元帥今日不升帳了，諸將明日早上候令罷。」眾將得令，各自散去。牛臯道：「明早待我吃個大醉而來，看他怎么？」

再說元帥命張保去請湯懷，直至後營相見。岳爺道：「請賢弟到來，非為別事。今日所掛斬條上，有兩件事犯着牛兄弟的毛病，故此愚兄今日不升帳。發令之初，若不將他斬首，何以服眾；若准了法，又傷了弟兄之情。賢弟可如此如此，方得無事。」湯懷領令，來到牛臯帳中，見他正在吃酒。牛臯道：「湯二哥來得好，也來吃一盃。」湯懷就坐下，吃了幾盃，便道：「我有一事與你相商。」牛臯道：「是甚么事？」湯懷道：「你道大哥今日為何不升帳？打听得他要差個人到相州去催粮，因為山下有番兵阻住，無人敢去，為此愁悶，不能升帳。我想我一人寔不敢去，怎麼作個計較，幹得這件大功劳，特來與你商量。」牛臯道：「量这些小番兵，怕他怎的？明日看我自去。」湯懷道：「既如此，明日你且休要吃酒，悄悄的來，不要被別人搶去頭功。」牛臯道：「多謝你了。」湯懷別了牛臯回營。

到了明日，元帥升帳，眾將叅謁已畢，站立兩傍聽令。湯懷見牛臯低頭走進營來，暗暗欢喜。元帥道：「三軍未發，粮草先行；目今交兵之際，粮草要緊。但山下有金兵阻路，如何出得他的營盤？那一位大胆，敢領本帥之令，前往相州催粮？」話聲未絕，牛臯上前道：「末將敢去。」元帥道：「你的本事，怎能出得番營？」牛臯道：「元帥何得長他人志氣！諒这些毛賊怕他怎的？小將若出不得番營，愿納下这顆首級。」元帥道：「既如此，有令箭一枝，文書一封，限你四日四夜到相州，小心前去。」牛臯得令，將文書揣在懷中，把这令箭插在飛魚袋内，上馬提鐗，獨自一個跑下山來。正叫做：

壯士一身已許國，此行那計凶和吉？雙鐗匹馬踹番營，㬎取粘罕吃一嚇。

畢竟不知牛皐此去如何？且聽下回分解。

第三十八回　解軍粮英雄歸宋室　下戰書福將進金營

詩曰：

三尺龍泉吐赤光，英雄萬載要流芳。男兒要遂封侯志，烈烈轟轟做一場。

却說牛皐一馬跑到粘罕營前，大叫一聲：「快些讓路！好等老爺去催粮。」就舞動雙鐗，踹進營來，逢人便打。眾番兵見他來得兇，慌忙報知粘罕道：「山上有個黑炭團殺進營來了。」粘罕大怒，拿了溜金棍，上馬來迎。剛剛碰着牛皐，被牛皐一連七八鐗，粘罕招架不住，往斜刺裡敗走。却被牛皐冲出後營，到相州去了。粘罕回帳，叫小番收拾尸首，整頓營盤。一面再差人去催趲各位王兄王弟，速到牛頭山來，圍住他君臣再處。

且說岳元帥这日升帳，探軍來報：「山下有一枝番兵下寨。」不多時，探子又來報說：「又有一枝番兵下寨。」一連报了四次。元帥想：「牛皐雖已踹出番營，那粮草怎能上得山來？」心下十分愁悶。

再說牛皐踹破番營，晝夜兼行，到了相州，一直到了節度使轅門下馬，大聲叫道：「快些通报！」就把那鐗在鼓上扑通的一下，把那鼓竟打破了。傳宣進內稟知，劉都爺傳令牛皐進見。牛皐來至大堂，跪下道：「都爺快看文書！快看文書！」劉光世看了文書道：「牛皐差了！限你四日，如今只纔三日半，如何这般性急？且到耳房便飯。」牛皐道：「飯是自然要吃的。但粮草是要緊的，明早就要起身的吓！」刘爺道：「这是朝廷大事，豈敢遲延？」傳令准備粮草。至二更時分，俱已端正，一面點兵三千護送。刘爺一夜不曾睡，剛剛天亮，牛皐早已上堂來見都爺催促。刘爺道：「軍粮俱已整備。有道表章，煩你帶去。外有書一封，候你家元帥的。」牛皐收了表章書信，叩頭辭別，上馬便行。这日正行之間，忽然大雨下來，要尋個地方躲雨。望見前面有一帶紅墻，必然是個廟宇，忙忙推動粮車，赶到紅墻邊一看，不是廟宇，却是一座王殿。牛皐也不管他三七二十一，命眾軍士把粮車推進殿內躲雨。

却說这殿乃是汝南王鄭恩之後鄭懷的賜第。那鄭懷生得身長丈二，使一條酒盃口粗的鉄棍，力大無窮，善于步戰。當時有家將進内报說：「不知何處軍馬，推著許多粮車，在殿上喧嘩糟蹋，特來报知。」鄭懷道：「那有这樣事！先王御賜的地方，那個敢來糟蹋！」便提了大棍，走到殿前，大喝道：「何處野賊，敢來这裡討野火吃？」牛皐見來得兇，只道是搶粮的，不問情由，舉鐧就打。鄭懷掄棍招架，不上四五個回合，被鄭懷攔開鐧，只一把，把牛皐擒住，走進裡邊廳上，叫家人綁了，推至面前，喝道：「你是何方草寇，敢來糟蹋王殿？」牛皐大喝道：「該死的狗囚！你眼又不瞎，不見粮車上的旗號么？我叫牛皐，奉岳元帥將令，催粮上牛頭山保駕，在此躲雨。你敢拿了我，可不該凌遲剮罪？」鄭懷道：「原來是牛將軍，你也該早說個明白。」忙忙來解了綁，扶牛皐中間坐了，請罪道：「小弟乃汝南王鄭恩後裔，名喚鄭懷。久慕將軍大名，今日愿拜將軍爲兄，仝上牛頭山保駕立功，未知允否？」牛皐道：「我本是不肯的，見你本事也好，還有些情重的，且收你為弟罷。只是肚中飢了，且收拾些酒飯來我吃了，好同你去。」鄭懷道：「这個自然。」就仝牛皐對天結拜為弟兄。吩咐家人整備酒飯，殺翻兩頭牛，抬出十來罈酒，到殿上犒賞三軍。鄭懷一面收拾行李，吃完酒飯，就仝牛皐起身。

說話的，那牛皐來時是連夜走的，故此來得快。此時回去有了粮車，須要晝行夜住，那能就到。这日行至一座山邊，忽听得一棒鑼聲，擁出五六百嘍囉。為首一員少年，身騎白馬，手提銀鎗，白袍銀甲，頭帶銀盔，口中大叫：「會事的留下粮車，放你過去！」牛皐大怒，方欲出馬，鄭懷道：「不劳哥哥動手，待小弟去拿这廝來。」提棍上前便打，那英雄掄鎗就刺，大战三十多回合，不分勝負。牛皐暗想：「我與鄭懷戰不上四五合，被他拿了。他兩個戰了三十多回合，尚無勝敗，好個對手！」就拍馬上前叫道：「你們且住手！我有話說。」鄭懷架住了鎗道：「住着！俺哥哥有話講，講了再战。」那將收了鎗道：「你有何話，快快說來。」牛皐道：「俺非別人，乃岳元帥的好友牛皐。我看你年紀雖小，武藝倒好，目今用人之際，何不歸順朝廷，改邪歸正，豈不勝如在这裡做強盜？」那將聽了道：「原來是牛將軍，何不早說！」遂棄鎗下馬道：「將軍若不見棄，愿拜為兄，仝往岳元帥麾下効用。」牛皐道：「这纔是個好漢！但不知你姓甚名誰？」那將道：「小弟乃東正王之後，姓張名奎。因見朝廷奸臣亂國，故尔不愿為官，在此落草。」牛皐道：「既如此，軍粮緊急，速即收拾仝行。」張奎就請牛、鄭二人上山，結為兄弟。一面整備酒席，一面收拾粮草，合兵共行。

又一日，來到一個地方，軍士報說：「前面有四五千人馬，扎住營盤，不知是何處兵馬，特來报知。」牛皐吩咐也扎住了營頭，差人探聽。不一時，軍士來报：「有一將在營前聲聲要老爺送粮草。」牛皐大怒，仝了鄭懷、張奎出營。看那後生，生得身長八尺，頭帶金盔，身穿金甲，坐下青鬃馬，手提一桿鏨金虎頭鎗，見了牛皐，便喝道：「你可就是牛皐么？」牛皐道：「老爺便是。你是什么人？敢來阻我糧草？」那人道：「你休要問我，我只與你戰三百合，就放你過去。」鄭懷大怒，舉棍向前便打。那將架開棍，一連幾鎗，殺得鄭懷渾身是汗，氣喘吁吁。張奎把銀鎗一擺，上來助陣，兩個戰了二十餘合。牛臯見二人招架不住，舉雙鐗也上來助戰，三個戰一個，還不是那將對手。正在慌忙，那將托地把馬一拎，跳出圈子外，叫聲：「且歇！」三人收住了兵器，只是氣喘。那將下馬道：「小將非別，乃開平王之後，姓高名寵。當年在紅桃山保母，有番兵一枝，徃山西而來，被小弟鎗挑了番將，殺敗番兵，奪得金盔、金甲、金銀財帛幾車，留下至今。目今听見朝廷被困牛頭山，奉母命前來保駕，今日幸得相會，特來献献武藝。」牛臯大喜，叫聲：「好兄弟！你既有这般本事，就做我哥哥也好，何不早說！」當時就與高寵并了隊伍，在營中結為兄弟，用了酒飯。高寵就在前頭破路，牛臯仝張奎押後催兵前進，望牛頭山進發。

且說兀朮大兵已到，粘罕接着，將張邦昌、王鐸的事說了一遍。兀朮道：「既是康王仝岳南蛮在山上，某家只分兵困住此山，絕了他的粮餉，怕不餓死？」遂分撥眾狼主，四方八處扎住大營。六七十萬大兵，團團圍住牛頭山，水泄不通。岳爺聞报，好不心焦！

且說牛臯等在路上非止一日，已到牛頭山。高寵望見番營連絡十餘里，便向牛臯道：「小弟在前冲開營盤，兄長保住粮草，一齊殺入。」牛臯便𠮟鄭懷、張奎左右輔翼，自己押後。高寵一馬當先，大𠮟：「高將軍來踹營了！」拍馬掄鎗，冲入番營，遠者鎗挑，近者鞭打，如仝砍瓜切菜一般，打開一條血路。左有張奎，右有鄭懷，兩條鎗棍猶如雙龍攪海；牛臯在後邊，舞動雙鐗，猶如猛虎搜山。那些番兵番將那里抵擋得住，大喊一聲，四下裡各自逃生。兀朮忙差下四個元帥來，一個𠮟金花骨都，一個是銀花骨都，一個鉄花骨都，一個銅花骨都，各使兵器，上前迎战，被高寵一鎗，一個翻下馬去；第二鎗，一個跌下地來；第三鎗，一個送了命；再一鎗，一個胸前添了一個窟窿。後邊又來了一個黃臉番將，叫做金古录，使一條狼牙棒打來，被高寵望番將心窩裡一鎗戳透，一挑，把個尸首直拋向半天之內去了。唬得那番營中兵將，個個無魂，人人落魄。更兼鄭懷、張奎兩條鎗棍，牛臯一雙鐧，翻江攪海一般，殺得尸如山積，血流成河，沖開十幾座營盤，往牛頭山面去。兀朮無奈，只得傳令收拾尸首，整頓營寨，不提。

且說岳元帥悶坐帳中，探子來报道：「金營內旗旛繚乱，喊殺連天，未知何故？」岳元帥道：「他見我們按兵不動，或是誘敵之計，可再去打聽。」不一會，又有探子來报：「牛將軍解粮已到荷葉嶺下了。」岳元帥舉手向天道：「真乃朝廷之福也！」

不一時，牛臯催趲粮車，上了荷葉嶺，在平陽之地把三軍紮住，對三位兄弟道：「待我先去报知元帥，就來迎見。」高寵道：「这個自然。」牛臯進營見過了元帥，將劉都爺本章并文書送上。岳爺道：「粮草虧你解上山來，乃是第一個大功劳！」吩咐上了。牛臯道：「那裡是牛臯的功劳，虧得新收了三個兄弟：一個叫高寵，一個叫鄭懷，一個叫張奎。他三個本事高強，冲開血路，保護粮草，方能上山。現在看守人馬粮車，在嶺上候令。」岳爺道：「既如此，快請相見。」牛臯出營來，仝了三人進來，叅見畢。岳爺立起身來道：「三位將軍請起。」遂問三人家世，高寵等細細稟明。元帥道：「既是藩王後裔，待本帥奏過聖上，封職便了。」遂命將粮草收貯。自引三人來至玉虛宮內，朝見了高宗，將三人前來保駕之事奏明。高宗問李綱道：「該封何職？」李綱奏道：「暫封他為統制，待太平之日，再照襲祖職。」高宗依奏封職，三人一齊謝恩而退，仝元帥回營。牛臯上來稟道：「这三個兄弟，可與小將同住。」岳爺應允，就將他三人帶來人馬，分隸部下；金銀財帛送入後營，為勞軍之用。岦等擇日開兵，與兀朮打仗。當日無話。

到了次日，元帥升帳，眾將站立兩傍聽令。元帥高聲問道：「今糧草雖到，金兵困住我兵在此，恐一朝糧盡，不能接濟。必須與他大戰一场，殺退了番兵，奉天子回京。不知那位將軍，敢到金營去下戰書？」話聲未絕，早有牛皐上前道：「小將願往。」元帥道：「你前日殺了他許多兵將，是他的仇人，如何去得？」牛皐道：「除了我，再沒有別人敢去的。」岳爺就叫張保：「替牛爺換了袍帽。」張保就與牛皐穿起冠帶來。遂辭了元帥，竟自出營。岳爺不覺暗暗傷心，恐怕不得生還。又有一班弟兄們俱來相送到半山，對牛皐道：「賢弟此去，須要小心！言語須要留意謹慎。」牛皐道：「眾位哥哥，自古道：『教的言語不會說，有錢难買自主張。』大丈夫隨机應變，着什么忙？做兄弟的只有一事相托：承諸位兄弟結拜一塲，倘或有些差遲，只要看待这三個兄弟，猶如小弟一般，就足見盛情了！」眾弟兄聽了，含淚答道：「一體之事，何劳囑咐，但愿吉人天相，恕不遠送了。」眾將各自回山。正是：

鑾輿萬里困胡塵，勇士勤王不顧身。自古疾風知勁草❶，須知版蕩❷識忠臣。

---

❶ 疾風知勁草：只有經過猛烈大風的考驗，才能知道甚麼樣的草是強勁的。後漢書王霸傳：「光武謂霸曰：『潁川從我者皆逝，而子獨留努力！疾風知勁草。』」比喻經歷艱難困苦，才顯示出堅強的意志和堅貞的節操。

❷ 版蕩：詩大雅有板、蕩兩篇，都是諷刺周厲王暴虐無道，致使天下不寧。版，同「板」。後因以「版蕩」指時世動亂不安。

且說牛臯獨自一個下山，揩抹了淚痕：「休要被番人看見，只道是我怕死了。」再把自己身上衣服看看。倒也好笑起來：「我如今这般打扮，好像那城隍廟裡的判官。」一馬跑至番營前，平章看見道：「咦！这是牛南蛮，為何如此打扮？」牛臯道：「能文能武，方是男子漢。今日我來下战書，乃是賓主交接之事，自然要文縐縐的打扮。煩你通报通報。」平章不覺笑將起來，進帳稟道：「有牛南蛮來下戰書。」兀朮道：「叫他進來。」平章出營叫道：「狼主叫你進去。」牛臯道：「这狗頭，『請』字也不放一個，叫我進來，如此無禮！」遂下馬，一直來至帳前，那些帳下之人見牛臯这副嘴臉、这般打扮，無不掩着口笑。

牛臯見了兀朮道：「請下來見禮。」兀朮大怒道：「某家是金朝太子，又是昌平王，你見了某家，也該下個全禮，怎么反叫某家與你見禮？」牛臯道：「甚么昌平王！我也曾做過公道大王。我今上奉天子聖旨，下奉元帥將令，來到此處下書。古人云：『上邦卿相，即是下國諸侯；上邦士子，乃是下國大夫。』我乃堂堂天子使臣，禮該賔主相見，怎么肯屈膝於你？我牛臯豈是貪生怕死之徒、畏箭避刀之輩？若怕殺，也不敢來了。」兀朮道：「这等說，到是某家不是了。看你不出，倒是個不怕死的好漢，某家就下來與你見禮。」牛臯道：「好吓！这纔算個英雄！下次和你在战場上，要多戰幾合了。」兀朮道：「牛將軍，某家有禮。」牛臯道：「狼主，末將也有禮了。」兀朮道：「將軍到此何幹？」牛臯道：「奉元帥將令，特來下戰書。」兀朮接過看了，遂在後批着「三日後决戰」付與牛臯。牛臯道：「我是难得來的，也該請我一請！」兀朮道：「該的，該的。」遂叫平章仝牛臯到左營酒飯。

牛臯吃得大醉出來，謝了兀朮，出營上馬，轉身回牛頭山來。到了山上，眾人看見大喜，俱來迎接，說道：「牛兄弟辛苦了！」牛臯道：「也沒有甚么辛苦。承他請我吃酒飯，飯都吃不下，只呷了幾盃寡酒。」來到大營，軍士報知元帥，元帥大喜，吩咐傳進。牛臯進帳，見了元帥，將原書呈上，元帥叫軍政司記了牛臯功勞，回營將息。

次日元帥升帳，衆將叅見已畢，元帥喚過王貴來道：「本帥有令箭一枝，着你往番營去拿一口猪來，候本帥祭旗用。」王貴得令，上馬下山而去。元帥又將令箭一枝，喚過牛臯道：「你也領令到番營去拿一口羊來，本帥祭旂用。」牛臯也領令而去。正叫做：

天子三宣恩似海，將軍一令重如山。

畢竟不知王貴、牛臯怎生進得番營，去拿他的豬羊，且聽下回分解。

第三十九回　祭帥旗奸臣代畜　挑華車勇士遭殃

詩曰：

報應休爭早與遲，天公暗裡有支持。不信但看奸巧誓，一做羊來一变猪。

却說王貴領令下山，暗想：「这個差使却難，那番營中有猪，也不肯賣與我。若是去搶，他六七十萬人馬，那里曉得他的猪藏在那里？不要管他，我只捉個番兵上去，權當個猪繳令，看是如何？」想定了主意，一馬來至營前，也不言語，兩手搖刀，冲進營中，那小番出其不意，被他一手撈翻一個，挾在腰間，拍馬出營，上荷葉嶺來。恰好遇着牛臯下山，看見王貴捉了一個番兵回來，牛臯暗想：「吓！原來番兵當得猪的，难道就當不得羊？且不要被他得了頭功，待我割去他的猪頭。」遂拔劍在手，迎上來道：「王哥，你來得快吓！」王貴道：「正是。」兩個說話之間，兩馬恰是交肩而過，牛臯輕輕把劍在小番頸上一割，頭已落地。王貴還不得知，來到山上，諸葛英見了便道：「王兄，為何拿这沒頭人來做什么？」王貴回頭一看：「呀！这個頭被牛臯割去了。」就將尸首一丟，回馬復下山來。

行至半路，只見牛臯也捉了一個小番來了。牛臯看見了王貴，就勒住馬閃在旁邊，叫聲：「王哥請便。」王貴道：「世上也沒有你这樣狠心的人！你先要立功，怎么把我拿的人割了頭去？」牛臯道：「原是小弟不是。王哥，把这一功讓了我罷。」王貴拍馬竟去，牛皐來至大營前，叫家將：「把这羊綁了。」牛皐進帳稟道：「奉令拿得一腔羊繳令。」元帥吩咐將羊收了，牛皐道：「这羊是會說話的。」元帥道：「不必多言。」牛皐暗暗好笑，出營去了。

再說王貴復至番營，叫道：「再拿一口猪來！」掄刀沖進營去，小番圍將上來廝殺，王貴勾開兵器，又早撈了一個。粘罕聞報，掣了溜金棍上馬，領眾赶來，王貴已上了荷葉嶺去了，那里追得着。王貴到了大營門首，將番兵綁了，進帳來見元帥道：「末將奉命拿得一猪在此繳令。」元帥叫張保收了猪，上了二人的功劳。

次日，元帥請聖駕至營祭旗，眾大臣一齊保駕，離了玉虛宮，來到大營。元帥跪接進營，將小番殺了，當做豬羊，祭旂已畢，元帥奏：「請聖駕明日上臺，觀看臣與兀朮交戰，請王元帥报功，李太師上功劳簿。」天子准奏，眾大臣保駕回玉虛宮，不表。

再說兀朮在營中對軍師道：「岳飛叫人下山，拿我營中兵去當作福禮祭旗，可恨可惱！我如今也差人去拿他兩個南蛮來祭旂，方洩我恨。」軍師道：「不可。若能到他山上去拿得人來，这座山久已搶了，請狼主免降此旨罷。」兀朮想道：「軍師此言，亦甚有理。这山如何上得去？我想張邦昌、王鐸兩人要他何用？不如將他當作福禮罷。」遂傳令將二人拿下，一面準備猪羊祭禮，邀請各位王兄王弟，仝了軍師、叅謀、左右丞相、大小元帥、眾平章等，一仝祭旂。將張、王二人殺了，請眾人仝吃利市酒。他二人當初在武場，對天立誓道：「如若欺君，日後在番邦变作猪羊。」不道今日有此果报❶。

❶ 果报：佛家語。因果報應。

那兀朮祭過了旗，正仝眾將在牛皮帳中吃酒，小番來报道：「元帥哈鉄龍送『鉄華車』至營。」兀朮遂傳令，叫他帶領本部軍兵，在西南方上埋伏，哈元帥得令而去。

次日，兀朮自引大隊人馬，來至山前搦战。岳元帥調撥各將緊守要路，多設擂木炮石。張奎耑旹战陣兒郎，鄭懷單旹鳴金士卒，高寵掌着三軍司命的大旂，自己坐馬提鎗，只帶馬前張保、馬後王横兩個下山，來與兀朮交兵。只見金陣内旂門開處，兀朮出馬，叫聲：「岳飛，如今天下山東、山西、湖廣、江西皆属某家所旹。尔君臣兵不滿十餘萬，今被某家困住此山，量尔糧草不足，如釜中之魚。何不將康王献出，歸順某家，不失封王之位。你意下如何？」元帥大喝道：「兀朮！尔等不識人倫，囚天子於沙漠，追吾主于湖廣，本帥兵雖少而將勇，若不殺盡尔等，誓不回師！」大吼一聲，走馬上前，舉鎗便刺；兀朮大怒，提起金雀斧，大戰有十數個回合。那四方八面的番兵，吶喊連天，俱來搶牛頭山，當有眾將各路敵住。岳元帥記念有朝廷在山，恐驚了駕，勾開斧虚幌一鎗，轉馬回山去了。那張奎見元帥回山，即便鳴金收軍。

不道那高寵想道：「元帥與兀朮交戰，沒有幾個回合，爲何即便回山，必是这個兀朮武藝高強，待我去試試，看是如何？」便對張奎道：「張哥，代我把这旂掌一掌。」張奎拿旗在手，高寵上馬掄鎗，往旁邊下山來。兀朮正冲上來，劈頭撞見，高寵劈面一鎗，兀朮抬斧招架，誰知鎗重，招架不住，把頭一低，被高寵把鎗一拎，髮斷冠墜，嚇得兀朮魂不附體，回馬就走。高寵大喝一聲，隨後赶來，撞進番營，这一桿碗口粗的鎗，帶挑帶打，那些番兵番將，人亡馬倒，殺死者不計其數，那高寵殺得高興，進東營，出西營，如入無人之境，直殺得番人叫苦連天，悲聲震地。看看殺到下午，一馬衝出番營，正要回山，望見西南角上有座番營，高寵想道：「此處必定是屯糧之所，常言道：『糧乃兵家之根本。』我不如就便去放把火，燒他娘個乾淨，絕了他的命根。豈不為美！」便拍馬掄鎗，來到番營，挺著鎗，冲將進去。小番慌忙報知哈元帥，哈鉄龍吩咐：「快把『鉄華車』推出去！」眾番兵得令，一片聲响，把鉄華車推來。高寵見了，說道：「这是什么東西？」就把鎗一挑，將一輛「鉄華車」挑過頭去，後面接連着推來，高寵一連挑了十一輛，到得第十二輛，高寵又是一鎗，誰知坐下那匹馬，力盡筋疲，口吐鮮血，蹲將下來，把高寵掀翻在地，早被「華車」碾得稀扁了。後人有詩弔之曰：

為國捐軀赴戰塲，丹心可並日爭光。華車未破身先喪，可惜將軍年少亡。

却說哈鐵龍拏了尸首，來見兀朮道：「这個南蛮連挑十一輛『鉄華車』，真是楚霸王重生，好生厲害！」兀朮吩咐哈元帥再去整備「華車」，叫小番在營門口立一高杆，將高寵尸首弔起。

此時岳爺正仝眾將在山前打聽高寵下落，忽見番營門首，弔起一個尸首來。牛臯遠遠望見，叫聲：「不好了！」就拍馬冲下山去。那岳爺此時也不能禁止，忙令張立、張用、張保、王横四人，飛步下山，再命何元慶、余化龍、董先、張憲速去救應，眾將得令，一齊下山。

且說牛臯一馬跑至營前，有小番上來擋路，卻被他把鐧一掃一揮，那些小番好像西瓜般的滚去。直至高竿前，拔出劍來，只一劍，將繩割斷，那尸首墜下地來，牛臯抱住一看，大叫一聲，翻身跌落馬下。那些番兵見了，正待上前拿捉，却得張憲等四員馬將、張立等四員步將一齊赶來，殺退番兵。張立、張用前後護持，王横扶牛臯上了馬，張保將高寵尸首馱在背上，轉身便走。又有幾個平章曉得了，領着番兵追來，被何元慶、余化龍二人回馬大殺一陣，鎚打鎗挑，傷了許多人馬，番兵不敢追赶，眾將一齊上了牛頭山。

那兀朮得報，領人馬飛風赶來，这里已經上山了。兀朮只得回馬轉去，自忖：「这些南蛮，有这等大胆，又果然義氣，反傷了某家兩員將官，殺了許多兵將。」只得叫小番收拾殺傷尸首，緊守營門，不表。

再說眾將將牛臯救得上山，牛臯大哭不止，連暈幾次。人人淚落，個個傷心。高宗傳下聖旨：「高將軍為國亡身，將朕衣冠包裹尸首，權埋在此，等太平時送回安葬。」岳元帥又命湯懷住在牛臯帳中，早晚勸他不要過于苦楚。湯懷領令，自此就在牛臯帳內仝住，不提。

却說兀朮一日在帳中呆坐思想，忽然把案一拍，呌聲：「好厲害！」軍師忙問：「狼主，有何事厲害？」兀朮道：「某家在这里想前日被高寵一鎗，險些喪了性命；有本事連挑我十一輛鉄華車，豈不厲害！」軍師道：「饒他厲害，也做了個扁人。臣今已想有一計拿捉岳南蛮，不知狼主要活的，還是要死的？」兀朮聽了此言，不覺心中不然起來，臉色一变，說道：「軍師，你在那里說梦話么？前日某家要拿他兩個小卒來當福禮，你說：『若能拿得他的人來，久已搶了牛頭山了。』兩個小卒尚不能拿他，今日怎么說出这等大話來，豈不是做梦？」軍師道：「凡事不可執一而論。要上山去拿小卒，實是煩难；要拿岳南蛮，臣却有一計，饒那岳南蛮有通天本事，生死俱在吾手中。」兀朮忙問：「軍師有何奇計，拿得岳南蛮？」哈迷蚩不慌不忙，叠兩個指頭，說出这個計來。有分教：

少年英俊，初顯出猙獰頭角；幾千番卒，群羊入虎口中。

正是：

茅廬已定三分鼎❷，助漢先施六出奇❸。

不知哈軍師有何計拿捉岳元帥，且聽下回分解。

---

❷ 茅廬已定三分鼎：意謂劉備三顧茅廬，請諸葛亮出山，諸葛亮在隆中對時已預見天下三分鼎立的形勢。

❸ 助漢先施六出奇：謂陳平事劉邦，六出奇計。

第四十回　殺番兵岳雲保家屬　贈赤兔関鈴結義兄

詩曰：

年少英風射斗牛，凌雲壯氣傲秋霜。天上麒麟原有種，人間豪傑豈無雙？

話說兀朮對軍師道：「怎么要拿他兩個小卒不能得，要岳南蛮倒容易？」軍師道：「他山上把守得鉄桶一般，我兵如何得上去？故此拿他不得一個小卒。臣今打聽得岳飛侍母最孝，他的母親姚氏并家小，現今住在湯陰。目下我們在此相持，他决不提防。我今出其不意，悄悄的引兵去，將他的家屬拿來，那時𠯫他知道，不怕他不來投降，豈不是活的？若要死的，將他一門盡行送往本国，他必然憂苦而死，豈不是生死出在我手中？」兀朮聞言大喜，隨差元帥薛禮花豹仝牙將張兆奴領兵五千，扮作勤王樣子，暗暗渡過黃河，星夜前往湯陰，不許傷他家口，要一個個活捉回話。薛禮花豹領令，悄悄起身望湯陰而來。

再說岳爺府中，已收拾得十分齊整，家中有一二百口吃用。大公子岳雲，年已長成十二，出落得一表人材，威風凛凛。太太先前也曾請個飽學先生教他讀書，無奈这岳雲本是個再來人，天資聰敏，先生提了一句，他倒曉得了十句，差不多先生反被學生难倒了，只得見了太夫人說：「小子才踈學淺，做不得他的師父，只好另請高才。」辭了去了，一連請了幾個都是如此，所以無人敢就此舘。岳雲獨自一個在書房中，將岳爺的程課❶細細翻閱，那些兵書战策件件熟諳。他原是將門之子，膂力過人，終日使鎗弄棍。叫家將置了一副齊整盔甲，家中自有弓箭鎗馬，常常帶了家將，到郊外打圍取樂。有時仝了家將到教塲中，看刘都院操兵。太太愛如珍寶，李夫人也禁他不住。

忽一日天氣炎熱瞞了兩位夫人，帶了兩個家將私自騎馬出門，向城外河邊柳陰深處去，頑耍了一會，不道天上忽然雲興霧起，雷電交加，家將叫聲：「公子，大雨來了，那里去躲一躲方好！」四下一望，並無人家，那雨又傾盆的下將起來，公子無奈，只得把馬加上一鞭，冒雨走了一二里，方見一座古廟，三個人赶到一看，却是個坍頹冷廟。忙忙的到殿上，公子下了馬，拴在柱上。幸虧得俱是單衣，渾身透濕，各去脫下來，搭在破欄杆上晾著。仰着頭看那天上的雨，越下得大了，兩個家將呆呆的望着。

那岳雲就去拜臺上坐下，不一會，身子覺道❷困倦，就倒在拜臺上朦朦的睡去。忽聽得後邊喊殺之聲，岳雲暗想：「这荒郊野外，那里有此聲？」隨即起身走到後邊一看，原來是一片大空地，上邊設着公案，坐着一位將軍，生得來青臉紅鬚，十分威武，兩邊站立着一二十個將吏，看下邊二人舞鎗。岳雲就捱身近前觀看，但見那兩個將官，果然使得好鎗。但見：

前進後退，齊脅平腰按定；左顧右盼，盤頭護頂防身。落地金光滾地打，漫天閃電蓋天靈。搜山勢，兩輪皓月；煎海法，赶月追星。童子抱心分進退，金錢落地看高低。花一團，祥雲瑞彩；錦

❶ 程課：猶課程。規定的學業內容和進程。
❷ 覺道：猶覺得。

一簇，紋理縱橫。轉折俯仰，舞動三十六路小結構；高低上下，使開七十二变大翻身。

真個是：

凜凜霜飛遮白雪，颼颼急雨洒寒冰。

岳雲看到好處，止不住失聲喝彩：「果然使得好鎚！真個是人間少有，天上無雙！」贊聲未絕，那位青臉將軍喝聲：「誰人在此窺探，與我拿來！」岳雲聽見，便慌忙上前一揖，稟道：「晚生非別，乃岳飛之子，名喚岳雲，因避雨至此。因見鎚法高妙，不覺失口，驚動將軍，望乞恕罪！」那將軍道：「原來你是岳飛之子。也罷，你既愛武藝，我就將这鎚法傳你，何如？」岳雲道：「若蒙教訓，感德不忘！」那位將軍就叫一聲：「雷將軍，可將雙鎚傳與岳雲，使他日後建功立業。」那位將官應了一聲，走下來，將一對銀鎚前三、後四、左五、右六，教岳雲照式也舞一回。岳雲一霎時覺道前時會的一般，正使得得意，只聽得耳跟前吽道：「天晴了，公子快回城去罷！」岳雲猛然驚醒，開眼看時，身子恰在拜臺上睡着，原來是一個大梦。家將道：「雨已止了，趁早回城去罷。」岳雲立起身來，將神廚帳幔揭起一看，但見上邊坐着一位神道，青臉紅鬚，牌位上寫着「勅封東平王睢陽張公❸之位」。傍邊塑着兩位將官，一

❸ 睢陽張公：即張巡。唐南陽人，博通群書，曉戰陣法。開元中進士，出為清河令，有治績。安祿山反，巡起兵討賊，每戰皆克。率眾至睢陽（郡名，治所在今河南商丘），與太守許遠會合。賊將尹子奇合眾十萬來攻，巡厲士固守，數敗賊，固守數月，救兵不至。食盡，巡殺愛妾以饗士，至羅雀鼠、煮鎧弩以食。每與賊戰，大呼誓師，眥裂血流，齒牙皆碎。城陷被執，存齒不過三數。大罵賊，遂被害。

邊寫着「萬春雷將軍❹位」，一邊寫着「霽雲南將軍❺位」，恰與梦中所見的一般。岳雲便向神前拜了兩拜，暗暗許下愿心：「將來修整廟宇，增塑金身。」拜罷下來，將濕衣交家將一揔收拾，赤身下殿上馬，出了廟門，飛馬回轉城中，進了帥府，自到書房中去。

次日，遂叫家將打造兩柄銀槌，家將領命，叫匠人打了一對三十斤重的。岳雲嫌輕，重教打造，直換到八十二斤，方纔称手，天天私自習練。又對李夫人道：「孩兒曾許下東平王廟的心愿。」向母親要了一二百兩銀子，叫家將去把廟宇法身，收拾得齊齊整整。

光陰易過，不覺又是一年過了，岳雲已是十三歲。那日在後堂叅見太太請安，太太道：「岳雲，你这樣長成了，一些世事都不曉得。你父親像你这樣年紀，不知幹了多少事了！那劉都爺幾次差人來問候，你也不去謝謝。」岳雲道：「太太不叫孫兒去，孫兒怎敢專主？待孫兒今日就去便了。」遂辭了太太，到母親房中來，與母親說知，帶了四個家將，出門上馬前行，心下暗想：「我正要去問都爺，我的父親在那裡？我好去帮他。」

主僕五人進了城，到得轅門，與旂牌說知，旂牌進去禀知，劉都爺吩咐請進相見。公子直進後堂叅

---

❹ 萬春雷將軍：雷萬春，事張巡為偏將，令狐潮包圍雍丘，萬春站立城上對潮說話，被伏弩六箭射中臉，卻屹然不動。潮疑是木刻人。萬春強毅用命，每戰張巡都用他。後死難。

❺ 霽雲南將軍：南霽雲，從張巡守睢陽，賊將尹子奇來攻，南一發中其左目。既而城中糧盡，巡令霽雲乞師於賀蘭進明，引精騎三十，突圍而出，賊萬眾阻擋，霽雲左右射皆披靡。既至，進明無出師意，又欲留霽雲，大宴之。霽雲泣曰：「睢陽將士不食月餘矣，義不忍獨食。」因拔刀斷指，示之以信，一座大驚。將出城，抽箭射佛寺浮屠，曰：「吾歸破賊，必滅賀蘭。」再冒圍入，城陷被執，遇害。

拜，劉光世攙手扶起命坐，岳雲告過了坐，然後坐下。用茶已畢，公子道：「奉祖母之命，特來請老大人的金安。」劉爺道：「多謝老太太。公子回府，與我多拜上太太，說我另日再來問候。」公子道：「不敢！晚侄請問老大人，家父近日在于何處？」都爺想道：「岳太太曾囑咐不要對他說知，不知何故？」就隨口答道：「自從進京，並無信來，不知差往那里去出征，又不知隨駕在京。待得了實信，再來报知。」公子遂謝了都爺，告辭出來。刘爺說：「恕不送了。」叫家丁送了公子出去，公子道聲：「不敢。」出了後堂，一直來到儀門❻首，聽得家將說：「这面鼓破了，也該換一面，你家老爺怎这樣做人家？」那門上人道：「你不曉得，这是你家大老爺在牛頭山保駕，差牛將軍來催粮，牛將軍是個性急的人，恐悞了限期，將鞭來擊鼓，被他打破。我家大老爺不肯換，要留此故跡，使人曉得你家老爺赤心為國的意思。」兩個正說之間，岳雲聽得明白，只做不知。出了儀門，家將接着，上馬出城，一路回府。

到了門首，下馬進來，見太太復命。太太便問：「都爺沒甚說話么？」岳雲道：「不要說起，倒被他埋怨了一場，說：『爹爹在牛頭山保駕，與兀朮交兵，你爲何不去帮助，反在家中快樂？』」夫人道：「胡說，快到書房中去！」太太喝退了岳雲，便對李夫人道：「刘都爺不該對孫兒說知，便好；他今得知此信，湏要防他私自逃去。」夫人道：「媳婦領命，隄防他便了。」當日過了。

到了次日，忽見家將慌慌張張來報道：「不好了！有無數番兵來捉我們家屬，離此不遠了！」嚇得太太驚慌無措，李夫人面面相覷，無計可施，眾家人婦女正在七張八嘴，沒做理會處，只見岳雲走將進來，叫聲：「太太，母親，不要驚慌！聞得番兵只得三五千人馬，怕他怎的？待孫兒出去殺他個盡絕。」

❻ 儀門：明清兩代稱官署大門之內的門為儀門，取有儀可象之意。

太太道：「孫兒不知世事，你這等小小年紀，如何說出這樣大話來？」岳雲道：「且看，若是孫兒殺不過他，再與太太逃走未遲。」就連忙披了衣甲，提了雙鎚，帶了一百多名家將，坐上戰馬，出了帥府門，一路迎來。

不到二三里地，正遇番兵到來，岳雲大喝一聲：「你們可是到岳家庄去的么？我小將軍在此快叫你那爲頭的出來受死！」小番轉身報與元帥道：「前面有一小南蛮擋路。」薛里花豹聽了，遂提了大刀，走馬上來，大喝道：「小南蛮是何人？敢擋某家的路？」公子道：「番奴聽者，我小將軍乃是岳元帥的大公子岳雲是也。你為何辛辛苦苦的，赶到這里來送死！」薛里花豹道：「我奉狼主之令，正要來拿你。」岳雲道：「且吃我一鎚！」一面話還未說完，舉起鎚來，照着番將頂門上一鎚，那番將明欺岳雲是個孩子家，不隄防他手快，措手不及，早被岳雲打下馬來。張兆奴吃了一驚，提起宣花月斧，來砍岳雲，岳雲一鎚鼻開斧，還一鎚打來，張兆奴招架不及，一個天灵蓋打得粉碎，死于馬下。那些番兵見主帥死了，就掇轉身逃走，岳雲掄動雙鎚赶下來，打死無數。適值刘節度聞得金兵來捉岳元帥的家屬，連忙点起兵卒，前來救應，恰好遇着番兵敗下來，大殺一陣，把那些番兵殺得盡絕，不曾走了一個。刘都院與公子，仝到岳府來見老太太處問安，那些地方官曉得了，都來請候，公子一一謝了，各官俱各辭去。岳雲便向太太說：「孫兒要往牛頭山去帮助爹爹，求太太放孫兒前去。」太太道：「且再停幾日，待我整備行裝，叫家將仝你去便了。」岳雲辭了太太，回到書房，想道：「『急驚風撞了慢郎中！』既知了牛頭山圍困甚急，星夜赶去纔是，怎說遲幾日？恐怕是騙我，我不如單身匹馬赶去，豈不好？」主意定了，竟寫了一封書，到了黃昏以後，悄悄的叫隨身小廝將書去呈與太太看，自却叫開了大門，提鎚上馬，一溜烟竟自去了。

这裡守門的不敢違拗，連忙進去報知太太，太太一見了書，慌忙的差下四五個家丁分頭追赶，已不知那里去了。只得再着人帶了盤纏行李，望牛頭山一路追去，不表。

且說岳雲一路問信，走了四日四夜，到了牛頭山。但見一片荒山，四面平陽，都是青草，並不見有半個兵馬，心中暗想道：「难道番兵都被爹爹殺完了？」正在疑惑，忽聽得山上叮叮噹噹，樵夫伐木之聲，公子跑馬上前，叫一聲：「樵哥，這里可是牛頭山么？」樵夫回答道：「此間正是牛頭山，小將軍要往何處去？」公子道：「既是牛頭山，那些番兵往何處去了？」那樵夫笑道：「小將軍，你走差了路頭了！这里乃是山東牛頭山，那有番兵的是湖廣牛頭山，差得多了！」公子道：「我如今要往湖廣去，請問打從那一條路去近些？」樵夫道：「你轉往相州，到湖廣这條大路去，这好走；若要貪近，打從這裡小路抄去，近得好幾天，只是山徑叢雜，难走些。」公子謝了樵夫，拍馬徑望小路走去。

走不上十來里路，那馬打了一個前失，公子把絲韁一提，往後一看道：「我的馬落了驃了！還要到湖廣去，不知有多少路，这便怎么處？」正想之間，聽得馬嘶聲响，回頭一看，只見樹林中拴着一匹馬，渾身火炭一般，鞍轡俱全。岳雲失聲道：「好一匹良馬！」又看看四下無人：「不如換了他的罷？」

正想要上前去換，忽聽得山崗上喝道：「孽畜，還不走！」公子抬頭看時，見一個小廝，年紀十二三歲，在那崗上拖一隻老虎的尾巴，喝那虎走。公子想道：「这個人大起來，定然是個好漢。這匹馬想必是他的了，待我來耍他一耍。」便望着崗子上高聲叫道：「嘚！小孩子，这個虎是我們養熟了頑的，休要傷了他，快些送來還我！」那小孩子聽了，心中暗想：「怪道今日擒这個虎，恁般容易，原來是他養熟的。」便道：「既是你們的，就還了你。」遂一手抓着虎頸，一手撲着虎腿，望崗子下攛將下來。不道使得力猛，撲的一聲响，丟下崗來，那虎早已跌死了。公子想道：「真個好力氣！」就下馬來道：「我的虎被你攛死了，快賠我一隻活的來。」就把那死虎提起來，望着崗子上攛將上去。那孩子心中也想道：「他的力氣比我更大。」遂雙手提着死虎，走下崗來，對公子道：「你改一日來，等我拿着一個活的賠你罷。」公子道：「这虎是我養家的。你就拿着了，也是生的，要他何用？」孩子道：「如今已攛死了，你待要怎的？」公子道：「也罷，你把这匹馬賠了我罷。」那孩子聽了，微微笑道：「獃子！古人說的，『関門養虎，虎大傷人。』这個東西如何養得熟的？你原是想我这匹馬來哄我的！」便在青草內去拿出一口青龍偃月刀來，跳上馬，叫聲：「你且來與我比比手段看，若勝得我这把刀，我便把这馬送你；若勝不得我，條直走你的路，休要妄想。」公子道：「既如此，好漢子說話，不要放賴。」孩子道：「不賴，不賴。」

岳雲聽了，上馬提鎚，兩人在山坡之下，各顯手段战了四五十合，未分勝負。公子暗想：「這樣一個孩子，戰他不過，怎麼到得百萬軍中去？」兩人直戰到晚，那小廝道：「住着！我對你說，天色晚了，我要回去吃飯了，明日再來與你比武罷。」公子道：「不妥。你明日倘然不來，我倒等你不成？你若要去，湏把馬留下做個當頭，方許你去。」小廝道：「你只是想我的馬，也罷，我把这口刀留在你處，明日來與你定個勝敗。」竟將刀遞與公子，打馬而去。岳公子見天色已晚，無處投宿，只得就在林中過夜。到了更深，身上覺道有些寒冷，公子就把死虎扯過來，抱在懷中，竟朦朧的睡去。

再說这前頭庄上，有一位員外，帶了庄丁挑着一担東西，掌着灯火，正往前行。一個庄丁道：「不好了！有個老虎在林子內吃人哩！」員外掌灯近前一看，原來这個人是抱着虎睡的，員外叫聲：「小客官醒來！」岳公子被員外叫醒，開了眼，坐起來問道：「老丈何來？」員外道：「這裡豈是睡覺的所在！那裡來的死虎，你抱着他睡？倘再走出一個活虎來，豈不傷了性命么！」公子道：「不瞞老丈說，晚生要往牛頭山去，遇着一位小英雄，與我比武，殺了一日，未分勝負，約定明日再來，故此在这里候他。」員外道：「你也獃了！倘他明日不來，豈不悮了你的路程？」公子道：「他將刀放在此做當頭，一定來的。」員外道：「刀在那里？」公子道：「这不是。」員外一看，原來是自家外甥的，遂問道：「足下尊姓大名？住居何處？」公子道：「湯陰縣岳飛，就是家父。晚生名喚岳雲。」員外聽了：「原來是位公子，得罪，得罪！且請到寒庄過夜，明日再作商量罷。」岳雲道：「只是驚動不當！」就提了刀鎚，帶了馬，跟着員外到了庄上。

中堂見禮畢，員外吩咐備酒欵待。公子請問老丈尊姓大名，員外道：「老漢姓陳名葵，日間比武的，就是舍甥。」叫庄丁：「請大爺出來，與公子相見。」公子道：「这位小哥果然好刀法，必然是老丈傳授的了。」員外道：「此子名喚関鈴，他的父親原是梁山泊上好漢，叫做大刀関勝。这刀法是家姊丈傳我，我又傳他的。」正說之間，関鈴走將出來，見了便道：「舅舅不要睬他，他是拐子，想要拐我馬的嘘。」員外道：「胡說！我與你說了，这位小爺，就是我日常間和你說的湯陰縣的岳元帥，这位就是大公子岳雲。還不快來見禮！」関鈴道：「你果然是岳公子，何不早說？我就把这匹馬送你了，何苦戰这一日？」岳雲道：「若不是小弟賴兄这個死虎，怎領教得小哥这等好刀法！」兩個不覺大笑起來，見過了禮，重新入席飲酒。

談講了一會，岳雲對着員外道：「晚生意欲與令甥結為異姓骨肉，不知老丈容否？」員外道：「公子是貴人，怎好高攀？」公子道：「老丈何出此言？」立起身出位來，扯着關鈴對天拜了八拜，關鈴年只十二，遂認岳雲為兄。兩個回身又拜了員外，員外回了半禮，再坐飲酒，當夜盡歡而散。員外叫庄丁收拾房間，關鈴遂陪岳雲仝宿。到了次日，員外細細寫了牛頭山的路程圖，又取出金銀贈與岳雲做盤費，對公子道：「待等舍甥再長兩年，就到令尊帳下効力，望乞提攜。」公子称謝不盡，關鈴將赤兔馬牽出來，贈與岳雲。公子拜辭了員外，關鈴不捨，又相送了一程，方纔分手回庄。

且說岳雲拍馬加鞭，上路而行。到了下午，來到一個地方，團團一帶俱是山崗，樹木叢雜，正在难走之間，那馬踏着陷坑烘朧的一聲，連人帶馬，跌在坑內。兩邊銅鈴一响，樹林內伸出幾把鐃鈎來搭公子。正是：

龍遭鉄網难施掌，虎落平川被犬欺。

不知岳公子性命如何，且聽下回分解。

第四十一回　鞏家庄岳雲聘婦　牛頭山張憲救主

詩曰：

從來成事豈人謀，郎才女貌自相投。紅絲千里今朝合，勇士佳人志願酬。

却說岳公子跌落陷坑，兩邊伸出幾把撓鈎來捉公子；公子大吼了一聲，那匹馬就猛然一蹤，跳出陷坑；公子舞動雙鎚，將撓鈎打開，拍馬便走。

列位看官，你道这班响馬是誰？原來是劉豫第二個兒子劉猊，因打圍逃出，在此落草。當日正坐在崗子上，看那兩邊小嘍囉張網，恰遇着岳公子跌入陷坑，又被他逃脫，見了那疋赤兔馬好不可爱，就上馬提刀，帶領嘍囉赶將上來。

那岳公子離脫了山崗，一路而來，看看天色晚將下來，無處歇宿。又走了一程，望見一座大庄院，公子把馬加上一鞭，赶到庄前，已是黃昏時分了。庄丁正出來閑門，公子下馬向庄丁道：「我是過路的，因錯過了宿頭，欲求借宿一宵，望大哥方便。」庄丁道：「我家員外極是好說話的，但是此時已經安寢，不便通報。只好就在這傍邊小房裡，將就暫歇，可好？但是沒有鋪蓋。」公子道：「不妨。畧坐坐，天明就行。只是这匹馬怎么處？」庄丁道：「小客人，我家後頭也有頭口，待我取些料來餵他就是。」公子再三稱謝不盡。當時公子就在小房內坐下，細細的請問，庄丁訴說是：「这裡叫做翟家庄。主人翟致，十分好客，小客人若早來時，必定相待。如今有屈了！」公子道聲：「不敢。多蒙相留，已是極承盛意的了。」

按下岳公子在翟家庄借寓。且說那劉猊看上了岳公子的赤兔馬，領着嘍囉一路追來，不見了公子。看看天色已晚，便問道：「前面是那里了？」嘍囉稟道：「是翟家庄了。」劉猊想道：「我久有此心，要搶他的女兒做個押寨夫人。如今順便，不如打進庄去。」吩咐嘍囉：「與我打進庄去！」當時庄丁忙報知庄主，慌忙聚集庄丁，出庄來與劉猊抵敵，那庄丁那能抵當得住。正在危急，早驚動了門房中的岳公子，手掄雙鎚，走將出來，大喝道：「強盜徃那裡走？」起鎚就打，劉猊不曾隄防，被公子这一鎚，早已打死。眾嘍囉見頭目已死，只得四散逃走，公子追上來，打死五六十個嘍囉。那庄主翟致上前接着，仝進庄來。

到了堂上坐定，翟致道：「这位恩公，救我一門性命，望乞留名，他日好補報。」公子道：「我乃岳元帥的長子岳雲便是。」翟致聽見，連稱「失敬」，吩咐家人忙俻酒席相待，一面吩咐把那強盜的尸首收拾。那里邊安人，偷看公子相貌非凡，着人來請員外進去說道：「我看这公子年紀尚幼，必定未有親事。我意欲招他為婿，你道如何？」翟致道：「我出去將言語探他，便知分曉。」員外出來，對岳雲道：「老妻說，若不是公子相救，一門性命難保，只是無可报恩。我夫妻只生一女，年方一十四歲，要送與公子成親，萬勿推却！」岳雲道：「婚姻大事，必須要告稟父母，方敢應允。」那員外道：「只要公子一件信物為定，待稟過令尊令堂，然後迎娶何如？」公子便在身邊取出那十二文金太平錢來，奉上道：

「此乃祖母與我小時帶着壓驚之物，即將此錢為定。日後太平時，再來迎娶便了。」員外收了金錢，當晚請進書房安歇。至了次日公子別了員外，徃牛頭山而去，不提。

再說牛臯在山上，这一日乃是八月十五日，牛臯坐在帳中，回頭見湯懷在傍，牛臯道：「湯二哥，我從今不哭了。」湯懷道：「賢弟不哭了，我就去回覆元帥。」牛臯道：「二哥請便。」湯懷就辭了出來，牛臯吩咐家將收拾酒飯，今晚去做碗羹飯，牛臯叫幾聲：「兄弟阿，兄弟！」叫不答應，又大哭起來，哭個不止，一交竟暈倒在坟前了。

再說岳元帥同張保出來探看番營，直看到兀朮營前，元帥道：「这許多番兵，怎保得主公下山？恐一朝粮盡，如何是好！」又看到西南上去，只見一派殺氣迷天，元帥想道：「前日高寵死在番營，不知何物埋伏在彼。」看了一番，回轉營中，身體有些不快，走進後營，命張保：「你去各營要路口子上，叫他們今夜用心看守。」張保領命前去，吩咐各處守山將校，俱要用心保守，不提。

又說朝廷在玉虛宮內，正值中秋佳節，只有李綱在傍，面前擺着水酒素菜。天子道：「老卿家！想朕如此命苦，前被番人帶徃他國，幸虧崔卿傳遞血詔，逃過夾江，在金陵即位；又遭番兵追廹，若不虧五顕靈官，怎能到得此地！不知幾時方享太平也？」說罷不覺流下淚來，李太師見天子悲傷，便奏道：「陛下還算恭喜的，苦了二位老主公，在北國坐井觀天，吃的是牛肉，飲的是駱漿，也要挨日子過去哩！」那高宗聽見太師說着那二帝，就放聲大哭起來，李綱再三勸不住，只得道：「陛下！古人道得好：『人生幾見月當頭？』值此中秋佳節，且看看月色，以散悶懷如何？」天子道：「如此，老卿家同去更妙。」李綱只得命內侍備了兩疋馬，保了高宗，出玉虛宮來。

到了靈官殿前，早有統制陶進等上來接駕道：「萬歲爺何往？」天子道：「朕要下山看月色解悶。」陶進道：「臣奉將令守在此處，萬歲爺若下山看月，元帥定要加臣之罪。」天子道：「不妨，若是元帥知道罪你，孤當與你說情。」陶進等只得送高宗太師出了口子，往荷葉嶺而來。有諸葛英等亦跪下阻擋，高宗道：「諸事孤家自有主意，決不妨事。」諸葛英無奈，只得放開擋木，說道：「太師爺，要保萬歲速回，不可久留。」李太師点頭應允。君臣二人走馬下山，太師道：「陛下，正好在这裡觀看番營。」高宗勒馬觀看營頭。

豈知那番營中兀朮，看見月明如畫，遂同了軍師出營來看月色，也到山下偷看此山何處可以上去得。正在指指點點，抬頭觀看，只聽得上邊有人說話响，兀朮忙躲在黑影之中細聽，原來是康王的聲音，便對軍師道：「上面乃是康王，待某家悄悄上去捉他。尔可速回營去，發大兵來搶山。」哈迷蚩領令而去。那高宗正在山上罵那兀朮，兀朮已悄悄走馬上山來，大叫道：「王兒休要破口傷人，某家來也！」高宗、李綱听見了，唬得魂魄俱消，忙忙轉馬便跑。兀朮隨後追赶，那諸葛英等上邊瞧見，連忙上前擋住兀朮。又有小校急往元帥帳前擊起鼓來，报說道：「不好了！聖駕私行荷葉嶺下，兀朮已趕上山來了！」

元帥大驚，忙喚備馬，張保道：「張公子已騎了老爺的馬去救駕了。」慌得元帥就步行出帳。不道那張憲因心忙了，不晉三七二十一，扯着元帥的馬甩上去，潑喇喇跑下山來。看見諸葛英等俱被兀朮战敗，正在危急，張憲拍馬上來，只一鎗望兀朮面上刺來，兀朮叫聲「不好」，把頭一側，那一鎗把他一隻耳朵挑開，兀朮驚慌，轉馬敗下山來，張憲追赶下來。

再說岳元帥出營不多路，正遇着高宗，便道：「陛下受驚了！」又道：「老太師，你是朝庭手足，如何保陛下身入重地？此乃太師之過。」李綱道：「此我之罪也！」元帥請天子回轉玉虛宮，不表。

再說那張憲赶着兀朮，緊緊追來，兀朮進了營盤，張憲踹進去，遠者鎗挑，近者鞭打，番將那里敵得住，直追得兀朮往後營逃去。那張憲追殺了一會，直到二鼓時分，方轉牛頭山來报功。

却說牛臯睡倒在高寵坟上，忽聽見耳邊叫一聲：「牛大哥，快起身去立功。」牛臯忽然驚醒，朦朦朧朧起來，上馬拎鐗，冲下山來。那些守山戰將只道元帥令他下山的，故不通报。這牛臯殺進番營，小番报與兀朮，兀朮大怒道：「牛臯也來欺我！」遂起身上馬，來戰牛臯。牛臯一見心慌，又聽見耳邊叫聲：「牛大哥，小弟在此帮你。」牛臯放心勾開兀朮的斧，一鐗打來，兀朮躲避不及，早被打中肩膀，回馬敗走。那些眾番兵圍將攏來，牛臯殺得兩臂酸疼，汗如雨下，看看有些招架不住了，便高聲叫道：「高兄弟！你再來助我一助！」眾番兵聽見，笑道：「牛臯在那里說鬼話了，我們一齊上前去拏他。」

不說牛臯被困在番營，存亡未卜。再講岳雲來至牛頭山，望見番營，連紮十數里，岳雲道：「妙阿！還有这許多番兵在此，待我進去殺他一個乾淨。」便拍馬搖鎚，大喝一聲：「岳雲公子來踹營了！」舉鎚便打，番兵难以招架，小番急忙报與兀朮。兀朮大怒，提斧回馬，來與岳雲交戰，兀朮喝聲：「看斧！」一斧砍來，岳公子左手架開斧，右手舉鎚，照兀朮面門一鎚打來；兀朮見鎚打來，向後一退，那鎚在他肚皮上一刮，兀朮幾乎落馬，痛不可當，拍馬往傍側而走。公子也不來赶，只是打進番營來，如入無人之境，打得尸如山積，血流成川。打至前邊，但見番兵正圍住牛臯在那里廝殺，岳雲手起鎚落，打散番兵。牛臯看見，也不認得，舉鐗乱打，倒是公子高叫道：「牛叔父，不要動手！姪兒岳雲在此。」牛臯方纔定了，却問道：「你為何到此？」就同了岳雲殺出番營，回山去了。却說兀朮这一夜吃了三次虧，本營中又被岳雲打殺多少兵將，只得吩咐眾將重整營頭，收拾尸首，已是天明。

岳元帥在帳中聚集眾將商議，只聽得傳宣官稟道：「牛將軍在外候令。」岳爺道：「令他進來。」牛皐進來，跪下稟道：「小將繳令。」元帥道：「你繳的是何令？」牛皐一想道：「我在高兄弟坟上睡着，不知怎樣下山，殺進番營，得遇公子同歸，並非差遣，有何令繳？」忙忙改口道：「小將因知姪兒殺到番營，故此下山，救了姪兒上來，現在營門候令。」岳元帥方纔得知是牛皐殺進番營大战，便道：「將軍請起。」牛皐站立傍邊，元帥傳令叫岳雲進來。公子領令來見父親，跪下叩頭，元帥忙叫他起來，令與眾位叔父見過了禮，元帥便問：「你不在家中讀書用功，為何到此？」岳雲將番將來捉家屬、殺退之事稟知。岳元帥又問他一路上來的事，公子又將錯走山東、相會關鈴、打死劉猊、聘定鞏氏之言，一一稟上。岳爺吩咐岳雲在後營安歇。

到了次日，元帥升帳，眾將叅見已畢，站立兩傍。元帥叫張保與公子收拾馬匹，端正乾粮，張保領令。元帥叫岳雲听令：「為父的令你往金門鎮傅摠兵那邊下文書，叫他即刻發兵調將，來破番兵，保聖駕回金陵。此乃要緊之事，限你日期，須得要小心前去！」公子領令，接了文書，辭父出營，張保將文書包好，送與公子藏了，坐上赤兔馬，手掄雙鎚，下荷葉嶺而來。心中想道：「我有要緊之事，須從粘罕營中殺出，方是正路。」主意已定，便催馬到粘罕營前，手攞雙鎚，大喝道：「小將軍來踹營了！」舉鎚便打，殺進番營，正是：

矢石敢當先，生死全不惧。破虜在反掌❶，方顯英雄氣。

未知岳公子沖進番營，勝敗如何，且聽下回分解。

❶ 反掌：猶反手。比喻事情極容易。

第四十二回　打碎免戰牌岳公子犯令　挑死大王子韓彥直衝營

詩曰：

年少英雄胆氣豪，腰懸櫜鞬❶劈烏號❷。衝鋒獨斬單于❸首，腥血淋漓污寶刀。

話說岳雲拍馬下山，一直冲至粘罕營前，大喝一聲：「小將軍來踹營了！」擺動那雙鎚，猶如雪花亂舞，打進番營。小番慌忙报知粘罕，粘罕聞報，即提着生銅棍，腰繫流星鎚，上馬來迎敵，正遇着公子，喝聲：「小南蠻慢來！」掄下生銅棍，舉起流星鎚，一鎚打來。岳雲看得親切，將左手爛銀鎚噹的一架，鎚碰鎚，真似流星赶月；右手一鎚，正中粘罕的左臂。粘罕叫聲：「嗄唷，不好！」負着痛回馬便走。公子也不去追赶，殺出番營，竟奔金門鎮而來。

不一日，到了傅摠兵衙門，旗牌通报進去。摠兵即請公子到內堂相見，公子送過文書，摠兵看了，便道：「屈留公子明日起身，待本鎮一面各處調兵遣將，即日來保駕便了。」當夜無話。

❶ 櫜鞬：音ㄍㄠ ㄐㄧㄢˋ。藏箭和弓的器具。櫜，盛箭矢的袋。鞬，盛弓之物。
❷ 烏號：良弓名。
❸ 單于：匈奴最高首領的稱呼。文中當指金彈子、粘罕這些金兵統軍者。

到了次日早堂，傅摠兵先送公子起身，隨即往教塲整点人馬。忽聽見營門外喧嚷，遂傳令：「查問為何喧嚷？」軍士稟道：「外面有一花子要進來觀看，小的們攔他，他就乱打，故此喧嚷。」傅爺道：「拿他進來！」眾軍士將花子拏進跪下，傅光低頭觀看，見他生得身材長大，相貌凶惡，便問：「你為何在營外喧鬧？」花子道：「小的怎敢嚷鬧，指望進來看看老爺定那個做先鋒。軍士不許小人進來，故此爭論。」傅爺道：「你既然要進來看，必定也有些力氣。」花子道：「力氣畧有些。」傅爺又問：「你既有力氣，可會些武藝么？」花子道：「武藝也略知一二。」傅爺就吩咐左右：「取我的大刀來與他使。」花子接刀在手，舞動如飛，刀法精通。傅爺看了，想道：「我这口大刀有五十餘斤，他使動如風，却也好力氣！」那花子把刀舞完道：「小人舞刀已完。」傅爺大喜問道：「你叫甚名字？」那人道：「小人乃是平西王狄青之後，名叫狄雷。」傅光道：「本鎮看你武藝高強，就命你做個先鋒。待有功之日，另行升賞。」狄雷謝了傅爺。傅爺挑選人馬已畢，擇日起行，到牛頭山救駕，不提。

且說那粘罕幾乎被岳雲傷了性命，敗回帳中坐定，對眾將說：「岳南蛮的兒子如此厲害，想必元帥薛里花豹已被他傷了性命。」忽有小番道：「二殿下完顏金彈子到，在營外候令。」粘罕大喜，就喚進來，仝來見兀朮。完顏金彈子進帳，見了各位狼主。你道那殿下是誰？乃是粘罕第二個兒子，使兩柄鉄鎚，有萬夫不當之勇。金彈子道：「老王爺時常記念，為何不拿了那岳南蛮，捉了康王，早定中原？」兀朮把岳飛兵將厲害，一時难擒的話，說了一遍。金彈子道：「叔爺爺，今日尚早，待臣兒去拏了岳南蛮，回來再吃酒飯罷。」兀朮心中暗想道：「他也不曉得岳飛兵將的厲害，且叫他去走走也好。」兀朮就令殿下帶兵去山前討戰。

山上軍士報與元帥，元帥道：「誰敢迎敵？」牛臯應聲道：「末將願往。」元帥道：「須要小心！」牛臯上馬提鐧，奔下山來，大叫道：「番奴快通名來，功劳簿上好記你的名字。」金彈子道：「某乃金國二殿下完顏金彈子是也。」牛臯道：「那怕你鉄彈子，也打你做個肉彈子。」舉鐧便打，那金彈子把鎚架開鐧，一連三四鎚，打得牛臯兩臂酸痳，抵擋不住，叫聲：「好家伙，贏不得你。」轉身飛奔上山，來到帳前下馬，見了元帥道：「这番奴是新來的，力大鎚重，末將招架不住，敗回繳令，多多有罪！」

只見探子稟道：「啟上元帥，番將在山下討战，說必要元帥親自出馬，請令定奪。」岳爺道：「吓！既然如此，待本帥去看看这小番，怎生樣的厲害。」就出營上馬，一班眾將齊齊的保了元帥，來至半山裡，觀看那金彈子怎生模樣。但見：

鑌鉄盔，烏雲蕩樣；駝皮甲，砌就龍鱗。相貌希奇，如仝黑獅子搖頭；身材雄壯，渾似狠狻猊擺尾。凄鎚舞動，錯認李元霸重生；匹馬咆哮，却像墨麒麟出現。真個是番邦產就喪門煞，中國初來白虎神。

那金彈子在山下手掄凄鎚，大聲喊叫，元帥道：「那位將軍去會戰？」只見余化龍道：「待末將去拏他。」元帥道：「須要小心！」余化龍一馬冲下山來，金彈子道：「來的南蛮是誰？」余化龍答道：「吾乃岳元帥麾下大將余化龍是也。」金彈子道：「不要走，照鎚罷！」舉鎚便打，兩馬相交，戰有十數個回合，余化龍戰不過，只得敗上山去。當時惱了董先，大怒道：「看末將去拿他！」拍馬持鏟，飛跑下山來，與金彈子相對，兩邊各通名姓，拍開戰馬，鎚鏟相交，鬭有七八個回合，董先也招架不住，把鏟虛擺一擺，飛馬敗上山來。傍邊惱了何元慶，大怒道：「待末將去擒这小番來！」催開戰馬，提着斗大的雙鎚，一馬冲下山來，金彈子看見大喝道：「來將通名！」何元慶道：「我乃岳元帥麾下統制何元慶便是。特來拿你这小番，不要走，照老爺的鎚罷！」金彈子想道：「這個南蛮也是用鎚的，與我一般兵器，試他一試看。」舉鎚相迎，鎚來鎚架，鎚打鎚當。但見：

戰鼓齊鳴，三軍吶喊。兩馬如遊龍戲水，四鎚似霹靂交加。金彈子，捨命冲鋒圖社稷；何元慶，拚生苦戰定華夷。宋朝将士，屹支支咬碎口中牙；金國平章，光油油睜圓眉下眼。你看那兩員勇将，揚塵播土風雲变；這時節一對英雄，攪海翻江華岳倒。真個是：将遇良材無勝敗，棋逢敵手怎輸贏？

二人大战有二十餘個回合，何元慶力怯，抵擋不住；只得往山上敗走。

番兵報與兀朮，兀朮大喜，心中想道：「这個王兒，連敗南蛮，不要力怯了，待他明日再戰罷。」傳令鳴金收兵。那殿下來至營前下馬，進了牛皮帳，來見兀朮道：「臣兒正要拿岳南蛮，王叔為何收兵？」兀朮道：「恐王姪一路遠來，鞍馬劳頓，故令王姪回營安歇，明日再去拿他未遲。」殿下謝了恩，兀朮就留殿下飲酒。酒席之間，說起小南蛮岳雲驍勇非常，殿下道：「明日臣兒出陣去，決要拿他。」

再說岳元帥回營，傳令各山口子上用心把守：「如今番營内有了这個小番奴，恐他上山來劫寨。」到了次日，兀朮命殿下帶兵來至山前討戰，守山軍士報與元帥，元帥命張憲出馬。張憲領令下山，與金彈子會战，金彈子呌道：「來將通名！」張憲道：「我乃岳元帥麾下小將軍張憲。奉元帥將令，特來拿你，不要走！」把手中鎗一起，望心窩裡便刺。金殿下舉鎚相迎，心中想道：「怪不得四王叔說这些南蛮了得，我須要用心與他戰。」把鎚一舉打來，張憲掄鎗來迎。一個鎗刺去，如翻江大蟒；一個鎚打來，如猛虎離山。那張憲的鎗，十分厲害；这殿下的鎚，葢世無雙。二人在山下大戰有四十餘合，張憲看看力怯，只得敗回山上，來見元帥。元帥無奈，令將「免戰牌」挑出。这殿下不准免戰，只是喊罵，岳爺只得連掛七道「免戰牌」。那兀朮聞報，差小番請殿下回營。殿下進帳見了兀朮，把戰敗張憲之事，說了一遍。兀朮大喜道：「只要拿了這小南蛮，就好搶山了。」次日兀朮又全殿下去看「鉄華車」，真個是十分歡喜。且按下慢表。

再說那岳雲往金門鎮轉來，將近番營，推開戰馬，擺着雙鎚，打進粘罕營中，撞着鎚的就沒命，傍若無人。这公子左冲右突，那番兵東躲西逃，直殺透番營。來至半山之中，忽見掛着七道「免戰牌」，暗想道：「这也奇了！吾進出皆無勇將抵擋，怎么將『免战牌』高挑？想是那怕事的瞞了爹爹，偷掛在此的，豈不辱沒了我岳家的體面！」當下大怒，把牌都打得粉碎。

元帥正坐帳中納悶，忽見傳宣來報道：「公子候令。」岳爺道：「令進來。」岳雲進帳跪下道：「孩兒奉令到金門鎮，見過傅揔兵，有本章請主公之安，即日起兵來也。」元帥接了本章，岳雲稟道：「孩兒上山時，見掛着七面『免戰牌』，不知是何人瞞着爹爹，壞我岳家體面，孩兒已經打碎，望爹爹查出掛牌之人，以正軍法。」元帥大喝道：「好逆子！吾令行天下，誰敢不遵！这牌是我軍令所掛，你敢打碎，違吾軍令！」吽左右：「綁去砍了！」眾將一齊上前道：「公子年輕性急，故犯此令，求元帥恕他初次。」元帥道：「眾位將軍，我自己的兒子，尚不能正法，怎能服百萬之眾？」眾將不語。

牛皐道：「末將有一言告稟。」元帥道：「將軍有何言語？」牛皐道：「元帥掛『免戰牌』，原為那金彈子驍勇，無人敵得他過耳。公子年輕，不知軍法，故將來打碎。若將公子斬首，一則傷了父子之情；二則兀朮未擒，先斬大將，於軍不利；三來若使外人曉得，是打碎了『免战牌』，殺了兒子，豈不被他們笑話！不若令公子開兵，與金彈子交战，若然得勝回來，將功折罪；若殺敗了，再正軍法未遲。」岳爺道：「你肯保他么？」牛皐道：「末將愿保。」元帥道：「寫保狀來！」牛皐道：「我是不會寫的，煩湯懷哥代寫了罷。」湯懷就替他寫了保狀，牛皐自己画了花押，送與元帥。元帥收了保狀，吩咐放了岳雲的綁，就令牛皐帶領岳雲去對敵。

牛皐領令出來，只見探子進營報事，牛皐忙問：「你報何事？」探子說道：「有完顏金彈子討戰，要去報上元帥。」牛皐道：「如此你去報罷。」牛皐道：「姪兒，我教你一個法兒，今日與金彈子交戰，若得勝了，不必說；倘若輸了，你竟打出番營，逃回家去見太太，自然無事了。」岳雲點頭稱謝，叔姪一齊上馬，來至山前。岳雲一馬冲下山來，金彈子大喝道：「來將通名！」公子道：「我乃岳元帥公子岳雲是也。」金彈子道：「某家正要擒你，不要走！」舉鎚便打，岳雲掄鎚便迎。一個爛銀鎚擺動，銀光遍體；一個渾鉄鎚舞起，黑氣迷空。二人戰有四十多個回合，不分勝敗。岳雲暗想：「怪不得爹爹掛了『免戰牌』，这小番果然厲害！」又戰到八十餘合，漸漸招架不住，牛皐看見，心中着了忙，大叫一聲：「我的兒，不要放走了他！」那金彈子只道後邊兀朮叫他，回頭觀看，早被公子一鎚打中肩膀，翻身落馬。岳雲拔劍上前取了首級，回山來見元帥繳令。岳爺就赦了岳雲，令將首級在山前號令。

那邊番將只搶得一個沒頭尸首回營，眾王子見了，俱各放声大哭。兀朮命雕匠雕個木人頭湊上，用棺木成殮，差人送回本國去了。兀朮對軍師哈迷蚩道：「倘若宋朝各處兵馬齊到，怎生迎敵？」軍師道：「臣已計窮力盡，只好整兵與他決一死战。」兀朮嘿然不語，在營中納悶。且按下慢表。

如今要說到那韓世忠與夫人梁氏，公子韓尚德、韓彥直，在汝南征服了曹成、曹亮、賀武、解雲等，收了降兵十萬，由水路開船下來，到了漢陽，將兵船泊住。那漢陽離牛頭山，只有五六十里地面。韓元帥與夫人商議，欲往牛頭山保駕，梁夫人道：「相公何不先差人上山報知岳元帥，奏聞天子？若要我們保駕，便發兵前去；若叫我們屯扎他處，便下營屯扎，何如？」韓爺道：「夫人之言，甚為有理。」就寫了本章，并寫了一封書，封好停當，便問：「誰敢上牛頭山去走遭？」當有二公子韓彥直，年方一十六歲，使一桿虎頭鎗，勇不可當，遂上前領差說：「孩兒願去。」元帥便將本章、書信交與公子，吩咐：「到岳爺跟前，須要小心相見。」公子領令，上岸坐馬，望牛頭山來。

行有二十餘里，只見一員將官敗奔下來，看見了公子，便叫聲：「小哥！快些轉去，後面有番兵殺來了！」韓公子笑了一笑，尚未開言，那粘罕已到跟前；公子把鎗一搖，分心就刺，粘罕舉棍一架，覺道沉重，被公子耍耍耍一連幾鎗，粘罕招架不住；正要逃走，被公子大喝一聲，只一鎗，挑下馬來，取了首級。那位將官下馬來，走至公子馬前，深深打了一躬道：「多蒙小將軍救了我性命！請問貴姓大名？」公子道：「小將還未曾請教得老將軍尊姓大名，因何被他赶來？」那位將官道：「我乃藕塘關揔兵，姓金名節。奉岳元帥將令，來此保駕；到了番營門首，遇着这番將，不肯放我過去；戰他不過，逃敗下來。幸得遇見將軍，不然性命休矣！」公子聽了，連忙下馬道：「原來是揔爺，多多有罪了！」金揔兵道：「將軍何出此言！幸乞通名。」公子道：「家父乃兩狼關元帥，家母都督府梁夫人，末將排行第二，韓彥直的便是。奉令上牛頭山去見岳元帥，不想得遇摠爺。」金節道：「原來是韓公子，失敬了！本鎮被金兵殺敗，無顏去朝見天子。有請安本章一道，并有家信一封與舍親牛皐的，拜煩公子帶去，本鎮且紮營在此候旨，未知允否？」公子道：「順便之事，有何不可？」金節遂將本章、家信交與公子，公子藏在身邊，把粘罕的首級掛在腰間，又對金節道：「番奴这匹馬甚好，摠爺何不收為坐騎？」金爺道：「正有此意。」遂將坐騎換了。二人一仝行至三叉路口，金節道：「前面將近牛頭山了，俱有番營扎住，請公子小心過去。」二人分別，金節自遠遠扎住營盤候旨，不題。

單說韓二公子一馬冲進番營，有詩曰：

躍馬揚鞭立大功，一朝疾掃虜塵空。封侯萬里男兒志，願取天山早掛弓。

不知韓公子過得番營否，且聽下回分解。

第四十三回　送客將軍雙結義　贈囊和尚泄天機

詩曰：

猛听金營筎角鳴，勤王小將顯威名。試看一身渾是胆，虎窟龍潭棹臂行。

却說那韓公子一馬冲進金營，大喝一聲：「兩狼關韓元帥的二公子來踹營了！」搖動手中銀桿虎頭鎗，猶如飛雷掣電一般，誰人擋得住？竟被他殺出番營，上牛頭山而去。小番忙去報知四太子道：「不好了！又來了一個小南蠻，把大狼主傷了！冲破營盤，上山去了。」兀朮聽了，又驚又苦，一面差人打探，一面去收拾粘罕尸首，不提。

再說韓公子到了荷葉嶺邊，口子上守山軍士問明放進，來至大營前，軍士進帳稟知岳元帥。元帥吩咐：「請進來！」軍士答應一聲，出來傳令，請公子進見。公子來到帳中行禮畢，便道：「小將奉家父之命，來見元帥，有本章請聖上龍安。適在路上遇見粘罕追赶藕塘關摠兵金節，被小將挑死，將首級呈驗。金摠兵離此二十里扎營候旨，帶有問安本章并牛將軍家信呈上。」岳元帥大喜道：「令尊平賊有功，公子今又得此大功，請仝本帥去見天子候旨。」隨即引了公子來到玉虛宮，朝見康王，將兩道本章呈上，又將韓公子挑死金國粘罕奏聞，康王便問李綱：「應當作何封賜？」李綱奏道：「韓世忠雖失了兩狼關，今討曹成有功，可復還原職。韓尚德、韓彥直俱封為平虜將軍，命他引本部人馬去復取金陵，候聖駕還朝，另加陞賞。」高宗依奏，傳旨下來，岳元帥仝韓公子謝恩，辭駕出宮。回至營前下馬，公子即辭別了岳爺要回去，岳爺道：「本欲相留幾日，奈有君命，不好相強。」隨叫：「岳雲何在？」岳雲轉將出來，應聲：「孩兒有。」岳爺道：「可送韓公子出番營去。」岳雲領令，遂仝韓公子並馬下山。

將近番營，韓公子道：「請公子回山罷。」岳雲道：「家父命小弟送出番營，豈敢有違！」韓公子再三推讓，岳公子決意要送，便道：「待小弟在前打開番兵，送兄出去。」就把雙鎚一擺，大喝一聲：「快些讓路，待小爺送客！」那些番兵見是打死金彈子的小將軍，人人胆戰，個個心驚，一聲吶喊，俱向兩傍炸開，畧畧近些的，一鎚一個，不是碎了頭，就是折了背，誰敢上前，一直殺出大營。韓彥直心中暗想道：「果然厲害，名不虛傳！我何不也送他轉去，也顯顯我的威名？」遂向岳雲道：「蒙兄送出番營，小弟再無不送轉去之理。」岳公子再三不肯，韓公子立意要送，岳雲道：「既承美意，只得從命。」韓公子復身向前，拍馬冲進，逢人便挑，如入無人之境。番兵已是被他殺怕的了，口中吶喊，却已四散分開，近前的就沒了命。二位公子冲透營盤，來至山下，韓公子道：「請兄回山罷。」岳雲道：「既承兄送轉來，自然再送兄出去。」韓公子再四推辭，岳雲那里肯，復馬向前，韓公子在後，兩個又殺入番營。那些番兵被他二人送出送進，不知殺傷了多少，一個個胆战心驚，讓開大路。二人冲出了番營，韓公子再要送回，岳雲道：「何必如此，送出送進，送到何時是了？難得我二人意氣相投，欲與兄結為兄弟，不知尊意若何？」韓公子道：「小弟亦有此心，但是高攀不起。」岳雲道：「何出此言！」二人遂向樹林中去，下馬來，撮土為香，對天八拜，韓公子年長為兄，岳公子為弟。二人遂上馬分手，有詩曰：

金蘭臭味有奇逢，豪傑相從知識通。今朝相送难分捨，他日功成勳業仝。

岳雲獨自一個再殺進番營，回荷葉嶺來。那番兵被二人殺得害怕，況因粘罕被韓公子挑死，眾王子俱在兀朮帳中悲苦，命匠人雕刻木頭，配合成殮端正，差人送回本國。忙忙碌碌，所以無人阻擋，由他二人進出。那岳雲上山，將送韓公子結義之事，稟知元帥，元帥亦甚歡喜。且按下慢表。

再說韓公子回至漢陽，上船來見父親稟道：「聖上復了爹爹、母親之職。今我們領兵復取金陵，不必往牛頭山去。」又把與岳雲結拜之事稟知，元帥夫妻遂命兵船望金陵進發。

一日，有探子來報：「留守宗方殺敗杜吉、曹荣兩個，威鎮金陵，特來報知。」元帥問梁夫人道：「如今待怎么處？」夫人道：「我們且將大小戰船在郎復山扎住，以扼兀朮之路。聞得金山上有個德行高僧，法名道悅，能知過去未來，我們何不去問他一聲，以卜休咎❶？」元帥道：「夫人之言，甚是有理。」遂備了香燭禮物，上金山來。進了寺門，到大殿行過了香，然後來到方丈，叅見道悅禪師。禪師接進見禮畢，各各坐下。元帥將前後事情，細細說明：「不知後事如何？幸乞禪師指示！」道悅道：「貧僧有一錦囊，內有一偈，元帥帶去觀看，自有效驗。」元帥領了錦囊，辭別長老，下船來，將錦囊拆開，與夫人一仝觀看，只見上邊寫道：

「老」龍潭內起波濤，「鸖」教一品立當朝。「河」虜金人拿不住，「走」馬當先問路遙❷。

---

❶ 休咎：吉凶；善惡。

❷ 老龍潭內起波濤四句：這是一首藏頭詩，「老鸖河走」這偈語暗示金兀朮將由老鸖河逃走。韓世忠未悟偈語，

韓元帥笑道：「这和尚空有虛名，誰知全無學問，怎么一首偈語，都寫了別字？」梁夫人也好生不然；韓元帥就傳令各战船，齊徃郎復山下扎成水寨。差人徃金陵打听虛實，一面差人探聽牛頭山消息。

且說牛頭山上岳元帥，耑等各路勤王兵到，准備與兀朮交兵。这兀朮也在與眾王子、眾平章商議開兵之事。有探事小番進帳來報道：「啟上狼主，小的探得有南朝元帥張浚，領兵六萬；順昌元帥刘琦，領兵五萬；四川副使吳玠同兄弟吳璘，統兵三萬；定海摠兵胡章，象山摠兵龔相，藕塘関摠兵金節，九江摠兵楊沂中，湖口摠兵謝昆，各處人馬共有三十餘萬。俱離此不遠，四面安營，特來報知。」兀朮聞報，遂傳令点四位元帥，向東西南北四路，探聽那一方可以行走，那四個元帥領令前去。不多時，一齊回來進帳來稟道：「四面俱有重兵，只有正北一条大路，可以行走。」兀朮就傳令曉諭前後左右中五營兵將知悉：「若與南蛮交战，勝則進前；倘不能取勝，只望正北退兵。」誰知探路的，只探得四十餘里就轉來了，不曾探到五十里外。故此一句話，断送了六七十萬人馬的性命。这也是天數使然也。

却說岳元帥請天子離了玉虛宮，到靈官殿前，與眾位大臣都坐在馬上，傳命施放大炮，連聲不絕。那些各處摠兵節度，聽得炮响，各各准備領兵殺來夾攻。兀朮傳齊各位王子、眾平章、眾元帥、一眾番將，俱各領兵上馬，傳下令來：「今日拚了命，與岳南蛮決一死战，擒了康王，以圖中原。」这裡岳元帥傳下令來，命何元慶、余化龍、張顯、岳雲、董先、張憲、湯懷、牛皐等為首，帶領眾將，一齊放炮，吶喊踹入番營。那些各路摠兵、節度，听得炮聲，四面八方殺將攏來。但見：

還以為道悅寫了錯別字，將「歡」寫成「鸛」，「何」寫成「河」。

轟天炮响，震地鑼鳴。轟天炮响，汪洋大海起春雷；震地鑼鳴，萬仞山前飛霹靂。人如猛虎離山，馬似遊龍出水。刀鎗齊舉，劍戟縱横。迎着刀，連肩搭背；逢着斧，頭断身開；擋着劍，劈開甲冑；中着鎗，腹破流紅。人撞人，自相踐踏；馬碰馬，遍地尸横。帶箭兒郎，呼兄喚弟；傷残軍士，覓子尋爹。直殺得：天昏地暗無光彩，鬼哭神號黑霧迷。

這場大戰真個是天搖地動，日色無光。殺得那些番兵人屍堆滿地，馬死遍塵埃。岳元帥帶領这一班猛將，逢人便砍，遇將就擒；擺動这桿瀝泉鎗，渾如蛟龍攪海，巨蟒翻身。那些眾番將、番兵見了岳爺，就是追魂使者、了命閻君，一個個抱頭鼠竄，口中只叫：「走，走，走！岳爺爺來了！」

岳爺望見南朝元帥張浚、順昌元帥刘琦的旗號，遂令軍士請來相見。張、劉二位元帥在馬上見了岳元帥，岳元帥叫道：「二位元帥！今日本帥將聖上并眾大臣交與二位元帥，速速保駕回京。本帥好去追赶金兵。」遂辞了天子，帶了張保、王横，催兵掩殺。從辰時直殺到半夜，殺得番兵抛旗棄甲，四散敗走，眾將各各在後追赶。

單講岳爺追着兀朮，連日連夜，直赶到金門鎮相近，有傳光的先鋒狄雷，在此截殺番兵。眾番兵無處逃命，被狄雷殺傷大半。岳爺剛到跟前，狄雷不分皂白，舉起鎚望岳元帥打來，一連幾鎚，岳元帥連忙招架，覺道沉重，便大喝道：「你是何人，敢擋本帥去路？」狄雷聽了，細細一認，曉得是岳元帥，心下驚慌，惧罪而逃。岳爺只是緊緊追趕兀朮。

兀朮只顧望北逃去，看看來到江口，只聽得眾番兵一片聲叫苦。原來一派大江，並無船隻可渡，後面追兵又近，嚇得兀朮渾身發抖，仰天大叫：「天亡我也！某家自進中原以來，未有如此之敗！今前有大江，後有追兵，如之奈何！」正在危急，那軍師哈迷蚩用手一指道：「主公且慢驚慌！兀这❸江中，不是有船來了？」兀朮定睛一看，却是金邦旗號。原來是杜吉、曹荣的戰船，因被宗方殺敗，故此駕船逃走。軍師大叫：「快來救主！」那船上見是番兵，如飛攏岸，兀朮與軍師、眾平章等一齊爭下船來。船少人多，那里裝得盡？看見岳元帥追兵已近，慌忙開去。落後番兵，無船可渡，岳元帥追至江口，猶如砍瓜切菜一般。可憐这些番兵，啼啼哭哭，望江中乱跳，淹死無數。兀朮望見，掩面流淚，好不苦楚！後人看史至此，有詩弔之曰：

> 金兵百萬將梟雄，牛頭山上困高宗。滿望一朝傾宋室，奈何天意一場空。

且說那岳爺兵馬到了漢陽江口，安下營寨，差人找尋船隻，欲渡江去追拿兀朮。忽聽得營門口齊聲喊冤，岳爺便問：「何人喊冤？」早有傳宣來到外邊查問明白，進來稟道：「是七八個船戶，因臨安通判万俟卨、同知羅汝楫解送粮草至此，私將粮草運回家中，反要船戶賠補，為此眾船戶在營前喊冤。」元帥吩咐：「將万俟卨、羅汝楫二人找進來。」兩傍軍士答應一聲，即將二人一把一個，抓進帳來跪下。岳爺喝道：「尔等既然解粮至此，何不繳令？」二人道：「因番兵圍困牛頭山，只得在此伺候。船戶人多，將粮草吃盡，故此要他賠補。望元帥開恩，公侯萬代，感恩不淺！」元帥大喝一聲：「綁去砍了！」兩邊一聲吆喝，登時繩穿索綁。二人齊叫：「開恩！」傍邊閃過張憲、岳雲，跪下稟道：「他二人因見

---

❸ 兀这：指示代詞。猶這、這個。兀，「這」的前綴詞。

番兵扎營山下，不敢上山繳令，雖係偷盜軍粮，理當處斬，但實係日久，情有可原。望爹爹饒他性命！」元帥道：「你且起來。」二人謝了元帥，站立一邊。元帥向万俟卨、羅汝楫喝道：「本當斬你二人駈頭。他二人討饒，饒了你死罪，拿下去打！」軍牢答應一聲，將二人按倒在地，每人打了四十大棍，發轉臨安。二人受責，謝了元帥不斬之恩，出營自回臨安而去。

忽有探子進營來報道：「探得韓元帥扎營在郎復山下，攔住兀朮去路，特來報知。」岳元帥想道：「这一功讓了韓元帥罷。」遂喚過岳雲來吩咐道：「你可引兵三千，往天長関守住。倘兀朮來時，用心擒住，不可有違。」岳雲得令，帶領人馬，竟往天長関而去。元帥大隊人馬，自回潭州，不表。

且說兀朮敗在長江之中，有那金陵殺敗的兵將、战船，陸續到來；南岸上還有那些殺不盡的番兵逃來，兀朮吩咐把船攏岸，盡數裝載。看見北岸有韓元帥扎營，不能過去，兀朮就吩咐把船隻攏齊，查點數目共有五六百號，計點番兵不上四五萬。兀朮嘆道：「某家初進中原，帶有雄兵數十萬，戰將數百員，今日被岳南蛮殺得只剩四五萬人馬，又傷了大王兄與二殿下，有何面目回見父王？」說罷，痛哭起來，眾平章勸道：「狼主不必悲傷，保重身體，好渡長江。」

兀朮望見江北一帶，戰船擺列有十里遠近；旗旛飄動，船上楼櫓密佈，如城墻一般。又有百十號小遊船，都是六槳，行動如飛，弓箭火器乱發。那中軍水營，都是海鰍船纜定，桅檣高有二十來丈，密蔴相似。兩邊金鼓旗號，中間插着「大元帥韓」的寶纛大旗。兀朮自想：「不過五六百號戰船，如何冲得動他，怎敢過去？」好生憂悶，便與軍師商議，哈迷蚩道：「江北戰船密佈，亦不知有多少號數？須要差人去探聽虛實，方好過江。」兀朮道：「今晚待某家親自去探個虛實。」哈迷蚩道：「狼主豈可深入重地！」兀朮道：「不妨。某家昨日拿住個土人，問得明白，这裡金山寺上，有座龍王廟最高，待某家上金山去，細看南北形勢，便知虛實矣。」哈迷蚩道：「既如此，必須如此如此，方保萬全。」兀朮依計，即時叫過小元帥何黑闥、黃柄奴二人近前，悄悄吩咐：「你二人到晚間照計而行。」二人領令，整備來探南兵。

且說那韓元帥見金兵屯扎住在黃天蕩，便集眾將商議道：「兀朮乃金邦名將，今晚必然上金山來偷看我的營寨。」即令副將蘇德引兵一百，埋伏于龍王廟裏：「你可躲在金山塔上，若望見有番兵到來，就在塔上擂起鼓來，引兵冲出，我自有接應。」蘇德領令去了。又命二公子彥直道：「你也只消帶領健卒一百，埋伏在龍王廟左側，聽見塔上鼓响，便引兵殺出來擒拿番將，不可有悞。」二公子領令去了。又命大公子尚德，帶領兵三百，架船埋伏南岸：「但聽江中炮響，可遶出北岸，截他歸路。」大公子亦引兵去了。

这里端正停當，果然那兀朮到了晚間，仝了軍師哈迷蚩、小元帥黃柄奴三人一齊上岸，坐馬悄悄到金山脚邊。早有番將何黑闥，已帶領番兵，整備小船伺候。兀朮與哈迷蚩、黃柄奴上了金山，勒馬徐行。到了龍王廟前一箭之地，立定一望，但見江光浩眇，山勢巃嵸。正待觀看宋軍營壘，那蘇德在塔頂上望見三騎馬將近龍王廟來，後面幾百番兵，遠遠隨着，便喝采道：「元帥真個料敵如神！」遂擂起鼓來，廟裡這一百兵，吶聲喊，殺將出來；左首韓二公子听得鼓响，亦引兵殺出。兀朮三人，聽得戰鼓齊鳴，心驚阻戰，正待勒馬回去，忽然韓彥直飛馬大叫：「兀朮往那裡走，快快下馬受縛！」这一聲喊，早驚得三人飛馬便走。不道山路高低，一將坐馬失足，連人掀下。彥直舉鎗直刺，那兀朮舉起金雀斧劈面砍來，救了那將，就與二公子大戰。眾番兵連忙下山逃走，何黑闥接應上船，飛風開去。大江中一聲炮响，韓尚德放出小船來赶，已去遠了。那二公子在山上與兀朮战不上七八合，被二公子逼開斧，一手擒過馬來，下船回營。

天已大明，元帥升帳，諸將俱來報功。韓元帥大喜，命將兀朮推來，左右一聲得令，將兀朮推進來。正是：

穽中餓虎何難縛，釜底窮魚命怎逃？

畢竟不知兀朮性命如何，且看下回分解。

第四十四回　梁夫人擊鼓戰金山　金兀朮敗走黃天蕩

詩曰：

腰間寶劍七星紋，臂上弯弓百戰勛。計定金山擒兀朮，始知江上有將軍。

那韓元帥一聲吩咐，兩邊軍士答應，將兀朮推進帳前，元帥把眼望下一看，原來不是兀朮。元帥大喝道：「你是何人？敢假冒兀朮來誆我！」那將道：「我乃金國元帥黃柄奴是也。軍師防你詭計，故命我假裝太子模樣，果不出所料。今既被擒，要砍就砍，不必多言。」元帥道：「原來番奴这般刁滑！無名小卒，殺了徒然污我寶刀。」吩咐：「將他囚禁後營，待我擒了真兀朮，一齊碎剮便了。」又對二公子道：「你中了他『金蟬脫殼』之計，今後須要小心。」公子連聲領命。

元帥因走了兀朮，退回後營，悶悶不樂。梁夫人道：「兀朮雖敗，粮草無多，必然急速要回，乘我小勝無意提防，今夜必來廝殺。金人多詐，恐怕他一面來與我攻戰，一面過江，使我兩下遮擋不住。如今我二人分開軍政，將軍可仝孩兒等專領遊兵，分調各營，四面截殺；妾身晋領中軍水營，安排守禦，以防冲突。任他來攻，只用火炮弩箭守住，不與他交戰。他見我不動，必然渡江。可命中營大桅上立起楼櫓，妾身親自在上擊鼓。中間豎一大白旗，將軍只看白旂為號，鼓起則進，鼓住則守。金兵往南，白旗指南；金兵往北，白旗指北。元帥與兩個孩兒協仝副將，領兵八千，分為八隊，俱听梆頂上鼓聲，再看號旂截殺。務叫他片甲不回，再不敢窺想中原矣！」韓元帥聽了大喜道：「夫人真乃是神机妙算，賽過古之孫、吳也！」梁夫人道：「既各分任，就叫軍政司立了軍令狀。倘中軍有失，妾身之罪；遊兵有失，將軍不得辭其責也！」

夫婦二人商議停當，各自准備。夫人即便軟紥披掛，佈置守中軍的兵將。把號旗用了遊索，將大鉄环繫住。四面遊船八隊，再分為八八六十四隊，隊有隊長。但看中軍旗號，看金兵那里渡江，就將號旗往那裡扯起。那些遊兵搖櫓的，蕩槳的，飛也似去了。佈置停當，然後在中軍大梆頂上，扯起一小小鼓楼，遮了箭眼。到得定更時分，梁夫人令一名家將晉着扯號旗。自己踏着雲梯，把纖要一扭，蓮步輕勾，早已到梆杆絕頂，離江面有二十多丈。看着金營人馬，如螻蟻相似；那營裡動靜，一目了然。江南數十里地面，被梁夫人看做掌中地理圖一般。那韓元帥同二位公子自去安排截殺，不表。後人有詩，單讚那梁夫人道：

> 舊是平康女❶，新從定遠侯❷。戎裝如月孛❸，佩劍更嬌柔。眉鎖江山恨，心分國士憂。江中奏敵愷，贏得姓名流。

❶ 平康女：謂妓女。因唐代長安丹鳳街平康坊（亦稱平康里）為妓女聚居之地，故稱。梁紅玉本是京口（今鎮江）妓，後為韓世忠妻，封安國夫人。

❷ 定遠侯：指韓世忠。

❸ 月孛：星命家十一曜之一，與日月五星順行。九日行一度，九年一周天。

再說那日兀朮在金山上，險些遭擒，走回營中，喘息不定。坐了半日，對軍師道：「南軍虛實不曾探得，反折了黃柄奴，如今怎生得渡江回去？」軍師道：「我軍粮少，难以久持。今晚可出其不意，連夜過江。若待我軍粮盡，如何抵敵？」兀朮聽了，就令大元帥粘沒喝，領兵三萬，战船五百號，先擋住他焦山大營。却調小船由南岸一帶過去，爭这龍潭、儀真的旱路。約定三更造飯，四更砍營，五更過江，使他首尾不能相顧。眾番兵番將那個不想過江，得了此令，一個個磨刀拈箭，勇氣十倍。那兀朮到了三更，吃了燒羊燒酒，眾軍飽飡了。也不鳴金吹角，只以胡哨為號，三萬番兵，駕着五百號戰船，望焦山大營進發。正值南風，開帆如箭，这裡金山下宋兵哨船探知，報入中軍。梁夫人早已准備炮架弓弩，遠者炮打，近的箭射，俱要啞战，不許吶喊。那粘沒喝战船將近焦山，遂一齊吶喊，宋營中全無動靜，兀朮在後邊船上，正在驚疑，忽聽得一聲炮响，箭如雨發，又有轟天價大炮打來，把兀朮的兵船打得七零八落，慌忙下令轉船，從斜刺裡往北而來。怎禁得梁夫人在高桅之上，看得分明，即將战鼓敲起，如雷鳴一般。號旗上掛起灯球：兀朮向北，也向北；兀朮轉南，也轉南。韓元帥與二位公子率領遊兵，照着號旗截殺，兩軍相距；看看天色已明，韓尚德從東殺來，韓彥直從西殺來，三面夾攻，兀朮那里招架得住。可憐那些番兵溺死的、殺傷的，不計其數。这一陣殺得兀朮上天無路，入地無門，只得敗回黃天蕩去了。那梁夫人在桅頂上看見兀朮敗進黃天蕩去，把那戰鼓敲得不絕聲响，險不使坏了細腰玉軟風流臂，喜透了香汗春融窈窕心。至今宋史上，一筆寫着：「韓世忠大敗兀朮于金山，妻梁氏自擊桴鼓。」有詩曰：

一聲鼙鼓震高檣，甲兵千萬下長江。木蘭忠義今还見，三撾空自說漁陽❹。

又詩曰：

百戰功名縱敵尋，十年瀟洒老湖潯。金蕉風動江波湧，猶作夫人擊鼓音。

原來这黃天蕩是江裡的一条水港，兀朮不知水路，一時殺敗了，遂將船收入港中，實指望可以攏岸，好上旱路逃生，那裡曉得是一條死水，無路可通。韓元帥見兀朮敗進黃天蕩去，不勝之喜，舉手對天道：「真乃聖上洪福齊天！兀朮合該數盡！只消把江口阻住，此賊焉能得出？不消數日，粮盡餓死，從此高枕無憂矣。」即忙傳令，命二位公子仝眾將守住黃天蕩口。

韓元帥回寨，梁夫人接着，諸將俱來献功。蘇德生擒得兀朮女婿龍虎大王，霍武斬得番將何黑闥首級，其餘有奪得船隻軍器者，獲得番兵番卒者不計其數，元帥命軍政司一一紀錄功劳。命後營取出黃柄奴，將龍虎大王一仝斬首，並何黑闥首級一齊號令在桅杆上。是時正值八月中旬，月明如晝，元帥見那些大小戰船，排作長蛇陣形，有十里遠近，灯球火光，照耀如仝白日。軍中歡聲如雷。

韓元帥因得了大勝，心内好不歡喜，又感梁夫人登桅擊鼓一段義氣，忽然要與梁夫人夜遊金山看月，

---

❹ 三撾空自說漁陽：意謂梁紅玉擊鼓抗金，超過了歷史上的禰衡擊鼓。三撾漁陽，即「漁陽參撾」，鼓曲名，禰衡被曹操貶謫為鼓吏，衡為「漁陽參撾」，擊鼓罵曹，聲節悲壯，聽者莫不慷慨。撾，音ㄓㄨㄚ。打；敲打。三撾，擊鼓之法。

登塔頂上去望金營氣色。即時傳令，安排兩席上色酒餚，與夫人夜上金山賞月。又將羊酒頒賜二位公子與各營將官，輪番巡守江口。自却坐了一隻大船，隨了數隻兵船。梁夫人換了一身艷服，陪着韓元帥錦衣玉帶，趁着水光月色，來到金山。

二人徐徐步上山來，早有山僧迎接，進了方丈。韓元帥便問：「道悅禪師何在？」和尚稟說：「三日前，已往五臺山遊脚去了。」待茶已畢，韓元帥吩咐將酒席移在妙高臺上，仝夫人上臺賞月。二人對坐飲酒，韓元帥在月下一望，金營灯火全無，宋營船上灯球密佈，甚是歡喜。不覺有曹公赤壁橫槊賦詩❺的光景。那梁夫人反不甚開懷，顰眉長嘆道：「將軍不可因一時小勝，忘了大敵；我想兀朮智勇兼全，今若不能擒獲，他日必為後患。萬一再被他逃去，必來復仇，那時南北相爭，將軍不為有功，反是縱敵，以遺君憂。豈可遊玩快樂，灰了軍心，悔之晚矣！」韓元帥聞言，愈加敬服道：「夫人所見，可為萬全。但兀朮已入死地，再無生理。數日粮盡，我自當活捉，以報二帝之仇也。」言畢，舉起大盃，連飲數盃，拔劍起舞，口吟滿江紅詞一闋。詞曰：

萬里長江，淘不盡壯懷秋色。漫說道秦宮漢帳，瑤臺銀闕。長劍倚天氛霧外，寶弓掛日烟塵側。向星辰，拍袖整乾坤，難消歇。　龍虎嘯，風雲泣。千古恨，憑誰說？對山河、耿耿淚沾襟血。

---

❺曹公赤壁橫槊賦詩：指曹操在赤壁之戰前在大江與眾將會飲，自以為破黃巾、擒呂布、滅袁術、收袁紹、定遼東，現破孫權、劉備在即，志得意滿，橫持長矛，賦詩短歌行。橫槊賦詩，軍旅征途中，在馬上橫著長矛吟詩。多形容能文能武的豪邁瀟洒風度。

汴水夜吹羌笛管，鸞輿步老遼陽月❻。把唾壺敲碎❼，問蟾蜍，圓何缺❽？

吟畢，又舞一回，與梁夫人再整一番酒席，盡歡而罷。早已是五更時分，元帥傳令，同夫人下山回營，不表。

再說兀朮大敗之後，剩不上二萬人馬，四百來號战船。敗入黃天蕩，不知路徑，差人探聽路途，拿得兩隻漁船到來，兀朮好言對漁戶道：「我乃金邦四太子便是。因兵敗至此，不知出路，煩你指引，重重謝你！」那漁翁道：「我們世居在这里，叫做黃天蕩。河面雖大，却是一條死港。只有一條進路，並無第二條出路。」兀朮聞言，方知錯走了死路，心中驚慌。賞了漁人，與軍師、眾王子、元帥、平章等商議道：「如今韓南蠻守住江面，又無別路出去，如何是好？」哈迷蚩道：「如今事在危急，狼主且寫書一封，許他禮物，與他講和，看那韓南蛮肯與不肯，再作商議。」兀朮依言，即忙寫書一封，差小番送往韓元帥寨中。有旗牌官報知元帥，元帥傳令喚進來。小番進帳，跪下叩頭，呈上書扎，左右接來，

❻ 汴水夜吹羌笛管二句：汴水，古水名。即今河南省滎陽縣西南索河，詞中指中原，意即在中原，夜裡卻傳遍了胡人羌笛的樂器聲，宋代皇帝的鑾輿（即指徽、欽二宗）卻在金人遼陽地區夜裡徘徊，漸漸老去。

❼ 唾壺敲碎：世說新語豪爽說東晉王敦（先為駙馬都尉，後為征南大將軍）等「每酒後輒咏『老驥伏櫪，志在千里。烈士暮年，壯心不已。』以如意打唾壺，壺口盡缺。」後以「唾壺擊缺」或「唾壺敲缺」形容心情憂憤或感情激昂。

❽ 問蟾蜍二句：問月亮為何圓又缺？蟾蜍，後漢書天文誌劉昭注：「羿請無死之藥於西王母，姮娥竊之以奔月……姮娥遂托身于月，是為蟾蜍。」後用為月亮的代稱。

送到元帥案前。元帥拆書觀看，上邊寫道：

情愿求和，永不侵犯。進貢名馬三百匹，買條路回去。

元帥看罷，哈哈大笑道：「兀朮把本帥當作何等人也！」寫了回書，命將小番割去耳鼻放回。小番負痛回船，報知兀朮。兀朮與軍師商議，無計可施，只得下令拚死殺出，以圖僥倖。次日，眾番兵吶喊搖旗，駕船殺奔江口而來。

那韓元帥將小番割去耳鼻放回，料得兀朮必來奪路，早已下令，命諸將小心把守：「倘番兵出來，不許交戰，只用大炮硬弩打去，他不能近，自然退去。」眾將領令，那兀朮帶領眾將殺奔出來，只見守得鉄桶一般，火炮弩箭齊來，料不能冲出。遂傳令住了船，遣一番官上前說道：「四太子請韓元帥打話。」軍士報進寨中，韓元帥傳令，把戰船分作左右兩營，將中軍大營船放開，船頭上弩弓炮箭，排列數層，以防暗算。韓元帥坐在中間，左邊立着大公子韓尚德，右邊立着二公子韓彥直，兩邊列着長鎗利斧的甲士，十分雄壯。兀朮也分開戰船，獨坐一隻大楼船，左右也是番兵番將，離韓元帥的船，約有二百步，兩下俱各拋住船脚。兀朮在船頭上脫帽跪下，使人傳話，告道：「中原與金國本是一家，皇上金主猶如兄弟。江南賊寇生發，我故起兵南來，欲討不恭，不意有犯虎威！今對天盟誓，從今和好，永無侵犯，乞放回國！」韓元帥也使傳事官回道：「你家久已敗盟，擄我二帝，佔我疆土；除非送還我二帝，退回我汴京，方可講和。否則，請決一戰。」說罷，就傳令轉船。

兀朮見韓元帥不從講和，又不能冲出江口，只得退回黃天蕩，心中憂悶，對軍師道：「我軍屢敗，人人恐惧。今内無糧草，外無救兵，豈不死于此地！」軍師道：「事已急矣，不如張掛榜文，若有能解得此危者，賞以千金。或有能人，亦未可定。」兀朮依言，命寫榜文召募。不一日，有小番來報，有一秀才求見，說道：「有計出得此圍。」兀朮忙叫請進來相見，那秀才進帳來，兀朮出座迎接，遜他上坐，便道：「某家因被南蛮困住在此，無路可出，又無粮草，望先生教我！」那秀才道：「行兵打仗，小生不能。若要出此黃天蕩，有何难處！」兀朮大喜道：「某家若能脫身歸国，不獨千金之贈，富貴當與先生共之。」那秀才疊兩個指頭，言無數句，話不一席，有分教：

捽碎玉籠飛彩鳳，頓開金鎖走蛟龍。

畢竟不知這秀才有何計出得这黃天蕩去，且聽下回分解。

第四十五回　掘通老鸛河兀朮逃生　遷都臨安郡岳飛歸里

詩曰：

　　兩番敗厄黃天蕩，一夕渠成走建康。豈是書生多妙策，只緣天意佑金邦！

　　卻說兀朮請問秀才：「有何奇計，可以出得黃天蕩？使某家歸國，必當重報。」那秀才道：「此間望北十餘里就是老鸛河，舊有河道可通，今日久湮塞。何不令軍士掘開泥沙，引秦淮水通河，可直達建康大路也！」兀朮聞言大喜，命左右將金帛送與秀才，秀才不受，也不肯說出姓名，飄然而去。这也是天意兀朮不該絕于此地，故遇着此等異人也！當下兀朮傳下號令，掘土引水。这二三萬番兵，俱想逃命，一齊動手，只一夜工夫掘開三十里，通到老鸛河中。把戰船拋了，大隊人馬上岸望建康而去。

　　这裡韓元帥水兵在江口守到十來日，見金兵不動不变，烟火俱無，往前探聽，纔曉得漏網脫逃，慌忙報知元帥。元帥爆跳如雷道：「罷了，罷了！不道道悅錦囊偈語，每句頭上，按着『老鸛河走』四字。果然是天机已定，这番奴命不該絕也。」梁夫人道：「雖然天意，只是將軍驕惰玩寇，不為無罪。」世忠心中憤憤，傳令大軍一齊起行，往漢陽河口駐扎。上表自劾待罪，不表。

　　再說兀朮由建康一路，逃至天長關，哈哈大笑道：「岳南蠻、韓南蠻用兵也只如此！若於此地伏下一枝人馬，某家就插翅也难過去！」話還未畢，只聽得一聲炮响，三千人馬一字兒擺開，馬上簇湧出一員小將，年方一十三歲，頭帶束髮紫金冠，身穿可體爛銀鎧，坐下赤兔寶駒，手提兩柄銀鎚，大喝一聲：「小將軍在此已等候多時，快快下馬受縛！」兀朮道：「小蛮子，自古赶人不要赶上。某家與你決一死戰罷！」舉起金雀斧，劈面砍來，岳雲把鎚往上一架，噹的一聲，那兀朮招架不住，早被岳公子攔腰一把擒過馬來。那些番兵亡命冲出関去，可憐兀朮幾十萬人馬進中原，此時只剩得三百六十騎逃回本國！且按下不提。

且說岳元帥那日陞帳，探子來報：「兀朮在長江內被韓元帥殺得大敗，逃入黃天蕩，掘通了老鸛河，逃往建康。韓元帥回兵駐扎漢陽江口去了。」岳元帥把脚一蹬道：「兀朮逃去，正乃天意也！」言之未已，又有探子來報：「公子拿了兀朮回兵。」元帥大喜，不一會，只見岳雲進營稟道：「孩兒奉令把守天長関，果然兀朮敗兵至此，被孩兒生擒來見爹爹繳令。」岳爺喝一聲：「推進來！」兩邊一聲答應：「嗄！」早把兀朮推至帳前，那兀朮立而不跪，岳爺往下一看原來不是兀朮，大喝一聲：「你是何人？敢假充兀朮來替死么？」那個假兀朮道：「俺乃四太子帳下小元帥高太保是也。受狼主厚恩，無以報答，故尔今日捨身代狼主之难。要砍便砍，不必多言。」岳爺傳令：「綁去砍了！」兩邊一聲答應，登時献上首級。岳爺對公子道：「你这無用的畜生！你在牛頭山上多時，豈不認得兀朮？怎么反擒了他的副將，被他逃去？」叫左右：「綁去砍了！」軍士沒奈何，只得將岳雲綁起，推出營來。

恰遇着韓元帥來見岳元帥，要約仝往行在見駕。到了營前，見綁着一員小將，韓元帥便問道：「此是何人？犯何軍令？」軍士稟道：「这是岳元帥的大公子岳雲。奉令把守天長関，因拿了一個假兀朮，故此綁在这裡要處斬。」韓元帥道：「刀下留人！不許動手！待本帥去見了你家元帥，自有區處。」即忙來對傳宣官道：「說我韓世忠要見。」傳宣進去稟過元帥，元帥即忙出來迎接進帳。見禮已畢，坐定，世忠道：「大元戎果然有挽回天地之力，重整江山之手！若不是元戎大才，天子怎得回都？」岳元帥道：「老元戎何出此言？这乃是朝庭洪福，眾大臣諸將之力，三軍之勇，非岳飛之能也。」韓世忠道：「下官方纔進謁，見令公子綁在營前，不知犯何軍令？」岳元帥道：「本帥命他把守天長關，擒拿兀朮，不想他拿了一個假兀朮，錯過这一個好机會，故此將他斬首。」韓元帥道：「下官駐兵鎮江，那日上金山去問道悦和尚指迷。那和尚贈我偈言四句，誰知藏頭詩，按着『老鸛河走』四個字在頭上。後來諒他必登金山探看我的營寨，也差小兒埋伏擒他，誰知也拿了個假兀朮。一則金人多詐，二則總是天意不該絕他，非令郎之罪也，乞大元戎恕之！」岳爺道：「老元戎既如此說」，吩咐左右將公子放了，岳雲進帳，謝了韓元帥。韓元帥與岳元帥談了一回戎事，約定岳爺一齊班師。

世忠由大江水路，岳爺把兵分作三路，由旱路進發。不一日，早到金陵，三軍扎營城外。岳元帥率領大小眾將，進午門候旨。高宗宣進，朝見已畢，即着光祿寺安排御筵，便殿賜宴。當日慰勞多端，不必多敘。

過了兩日，有臨安節度使苗傅、總兵刘正彥，差官送請本❶入朝，因臨安宮殿完工，請駕還都。高宗准奏，傳旨整備車駕，擇日還都。百官有言：「金陵楼櫓❷殘破，城郭空虛，還都為妙。」有的說：

❶ 請本：有所祈請的奏本。文中指請駕還都。

❷ 楼櫓：古時軍中用來偵察、防禦或攻城的高臺。

「金陵乃六朝建都之地，有長江之險，可戰可守，易圖恢復。」紛紛議論不一。李綱聽得，慌忙進宮奏道：「自古中興之主，俱起于西北，故關中為上。今都建康雖是中策，尚可以號召四方，以圖恢復。若遷徙臨安，不過是懼敵退避之意，真是下下之計！願聖上勿降此旨，搖動民心。臣不勝惶恐之至！」高宗道：「老卿家不知，金陵已被兀朮殘破，人民離散，只剩得空城，难以久守。臨安南通閩廣，北近江淮，民多魚塩之利，足以休兵養馬。待兵精粮足，然後再圖恢復，方得萬全。卿家何必阻朕？」李綱見高宗主意已决，料难挽回，便奏道：「既然如此，臣已年老，乞聖恩放臣還鄉，偷安歲月，實聖上之所賜也！」高宗本是個庸主，巴不得他要去，省得耳跟前聒噪，遂即准奏。李綱也不通知眾朝臣，連夜出京，回鄉去了。

次日岳飛聞得此言，慌忙仝眾將入朝奏道：「兀朮新敗，陛下宜安守舊都，選將挑兵，控扼要害之地，積草屯糧，召集四方勤王兵馬，直搗黃龍府，迎還二聖，以报中原之恨。豈可遷都苟安，以失民心？况臨安僻近海濱，四面受敵之地。苗傅、刘正彥乃奸佞之徒，不可被其蠱惑，望陛下三思！」高宗道：「金兵入寇，連年征戰，生民塗炭，將士勞心。今幸兀朮敗去，孤家欲遣使議和，少息民力，再圖恢復。主意已定，卿家不必多慮。」岳飛道：「陛下既已决定聖意，今天下粗定，臣已離家日久，老母現在抱病垂危，望陛下賜臣回鄉，少遂烏鳥私情❸。」高宗准奏。眾將一齊啟奏，俱各乞恩省親省墓，高宗各賜金帛還鄉。岳飛和眾將一齊謝恩退出。詩曰：

---

❸ 烏鳥私情：晉李密陳情表：「臣密今年四十有四，祖母劉今年九十有六，是臣盡節於陛下之日長，報養劉之日短也，烏鳥私情，願乞終養。」後因以「烏鳥私情」或「烏私」作為孝養父母的典故。

葢世奇才運不逢，心懷國憤矢孤忠。飛熊❹暫別歸田里，且向江潭作困龍。

高宗又傳旨封韓世忠爲成安郡王，留守潤州，不必來京。那高宗恐怕韓世忠到京，諫他遷都，故此差官沿途迎去，省了一番說話之意也。遂傳旨擇了吉日，起駕南遷。这一日，天子宮眷起程，百官紛紛保駕，百姓多有跟去的。不一日，到了臨安，苗傅、刘正彥二人來迎接聖駕入城，送進新造的宮殿。高宗觀看，造得精巧，十分歡喜。傳旨改為紹興元年，封苗、劉二人爲左右都督，不表。

且說那兀朮逃回本国，進黃龍府來，見了父王，俯伏階下，老狼主道：「某家聞說大王兒死在中原，王孫金彈子陣亡，你將七十萬雄兵盡喪中原，還有何面目來見某家！」吩咐：「與我綁出去『哈喇❺』了罷！」那時眾番官把兀朮綁了，正要推出，當有軍師哈迷蚩跪上奏道：「狼主，不是四太子無能，實係岳南蛮足智多謀。」將八盤山如何战敗，青龍山如何戰敗，渡黃河至愛華山如何战敗，被岳南蛮追至長江，死了多少兵將，逃命過江，回守河間府。直待岳南蛮兵徃湖廣，定計五路進中原。臣同四太子兵到黃河，有刘豫、曹荣等來献了長江。兵到金陵，追康王等七人七騎，直追至杭州。他們君臣下海，四太子大兵直追至湖廣，將康王君臣圍在牛頭山。有岳飛、韓世忠、張浚、刘琦四元帥，領大兵來救駕，也有三十餘萬兵馬。與他大戰，敗至漢陽江上，又無船可渡，我兵盡被南蛮殺盡。虧得杜吉、曹荣二人

❹ 飛熊：據武王伐紂平話，西伯侯（即周文王）夢見一隻飛熊來到殿下，周公旦解夢以為必得賢人，後來果得賢人姜尚，當時姜尚正在渭水之濱垂釣。後飛熊就成為君主得賢的典故。文中喻指岳飛。

❺ 哈喇：音ㄏㄚ ㄌㄚ。蒙古語。殺頭；殺死。

敗下，將船來救殿下。方要過江，又被韓世忠水戰，敗進黃天蕩，幸有神明相救，掘開沙土，出老鸛河逃生。沒有黃柄奴、高太保二人代死，四殿下亦不能歸國矣！要求狼主開恩，怜而赦之！老狼主聞言，傳旨放回兀朮，兀朮謝了恩。眾番將尽皆無罪，辭駕出朝，各各回府。

兀朮在府內，日日想到中原。这一日，令哈迷蚩來計議道：「某家初入中原，勢如破竹，因康王於國內，陷二帝於沙漠。因出了这岳飛，某家大敗數陣，金師盡喪，逃命而歸，却是為何？」軍師道：「狼主前日之功，所虧者宋朝奸臣之力。狼主動不動只喜的是忠臣，惱的是奸臣，將張邦昌等殺了，如何搶得中原？」兀朮想了一回道：「軍師說的不差，某家前番進兵，果虧了一班奸臣。如今要这樣的奸臣，往那裡去尋？」哈迷蚩道：「奸臣是還有一個在这裡。當初何卓等共是五個人，跟隨二帝到此。那四個俱是鉄錚錚不屈，俱死了。惟有秦檜乞哀求活，狼主將他驅逐出來，留落在此。我看此人乃是個大奸臣，但不知目下在何處，狼主可差人去尋他來，養在府中，加些恩惠與他，養他一年半載，必然感激。然後多將些金銀送他，放他回国，叫他做個奸細。这宋室江山，管叫輕輕的送與狼主受用，豈不是好！」兀朮聽了道：「真個好計策！」隨即差小番四處去尋覓秦檜下落，正是：

落魄無心求富貴，運通富貴逼人來。

不知後事如何，且聽下回分解。

第四十六回　兀朮施恩養秦檜　苗傅銜怨殺王淵

詩曰：

錚錚義不帝邦昌，一過燕山轉病狂。臣妾自南君自北，莫尋閒事到沙場。

却說那秦檜夫妻二人，自從被擄到金邦，那些仝來的大臣，死的死了，殺的殺了。獨有秦桧再四哀求，被老狼主赶他到賀蘭山邊草營內，服侍看馬的小番。後來小番死了，他夫妻兩個就流落在山下，住在一頂破牛皮帳房內。飲食全無措辦，只靠王氏與這些小番們縫補縫補，漿洗漿洗，覓些來糊口。虧得那王氏生得俊俏，又有那些小番與他勾搭上了，送些牛肉羊肉與他，混賬過日。

也是他命裡應該發跡，忽然那一日，兀朮坐在府中，心頭悶悶不樂，即領了一眾小番，騎馬帶箭，駕着鷹，牽着犬，往山前山後打圍取樂。一路上也拿了幾個獐兒兔兒，剛要回府，看看來到賀蘭山腳下，遠遠望見一個南裝婦人，慌慌張張的躲入林子裡去。兀朮向前，命小番往林子裡去搜撿；不一會，拿出一個婦人來。兀朮舉眼觀看，但見那婦人星眸帶露，俏眼含情；也是命數該然，那兀朮本是個不貪女色的好漢，不知為什么見了这個婦人，身子就酥了半邊。就叫小番：「那裡來这南邊婦人，且帶他回府去審問。」小番一聲答應，不由分說，把那婦人一把抱來，橫在馬上，跟了兀朮一仝回到王府。兀朮進了內堂，叫那婦人到跟前來，問道：「你是何處人氏？因何在我北地？」那婦人便戰兢兢的跪下，啟一點朱唇，吐出嬌滴滴的聲音：「稟上大王，奴家王氏，丈夫秦檜，乃宋朝狀元，隨着上皇聖駕到此。狼主將二帝遷往五國城去，奴家與丈夫兩個流落在此。方纔往樹林中去，拾些枯枝當柴火炊爨，不知狼主到來，多有冒犯，望乞饒恕！」兀朮聽了，大喜道：「連日着小番尋訪秦桧，不道今無意中得之。」正叫做：

踏破鉄鞋無覓處，得來全不費工夫。

兀朮便叫：「娘子請起。我久聞你丈夫博學多才，正要請他做個叅謀。」就命小番：「速速備馬去請了秦老爺來！」小番領命而去，这裡兀朮就攜了王氏的手，仝進後房，成其好事。王氏見兀朮雄壯，心中亦甚歡喜，兩個恩恩愛愛，說了一回。

早有小番進來報說：「秦老爺已請到了。」兀朮仝王氏出堂，秦檜參見了，兀朮道：「卿家且請坐了。」秦檜遜道：「狼主在上，秦桧焉敢坐？」兀朮道：「卿家大才，某家久慕。一向因出兵在外，不得與卿家相叙。今日偶然遇見，某家這裡缺少一個叅謀，正好住在府中，朝夕請教。」秦檜拜謝了，當夜就與他夫妻二人換了衣服，收拾一間書房，與他夫妻居住，每日牛酒供待，十分豐盛。王氏常常進來，與兀朮相叙，秦檜也眼開眼閉，只做不知；兀朮又常常送些衣服金銀與他夫妻兩個。不知不覺，過了一載有餘。

忽一日，兀朮問道：「卿家可想回家去么？」秦檜夫妻二人道：「蒙狼主十分抬舉，况臣如此受用，怎么還想回家？」兀朮道：「古人有言：『樹高千丈，葉落歸根。』卿家若然思念家鄉，某家差人送你回國。」秦檜道：「若能使秦桧回去一拜祖坟，實為恩德，但是不好啟齒。」兀朮道：「这有何難！但是你須要往五國城去，討了二聖的詔書，纔進得中原関口。」秦桧大喜，別了兀朮，逕往五國城去。那兀朮與王氏二人因要分別，十分不捨，兩個立誓：「若得中原，立尔為貴妃。」

且說秦桧來至五國城，尋着了二帝，叅拜已畢，將紙墨筆硯放下井中道：「臣秦桧要回本國，求二聖詔書。」二聖就書詔與秦檜，秦桧辞駕回至王府，與兀朮說知。當日大排筵宴餞行。次日，兀朮帶領一眾文武送他夫妻回國，三十里一營，五十里一寨，迎接秦桧夫妻安歇。在路也非止一日，看看望見潞州，小番報與兀朮，兀朮請二人在帳中擺酒送別。酒畢，秦檜告辭起身，兀朮道：「卿家進中原去，若得了富貴，休忘了某家！」秦桧道：「臣夫妻二人若得了好日，情愿把宋室江山送與狼主。」兀朮道：「卿家果有此心，何不對天立下一誓？某家方信愛卿之真心也。」秦桧跪下道：「上有皇天，下有后土，我秦桧若忘了狼主恩德，不把宋朝天下送與狼主，後患背疽而死！」兀朮道：「卿家何必如此認真。卿家日後若有要緊事情，命人來通知，某家定當照應。某家今日不能遠送了！」秦檜夫妻拜別上馬，往潞州而來。

夫妻二人來至關下，與守関軍士說明。軍士去報與守関揔兵，揔兵一一問了來歷，然後放他二人進関，又差人送他往臨安而來。不一日，到了臨安，至午門候旨。高宗傳旨宣進金鑾殿，秦桧道：「二聖有詔書與陛下。」高宗聞言，連忙接了詔書。然後秦檜朝見，高宗降旨道：「今得卿家還朝，得知二聖消息，更得一佳士，甚是可喜。况愛卿保二聖在外有年，患难不改，今封為禮部尚書之職，妻王氏封二品夫人。」秦檜謝恩退朝，就進禮部衙門上任。此是紹興四年初秋之事也。詩曰：

高宗素志在偷安，奸佞紛紛序鴛班❶。從此山河成破碎，蒙塵二帝不能還。

却說其時乃是大元帥王淵執掌重兵。那王元帥雖則年過九旬，却是忠心盡力，保扶社稷。那日升帳，聚集眾將傳令道：「明日乃是霜降節期，在朝諸將俱教塲祭旗，操練兵卒，不可有悞。」眾將領令，到了次日五鼓，各將俱到塲伺候，王淵查點諸將皆齊，只有左都督苗傅，右都督刘正彥不到。王元帥又差官催請，不一時差官回報說：「兩位都督奉旨往西山打圍，不能前來伺候。」王元帥也只得罷了，自己仝眾將等祭旗已畢，操演了一回人馬，打道回衙。行至眾安橋，恰遇着苗、劉二人，吃得醉熏熏，帶着幾名家將騎馬而來。二人要迴避也來不及，只得下了馬，低了頭，立在人家門首。王淵在馬上見了，吩咐：「喚那二人過來！」二人無奈，走到王元帥馬前，打躬站立，王淵道：「好大胆的匹夫！你說天子旨意，命你西山打圍，為何反在此處？明明藐視本帥，难道打你不得么？」吩咐：「將这廝扯下去，各打二十！」二人慌忙跪下道：「小將一時冒犯虎威，求元帥看平日之面，饒恕罷！」王淵道：「你仗着天子寵幸，侮蔑大臣，本該重處，姑且饒你。若再有無禮，必要奏明天子，斬你的驢頭！」王元帥將二人大罵了一塲，打道自回去了。

二人滿面羞慚，無處伸訴，苗傅道：「劉兄，不想我二人今日受这一塲羞辱！且仝到小弟衙門，別有話說。」二人上馬，仝至苗傅衙門，下馬進去，到內衙坐定。苗傅道：「王淵老賊，將我們當街出醜，

❶ 鴛班：指朝班。本句底本作「欣逢奸佞列鴛班」，說高宗主觀上「欣逢奸佞」不當，故從商務本改。

此恨怎消！况今岳飛已退居林下，韓世忠遠在鎮江，滿朝之中，還怕那個？我意欲點齊你我部下，殺了王淵老賊，以泄此恨。然後殺進宮中，捉了康王，不怕在朝文武不服，與兄平分天下，共享富貴。不知尊意若何？」刘正彥道：「此計甚妙！事不宜遲，出其不意，今晚約定点齊人馬，俱在王淵門首取齊。不可走漏消息，悞了大事！」二人商議已定，再四叮嚀。刘正彥辭了苗傅，上馬回衙，暗傳號令，令本部兵卒準備器械，飽飡酒飯。到了三更時分，二人率領眾兵，點起灯毬火把，蜂擁一般來到王淵門首，吶聲喊，殺入府中。可怜王元帥不曾防備得，一門九十多口，盡皆殺害，家財盡被搶刦。二人領兵轉身，竟往午門而來，早有一班御林軍將攔住，多被殺死，直至大殿。那些內臣太監慌忙報進宮中，高宗嚇得滿身發抖，驚慌無措，躲入深宮。二人又殺入宮來，恰遇着劉妃，帶領宮娥出來迎接。那劉妃乃是刘正彥的堂姪女，新近進與康王，康王收為正妃，見了苗傅道：「將軍不可驚了聖駕！」苗、刘二人問道：「康王在那里？」刘妃道：「將軍差矣！王淵恃功，欺藐天子，眾大臣多有不平者。那康王昏昧不明，亦难主宰天下，此舉正合我意。你今若是拿了天子，倘四方勤王兵到，眾寡不敵，深為可虞。况岳飛現在湯陰，他手下兵將十分了得，倘若聞風而來，如之奈何？依我主見，不如且將康王留在宮中，逼他傳位與太子。換了新君，岳飛必來朝賀，那時先將他斬了，以絕後患。然後聽憑你二位作何主見，高枕無憂，天下大事俱在你二位掌握中矣。」苗、刘二賊聽了此一番言語，大喜道：「此言深為有理。」苗傅對刘正彥道：「事成和你平分天下，令侄女我必封他為正宮皇后也。」刘正彥笑道：「賢侄婿，且休閒講，料理正事要緊！」二人出宮，來到殿上坐下，吩咐家將收了王家一門尸首，將財帛分賜眾人。又撥心腹家將，去各衙門把守，不許閑人私自出入。假寫詔書一道，說是康王傳位太子，召岳飛還朝扶助社稷，去哄騙岳飛來京。

且說那尚書僕射朱勝非見劉、苗二人如此行為，遂修書一封悄悄差家人朱義，星夜往湯陰報知岳元帥，請他速來救駕。

且說那岳元帥自從歸鄉以來，即差人到鞏家庄，迎娶了鞏氏小姐到來，與岳雲完聚了，一門共享家庭之福。不意太太老病日增，服藥無効，忽然歸天。岳元帥悲傷哭泣，盡心葬祭，日夕哀痛，廢寢忘飡，弄得骨瘦如柴。眾弟兄多方勸慰，方纔少進飲食，在家守孝，足跡不出門戶。光陰易過，孝服已滿，眾弟兄皆在湯陰娶了妻小，生兒生女的往往來來，十分快活。这一日，岳爺仝了眾弟兄正在郊外打圍，忽見家將引了朱義到圍塲上來見岳爺，將朱勝非的書札呈上，岳爺拆開看了，吃了一大驚。連忙散圍回府。細細寫了回書，交與朱義道：「你回去多多拜上你家老爺，說照此書中行事。湏要小心，不可泄漏！」叫家人取過二十兩銀子，與朱義為盤費，朱義叩謝了岳爺，自回臨安报信，不表。

且說岳爺修書一封，喚過牛臯、吉青二人道：「你二人可將此書，到潤州去見了韓元帥，然後到臨安去。只消如此如此，二賊可擒矣。」牛臯道：「大哥，我們在此安安逸逸、自由自在不好，晉他娘什么閒事，我不去。」岳爺道：「賢弟，我豈不知。但是已曾食過君祿，天下皆知我們是朝廷的臣子。如今有难，不去救他，後人只說我們是不忠不義之人了！你二人可快快前去。若除得苗、刘二人，聖上留你，你二位就在臨安保駕便了。」牛臯道：「既是大哥要我們去，成了功，也就回來，終日與眾兄弟們聚會快活不好？那個要做什么官！」二人辭了岳爺，上馬飛奔往潤州而來。真個是：

一心忙似箭，僂馬走如雲。

不一日，到了潤州，來到帥府門首。其時韓元帥已封了成安郡王，十分威武。凡有各路文書，須先要到中軍衙門遞了腳色手本，方得稟見。这牛皐、吉青那裡曉得，走到轅門上對旗牌道：「快去通報，說我牛老爺仝吉老爺，有事要見元帥。」那旗牌道：「好大來頭！隨你羊老爺、猪老爺也不在我心上！」佯佯的走開去了。牛皐大怒道：「你这該死的狗頭！你不去報，我就打進去。」一聲吆喝，轅門外多少軍士一齊喧嚷起來。正是：

未向朝中擒叛逆，忽然禍变起蕭墻❷。

未知後事如何，且聽下回分解。

---

❷ 蕭墻：借指內部。語本論語季氏。

第四十七回　擒叛臣虎將勤王　召良帥賢后賜旗

詩曰：

中興功業豈難收，為報君王莫重憂。此去好提三尺劍，晉教斬刼賊臣頭。

刼說牛臯、吉青二人正待發作，轅門外一時喧嚷起來，不道驚動了韓元帥在後堂聽得了，即着家將出來查問。那家將領命出來，見了牛臯、吉青，便問道：「你兩個是何人？敢在這裡喧嚷！」牛臯道：「俺們兩個乃是岳元帥帳前的統制官，奉令來見元帥，有机密大事。叵耐❶这狗頭不肯與我通報。」那家將聽得是岳爺差來的將官，况有机密事，不敢怠慢，便道：「二位將軍請息怒！旗牌不曉得是將軍，多有得罪！且請少待，待小將進去通报便了。」牛臯道：「還是你好說話，便宜了这狗頭一頓拳頭。」那家將慌忙進內报知，韓元帥即命請進來相見。二人直至後堂，叅見已畢，將書呈上，韓元帥拆開看畢，十分吃驚，便道：「既有此变，你二位先行，照計行事。本帥即起兵，隨後就來便了。」

二人別了韓元帥，飛奔望臨安一路而來。將近城不多遠，牛臯對吉青道：「待我先去，吉哥你隨後就來。」牛臯拍馬來至城下，高叫道：「俺乃岳元帥手下牛臯，有要緊事要見刘、苗二位王爺的。」那

❶ 叵耐：亦作「叵奈」。不可耐；可恨。

苗、刘二人正在城上巡城，見牛臯來叫門，況是單身匹馬，便令軍士開城放進。見了苗、刘說道：「乞退左右，小將有言奉告。」二賊道：「我左右俱是心腹將士，有話但說不妨。」牛臯道：「岳元帥叫小將多多拜上二位王爺，說：『我家元帥立了多少大功，殺退金兵，那康王全無封賞，反將他黜退閒居；那些無功之人反在朝中大俸大祿價快活，心中實是不平。今二位王爺，何不將康王貶入冷宮？太子三四歲的孩子，那裡做得皇帝！二位王爺何不將天下平分？我元帥情愿少助一臂。』」苗、刘二人聽了，大喜道：「若得你家元帥肯來助我，我就封他王位，同享富貴，决不食言！」隨帶了牛臯，來至午門，進大殿坐下，牛臯站在傍邊，商議寫書报覆岳元帥。忽見軍士來报：「城外有一姓吉的青臉將軍叫門，候二位王爺發令。」牛臯道：「这是我的兄弟，因康王不用他，逃在太行山落草。是我前日寫書叫他來的。」苗、刘二賊道：「既如此，放他進來。」不一時，吉青來至午門下馬，進大殿來朝見了，站在傍邊。又一會，又有軍士來報道：「韓世忠帶領人馬，已到城下，口口聲聲要拿二位王爺。」二賊聽报，正在驚慌，又有軍士來报：「僕射朱勝非已去開城迎接韓世忠了。」二人大驚道：「誰與我先去拿了朱勝非來？」牛臯應聲：「待我來拿！」上前一步，伸手一把，把苗傅拿住；吉青也上前把劉正彥拿下。兩邊眾軍正待動手來救，牛臯、吉青大喝一聲：「那個敢上來討死！」牛臯一手舉鐧就打。吉青一手把刘正彥夾在肩膀下，一手拔出腰刀，大喊：「那個敢上來，我先殺了刘賊，也休想要活一個。」

眾軍士正在兩难之間，那殿後早有一班值宿禁軍，曉得拿住了苗、劉二賊，一齊殺將出來。那苗、刘手下这班軍士，看得勢頭不好，一鬨的多下殿逃走去了。牛臯、吉青拿了二賊，也下殿來。外邊韓元帥兵馬已至午門，正遇着牛臯、吉青献上二賊。韓元帥吩咐立刻斬首，領兵分往二人家中，將兩家人口盡行抄滅。一面搜捕餘党，一面聚集文武百官，請高宗登殿。

眾朝臣請安已畢，高宗降旨道：「朕遭此二賊之害，幾乎不保！韓世忠勤王有功，加封為蘄王，欽賜金帛仍回鎮江。牛皐、吉青力擒逆賊，即封為左右二都督，隨朝保駕。」牛皐道：「你这個皇帝老兒，不聽我大哥之言，致有此禍！本不該來救你，因奉了哥哥之令，故此纔來。今二賊已誅，俺們兩個要去回覆大哥繳令，那個要做什么官！」說完，竟自出朝上馬，回湯陰去了。高宗傳旨，將二賊首級祭奠王元帥，欽賜御葬。韓元帥在臨安耽擱了兩日，也辭駕仍回潤州，不表。

再說高宗天子復登大寶，太平無事。到了紹興七年春日，有兵部告急本章入朝啟奏道：「山東九龍山楊再興作乱，又報湖州太湖水賊戚方、羅綱、郝先，聚眾謀反，十分猖獗。」又奏：「湖廣洞庭湖中楊么搶州奪府，殺了王宣撫，好生厲害！」接連幾道告急本章，弄得高宗倉惶無措，便問眾公卿：「有何良計，剿除諸寇？」當有太師趙鼎奏道：「諸寇猖狂，非是岳飛，他人恐不能當此重任。」高宗道：「前已差官去召他來京受職，被他手下牛皐、吉青等打回，又將旨意扯碎。朕念他前擒刘、苗二賊有功，故尔不究。如今若再去召他，恐他不肯奉詔，如之奈何？」當時諸臣計議，並無良策。高宗傳旨退朝，明日再議。各官退班，天子回駕入宮。

魏氏娘娘上前接駕坐定，娘娘見高宗面帶憂容，悶悶不樂，便上前啟奏道：「萬歲今日升殿，有何事故，龍顏不悅？」高宗遂道：「眾寇作乱，太師趙鼎保奏岳飛方能平服。朕今要召岳飛入朝，命他征勦眾寇，恐他不肯應召到此，故尔憂悶。」娘娘聽了，奏道：「臣妾為萬歲綉成一對龍鳳旌旗，如今中間再綉成『精忠報國』四字，主公差官賜與岳飛，或者肯來，亦未可知。」天子大喜，即命娘娘綉成四字，差官賫旨，並娘娘懿旨龍鳳旌旂一對，往湯陰縣宣召岳飛，即日進京。差官領旨出京，星夜赶到湯陰。

岳爺聞知，連忙出接，迎到大堂，擺列香案，俯伏在地。欽差開讀聖旨道：

奉天承運皇帝詔曰：歲寒知松柏之心，國難見忠貞之節。朕以藐躬❷謬膺大寶❸邇者❹獲罪于天，國事多艱，以致胡馬長驅，干戈鼎沸。賴尔岳飛竭力勤王，盡心捍禦，得以偏安一隅，深慚二帝蒙塵，狼烟暫息。兵燹重興。今楊再興称兵于九龍山畔，楊么據湖廣之洞庭，戚方雖么魔❺小寇，羅綱實蠱國奸民。正國家多事之秋，宜臣子枕戈待旦之日也。豈宜高臥北山，坐觀荊棘❻？皇后親繡龍鳳旌旗，用表「精忠報國」。尔其火速來京，起復舊職，統領熊羆之將，再驅虎豹之師，畛滅群兇，奠安社稷。朕不吝茅土之封❼，預開麟閣以待。欽哉！謝恩。

---

❷藐躬：孱弱的軀體。

❸謬膺大寶：謙詞。謂謬受帝位。大寶，易繫辭下：「聖人之大寶曰位。」後因以「大寶」指帝位。

❹邇者：近者。

❺么魔：指微不足道的人。

❻高臥北山二句：意謂隱居山林，坐觀世上紛亂。北山，指鍾山，又名紫金山，因在都城建康（今南京）之北，故名北山。南齊孔稚圭作北山移文，其先周彥倫隱於此山，後應詔出為海鹽縣令。荊棘，本指山野叢生的多棘灌木，比喻紛亂。

❼茅土之封：指王、侯的封賞。古代天子分封王、侯時，用代表方位的五色（東方青、南方赤、西方白、北方黑、中央黃）土築壇，按封地所在方向取一色土，包以白茅而授之，作為受封者得以有國建社的表徵。

岳元帥謝恩已畢，欵待欽差，欽差辭別，先自回京覆旨。

岳爺一面打點行裝，一面去邀眾兄弟一齊到來。岳爺道：「聖上特旨，差官來召我們出兵剿寇。皇后又親繡一對龍鳳旗，并賜『精忠報國』四字，只得奉詔進京去。特請眾弟兄們仝去面聖。」牛臯道：「我是不去的。那個瘟皇帝，太平無事，不用我們；動起刀兵來，就來尋着我們，替他去厮殺，他却在宮裡快活。」岳爺道：「賢弟休如此說！自古『君要臣死，臣不敢不死。』你我已經食過君祿，况為人在世，須要烈烈轟轟做一番事業，顯祖揚名，豈肯老死蓬蒿！我們此去，必要迎還二聖，恢復中原，方遂我一生大愿。賢弟們可將家眷各各送歸家鄉故里，好放心前去幹功立業，方不負此一世！」眾人齊聲道：「大哥之言有理。」眾兄弟們即便辭出，回到家中，各將家眷送回家去，陸續來至帥府，伺候岳爺起身。李氏夫人與媳婦鞏氏，置酒與岳爺父子送行，岳爺飲酒中間，分付些家務，即刻起身。那些地方官俱來送行，岳爺相見謝道：「不敢動勞各位大人，只是家下還求照拂！」眾官一齊躬身答道：「當得効勞。」眾官辭別起身。岳爺別了夫人，即仝眾弟兄發扛起程，望臨安而來。

繡旗丹詔召忠臣，虎將寧辭汗馬勳！
匡時定難男兒事，好去朝天謁聖君。

話休絮煩，單說岳爺一路來至潤州，會見了韓元帥，兩人說了些國家之事，即便辭行，韓元帥送了一程，兩人分手而別。岳爺到了臨安，進朝見駕，天子大喜，封岳飛官復舊職，待平寇之後，再行陞賞，岳元帥謝了恩。天子傳旨，命兵部發兵十萬，戶部支撥粮草。岳元帥辭駕，就要祭旗發兵。高宗問道：「元帥此行，先平何寇？」岳飛奏道：「先平了九龍山楊再興，次平太湖，後平洞庭。」高宗聞奏大喜，即賜御酒三盃，以壯行色。岳元帥謝了恩出朝。

到營中，令牛臯帶兵三千爲先行。又命公子岳雲催趲粮草軍前應用，吩咐道：「粮乃三軍重事，可曉得軍中一日無粮，三軍就要鼓噪。不可視為兒戲！」岳公子領令而去，元帥大兵隨後起行。一路上，但見：

滾滾人行如泄水，滔滔馬走似狻猊。風聲吹動金鐃壯，雲影飄揚聖賜旗。

先說牛臯一路上穿州過府而來，到了山東九龍山。軍士報道：「前面是九龍山了。」牛臯道：「搶了九龍山，然後扎營。」軍士領命，一齊至九龍山下吶喊，那邊嘍囉报上山來，說道：「有宋將在山前討戰，請令定奪。」楊再興聞報，隨即帶領嘍囉下山來，一字排開，便叫一聲：「那裡來的毛賊，敢到此地來尋死？」牛臯大喝道：「你这狗強盜！見了俺牛老爺，還不下馬受縛？」楊再興道：「吓！你就是牛臯么？不是我的對手，且等岳飛來會我罷。」牛臯大怒，提起鐗便打；楊再興掄鎗招架；有十二三個回合，牛臯戰他不過，只得敗下陣來；再興也不追赶，回山去了。且說牛臯敗下來，傳令三軍，離山數里下營，候元帥大兵到來。

不一日，岳元帥大兵已到，牛臯出營迎接元帥。元帥問道：「牛臯你曾會戰么？」牛臯說道：「有一個賊子，白馬銀鎗，戰有十五六個回合，小將敗了，他又不來追我，故此不曾再战。」眾將聽了，都微微笑道：「如此說，牛哥打了敗仗了。」元帥又問道：「那人叫甚名字？」牛臯道：「这却不曾問他。」岳爺道：「牛兄弟，你隨我出兵多年，還是这等冒失，連姓名也不問，就與他動手。倘然立了功，那功勞簿上怎么樣個寫法？下次交战，必須要問了姓名，然後打仗。可記得當年你在汴京小教場中會的楊再興？你前日會見的，可是他么？」牛皐連連點頭道：「小弟一時却忘了，正是此人。」元帥大笑道：「既然是他，你那里是他的對手！待我明日親自出馬，勸他歸順了，豈不是好？」

到了次日，天尚未明，元帥吩咐：「擂鼓，點齊眾將隨我出陣。」眾將上前稟道：「殺雞焉用牛刀！諒一草寇，待末將等前去拿來，何勞元帥親自出馬！」岳爺道：「列位有所不知，非我今日要立功。只因这個楊再興，乃是一員虎將，本帥親自出馬去，收降这個英雄來做個臂膀，相助國家，故尔要親自出馬。還有一說，爲兄的今日出戰，若我勝了他，也不要賢弟們上前；爲兄的打了敗仗，也不要列位們上前。違令定按軍法！」眾將齊應一聲：「得令！」又有上前來稟道：「元帥可帶末將等去，看看元帥怎么樣一個戰法。」元帥道：「既如此，皆可同去，只不要上前帮助就是。」說畢，竟出大營，來到九龍山下討戰。眾將俱隨在後頭觀看。

那邊嘍囉飛報上山，楊再興領兵下山來會岳飛。岳爺抬頭觀看，那楊再興怎生打扮？但見：

頭帶鳳翅銀盔，身穿魚鱗細鎧；手執滾銀鎗，腰懸竹節鐧。襯一件白戰袍，跨一匹銀鬃馬。面白唇紅，微鬚三綹；腰圓膀闊，頭大聲洪。真個是：英雄蓋世無雙將，百萬軍中第一人！

岳元帥拍馬上前道：「楊將軍，別來無恙？」楊再興聽了，便道：「岳飛，休得扯謊！我和你在何處會過，今日在此講这鬼話？」岳爺道：「將軍难道忘記了么？曾在汴京小教場中，與將軍會過一次。」再興想了一想道：「吓！你可就是那鎗挑小梁王的岳飛么？」元帥道：「然也！我有一言奉告，將軍乃將門之後，武藝超群，為何失身于綠林？豈不有玷祖宗，萬年遺臭！況將軍負此文武全才，何不歸順朝庭，與國家出力，掃平金虜，迎還二聖？那時名垂竹帛，豈不美哉！」楊再興呵呵笑道：「岳飛，你且住口！我楊再興豈是不知道理之人！當日徽宗皇帝，任用蔡京、童貫等一班奸佞。梁師成督造艮嶽，大興工役；朱勔採辦花石綱，竭盡民膏。又聽奸臣，與金人約會攻遼，以致金人入寇，傳位欽宗，懦弱無能，俱被擄去。若果有中興之主，用賢去奸，奮志恢復，何难报仇雪憤，奠安百姓！無奈當今皇帝，只圖偏安一隅，全無大志；不聽忠言，信任奸邪，將一座錦繡江山，弄得粉碎！豈是有爲之君？你不若全我在山東舉義，先取了宋室，再復中原，共享富貴。何苦輔此昏君！你若不聽我言，只怕將來死無葬身之地，懊悔無及也！」岳爺道：「將軍差矣！為臣盡忠，為子死孝。生于大宋，即為宋臣。況你楊門世代忠良，豈可甘為叛逆，玷辱祖宗！若不聽我良言，只得與你决一勝負。」再興道：「岳飛，你豈不知男子不能流芳百世，亦當遺臭萬年？我是好言相勸，既然不聽，不必多言，放馬過來。」岳爺道：「住着！我和你各把兵將退後，只我一個對你一個，各顯手段。」再興道：「如此甚好。」即命眾嘍囉退回山寨，岳爺亦傳令眾將退後，不許上前。

二人兩馬催開，雙鎗並舉。但見：

岳爺爺鎗舞梨花，当心便刺；楊再興矛分八乂，照頂來挑。这個鎗來，猶如丹一簇；那個鎗去，好似雪花飄。真個是絞作一團，不分勝負；殺做一處，难定輸贏。

二人大戰三百餘合，不分勝負。看看天色已晚，各自收兵回營，約定明日再战。到了次日天明，岳元帥帶領眾將，又至陣前，楊再興早已等候，岳元帥吩咐眾將退下三箭之地觀看，如有上來者斬。兩個登開战馬，掄鎗交戰，一個前披後縻❽，一個左勾右挑，好似：

兩條龍奪食，一對虎爭飡。

二人正在大戰，不分勝敗，不道那岳雲公子解了兵粮來到營門交割，那軍士回稟公子：「元帥不在營中，親自與楊再興交戰去了。」岳雲即叫軍士們看守粮草，便一馬跑到陣前來看，但見父親與那員賊將廝殺，眾位叔父一齊遠遠的觀看。牛皐一眼看見是岳雲，便道：「姪兒，你來得正好，快些上去帮助你父親，拿了这個強盜，就完了事了。」岳雲不知就裡，便應聲「曉得」，把馬一催，出到陣前，叫道：「爹爹少歇，待孩兒來拿這逆賊。」那楊再興喝聲：「住着！岳飛，你軍令不嚴，還做什么元帥？我不與你战了。」拍轉馬竟自回山。岳爺紅着臉，只得收兵回營。

到帳中坐定，岳雲上來交令。元帥大怒，喝叫左右：「與我把这逆子，綁去砍了！」岳雲茫然不知緣故，眾將心中是明白的，連忙一齊跪下，苦苦求饒，說道：「公子解粮纔到，不知就裡，故此犯了軍令，求元帥開恩！」元帥道：「眾將討饒，放他轉來。死罪饒了，活罪难免，與我綑打四十！」軍士只得把公子捆翻，打到二十棍，牛皐在傍想道：「这個明明是我害他打的。」連忙上前稟道：「牛皐代姪兒打二十，求元帥恩准！」岳爺道：「既是兄弟說了，看你面上，免打放起。」叫張保：「你可將岳雲背到山前，對楊再興說：『公子運糧初到，不知有這軍令在先，故此莽撞。本要斬首，因眾將討饒免死，

❽ 縻：音ㄇㄧˊ。通「靡」。分散。

打了二十大棍，送來驗傷請罪。』」

張保得令，背了公子，往九龍山來，到了山前，將公子放下，對守山嘍囉說知。嘍囉上山報知大王，楊再興下山來看，只見張保跪下稟道：「这是公子岳雲，為因解粮纔到，不知有这個軍令，故尔冒犯了大王。元帥回營，要將公子斬首，以正軍法。眾將再四討饒，故此打了二十大棍，送來驗傷請罪。」再興道：「如此還像個元帥。你回去，可約你元帥明日再來會戰。」張保答應一聲，依先背了公子，回營來見元帥，把楊再興相約交戰的話稟明。

這日，天色已晚，元帥退至後營，岳雲、張憲兩邊站立。元帥回轉頭來，見那岳雲淚流滿面，岳爺道：「為父的就打了你这幾下，怎么敢如此懷恨，这時候還在流淚么？」岳雲道：「孩兒怎敢怨恨爹爹。只因想起太太若在時，聞得孩兒受刑，必定要與孩兒討饒。一時動念，故此流下淚來。」岳爺聽了此言，不覺傷心起來。便道：「你去安歇了罷。」岳雲答應，遂與張憲一齊退出後營。

岳爺獨自一人坐在那里，心頭納悶，就靠在桌子上朦朧睡去。忽見小校來報：「楊老爺來拜。」岳爺思想：「那個什么楊老爺？」正待要問，只見外邊走進一位將官來，頭帶金盔，身穿金甲，面方耳大，五柳髭鬚，威風凜凜，雄氣昂昂。岳爺即便起身迎接，正是：

人生異地無相識，大海浮萍何處來？

畢竟不知那人是誰，且聽下回分解。

第四十八回 楊景夢授殺手鐧 王佐計設金蘭宴

詩曰：

金蘭❶會上氣如霜，杯酒生春頻舉觴。奸雄空使鴻門計，闖宴將軍勇力強。

却說岳爺打了岳雲，又戰不下楊再興，心中悶悶不樂，就在帳中靠在桌上朦朧睡去。忽見小校報說：「楊老爺來拜。」隨後就走進一位將官，岳爺連忙出位迎接，進帳見禮，分賓坐定。那人便道：「我乃楊景是也。因我玄孫再興在此落草，特來奉托元帥，懇乞收在部下立功，得以揚名顯親，不勝感激！」岳爺道：「小將久有此心，奈他本事高強，戰了幾日，勝他不得，难以收服。」楊景道：「這個是『楊家鎗』，只有『殺手鐧』可以勝得。待我傳你，包管降他便了。」楊景說罷起身，輪鎗在手，岳爺也把鎗拿在手中，二人大戰數合。那楊景拔步敗去；岳爺在後赶上去，那楊景左手持鎗，答轉身，分心便刺；岳爺纔把鎗招架，楊景右手舉鐧，叫一聲「牢記此法」，把鐧在岳爺背上一捺。岳爺一交跌倒，矍然醒來，却是一夢。岳爺暗暗称奇，私下把鎗鐧之法演熟。

過了兩日，岳元帥依舊出兵來討戰，再興也領兵下山。二人也不打話，各舉兵器大戰十數合。岳爺

❶ 金蘭：指結義兄弟。

佯輸敗走，楊再興笑道：「今日你為何不濟？」隨後赶來。岳爺回馬轉來，左手持鎗便刺，再興忙把鎗桿架住，不提防岳爺右手將銀鐧在再興背上輕輕这一捺，再興坐不住鞍轎，跌下馬來。岳爺慌忙跳下馬來，雙手來扶，叫聲：「將軍請起。本帥有罪了！可起來上馬再战。」正是：

從今掬盡湘江水，难洗從前滿面羞。

楊再興滿面羞慚，跪在地下，叫聲：「元帥，小將已知元帥本領，甘心輸服，情愿歸降。」岳爺道：「將軍若肯仝扶宋室江山，愿與將軍結為兄弟。」再興道：「愿隨鞭蹬足矣，焉敢過分？」岳爺不允，就在地下對拜了八拜，結為弟兄。再興道：「元帥先請回營，待小將上山去收拾了人馬粮草，來見元帥。」元帥回轉大營。

再興回山收拾了人馬粮草，放火燒了山寨，來見岳元帥。元帥十分大喜，吩咐擺酒，合營將士做慶賀筵席。到了次日，傳下號令，起兵入朝奏凱，眾兵將一個個鞭敲金鐙，齊和凱歌。

一路來到瓜州口上，韓元帥早已備齊船隻，請岳爺大兵渡過大江。相見已畢，留岳爺歇馬三日，作別回京。一路無話，早到臨安相近，探軍來报：「水寇戚方領兵來犯，臨安甚急，特來報知。」元帥就傳令扎營在夾地巷口，即命楊再興帶領三千人馬，速去救應。

再興領令出營，帶了人馬上前，一路行去，正遇着戚方領了大隊嘍囉，蜂擁而來。楊再興也不等他人馬屯扎，就挺鎗殺去。那邊戚方也持鎗迎住，大叫一聲：「來將何人？」再興道：「強盜要知我的姓名武藝么？我乃岳元帥麾下大將楊再興是也。賊將快通名來，功勞簿上好記你的名字。」戚方道：「俺乃太湖水寨賽霸王戚方是也。俺勸你不如早早投降，免受誅戮。」再興大喝一聲：「賊將休得胡言！照你爺爺的鎗罷！」一鎗刺來，戚方接住廝殺，雙鎗並舉，兩馬齊登，戰了二十來合，再興攔住鎗，扯出鐧來一鐧，戚方閃得快，一個馬頭打得粉碎。戚方慌了手腳，早被再興擒過馬來，捽在地下，命軍士綁了。

對陣羅綱見再興擒了戚方，心中大怒，拍馬上前，也不打話，舉刀便砍，再興攔開羅綱的刀，輕舒猿臂，也便擒了過來，叫軍士綁了，解往元帥大營去報功。郝先在後壓陣，聽得戚、羅二人被擒，慌慌的飛馬沖來，見了楊再興，不分皂白，掄刀就砍。再興梟開刀，一連幾鎗，殺得郝先渾身是汗，招架不住，被再興伸手過來，夾腰一把，抓過馬去，叫軍士綁了。眾嘍囉被这三千兵卒大殺一陣，殺的殺了，逃的逃了，一鬨而散。再興方始收兵。

回到元帥營前下馬，進見報功。元帥道：「賢弟日擒三寇，深為可喜，真乃蓋世英雄！何愁金人不滅，二聖不還乎？」再興連稱：「不敢。此乃元帥的虎威，何干小將之功？」傳令把這三賊推進來，當面跪下。元帥道：「尔等既被我將擒來，有何話說？何不歸順宋朝，立功之後，封妻蔭子？」三人一齊說道：「蒙元帥不殺之恩，願投麾下，少助元帥之力。」岳爺道：「既如此，」分咐左右放了綁，「本帥與三位將軍結為兄弟。」三人一齊推辭道：「怎敢冒犯元帥？」岳爺道：「不必推辭。凡我帳下諸將，都是結拜過的了。」三人只得依允，同元帥結拜過了，然後與諸將見禮。相見畢，回去收拾粮草人馬，來見元帥。元帥吩咐將人馬收入本營，軍政司收了粮草，一面申奏朝廷，將人馬屯札在城外安頓。

元帥入朝，來至午門下馬，進殿見駕，三呼已畢，奏道：「楊再興、戚方、羅綱、郝先，俱已平服投順。」高宗聞奏大喜，即封楊再興為御前都統制；戚方等且暫居統制之職，日後有功，再行陞賞。各人謝恩已畢。

高宗問岳爺道：「卿家可曉得洞庭湖楊么猖獗？地方官告急本章連進，卿家可速整人馬，前往征勦，以救生民倒懸之苦。」岳爺領旨，辭駕出朝。高宗傳旨，命兵部速發兵符火牌，調齊各路人馬，撥在岳飛營中聽用；又命戶部給發糧草錢糧。諸事齊備，岳元帥整頓人馬，擇日祭旂發兵。三軍浩浩蕩蕩，離了臨安，望潭州而來。

一路地方官員饋送禮物，岳爺絲毫不受，雞犬不驚，只是吩咐他們學做好官，須要愛民如子，無負朝廷。所過地方，秋毫無犯，各處百姓，無不頂戴❷。

行非一日，到了潭州不遠，那潭州節度使姓徐名仁，乃是湯陰縣陞任在此。那日聞報岳元帥兵到，隨即領了摠兵與地方官，一齊出城迎接岳元帥。岳爺因徐爺是恩師，不便相見，吩咐另日請見；其餘地方官俱各相見。進了潭州，三軍安營已畢，元帥進入帥府住下。當日無話。

次日，各各上堂叅謁已畢，便問摠兵張明道：「那水寇目下如何？」張明稟道：「目下比前大不相同了，他在这洞庭湖中君山上起造宮殿，自称為王。他有個親弟名喚小霸王楊凡，有萬夫不當之勇。有軍師屈元公，元帥雷亨，他有五子：名叫雷仁、雷義、雷禮、雷智、雷信，称為『雷家五虎』，十分驍勇。又有太尉花普方。還有水軍元帥高老虎與兄弟高老龍。更有東耳木寨東聖侯王佐，西耳木寨西聖侯嚴奇。又有潭州王鍾孝，奇王鐘義，德州王崔慶，兄弟崔安，軍師余尚文，副軍師余尚敬，元帥伍尚志，

❷ 頂戴：供奉；擁戴。

有長沙王羅延慶。有嘍兵數十萬，戰將千員，粮草甚多，大小船隻不計其數，十分猖獗。前者王宣撫領兵剿捕，被他殺得大敗。若大老爺再不來時，連这澶州也被他搶去了！」岳爺嘆道：「數載功夫，不道養成如此大患！」便叫揔兵來至面前，岳爺附耳說如此如此，張明領令而去。岳爺差下兵將，緊守城門，不表。

次日岳爺升帳，諸將兩邊站立，元帥便命張保前去東耳木寨下請帖。張保領令出了城，遶湖而去，行了三十餘里，來至東耳木寨，便向軍士道：「相煩通报一聲，岳元帥那邊下書人要見。」軍士便進去稟知王佐，王佐道：「着他進來。」張保進寨跪下，將書呈上，王佐接來觀看，方知是岳飛來請赴宴的。王佐看罷，便叫：「張頭目，耳房便飯，待我商議回覆。」張保自到耳房去用酒飯。

却說王佐心中想道：「當年之事，不過是進步之策，怎么當起真來？他这封書不打緊，倘若大王得知，豈不害我？」遂拿了这封書出寨來，至水口下舡，直至大寨前上岸，來到端門外候旨。楊么傳旨宣入，王佐進內叅拜已畢，奏道：「今有岳飛差人送請帖來，請臣進澶州赴宴。臣不敢自耑，伏候我主定奪。」說罷，將書呈上，楊么看了書，便對軍師道：「此事如何？」屈元公道：「可令東聖侯進澶州去赴宴。回來時，臣自然有計。」楊么對王佐說道：「賢卿，你可去赴宴，回來軍師自有計策。」王佐領旨出來，下船。不一刻，來到營中，便叫過張保來，賞了十二兩銀子，說道：「你回去拜上你家元帥，說我明日來赴宴便了。」張保謝了，辭出營門，一徑回來。進了城門，來見了元帥，稟道：「王佐說明日准來赴宴。」元帥即忙吩咐地方官連夜準備酒席。當日諸事不表。

到了次日巳牌光景，守城軍士來稟：「王佐已到城下。」元帥即便率領眾將，來至城外迎接。兩人會了面，元帥便問道：「賢弟久違了！」王佐道：「一別數年，不想今日又得相會。」岳爺吩咐抬過八人大轎，便將王佐抬進城來。王佐在轎裡邊看見眾百姓的門首，家家點燭，戶戶焚香，十分齊整。直至轅門，抬到大堂下轎，與岳爺重新見禮，分賓主坐下，送上茶來。岳爺便叫擺酒，推王佐首坐，飲過數巡，王佐道：「仁兄，我主今日的事業，三分已歸其二。」岳爺接口說道：「今日奉屈，不過為昔日之情，聚談聚談。古云：『吃酒不言公務事。』非是愚兄的攔阻賢弟之口，因我帳下皆是忠義之將，恐有唐突，倒是愚兄的不是了。」王佐聽了，不敢再說。

飲至午後，王佐便起身告辭道：「猶恐大王得知見罪，小弟告辭了。」岳爺道：「既如此說，為兄的也不敢強留了。」遂請王佐上轎，送出城外而別，元帥回府，不提。

且說王佐跟來的人，個個歡喜道：「岳元帥待人甚好。」說說話話，看看來到本寨，便下了船，上殿來覆旨。楊么聞知王佐回來，即刻宣召進見，王佐奏道：「今日臣去赴會，回來覆旨。」楊么便問屈元公道：「軍師，如今計將安出？」屈元公奏道：「臣已定下一計在此。明日大王可命王佐差人前去請岳飛來赴席，那岳飛無有不來的。他若來時，就在席上令好武藝者，命他舞傢伙作樂，可斬岳飛之首。如此計不成，再埋伏四百名標鎗手，令王佐擲盃為號，四百名標鎗手一齊殺出，那岳飛雙拳難敵四手，縱有通天本事，只怕也难逃此厄。那東耳木寨頭門、二門兩邊，皆是軍房，屋內可多放桌櫈什物。他若逃出來，可將桌櫈一齊抛出，阻住他的行路。再叫軍士一齊上屋，將瓦片打下，再令雷家五虎將帶兵五千，截住他的歸路。岳飛雖然勇猛，到这地步，就是腳生雙翅，也飛不進潭州去矣。」楊么聞言大喜，遂命王佐依計而行。

王佐領旨出來，到山下水口下船，回到本寨，心中想道：「岳飛，你甚么要緊，却害了自己性命！」到了次日，差家將王德往潭州去見岳飛，下請帖。王德領命，來到潭州城下叫門，守城軍士問明，進帥府稟知元帥，元帥令他進來。王德進帥府來，叩見元帥稟道：「奉主人之命，特送書帖到來，請元帥去赴金蘭筵宴。」岳爺吩咐張保引王德去酒飯，張保答應一聲，便同王德耳房去用酒飯。岳爺看了來書，知是王佐答席。王德吃過酒飯，來謝了元帥，元帥道：「我也不寫回書了。你去回覆你家老爺，說我明日准來赴席便了。」又叫張保取了二十四兩銀子，賞了王德。王德叩謝了元帥，回去稟覆王佐，不表。

且說眾將齊問岳爺道：「那王佐差人送書帖前來，為着何事？」岳爺道：「他特來請我去赴席。」眾將道：「元帥允也不允？」元帥道：「好朋友相請，那有不去之理？」牛臯道：「小將的俸銀可有么？」岳爺道：「賢弟的俸銀不曾支動，問他怎么？」牛臯道：「拿五十兩出來。」岳爺道：「要他何用？」牛臯道：「待我備一桌好酒來請了元帥，勸元帥不要王佐那邊去吃罷。常言道：『筵無好筵，會無好會』也。要使小將們耽驚受嚇！」元帥道：「賢弟，為兄的豈是貪圖酒食？要與國家商議大事，既許了他，豈肯失信！」牛臯道：「元帥必要去，可帶了我同往。」岳爺道：「这倒使得。」當日諸將各自歸營。

次日元帥升帳，穿了文官服色。眾將上前，叩見已畢，元帥傳令湯懷、施全二人暫掌帥印，牛臯同去，命楊再興路上接應，再興答應而去。又向岳雲道：「你可在途中接應為父的。」岳雲領令前往。元帥便同牛臯上馬，張保在後跟隨，眾將送出城外，竟往東耳木寨而來。

再說王佐得報岳爺前來，連忙出寨迎接。進至二寨門首，岳爺下馬，來至大營，行禮坐下。献茶上來，岳爺說道：「多蒙見招，只是不當之至！」王佐道：「無物可敬，畧表寸心。」即忙吩咐擺酒，二人坐下飲酒，不表。

且說牛臯對張保說道：「你在此好生看守馬匹要緊，待我進去保元帥。」張保答應，那牛臯走到裡邊，大聲叫道：「要犒勞哩！」王佐看見，却不認得是牛臯，心下想道：「好一條大漢！」牛臯走上堂來，岳爺道：「这是家將牛臯，生性粗鹵，賢弟休計較他。」王佐吩咐手下取酒肉與他吃，家將答應一聲，登時取了酒肉点心出來，牛臯看見道：「就在这裡吃罷！」王佐道：「就在这裡也罷。」牛臯便將酒肉点心，一齊吃個乾浄，就立在岳爺的身邊。

元帥開言道：「愚兄的酒量甚小，要告辭了。」王佐道：「豈有此理！酒尚未飲，正還要奉敬。小弟这邊有一人，使得好狼牙棒，叫他上來使一回，與兄下酒如何？」岳爺道：「如此甚好，可喚他上來使一回。」王佐吩咐：「叫溫奇來。」那溫奇見叫，即忙上來，叩了一個頭。王佐道：「岳元帥要你舞一回狼牙棒佐酒。好生使來，重重有賞！」溫奇道：「既要小將舞棒，求元帥爺將桌子略移開些，小將方使得開。」王佐對岳爺道：「哥哥，他倒也說得是，恐地方狹小，使不開來。」岳爺道：「賢弟之言有理。」遂命左右將酒席撤在一邊。

那溫奇就把狼牙棒使將起來，看看使到岳爺的跟前，那牛臯是拿着兩條鐵鐧，緊緊站在元帥跟前，便喝一聲：「下去些！」那溫奇只得下去，少停又舞上來，被牛臯一連喝退幾次。那溫奇收住了棒道：「你这個將軍，好不知事務，只管的吆五喝六，叫我如何使得出这盤頭蓋頂么？」牛臯道：「『單絲不成線，獨木不成林』。你一個舞，終久不好看，待俺來和你對舞。」不等說完，扯出鐧，走將下來，架着溫奇的棒。溫奇巴不得的將牛臯一棒打殺，劈臉的葢將下來；牛臯鼻開了狼牙棒，一鐧把溫奇打死。

王佐看見，即將酒盃望地下一擲，往後便跑。那些標鎗手一齊殺出，霎時間：

筵前戈戟如蔴乱，一派軍聲蜂擁來。

畢竟不知岳爺怎生脫得此难，且聽下回分解。

第四十九回　楊欽暗獻地理圖　世忠計破藏金窟

詩曰：

烽烟戈甲正重重，血戰將軍漂杵紅。擬向圍塲定狐兔❶，博取天山早掛弓❷。

話說那些標鎗手一齊殺將出來，牛皐便叫：「元帥快走！待我斷後。」岳爺忙向腰間拔出寶劍，望外殺出；牛皐舞動雙鐧，且戰且走；來到二門，只見張保手執佩刀，保住馬匹，大叫：「元帥！牛將軍！快請上馬，好讓小人擋住後頭。」岳爺、牛皐慌忙上馬，不期前面丟下板櫈傢伙，橫滿一地，後面標鎗手又追來；張保一刀砍死一個，奪過一桿鎗來，連挑幾人；牛皐回馬，又打死十來個；那些鎗手不敢上前，張保把鎗將板櫈条桌挑開。三人方出一層，兩邊屋上瓦片如雨点一般打下來，三人俱打得頭青臉腫，冒着險拚命跑出大門。外邊雷家五將左右殺來，岳爺三人正在招架廝殺，忽聽得吶喊聲響，楊再興一馬沖來，手起一鎗，把雷仁挑下馬來；雷義舉起鉄鎚打來，楊再興架開鎚，回手一鎗，正中雷義心窩。翻身落馬；恰好岳雲飛馬上來，先保了元帥三人出寨，楊再興在後跟着。那雷家三弟兄使刀的使刀，舉叉

❶ 擬向圍塲定狐兔：打算像圍塲打獵那樣平定盜寇。狐兔，喻指楊么等盜寇。

❷ 博取天山早掛弓：直搗金兵老巢收兵掛弓早日取勝。天山，喻指金兵老巢。

的舉叉，帶領兵卒追上來；楊再興大怒，撥回馬使開这桿滾銀鎗，左飛右舞，一連把三將挑死；再把眾兵大殺一陣，方纔收兵，赶上岳爺。一仝回轉澶州，進了城來到帥府，眾將俱來請安。元帥命紀錄官記了楊將軍、牛皐、張保三人的功劳，又命牛皐、張保到後營調養。不表。

再說王佐來見楊么，將岳飛逃回之事奏明。楊么好生懊惱，用計不成，反折了雷家五將，命王佐：「且自回營，待孤家另思別計便了。」當時王佐辭了楊么，自回寨中。

且說岳元帥升帳，有軍士來报：「啟上大老爺，今有韓世忠元帥帶領水軍十萬，大小戰船，已在水口扎成水寨，特來报知。」岳元帥大喜，即忙帶了張保，前往水寨拜候。軍士報進水寨，韓元帥大開寨門，迎接進寨。二人見禮坐定，韓元帥問道：「大元戎到此，與楊么打過幾仗了？」岳元帥道：「不知虛實，尚未與他交兵。若定战期，還仗老元戎相助一臂！」韓元帥連稱「不敢」，吩咐擺宴欵待。二人上席對飲，談論了一回。看那天色已晚將下來，岳爺辭別，韓元帥送出水寨。

岳爺上了馬，沿湖這一路探看，那洞庭湖真個波濤萬頃，水天一色，遠遠望見那君山上宮殿巍峩，旂旛密密，十分雄壯。正在觀看，忽見水面上一隻小船，使著雙槳，望着岸邊蕩來。張保看見後首有一帶茂林，便叫：「元帥！那邊有隻小船來了，且進林子裡躲一躲。」岳爺忙進林中，張保也走了進來窺看。只見那隻小舡❸直抵湖岸，艄子把船攏好，舡艙裡走出一個人來，四面張望，口中自言自語的道：「我明明看見有兩個人在此，怎么不見了？」張保見那人手無軍器，便提棍走出林中，大喝一聲：「那裏來的奸細，到此窺探？」那人道：「我那裡是奸細！要見岳元帥幹一件功劳的。」張保道：「既要見

---

❸ 舡：音ㄒㄧㄤ，又讀ㄔㄨㄢˊ。船。

元帥，却好在此，你且跟我來。」那人就隨着張保走進林中，張保指着岳爺道：「这就是元帥。不知有何事？」那人便向岳爺跪下道：「小人乃是楊么的族弟，名喚楊欽。因逆兄不知天命，妄行叛逆，小人要保全祖宗血食，無門可見元帥。方纔有事過湖，見元帥獨騎而行，意是宋朝將官，欲投托求見，不意天幸，得遇元帥。元帥若不見疑，可于明日晚間，約準到此一會，小人獻一計，可滅逆兄。萬勿失信！」元帥道：「你既知順逆來歸，何不就仝本帥歸宋，反要明日再見？」楊欽道：「元帥身爲大將，豈不知機事不密，决無成功？小人既是以身許國，豈不能早投大寨？但小人手無縛雞之力，又未習行兵之道，于事何益？只有一隱情，必須秘密之故，倘少有泄漏，不獨無功，反多週折也！」岳爺道：「既如此說，準于明日到此領教便了。」楊欽叩頭辞別了元帥，下船而去。

岳爺仝張保回城，安歇了一夜。到次日下午，岳爺暗暗的命張憲、楊再興、岳雲、王貴四將，各帶三千人馬，在於湖邊四處埋伏，但看流星為號，即殺出救應；若安然無事，聽炮聲回營。四將領令，各自埋伏去了。到了臨晚，元帥喚過張保來吩咐道：「你可獨自前去，見机而行，倘有意外之变，可將流星放起，自有救應。」張保道：「不妨。小人走得快，若是不搭對，我自跑了回來就是。」岳爺道：「須要小心！」

張保辭了岳爺，出城來至林中，等了一會，果然見一隻小船攏岸。楊欽走上岸來，張保走出林子外，叫聲：「楊將軍來了么？」楊欽道：「元帥在那裡？」張保道：「元帥偶染小恙，故命我到此等候。」楊欽道：「既如此，我有一物，相煩面呈元帥，切不可被一人知覺。」就在身邊取出一個小小冊子，封固甚密，遞與張保，再四叮嚀，辭別下船。張保收了冊子，拔步回城，進帥府來。岳爺正在帳中，坐在灯下觀書等信。忽見張保回營來見，將楊欽之言稟明，把冊子呈上。岳爺拆開細看，心中暗喜，隨命張保出營，施放號炮，令埋伏四將回營。

到了次日，岳爺帶了冊子，出城到水寨來見韓元帥。行禮坐定，岳爺請韓元帥屏去左右，好商量机密事情，韓元帥道：「爲將者，全在上下同心。我手下將士，如自己一般，有話不妨竟說。」岳爺即將冊子送過道：「有一功勞，特送與元帥。」韓元帥接來一看，原來是一副地理圖，分註得清清白白，大喜道：「承讓此功，何以為謝？」岳爺道：「都是為朝庭出力，何出此言？」韓元帥道：「還懇元帥麾下撥幾位統制帮助帮助。」岳爺道：「少停便送來。」辭別起身，一竟回轉帥府，即點湯懷、王貴、牛皐、趙云、周青、梁興、張顯、吉青八員統制，去助韓元帥。又吩咐道：「諸位將軍！到韓元帥那里，須要小心！若犯了軍法，無人解救。」眾將答應一聲，齊上馬出城，來見韓元帥，叅見已畢。韓爺大喜，遂命大公子韓尚德，仝着曹成、曹亮等看守水寨。自己仝二公子韓彥直，率領八員統制，帶領精兵五千，直到蛇盤山，離山十餘里，安下營盤。早有嘍囉报上蛇盤山去。

看官不知，这蛇盤山在于萬山深處，一路多是乱山高嶺，深篁密箐，路徑叢雜，極难識認。山中有一洞，名為藏金窟，乃是楊么的巢穴。楊么的父親楊梟，仝着第三子楊賔，五子楊會，偽設護山丞相鄔天美，鎮国元帥燕必顕，輔國元帥燕必達，左衛將軍晋師彥，右衛將軍沈鉄肩，還有護山太保二十名，護山勇士二千名，聚集嘍兵萬餘保守，出入不常，人跡罕到，所以以前官兵來剿，往往失利。不意被楊欽將路徑細細画成此冊，獻與岳爺，因此韓元帥得近山下紥營。

當時楊梟聞報，吃驚道：「宋兵怎能得到此間？必然我兒身邊有了奸細了！」楊賔、楊會一齊上前稟道：「父王且捉了宋將，再查察奸臣便了。」楊梟便問：「誰人下山去打听宋兵虛實？」當有元帥燕必顯，上前領令願往，楊梟即命楊實仝去擒捉宋將。二人得令，一仝上馬，帶領嘍兵下山，直到宋營討戰。

小校报進營中，韓元帥即命二公子出營迎敵。二公子應聲得令，上馬領兵，出營來到陣前，大喝道：「賊將何名？天兵到此，還不下馬受縛！」燕必顯道：「我乃楊大王駕前鎮國大元帥燕必顯是也。你是何人，擅敢到此尋死？」韓彥直道：「我乃韓元帥二公子韓彥直的便是。汝等逆天謀叛，特來擒你。」燕必顯大怒，提起八十二斤合扇刀，望韓彥直當頭蓋來，韓彥直舞動那桿虎頭鎗架住。一場廝殺：

燕必顯虎頭爆眼，韓彥直齒白唇紅。虎頭鎗欺霜傲雪，合扇刀掣電飛虹。那個真是离山猛虎，这個分明出海遊龍。一個怒聲若雷吼，一個火發氣填胸。你殺我，捐軀馬革何曾惜；我殺你，愿與皇家建大功。

兩個战到三十餘合，韓公子賣個破綻，回馬詐敗；燕必顯拍馬赶上，韓公子在腰間拔出金鞭，回轉馬頭耍的一鞭，正中燕必顯的左臂；燕必顯叫聲「不好」，把身一扭，回馬便走；二公子赶上，將勒甲絛一把，輕輕提過來，橫在馬上。那邊楊實，本是個無用之人，看見燕必顯被擒，欲待向前來搶，又恐敵不過；欲要退後，又恐人笑，只指點眾嘍囉：「快殺上去救元帥！」眾嘍兵因是三大王指揮，又不敢不上前；欲待上前，料來怎生敵得過宋家兵將，只得假意吶喊，進了一步，倒退了兩步。二公子見此光景，便把燕必顯擲下，叫軍士綁了，解往營中。自己回馬搖鎗，飛一般的冲去，那些嘍囉，已挑死了幾十。

楊寘正待逃走，二公子一馬已到面前，挺鎗直刺，楊寘战抖抖的，舉起手中这桿看樣方天画戟來招架，二公子把鎗梟開画戟，攔腰一把，已將楊寘擒過馬來。眾嘍囉俱各沒命的跑回山上去報信了。

韓二公子掌着得勝鼓，回營來見父親繳令。元帥命將二賊推過來，軍士得令，將燕必顯、楊寘二人推至帳前。楊寘垂頭喪氣的跪下，那燕必顯立而不跪，韓元帥大喝道：「你这賊子！既被擒來，怎敢不跪？」燕必顯道：「大丈夫被擒，要殺就殺，豈肯跪你？」元帥看見二人光景，便喝小校：「且將他二人監禁後營，待我破了他的巢穴，捉了楊梟，一仝斬首。」小校得令，將二人推至後營。元帥又令兩個軍士，暗暗吩咐如此如此，軍士得令行事，不表。

且說燕必顯、楊寘兩個鎖禁在營中，却是每人一間囚房，緊緊對着，各人四名軍士看守，不容說話。到了晚間，那楊寘已是餓得肚裡鬼叫，瞪着兩隻眼睛空望，却見兩個小軍，一個托着一盤不知甚么菜蔬，一個提着一大瓶，大約是酒，一手一籃，大約是飯，走進對門房中去了。直至更深，也有一個小軍，托着一碗粗飯，一碗冷不冷、熱不熱的一碗白湯來，叫楊寘吃。那四個守軍却是自家去取些酒飯，四個自吃。楊寘看了，又氣又惱，看了那碗粗飯，反吃不下了，只把那湯來呷了一口，又被那四個守軍，絮絮叨叨的罵了幾句：「刀口裡的東西，還使甚么氣質！終不然，老爺們反來供奉你这殺坯不成？且緊緊的縛一縛，好讓老爺們睡覺。」那四個守軍又加上一條大鉄鍊，將楊寘綑在柱上，各自去睡了。楊寘沒奈何，死又不能死，活又不能活，止不住流下淚來。熬至一更時分，只听得外邊脚步响，楊寘側着耳朵細听，恰像三四個人走入對門囚房裡去，好一會，又聽得有人出來，口內輕輕的只說得一句：「多在小將身上。」听他們仍出後營去了，楊寘心裡好不疑惑。

到得天明，韓元帥暗暗令趙雲、梁興、吉青、周青四將如此如此。又寫密書一封，差人到潭州城內去見岳元帥。岳元帥看了來書，打發來人外邊酒飯。命軍士到牢中吊出應死囚犯一名，來到後堂跪下。岳爺問道：「你叫甚名字？所犯何罪？」那犯人回稟道：「小人蔡勳，因醉後失手打死了人，故問死罪。」岳爺道：「酒醉誤傷，只應問軍，不該死罪。今本帥有一事，你若幹得來，不獨無罪，而且有功。」那犯人听了，便叩頭道：「若蒙大老爺免死，就叫小人水裡火裏去，也是情愿。」岳爺道：「本帥有一馬後王横，甚是得用。不意韓元帥聞知其名，今差人來要此人，本帥怎肯放他前去？若回絕了他，又恐韓元帥見怪。你今可假扮裝束，冒名王横，前往韓元帥營中，必然重用，但是不可泄漏。你可去得么？」那囚犯好不快活，連連叩頭：「感謝元帥抬舉！小人怎敢泄漏？只認真做個王横就是了。」元帥即命軍士將衣甲與他換了。隨即升帳，傳韓元帥差人進見，差人跪下候令，岳爺吩咐後營：「喚王横聽令！」軍士一聲答應，即時喚出假王横來，跪在帳前，岳爺對着來人道：「元帥來書，要王横去伏侍。但此人乃本帥得力之人，若非元帥來書懇切，决不能從命。今暫同你去，叫他伏侍元帥，待平賊之後，須當還我，不可失信。」來人唯唯答應。岳爺即命王横：「且仝來人去見韓元帥，須要小心服役，不可怠惰！」王横領令，遂仝了差人，叩辭了元帥，出城上路。

來到營中正值韓元帥升帳，差人仝了假王横，跪下繳令。韓元帥便問：「你就是王横么？」假王横叩頭應道：「小人便是馬後王横，並無第二個。」元帥道：「本帥久聞岳元帥有個馬前張保，馬後王横，十分得力。今暫着你做個隊長，掌管一百名軍士，倘有功劳，再行陞賞。」假王横叩頭謝了，站過一邊。元帥又命軍士：「將楊賁、燕必顯二賊推來！」軍士答應一聲「吓」，不一會，將二人推至帳前，元帥拍案怒道：「你二人既被擒來，料难飛去。還是降與不降？」燕必顯掙着兩眼大叫道：「寧可一刀，決不降你！」韓元帥道：「既不肯降，」叫軍士：「與我綁出營門梟首號令。」軍士答應一聲，正待將二人推下堦去，忽見一員將官在韓爺耳邊輕輕說了兩句，韓爺又命推轉來，吩咐將燕必顯仍禁後營。叫過王橫來道：「这楊賓非比別將，乃是楊么兄弟，理當解上臨安献俘。你可領兵四名，將他解送岳元帥處，听他處分，須要小心！」

王橫得令，就辭了韓元帥，將楊賓推入囚車，帶了这四名解軍出營，望着潭州一路而來。不道那四個解軍走了兩步，倒退了一步，王橫坐在馬上喝叫：「快走！休得慢騰騰的，悞了公事！」那四個解軍自言自語，只㬜抱怨：「你是岳元帥身邊一個使喚的人，反如此大樣。我們辛辛苦苦，沒一些好處，還要呼喝人！」王橫聽了，好不動怒，就甩下馬來，倒轉鞭桿來打：「你这狗頭，不見天色黑將下來了，進城還有一二十里，要緊重犯，倘有差處，可是當耍的！」一個軍士上前叫聲：「將爺，不要動氣，我們今日帥爺升帳得早，沒有吃得飽飯，其實走不動。你是騎着馬的，那里曉得？」又一個道：「你不見前面是靈官廟了，我們赶一步到那廟裡，問道士回些酒飯吃飽了，赶快走些就是了。」王橫道：「既是這等說，快些前去。」

隨即上馬，押着四個軍士推着囚車，一程赶到灵官廟裡。軍士將囚車推放廊下，一個跟着王橫走到殿上，喊道：「有道士走幾個出來！」喊聲未畢，只見殿後走出兩個中年道士來，問道：「甚么人在此大呼小叫？」軍士喝道：「該死的賊道！我們是韓元帥差來的將官，押送欽犯進城去的。肚裡餓了，要問你回些酒飯吃。你們却躲在後頭，不是吃酒，就是賭錢，全不來招接。明日待我們稟過元帥，叫你这賊道不要慌。」那兩個道士賠着笑臉，叫道：「將爺們不要惱。本廟向來香火極盛，近日皆因兵乱荒荒，十分清淡。今日乃是靈官老爺升天之日，本廟道眾各湊得些錢鈔，到城中買得些三牲福物，祭賽了老爺，本廟有的是窨下的陳酒。道眾俱在後頭散福，故此有失迎接。这位將爺若不棄嫌，就請到後殿仝飲一杯。各位將爺是有犯人干係，我們叫道人送出來，與各位享用罷。」那假王横原是個貪盃無賴之徒，看見道士十分恭敬，甚是喜歡，便道：「只是生受你們不當！」道士說：「將來正要將爺們照顧照顧，小道們理當孝順的。」王横仝了道士到後殿來，却見七八個道士擺着兩席豐盛酒餚，尚未坐席。見了王横，一齊迎接施禮，請王横上面坐定。眾道士你斟我奉，好不湊趣。

那四個軍士押着楊竇在外邊廊下，清清冷冷，等了半日，只見一個老道人，端着幾碗蔬菜，一籮飯，放上幾副碗筯，走來道：「裡邊这位將官說，叫眾位吃了飯，好快些趲路。」放下自去了，那四個軍士十分焦燥，側耳聽那後邊，歡呼暢飲，好不鬧熱。一個軍士叫聲：「哥！我想王横这狗頭，本是岳元帥跟馬之人，不如我們的出身。今日韓元帥抬舉他做個百摠，就这等大模大樣，把我們不當人。若然他將來得了功，還不知怎樣哩！」一個道：「我們本是韓元帥手下兵丁，也不甘心去伏侍这狗男女。明日回去，拚得退了这分粮，我們各自去別做個生理罷了。」一個道：「交兵之際，那個准你退粮？只好逃往金国去，投降了四太子，或者到掙得個出身。」四個軍士你一句我一句，多憤憤不平。那楊竇在囚車內聽得明明白白，便接口道：「我看你四人，容貌雄偉，决非久困之人，今日何苦受那小人之氣？何不仝去投了我家大王，必然重用，豈不是好？」四人道：「王爺若肯保我們做個小小職分，我們拚着性命，對付了那廝，就放了王爺仝去何如？」楊竇道：「你四位果然有心，我就保奏你四人，俱為殿前統制。」

四人大喜道：「事不宜遲，我們作速動手。」就將囚車打開，放出楊賔，四人拔出腰刀，仝着楊賔搶入後殿來，那幾個道士見了，俱奔入後面，把屏門緊緊的閉上。王橫坐在上邊，醉眼瞇𥌒，纔立起身來，早被四個軍士，上前一頓乱刀砍死。擁了楊賔，一齊出了廟門，將王橫的馬與楊賔騎了，抄着小路，一仝望蛇盤山後山而來。

到得山邊，已是定更時分。嘍囉見是三大王回來，連忙開關。楊賔仝了四人，一直到藏金窟，正值楊鼻在殿上和五王爺楊會、元帥燕必達商議退兵救子之計。忽見楊賔回來，好生歡喜，便問：「我兒怎得回來？燕元帥已怎么了？」楊賔將兩日之事，細細稟明。楊鼻便呌那四人上殿問道：「你四人姓甚名誰？」那四人跪下稟道：「小人一名江彩，一名山鳳，一名水和，一名石鳴。」楊鼻道：「难得你們好心，救了我兒，就封為統制之職，分撥在三王爺名下。」四人謝了恩，一時改換盔袍，好不榮耀。楊鼻便對燕必達道：「令兄尚在韓營，如何得出？你可悄然從後山到湖口水路，上洞庭去見大王，速發救兵到此，共擒韓世忠，好救令兄。」燕必達得令，連夜單騎往洞庭湖去，不提。

再說韓元帥已有探軍來報說：「四個軍士將王橫殺死，仝楊賔一仝逃去。」便吩咐將燕必顯推來問道：「本帥看你堂堂一表，像個英雄，故不將你解去，何不降順，以立功名？」燕必顯道：「胡說！我弟燕必達現為輔國大元帥，各有家小在山，我怎肯貪生，遺害一家骨肉？」元帥道：「如此說來，雖然謀叛之徒，到也忠義可嘉。本帥仁義之師，何愁楊鼻不滅。」叫小校：「可將燕將軍馬匹軍器還他，放他上山，待本帥擒了楊鼻父子，再行招撫便了。」當時軍士得令，將燕必顯推出營門，交還了衣甲、兵器、馬匹。

燕必顯獨自一人到山下叫關，關上嘍囉見是自家元帥，連忙開了關柵，放上山來。燕必顯來到殿上，見了楊鼒，楊鼒便問：「你怎得回來？」燕必顯將前後事情細細稟明，楊鼒大怒道：「胡說！你既不降，自然斬首，或者解往澶州，怎能就輕放了你？你的隱情我已洞知，必竟你先降順了他，故此獨把我兒解往城中，今日想要來騙取家小。」喝叫左右：「與我綁去砍了！」兩邊刀斧手正要動手，傍邊閃過五公子楊會，上前稟道：「請父王息怒。孩兒見他素有忠義之心，今日之事未見真假，豈可就殺一員大將？不如暫且將他監禁，探聽的實，方可施行。」楊鼒道：「既是我兒講情，」命左右：「將燕必顯收監。」又對楊寘道：「今燕必達前往洞庭去請救兵，恐他變生異心。你可帶領四統制一路迎去，接應山上救兵，直搗他後寨，便可放火爲號，我即下山夾攻，不可有誤！」楊寘領命，隨即仝了四員新來統制，也從後山抄出小路，望湖口一路迎來。

且說韓元帥差探子打聽明白，暗暗差人送書知會岳元帥，發兵截殺湖口救兵。一面傳令牛臯、王貴、湯懷、張顯四將，各帶人馬在蛇盤山半路四下埋伏。岳元帥接書，亦命楊再興、徐慶、金彪三人，帶領人馬，埋伏青雲山下，不提。

再說那燕必達奉着楊鼒之命，從後山抄小路來至湖口下船，上了洞庭君山，進殿朝見楊么已畢，將老大王的書送上。楊么看畢，十分着忙，遞與軍師屈元公觀看。屈元公道：「主公朝内必有奸細；若不然，韓世忠何以得知藏金窟地方屯紥之處？且發兵去解了蛇盤山之圍再處。」楊么即命奇王鐘義仝燕元帥領兵五千，速去救應。

奇王得令，點起人馬，仝了燕必達渡過洞庭湖。剛至湖口，恰遇着楊寘仝着四個統制迎着，兩邊相見，遂齊往大路火速前來。行至青雲山下，忽聽得一聲炮响，兩邊伏兵齊出，馬上一員大將大叫：「我楊再興奉岳元帥將令，特來拿你，快快下馬受縛！」奇王也不及通名問姓，舉刀便砍；再興搖鎗接戰，不上十來合，攔腰一把，把奇王生擒過來，交與徐慶。拍馬來捉楊直，楊直見勢不好，不敢交鋒，回馬便走。後邊轉過四員統制，高叫：「楊直不必驚慌，我等在此，叫你好處去。」四人一齊上前，把楊直拿下。再興舉眼看時，却原來是趙雲、周青、吉青、梁興。原來他四人，奉着韓元帥的軍令，假裝解軍，殺了假王橫，放了楊直，投入藏金窟，今日得此大功。當時楊再興將楊直交與金彪，對徐慶、金彪道：「二位賢弟，將二賊帶回城中繳令。我去帮助韓元帥也。」二人領命，飛馬自回潼州而去。这里楊再興仝着趙雲等四人，將五千嘍囉追殺一陣，一半逃去，一半盡做刀頭之鬼。楊再興帶領三軍，竟至韓元帥營中。

趙雲、梁興等四人，飛馬來至蛇盤山叫関，守山軍士見是四人，放上山來，見了楊鼻道：「燕元帥果然已投往潼州城去。今三大王仝奇王領兵來搗韓營，舉火為號，大王可領兵下山，前後夾攻，擒拿韓世忠。」言未畢，忽見嘍囉來報：「山下火光冲天，喊殺不絕，想是救兵到了。」楊鼻即命五公子仝了左衛將軍胥師彥、右衛將軍沈鉄肩，帶領三千嘍兵下山接應。

三人領令下山，殺奔韓營，行不到幾里，四邊山坳裡金鼓齊鳴，一聲炮响，牛皐等四將伏兵一齊殺出，將楊會等三人截住乱殺。當有嘍囉报上山去，楊鼻道：「不好了，中了他伏兵之計了！」遂對偽護國丞相鄔天美道：「賢卿好生保守山寨，待孤家自去救應。」隨即點齊二十名護山太保，率領了这二千名護山嘍兵，上馬提刀，慌忙下山，但聽得前面喊聲震地，正在混戰，楊鼻拍馬搖刀，殺入陣中助戰。

四將正在难分勝敗之際，忽聽得一聲喊，一騎馬冲入重圍，乃是楊再興，把鎗挑開了楊梟的刀，生擒過馬，竟回澶州。楊會拍馬欲待冲出，被牛臯一鐧打下馬來，軍士用鐃鈎搭去。晋師彦正在驚慌，鼓聲响處，韓二公子冲進陣來，手起一鎗，將晋師彦挑于馬下，亂馬一踏，踹為肉泥。沈鉄肩正沒處逃命，被吉青一棒打碎腦蓋，死于馬下。韓元帥催動人馬，直殺至蛇盤山下。那山上有燕必顯手下眾家將，保了燕氏一門家小，放出燕必顯。燕必顯諒來決撒❹，正在遲疑，那四將叫聲：「燕將軍，你令弟現在澶州，今楊梟已被擒，何不投順宋朝，以保令弟之命？」燕必顯道：「事已至此，索性拿了楊氏一門，好去献功。」遂仝了四將一齊動手，將楊氏一門良賤百餘口，盡皆拿下，献了蛇盤山寨。韓元帥仝眾將上山，收拾金帛粮草，裝載車上，把楊梟家口盡上囚車，放火燒了山寨，拔寨回兵。將粮草賊犯解至澶州，到岳元帥營中交納。

韓爺進營與岳元帥相見，各把前後事一敘，各皆歡喜。岳爺傳令，將楊梟一門一百餘口，盡皆綁下；燕必顯前既被擒不降，直至勢促方献山寨，非出本心，一併斬首。將人頭裝在桶內，差兵護送解上臨安報揵。韓元帥辭了岳爺，仍往水口水寨，不表。

且說探子报上洞庭山，說是燕必顯献了蛇盤山，一門家口盡被宋將拿去澶州，斬首號令，解往臨安去了。楊么聽了，放聲大哭，文武眾臣亦各悲傷，就命合山掛孝遙祭。又吩咐眾軍：「二大王楊凡現病在府中，恐他聞知此信，病體加重，不許走漏消息。」一面與軍師商議發兵，與岳飛決戰，與父母兄弟報仇。屈元公道：「我軍初敗，心尚未定，且調齊各處人馬，然後直搗澶州，與他決戰不遲。」楊么准

❹ 決撒：也作「決撒」。敗露；戳穿。

奏，遂傳旨各處去調齊人馬，不表。

再說岳爺的差官將人頭解至臨安，進上本章。高宗大喜，傳旨將首級交刑部號令都城。再命戶部頒發粮草綵段，工部發出御酒三百壜，着禮部加封，差出內臣田思忠，解往潭州岳爺軍前，犒賞三軍。不因內臣發這三百壜御酒，到禮部秦尚書衙門內來加封，險些兒使那些充鋒軍卒，幾作含冤怨鬼；陷陣將軍，反來辦道修行。

畢竟後事如何，且聽下回分解。

第五十回　打酒壜福將遇神仙　探君山元戎遭厄难

詞曰：

御酒犒軍前，鴆毒染，有誰參？幸然福將有仙緣，打破冤牽暫避茅菴。岳侯冒險渾身胆，翻身入虎窟龍潭，願把命兒拚。

右調黃鶯兒

古人有言：青竹蛇兒口，黃蜂尾上針，兩般不算毒，最毒婦人心。那男子漢狠殺，有時或起一點不忍之心，惟有那婦人，稟了天地間純陰之氣，所以起了毒意，再無迴徃之心。那田思忠奉着聖旨，將三百壜御酒，發到秦檜衙門，叫他加封，送徃岳爺軍前去。恰值秦檜在兵部衙門議事未回，这王氏夫人暗暗叫心腹家將，將毒藥每壜裡放上一把。他的心上思想藥死了岳飛，并那一班將士，好讓四太子來取宋朝天下。你想这等心腸，豈非比蛇蜂更毒么？到了次日，秦桧也不知就裏，將三百壜御酒，壜壜加上封皮，交與田思忠，田思忠領了御酒并粮草等物，帶領人夫，一路來至潭州。

岳元帥得報，急差人到水口，請韓元帥進城一仝接旨。將御酒等物送徃教場中去，一面叫軍士去買民間的酒來沖和这御酒，方夠犒散。不道那牛臯聽見了，想道：「不知有多少御酒，待我去看看。」就獨自來到教場，走到車子跟前，覺得有些酒香，牛臯道：「妙吓！待我打開一罎來看，不知御酒是怎樣的。」便去將一罈的泥頭打開，忽然一陣酒氣沖入腦門頭裡，霎時疼痛起來。牛臯道：「咦！这酒有些咤異。」回轉頭來，看見那車夫立在後邊，牛臯道：「你可要酒吃么？」車夫道：「若是老爺肯賞小人，極妙的了！」牛臯道：「只是沒有傢伙。」車夫道：「小人有個瓢在此。」牛臯接了瓢，便去罎裡兜了一瓢，遞與車夫道：「快些吃了，再賞你一瓢。」这車夫是個貪盃的，說道：「多謝老爺！」接過來兩三口就吃完了。不吃猶可，这酒下了肚，霎時間一交跌倒，滿地亂滾，不多時，七竅流血而死。牛臯見了大驚，喊道：「我等幹此多少大功，這昏君反將藥酒來害我們！」拿起兩條鐧來，將这三百罈御酒盡皆打碎。軍士着急，忙來報知岳元帥，岳元帥吩咐令牛臯上來，牛臯走上來，大叫道：「元帥先把欽差殺了，然後進都面聖，他為甚么將藥酒來藥死我們？」岳爺問道：「何以曉得是藥酒？」牛臯道：「車夫吃了，登時七竅流血而死，所以小將忿怒，將御酒打碎了。」岳爺道：「還剩多少囫圇的在么？」牛臯道：「沒有，都打碎了。」岳爺聽了大怒，喝叫左右：「把牛臯綁去砍了！」韓爺吩咐：「且慢！」牛向岳爺道：「若不是牛將軍打碎酒罎，我等盡遭其害矣！」欽差道：「不要說元帥受害，就是下官亦难逃此难。牛將軍非但無罪，抑且有功，求元帥赦了！」岳爺道：「既然二位說情，」吩咐：「與我把牛臯赶出去！」牛臯道：「我是要跟隨元帥，不到別處去的。」岳爺道：「我这里用你不着，快快走出去！」牛臯再三懇求，岳爺只是不留，牛臯只得上馬去了。

元帥就問欽差道：「这酒是何衙門造的？」田思忠道：「这酒是工部官兒置造的，解到禮部衙門加封。因秦大人有事，放在堂上一夜。次日秦大人加了封，下官領出，一路解來，並無差遲。」岳爺道：

「欽差大人先請回京覆旨。待本帥平了洞庭賊，即時回京面聖，查究奸臣，以靖國法，再去掃北便了。」那欽差辭別起身，不表。

再說岳元帥差人去追趕牛臯，那些人四下去尋，並無消息，只得轉來回覆元帥，岳爺心中甚是不捨。且說那牛臯被岳爺赶了出來，一路下來行了數十里，不覺肚中飢餓。來到一座樹林中見一個道童，立在林中，牛臯叫聲：「小哥，这山上可有寺院么？」道童道：「此山名喚碧雲山，並無寺院。只有我師父在此山中修煉，道法精通，有呼風喚雨之能，撒豆成兵之術。」牛臯道：「你家師父姓甚么？叫做甚么名字？」道童道：「我家老祖姓鮑名方，早上對我說道：『你可下山去，有一騎馬將軍叫做牛臯，你可引他來見我。』將軍你可姓牛么？」牛臯道：「我正是牛臯，你可領我上山去見你師父。」道童道：「如此，跟了我來。」牛臯只為肚中飢餓，沒奈何，只得跟了道童，一步步走上山來。

進了洞門，見了老祖道：「我肚中飢餓，可有酒飯拏些來與我充飢。」老祖叫道童拿出些素飯來與牛臯吃，老祖道：「將軍有何事到此荒山？」牛臯將打碎酒壜，被岳元帥趕出之事說了一遍。老祖道：「元來為此。將軍今欲何往？」牛臯道：「無處可居。」老祖道：「如此，何不隨貧道出家，到也逍遙快活？」牛臯暗想：「我與大哥立下許多功勞，昏君反要將藥酒來害我們。不如在此出了家，無拘無束，倒也罷了。」想定主意，連忙跪下道：「弟子情愿跟着師父出家。」老祖道：「你既愿出家，一要戒酒，二要除葷，三要戒性，方可出家。」牛臯道：「弟子一一皆依。略略吃些酒罷！」老祖道：「既要吃酒，快到別處去罷。」牛臯道：「不吃，不吃，件件依你。」老祖道：「既然依得，可跟我來。」牛臯跟了老祖，來到山下，老祖便叫牛臯將馬籠頭鞍轡卸下，大喝一聲，那馬飛也似上山去了。又命牛臯卸下盔甲，至一井邊，叫牛臯把盔甲鞍轡都放下去。然後仝牛臯轉到洞内來，收為徒弟，取名悟性，換了道袍。牛臯把身上一看，哈哈大笑道：「如今弄得我像一个火燒道人了！」自此牛臯在碧雲山做了道人，且按下慢表。

吾說那楊么这一日與屈元公商議，軍師奏道：「臣有一計，再命王佐去請岳飛來看君山，只說有路好上宮殿。他若來時，四面放火，將那岳飛、王佐一摠燒死，内外大患盡除。倘王佐推托，即將他家小監了，他自然肯去。」楊么大喜，傳旨宣王佐上殿，王佐來至殿下，楊么將此計說與王佐。王佐奏道：「前者岳飛赴會，被他走脫，如今再去騙他，如何肯信？」楊么道：「你明明與他相好，不肯前往。」吩咐：「把他家小監了！」王佐只得依允。

坐船來至潭州城下，對守城軍士說知，進了城，來到帥府。軍士報進營中，岳爺出來迎接進帳，見禮畢，王佐道：「前日之事，皆屈元公所作，小弟其實不知。今日一來請罪，二來有事通知。」拿出洞庭湖圖画與岳爺觀看，王佐道：「今夜大哥同小弟上君山觀看，湖内有条暗路可上宮殿。若大哥看明此路，楊么指日可破。」岳爺應允，王佐辭去。眾統制齊來稟道：「王佐來請私看君山，决非好意，元帥不可輕往！」岳爺道：「已曾許過，豈可失信？」一面寫書送與韓元帥，約他前來救應。又命張保、張憲、岳雲、楊虎同去。五騎馬出了潭州，來至東耳木寨。

王佐出來迎着，同往君山而來，行至七里橋，岳爺對楊虎道：「你在此把守此橋，以防賊人偷橋。」楊虎領令守住，岳爺往君山而去。那楊虎心中暗想道：「如此大橋，怎么偷得？我且躲在石碑之後，看有何人來偷此橋。」將身往石碑後躲了，一眼觀看，果然那邊副元帥高老虎架了一隻小船，望橋邊而來。

上了岸，靠那石碑坐着，吩咐軍士們一齊動手，將橋拆燬。楊虎道：「元來如此偷法！」輕輕掩至背後，手起一鞭，將高老虎打死。眾嘍囉見主將打死，忙下船逃命去了。

再說岳爺同王佐眾人上了君山，正在偷看之間，只見四面火箭齊發。君山左右前後，預先堆滿乾柴枯草，火箭落下，登時烈焰騰騰，冲天火起，岳爺和眾人都在烟火之中。正是：

樊籠窮鳥誰相救，烈焰飛蛾怎脫逃？

畢竟不知岳爺和眾將等性命如何，且聽下回分解。

第五十一回 伍尚志計擺火牛陣 鮑方祖贈寶破妖人

詩曰：

昔日田單曾保齊，今朝尚志効馳驅。千牛奔突如風掃，宋將安知備不虞？

却說岳元帥和眾將顧不得性命，冒烟突火沖下山來。岳雲在烟霧裡遇着王佐，認做是父親，一把抱住，當先走馬前行。可憐眾人多燒得焦頭爛額！逃至水口，只見楊虎赶來，遇見了眾人道：「那邊去不得，橋已被他們拆斷了！」正在危急，忽見韓二公子駕船來，接應上船，送過断橋那邊。上岸來至王佐寨門首，岳爺道：「我兒放王叔父下來。」岳雲把王佐放下，元帥道：「賢弟請回寨罷！為兄的去了。」王佐拜別回寨，想道：「又是岳飛好相與，如此兩次害他，並無害我之意。那楊么我如此待他，他反如此待我！」心中恨恨不平。

且說岳爺回城，進帥府坐定，吩咐眾人各自回去將養，不提。那王佐來見楊么，說火燒君山，又被岳飛逃去。楊么道：「你領了家小回去，記你功勞便了。」王佐領令，領了家小回寨，不提。

再說楊么見此計不成，心中不悅，忽見嘍囉來報：「啟上大王，今有德州王崔慶奉旨帶兵前來。」楊么道：「崔慶既到，令伍尚志去打澶州。」伍尚志得令，就領嘍兵來至澶州城下討戰。軍士報進帥府，岳爺聞報，帶領眾將出城，擺成陣勢。但見伍尚志威風凜凜，相貌堂堂，手掄方天戟，坐下銀鬃馬，大聲叫道：「來將莫非岳飛么？」元帥道：「然也。你是何人？」尚志道：「我乃通聖大王麾下官拜大元帥伍尚志是也。」岳爺道：「看你相貌魁梧，像個好漢，何故甘心事賊？何不改邪歸正，建立功名？倘不知悔過，一旦有失，豈不可惜！」伍尚志道：「岳飛，休要搖唇鼓舌，且來認我手段。」說罷，舉起画桿方天戟，劈面刺來，岳爺擺動瀝泉鎗架開戟，兩個一塲好殺！但見：

二將陣前生殺氣，跑開战馬賭生死。岳侯鎗發龍舒爪，尚志戟刺蛇信起。鎗去不離胸左右，戟來只向心窩裡。三軍擂鼓把旗搖，兩邊吶喊江潮沸。自來見過多少將軍战，不似今番無底止。

兩人戰到百十餘合，不分勝敗。天色已晚，各自收兵。

伍尚志回山來，見了楊么奏道：「岳飛本事高強，不可力敵，只可計取。臣有一計，要水牛三百隻，用松香瀝青澆在牛尾上，牛角上縛了利刃。臨陣之時，將牛尾燒着，牛痛自然往前飛奔冲出。岳飛攄有十分本事，焉能對敵？必然擒獲。」楊么聞言大喜，即傳旨取齊水牛，交與尚志。尚志帶了水牛回營，當晚準備停當。

次日，將火牛藏於陣內，一馬當先，至城下討战。城內岳元帥率領眾將出城，尚未交鋒，伍尚志將火牛燒着，那牛疼痛，便望宋陣中冲來，勢不可當。元帥看見，大叫：「眾將快退！」眾將一齊回馬，那水牛負痛，亂撞乱冲，如山崩倒海一般。这些軍士但恨爹娘少生了兩隻脚，飛奔入城，將城門閉上。人馬被火牛冲死，不計其數。元帥心中憂悶。伍尚志見岳爺大敗進城，鳴金收軍。

過了一夜，又至城下來討战。岳爺吩咐且將「免戰牌」掛出，再思破敵之計，當時伍尚志見了，哈哈大笑：「岳飛真乃無能之輩，只一陣就不敢再戰，也要做什么元帥！」隨命軍士拔寨收兵，上山來見楊么，將火牛之事奏聞：「今岳飛閉了城門，掛起『免战牌』不敢出戰，請旨定奪。」楊么大喜道：「元帥辛苦，且暫停兵，孤家另思破城之策。孤家有一宮主，招卿為駙馬，可于今晚成親。」伍尚志叩首謝恩。

當日于殿上掛燈結彩，命宮女扶宮主出來，就在殿上拜了楊么，然後與伍尚志交拜，送進宮中合巹，花燭已畢。楊么又賜眾臣喜宴筵席，伍尚志倍飲至更深方散。回轉宮中，只指望：

秦晉仝休❺，成兩姓綢繆之好；朱陳媲美❻，締百年嬿婉之歡。

那知这位宮主雙眉含怨，俏眼珠流。伍尚志那知就裡，只道是嬌羞怕醜，叫侍女們俱違避了，就上前去溫存，低語叫道：「宮主，夜已深了，請安寢罷！」那宮主驀地向胷前扯出一把佩刀來，捏在手中，指着伍尚志道：「你休想無禮！我非楊么之女，若要成親，須要我哥哥做主；若不然，就拼個你死我活。」伍尚志大驚道：「不知令兄是誰，小將如何曉得？我和你既為夫婦，自然聽從。且請放下凶器，慢慢的與小將說明便了。」那宮主兩淚交流道：「妾家姓姚，楊么將我父母兄弟一門殺盡，刦搶家財。那時妾

---

❺ 秦晉仝休：結婚同喜。春秋時秦晉兩國世為婚姻，後因指兩姓聯姻。休，喜慶；美善；福祿。

❻ 朱陳媲美：朱陳兩姓世為婚姻。白居易朱陳村詩：「徐州古豐縣，有村曰朱陳，去縣百餘里，桑麻青氛氳，一村惟兩姓，世世為婚姻。」

身年方三歲，楊么將我撫為己女。我只有一姑母之子表兄岳飛，現為宋朝元帥。須得見他與我報了殺父之仇，方雪我恨。今你堂堂一表，不思报国立功，情愿屈身叛逆。妾身寧死，決不從你罵名萬代也！」伍尚志聽了這番言語，低頭一想，便道：「宮主之言，果是不差。我想楊么貪殘暴虐，諒不能成大事。但今令兄現為敵國，如何好去見他？既是宮主如此說，小將焉敢冒犯？且名為夫婦，各自安寢，瞞過楊么，待小將覷便行計便了。」宮主謝了，各自去安歇，不提。

且說一日楊么升殿，叙集眾官，商議去打潭州。伍尚志奏道：「岳飛守住城郭，不肯交戰，一時难以取勝。不如遣人議和，兩下罷兵息戰，再看机會何如？」傍邊閃出余尚文奏道：「臣有一計，可破潭州。大王可傳旨着人在七星山上搭起一臺，待臣前去作起『五雷法』來，召遣天將進城去取了岳飛之首，其餘就不足慮也。」楊么准奏，即刻傳旨，在七星山搭起一座高臺。余尚文辭了楊么，前往上臺作法。

再說牛皐在碧雲山上出家，你道他这個人那裡受得这般淒涼？这一日瞞了師父，偷下山來閑走。走了一回，進林子中去，揀磈石上坐下歇息。忽見一隻水牛奔進林來，牛皐看時，只見牛角上紮縛着利刀，原來是伍尚志的火牛逃走來的。牛皐上前一把拿住，想道：「我每日吃素，實是难熬。今日天賜此牛來，想是與我受用的；若不然，為什么角上帶了刀來？」就將角上的刀解下來，把牛殺了。就在石中敲出火種，拾些枯樹，把牛煨得半生不熟的。正吃得飽，忽見道童走來叫道：「師兄，師父在那里喚你，快去，快去！」

牛皐上山進洞，來見了老祖，老祖道：「牛皐，你既出家，怎的瞞我開葷？我這裡用你不着，你依舊下山去助岳飛，擒捉楊么罷。」牛皐叫聲：「師父！徒弟去不成了。」老祖道：「却是為何？」牛皐道：「我的盔甲、鞍轡、兵器多已放在井裡，那匹馬又是師父放去，叫我如何上陣？」老祖道：「你且隨我來。」

牛皐跟着老祖，來至山前井邊。老祖向井中喝一聲：「快將牛皐的兵器等件送上來！」言未畢，忽見井中跳出一個似龍非龍、像人非人的物事來，將牛皐的盔甲鞍轡、雙鐧一齊送上。老祖叫牛皐收了，那物仍舊跳入井中。牛皐道：「原來師父養着看守物件的！」老祖又將手向山頂上一招，那匹馬長哨一聲，飛奔而來。

牛皐把盔甲穿好，又把鞍轡放在馬背上，復身跪下道：「弟子前去上陣，求老師父賜幾件法寶，也不枉在这里修行一番！」老祖向袖中取出一枝小小箭兒，遞與牛皐。牛皐接過來看了，便道：「師父，这樣一枝小箭，要他何用？」老祖道：「我不說，你也不知，此箭名為『穿雲箭』，倘遇妖人會駕雲的，只要將此箭抛去，百發百中。」牛皐道：「这一件不夠，求師父再添幾件，裝裝門面。」老祖又向袖中取出一隻草鞋來付與牛皐，牛皐笑道：「徒弟上陣，穿着靴子不好？又不去挑脚，要这草鞋何用？」老祖道：「牛皐，你休輕看了這草鞋！这鞋名為『破浪履』，穿在脚上，踏水如登平地。那楊么乃是天上水獸下凡，非此寶不能擒他。」牛皐道：「这等說起來，又是寶貝了。求師父索性再賜幾件好些的與弟子。」老祖道：「我也沒有別的寶貝，還有兩丸丹藥，你可拿去。一丸可救岳飛性命，留著一丸日後自有用處。」即在袖中取出一個小小葫蘆，傾出兩顆丸藥，付與牛皐。

牛皐收了，便道：「弟子不認得路徑，求師父叫個小道童引我一引。」老祖道：「这也不消。你且上了馬，閉了眼睛。」牛皐依言上馬，將雙眼閉了，老祖喝聲「起」，那馬忽然騰空而起，耳跟前但聽見颼颼風响，約有半個時辰，那馬就慢了。只聽見耳邊叫道：「值日功曹丁甲神將，速降壇前，聽我法令！」又听見不住的劈拍之聲，牛臯睜開眼睛一看，那馬就落下山前，却見一個道人在臺上作法。牛臯下馬，走上臺來，那余尚文見一個黑臉的，認做了是召來的黑虎趙玄坛，便將令牌一拍道：「神將速進澶州城去把岳飛首級取來，不得有違！」牛臯應道：「領法旨！」一鐧打去，正中腦門，取了首級下臺，上馬望澶州而去。那臺下的嘍囉听得聲响，上臺來看，却見余尚文死在臺上，又沒了頭，慌忙報知楊么。楊么好生不悅，傳旨收尸盛殮，暗暗察訪奸細，不表。

且說牛臯到了澶州，進帥府來見了岳爺，把路遇余尚文作法打死之事說了一遍。岳爺就命將首級號令，便問牛臯：「一向在何處安身？」牛臯道：「東遊西蕩，沒有定處，故此復來。」岳爺心中疑惑，便寫書一封，命牛臯：「去暫時帮助韓元帥，另日再來取你。」牛臯接了書，辭了岳爺，上馬來至水口，見了韓元帥。叅見已畢，將書呈上，韓元帥接過看了，却是岳爺要他探出牛臯这幾時的行藏，韓元帥即命擺酒接風。過了一日，韓爺對牛臯道：「我觀將軍英雄義氣，本帥欲與將軍結爲兄弟，萬勿推却！」牛臯道：「小將怎敢！」韓爺道：「你與岳元帥原是弟兄，本帥亦然，休得謙遜！」遂吩咐左右擺下香案，與牛臯結為弟兄，入席暢飲。飲酒中間，牛臯說起打碎御酒壜，被岳爺赶出之後，遇着神仙，收為徒弟，直至殺牛開戒，贈寶下山之事，盡情說出。韓爺道：「爲兄的不信，可試與我看看。」牛臯就取出草鞋來穿了，一仝韓爺出寨，跳下水去，果然在水面上，行走如登平地一般。韓爺大喜，暗想：「我家有此異人！何愁楊么不破？」遂暗暗修書回覆岳元帥，不表。

次日將晚，牛臯來稟韓元帥道：「小將到此，並無功勞，閑坐不過，今夜願去巡湖。」韓爺應允，當夜牛臯駕着一號小船，出湖巡哨，恰遇楊么手下的水軍元帥高老龍，也駕着三四號小战船來巡湖。牛臯見了，便叫水手：「且慢行！」却穿上草鞋踏在水面上，走到賊船邊。高老龍看見只道是湖神顯聖，就跪在船頭上叩頭道：「弟子高老龍，明日設祭，仰望神明護佑！」牛臯道：「快擺香案！」隨走上船來，这一鐧將高老龍打死；回身又將船上水手，盡皆打落水中。後面这幾隻小船，飛也似逃回去了。牛臯扯了战船，回寨報功。韓元帥記了功勞簿，差人報知岳元帥。岳爺尋思：「倘被賊人放炮打死，如何是好！」忙傳令到水寨，命牛臯回進潭州。

那邊巡湖水卒逃回山去，報知楊么：「高元帥巡湖，被宋將打死。」楊么好生焦燥：「宋朝出此異人，如何是好！」傍邊閃過副軍師余尚敬奏道：「臣能『駕雲』之法，待臣今夜飛進潭州，必要取岳飛之首，一來分主公之憂，二則報殺兄之仇。」楊么准奏。

當夜余尚敬將一方紬帕，鋪在地下，噴上一口法水；將身踏在帕上，念念有詞；忽然騰空飛起，竟往潭州城中。來到帥府，正值黃昏。恰好牛臯在韓營回來，元帥正坐帳中盤問牛臯說話，眾將兩邊侍立。余尚敬見下邊人多，不好下手，只在半天裡如風箏一般，飄來飄去。却被牛臯一眼看見，說道：「詫異！是什么東西！不要是師父所說的那話兒吓！待我來試試箭看。」就將那枝穿雲箭，望空抛去，但見烘嚨一聲响，半天裡掉下個人來。牛臯一把拿住，取了穿雲箭，將那人綁了，來見元帥。元帥審問明白，却是余尚敬。元帥吩咐即時斬首，號令在城上。

那邊探子報知楊么，楊么十分驚慌，就與眾臣商議。屈元公奏請：「再去調長沙王羅延慶。臣已練一陣圖，等齊了，就與岳飛决一雌雄。」楊么准奏，即去調兵發馬，不提。

再說那王佐自從領了家口回寨之後，只晋感念岳元帥的義氣：「如今不若到西耳木寨去，邀了嚴奇，一同歸順岳元帥，以報他之恩義，豈不是好？」主意定了，即來見嚴奇說：「岳飛如此義氣英雄，況楊么这般行為，必非對手。愚意欲與兄仝去歸順，未知尊意若何？」嚴奇道：「我想楊么終非成大事之人。久聞岳侯忠義，禮賢下士。若承契帶，實為萬幸！」話還未絕，傍邊走過一員小將，乃是嚴奇之子，名喚嚴成方，年方十四，使一對八稜紫金鎚，猛勇非常，上前叫道：「爹爹不可聽信王叔叔之言，長他人的志氣。孩兒聞得岳飛有一子，名喚岳雲，也使兩柄銀鎚，有萬夫不當之勇。待孩兒明日與他比比武藝，若果然勝得孩兒，情愿歸降；若勝不得孩兒，叫岳飛早早收兵回去，休教殺個片甲不回。」嚴奇對王佐道：「我兒之言，亦甚有理，免得被他們看輕了。」

王佐只得辭別回寨，悄悄來至潭州城下，對守城軍士說知，要見岳元帥。軍士报進帥府，牛臯在傍听得，大罵道：「这個狗頭，幾次三番來哄騙我們，今日又來做什么？待我去拿他來，砍他七八段，方洩我胸中之氣！」提了雙鐧，怒吽吽的去殺那王佐。正合着常言道：

恨小非君子，無毒不丈夫。

不知王佐逃得性命否，且听下回分解。

第五十二回　嚴成方較鎚結義　戚統制暗箭報仇

詞曰：

年少英雄相遇，雙鎚比較相仝。情投意合喜相逢，願得百年長共！
禍福皆由天數，暗施毒箭何功？冤家徒結摠成空，到後方知春梦。

右調西江月

話說牛皐怒氣冲天，提鐗出營，要殺王佐。岳爺連忙喚轉，叫聲：「賢弟，為兄的兩次險遭大难，皆爲要他降順。他雖使惡意，我全不計較。人非草木，豈有不知？今日他來見我，必有好音。且放他進來，看他有何話說。」隨叫軍士：「請王將軍相見。」牛皐不敢則聲，竅❶著嘴，嘓噥個不了。

不一會，軍士引着王佐進帥府來，見了岳爺，跪下道：「兩次哄騙元帥受驚，不賜斧誅，反蒙恩赦，實該萬死！」岳爺道：「賢弟請起。此乃各為其主，理所當然，何罪之有？但不知賢弟今日此來，有何見諭，莫非還有別計么？」王佐道：「人非禽獸，豈無人意？蒙元帥大恩，無以為報。有西耳木寨嚴奇，小將已約他仝來歸順。不道他兒子嚴成方，年紀雖小，十分驍勇，負氣不服。他聞得公子英雄，單要與

❶ 竅：翹起。

公子比個手段，若能勝他，方肯來降，因此特來報知。」岳爺道：「既如此，賢弟且請回。明日叫小兒出城來，與他比試便了。」王佐辭別出城，悄悄自回寨去。

次日岳爺命岳雲領兵出城，等候嚴成方比武，相机行事，不可有誤。傍邊閃出統制戚方，上前稟道：「王佐幾次暗施毒計，恐有變動，小將願去畧陣❷。」岳爺應允，戚方遂仝了公子出城來，安下營寨，耑等嚴成方來比武。那裡曉得楊么在水寨操兵，嚴成方不能脫身來與岳雲比武，这裡岳雲已等了兩日。王佐恐岳雲性急，就命兒子王成亮，前去通知操兵之事。王成亮領命，上馬提鎗，來至宋營門口，對軍士道：「我乃東耳木寨東聖侯大公子便是。快請岳公子出來會話。」軍士報進營中，戚方道：「待小將去看來。」戚方提刀上馬，走出營前，王成亮道：「來將何名？」戚方道：「我乃岳元帥麾下統制戚方是也。尔乃何人？」成亮道：「我乃東聖侯長子王成亮是也。因嚴成方在水寨操兵未回，家父特命我來通知岳公子，休要回兵，須再等一兩日。」这幾句話還未說完，不隄防❸戚方起手一刀，將成亮砍于馬下，取了首級，回营來見岳雲道：「來將乃是王佐之子，名喚王成亮，被我砍了首級在此。」岳雲大驚道：「戚老叔為何殺了他？爹爹知道，必要將我斬首，如何是好？」戚方道：「他父親屢屢哄騙，要殺元帥，焉知今日又不是何鬼計？殺了他，有罪在我，公子不必驚慌！」岳雲忙命軍士，把成亮首級送去還他。王佐大哭一場，不知何故被殺，只得收了尸骸，不表。

却說岳公子收兵回城，進帥府來見了元帥道：「爹爹該斬孩兒之首。」元帥問道：「尔却爲着何事？

❷ 畧陣：亦稱「略陣」。巡視陣地。

❸ 隄防：同「提防」。

莫非戰不過嚴成方么？」岳雲道：「孩兒奉命扎營在路傍等候嚴成方，兩日不來。今日王佐命兒子王成亮來报成方在水寨操兵之事，却被戚老叔殺了。孩兒理該斬首。」元帥道：「既是戚方所殺，與你無罪。」吩咐將戚方重責三十棍，兩邊軍士一聲答應，將戚方重責三十大棍。岳元帥叫張保：「你可將戚方送到東耳木寨王老爺那邊去說：『統制戚方悮傷了公子，被家爺重打三十，送來驗臀請罪。』」

張保領令，同了戚方，一直來到東耳木寨。軍士進寨細細稟明，王佐吩咐叫張保進寨道：「你去稟上你家元帥，吾兒命該如此，與戚將軍何干？那人有事未回，原請公子等候，料此事必成。」張保辭別出寨，全戚方回城繳令。岳爺道：「本帥一次金蘭會，二次探君山，皆因要降王佐之心。今日方得成功，被尔如此，豈不把前功盡棄！幸得今日說明，你且回營將養。」戚方領令回營，元帥又命岳雲原往城外下營去等。

这嚴成方在水寨內，直到十日方回。嚴奇道：「為你操兵不回，岳雲等候已久，王叔父恐他回城，命王成亮去通知，被戚方悮傷了性命。你今快快去與岳雲見個高下，好定行止。」成方領了父命，提鎚上馬，領兵來到岳雲營前高叫道：「快報去，說我嚴成方在此，快叫岳雲出來與我比武。」小校忙报進營來，岳公子聽報，隨即上馬提鎚，來到陣前，看那嚴成方怎生打扮？但見：

束髮金冠雉尾雙，魚鱗砌就甲生光。金鎚八稜揚威武，恰似天神降下方。

那嚴成方對陣看那岳公子：

頭上銀冠雙鳳飛，猭猊❹寶甲襯征衣。身騎赤兔臙脂馬，氣宇軒昂貌出奇。

兩人在對陣，你看我，威風凜凜，我看你，雄氣糾糾❺，各自暗暗歡喜。嚴成方出馬來道：「小弟久聞公子英雄無敵，特來請教。」岳雲道：「領教便了。」兩個各攛雙鎚，交手來戰。一個舞動寒星萬點，一個使出瑞彩千條。战到八十餘合，不分勝負。岳雲買個破綻，跳出圈子，叫道：「果然好鎚！戰你不過，饒你去罷！」詐敗落荒而走。嚴成方道：「那里走！若不拿你下馬，也算不得好漢！」拍馬追來，赶下十餘里路，岳雲使個「流星趕月」的解數，回馬一鎚，照着嚴成方的鎚上打去，將嚴成方的虎口震開，把鎚打落于地。嚴成方跳落馬下，把那柄鎚也棄了，跪下道：「公子英雄，名不虛傳！小弟情愿歸降，望公子收錄！」岳雲也跳下馬來，雙手扶起道：「久聞嚴公子大名，今日幸得相會。公子若肯歸降，共扶社稷，小弟情愿與公子結為弟兄，不知尊意允否？」嚴成方道：「小弟亦有此心，只是不敢仰攀。」岳雲道：「既仝心意，何必太謙！」兩個就在地下撮土為香，岳雲年長一歲為兄，成方為弟，誓仝骨肉。對拜已畢，各自上馬回營。成方來至東耳木寨，見了王佐，將與岳雲結拜之事說明。王佐大喜，隨仝嚴成方來至西耳木寨，見了嚴奇，暗暗各自仝心計議，不提。

那岳公子回城，也將前事說了一遍，岳爺喜之不勝。忽見小校來報：「有長沙王羅延慶在城外討戰。」楊再興聽見，便上前來稟道：「羅延慶和小將最是相好，待我去說他來歸降。」岳爺就令再興出

---

❹ 猭猊：音ㄊㄤˊ ㄋㄧˊ。獸名。古代鎧甲多用其圖象為飾，亦用其皮作鎧甲。

❺ 糾糾：同「赳赳」。武勇貌。

馬，再興領令，上馬提鎗，領兵出城來到陣前，大叫一聲：「楊再興在此，誰人敢來會我！」忽見對陣中一聲炮响，門旗開處，一將出馬，見是楊再興，便把眼色一丟，喝道：「來將休得逞能，俺羅延慶來也！」擺動鏨金鎗，當胸就刺；楊再興舉起滾銀鎗，劈面交加。

兩個在戰場之上假戰了十餘合，楊再興賣個破綻，回馬敗下，落荒而走。延慶拍馬赶來，有四五里遠近，到一樹林之間，再興見四下無人，便回馬叫聲：「兄弟，久不相見，却原來在这裡！爲兄的已歸順岳元帥，聖上親封我為御前都統制。與岳元帥結為弟兄，蒙他十分義氣相待。兄弟何不棄邪歸正，投順宋朝，日後立功，决不失封侯之位也！」羅延慶道：「兄長之言，敢不如命！小弟情愿做個內應，待交兵之日，小弟殺賊立功，以作進見之禮便了。」再興大喜道：「既如此，愚兄仍舊敗回，好掩人耳目。」說罷，便轉馬奔回，延慶在後追至戰場上，又假戰了四五合，再興假敗，逃回城去。羅延慶也鳴金收軍回營。再興進城，見了岳元帥，將羅延慶歸降內助之事，細細稟明。岳元帥大喜，記了功勞簿，不題。

且說那屈元公調齊各路人馬，演習五方陣勢，要與岳飛决戰。这裡探子報知岳元帥，岳元帥到了晚間，命張保跟隨，私自出城來探看。到一樹林中，岳爺爬上樹頂，偷看賊營動靜。正看之間，只聽得弓弦响處，不知那里一箭射將上來，元帥叫聲「不好」，脇上早中了一箭，幸得把樹枝抱住，不曾跌下。張保連忙上樹扶下，只見岳爺面如白紙。

張保慌慌的背了元帥，黑暗之中，不辨高低，如飛進城。到了帥府放下，臥在床上，人事不醒。唬得岳雲魂魄俱無，連忙將箭頭取出來。眾將士聞知齊集大營來看，但見箭眼中流出黑血，口吐白沫，箭傷甚重，命在傾刻。公子與眾將俱各大哭，牛皐道：「你們不要哭，一哭，我就沒有了主意了。我是有仙丹救得元帥的。」眾將聽了，俱各揩乾了眼淚，來問牛臯。牛臯道：「不要慌，可取些滾湯來。」傍邊家將忙忙的倒了一碗滾水來。牛臯在身邊左摸右摸，摸出一丸丹藥來，將滾水調開，灌在元帥口中。不多一會，只見元帥大叫一聲：「痛死我也！」这顆仙丹，果然有起死回生之妙，頃刻之間，岳元帥一轂轆坐起。眾將好不歡喜！

牛臯道：「这箭不是敵人所射，乃是本營將官放的，且看箭上可有記號？」元帥把箭一看道：「沒有字號。」牛臯道：「把眾將的箭多拿來比看。若有那個的箭，與此箭一般樣的，就是此人射的。」眾將齊称有理，元帥就將箭來折為兩段，插在靴統內，說道：「你們不必窮究，待他悔過自新便了。」眾將道：「元帥如此仁德待人，但此賊的心腸太狠，便宜了他！」牛臯氣忿忿的，又摸出這丸丹藥來道：「元帥收着。倘日後再被他射一箭，還好醫治。第三回却沒有了。」元帥道：「凡事揔由天命，賢弟何必着惱？賢弟們請各自回營，準備與朝庭出力便了。」眾將辭別，各各散去。

元帥自進後堂來，公子問道：「爹爹，孩兒已明知此人，何不將他正法？」岳爺道：「我兒，你那里曉得？他道我賞罰不明，因而懷恨，致有此舉。今我以仁德化之，彼必然追悔也。」岳雲伏侍元帥安寢，不提。

且說楊么一日升殿，對屈元公道：「各路大兵雖到，但勝敗亦未可遽定，當作何萬全之計？」屈元公奏道：「臣的陣勢已經演熟。大王可傳旨，命王佐前去誘敵，待岳飛兵來，就命王佐截住他的歸路。再令崔慶、崔安居左，羅延慶、嚴成方在右，二大王楊凡統領中軍，四面夾攻。先命花普方駕着戰船，去與韓世忠交戰，以防他來救應。饒那岳飛通天本事，亦必就擒也。」楊么聽了这番言語大喜，即命：

「軍師照計而行便了。」屈元公領旨，自去整備。

傍邊閃出楊欽上前奏道：「軍師妙計雖好，但是岳飛手下將士，俱是智勇兼全之輩，亦未可輕忽。臣願拚身入虎穴，到潭州城去，與岳飛講和。若肯兩下罷兵息戰，不獨安然無事，又省了無數錢粮。」楊么道：「御弟前去講和甚妙。若肯退兵，情愿送他些金帛，免得廝殺亦好。」楊欽正要領旨出班，只見伍尚志閃出奏道：「單絲不線，臣願與王叔仝往宋營講和。」楊么道：「駙馬仝去，孤家更是放心。」楊欽心下想道：「我有心事，特謀此差。不道駙馬也要仝去，如何是好？」無可奈何，只得和駙馬一仝退朝。

出來到水口，下了船，開到對岸。二人上馬來至城下，對城上軍士說道：「相煩通报元帥，說楊欽、伍尚志特來求見元帥。」軍士連忙報進帥府，岳爺傳令，請進帥府相見。軍士得令出來，開了城門，放他二人進城，來到帥府，進內見了元帥，口稱：「小將楊欽，仝伍尚志奉主公之命，特來與元帥講和。若肯罷兵息战，情愿備辦粮草犒軍等物，每年進納貢奉，免得人民塗炭。未知元帥允否？」岳爺大怒喝道：「那楊么早晚就擒，洞庭滅在旦夕，何得多言！」叫左右：「將二人分開兩處拘禁。待我捉了楊么，一同斬首。」左右一聲答應，將二人各房拘禁。元帥暗暗叫軍士將酒飯傳送。

到得初更時分，叫張保悄悄的去請了楊欽來到後營，重新見禮。元帥遜他坐了客位，問道：「適纔冒犯！在諸將面前，不得不如此，幸乞恕罪！不知將軍此來，有何指教？」楊欽道：「今屈元公調集各路兵馬，擺一『五方陣』，前後左右俱有埋伏，特來報知元帥，以便整備破敵之計。但恐元帥大兵到時，玉石不分，要求元帥保全家口，感德無涯！」元帥道：「前承將軍美意，破了蛇盤山，本帥還要奏明封贈，豈敢有犯？」即命家丁取過小旂一面，遞與楊欽道：「倘大兵到日，將此旗插于門上，諸軍自不敢進門。」楊欽接了旗收好，謝了元帥。元帥仍命張保送回房中安歇。

又叫王橫：「你去好好的請那伍尚志來。」王橫領令出去，不一時，尚志已到，見了元帥跪下道：「前者有犯虎威，望元帥恕罪！」元帥用手扶起請坐，便道：「將軍大才，實為可敬。但所事非人，實為可惜！不知將軍今日此來，有何主見？」尚志就將得勝回營，招為駙馬之事說了一遍：「那宮主雖與小將做了花燭，却不肯成親，要求元帥作主，方成連理。」元帥聞言，哈哈大笑道：「楊么招駙馬，怎么要本帥作主起來？豈非胡說！」伍尚志道：「有個緣故，那宮主並非楊么之女，乃澶州澶村人氏，父親姚平章，一門俱被楊么殺死，其時宮主年幼，楊么認為己女。」岳爺吃驚，心中想道：「姚平章是吾母舅，那宮主是我表妹了！如今却待怎么？」尚志道：「宮主說，一則有父母之仇，二來元帥乃宮主之兄。所以謀得此差，來見元帥請命，以安宮主之心。」元帥聞言，即忙站起來道：「这等說來，是我的妹丈了。」遂傳命，請公子來見禮；便道：「这是我兒岳雲。」岳雲見了禮。

元帥吩咐家將：「去請楊老爺來。」伍尚志吃驚道：「小將在此，不便相見。」岳爺道：「不妨。他也有事到此。」不一會，楊欽走進來，見了伍尚志，甚是慌張。元帥笑把從前之事說了一遍，二人大笑起來。當夜，重整酒席，飲了一番，遂一處安歇。

次日，送至水口下船，回寨見了楊么，一仝奏道：「岳飛有允和之意，奈眾將不肯，故留在驛中過了一夜，眾將請命，要斬臣二人。又是岳飛道：『兩國相爭，不斬來使。』放臣二人回來繳旨。」楊么聞奏，心甚不悅，起身回宮。那伍尚志進宮，見了宮主道：「今日見過令兄，將宮主之言，一一道達。

令兄待等平了楊么，令兄作主，與宮主成婚也。」宮主謝道：「郎君若得與我父母報仇，感德不盡！」这邊閑話，且按下慢表。

再說岳元帥調齊人馬，約定韓元帥水陸會剿。分撥楊虎、阮良、耿明初、耿明達、牛皐，共是五人，來助韓元帥，由水路進發。自全眾將出了潭州城，安下大營，準備與楊么決戰。不因此番開兵，有分教：

江水澄清翻作赤，湖波蕩漾變成紅。

畢竟不知誰勝誰負，且聽下回分解。

第五十三回　岳元帥大破五方陣　楊再興誤走小商河

詩曰：

萬騎飛騰出陣雲，澶州戰勝擁回軍。小商橋畔將星墜，淒涼夜半泣孤魂！

前言不表，閑話慢提。單說到岳元帥帶領大兵，齊出澶州城外，紮下大營。是日元帥升帳，聚集一班眾將，參見已畢。元帥開言道：「今屆元公調齊人馬，擺下此陣，名為『五方陣』。按金、木、水、火、土各路埋伏，前後左右俱有救應。各宜努力向前，擒拿楊么，在此一舉！違令怠玩者，必按軍法！」眾將齊聲道：「願聽指揮。」元帥即命余化龍聽令，余化龍答應上前，元帥道：「與你紅旗一面，率領周青、趙云帶領三千人馬，從正西殺入陣去，我自有接應。」余化龍得令去了。又點何元慶仝吉青、施全，領兵三千，黑旗黑甲，從正南上殺進，取水剋火之義。三將一聲「嗄」，領令去了。又喚岳雲：「你可仝王貴、張顯，領兵三千，多是黃旗黃甲，從北方殺入接應。」岳雲領令去了。又命張憲仝鄭懷、張奎，領三千人馬，白旗白甲，殺入正東陣內，取金剋木之義。張憲領令下去。元帥又命楊再興，帶領青甲兵三千，左首張用，右首張立，一齊沖入中央，砍倒他的「帥」字旗。元帥自領大兵在後，接應五方兵將，不提。

再說韓元帥已得了岳元帥會剿日期，即命楊虎、阮良、耿明初、耿明達各駕小船，往來截殺。牛臯在水面上救應，自己帶領二位公子并各副將，擺開大战船殺來。

那日楊么聞报，說岳飛來破「五方陣」，韓世忠又在水路殺來，即忙命楊欽把守洞庭宮殿，伍尚志保住家眷，自與太尉花普方等，駕着大小战船，向前去迎敵韓世忠，不表。

先說那岳營眾將依令冲入。五方陣內，雖有嚴成方、羅延慶了得，已懷歸順之心，自然不肯出力。只有小霸王楊凡这桿鎗十分厲害，在陣內抵擋各路兵將。那王佐來見岳元帥，献了東耳木寨。岳爺命王佐收拾寨中之物，速進澶州，不可遲延，王佐領命而去。不一會，又見伍尚志差心腹家將，駕船來到岸邊，請元帥上山。元帥令三軍上了戰船，帶領張保、王横下船，直至楊么水寨，逢人便殺，遇將便砍，四面放起火來，眾嘍囉飛奔逃命。岳爺殺上山來，早有楊欽接着，指引軍兵，將楊么合門誅戮。伍尚志領了宮主下山，放起一把火來，將大小宮殿營寨燒個乾淨。

早有小嘍囉逃得命的，飛報與楊么知道：「大王不好了！駙馬伍尚志與御弟楊欽献了水寨，放火燒了宮殿，大王眷屬多被岳飛殺盡了！」楊么听了，大叫一聲：「罷了，罷了！誰知二賊如此丧心，將我滿門殺絕，此恨怎消？拿住二人碎尸萬段，方洩我恨！」傳令眾將：「奮力殺上去，擒了韓世忠，再作道理。」眾將得令，正把战船駛上，只見牛臯在水面上走來，見了花普方，叫聲：「賢弟，此時不降，更待何時？」花普方叫聲：「哥哥，小弟來也。」將船一擺，跟著牛臯歸往宋營去了。楊么見花普方歸宋，心中又慌又惱，只得勉強上前，與韓元帥战船打仗。

說話的，做小說的人，沒有兩張嘴，且把楊么敵住韓元帥交戰之事，略停一停。且先說那岳元帥燒了洞庭山宮殿，下船來，依舊上岸屯住。早有牛皐帶領花普方來投降，岳爺大喜，用好言撫慰。忽然又有探子來報道：「啟上元帥，今有金邦四太子兀朮，調領六国三川各島人馬，共有二百餘萬，來犯中原，將近朱仙鎮了！請令定奪。」岳元帥聽了此報，吃了一驚，吩咐探子再去打聽。这個方去，那個又來，一連七八報。元帥好不着急，想：「那楊么未擒，金人又到，奈何，奈何！」慌忙傳令：「軍政司点起七隊人馬，每隊五千，候本帥發令。」軍政司連忙點齊，岦等元帥調用。岳爺又發文書，差官往各路摠兵節度，在朱仙鎮取齊，星飛投遞去了。

且說那五方陣內，余化龍率領周青、趙云殺入正西陣內，正遇着崔慶，大戰數十合，被余化龍攔開刀，一鎗刺于馬下。那何元慶同著吉青、施全，領兵從正南殺來，早有崔安接住厮殺，不上五六合，崔安正待逃走，被何元慶一鎚，打得腦漿迸出，死于馬下。岳雲、王貴、張顯三個從北方殺入陣中，賊將金飛虎使兩條狼牙棒上前迎敵，被岳雲梟開棒，只一鎚打做兩截。再殺過去，恰遇着余化龍、何元慶兩邊殺來，三枝兵合做一處，惡龍攪海的一般，那裡攩得住！不道東邊陣上喊殺連天，乃是張憲仝着鄭懷、張奎領兵殺進來，正遇周倫舞動斄鞭來敵張憲，未及交鋒，被鄭懷從斜裡一棍打死。恰好楊再興從中殺進陣內，正遇二大王楊凡，兩個大戰，正是棋逢敵手，將遇良材。正在难解难分，嚴成方見楊再興戰不下楊凡，便把斄鎚一擺，大叫一聲：「嚴成方來助陣也！」一馬跑上前來，楊凡只道他來帮助，那裡防他馬到鎚落，把楊凡打落馬下，再興取了首級。羅延慶見了，把鎗一擺，連挑幾員偏將，大叫道：「俺羅爺已歸順岳元帥去了！尔等愿降者，多隨我來投順，免受誅戮！」那陣內人馬見主將已降，俱各四散逃生。

早有軍士飛報屈元公道：「王佐、羅延慶俱投降了宋朝。嚴成方把二大王打死，也歸宋朝去了。陣勢已破，三軍盡逃散了。」屈元公正在驚慌，又有探子來報道：「伍尚志與楊欽献了水寨，放火燒燬宮殿，大王一門家眷，盡被宋兵殺盡了。」說猶未了，又有探子來報：「牛皐招降了花普方，大王被韓世忠圍困，十分危急，候軍師速去救駕！」屈元公一連聽了幾報，弄得手足無措，仰天大叫道：「鉄桶般的山河，一旦喪于諸賊之手，豈不可恨！」遂拔劍自刎而死。这一回：「大破五方陣，逼死屈元公。」

岳元帥正在調撥人馬，早有探子來報：「韓元帥大破了楊么，楊么棄船下水，楊虎、阮良等一齊下水追拿去了。」岳元帥吩咐再去打聽。

不多一會，早有楊再興進營繳令，岳爺道：「賢弟來得正好！方纔得報說：金兵二百萬，又進中原，將近朱仙鎮。賢弟可領兵五千，為第一隊先行，速速去救朱仙鎮。小心前去！」楊再興領令出營，帶兵五千，星飛去了。隨後岳雲進營，說：「孩兒領令，殺入五方陣內，將楊么人馬盡皆殺散，特來繳令。」岳爺道：「我兒，今有兀朮帶領二百萬人馬，來犯中原。你可領兵五千，速往朱仙鎮救應。」岳雲一聲得令，出營領兵，飛奔去了。又有何元慶仝嚴成方進營交令，元帥令成方為第三隊，接應岳雲。成方聽說岳雲在前，領令星飛而去。元帥又令何元慶為第四隊先行，元慶得令出營，帶領五千兒郎前往朱仙鎮來。落後余化龍進營繳令，元帥亦命領兵五千為五隊，速奔朱仙鎮去，不題。

再說羅延慶進帳見了元帥，跪下稟道：「末將歸降來遲，望元帥恕罪收錄！」岳爺連忙請起：「本帥自從在汴京一別，久懷渴想！今日將軍改邪歸正，欲與將軍敘談衷曲；不意金邦兀朮帶領番兵二百萬，復進中原，已近朱仙鎮，十分危急！我已命楊再興、岳雲、嚴成方、何元慶、余化龍，各領人馬五千作五隊，前去救應朱仙鎮了。今將軍可為六隊先行，帶領人馬五千前去。有功之日，待本帥奏聞，封職不小！」羅延慶道：「蒙帥爺如此恩待，何惜殘軀？誓必殺盡金兵，以報元帥知遇之德也！」遂辭了元帥出營，領兵去了。

又一會，伍尚志進營繳令，元帥道：「賢妹丈來得正好。我早上已命澶州節度使徐仁，叫他整備花燭。今因金兵犯界，我不得功夫，故托他主婚。妹丈可同了表妹進城，今晚成了花燭。妹丈明日即領兵五千，星速為七隊救應，不可有悞！」伍尚志謝了元帥，出來仝姚氏進城，當夜成了親，明日即引兵出征，不表。

且說楊虎與耿氏弟兄，一齊下水追着楊么，楊么無處躲避，往水面上透出來，想要上岸逃走。不道牛皐正穿着那隻破浪履，在水面上走來走去的快活，忽見水面上探出個人頭來，牛皐認得是楊么，便道：「好人吓！拿了這頭來罷！」手起一鐗，把楊么打翻，阮良等一齊上前捉住了，解上韓元帥大舡上來報功。韓元帥即命綁送岳元帥營中來，岳爺道：「叛逆大罪，理應解赴行在處斬。但我要速往朱仙鎮去，恐途中有變。」吩咐綁去砍了，將首級差官送往臨安奏捷。又令牛皐往各路催糧，到朱仙鎮來接應，牛皐領令去了。

此時岳元帥與韓元帥共有三十萬大兵，二位元帥放砲拔寨，統領全師，望朱仙鎮而來。且按下不表。

再說第一隊先行楊再興，奉令前往朱仙鎮來。此時正值十一月天氣，只見四下裡彤雲密佈，大雪飄揚，萬里江山，如同粉壁。再興帶兵冒雪而行，一連走了兩日兩夜，已到朱仙鎮不遠。看那金邦人馬，漫山遍野，滔滔而來，不計其數。楊再興道：「三軍聽者，尔等看番兵如螻蟻一般，你們上前去豈不白送了性命？尔等可扎好營寨，在此等候，我去殺他一個翻天倒海。」衆兵一齊答應，下了營寨。那楊再興即便拍馬搖鎗，徃番營殺進。

誰知那昌平王兀朮四太子帶領了六国三川大兵，分為十二隊，每隊人馬五萬，共有六十五萬人馬，虛張聲勢，假言二百萬，徃小商橋而來。第一隊的先鋒雪里花南走馬上來，正遇着楊再興一馬當先，把鎗只一挑，將雪裡花南挑下馬來。番兵不能抵擋，喊吶一聲，兩邊炸開。楊再興拍馬赶上，那二隊先行雪里花北便來接戰，早被楊再興一鎗，那雪里花北招架不住，也死於馬下。只見那番兵回身一炸，楊再興拍馬又上前來，撞見三隊先鋒雪裡花東，早已知道前邊之事，催馬搖刀上來，正遇楊再興。他的刀尚沒有舉，早又被楊再興一鎗，將頸下挑了一個窟窿，翻身落馬。殺得那些番兵，東倒西橫，抱頭鼠竄，只恨爺娘少生了兩隻脚，沒命的逃走。那四隊先行雪里花西聞報，飛馬上來接戰，冲著楊再興，不上一合，早被楊再興挑於馬下。不上一個時辰，連把四員番邦大將，送徃閻羅殿去了。四隊番兵共計有二十餘萬，見主將已亡，大敗而走。衆番兵懼怕，不知照依这樣的南蛮，有多少追殺下來，先自慌了乱跑。人撞人跌，馬踏馬倒，自相踐踏，死者不計其數。但見尸如山積，血若川流。

楊再興在後追赶，見番兵向北而走，心下想道：「我徃此處抄去，豈不在番人之前，截住他的歸路，殺他個片甲不留。」再興想定了主意，竟徃近路抄去。誰知此地有一条河，名為小商河，早已被这大雪遮滿，看不出河路。那些番兵盡皆知道是小商河，前邊小商橋，所以那些番兵皆向西北而逃。小商河河水雖不甚深，却皆是淤泥衰草，被雪掩蓋，不分河路。楊再興一馬來到此處，一聲响跌下小商河，猶如跌落陷坑的一般，連人帶馬，陷在河內。那些番兵看見，只叫一聲「放箭」，一衆番兵番將萬矢齊發，就像大雨一般射來。可憐楊再興連人帶馬，射得如柴篷一般。後人有詩弔之曰：

東南一棒天鼓响，西北乾方墜將星。未曾受享君恩露，先向泉臺泣夜螢！

兀朮傳令衆將，調兵轉去下營：「若有南蠻前來迎敵，不可造次，須要小心準偹為主！」不言兀朮之事。

却說那二隊先行岳雲赶到，天色已暗。再興的軍士上前迎着公子報道：「楊老爺追殺番兵，誤走小商河，陷於河內，被番人乱箭射死，特來報知。」岳雲聽了，不覺大叫道：「苦哉，苦哉！救應來遲，此乃我之罪也！」傳令三軍：「與我扎住營盤，待我前去與楊叔父報仇。」三軍得令，安下營頭。岳雲拍馬搖鎚，直抵番營，一馬冲進金營，有分教：

萬馬叢中顯姓字，千軍隊裡奪頭功。

不知勝負如何，且聽下回分解。

第五十四回　貶九成秦檜弄權　送欽差湯懷自刎

詩曰：

報國丹心一鑑清，終天浩氣佈乾坤。只慚世上無忠孝，不論人間有死生。

話說那岳雲一馬沖入番營，大吽：「俺岳小爺來踹營了！」使動那兩柄銀鎚，如飛蝗雨點一般的打來，誰人抵擋得住！況且那些番兵，俱已曉得岳公子的厲害，多向兩邊炸開，踉蹡退後。岳公子逢人便打，打得眾番兵東躲西逃，自相踐踏。

恰好第三隊先行嚴成方已到，兩隊軍士將楊先鋒悮走小商河，被金兵射死，如今岳公子單身獨馬踹進番營去了。嚴成方聽了大怒，傳令三軍安下營寨：「等我帮他去來！」把馬一拎，直至番營，高聲大叫：「俺嚴成方來踹營也！」掄動紫金鎚，打將入來，指東打西，繞南轉北。尋見了岳雲，兩個人并力打來。

那時兀朮在大營，見小番報說：「岳小南蛮又仝了一個小南蛮叫做嚴成方，踹進營盤，十分兇狠，难以抵敵，望速遣將官擒拿！」兀朮思想：「某家六十萬大兵來到此地，被楊再興一人一騎，挑死我五個先鋒，殺傷我許多人馬。如今又有这兩個小南蛮如此厲害，叫某家怎能取得宋朝天下！」隨即傳下令來，點各營元帥、平章速去迎敵，務要生擒二人，如若放走，軍令治罪。那些番兵番將得了此令，層層圍住岳公子、嚴成方廝殺，不表。

再說那四隊先行何元慶領兵來到。三軍也將楊再興射死，岳公子與嚴成方殺入番營的事說了一遍。何元慶聽了，分付三軍也扎下營寨，他也是一人一騎，冲至番營門首，大喝一聲：「呔！番奴！何元慶來也！」舞動雙鎚，殺進番營。却說那第五隊先行余化龍兵馬也到。聞了此信，按下三軍飛馬冲入番營，大叫一聲：「番奴閃開！余化龍來也！」把那銀鎗一起，點頭點腦挑來，好生厲害，殺得那番兵喊叫：「吓！南蛮狠哩！」霎時間，冲透番營七層圍子手，撞翻八面虎狼軍。不讓余化龍匹馬冲入重圍，來尋眾位先鋒。

那第六隊羅延慶人馬到此，衆三軍也將前事說了一遍。羅延慶聞言，大怒道：「爾等扎下营盤，等我去與楊將軍报仇！」一馬飛奔而來，只見楊再興射死在河內，延慶下馬拜了兩拜，哭一聲：「哥哥吓！你為國捐軀，真個痛殺我也！今小弟與兄上前去报仇，望哥哥陰靈護佑！」就揩了眼淚，上馬提鎗，竟往番營而來，殺入重圍，羅延慶踹進番營，已是黃昏時分。

第七隊伍尚志也到。三軍也將前事稟上，伍尚志吩咐三軍扎住營盤，飛馬來至番營，將馬一提，舞動这枝画桿銀戟，殺進營盤，一層層冲將進去。只見岳雲、嚴成方、何元慶、余化龍、羅延慶皆在圍內，伍尚志叫聲：「有興頭！我伍尚志也來了！」六隻大蟲殺在番營內，鎚打來，遇着便為肉醬；鎗刺去，逢者傾刻身亡。真個天昏地暗，日月無光。

兀朮看見，便道：「不信这幾個南蛮如此厲害！」遂又傳集衆平章一齊圍住：「務要拿了这幾個南蠻，大事就定了。」衆將得令，層層圍住。

那六個人在裡面，殺了一層，又是一層，殺了一晝夜。恰好岳元帥、韓元帥的大兵已到，依河為界，放砲安營。那番陣內六個先行聽見砲响，曉得是元帥兵到。岳公子掄鎚打出番營，後邊何元慶、余化龍、羅延慶、伍尚志一齊跟着殺出來。岳雲回頭一看，單單不見了嚴成方，大叫：「衆位叔父！嚴成方尚在陣內！快些進去救應他出來。」岳公子為頭，衆將在後，復轉身一齊又殺進番營。只見嚴成方在亂軍中逢人乱打，岳雲道：「賢弟快回營去罷！」嚴成方也不回言，舉鎚便打。岳雲連忙招架。却是那嚴成方殺了一日一夜，已經殺昏了，只往番營打進去，也認不出自家人了。岳雲便一手掄鎚，一手拖住嚴成方左手，何元慶扯住右手，羅延慶抱住身子，余化龍在前引路，伍尚志斷後，衆英雄裹了嚴成方殺出番營。來到大營，進帳見岳元帥繳令。

岳爺吩咐嚴成方後營將養。只見羅延慶十分悲苦，岳爺道：「賢弟休得悲苦！武將當塲馬革裹尸，只是未曾受享朝廷爵祿，如此英雄，甚為可惜！」元帥就吩咐整備祭禮，親到小商河祭奠，然後收尸，葬在鳳凰山，不表。

再說兀朮見衆英雄去了，但見尸骸滿地，血流成河，死者莫知其數，帶傷者甚多。一面將尸首埋葬，一面將帶傷軍士發在後營醫治。又與衆將計議道：「这岳南蛮如此厲害！他若各處人馬到齊，早晚必來决戰！某家想那秦檜為何不見照應，难道他死了不成？况某家何等恩義待他！他夫妻二人臨別時對天立誓，歸到南朝，豈有忘了某家之理？」軍師道：「狼主今日進中原，秦檜豈有不照應之理？請狼主靜候幾日，决有好音。」且按下兀朮營中之事。

却說那邊張元帥帶領五萬人馬，劉元帥帶兵五萬，各處節度摠兵皆到，共有二十萬大兵，扎下了十三座大營，聚在朱仙鎮上。

这一日，岳元帥升帳，軍士來报說：「聖旨下。」岳爺連忙出營接旨。欽差開讀，却是朝廷勅賜岳飛上方劍一口，箚付❶數百道：有罪者先斬後奏，有功者任憑授職。岳爺謝恩，送了欽差起身。回到帳中坐下，又有探子進帳來报：「趙太師氣憤疾發，已經亡故，將禮部尚書秦檜拜了相位，特來報知。」岳爺與衆元帥、節度、摠兵，各各差官送禮進京賀喜。

過了數日，有新科狀元張九成奉旨來做參謀，在營外候令。傳宣官進帳通報，元帥遂命進見。張九成却不戎裝，進營來至帳下，道：「各位老大人在上，晚生張九成參見。」岳爺與眾元帥等一齊站起來道：「殿元請起。」叫左右看坐，張九成道：「各位老元戎在上，晚生焉敢坐？」岳爺道：「奉君命到此，嘗❷要請教，焉有不坐之禮？」九成只得告坐過了，就於傍側坐定。岳爺道：「殿元館閣奇才，何不隨朝保駕，却來此處參謀？」九成道：「晚生蒙天子洪恩，不加黜逐，反得叨居鼎甲❸。因為晚生乃一介寒儒，前去參見秦太師，沒有孝敬，故尔秦太師在聖上面前，特保舉此職。」岳爺對衆元帥道：「豈有此理！我想那秦太師亦是十載寒窗，由青燈而居相位，怎么重賂輕賢。」衆元帥道：「且留殿元在此，再作區處。」

❶ 箚付：官府中上級給下級的公文。箚，音ㄓㄚˊ。

❷ 嘗：常。

❸ 鼎甲：科舉制度中狀元、榜眼、探花的總稱。因鼎有三足，一甲共三名，故稱。文中指狀元。

正在說話之間，又報聖旨下了。衆元帥聞报，一齊出營來接旨。那欽差在馬上說道：「只要新科狀元張九成上來接旨。」張九成連忙上前道：「臣張九成接旨。」那欽差道：「聖旨命張九成往五國城去問候二聖，特此欽賜符節，望闕謝恩。」張九成謝恩過了，那欽差道：「聖上有旨，着岳飛速命狀元起身，不可遲悞！」說罷，即將符節交代明白，轉馬回去。

各位元帥進帳坐定，議論此事：「那里出自聖旨！必定秦檜弄權遺害！」衆人俱各憤憤不平，都說道：「如今朝內有了這樣奸臣，忠臣就不能保全了！真正令人胆寒！」岳爺道：「貴欽差不知何日榮行？」張九成道：「晚生既有王命在身，焉敢躭擱？只是一件：家下還有老母與舍弟九思，怎知此事？須得寫一信通知。今日便可起身。」岳爺道：「既如此，貴欽差可即寫起書來，待本帥着人送往尊府便了。」即叫左右取過文房四寶，將桌子抬到九成面前，九成即含淚修書，將一個香囊封好在內，奉與岳元帥。岳元帥即喚過一名家將，吩咐道：「这封書着你星夜往常州，送到狀元府上，面見二老爺親自開拆。」家將答應，領書而去。張九成道：「家書已去，晚生就此告辭了！還求元帥差一位將軍，送晚生出那番營便好。」岳爺道：「當得遵命。」即傳下令來道：「那一位將軍敢領令送欽差出番營去？」下邊應一聲道：「末將愿往。」岳爺舉目一看，却是湯懷，不覺淚下，叫道：「湯將軍，好生前往。」這班元帥、各節度、摠兵、衆統制，與張九成、湯懷出營，一齊上馬，直送至小商橋。衆元帥道：「貴欽差，兄弟們不遠送了！」張九成道：「請各位大人回營。」湯懷道：「各位大老爺，末將去了！」又對岳爺道：「大哥，小弟去了！」岳元帥欲待回言，喉中語塞，泪如泉湧，目不忍視。帶領衆將回轉营中，掩面悲切，退往後營去了。

那湯懷保着張九成直至番營，大喝道：「番奴聽者，俺大宋天子差新科狀元張九成往五國城去問候二聖。快去通報，讓路與我們走！」小番聽了，便答道：「湯南蛮且住着！待俺去稟狼主。」小番忙進帳去報與兀朮，兀朮道：「中原有這等忠臣，甚為可敬！」傳令把大營分開，讓出一路。再點一員平章，帶領五百兒郎，送他到五國城去。小番得令，傳下號令。那五營八哨衆番兵，一齊兩下分開，讓出一條大路。張九成仝着湯懷，一齊穿營進來。那些番兵番將看見張九成生得面白唇紅，紅袍金帶，烏紗皂靴，在馬上手持符節，後邊湯懷橫鎗躍馬保着，人人喝采：「好個年少忠臣！」兀朮也來觀看，不住口的稱賛。又見湯懷跟在後頭，便問軍師道：「这可是岳南蛮手下的湯懷么？」哈迷蚩道：「果然是湯蠻。」兀朮道：「中原有这様不怕死的南蛮，叫某家怎能取得宋朝天下？」吩咐：「將大營合好。若是湯南蛮轉來，須要生擒活捉，不可傷他性命。違令者斬！」

却說張九成同湯懷二人出了番營，只見一個平章帶了五十名番兵，上前問道：「呔！俺奉狼主之命，領兵護送。那一位是往五國城去的？」湯懷指着九成道：「这一位便是。一路上汝等須要小心服事！」番兵點頭答應。湯懷道：「張大人，末將不能遠送了！」張九成道：「今日與將軍一別，諒今生不能重會了！」言罷，掩面哭泣而去。

湯懷也哭了一會，望見欽差去遠，揩乾了眼淚，回馬來到番營，擺着手中銀鎗，踹進重圍。衆番兵上前攔住，喝道：「湯南蛮，今日你休想回營了！俺等奉狼主之命，在此拿你。你若早早下馬投降，不獨免死，還要封你一個大大的頭目。」湯懷大怒道：「嘚！番賊！我老爺这幾根精骨頭，也不想回家鄉的了。」大喝一聲，走馬使鎗，往番營中沖入重圍，與番人大戰。那湯懷的手段本來是平常的，二來那座番營有五十餘里路長，这桿鎗如何殺得出去？但見那番兵一層一層圍將上來，大聲叫道：「南蠻子，早早下馬投降！若想出營，今生不能勾了！」只一聲叫，那些番兵番將刀鎗劍戟，一齊殺將攏來。湯懷手中的這桿鎗，那里招架得住这邊一鎗。那邊一刀。湯懷想道：「不好了！我單人獨騎，今日料想殺不出重圍。倘被番人拿住，那時求生不能，求死不得，反受番人之辱，倒不如自盡了罷！」把手中鎗左右勾開許多兵器，大叫一聲：「且慢動手！」衆番將一齊住手，叫聲：「南蛮快快投降，免得擒捉！」湯懷喝聲：「嘚！你們休要想差了念頭！俺湯老爺是何等之人，肯投降於你？少不得俺哥哥岳大元帥前來將你等番奴掃盡，那時直搗黃龍府，捉住完顏老番奴，將你等番奴斬盡殺絕，那時方出俺心中之氣也！」叫一聲：「元帥大哥！小弟今生再不能見你之面了！」又叫：「各位兄弟們！今日俺湯懷與你們長別也！」就把手中鎗尖調轉，向咽喉只一下，早已翻身落馬而死。可憐他一點丹心歸地府，滿腔浩氣上天庭。有詩曰：

送客歸來勇氣微，孤身力盡鬬心稀。自甘友誼輕生死，血染遊魂志不移！

那些衆番兵看見湯懷自盡，報與兀朮。兀朮分付把首級號令軍前，將尸骸埋葬，不提。

又講岳爺正在營中思想湯懷，軍士進來報道：「湯將軍的首級號令在番營前了。」岳爺聞言，大哭道：「我與你自幼同窗學藝，恩同手足，未曾受得王封，安享太平之福，今日先喪於番人之手！」說罷，放聲大哭，衆將俱各悲咽。元帥吩咐備辦祭禮，遙望番營祭奠，衆將拜奠已畢，回營，不提。

又說兀朮自葬湯懷之後，在帳中與衆元帥、平章等稱贊那湯懷的忠心義氣，忽有小番進帳报道：「殿下到了。」兀朮傳令宣來，陸文龍進營叅見。那位殿下：

> 年方一十六歲，膂力倒有千觔。身長九尺，面闊五停，頭大腰圓，目秀眉清。弓馬俱嫻熟，雙鎗
> 本事能。南朝少此英雄將，北國称為第一人。

这位殿下進帳叅見畢，兀朮道：「王兒因何來遲？」殿下道：「臣兒因貪看中原景致，故尒來遲。父王領大兵進中原日久，為何不發兵馬到臨安，去捉南蛮皇帝，反下營在此？」兀朮就把楊再興戰死小商河，岳雲、嚴成方等大戰，又因對營有十三座南蛮營寨，況岳飛十分厲害，所以為父的不能前進。殿下道：「今日天色尚早，待臣兒領兵前去，捉拏個南朝蛮子，與父王解悶。」兀朮道：「王兒要去，必須小心！」殿下領令出來，帶領番兵，直過小商橋，來至宋營討战。當有小軍報進大營：「啟上元帥爺，今有番邦一員小將在外討戰。」元帥便問兩邊眾將：「那一位敢出馬？」話言未絕，傍邊閃過呼天慶、呼天保兩員將官，上前打恭道：「小將情愿出陣，擒此番奴來献上。」元帥吩咐小心前去。

二人得令，出營上馬，帶領兵卒，來至陣前，兩軍相對，各列陣勢。呼天保一馬當先，觀看這員番將，年紀十六七歲，白面紅唇；頭帶一頂二龍戲珠紫金冠，兩根雉尾斜飄；穿一件大紅團龍战袄，外罩着一副鎖子黃金玲瓏鎧甲；左肋下懸一口寶刀，右脇邊掛一張雕弓；坐下一匹紅砂馬，使着兩桿六沉鎗；威風凜凜，雄氣糾糾。呼天寶暗暗喝采：「好一員小將！」便高聲問道：「番將快通名來！」殿下道：「某家乃大金國昌平王殿下陸文龍便是。尒乃何人？」呼天寶道：「我乃岳元帥麾下大將呼天保是也。看你小小年紀，何苦來受死！倒不如快快回去，別叫一個有些年紀的來，省得說我來欺你小孩子家。」

陸文龍呼呼大笑道：「我聞說你家岳蛮子有些本事，故來擒他。量你这些小卒，何足道哉！」呼天保大怒，拍馬搖刀直取陸文龍，陸文龍將左手的鎗勾開了大刀，右手那枝鎗，溲的一聲，向呼天保前心刺來，要招架也來不及，正中心窩，跌下馬來，死于非命。呼天慶大吼一聲：「好番奴，怎敢傷吾兄長！我來也！」拍馬上前舉刀便砍，陸文龍雙鎗齊舉，兩個大戰，不上十個回合，又一鎗把呼天慶挑下馬來，再一鎗結果了性命。陸文龍高聲大叫：「宋營中着幾個有本事的人出來會戰！休使这等無名小卒，白白的來送死！」那敗軍慌慌忙忙報知元帥，元帥聽得二將陣亡，止不住傷心下淚。便問：「再有那位將軍出陣擒拿番將？」只見下邊走過岳雲、張憲、嚴成方、何元慶四人，一齊上前領令，情愿仝去。岳爺道：「既是四人仝去，吾有一計，可擒來將。」四人齊齊聽令。正是：

運籌幃幄將軍事，陷陣冲鋒战士功。

畢竟不知岳元帥說出甚計來，且聽下回分解。

第五十五回　陸殿下單身戰五將　王統制断臂假降金

詩曰：

> 昔日要離曾断臂❶，今朝王佐假降金。忠心不計殘肢體，義胆常留青史名。

當時岳雲等四人上前聽令，元帥道：「尔等四人出陣，不可齊上。可一人先與他交战，战了數合，再換一人上前，此名『車輪戰法』。」四將領令，出營上馬領兵來至陣前，岳雲大叫道：「那一個是陸文龍？」陸文龍道：「某家便是。你是何人？」岳雲道：「我乃大宋岳元帥大公子岳雲便是。你这小番休得驚慌，快上來領鎚罷！」文龍道：「我在北國，也聞得有個岳雲名字。但恐怕今日遇着某家，性命就不能保了。照鎗罷！」耍的一鎗刺來，岳雲舉鎚架住，一塲厮殺，有三十多合。嚴成方叫聲：「大哥少歇！待兄弟來擒他。」拍馬上前，舉槌便打，陸文龍嫂鎗架住，喝聲：「南蠻，通個名來！」嚴成方道：「吾乃岳元帥麾下統制嚴成方是也。」陸文龍道：「照鎗罷！」兩個亦戰了三十多合，何元慶又上來接

---

❶要離曾断臂：要離是春秋末吳國刺客。相傳吳王闔閭派要離謀刺出奔在衛的王子慶忌。要離請吳王斷其右手，殺其妻子，詐稱得罪出逃。及至衛國，見慶忌，慶忌喜，與之謀。當同舟渡江時，慶忌被刺中要害。慶忌釋令歸吳，他行至江陵，伏劍自殺。

戰三十餘合。張憲拍馬搖鎗，高叫：「陸文龍，來試試我張憲的鎗法！这一枝的比你兩枝的何如？」耍耍耍一連幾鎗，陸文龍雙鎗左盤右舞，这一個好似騰蛟奔蟒，那一個恰如吐霧噴雲。

那金營中早有小番報知兀朮，兀朮道：「此名『車輪戰法』，休要墮了岳南蛮之計。」忙傳令鳴金收軍，文龍聽得鳴金，便架住張憲的鎗，喝聲：「南蛮！我父王鳴金收兵，今日且饒你，明日再來拿你罷。」掌着得勝鼓，竟自回營。這里四將也只得回營，進帳來見元帥繳令。岳爺將呼氏弟兄尸首埋葬好了，擺下祭禮，祭奠一番。又傳下號令，各營整備挨彈擂木，小心保守，防陸文龍前來刦寨。各營將士各各領令，小心整備。

到了次日，軍士來報：「陸文龍又來討戰。」岳元帥仍命岳雲等四人出馬，傍邊閃過余化龍稟道：「待小將出去壓陣，看看這小番如何樣的厲害。」元帥就命余化龍一仝出去。那五員虎將出到陣前，見了陸文龍，也不打話。岳雲上前掄鎚就打，文龍舉鎗相迎，鎚來鎗去，鎗去鎚來，戰了三十來合。嚴成方又來接戰，小番又去報知兀朮，兀朮恐怕王兒有失，親自帶領衆元帥、平章出營掠陣。看見陸文龍與那五員宋將輪流交戰，全無惧怯。直至天色將晚，宋營五將見戰不下陸文龍，吆喝一聲一齊上。那邊兀朮率領衆番將也一齊出馬，接着混殺一陣。天已昏黑，兩邊各自鳴金收兵。

五將進營繳令道：「番將厲害，戰他不下。」元帥悶悶不樂，便吩咐：「且把『免戰牌』掛出。待本帥尋思一計擒他便了。」諸將告退，各自歸營歇息。惟有那岳元帥回到後營，雙眉緊鎖，心中愁悶。

且說統制王佐自在營夜膳，一邊吃酒，心下却想：「我自歸宋以來，未有寸箭之功，怎么想一個計策出來，上可報君，下可分得元帥之憂，博一個名兒，留傳青史，方遂我的本懷。」又獨自一個吃了一會，猛然想道：「有了，有了。我曾看過春秋，列國時有個『要離断臂刺慶忌』一段故事，我何不也學他断了臂，潛進金營？倘能近得兀朮，拚得捨了此身，刺死了兀朮，豈不是一件大功劳？」主意已定，又將酒來連吃了十來大盃。吗軍士收開了酒席，卸了甲，腰間拔出劍來，溲的一聲，將右臂砍下，咬着牙関，取藥來敷了。那軍士見了驚倒在地，跪下道：「老爺何故如此？」王佐道：「我心中有冤苦之事，你等不知的。尔等自在營中好生看守，不必聲張傳與外人知道。且候我消息。」衆軍士答應，不敢則聲。

王佐將断下的臂，扯下一副舊战袍包好，藏在袖中。獨自一人出了帳房，悄悄來至元帥後营，已是三更時分，對守營家將道：「王佐有机密軍情，求見元帥。」家將見是王佐，就進帳報知。其時岳元帥因心緒不寧，尚未安寢。聽得王佐求見，不知何事，就命請進來相見。家將應聲「曉得」，就出帳來請。

王佐進得帳來，即忙跪下。岳元帥看見王佐面黃如蠟，鮮血滿身，驚問道：「賢弟為何这般光景？」王佐道：「元帥不必驚慌。小弟多蒙仁兄恩重如山，無可報答。今見仁兄為着金兵久犯中原，日夜憂心，如今陸文龍又如此猖獗。故此小弟效當年吳國要離先生的故事，已將右臂断下，送來見哥哥，要往番營行事，特來請令。」岳爺聞言淚下道：「賢弟！為兄的自有良策，可以破得金兵，賢弟何苦傷殘此臂！速回本營，命醫官調治。」王佐道：「大哥何出此言？王佐臂已砍断，就留在本營，也是個廢人，有何用處？若哥哥不容我去，情愿自刎在兄長面前，以表弟之心迹。」岳元帥聽了，不覺失聲大哭道：「賢弟！既然决意如此，可放心前去！一應家事，愚兄自當料理便了。」王佐辭了元帥，出了宋營，連夜往金營而來。

詞曰：

山河破碎愁千萬，拚餘息把身殘。功名富貴等閒看！長虹貫白日❷，秋風易水寒❸。

右調女臨江

又詩曰：

壯士滿腔好熱血，賣與庸人俱不識。一朝忽遇知音客，傾心相送托明月。

王佐到得金營，已是天明。站在營前等了一會，見小番出營，便向前來道：「相煩通報，說宋將王佐有事來求見狼主。」小番轉身進帳：「稟上狼主，有宋將王佐，在營門外求見。」兀朮道：「某家從不曾聽見宋營有什么王佐，到此何幹？」傳令：「且喚他進來。」

不多時，小番領了王佐進帳來跪下。兀朮見他面色焦黃，衣襟血染，便問：「你是何人？來見某家有何言語？」王佐道：「小臣乃湖廣洞庭湖楊么之臣，官封東聖侯。只因奸臣獻了地理圖，被岳飛殺敗，以至國破家亡，小臣無奈，只得隨順宋營。如今狼主大兵到此，又有殿下英雄無敵，諸將寒心，岳飛無計可勝，掛了『免戰牌』。昨夜敘集衆將商議，小臣進言：『目今中原殘破，二帝蒙塵，康王信任奸臣，忠良退位，天意可知。今金兵二百萬，如泰山壓卵，諒难對敵；不如差人講和，庶可保全。』不道岳飛

❷ 長虹貫白日：即「白虹貫日」。謂白色長虹穿日而過。舊時以為這是一種預示人間將遇災禍的天象。

❸ 秋風易水寒：原指荊軻將刺秦王，在易水邊辭別燕太子丹等，歌「風蕭蕭兮易水寒，壯士一去兮不復還！」文中借指王佐如荊軻一樣，抱著犧牲的決心，到金營中去行事，為國立功。

不聽好言，反說臣有二心賣國，將臣断去一臂，着臣來降順金邦報信。說他即日要來擒捉狼主，殺到黃龍府，踏平金國。臣若不來，即要再断一臂，因此特來哀告狼主。」說罷，便放聲大哭，袖子裡取出这隻断臂來，呈上兀朮觀看。兀朮見了，好生不忍，連那些元帥、衆平章俱各慘然。兀朮道：「岳南蛮好生無禮！就把他殺了何妨。砍了他的臂，弄得死不死，活不活，還要叫他來投降報信，無非要某家知他的厲害。」兀朮就對王佐道：「某家封你做個『苦人兒』之職。你為了某家，断了此臂，受此痛苦，某家養你一世快活罷！」「傳吾號令各營中，苦人兒到處為居，任他行走，違令者斬！」这一個令傳下來，王佐大喜，心中想道：「不但無事，而且遂吾心愿，这也是番奴死日近矣。」王佐連忙謝了恩，不表。

且說岳爺差人探聽，金營不見有王佐首級號令，心中甚是掛念，那裡放得心下。

再說那王佐每日穿營入寨，那些小番俱耍看他的断臂，所以倒還有要他去耍的。这日來到殿下的營前，小番道：「『苦人兒』那里來？」王佐道：「我要看看殿下的營寨。」小番道：「殿下到大寨裡去了，不在營裡，你進去不妨。」王佐進營來到帳後閒看，只見一個老婦人坐着。王佐上前叫聲：「老奶奶，『苦人兒』見禮了。」那婦人道：「將軍少禮！」王佐聽那婦人的聲口却是中國人，便道：「老奶奶不像個外國人吓？」那婦人聽了此言，觸動心事，不覺悲傷起來，便道：「我是河間府人。」王佐道：「既是中國人，幾時到外邦來的？」那婦人道：「我聽得將軍聲音，也是中原人聲氣。」王佐道：「『苦人兒』是湖廣人。」婦人道：「俱是仝鄉，說與你知道，諒不妨事，只是不可泄漏！这殿下是我奶大的，他三歲方離中原，原是潞安州陸登老爺的公子，被狼主搶到此間，所以老身在此番邦一十三年了。」王佐聽見此言，心中大喜，便說道：「『苦人兒』去了，停一日再來看奶奶罷。」隨即出營。

過了數日，王佐隨了殿下馬後回營。殿下回頭見了，便叫：「『苦人兒』，你進來某家这裡吃飯。」王佐領令，隨着進營。殿下道：「你是中原人，那中原可有什么故事，講兩個與我聽聽。」王佐道：「有，有，有。講個『越鳥歸南』的故事與殿下聽！當年吳、越交兵，那越王將一個西施美女進與吳王。這西施帶一隻鸚鵡，教得詩詞歌賦，件件皆能，如人一般。原是要引誘那吳王貪淫好色，荒廢國政，以便取吳王的天下。那西施到了吳國，甚是寵爱。誰知那鸚鵡竟不肯說話。」陸文龍道：「這却為甚么緣故？」王佐道：「後來吳王害了伍子胥，越王興兵伐吳，無人抵敵，伯嚭逃遁，吳王身喪紫陽山。那西施仍舊歸於越國，這鸚鵡依舊講起話來。这叫做『越鳥歸南』的故事。不過說那禽鳥尚念本國家鄉，豈有為了一個人，反不如鳥的意思。」殿下道：「不好，你再講一個好的與我聽。」王佐道：「我再講一個『驊騮向北』的故事罷。」陸文龍道：「怎么叫做『驊騮向北』？」王佐道：「这個故事却不遠。就是这宋朝第二代君王，是太祖高皇帝之弟太宗之子真宗皇帝在位之時，朝中出了一個奸臣，名字叫做王欽若。其時有那楊家將俱是一門忠義之人，故此王欽若每每要害他，便哄騙真宗出獵興圍，在駕前謊奏：『中國坐騎俱是平常劣馬，惟有蕭邦天慶梁王坐的一匹寶駒，名為日月驌驦馬，方是名馬。只消主公傳一道旨意下去，命楊元帥前去要此寶馬來乘坐。』」陸文龍道：「那楊元帥他怎么要得他的來？」王佐道：「那楊景守在雄州關上，他手下有一員勇將，名叫孟良。他本是殺人放火為生的主兒，这楊元帥收伏在麾下。那孟良能說六國三川的番話，就扮做外國人，竟往蕭邦，也虧他千方百計把那匹馬騙回本國。」陸文龍道：「这個人好本事！」王佐道：「那匹驌驦馬送至京都，果然好馬。只是一件，那馬向北而嘶，一些草料也不肯吃，餓了七日，竟自死了。」陸文龍道：「好匹義馬！」王佐道：「这就是『驊騮向北』的故事。」王佐說畢道：「『苦人兒』告辭了，另日再來看殿下。」殿下道：「閑着來講講。」王佐答應而去，不表。正是：

為將不惟兵甲利，定須舌亦有鋒芒。

再說曹榮之子名叫曹寧，奉了老狼主之命，統領三軍來助四狼主。这日到了營中，參見畢，遂把老狼主之命來此助陣言語講完。兀朮道：「一路辛苦，且歸本營將息。」曹寧謝了恩，問道：「狼主開兵如何？」兀朮道：「不要說起。中原有了这岳南蛮，十分厲害，手下兵強將勇，难以取勝。」曹寧道：「待臣去會一會岳南蠻，看是如何？」兀朮道：「將軍既要出陣，某家耑聽捷音。」當時曹寧辭了兀朮，出營上馬，領兵來到宋營討戰。真個是：

少年胆氣搖山岳，虎将雄風驚鬼神。

畢竟不知宋營中何人出馬，勝負若何，且聽下回分解。

第五十六回　述往事王佐獻圖　明邪正曹寧弒父

詩曰：

插下薔薇有刺籐，養成乳虎自傷生。凡人不識天公巧，種就殃苗待長成。

却說这曹寧乃是北國中的一員勇將，比陸殿下更狠，使一桿烏纓鈇桿鎗，有碗口粗細。那兀朮說起岳家將的厲害，不能勝他；目今幸得小殿下連勝兩陣，他將「免戰牌」掛出，所以暫且停兵。曹寧要顯他的手段，請令要與岳家去會战，兀朮就令曹寧出馬討战。

曹寧領兵，直至宋營前，吆喝：「呔！聞得你們岳家人馬如狼似虎，為什么掛出这個羞臉牌來？有本事的可出來會會我曹將軍。」那小校忙進營中報道：「有一員小將在營外討戰，口出大言，說要踹進營來了。」一下邊惱了徐慶、金彪，上前稟道：「小將到此，並未立得功勞，情愿出去擒拿番將献功。」岳爺即命去了「免战牌」，就准二人出馬。

二人領令，帶領兒郎，來到陣前。徐慶上前大喝一聲：「番將通名！」曹寧道：「俺乃大金國四太子麾下大將曹寧是也。你是何人？」徐慶道：「俺乃岳元帥帳前都統制徐慶便是。快來領我的寶刀！」不由分說，就是一刀砍去。曹寧跑馬上前只一鎗，徐慶翻身落馬。金彪止不住心頭火發，大罵：「小番，焉敢傷我兄長！看刀罷！」搖動三尖刀，劈面砍去；曹寧見他來得兇，把鎗架開刀，回馬便走；金彪拍馬赶來，曹寧回馬一鎗，望金彪前心刺來，金彪躲閃不及，正中心窩，跌下馬來。曹寧把鎗一招，番兵一擁上前，殺得宋兵大敗逃奔。曹寧取了徐慶、金彪兩人的首級，回營報功去了。宋兵背了沒頭尸首回營，報與元帥。岳爺聞報，雙眼流淚，傳令俻棺盛殮。

當時惱了小將張憲，請令出战，元帥應允。張憲提鎗上馬，來至陣前討戰，坐名要曹寧出馬。曹寧得報，領兵來至陣前，問道：「你是何人？」張憲道：「吾乃大元帥岳爺帳下大將張憲便是。」曹寧道：「你就是張憲么？正要拿你。」二人拍馬大戰，雙鎗並舉，戰了四十多合，不分勝敗。看看紅日西沉，方纔罷战，各自收兵。

次日，曹寧帶兵又到陣前喊戰，元帥令嚴成方出去迎敵。嚴成方領令，來至陣前，曹寧叫道：「來者何人？」嚴成方道：「吾乃岳元帥麾下統制嚴成方是也。你這個小番，可就是曹寧么？」曹寧道：「某家就是四狼主帳前大將軍曹寧。既聞吾名，何不下馬投降？」嚴成方道：「我正要拿你。」舉鎚便打，曹寧掄鎗架住，大戰四十合，直至天晚，方各自收兵。一連戰了數日，元帥只得又把「免戰牌」掛出，岳爺見番營又添了一員勇將，十分愁悶。

且說金營內王佐聞知此事，心下驚慌，來至陸文龍營前，進帳見了殿下。殿下道：「『苦人兒』今日再講些甚么故事？」王佐道：「今日有絕好的一段故事，湏把这些小番都叫他們出去了，只好殿下一人聽的。」殿下吩咐伺候的人皆出去了，王佐見小番盡皆出去，便取出一副画圖來呈上道：「殿下先看了，然後再講。」殿下接來一看，見是一幅画圖，那圖上一人有些認得，好像父王。又見一座大堂上，死着一個將軍，一個婦人，又有一個小孩子，在那婦人身邊啼哭。又見画着許多番兵。殿下道：「『苦人兒』，这個是什么故事？某家不明白，你來講與某家听。」王佐道：「殿下略略閃過一傍，待我指著画圖好講。这個所在，乃是中原潞安州。这個死的老爺官居節度使，姓陸名登。这個死的婦人，乃是謝氏夫人。这個是公子，名叫陸文龍。」殿下道：「『苦人兒』，怎么他也叫陸文龍？」王佐道：「你且聽著，被这昌平王兀朮兵搶潞安州，这陸文龍的父親盡忠，夫人盡節。兀朮見公子陸文龍幼小，命乳母抱好，帶往他邦，認為己子，今已十三年了。他不想與父母報仇，反呌仇人為父，豈不痛心！」陸文龍道：「『苦人兒』，你明明道我。」王佐道：「不是你，倒是我不成？吾斷了臂膀，皆是為你。若不肯信我言，可進去問奶母便知道。」言未了，只見那奶母哭啼啼走將出來，道：「我已聽得多時，將軍之言，句句皆真！老爺、夫人死得好苦吓！」說罷，放聲大哭起來。陸文龍聽了此言，淚盈盈的下拜道：「不孝之子，怎知這般苦事？今日纔知，怎不與父親報仇！」便向王佐下禮：「恩公，受我一拜，此恩此德，沒齒不忘！」拜罷起來，拔劍在手，咬牙恨道：「我去殺了仇人，取了首級，仝歸宋室便了。」王佐急忙攔住道：「公子不可造次！他帳下人多，大事不成，反受其害。凡事須要三思！」公子道：「依恩公便怎么？」王佐道：「早晚尋些功勞，歸宋未遲。」公子道：「領教了！」那眾小番在外，只聽得啼哭，那裡曉得細底。

王佐問道：「那曹宁是甚出身？」文龍道：「他是曹榮之子，在外國長大的。」王佐道：「吾看此人倒也忠直氣概。公子可請他來，待吾將言探他。」公子依言，命人去請曹將軍來。不多時，曹宁已至，下馬進帳，見禮畢，坐下。只見王佐自外而入，公子道：「这是曹元帥，你可行禮。」王佐就與曹宁見了禮，殿下道：「元帥，他會講得好故事。」曹寧道：「可叫他講一個與我聽。」王佐將「越鳥歸南」、

「驊騮向北」兩個故事說了一遍。曹寧道：「鳥獸尚思鄉念主，豈可為人反不如鳥獸？」殿下道：「將軍可知令祖那里出身？」曹寧道：「殿下，曹寧年幼，實不知道。」殿下道：「是宋朝人也。」曹寧道：「殿下何以曉得？」殿下道：「你問『苦人兒』便知。」曹寧道：「『苦人兒』，你可知道？」王佐道：「我曉得。令尊被山東劉豫說騙降金，官封趙王，陷身外國。却不想報君父之恩，反把宗祖拋棄，吾故說这兩個故事。」曹寧道：「『苦人兒』，殿下在此，休得胡說！」陸文龍就將王佐斷臂來尋訪，又將自己之冤一一說知：「將軍陷身于外國，豈不可惜？故特請將軍來商議。」曹寧道：「有这樣事么？待我先去投在宋營便了。但恐岳元帥不信，不肯收錄。」王佐道：「待末將修書一封，與將軍帶去就是。」隨即寫書，交與曹寧。曹寧接來收好，辭別回營。

想了一夜，主意已定。到了次日清早，便起身披掛齊整，上馬出了番營，直至宋營前下馬道：「曹寧候見元帥。」軍士报進，岳爺道：「令他進來。」曹寧來到帳前跪下道：「罪將特來歸降。今有王將軍的書送上。」元帥接書，拆開觀看，心中明白，大喜道：「吾弟断臂降金，今立此奇功，亦不枉他吃这一番痛苦。」遂將來書藏好，說道：「曹將軍不棄家鄉，不負祖宗，復歸南國，可為義勇之士！可敬，可敬！」吩咐旗牌與曹將軍換了衣甲，曹寧叩謝，不表。

再說金營內四狼主次日見報，說曹寧投宋去了，兀朮心中正在惱悶。忽見小番又報上帳來，說是趙王曹榮解粮到了，兀朮道：「傳他進來。」不一會，曹榮進帳，見了兀朮稟道：「粮草解到交令。」兀朮道：「將他綁了！」兩邊荅應一聲，將曹榮綁起，曹榮道：「粮草非臣遲誤，只因天雨，所以遲了兩日，望狼主開恩！」兀朮道：「胡說！你命兒子歸宋，豈不是父子同謀？還有何辯？推去砍了！」曹荣道：「容臣稟明，雖死無怨。」兀朮道：「且講上來。」曹榮稟道：「臣實不知逆子歸宋。只求狼主寬恩，待臣前去擒了这逆子來正罪便了。」兀朮道：「既如此，放了綁！」就命領兵速去擒來。

曹榮領命出營，上馬提刀，帶兵來到宋營。曹榮對軍士說道：「快快報進營去，說我趙王在此，只叫曹寕出來見我。」軍士進帳報知元帥，元帥發令着曹寕出營：「須要見机行事，勸你父親早早歸宋，決有恩封。」

曹寕得令，上馬提鎗，來到營前一看，果然是父親。那曹榮看見兒子改換衣裝，大怒罵道：「逆子！見了父親，還不下馬？如此無禮！」曹寕道：「爹爹，我如今是宋將了。非是孩兒無理，我勸爹爹何不改邪歸正，復保宋室，祖宗子孫皆有幸矣。爹爹自去三思！」曹榮大叫道：「狗男女！难道父母皆不顧惜，背主求榮？快隨我去，聽候狼主正罪。」曹寕道：「我一向不知道，你身為節度，背主降虜。為何不學陸登、張叔夜、李若水、岳飛、韓世忠？偏你献了黃河，投順金邦。眼觀二聖坐井觀天，於心何忍，與禽獸何異！你若不依，請自回去，不必多言。」曹榮大怒道：「畜生！擅敢出言無狀。」拍馬舞刀，直取曹寧，望頂門上一刀砍來。那曹寧一時惱發，按捺不住，手擺長鎗只一下，將父親挑死，吩咐軍士抬了尸首回營，進帳繳令。

元帥大驚道：「你父既不肯歸宋，你只應自回來就罷。那有子殺父之理？豈非人倫大变！本帥不敢相留，任從他往。」曹寕想道：「元帥之言甚是有理。我如今做了大逆不孝之事，豈可立于人世！」大叫一聲：「曹寕不能早遇元帥教訓，以致不忠不孝，還有何顏見人！」遂拔出腰間的佩刀，自刎而死。元帥吩咐把首級割下，號令一日，然後收棺盛殮。曹榮係賣國奸臣，斬下首級，解往臨安，不表。

且說兀朮聞報曹榮被兒子挑死：「那曹寧歸宋，果然不與他父親相干。但是这殺父逆賊，岳飛肯收留帳下，豈是明理之人？也算不得個名將！」正在談論，忽見小番來報道：「不知何故，將曹寧首級號令在宋營前。」兀朮拍手道：「這纔是個元帥，名不虛傳！」對着眾平章道：「宋朝有這等人，叫某家實費週折也。」正說間，又有小番來报說：「本國元帥完木陀赤、完木陀澤帶領『連环甲馬』候令。」兀朮大喜，傳令請二位元帥進見。不一時，兩位元帥進帳，叅見已畢。兀朮道：「這『連環甲馬』教練了數載工夫，今日方得成功！明日就煩二位出馬，擒拿岳飛，在此一舉也。」二人領令出帳，左右安營。

到了次日，完木陀赤、完木陀澤二人，領兵來至宋營討戰。軍士報進大營，岳元帥便問：「何人敢出馬？」只見董先仝着陶進、賈俊、王信、王義一仝上來領令。元帥就分撥五千人馬，命董先率領四將出战。董先等五人得令，帶領人馬，出营來到陣前，只見完木陀赤生得來：

鼻高眼大，豹頭燕頷。膀闊腰圓，身長八尺。一部落腮鬍子，滿臉渾如黑漆。若不是原水鎮上王彥章❶，必定是灞陵橋邊張翼德❷。

❶ 原水鎮上王彥章：後梁山東壽張人，少為軍卒，事末帝時，累遷澶州刺史。為人驍勇有力，能赤足走棘地百步。出戰持鐵槍，奔馳疾飛，軍中號「王鐵槍」。性忠義，嘗謂：「豹死留皮，人死留名。」梁晉相爭時，晉軍虜其妻子，遣使招之，彥章不顧，斬使以示絕。龍德三年，晉取鄆州，後梁招彥章為招討使，三日破敵，軍威大振。後唐兵破兗州，戰敗被擒，不屈被殺。

❷ 灞陵橋邊張翼德：灞陵橋，亦作霸橋，在長安東，漢人送客至此橋，折柳贈別。張翼德，即三國時張飛。

又看那完木陀澤怎生模樣。但見：

頭帶雉尾鬧獅盔，身穿鑌鉄烏油甲。麻臉横殺氣，怪睛如弔鬮。渾鉄钂，手中提；狼牙箭，腰間插。战馬咆哮出陣前，分明天降兇神煞。

董先大喝一聲：「來將通名！」番將答道：「某乃大金國元帥完木陀赤、完木陀澤是也。奉四太子之命，前來擒捉岳飛。你是何人，可就是岳飛么？」董先大怒道：「放你娘的屁！我元帥怎肯來和你這樣醜賊來交手。照我董爺爺的傢伙罷！」噹的一鏟打去，完木陀赤舞動鉄桿鎗，架開月牙鏟，回手分心就刺。戰不得五六個回合，馬打七八個照面，完木陀澤看見哥哥战不下董先，量起手中渾鉄钂，飛馬來助戰。這里陶進等四人見了，各舉大刀一齊上。七個人跑開戰馬，猶如走馬燈一般，團團廝殺。但見：

劍戟共旗旛耀日，征雲並殺氣相浮。天昏地暗，霧慘雲愁。舞動刀鎗若閃電，跑開戰馬似龍遊。那邊一意奪乾坤，拚得你生我死；这裡忠心保社稷，博個拜將封侯。直殺得草地磷磷堆白骨，澗澤滔滔血水流。

你想这兩員番將，怎敵得過五位將軍，只得回馬敗走。大叫道：「宋將休得來赶，我有寶貝在此！」董先道：「隨你貝寶，老爺們也不懼！」拍馬趕來。不因董先托大追去，有分教：

五員虎將，死于非命，數千人馬，盡喪沙場。

正是：

勝敗死生皆有命，天公註定不由人。

畢竟不知勝敗如何，且聽下回分解。

第五十七回　演鈎連大破連環馬　射箭書潛避鉄浮陀

詩曰：

宋江昔日破呼延，番帥今朝死董先。從今傳得金鎗技，紛紛甲馬觧連环。

話說完木陀赤、完木陀澤二人，引得董先等赶至營前，一聲號炮响，兩員番將左右分開，中間番營裡推出三千人馬來。那馬身上都披着生駝皮甲，馬頭上俱用鉄鈎鉄環連鎖着，每三十匹一排。馬上軍兵俱穿着生牛皮甲，臉上亦將牛皮做成假臉帶着，只露得兩隻眼珠。一排弓弩，一排長鎗，共是一百排，直冲出來。把这五位將官連那五千軍士，一齊圍住，鎗挑箭射。只聽得吵吵吵，不上一個時辰，可憐董先等五人並五千人馬，盡喪于陣內，不曾逃得幾個帶傷的。正是：

出師未捷身先喪，常使英雄淚滿襟。

却說那敗殘軍士回營，報與元帥道：「董將軍等全軍盡沒于陣內了！」元帥大驚問道：「董將軍等怎么樣敗死的？」軍士就將連環甲馬之事細細稟明。岳元帥滿眼垂淚道：「苦哉，苦哉！早知是『連環甲馬』，向年呼延灼曾用過，有徐寗傳下『鈎連鎗』可破。可憐五位將軍白白的送了性命，豈不痛哉！」

遂傳令准備祭禮，遙望着番營哭奠了一番。回到帳中，就命孟邦傑、張顯各帶兵三千，去練「鈎連鎗」；張立、張用各帶兵三千，去練「籐牌」。四將領令，各去操練，不表。

且說那兀朮坐在帳中，對軍師道：「某家有这許多兵馬，尚不能搶進中原，只管如此曠日持久。軍師有何良策？」哈迷蚩道：「岳南蛮如此厲害！況他兵馬又多，戰他不下。臣有一計，狼主可差一員將官，暗渡夾江，去取臨安；岳南蠻若知，必然回兵去救；我以大兵遏其後，使他首尾不能相顧；那時岳南蛮可擒也。」兀朮聽了大喜，就命鶻眼郎君領兵五千，悄悄的抄路，望臨安一路進發。

却說朝中有一奸臣，姓王名俊，本是秦檜門下的走狗，因趋奉得秦檜投机，直陞他做了都統制。又奏過朝庭，差他帶領三千人馬，押送粮草到朱仙鎮來，就在那裡監督軍粮，原是提拔他的意思。不道这一日行至中途，恰恰那個鶻眼郎君帶領番兵到來，正遇個着。鶻眼郎君提刀出馬，大喝一聲：「何處軍兵，快快把粮草送過來，饒你狗命！」王俊道：「我乃大宋天子駕前都統制王俊是也。你是何處番人，擅敢到此？」鶻眼郎君道：「某家乃大金國四太子帳前元帥鶻眼郎君是也。特到臨安來擒你那南蛮皇帝，今日且先把你來開刀。」說罷，一刀砍來，王俊只得舉刀相迎，不上七八個回合，番將厲害，王俊那里招架得住，只得回馬落荒敗走，鶻眼郎君從後面赶來。

正在危急之時，忽見前面有一枝兵來，乃是摠領催粮將官牛皐。牛皐見了，想道：「这里那有番兵？不知是何處來的？追着的又不知是何人？」便道：「孩兒們站着！待我上前去看個明白。」便縱馬迎上前來，叫道：「不要驚慌！有牛爺爺在此。」那王俊道：「快救救小將！」牛皐上前大喝一聲：「番奴住着！尔是何人？往那裡去的？」鶻眼郎君道：「某家要去搶臨安的。你問某家的大名，鶻眼郎君便是。」牛皐大怒，舉鐧便打，兩人战了二十個回合，鶻眼郎君手中的刀畧遲得一遲，被牛皐一鐧，打中肩膀上，翻身落馬。牛皐取了首級，亂殺番兵。那些番兵死的死，得命的逃了些回去。牛皐轉來，見了王俊問道：「你是那里來的將官？这等沒用，被他殺敗了！」王俊道：「小將官居都統制，姓王名俊，蒙秦丞相荐我解粮往朱仙鎮去，就在那里監督粮草。偏偏遇着这番賊，殺他不過。幸得將軍相救，後當圖報。不知將軍高姓大名？」牛皐心裡想道：「早知是这個狗頭，就不該救他了。」便道：「俺乃岳元帥麾下統制牛皐，奉令摠督催趲各路粮草。王將軍既然解粮往朱仙鎮去，我的粮煩你一摠帶去，交與元帥。說牛皐還有幾個所在去催粮，催齊了就來。」王俊道：「這個當得。」牛皐道：「这首級也帶了去，與我报功。」王俊道：「將軍本事，天下無雙！望將軍把這功送與末將罷！」牛皐暗想：「我把这功且送了他，回營時再出他的醜也未遲。」便道：「將軍若要，自當奉送。將此粮草小心解去，勿得再有遺失！」拱了拱手別去。那王俊領兵護送粮草，望朱仙鎮行來，在路無事。

这一日，看看到了大營相近，把兵扎住，來到營門候令。傳宣稟進，岳爺想道：「此差是奸臣謀來的。且請他進來。」王俊進帳，向各位元帥見了禮，稟道：「卑職奉旨而來，行至中途，遇見牛皐被番兵追赶，卑職上前救了牛皐，帶了粮草，併那番將的首級，俱在營門。候元帥號令定奪。」岳爺道：「牛皐所遇的是何處番兵？」王俊道：「番將口称暗渡夾江，去搶臨安。恰好牛皐遇着戰敗，被他追來，遇見卑職，殺了番將，救了牛皐，現有首級報功。」岳爺听了細底，明知是王俊冒功，且記了他的功勞，收了粮草，將番人首級號令，又命去下營，不提。

到了次日，孟邦傑、張顯、張立、張用各人所練的鎗牌已熟，前來交令。元帥就命四將去破番陣，又叮嚀了一回。四將領命而去，又令岳雲、嚴成方、張憲、何元慶，帶領人馬五千，外邊接應。四將領令而去。

且說那孟邦傑、張顯等四將對營討戰，那二元帥提兵出營，看見四將喝道：「南蠻通姓！」張立道：「我乃岳元帥麾下統制張立，那是張顯、孟邦傑、張用是也。番將報名上來！」番將道：「某乃大金國四狼主帳下元帥完木陀赤、完木陀澤是也。」張立道：「不要走，我正要來拿你二人。」拍馬掄鎗，戰了數合，番將詐敗進營，那四將追來。只見那些小番吹動觱篥❶，打起駝皮鼓，一聲炮响，三千「連環馬」周圍團團裹將上來。張立看見，分付三軍將「籐牌」四面周圍遮住：弓矢不能射，鎗弩不能進。孟邦傑、張顯帶領人馬，使開鈎連鎗，一連鈎倒數騎「連環馬」，其餘皆不能行動，都自相踐踏。又聽得營中砲响，岳雲、張憲從左邊殺入，何元慶、嚴成方從右邊殺入，番將怎能招架。这一陣，將「連環馬」盡皆挑死。張立、岳雲等得勝收兵回營，見元帥交令，不表。

却說四狼主正望着完木陀赤弟兄「連環馬」成功，只見小番报來道：「岳飛差八個南蠻將連環馬破了。」正說間，二人敗回，來見狼王。兀朮問道：「南蠻怎么破法？」二將將「籐牌」、「勾連鎗」如此破法說了一遍。兀朮大哭道：「軍師！某家这馬練了數載工夫，不知死了多少馬匹，纔得成功！今日被他一陣就破了！」軍師道：「狼主不必悲傷，只待那『鐵浮陀』來時，何消一陣，自然南蠻盡皆滅矣。」兀朮道：「某家也只想得这件寶貝了。」且按下不表。

再說牛皐回營交令道：「末將前者救了王俊，有番將鶻眼郎君的首級并粮草可曾收否？」元帥道：

---

❶ 觱篥：音ㄅㄧˋ ㄌㄧˋ。古簧管樂器名。

「有是有的，王俊說是他救了你，这功劳是他的，本帥已將功劳簿上寫了他的名字了。」牛皐道：「王俊怎么冒功？」王俊在傍荅道：「人不可沒有了良心，小將救了你的性命，怎么反來奪我的功劳？」牛皐道：「我與你比比武藝，若是勝得我，便將功劳讓你。」

二人正在爭功，只聽得營門前數百人喧嚷。傳宣進來稟道：「有數百軍卒在外要退粮，求元帥發令定奪。」元帥問道：「何處軍兵要退粮？」那傳宣稟道：「是大老爺的兵要退粮。」韓世忠、張信、劉琦三個元帥齊聲的道：「豈有此理！若講別座營的兵，或有此事；若說元帥的兵，皆是赴湯蹈火，血戰爭先，怎肯退粮？必有委曲，元帥可令那班兵丁會說話的，走十數個來問他。」岳爺答道：「元帥們所言有理。」吩咐出去叫兵丁進來，那兵丁有十數個進來跪下道：「求元帥准退了小人們粮，放小人們去歸農罷。」岳爺道：「別座營頭，尚無此等事情，何況本帥待兵如子？現今金兵寇亂，全仗尓等替國家出力，怎么反說要退粮？」兵丁道：「小人們平日深感元帥恩養，怎敢退粮？但是近日所関糧米，一斗只有七八升，因此眾心不服。」元帥道：「王俊，錢粮皆是你發放，怎么剋減，以致他們心變？」王俊稟道：「錢粮雖是卑職管，却都是吏員錢自明經手関發，卑職寔不知情。」元帥道：「胡說！自古道：『典守者不得辭其責。』怎么推委？且傳錢自明來！」不一會，錢自明進帳來叩見，元帥喝問：「你為何剋減軍糧？」錢自明稟道：「这是王老爺對小吏說的，粮米定要折折，若不略減些，缺了正額，那里賠得起？」元帥大喝一聲：「綁去砍了！」一聲令下，兩邊刀斧手即將錢自明推出，霎時献上首級。元帥又叫王俊：「快去把軍粮賠補了來，再行發落。」眾軍兵一齊跪下道：「这樣號令，我等情愿盡力苦戰，也不肯捨了大老爺。」俱各叩頭謝恩而去。王俊只得將剋減下的粮草，照數賠補了，來見元帥繳令。

元帥道：「王俊，你冒功邀賞，剋減軍粮，本應斬首！今因是奉旨前來，饒你死罪，捆打四十，發回臨安，聽憑秦丞相處置。」左右一聲吆喝，將王俊拖下去，打了四十大棍。寫成文書，連夜解上臨安相府發落，不提。

再說牛皋稟道：「小將殺敗番兵，救了他的性命，这奸賊反冒我的功勞；又來剋減軍粮，況是秦檜一党。元帥何不將他斬了，以絕後患，反解到奸臣那里去？」岳爺道：「賢弟不知，他是秦桧差來的。他現掌相位，冤家宜解不宜結！」正所謂：

得放手時須放手，得饒人處且饒人。

牛皋聽了，心上憤憤不平，辭了元帥，自回本營，不表。

再說那番營中兀朮被岳元帥破了「連環馬」，心內鬱鬱不樂，正在聚集眾將商議，忽見小番來報：「本國差兵解送『鉄浮陀』在外候令。」兀朮大喜，傳令：「推過一邊，待天晚時，推至宋營前打去。饒那岳飛智足謀多，也难逃此难。」一面整備火藥，一面暗點人馬，耑等黃昏施放。那陸文龍在傍聽了，就回營對王佐道：「今日北國解到『鉄浮陀』，今晚要打宋營，十分厲害，却便怎處？」王佐道：「宋營如何曉得？須是暗通一信，方好整備。」陸文龍道：「也罷。待我射封箭書去報知岳元帥，明早即仝將軍歸宋何如？」王佐大喜，看看天色已晚，陸文龍悄悄出營上馬，將近宋營，高呌一聲：「宋軍聽者，吾有机密箭書，速報元帥，休得遲悞！」颼的一箭射去，隨即轉馬回營。

宋營軍士拾得箭書，忙與傳宣說知。傳宣接了，即時進帳，跪下稟道：「有一小番將，黑暗裡射下这枝箭書，說有機密大事，求元帥速看。」元帥接了書，將手一揮，傳宣退下。岳爺把箭上之書取下，拆開觀看，吃了一驚。便暗暗傳下號令，先命岳雲、張憲吩咐道：「你二人帶領人馬，如此如此。」二人得令，領兵埋伏去了。又暗令兵士通知各位元帥，將各營虛設旗帳，懸羊打鼓；各將本部人馬，一齊退往鳳凰山去躲避，不提。

且說金營中到了二更時分，傳下號令，將「鉄浮陀」一齊推到宋營前，放出烘天大炮，向宋營中打來，但見烟火騰空，山搖地動，好似雷公排惡陣，分明霹靂震乾坤。詩曰：

長驅大進「鉄浮陀」，粉踐三軍片甲無。不是文龍施羽箭，宋營將士命俱殂。

當時眾位元帥在鳳凰山上，看見這般光景，好不怕人，便舉手向天道：「幸得皇天護佑，不絕我等！若不是陸文龍一枝箭書，豈不把宋營人馬打成虀粉？也虧了王佐一條膀臂，救了六七十萬人馬的性命！」

且說那岳雲、張憲領了人馬，埋伏在半路，聽得大砲打過，等那金兵回營之後，在黑影裡，身邊取出鐵釘，把火炮的火門釘死；命軍士一齊動手，將鉄浮陀盡行推入小商河內，轉馬來到鳳凰山繳令。岳爺仍命三軍回轉舊處，重新紮好營盤。按下慢表。

再說那兀朮自在營前，看那「鉄浮陀」大炮打得宋營一片漆黑，回到帳中，對軍師道：「这回纔得成功也！」眾將齊到帳中賀喜。兀朮傳命擺起酒席，全眾元帥等直飲到天明。只見小番進帳報道：「『苦人兒』全殿下載了奶母，五鼓出營，投宋營去了。」兀朮聽了，大叫道：「罷了，罷了！此乃養虎傷身也！」正在惱恨，又有小番來報：「啟上狼主，岳營內依然如舊，旗旛分外鮮明，越發雄壯了。」兀朮好生疑惑，忙出營前觀看，果然依舊旗色鮮明，鎗刀密佈，不知何故。傳令：「速整『鉄浮陀』，今晚再打宋營。」小番一看「鉄浮陀」不知那里去了，再往四下搜尋，呀！俱推在小商河內了，忙來稟知。直氣得兀朮爆跳如雷，眾將上前勸解。

兀朮回營坐定，嘆了口氣：「那岳南蛮真真厲害，能使將官捨身断臂，來騙某家！那曹寧必然也是他說去，害他父子身亡。如今又說陸文龍歸宋。『鉄浮陀』一旦成空，枉劳數載功夫，空費錢粮不少。情實可恨！如今怎么處？」哈迷蚩道：「狼主不必心焦。待臣明日擺下一陣，名為『金龍絞尾陣』，誘那岳南蛮來打陣，可以擒他。」兀朮道：「如此速去整備。」哈迷蚩領令，自去操演。且按下慢表。

再說那晚「鉄浮陀」打過宋營之後，將次天明，陸文龍仝着奶娘，暗暗將金珠寶貝收拾停當，仝了王佐出營，竟望宋營而來。岳爺已經復將營寨扎好。王佐到了營前下馬，進見元帥，稟明前事。各家元帥、摠兵、節度、統制，俱各致謝王佐活命之恩。岳元帥傳令請陸公子相見。陸文龍進帳叅見道：「小姪不孝，枉認仇人為父！若非王恩公說明，怎得復継陸氏一脉！」元帥吩咐送公子後帳居住，撥二十名家將伏侍。一面差人送奶娘回到陸公子的家鄉居住，不表。

却說金營內哈迷蚩來稟上兀朮道：「狼主可差人將一封箭書射進宋營，叫岳南蛮暫停一月。待臣擺好陣勢，然後開兵擒捉岳南蛮，早定大事。」兀朮听了，就寫了一書，差番將射去。那番將來到宋營前，高聲叫道：「南蛮聽者，俺乃金邦元帥，有書一封，與你宋營主將，快些接去！」說罷，一箭射來。小軍拾起箭書，送與傳宣。傳宣將書呈上，元帥看畢，岳爺道：「你去與他說，教他擺好陣勢，快來知會打陣。」傳宣得令，出營大聲喝道：「番奴聽者，俺家帥爺有令，叫你們速去練熟些擺來，好等我們來打。」番將聽了，回營復命。軍師即將大兵盡數調齊，操演陣勢。

忽一日，有小番報進帳來：「啟上狼主，營門外有一大漢，口称雲南化外大王，叫做李述甫，帶着外甥黑蠻龍求見。」兀朮便問哈迷蚩道：「這是何人？來見某家則甚？」不知哈迷蚩如何回答，又不知那二人果有何事來見兀朮。正叫做：

渾濁未分鰱共鯉，水清方見兩般魚。

要知後事如何，且聽下回分解。

第五十八回　再放報仇箭戚方喪命　大破金龍陣関鈴逞能

詩曰：

百萬貔貅氣象雄，秋風劍戟倚崆峒❶。將軍已定平金策，奪取龍驤❷第一功。

話說哈迷蚩對兀朮道：「臣久聞雲南化外國，有個李述甫，是個南方蠻子之統領。今日必然來助狼主，可請他進來相見，看他有甚言語。」兀朮就命小番請李大王進帳相見，那小番遂走出營來說道：「狼主請大王進帳相見。」那李述甫想道：「兀朮不過是金國的四太子，我也是個王位，怎么不出來接一接？」就對黑蠻龍道：「你可在外等候，待我去見了兀朮，看他如何。若無待賢之禮，我何苦來助他？」黑蠻龍答應，在營前等候。那李述甫來到兀朮帳前站着，叫聲：「太子見禮！」兀朮看見他生得身高一丈二尺，面如藍靛，髮似硃砂，心裡有些奇異。本要下來與他行禮，却挨攏來與他比比看長我多少。那李大王見兀朮不住眼的瞧着他，又見他挨近身來，只認道是要來拿他，舉起手來只一掌，把兀朮打倒，

❶ 劍戟倚崆峒：誇張形容極長的劍戟。崆峒，山名，在今甘肅平涼市西。

❷ 龍驤：舊五代史唐書莊宗紀：「梁有龍驤、神威、拱宸等軍，皆武勇之士也。每一人鎧仗費數十萬，裝以組繡，飾以金銀，人望而畏之。」後以泛指英勇的軍隊。

飛跑出營，上馬提鎗便走。後邊一眾平章、番將真個赶來拿他。黑蠻龍大喝一聲，提起斗大的鉄鎚來，一連打翻了幾個，後面不敢追來。

李述甫對黑蠻龍道：「这番奴不是個好人。吾倒有心來帮助他，不想他倒來拿我。被我一拳打翻了他，走了出來。」黑蠻龍道：「舅王，我們既到此，不如到對門營内去看。聞得岳元帥的兒子岳雲本事高強，待甥兒去與他比比武藝看，若是果然，我們原歸了宋朝罷？」李述甫道：「这也有理。」遂領着一隊苗兵，來至宋營前吶喊。这黑蠻龍立馬陣前，高聲叫道：「嘚！宋兵聽者，我乃化外國大王。聞得你們有個什么岳雲，是有些本事的，可叫他出來試試我小王爺的鎚；不然，俺就殺進營來了！」小軍慌忙報上帳來：「啟上元帥爺，有一個化外國苗王討戰，坐名要公子出馬，特來稟知。」元帥道：「那苗王為甚到此討战？必有緣故。」就令：「岳雲，你出去，湏要見機而行。」

公子答應一聲：「得令」，上馬提鎚直到陣前觀看。一眼看去，但見那員苗將，頭有巴斗大，臉如黑漆，眼環口闊；頭上帶着烏金蓮子箍，左右插着兩根雉雞尾，身上披着烏金鎧甲；坐下一匹高頭黑馬，手使兩柄笆斗大的鉄鎚；年紀不多，只好十六七歲。再看到旗門下这個人，身長丈二，形容古怪，相貌希奇，紅鬚赤髮，壓住陣脚。黑蠻龍大喝一聲：「來將何人？留下名來！」公子道：「苗蛮坐穩了，不要听了跌下馬來！我乃武昌開國公太子少保統属文武兵馬大元帥岳大公子岳雲的便是。你这苗將緣何到此？亦留下名來！」黑蠻龍道：「小王爺乃是雲南化外國摠領李大王的外甥黑蠻龍的便是。因你宋朝久不來封王，故來帮助金國，來奪你天下。不道那兀朮也不是個好人，今欲回去。聞得你這個蛮子有些本領，故來與你比比武藝。且上來試試我的鎚看！」說罷，就噹的一鎚打來；岳雲把左手中这爛銀鎚架開，右手一鎚打去。兩個鎚來鎚往，鎚去鎚迎：舉起猶如日月當空，按下好如寒星墜地。真個是棋逢敵手，將遇良材。戰到百十個回合，不分勝負。岳雲想道：「這個苗蠻果然好本事！我且引他到荒僻之處，問他個緣故，勸他歸順，豈不為美？」便回馬就走，大叫：「苗蠻，你敢來追我么？看我的回馬鎚厲害不厲害。」黑蠻龍道：「怕你甚么回馬鎚，偏要追你！」正是：

饒你走上焰魔天，足下騰雲須赶上。

兩個緊赶緊走，慢趕慢行。將到鳳凰山一帶茂林深處，公子回轉馬頭，叫一聲：「小苗王，且慢動手！我有一句話與你相商。」黑蠻龍道：「却不是你輸了，有甚么話講？」公子道：「我與你戰了这半日，只抵得對手，难道真個怕了你？況我爹爹帳下，雄兵猛將不少，金兵六七十萬尚不能搶我中原。你的令舅乃是雲南總領，應該發兵來相助我朝纔是，因何反來與我作對？倘然你殺了我，也佔不得我宋朝的江山；我殺了你，白白的送了性命，也不能個凌烟閣上標名。故此引你到此，就是這句話。請你想想看，何苦做甚冤家？」黑蠻龍道：「你既知我母舅是雲南總領，為何这幾年不來封王？」公子道：「原來為此。小苗王，你有所不知，这數年以來，國事艱难，二聖被陷金邦。幸得今上泥馬渡過夾江，又遭兀朮屢犯中原，接應不暇，那有工夫到南地來封王？久仰小苗王乃世間之豪傑，今幸相逢，意欲結拜為友。待等恢復中原，待我爹爹奏聞聖上，來封令舅的王位，決不食言！未知小苗王意下何如？」黑蠻龍道：「俺也聞得小將軍的英名，如今看起來，果然不虛。今幸識荊❸，三生有幸。只恐高攀不起。」公子道：

❸ 識荊：李白與韓荊州書：「白聞天下談士相聚而言曰：『生不用封萬戶侯，但願一識韓荊州。』何令人之景

「大丈夫意氣相投，遂成莫逆，何出此言？」二人遂各下馬，撮土為香，對天立誓，結拜為友。岳雲年長為兄，蠻龍為弟。蠻龍道：「大哥且請回營，待小弟與家母舅說明，再來候見老伯。」二人上馬同行。到了陣前，岳雲收兵回營，來見父親繳令，將黑蠻龍結拜的事說了一遍，岳爺大喜。

却說李述甫見外甥與岳雲同歸本營而別，便問黑蠻龍道：「你與岳雲比武，勝敗如何？」黑蠻龍下馬，將前事細細稟明。李述甫听了，心中大喜。遂令黑蠻龍一同來到宋營前，傳宣飛報進帳道：「啟上帥爺，今有雲南李大王同了小王爺在外候見元帥。」元帥傳令大開營門，帶領大小眾將，一齊出來迎接。接至帳中，見禮已畢，分賓坐下。岳雲過來見了大王李述甫，黑蠻龍亦過來見了各位元帥。張、韓、劉、岳四元帥齊道：「久仰大王英名灌耳，敢不欽敬！」李述甫道：「久聞四位元帥再整宋室江山，真乃擎天玉柱，架海金樑，敢不賔服！」

元帥吩咐軍中治酒相待，一面傳令犒賞雲南軍卒。岳爺對李述甫道：「大王且請回國。目下金邦兀朮屢犯中原，如此猖獗，尚未平服，恐閡外苗蠻乘机而入，甚為不便。須得大王鎮治，方保無虞！待本帥平了金邦，迎了二聖還朝，那時奏明，本帥親到雲南來封大王的王位便了。」李述甫大喜道：「遵教了。」當日酒散，各自回歸本營，止有岳雲留黑蠻龍敘談了一夜。次日早上，李述甫來辭別元帥。岳爺吩咐整備粮草等物相送，各將官俱來送李述甫起行。只有岳雲與黑蠻龍恋恋不捨得分別。蠻龍道：「哥哥千萬同了老伯來到雲南走走。」岳雲道：「為兄的必要來探望賢弟！」兩人洒淚而別。李述甫全了黑蠻龍，領了苗兵，自回化外國而去。

慕一至於此耶！」韓荊州，指韓朝宗。當時為荊州長史，後因以「識荊」為初次識面的敬辭。

過了十餘日，岳元帥暗想：「今已半月有餘，金營不見動靜，不知排的甚么陣，這等煩难？」等到晚上，悄悄帶了張保出營，來到鳳凰山邊茂林深處，盤上一棵大樹頂上偷看金營。果有百十萬人馬，詐言二百萬，擺着兩條「長蛇陣」，頭並頭，尾搭尾，所以叫名「金龍絞尾陣」。元帥正看之間，只聽得弓絃响，連忙回轉頭來看時，肩膀上早中了一箭，岳爺大叫一聲。那放箭的暗想：「这遭報了仇了。」竟自悄悄的去了。这裡張保听見元帥大叫，忙把索子放下，拔出箭頭，扯下一副戰袍包好了膀子，將岳爺伏在背上。定了一定神，元帥輕輕叫道：「張保，你扶我上馬回營罷！」張保扶岳爺上了馬，慢慢的回至本營。張保扶岳爺至後帳坐定，元帥即將以前牛皐存下这顆丹藥服了，霎時箭瘡平復。又叫張保：「你悄悄去喚了戚方來。」張保領令來喚戚方，戚方好像有幾個弔桶在心頭，一上一下不住的打，又不敢不來。只得仝了張保，來至後帳，叩頭道：「元帥喚末將有何使令？」岳元帥道：「戚方！人非草木，世間萬物最靈者，乃人也。我只因兵下洞庭時節，違了我的軍令，故將你責了幾下。你却把本帥射死，若無牛皐救我，性命今已休矣！你竟不想若非本帥恩義待人，怎得王佐断臂？不要說他別的功勞了，只講前日他報『鉄浮陀』之信，我等鳳凰山避兵，救了三軍之命。況且我是主帥，就屈打了你幾下，有何大仇？你今日又射本帥一箭，幸喜天不絕我。你如此狠心，豈不送了宋朝天下？我如今喚你到來，與你一封書信，連夜徃臨安去，投在後軍都督張俊那邊去尋個出身罷。若到了天明，恐眾將不服，就难活命了！」戚方無言可答，接了書，叩頭謝恩出帳。上馬回營，取了些金帛。

上馬出營來，恰好劈面撞着牛皐。牛皐道：「是誰？」戚方道：「是我。」牛皐道：「半夜三更，你徃何處去？」戚方道：「奉元帥之命，令我去投奔後軍都督張老爺，故尔出營。將軍若不相信，現有元帥書信在此。」牛臯想道：「方纔見他出營去，又見他回營。不多時，又見元帥伏在馬上，張保扶着，必定这廝又做出甚么事來了。若叫他去投了奸臣，越發不妙了。」便喝道：「果是奉元帥之令，也該青天白日，怎么夜裡私逃？必有情弊！且同我去見了元帥，方放你去。」戚方道：「元帥命我速去，勿待天明。你如何阻我？」牛臯道：「胡說！」就一鐧打來，戚方不曾提防，早被牛臯打得腦髓直流，跌下馬來。

牛臯將他身上金銀并那一封書搜出，取了首級，進帳來見元帥。元帥見了，說一聲：「是本帥忘了，不曾記得今夜是賢弟巡夜，被你打死了，也是他的命不該活。」牛臯道：「元帥為着何事，叫他去投奸臣？」岳爺便把放箭之事說了一遍，牛臯道：「既如此，小弟打死他原不差！」遂辭了元帥，仍去巡夜，當晚亦不提起。明日，元帥升帳，聚集眾將，把戚方之事說了一遍。眾皆大驚。又見軍士來報：「羅綱仝郝先逃走了。」岳爺道：「他見戚方身死，自然立脚不住。猶他自去，不必追他。」吩咐將戚方首級號令軍前一日，取來合在尸首上埋葬，不提。

再說金邦哈迷蚩陣已擺完，來稟兀朮，差人來下戰書。岳元帥約定來日決戰，一面請各位元帥齊到中軍商議。那四位元帥各處人馬，合來共有六十萬。岳元帥仝張元帥帶領人馬打左邊的長蛇陣；韓元帥仝劉元帥領兵去打右邊的長蛇陣；命岳雲、嚴成方、何元慶、余化龍、羅延慶、伍尚志、陸文龍、鄭懷、張奎、張憲、張立、張用，從中殺入。準備停當。到了次日三個轟天大炮，中間這六根鎚、六條槍、一枝銀剪戟、三條銅鉄棍，冲進陣來。撞着鎚，变為肉餅；挨着棍，馬仰人翻。金營將臺上一聲號砲，左右營陣脚走動，方才圍裹攏來。岳元帥已從左邊殺入，舉起瀝泉鎗乱挑。馬前張保掄動鑌鉄棒，馬後王橫舞着熟銅棍，好似天神出世。後邊牛皐、吉青、施全、張顯、王貴等眾英雄，一齊殺入陣來。右邊韓元帥手舞長鎗，左手大公子，右手二公子，後邊蘇勝、蘇德等眾將一齊殺進。金營將臺上又是一聲號砲，四面八方團團圍裏攏來。那「金龍陣」原是兩條「長蛇陣」化出來的，頭尾各有照應，猶如兩個剪刀股形一般，一層一層圍攏來。殺了一層，又是一層，都是番兵番將，殺不散，打不開。這四個元帥、大小將官，俱在陣中狠殺。真個是殺得天昏地暗，日色無光，好生厲害！但見：

征雲陣陣迷三界，殺氣騰騰閉九霄。大開兵，江翻海攪；冲隊伍，地動山搖。叉耙鎗刀宣花斧，當頭砍去；鐽鎚劍戟狼牙棒，劈面飛來。強弓硬弩，逢者便死；單鞭雙鐗，遇者身亡。紅旗耀日，人皆喪胆；白刃爭光，鬼亦形消。

正是：

慘淡陣雲橫，悲涼鼓角聲。血變黃河水，白骨滿邊塵。

那四位元帥全眾將正在陣中廝殺。話中却提起那金門鎮的先行官狄雷，自從遇見岳元帥之後，每每要想去投奔在他麾下去立功，却無門可入。那日聞得兀朮又犯中原，與岳爺在朱仙鎮上交兵，便心下想道：「我此時不去立功，更待何時？」遂披掛停當，拿了兩柄鉄鎚，跨上青騌馬，飛奔往朱仙鎮而來。在路非止一日，到了朱仙鎮，方知岳元帥殺了一日一夜，尚未出來。正要打點殺進陣去，但見正南上一個年少英雄飛馬而來。狄雷定睛一看，那位小將不上二十歲年紀，騎着一匹紅砂馬，使一桿鏨金鎗。狄雷就迎上一步問道：「將軍尊姓大名？到此何幹？」那人道：「小可樊成，乃是岳元帥麾下統制官孟邦傑的妻舅。今聞得金兵在此與岳元帥交戰，特地到此助他一臂之力。請問將軍尊姓大名？因何問及小可？」狄雷道：「我乃金門鎮先行官便是，姓狄名雷。因向日岳元帥追殺金兵，小將一時誤認，冒犯了元帥，懼罪潛逃。今因兀朮又犯中原，故此欲來立功贖罪。」樊成道：「既如此，我二人就殺入陣去助戰，何如？」狄雷道：「雖然說的是，但是番兵重重叠叠如此之多，不知岳元帥在何處，我們從那一方殺入方好？」兩個正在商議，只見前面一位將官飛馬而來。二人抬頭看時，只見那人生得面如重棗，丹鳳眼，臥蠶眉；坐下黃驃馬，橫担青龍偃月刀；年紀不上二十。樊、狄二人催馬上前來問道：「將軍且住馬。前有金兵阻路，要往何處去？」那人道：「在下姓關名鈴，曾與岳元帥的公子八拜為交。聞得兀朮與元帥交兵，故此特地前來帮助殺賊。請問二位尊姓大名？」樊成、狄雷各通了名姓，將前來助陣之事大家說了一遍。關鈴道：「如此甚好，我們一仝殺入去便了。」樊成道：「我二人本意殺入陣去，因見番兵甚多，不知擺的何陣，從那一頭殺入方好，因此在這裡商議。」關鈴道：「二位仁兄，自古大丈夫堂堂正正，既來助陣，不管他什么陣，我們只從正中間殺入去，怕他什么？」二人大喜，叫聲「好」，就一齊拍馬，望着正中間，殺將進去。

鎚打鎗挑刀砍去，人頭滾滾肉為泥。

番兵那裡招架得住，慌忙報上將臺道：「啟上狼主，有三個小南蛮殺入陣中，十分驍勇，眾平章俱不能抵敵，殺進中心來了。」其時兀朮正坐在將臺上，看軍師指揮佈陣，聽了此報，便把號旗交與哈迷蚩，自己提斧下臺，上馬迎上來，正遇見関鈴等三人。兀朮大喝一聲：「嘟！小南蛮是何等之人，擅敢衝入某家的陣內來？」関鈴喝道：「我乃梁山泊大刀関勝爺爺的公子関鈴便是。你是何人？說明了好記我的頭功。」兀朮看見関鈴年紀幼小，威風凛凛，相貌堂堂，心中十分喜愛，便叫：「小南蛮，某家乃是大金邦昌平王兀朮四太子是也。我看你小小年紀，何苦断送在此地！若肯歸順某家，封你一個王位，永享富貴，有何不美？」関鈴聽了笑道：「咦！原來你就是兀朮！也是我小爺的時運好，出門就撞見個寶貨。快拿頭來，送我去做見面禮。」兀朮大怒，罵一聲：「不中抬舉的小畜生！看某家的斧罷！」遂掄動金雀斧，當頭砍來；関鈴舉起青龍偃月刀，撥開斧，劈面交加。兩人戰了十餘合，惱了狄雷、樊成，一桿鎗，兩柄鎚，一齊上前助战。兀朮那里敵得住这三個出林虎，直殺得兩臂酸麻，渾身流汗，只得轉馬敗走。又恐他們冲動陣勢，反自遶陣而走，因是兀朮在前，眾兵不好阻擋，那三人在後追赶，反把那「金龍陣」冲得七零八落。

那陣內四位元帥見陣脚散乱，就指揮眾將四處追殺。関鈴正殺得熱鬧，看見了岳雲，便高聲大叫：「岳大哥！小弟在此。」岳雲見是関鈴，好不歡喜，便道：「賢弟來得好，快些帮我殺盡了这些番兵，同你去見爹爹。」那樊成舞動这桿鏨金鎗，一鎗一個，正殺得高興，正撞着孟邦傑，叫聲：「姐夫，我來也！」孟邦傑見了大喜道：「小舅來得甚好。快立些功，好見元帥报功。」那狄雷殺進番陣中，正遇見岳爺，便高叫：「元帥，小將狄雷在金門鎮上悞犯虎駕，今日特來投在元帥麾下効劳！」岳爺道：「將軍與國家出力，殺退了金兵，报功受職。」狄雷得令，抖搜精神，去打番兵。當時刘琦對岳爺道：「元帥少陪了。」竟帶領本部人馬，匆匆的殺出陣去了，連岳爺也不知其故。且再講岳公子銀鎚擺動，嚴成方金鎚使開，何元慶鉄鎚飛舞，狄雷雙鎚並舉，一起一落，金光閃爍，寒氣繽紛：這就叫做「八鎚大鬧朱仙鎮」。殺得那些金兵尸如山積，血若川流，好生厲害！但見：

殺氣騰騰萬里長，旌旗密密透寒光。雄師手仗三環劍，虎將鞍横丈八鎗。軍浩浩，士茫茫，鑼鳴鼓响猛如狼。刀鎗閃爍迷天日，戈戟紛紜欺雪霜。狼烟火炮烘天響，利矢強弓風雨狂。直殺得：滔滔流血溝渠滿，疊疊尸骸積路旁。

只一陣，殺得那兀朮大敗虧輸，往下敗走。眾營頭立脚不住，一齊棄寨而逃，乱乱竄竄，敗走二十餘里，追兵漸遠。不道前隊敗兵發起喊來，却原來是刘琦元帥抄着小路到此，將樹木釘樁，阻住去路，兩邊埋伏弓弩手。一聲梆子响，箭如飛蝗一般的射來。兀朮傳令，轉望左邊路上逃走。又走了一二十里，前軍又發起喊來，兀朮查問為何，小番稟道：「前面乃是金牛嶺，山峰巉削，石壁危峦。單身尚且要攀籐附葛，方能上去，何況这些人馬，如何過得？」

兀朮下馬，走上前一看，果然危險，不能過去。欲待要再尋別路，又聽見後邊喊聲震耳，追兵漸近，弄得進退兩难，心中一想：「某家統領大兵六十餘萬，想奪中原，今日兵敗將亡，有何面目見眾！將死于此地！」遂大叫一聲：「罷，罷，罷！此乃天亡某家也！」遂撩衣望着石壁上一頭撞去，但聽得震天價一聲响，兀朮倒于地下。正是：

身如五鼓啣山月，命似三更油盡灯。

畢竟不知兀朮性命如何，且聽下回分解。

第五十九回　召回兵矯詔發金牌　詳惡夢禪師贈偈語

詩曰：

胡騎驅兵入漢關，秋風殺氣暗秦山。英雄共奮匡時力，不放沙場匹馬還。
方圖痛飲黃龍府❶，金牌十二一時頒。男兒不遂平戎志，千古長流血淚潸！

却說兀朮望着石壁上一頭撞去，原是捨命自盡，不道天意不該絕於此地，忽聽得震天價一聲响，那石壁倒將下去；又聽得豁喇喇的山嶺危巔，盡皆倒下。兀朮扒將起來一看，山峰盡平，心中大喜，甩上馬，招呼眾將上嶺。那些番兵個個爭先，一湧而上，反擠塞住了。剛剛上得五六千人，忽然一聲雷响，那巔崖石壁依舊豎起。後邊人馬不能上山，看看追兵已到，把那些金兵猶如砍瓜切菜一般，無路逃生。兀朮在嶺上望見山下，見那本邦人馬死得可憐，不覺眼中流淚，對着哈迷蚩道：「某家自進中原，所到之處望風瓦解，不想遇着這岳南蠻如此厲害，六十萬人馬，被他殺得只剩五六千人！還有何面目回去見

❶ 黃龍府：岳飛有對部下「直搗黃龍府，與諸君痛飲耳」的豪言壯語，黃龍府究指何處，學術界有三說：一指當時的燕京（今北京市），二指遼時設置的東部重鎮黃龍府（今吉林省農安縣），三指金統治中心上京會寧府（今黑龍江省阿城縣南）。

老狼主，倒不如自盡了罷！」說罷，便拔出腰間佩劍，欲要自刎。哈迷蚩將他雙手緊緊抱住，眾將上前奪下佩刀。哈迷蚩叫聲：「狼主，何必輕生！勝敗兵家常事。且暫回國，再整人馬，殺進中原，以報此仇。」

正說之間，只見對門林子內走出一個人來，書生打扮，飄飄然有神仙氣象，上前來見兀朮道：「太子在上，你只想調兵復仇，終久何用？君向鍋中添水，不如灶內無柴。況自古以來，權臣在內，大將豈能立功於外？不久岳元帥自不免也。」兀朮聽了，恍然大悟，遂作揖謝道：「極承教諭！請問先生尊姓大名？」那人道：「小生之意，不過應天順人，何必留名？」遂辭別而去。

兀朮就吩咐草草安營，且埋鍋造飯，吃了一飡。哈迷蚩道：「天遣此人來点醒我們。狼主且請回関，待臣私入臨安去訪秦檜，等他尋個机會，害了岳飛，何愁天下不得？」兀朮大喜道：「既如此，待某家寫起一書來，與軍師帶去。」當下就取過筆硯，寫了一書，外用黃蠟包裹，做成一個蠟丸，遞與哈迷蚩道：「軍師，你進中原，須要小心！」哈迷蚩道：「不劳狼主囑咐，小臣自會見机而行。」遂將蠟丸藏好，辭了兀朮，悄悄的暗進臨安而去。後人有詩曰：

战敗金邦百萬兵，中原指日望清平。何來狂士翻留賊，自古書生敗國成。

且說岳元帥就在金牛嶺下扎住營盤，賞勞兵將，一面寫本進朝报捷，一面催趲粮草，收拾衣甲，整頓發兵掃北。按下慢表。

再說哈迷蚩打扮做汴京人模樣，悄悄的到了臨安。那一日，打聽得秦桧同了夫人王氏在西湖上遊玩，即忙也尋到湖上來。只見秦桧正在蘇堤邊泊下座船，與夫人對坐飲酒，賞玩景致。哈迷蚩就高聲叫道：「賣蠟丸，賣蠟丸！」叫過東來，又叫過西去。那王氏聽得賣蠟丸的只晉叫來叫去，就望岸上一看，便叫：「相公，这不是哈軍師么？」秦桧一眼望去，說道：「不差，不差！」便吩咐家人：「去叫那賣蠟丸的上船來見我。」家人領命，忙忙的走到船頭上，把手一招，叫道：「賣蠟丸的，太師爺喚你上船來，須要小心！」那人下船來，同了家人進艙，跪下。秦桧問道：「你賣的是什么蠟丸？可醫得我的心病么？」哈迷蚩道：「我这蠟丸耑醫的是心病，且有妙方在內。但要早醫，緩則恐其無効。」秦桧道：「既如此，且把丸子留下，我照方而服便了。」叫家人：「賞他十兩銀子去罷。」哈迷蚩會意，謝賞而去。

秦桧將蠟丸剖開看時，却是兀朮親筆之書，責偹「秦檜背盟，今被岳飛殺得大敗虧輸。若能害得岳飛，方是報我國之恩。倘得了宋朝天下，情愿與汝平分疆界」等語。秦桧看完，即將書遞與王氏道：「四太子要我謀害岳飛，當如何處置？」王氏道：「相公官居宰輔，戢掌群僚，這些小事有何难處。況且前日藥酒之事，被牛臯識破，今若滅了金邦，功高無比。倘然回京，查究出此事來，我們一家性命难保。為今之計，不如慢發粮草，只說今日欲與金國議和，且召他收兵，暫回朱仙鎮養馬。然後再尋一計，將他父子害了，豈不爲美？」秦桧大喜道：「夫人言之有理。」遂命罷宴，開船上岸回府，不題。

再說那哈迷蚩自見了秦檜，送了蠟書，依舊扮作客商模樣，取路回營，來見兀朮道：「臣在西湖上見過秦檜夫妻。接了蠟丸，已是會意，料他必然有計與狼主搶天下。我等且回関外，再差人打聽消息便了。」兀朮遂命拔寨，帶領了敗殘人馬，往関外去了。

那岳元帥與眾位元帥在營中商議調兵養馬，打点直搗黃龍府，迎還二聖，早晚成功。却是粮草不至，不知何故。正在差官催趲軍粮，克日掃北，忽报有聖旨下。岳爺一仝眾元帥出營接旨，欽差宣讀詔書，却是召岳飛班師，暫回朱仙鎮歇息養馬，待秋收粮足，再議發兵。

岳爺送了欽差，回營坐定。當下韓元帥開言道：「大元戎以十萬之眾，破金兵百萬，亦非容易。今成功在即，不發兵粮，反召元帥兵回朱仙鎮，豈不把一段大功，沉于海底！这必是朝中出了奸臣，怕大將立功。元帥且自酌量，不可輕自回兵。」岳元帥道：「自古君命召，不俟駕而行。不可貪功，逆了旨意。」刘元帥道：「元帥差矣！古云：『將在外，君命有所不受。』今金人鋭氣已失，我兵鼓舞用命，恢復中原，在此一舉。依着愚見，不如一面催粮，一面發兵，直抵黃龍府，滅了金邦，迎回二聖。然後歸朝，將功折罪，豈不為美？」岳爺道：「眾位元帥有所不知：本帥因鎗挑小梁王，逃命歸鄉。年荒歲亂，盜賊四起。有洞庭湖楊么差王佐來聘本帥，本帥雖不曾去，却結識了王佐，故有断臂之事。我母恐我一時失足，將本帥背上刺了『盡忠报国』四個大字，所以一生只圖盡忠。既是朝廷聖旨，那晉他奸臣弄權！」遂傳令拔寨起營。一聲炮响，十三處人馬分作五隊，滔滔的回轉朱仙鎮。依舊地扎下十三座營頭，各各操兵練將，耑待秋收進兵。

一面喚過岳雲，暗暗吩咐道：「方今奸臣弄權，專主和議。朝廷聽信奸言，希圖苟安一隅，無用兵之志，不知將來如何？你可同張憲回到家中，看看母親，傳教兄弟些武藝。倘有用你之處，再來喚你。」二人領命，拜別了岳爺，來與關鈴作別，便道：「向日承我弟所贈寶駒，愚兄目下歸鄉，並無用處，今日物歸故主。愚兄暫時拜別，不久再得相會。」關鈴只得收了赤兔馬，依依不捨直送至十里方回。那岳雲自和張憲二人，一仝歸鄉去了。

岳爺一日仝眾元帥坐談議論，只呌一聲：「張保何在？」張保應聲道：「有。小人在此，元帥有何吩咐？」岳爺對着眾元帥道：「这個張保，乃是李太師的家丁，送來與我做個伴當，想要尋個出身。他隨我數年苦戰，元帥們也知他的功劳，今蒙聖恩賜我的空頭箚付，本帥意欲與他一道，往濠梁去做個摠兵，可使得么？」眾元帥道：「大元戎何出此言？張將軍在帳下，不知立了多少大功，莫說摠兵，再大些也該。」岳元帥便取過一道箚付，填了名姓，就付與張保道：「你可回去領了家小，一齊上任。」張保道：「小人不願為官，情願在此跟隨元帥。」岳爺道：「人生在世，須圖個出身，方是男子漢。你去，不必多言。」張保見岳爺主意已定，只得稟道：「小人去便去，若做不來摠兵，是原要來伏侍元帥的嘘。」岳爺道：「只要你盡心報國，有何做不來之事？」張保叩辭了，并拜別了眾位元帥，出營起身去了。

岳爺又叫聲：「王横。」王横跪下道：「元帥有何吩咐？」岳爺道：「我欲叫你去做個摠兵，你心下如何？」王横連忙叩頭稟道：「阿呀！小人是個粗人，只曉得跟隨大老爺過日子，不曉得做什么摠兵摠將的。若要小人去做官，情愿就在老爺跟前自盡了罷！」岳爺道：「既然如此，便罷了。」王横謝了元帥，起來走過一邊。眾元帥道：「难得元帥手下都是忠義之人，所以兀朮屢敗。」

正在閒談，忽报聖旨又下。眾元帥一仝接進，天使開讀，却是命岳元帥在朱仙鎮屯田養馬；眾元帥、節度且暫回本汛，候粮足聽調。眾元帥謝恩，送出天使。回營養馬三日，韓元帥、張元帥、刘元帥，與各鎮摠兵、節度使齊到大營，與岳元帥作別，俱各拔寨起身，各回本汛去了。

且說岳爺在朱仙鎮上，終日操兵練將，又令軍士耕種米麥，耑等旨意掃北。不道秦檜耑主和議，使命在金國往返幾回，終無成議，看看臘盡春殘，又早夏秋時候。一日閑坐帳中，觀看兵書，忽报聖旨下。

岳爺連忙迎接開讀，却是因和議已成，召取岳飛回兵進京，加封官職。岳爺謝恩畢，送出天使，回轉營中，對眾將道：「聖上命我進京，怎敢抗旨？但奸臣在朝，此去吉凶未卜。我且將大軍不動，單身面聖，情愿獨任掃北之事。倘聖上不聽，必有疎虞。眾兄弟們務要戮力仝心，為國家报仇雪耻，迎得二聖還朝，則岳飛死亦無恨也！」眾將道：「元帥還該商議，怎么就要進京？」岳爺道：「此乃君命，有何商議。」

正說之間，又報有內使齎着金字牌，遞到尚書省劄子，到軍前來催元帥起身。岳爺忙忙接過。又報金牌來催，不一時間，一連接到十二道金牌。內使道：「聖上命元帥速即起身，若再遲延，即是違逆聖旨了！」岳爺默默無言，走進帳中，喚過施全、牛臯二人來道：「二位賢弟，我把帥印交與二位，暫與我執掌中營。此乃大事，須當守我法度，不可縱兵擾害民間，也不枉我與你結義一番！」說罷，就將帥印交付二人收了。再點四名家將，仝了王横起身。眾統制等并一眾軍士，齊出大營跪送，岳爺又將好言撫慰了一番，上馬便行。但見朱仙鎮上的居民百姓，一路攜老挈幼，頭頂香盤，挨挨擠擠，眾口仝聲攀留元帥，哭聲震地。岳爺揮淚對着眾百姓道：「尔等不可如此！聖上連發十二道金牌召我，我怎敢抗違君命！況我不久復來，掃清金兵，尔等自得安寧也。」眾百姓無奈，沒一個不悲悲楚楚，只得放條路讓岳爺過去。眾將送了一程，岳爺道：「諸位將軍，各自請回罷！」大眾俱各洒淚作別，直待看不見了岳爺，方各回營。後人讀史至此，有詩惜之曰：

胡馬南來羯鼓喧，中原日以見摧殘。羽書❷原上旌旗急，血戰関前星斗寒。

❷ 羽書：亦稱羽毛書，猶羽檄。古時徵調軍隊的文書，上插鳥羽，表示緊急，必須速遞。

画角哀鳴金虜遁，凱歌聲奏萬民安。高宗不相秦長脚，二帝鑾輿竟可還。

又有詩罵秦檜曰：

心藏机事有誰知？金牌十二促班師。若容大將成功績，暗地通胡也是痴。

且說岳爺仝王橫帶着四名家將，離了朱仙鎮，望臨安進發。在路非止一日，來到了瓜州地方，早有驛官迎接。到官廳坐定，上前稟道：「揚子江中風狂浪大，況天色將晚，只好在驛中歇了。等明日風靜了，小官整備船隻，送大老爺過江罷。」岳爺道：「既如此，且在此暫歇罷。」那驛官忙忙的去整備夜膳，請岳爺用了，送在上房安歇。王橫同四個家將，自在外廂歇宿。

那岳爺心中有事，睡在床上，不覺心神恍惚。起身開門一望，但見一片荒郊，朦朦月色，陰氣襲人。走向前去，只見兩隻黑犬，對面蹲着講話。又見兩個人，赤着膊子立在傍邊。岳爺心裡想道：「好作怪！畜生怎么會得講話？」正在奇異，忽然揚子江中狂風大作，白浪滔天，江中鑽出一個怪物，似龍非龍，望着岳爺身上撲來。岳爺猛然吃了一驚，一交跌倒在床上，一身冷汗，却是一梦。側着耳朵听時，樵樓正打三鼓，暗想：「此夢好生蹊蹺！曾記得韓元帥說，此間金山寺內有一個道悅和尚，能知過去未來。我何不明日去訪訪他，請他詳解？」

主意定了，到了天明起來，梳洗了，吩咐王橫備辦了香紙等物。那驛官已將船隻備好，岳爺將一兩銀子賞了驛丞，下船開江，一徑來到金山腳下泊定。命家將在船看守，止帶了王橫，信步上山，來到大殿上，拜過了佛，焚香已畢。轉到方丈門首，只聽得方丈中朗然吟道：

苦海茫茫未有崖，東君何必恋塵埃？不如早覓回頭岸，免却風波一旦災！

岳爺聽了，暗暗點頭道：「这和尚果有些德行。但雖勸我修行，那知我有國家大事在心，怎肯丟着？」正想之間，只見裡邊走出一個行者來道：「家師請元帥相見。」岳爺隨了行者，走進方丈，那道悅下禪床來，相見已畢。道悅道：「元帥光臨，山僧有失遠接，望乞恕宥！」元帥道：「昔年在瀝泉山參見令師，曾言二十年後得會吾師，不意果然！下官只因昨夜在驛中得一異梦，未卜吉凶，特求吾師明白指示！」道悅道：「自古至人無夢，夢景忽來，未必無兆。不知元帥所得何夢，幸乞見教。」岳爺即將昨夜之梦，細細的告訴了一遍。道悅道：「元帥怎么不解？兩犬對言，豈不是個『獄』字？傍立裸體兩人，必有同受其禍者。江中風浪，擁出怪物來撲者，明明有風波之險，遭奸臣來害也。元帥此行，恐防有牢獄之災、奸人陷害之事，切宜謹慎！」岳爺道：「我為國家南征北討，東蕩西除，立下多少大功，朝庭自然封賞，焉得有牢獄之災？」道悅道：「元帥雖如此說，豈不聞『飛鳥盡，良弓藏』？從來患难可仝，安樂难共。不如潛身林野，隱跡江湖，乃是哲人保身之良策也！」岳爺道：「蒙上人指引，實為善路。但我岳飛以身許國，志必恢復中原，雖死無恨！上人不必再勸，就此告辭。」道悅一路送出山門，口中念道：

風波亭上浪滔滔，千萬留心把舵牢。謹避仝舟生惡意，將人推落在波濤。

岳飛低頭不答，一徑走出山門。長老道：「元帥心堅如鉄，山僧無緣救渡。還有幾句偈言奉贈，公湏牢記，切勿亂了主意！」岳爺道：「請教，我當謹記。」長老道：

歲底不足，提防天哭。奉下兩点，將人荼毒。
老柑騰挪，纏人奈何？切些把舵，留意風波！

岳爺道：「岳飛愚昧，一時不解，求上人明白指示！」長老道：「此乃天机，元帥試記在心，日後自有應驗也。」

岳爺辭別了禪師，出了寺門。下山來，四個家將接應下船。吩咐梢公解纜，開出江心。岳爺立在船頭上，觀看江景。忽然江中刮起一陣大風，猛然風浪大作，黑霧漫天。江中擁出一個怪物，似龍無角，似魚無顋，張着血盆般的口，把毒霧望船上噴來。岳爺忙叫王橫，取過這桿瀝泉鎗來，望着那怪一鎗戳去，不打緊，有分教：

水底撈針难再得，掌中失寶怎重逢？

不知那怪如何，且聽下回分解。

第六十回　勘冤獄周三畏掛冠　探囹圄張摠兵死義

詩曰：

棄職歸山不戀名，榮華富貴等浮雲。任他風浪高千丈，我自優遊不吃驚。

為國為民終受禍，全忠全義定傷身。試看張保頭顱碎，何似周君遠避秦。

却說岳爺舉起瀝泉鎗，望那怪戳去。那怪不慌不忙，弄一陣狂風，將瀝泉鎗攝去，鑽入水底，霎時風平浪息。岳爺仰天長嘆：「原來是这等風波！把我神鎗失去！可惜，可惜！」不一時，渡過長江，到了京口，上岸騎馬，吩咐：「悄悄過去，休得驚動了韓元帥，又要耽擱。」遂加鞭趕過了鎮江，望丹陽大路進發。及至韓元帥聞報，差家將趕上去，已過了二十多里，只得罷了。

且說岳爺在路行了兩三日，已到平江，忽見對面來了錦衣衛指揮馮忠、馮孝，帶領校尉二十名，兩下正撞個着。馮忠便問：「前面來的莫非是岳元帥么？」王橫上前答道：「正是帥爺。你們是甚么人？問他做甚？」馮忠道：「有聖旨在此。」岳爺聽得有聖旨，慌忙下馬俯伏，馮忠、馮孝即將聖旨開讀道：「岳飛官封顯職，不思報國，反按兵不動，剋減軍粮，縱兵搶奪，有負君恩。着錦衣衛扭解來京，候旨定奪。欽哉謝恩！」岳爺方要謝恩，只見王橫環眼圓睜，雙眉倒豎，掄起熟銅棍，大喝一聲：「住着！

我乃馬後王横是也！俺隨帥爺相殺多年，別的功劳休說，只如今朱仙鎮上二百萬金兵，我們捨命爭先，殺得他片甲不留，怎么反要拿俺帥爺？那個敢動手的，先吃我一棍！」岳爺道：「王横，此乃朝庭旨意，你怎敢囉唣，陷我不忠之名！罷罷，不如自刎了，以表我之心跡罷。」遂向腰間拔出寶劍，遂欲自刎。四個家將慌了，一齊上前抱住，奪下寶劍。王横跪下哭道：「老爺难道憑他拿去不成？」馮忠見此光景，隨提起腰刀來砍王横，王横正待起身，岳爺喝一聲：「王横，不許動手！」王横再跪下來，已被馮忠一刀砍中頭上，眾校尉一齊上。可憐王横半世豪傑，今日被亂刀砍死！有詩曰：

忠臣義僕氣相通，馬後王横壯節雄。今朝血污平江路，他日芳名佈策中。

那四個家將見風色不好，騎着岳爺的馬，拾了銅棍，帶了寶劍，乘鬧裡一齊走了。岳爺止不住兩淚交流，對馮忠道：「这王横亦曾與朝庭出力，今日觸犯了貴欽差，死于此地，望貴欽差施他一口棺木盛殮，免得暴露形骸！」馮忠應允，就傳地方官俻棺盛殮。一面暗暗將秦桧的文書，傳遞各汛地方官府，禁住往來船隻，細細盤詰，不許走漏風聲；一面將岳爺上了囚車，解往臨安，到了城中，暗暗送往大理寺獄中監禁。

次日，秦桧傳一道假旨，命大理寺正卿周三畏勘問。三畏接了聖旨，供在公堂，即在獄中取出岳飛審問。岳爺到了堂上，見中央供着聖旨，連忙跪下道：「犯臣岳飛朝見，愿吾皇萬歲萬歲萬萬歲！」拜畢，然後與三畏見禮道：「大人，犯官有罪，只求大法臺從公審問！」三畏吩咐請過了聖旨，然後正中坐下，問道：「岳飛，你官居顯爵，不思發兵掃北，以報國恩，反按兵不動，坐觀成敗，又且剋減軍糧，你有何辯？」岳爺道：「法臺老大人差矣！若說按兵不動，犯官現敗金兵百餘萬，掃北成功，已在目前，忽奉聖旨召回朱仙鎮養馬。現在元帥韓世忠、張信、劉琦等可証。」周三畏道：「这按兵不動，被你說過了。那尅減軍粮之罪是有的了，再有何說？」岳爺道：「岳飛一生愛惜軍士，如父子一般，故人人用命，尅了何人之粮，減了何人之草，也要有何指實。」三畏道：「現有你手下軍官王俊告帖在此，說你尅減了他的口粮。」岳爺道：「朱仙鎮上共有十三座大營，有三十餘萬人馬，何獨尅減了王俊名下之粮？望法臺大人詳察！」周三畏聽了，心中暗暗的想道：「这樁事，明明是秦桧这奸賊設計陷害他，我如今身為法司，怎肯以屈刑加於無罪？」便道：「元帥且暫請下獄，待下官奏過聖上，候旨定奪。」岳爺謝了，獄卒復將岳爺送入獄中監禁。

那周三畏回到私衙，悶悶不悅，仰天嗟嘆道：「得寵思辱，居安慮危。岳侯做到这樣大官，有何等大功，今日反受这奸臣的陷害。我不過是一個大理寺，在奸臣掌握之中，若是屈勘岳飛，良心何在！况是朋惡相濟，萬年千載，被人吐罵。若不從奸賊之謀，必遭其害。真個進退兩难！不如棄了这官職，隱跡埋名，全身遠害，豈不為美？」定了主意，暗暗吩咐家眷收拾行囊細軟。解下束帶，脫下羅袍，將印信、幞頭、象簡，俱安放在案桌之上。守到五更，帶了家眷并幾個心腹家人，捱出湧金門，潛身走脫。

詩曰：

待漏隨朝袍笏寒❶，何如破衲道人安？文犧被綉鸞刀逼❷，野鶴無籠天地寬。

❶ 待漏隨朝袍笏寒：清晨隨百官入朝，等待朝拜天子，官袍、手板都有寒意。漏，古代計時器。笏，古代臣朝

到了次日天明，吏役等方纔知道本官走了，慌忙到相府報知。秦桧大怒，要將衙吏治罪。眾人再三哀求，方纔饒了。就限在这一干人身上，着落他們緝拿周三畏。又行開文書，到各府州縣捱拿緝獲。秦桧見周三畏不肯依附他，掛冠逃去，想了一會，便吩咐家人道：「你悄悄去請了万俟卨、羅汝楫二位老爺來，我有話說。」家人領了鈞旨，來請二人。那万俟卨乃是杭州府一個通判，羅汝楫是個仝知。这兩個人在秦桧門下走動，如狗一般。聽說是太師相請，連忙坐轎到相府，下轎，一直進書房內來參見。秦檜賜坐待茶畢，二人足恭問道：「太師爺呼喚卑職二人，不知有何台諭？」秦檜道：「老夫相請二位到此，非為別事，只因老夫昨日差大理寺周三畏審問岳飛罪案，不想那廝掛冠逃走，現在緝拿治罪。老夫明日奏明聖上，即陞你二位抵代此職，委汝勘問此案。必須嚴刑酷拷，審實他的罪案，害了他的性命！若成了此段大功，另有陞賞。不可違了老夫之言！」二人齊聲道：「太師爺的鈞旨，卑職怎敢不遵？摠在我二人身上，断送了他就是。」說罷，遂謝恩拜別，出了相府回衙。

次日秦桧就將万俟卨陞做大理寺正卿，羅汝楫做了大理寺寺丞。在朝官員，那個敢則一聲？二人即刻上任。過了一日，就在獄中弔出岳飛審問。岳爺來到滴水簷前，抬頭一看，見堂上坐着他兩個，却不見周三畏，便問提牢獄卒道：「怎不見周老爺？」獄卒道：「周老爺不肯勘問这事，掛冠走了。今日是秦丞相陞这万俟老爺、羅老爺做了大理寺，差他來勘問的。」岳爺道：「罷了，罷了！他前日解粮來，

見君時所執的狹長板子，用玉、象牙、竹木製成，也叫手板。

❷ 文犧被綉鵉刀逼：古代宗廟祭祀用的純色牲口，身披錦繡，但終被鸞刀所殺。鵉刀，刀環有鈴的刀。古代祭祀時割牲用。

被我打了四十。當初懊悔不曾殺了他，今日反死于二賊之手也！」就走上堂對着二人舉手道：「大人在上，岳飛沒有公服，恕不施禮了！」万俟卨道：「胡說！你是個朝庭的叛逆，我奉旨勘問，怎見了我不跪？」岳爺道：「我有功于國家，無罪于朝庭，勘問什么？」羅汝楫道：「現有你部下軍官王俊告你按兵不舉，虛運粮草，詐稱無粮。」岳爺道：「朱仙鎮上現有十三座大營，二十萬人馬，怎說得個無粮？」万俟卨道：「無粮不成，反輸一帖，难道我倒跪了你罷？」岳爺道：「我是統兵都元帥，怎么反來跪你？」二人道：「不要與他譁，請過聖旨來。」二賊即將聖旨供在中間，岳爺只得跪下。那二賊將公案移在傍邊，下首坐着，便道：「岳飛，你快快將按兵不舉，私通外國的情由招上來。」岳爺道：「既有告人王俊，可叫他來面証。」万俟卨道：「那王俊是北邊人，到這裡臨安來，不服水土吃多了海蜇脹死了。人人說你是個好漢，這小小的殺頭罪就認了罷。何必有这許多牽扯？」岳爺道：「胡說！別樣猶可，這叛逆的罪，如何屈得我！」二賊道：「既不招，」叫左右：「先與我打四十！」左右一聲吆喝，將岳爺扯下來，重重的打了四十。可憐打得鮮血迸流，死去再醒，只是不肯招認。二賊又將岳爺拷問一番，用檀木拶指，命二人用杖敲打，打得岳爺頭髮散開，就地打滾，指骨皆碎！岳爺只是呼天搶胷，那裡肯招。二賊只得命獄卒仍舊帶去收監，明日再審。

二賊退回私宅商議了一番，弄出一等新刑法來，叫做「披蔴問」、「剝皮拷」。連夜將麻皮揉得粉碎，魚膠熬得爛熟，端正好了。次日，又帶岳爺出來審問。万俟卨道：「岳飛，你好好將按兵不動，意圖謀反，快快招來，免受刑法。」岳爺道：「我一生立志恢復中原，雪國之恥，現在朱仙鎮上仝着韓、張、劉眾元帥，力掃金兵二百萬。若再寬幾日，正好進兵燕山，直擣黃龍，迎取二聖還朝。不意聖旨促回兵歇馬，連用金牌十二道召我到來。那有按兵不舉之事？十三座營頭，三十多萬人馬，若有剋減軍糧，怎能夠安然如堵？岳飛一點忠心，惟天可表！叫我招出甚么來？」万俟卨道：「既不招，夾起來。」左右即將岳爺夾起，又喝打了一回。岳爺受刑不過，大叫道：「既要我招，取紙筆來，待我親寫招狀。」二賊大喜，叫典吏與他紙墨筆硯。

岳爺接了，寫成一張招狀，遞與二賊。二賊接來一看，只見上寫道：

武勝定國軍節度使、神武後軍都統制❸、湖北京西路宣撫使兼營田大使、節制河北諸路招討使、開府儀同三司❹、太尉❺、武昌郡開國公❻岳飛招狀：有飛生居河北，長在湯陰。幼日攻習詩書，壯年掌握軍馬。正值權奸板蕩藝祖之基❼，復遇靖康飄敗皇都之大業。三千粉黛，一旦遭殃；八百胭脂，霎時被擄。君臣北狩❽，百姓流離。萬民切齒，群宰❾相依。幸而聖主龍飛淮甸，虎據

❸ 神武後軍都統制：神武後軍，原名神武副軍、御營軍。都統制，亦即總統領。

❹ 開府儀同三司：官名，謂開建府署同三公之儀制。皆崇高盛德者居之。

❺ 太尉：官名，宋政和以後，為武官之首，位在節度使之上。

❻ 武昌郡開國公：是岳飛的封爵。

❼ 板蕩藝祖之基：攪亂宋太祖開創的基業。藝祖，有文德之祖。後用以為開國帝王的通稱。清顧炎武日知錄藝祖：「人知宋人稱太祖為藝祖，不知前代亦皆稱其太祖為藝祖……然則『藝祖』是歷代太祖之通稱也。」

❽ 君臣北狩：指金人俘虜宋徽宗、欽宗與諸臣北去。狩，通「守」。帝王被俘的婉辭。

❾ 宰：古代官吏的通稱。

金陵⑩；帝室未絕，乾坤再造。不思二帝埋沒于沙漠，乃縱臣弄權于廊廟。丞相雖主通和，將軍必爭用武。岳飛折矢有誓，與眾會期。東連海島，學李勣跨海征東⑪；南及滇池，做諸葛七擒七縱⑫。羨班超闢土開疆⑬，慕平仲添城立堡⑭。正欲直擣黃龍，迎回二聖；平吞鴨綠，一統中原，方滿飛心，始全予志。昔者群雄並起，寇盜縱橫，區區奮身田野，注籍戎行。戚方本國家大盜，鞭指狼烟自息；王善乃太行巨寇，旗揮即便剿除。除劉豫一賊之功，縛劉、苗二將之力；楊虎、何元慶手中之物，曹成、楊再興腳下之塵。斬楊么于洞庭湖，敗兀朮于黃天蕩。牛頭山廝殺，尸積如山；汴水河相持，血深似海。北方聞我兵進，人人胆破；南嶺見我旗至，個個心寒。朱仙鎮

---

⑩ 龍飛淮甸二句：指康王趙構逃出金營，經過淮河流域，在金陵（今南京）即帝位。

⑪ 李勣跨海征東：李勣，字懋功，本姓徐，初從李密，武德初歸唐，跟從秦王李世民征伐，屢建戰功，封英國公，賜姓李。高宗立，拜官尚書左僕射。進司空。跨海征東，指率兵討伐高麗，平其國。卒，贈太尉，謚「貞武」。

⑫ 諸葛七擒七縱：蜀漢丞相諸葛亮率眾南征，打到滇池，為使南蠻首領孟獲真正心悅誠服，七次擒獲，七次釋放。至此，孟獲止而不去，曰：「公天威也。南人不復反矣。」

⑬ 班超闢土開疆：東漢班超，班彪之子。為人有志，因家貧，抄書養母，曾輟業投筆，嘆曰：「大丈夫無他志略，猶當效傅介子、張騫立功異域，以取封侯，安能久事筆硯間乎！」明、章二帝時出征西域，開闢疆土，西域五十餘國都向漢朝納質內屬，封定遠侯。在西域三十一年，以年老乞歸，旋卒。享年七十一。

⑭ 慕平仲添城立堡：仰慕寇準建築城堡積極防禦的策略。寇準字平仲。他贊許唐相宋璟不賞邊功的政策，終於實現了開元之治，認為武將邀功而招禍，是應警戒的。從此句可見岳飛的抗金不是武將的邀功，而是反對侵略，保衛國家。

上，百千鐵甲奔逃；虎將麾前，十二金牌召轉。前則遵旨屯兵，今乃奉徵見帝。有賊權奸，誣誅忠直。設計陷我謀反，將飛賺入監牢。千般拷打，並無抱怨朝廷；萬種嚴刑，豈敢辜忘聖主？飛今死去，閻羅殿下，知我忠心；速報司前，明無反意。天庭不昧，必誅相府奸臣以分皂白；地府有靈，定取大理寺卿共証是非。右飛所供是實，如虛，甘罪無辭。

万、羅二賊看了大怒，喝教左右將岳爺衣服去了，把魚膠敷上一層，將蔴衣搭上。一時間，將岳爺身上搭上好幾處，便問：「岳飛，招也不招？」岳爺道：「你悞了軍粮，打了你四十，今日欲陷我于死地，我死必為厲鬼，殺你二賊！」二賊大怒道：「你性命只在傾刻，還敢胡言！」吩咐左右：「與我扯！」左右一聲答應，就把蔴皮一扯，連皮帶肉去了一塊。岳爺大叫一聲：「痛殺我也！」霎時暈去，左右連忙將水來噴醒。万俟卨又叫：「岳飛，你若不招，叫左右再扯。」岳爺大聲叫道：「罷，罷！我今日雖死了也罷！我那岳雲、張憲，不要坏了我一世忠名纔好！」那二賊聽見此言，直嚇得汗流脊背，把舌一伸，就吩咐掩門。左右答應一聲「吓」，就把門掩了。二賊假意起身，請岳爺坐了，說道：「下官看元帥的供詞，盡是大功。我二人本欲上本保留元帥，奈是秦丞相主意，此本決难到得聖前。方纔元帥說有公子并貴部張憲，何不修書一封，請他到此，上一辨冤本？下官二人就好於中取事，不知元帥意下若何？」岳爺道：「甚好！甚好！即使聖上不准，我亦情愿與這兩個孩兒全死于此，方全得我父子二人忠孝之名。」隨即寫了一封家書，交與万俟卨，万俟卨吩咐仍送進獄中。

这兩個賊子就帶了岳爺的招狀，忙到相府通報。秦檜命進私宅相見，二賊進來見了秦檜道：「門下小官奉太師爺的鈞旨，連日勘問岳飛，受了多少嚴刑，今日寫下一張供狀在此。」就雙手呈上，秦檜看罷大怒道：「這廝如此無禮，何不一頓就打殺了他！」万俟卨道：「太師爺不知，岳飛寫了此辭，小官即要加以嚴刑，忽聽他大叫道：『我死之後，岳雲、張憲这兩個孩兒，不要壞了我的忠名方好！』小官倘打殺了他，那岳雲、張憲有萬夫不當之勇，領兵前來，不要說我與丞相，連朝廷也难保！為此小官忙掩了門，向岳飛假說救他，騙他寫書，叫岳雲、張憲來上辨冤本，特來呈與太師爺定奪。」秦檜看了大喜道：「这是二位賢契的大才。」就仝進書房中去喚過慣寫字的門客來，將岳爺的筆跡，照樣套寫增改了數句，說是：

奉旨召回臨安，面奏大功，朝庭甚喜。叫你可仝了張憲，速到京來，聽候加封官職，不可遲誤。

寫完封好，即差能事家丁徐寧，星夜往湯陰縣去哄騙岳公子、張憲到來，只望一網打盡。這裡就委万、羅二賊在監内另造十間號房，名喚：「雷」、「霆」、「施」、「號」、「令」、「星」、「斗」、「煥」、「文」、「章」，峕等監禁家屬人等。万、羅二賊辭出，即去建造號房。

其時臨安有兩個財主，本是個讀書君子，一位姓王名能，一位姓李名直。他二人曉得岳爺受屈，就替岳爺上下使錢。那獄卒得了錢財，多方照看，替岳爺洗淨棒瘡，用藥敷上。那獄官倪完原是個好人，見岳爺是個功臣，被奸臣所害，明知冤屈，故亦用心伏侍。故此岳爺在監安然無事。

且說濠梁摠兵張保，自從和妻子洪氏領了兒子張英到任上來，過得年餘，忽然一日有軍校來報：「打聽得岳元帥在朱仙鎮上屯兵耕地，忽然有聖旨召回，不知何事。」張保聽了，好生疑惑，一連幾日，覺得心神恍惚，睡臥不寧，便對夫人道：「这幾日，不知我為什么，只晉心驚肉跳。我想做了这個甚么搃兵官，反覺得拘拘束束，有甚趣處？目下岳公子現住在家中，我意欲仝你到湯陰去，原住在帥府中。不知夫人意下若何？」洪氏道：「將軍，自古『無官一身輕，有子萬事足』。為了湏小名利，拘絆在此，反不如到帥府去住，倒脫然無累，豈不自在。」張保大喜，忙忙的收拾了行李，將搃兵印信掛在樑上，帶了三四名家將，悄悄的一路望湯陰而來。

不一日，來至永和鄉岳家帥府門首，將車馬停住。岳安即忙進內报知李氏夫人。夫人道：「快請進來相見。」張保夫妻、仝了兒子來到內堂，拜見了夫人，又見了鞏氏夫人的禮，然後將不愿做官的話說了一遍。夫人道：「搃兵來得正好。一月前，傳聞老爺欽召進京，前日忽又着人持書來，把大公子並張將軍叫了去，不知為着何事，好生掛念！这幾日又只晉的心驚肉跳，日夜不安，意欲煩搃兵前去探聽個消息，未知可否？」張保道：「既有此事，夫人不叫小人去，小人也要走一頭。」就對洪氏道：「你在此好生伏侍太夫人、公子，我明日就往臨安去探聽大老爺的行藏。」當時夫人吩咐俻辦酒席，與張搃兵夫婦接風，打掃房間，安歇了一宵。

次日飯後，張保吩咐了妻、兒幾句，打叠起一個包裹，獨自一個背了，辭別了兩位夫人，出門望臨安進發。曉行夜宿，非止一日，到了大江口，你看一望茫茫蕩蕩，並無一隻渡船，走來走去，那里覓處？天又黑將下來，江口又無宿處。正在舒頭探望，忽見一個漁人，手中提着一壺酒，籃內不知拎着些什么東西，一直的走向蘆葦中去。張保就跟上去一看，却是灘邊泊着一隻小船，那人提着東西上船去了。張保叫聲：「大哥，渡我一渡！」那人道：「如今秦丞相禁了江，不許船隻往來，那個敢渡你？」張保道：

「我有要緊事，大哥渡我一渡，不忘恩德！」那人道：「既如此，你可下船來耽擱一會，等到半夜裡渡你過去。但是不要大驚小怪，弄出事來。」張保道：「便依你，决不連累你。」張保一面說，一面鑽進艙裡，把包裹放下，那人便道：「客官，你一路來，大約不曾吃得夜飯？我方纔在村裡賒得一壺酒來，買了些牛肉在此，胡亂吃些，畧睡睡，等到三更時分，悄悄過江去便了。」張保道：「怎好相擾！少停，一揔奉謝。」那人便將牛肉裝了一碗，篩過一碗酒來，奉與張保，自己也篩來奉陪。張保行路辛苦，將酒來一飲而盡，說道：「好酒，好酒！」那人又篩來，張保一連吃了幾碗，覺道有些醉意，便道：「大哥，我吃不得了。少停上岸，多送船錢與你。」一面說，一面歪着身子，靠在包裹上去打盹。那人自將酒瓶并吃剩的牛肉，收拾往艄上去了。停了好一會，已是一更天氣，那人却走出船頭將攬解了，輕輕的搖出江心，鑽進艙來，就把纜繩輕輕的將張保兩手兩腳捆住，喝道：「牛子醒來！」那張保在梦裡驚醒，見手腳俱被縛住，動彈不得，叫聲：「苦也！我今日就死也罷了！但是不知元帥信息，怎得瞑目！」那人聽了，便問：「你實說是何人？」張保道：「我乃岳元帥帳下馬前張保。為因元帥進京，久無信息，故此我要往臨安探聽。不意撞在你这横死神手內！」那人聽了叫聲：「阿呀！不知是岳元帥手下將官，多多有罪了！」連忙解下繩索，再三請罪，張保道：「原來是個好漢。請問尊姓大名？」那人道：「小弟複姓歐陽名從善，只因宋朝盡是一班奸臣掌朝，殘害忠良，故此不想富貴，只圖安樂，在此大江邊做些私商，倒也快活。你家元帥沒有主意，由他送了江山，晉他則甚，何苦捨身為國？我聞得岳元帥過江去，到平江路，就奉旨拿了。又聽得有個馬後王橫，被欽差砍死了。就從那一日起，禁了江，不許客商船隻往來，故此不知消息。」張保聽了，大哭起來，從善道：「將軍休哭！我送你過江去，休要弄出事來！」一面就去把船搖開，到了僻靜岸邊，說道：「將軍，小心上岸，小弟不得奉送了！」張保再三稱謝，上了岸。那歐陽從善自把舡仍搖過江去了。

張保當夜就在樹林內蹲了一夜，等到天明，一路望臨安上路。路上暗暗打聽，並無信息。一日，到了臨安，在城外尋個宿店安歇。次日，捱進城去，逢人便問，那一個肯多言惹禍？訪了幾日毫不知因。一日，清晨早起，偶然走到一所破廟門首，聽得裡邊有人說話响。張保就在門縫裡一張，只見有兩個花子睡在草鋪上閑講，聽得一個道：「如今世界做什么官！倒不如我們花子快樂自在，討得來就吃一碗，沒有就餓一頓，这時候還睡在这裡，無拘無束。那岳元帥做到这等大官，那里及得我來？」那一個道：「不要亂話！倘被人聽見，你也活不成了。」張保聽見了，就一脚把廟門踢開，那兩個花子驚得直豎起來。張保道：「你兩個不要驚慌。我是岳元帥家中差來探信的，正訪不出消息，你二人既知，可與我說說。」那兩個花子只是撒撒的抖，那里肯說，只道：「是小，小，人，人，們，們，不曾說甚么！」張保就一手將一個花子拎將起來道：「你不說，我就摜殺了你！」花子大叫道：「將爺不要着惱！放了我，待我說。」張保一手放下道：「快說，快說！」那花子土神一般，對着那個花子道：「老大，你把門兒帶上了，站在門前探望。探望倘有人走來，你可咳嗽一聲。」那個花子走出廟門，这裡連忙掩上了，便把「秦桧陷害岳爺，又到他家中去將他公子岳雲、愛將張憲騙到这里，就一齊下在大理寺獄中，不知做些什么。若有人提起一個『岳』字，就拿了去送了性命，因此小人們不敢說。將軍千萬不要說是我阿二說的吓！」張保聽了这一席話，驚得半响則不得聲。身邊去摸出一塊銀子，約有二錢來往，賞了花子，奔出廟門。

再回到下處，取了些碎銀子，走到故衣店裡，買了幾件舊衣服。又買了一個筐籃，央主人家偹辦了些點心酒餚，換了舊衣，穿上一雙草鞋，竟往大理寺監門首，輕輕的叫道：「裡邊的爺！小人有句話講。」那獄卒走來問道：「有甚話講？」張保道：「老爺走過來些。」那獄卒就走到柵欄邊，張保低低的說道：「裡邊有個岳爺，是我的舊主人，吃過他的粮，因我病了，退了粮。今日特地送餐飯與他，聊表一點私心。有個薄禮在此，送與爺買茶吃，望乞方便！」那禁子接過來，約有三四兩重，暗想：「王、李二位相公吩咐，倘有岳家的人來探望，須要周全。落得賺他三四兩銀子。」便道：「这岳爺是秦丞相的對頭，不時差人來打聽的。我便放你進去，是不要嚷，連累我們！」張保道：「这個自然。」那獄卒開了監門，張保走進去，對禁子道：「你可知道我是甚么人？」那獄卒把張保仔細一看，方纔在外是曲背躬身，不見得，進了監門，站直了，却是長長大大，換了一個人了。獄卒道：「爺爺是害我不得的唬！」張保道：「不要驚慌！吾非別人，乃濠梁摠兵馬前張保是也。」獄卒聽了，慌忙跪下道：「爺爺，小人不知，望老爺饒了小人之命罷！」張保道：「吾怎肯害你？你只說我主人在那里。」獄卒道：「丞相為了岳爺爺，新造十間牢房，喚做『雷』、『霆』、『施』、『號』、『令』、『星』、『斗』、『煥』、『文』、『章』，岳爺爺仝著二位小將軍，俱在『章』字號內。」張保道：「既如此，你可引我去見。」禁子起來又看了看道：「老爺，这酒飯……」張保道：「你放心！我們俱是好漢，決不害你的。」那禁子先進去稟知，然後請張保進去。

那張保走進監房，只見岳元帥青衣小帽，同倪獄官坐在中間講話，岳雲、張憲却手銬腳鐐坐在下面。張保上前雙膝跪下，叫一聲：「老爺為何如此？」岳爺道：「你不在濠梁做官，到此怎么？」張保道：

「小人不愿為官，棄職回轉湯陰。不想公子也至于此！」岳爺道：「你既不愿為官，就該歸鄉去了，又到这里來何幹？」張保道：「一則探老爺消息，二來送飯，三來請老爺出去。」岳爺道：「張保，你隨我多年，豈不知我心跡？若要我出去，須得朝庭聖旨。你也不必多言，既來看我，不要辜負了你的好意，把酒飯來領了你的情。快些出去，不要害了这位倪恩公。」張保就將酒飯送上去，岳爺用了一盃酒，叫張保快些出去。張保走下來，對岳雲、張憲道：「二位爺难道也不想出去的了么？」二人道：「為臣盡忠，為子盡孝，爹爹既不出去，我二人如何出去！」張保道：「是小人失言了！小人也奉敬一盃。」二人道：「也領你一個情。」那倪獄官與禁子看了，俱皆落淚道：「难得，难得！」岳爺又道：「張保出去罷！」張保道：「小人還有話稟上。」復上前跪下道：「張保向蒙老爺抬舉，不能伏侍得老爺終始。小人雖是個愚蠢之人，难道不如了王橫？今日何忍見老爺公子受屈！不如先向陰間，等候老爺來伏侍罷！」遂立起身來，望著圍墻石上將頭一撞，一聲响，頭顱已碎，腦漿迸出而死。後人有詩曰：

為主捐軀不惜身，可憐張保喪幽冥。至今留得傍人口，千年萬載罵奸臣。

那倪獄官看見，心中十分傷慘。岳雲、張憲痛哭起來，獨有那岳爺哈哈大笑道：「好張保，好張保！」倪完道：「这張摠爺路遠迢迢赶來，為不忍見元帥受屈，故此撞死。帥爺反不哀憐他，怎么反大笑起來？」岳爺道：「恩公你不知，我門有了『忠』、『孝』、『節』俱全，獨少個『義』字。他今日一死，豈不是『忠孝節義』四字俱全了？」說罷，反放聲大哭起來，眾人無不下淚。哭了一回道：「望恩公將他的尸首周全出去方好！」倪完道：「这個不消帥爺吩咐。」即刻差人去报與王能、李直知道，將尸首抬在後邊。直到黃昏時候，王、李二人將棺木抬來，把尸首從墻上吊出，收殮釘好，材頭上寫着「濠梁摠兵張公之柩」，叫心腹家人抬出城去，放在西湖邊螺螄壳內。可憐那張保伏侍岳爺这好幾年，立了多少功劳，纔博得個前程；不願做官，今日仗義死于此地！正是：

三寸氣在千般用，一旦無常萬事休。

不知後事如何，且聽下回分解。

第六十一回　東窗下夫妻設計　風波亭父子歸神

詩曰：

秦桧無端害岳侯，故令宋祚一時休。至今地獄遭枷鎖，萬劫千迴不出頭。

話說宋高宗皇帝，一日，忽然扮做客商模樣，呌秦桧改裝了作伴，往臨安城內私行閒耍。秦桧只得也扮做個伴當，私行出了朝門，各處走了一會，偶然來至龍吟菴門首，只見圍着許多人在那里，不知做什么。高宗仝着秦桧捱進人叢裡去一看，却是一個拆字先生，招牌上寫着「成都謝潤夫觸机測字」，撐着帳篷，擺張桌子，正在那里替人拆字。

高宗站在桌邊，看他拆了一回，覺得有文有理，遂上前坐下道：「先生也與我拆個字。」謝石道：「請書一字來。」高宗隨手就寫了個「春」字，遞與謝石。謝石道：「好個『春』字！常言道：『春為一歲首。』足下決非常人，況萬物皆春，包藏四時八節。請問尊官所問何事？」高宗道：「終身可好？」謝石道：「好，好，好！大富大貴，揔不可言。但有一件：『秦』頭太重，壓『日』無光，若有姓秦的人，切不可相與他，恐害在他手內！牢記，牢記！」高宗伸手去身邊摸出一塊銀子，謝了先生。拱手立起，悄悄對秦桧道：「賢卿也試拆一字。」秦桧無奈，也隨手寫了一個「幽」字遞與謝石。謝石道：「这位尊官所問何事？」秦桧道：「也是終身。」謝石道：「『幽』字雖有泰山之安，但中間兩個『絲』字纏住，只叫做『雙龍鎖骨，尸體無存』。目下雖好，恐老來齒坏，遇硬則衰，須要早尋退步方好。」秦桧道：「領教了。」也送了些謝礼，仝着高宗去了。

內中有認得的，說道：「你这先生字雖断得好，只是拆出禍來了！方纔那頭一個正是當今天子，第二個便是秦丞相。你講出这些言語，怎得就饒恕了你？」又有一人道：「我們走開些罷！不要在此說是非，打在一網裡！」眾人聽了，俱一鬨而散。謝石想道：「不好！」遂棄了帳蓬，急忙的逃走去了。秦桧陪著高宗，回進朝中辞駕回府，忙差家丁去拿那拆字的來。家丁去拿時，早已不在。再往各處搜尋，並無蹤跡。一連緝獲了三四日，不見影响，也只得罷了。

且說秦檜命万俟卨、羅汝楫兩個奸賊，終日用極刑拷打，要岳爺父子、張憲三人招認，已及兩月，並無實供，悶悶不悅。這一日，已是臘月二十九日，秦桧同夫人王氏在東窗下向火飲酒，忽有後堂院子傳進一封書來。秦桧拆開一看，原來不是書，却是心腹家人徐寧遞進來民間的傳單，是一個不怕死的白衣，喚名劉允升，寫的岳元帥父子受屈情由，挨門逐戶的分派，約齊日子，共上民表，替岳爺伸冤。秦桧看了，就雙眉緊鎖，好生愁悶。王氏問道：「傳進來的是什么書？相公看了，就这等不悅？」秦桧就將傳單遞與王氏道：「我只因詐傳聖旨，將岳飛父子拿來監在獄中，着心腹人万俟卨、羅汝楫兩個，用嚴刑拷問，要他招認反叛罪名，今已兩月，竟不肯招。今民間俱說他冤枉，要上民本。倘然口碑傳入宮中，豈是兒戲！欲放了他，又恐違了四太子之命，以此疑慮不決。」王氏將傳單畧看了一看，即將火筯在炉中炭灰上寫着七個字道：

縛虎容易縱虎难。

秦桧看了，点頭道：「夫人之言，甚是有理。」即將灰上的字跡攪抹掉了。

正說之間，內堂院子又進來禀說：「万俟老爺送黃柑在此，與太師爺解酒。」秦檜收了，王氏道：「相公可知這黃柑有何用處？」秦檜道：「這黃柑最能去火毒，故尔送來。可叫丫環剖來下酒。」王氏道：「不要剖壞了！这個黃柑，乃是殺岳飛的劊子手。」秦桧道：「柑子如何說是劊子手？」王氏道：「相公可將这柑子撈空了，寫一小票藏在裡邊，叫人轉送與勘官，教他今夜將他三個就在風波亭結果了。一樁事就完割了。」秦檜大喜，就寫了一封書，叫丫環將黃柑的穰❶去乾淨了，將書安放在內，封好了口，叫內堂院子交與徐寧，送與万俟卨去。正是：

縛虎难降空致疑，全憑長舌使謀机。仗此黃柑除後患，東窗消息有誰知？

这時節，已將岳雲、張憲另拘一獄，使他父子不能見面的了。到得除夜，獄官倪完備了三席酒，將兩席分送與岳雲、張憲房裡，將这一席，倪獄官親送到岳爺房內擺好。說道：「今日是除夜，小官特備一盃水酒，替帥爺封歲。」岳爺道：「又蒙恩公費心！」就走來坐下，叫聲：「恩公請坐。」倪完道：「小官怎敢！」岳爺道：「这又何妨？」倪完告過坐，就在傍邊坐下相陪。飲過數盃，岳爺道：「恩公請便罷。我想恩公一家，自然也有分歲的酒席，省得尊嫂等候。」倪完道：「大人不必記念。我想大人

❶ 穰：音ㄖㄤˊ。用同「瓤」。果實的肉。

官到这等地位，功蓋天下，今日尚然受此淒涼，何況倪完夫婦乎！只陪大人在此吃一盃。」岳爺道：「如此多謝了。不知外邊甚么聲响？」倪完起身看了一看，道：「下雨了。」岳爺大驚道：「果然下雨了！」倪完道：「不獨雨，兼有些雪，此乃國家祥瑞，大人何故吃驚？」岳爺道：「恩公有所不知，我前日奉旨進京，到金山上去訪那道悅禪師，他說此去臨安，必有牢獄之災，再三勸我棄職修行。我只為一心盡忠報國，不聽他言。臨行時贈我幾句偈言，一向不解，今日下雨，就有些應驗！恐怕朝庭要去我了！」倪完道：「不知是那幾句偈言？帥爺試說與小官听聽看。」岳爺道：「他前四句說的是：

歲底不足，提防天哭。奉下兩點，將人害毒。

我想今日是臘月二十九日，豈不是『歲底不足』么？恰恰下起雨來，豈不是『天哭』麼？『奉』字下加兩点，豈不是個『秦』字？『將人害毒』，明明是要毒害我了！这四句已是應騐了。後四句道：

老柑騰挪，纏人奈何？切記切記，提防風波。

这四句還解不來，大約是要去我的意思。也罷，恩公借紙筆來一用。」倪完即將紙筆取來，岳爺修書一封，把來封好，遞與倪完道：「恩公請收下此書，倘我死後，拜煩恩公前往朱仙鎮去。我那大營內，是我的好友施全、牛臯護着帥印；還有一班弟兄們，個個是英雄好漢。倘若聞我凶信，必然做出事來，豈不坏了我的忠名？恩公可將此書投下，一則救了朝庭，二來全了岳飛的名節，陰功不小！」倪完道：「小官久已看破世情，若是帥爺安然出獄便罷；倘有什么三長兩短，小官也不恋这一点微俸，帶了家眷回鄉去做個安逸人。小官家下離朱仙鎮不遠，順便將这封書送去便了。」兩個人一面吃酒，一面說話。

忽見禁子走來，輕輕的向倪完耳邊說了幾句；倪完吃了一驚，不覺耳紅面赤。岳爺道：「為着何事，这等驚慌？」倪完料瞞不過，只得跪下稟道：「有聖旨下了！」岳爺道：「敢是要去我了？」倪完道：「果有此旨意，只是小官等怎敢！」岳爺道：「这是朝庭之命，怎敢有違？但是岳雲、張憲猶恐有变，你可去叫他兩個出來，我自有處。」倪完即喚心腹人去报知王能、李直，一面請到岳雲、張憲。岳爺道：「朝庭旨意下來，未知凶吉。可一同綁了，好去接旨。」岳雲道：「恐怕朝庭要去我們父子，怎么綁了去？」岳爺道：「犯官接旨，自然要綁了去。」岳爺就親自動手，將二人綁了，然後自己也叫禁子綁起，問道：「在那里接旨？」倪完道：「在風波亭上。」岳爺道：「罷了，罷了！那道悅和尚的偈言，說是『謹防風波』，我只道是揚子江中的風波，誰知牢中也有什么『風波亭』，不想我三人今日死于这個地方！」岳雲、張憲道：「我們血战功劳，反要去我們，我們何不打出去？」岳爺喝道：「胡說！自古忠臣不怕死，大丈夫視死如歸，何足惧哉！且在冥冥之中，看那奸臣受用到幾時！」就大踏步走到風波亭上，兩邊禁子不由分說，拿起蔴索來，將岳爺父子三人勒死于亭上。

時岳爺年三十九歲，公子岳雲二十三歲。三人歸天之時，忽然狂風大作，灯火皆滅，黑霧漫天，飛砂走石。後人讀史至此，無不傷心慘切，唾罵秦檜夫妻并那些依附權奸為逆者。有詩弔岳侯曰：

金人鉄騎蕩征塵，南渡安危繫此身。二帝不歸天地老，可憐泉下泣孤臣！

又詩曰：

遺恨高宗不鑒忠，誠斯墓木撼天風。赤心為国遭讒沒，青史徒修百戰功！

又詩曰：

華表松枝向北寒，周情孔思楷模看❷。湖波已洩金牌恨，絮酒無人酹曲端。

又詩曰：

忠臣為国死啣冤，天道昭昭自可憐！留得青青二三冊，是非千載在人間。

又詩曰：

湰劍龍飛脫寶函，將軍扼腕虎眈眈。奸邪誤國忠良死，千古令人恨不甘！

又詩曰：

劍戟横空殺氣高，金兵百萬望風逃。自從公死錢塘後，宋室江山把不牢。

又詩曰：

---

❷ 周情孔思楷模看：周情孔思，指周公、孔子的思想感情，常用以贊美人的高尚情操。楷模看，看作人們的榜樣。

泰山頹倒哲人萎，白玉楼成似有期。天道朦朦無可問，人心憤憤轉淒其。
一生忠義昭千古，滿腔豪氣吐虹霓。奸臣未死身先喪，常使英雄淚濕衣。

又詩曰：

報國忘軀矢血誠，誰教萬里壞長城？十年積憤龍沙遠，一死身嫌泰岱輕❸。
自願藏弓維弱主，何來叩馬有書生？於今墓畔南枝樹，猶見忠魂怒未平。

又詩曰：

十二牌來馬首東，郾城顛頓哭相從。千年宋社孤坟在，百战金兵寸鉄空！
徑草有灵枝不北，江潮無恙水流東。堪嗟詞客經年過，惆悵遙吟夕照中。

後又有過岳王墳而作者曰：

將軍埋骨處，過客式❹英風。北伐生前烈，南枝死後忠。
山川戎馬異，涕淚古今仝。悽斷封丘草，蒼蒼落照中❺。

❸ 一死身嫌泰岱輕：指岳飛的犧牲重於泰山。司馬遷報任安書：「人固有一死，或重于泰山，或輕于鴻毛。」泰岱，泰山。
❹ 式：效法。

浙江衢州太學生徐應鹿有祭岳王文云：

嗚呼維王！生焉義烈，死矣忠良。恆矢心以攘金虜，每銳志以復封疆。奇勳未入淩烟之閣，奸計先成偃月之堂❻。含冤泉壤，地久天長。中原塗炭，故國荒涼。歎狐奔而兔逐，恨狼競以鴟張❼！王如在也，必能保全社稷，王今沒矣，伊誰力挽頹陽❽？鯫生才譾❾，事類參商❿。方徙薪乎曲突，忽禍起于蕭墻⓫。立身迴異于禽獸，含污忍入于犬羊。舍生取義，扶植綱常。來今往古，人

❺ 悽斷封丘草二句：意為在落日夕照中，面對岳墳青草一片，悽清斷腸。封丘，墳丘。積土為墳為封。禮記禮器：「宮室之量，器皿之度，棺椁之厚，丘封之大，此以大為貴也。」

❻ 偃月之堂：即偃月堂，唐奸相李林甫堂名。新唐書姦臣傳上李林甫：「林甫有堂如偃月（橫臥形的半弦月）號月堂。每欲排構大臣，即居之，思所以中傷者。若喜而出，即其家碎矣。」後因以喻稱權臣嫉害忠良的地方。

❼ 歎狐奔而兔逐二句：狐、兔、狼、鴟比喻壞人、小人。狐兔奔逐喻小人狼狽逃竄的形狀。狼競鴟張，像狼一樣競爭，像鴟鷹一樣張開翅膀，形容壞人猖狂囂張到了極點。

❽ 頹陽：落日。

❾ 鯫生才譾：鯫生，淺薄愚陋的人；小人。後世亦用為自稱的謙詞。才譾，才能淺薄。鯫，音ㄗㄡ。譾，音ㄐㄧㄢˇ。

❿ 參商：參星在西，商星在東，此出彼沒，永不相見。以喻事物的彼此對立。

⓫ 方徙薪乎曲突二句：意謂正移走髡囪旁的柴禾，並使髡囪彎曲，防患於未然，沒想到在內部發生了禍殃。徙薪曲突，漢桓譚新論：「淳于髡至鄰家，見其竈突（髡囪）之直而積薪（堆積柴禾）在傍，謂曰：『此且有火。』使為曲突而徙薪。鄰家不聽，後果焚其屋，鄰家救火，乃滅。烹羊具酒謝救火者，不肯呼髡。智士譏之曰：『曲突徙薪無恩澤，焦頭爛額為上客。』蓋傷其賤本而貴末也。」後用以比喻事先採取措施，防患於

誰不死？轟轟烈烈，萬古流芳！嗚呼！罄南山之竹而書情無盡，決東海之波而流恨难量⑫。王之名，與天地同大；王之德，與日月爭光！嗚呼哀哉！伏惟尚饗。

當時倪完痛哭了一場。適值王能、李值得知此事，暗暗買了三口棺木，抬放墻外。獄卒禁子俱是一路的，將三人的尸首從墻上弔出，連夜入棺盛殮，寫了記號，悄悄的抬出了城，到西湖邊爬開了螺螄殼，將棺埋在裡面。那倪完也不等到明日，當夜收拾行囊，捱出城門而去。且說那万俟卨見岳爺三人已死，仝了羅汝楫連夜來到相府見秦桧覆命。秦檜不勝之喜，又問道：「他臨死可曾說些甚么？」二賊道：「他臨死，只說是不聽道悅之言，果有風波之險！小官想此等妖僧，也不可放過了他。再者斬草留根，來春又發。太師爺何不假傳一道聖旨，差人前往湯陰，捉拿岳飛的家屬來京，一網打盡，豈不了事？」秦桧點頭稱是：「就煩二位出去，吩咐馮忠、馮孝，明日即起身速往相州，捉拿岳家家属，一個不許放走。」二賊領令出府。

秦檜又喚過家人何立來吩咐道：「你明日絕早起身，到金山寺去請道悅長老來見我，不可被他走脫了。」何立領命，回至家中，對母親說知：「太師害了岳家父子，又叫孩兒前去捉拿道悅和尚，明日即要起身。」老母道：「我兒路上須要小心！」

未然。蕭墻，原指宮室內作為屏障的矮牆，亦指垣牆。借指內部。

⑫ 罄南山之竹而書情無盡二句：舊唐書李密傳：「罄南山之竹，書罪未窮，決東海之波，流惡難盡。」書中兩句，由此變化而來。意謂用天下的筆難寫盡對岳飛的欽佩之情，決開東海的波濤也難流盡對秦檜等奸臣的仇恨。

到了明日，却是紹興十三年正月初一日。何立只得離了臨安，徑奔京口而來，在路無話。一日，已到了鎮江，就到江口趁着眾香客渡到金山上岸。走到寺門口，耳邊但聽得鐘磬聲响，許多男男女女都擎着香燭進去燒香，何立也混在人叢裡，進去一看，却原來是道悅和尚正在升座說法。何立就立在大眾之中聽他講經，暗想：「且聽他講完了，騙他到臨安去，不怕他飛上了天去。」但聽得那長老將「夢幻泡影」四個字已講得天花亂墜，大眾無不齊聲念佛。講了一會，就口中吟出一偈道：大眾聽者，

吾年三十九，是非終日有。不為自己身，只為多開口。何立自東來，我向西邊走。不是佛力大，豈不落人手？

說完，只見他閉目垂眉，就在法座上坐化去了。眾僧一齊合掌道：「師父圓寂⓭了！」

何立吃了一驚，便扯住了住持道：「我奉秦太師鈞旨來請長老，不想竟坐化了，只恐其中有詐。叫我如何回復太師爺？」住持道：「我那位師父能知過去未來。諒你太師爺來請決無好處，故此登座說偈而逝。這是你自己親眼見的，有何詐偽？」何立道：「爾等眾僧，須要把長老的尸骸燒化了，我方好去回復；不然，你們俱要同我去見相爺。」眾僧道：「這有何難。」就叫火工道人即時將柴草搬動，揀一塊平地上搭起柴棚，將長老的法身抬在上邊，下邊點起火來。不一時，烈焰騰空，一聲響，直透九霄，結成五色蓮花，上面端坐着一位和尚，叫道：「何立！冰山不久，夢景無常！你要早尋覺路，休要迷失

⓭ 圓寂：佛教語。音譯為「般涅槃」或「涅槃」。謂諸德圓滿，諸惡寂滅，以此為佛教修行理想的最終目的。故後稱僧尼死為圓寂。

本來！你去罷！」說罷，冉冉騰空而去。眾僧即將長老骨殖撿出來，裝在龕子內，抬放後山，再揀日安葬。

當日，便請何立到客堂中坐了，整備素齋款待。何立將秦太師陷害了岳爺，「因他臨死時曾有『懊悔不聽道悅和尚』之語，故此丞相命我來騙他到臨安究治。不道長老果是活佛臨凡，已預先曉得坐化去了。方才明明在雲端里吩咐我及早修行，奈我有八十多歲的老母在家不能抛撇，待等他百年之後，我決意要出家去。」眾僧道：「阿彌陀佛！為人在世，原是鏡花水月。小僧們在这金山上，閒時看那些來來往往的船隻，那一個不是為名？那一個不是為利？常常遭遇風波之險，何曾想到富貴榮華，到後來揔成一塲春梦！」有詩道得好：

從來名利若浮雲，吉凶倚伏信难分。田地千年八百主，何劳牛馬為兒孫！

何立聽了，點頭称是。隨即別了一眾僧人行者，下山來，仍舊渡到京口上岸，取路回臨安復命，不表。

再說到岳夫人一日與媳婦、女兒閒話，張保的妻子洪氏也在傍邊。夫人道：「自從孩兒往臨安去後，已經一月有餘，連張揔兵去探聽，到今並無信息，使我日夜不安，心神恍惚。我昨夜夢見元帥回來，手中架着一隻鴛鴦，未知有何凶吉？」銀瓶小姐道：「我夜來也夢見哥哥仝着張將軍，各抱着一根木頭回來，亦未知凶吉如何？」夫人道：「想是你父兄必有不祥之事，故我母女心神惶惑。且呌岳安到外面去，請一個圓夢先生來詳解詳解，看是如何？」當時丫環即到外廂傳話，叫岳安去請圓梦先生。岳安去不多時，却請了一個王師婆來，見了太夫人并大夫人、小姐，磕了頭。夫人就把元帥進京，叫了兩個小將軍去，並無信息，又因夜梦不祥，故來喚你決斷。王師婆道：「这個容易，待吾請下神道來，問他便知端的。」那時就將一張桌子擺在中間，明晃晃点起兩枝蠟燭，焚起一炉香來，王師婆書符念咒，李夫人跪下禱告了一番。停了多時，但見王師婆忽然兩眼直豎，取過一根棒來乱舞了一回，大聲道：「我乃奕遊神是也！請我來有甚事？快說，快說！」嚇得李夫人戰競競的跪下道：「只因丈夫岳飛欽召進京，連我兒岳雲、張憲，至今一月有餘，並無音耗，特求尊神指示明白！」王師婆道：「沒事，沒事。有些血光之灾，見了就罷。」夫人道：「奴家昨夜梦見丈夫手擎鴛鴦一隻，不知主何凶吉？」王師婆道：「此乃拆散鴛鴦也。」銀瓶小姐亦跪下道：「小奴亦梦見哥哥仝張將軍各抱一木回來，未知如何？」王師婆道：「人抱一木，是個『休』字，他兩人已休矣。快燒紙，快燒紙，吾神去也！」說罷，那王師婆就一交跌倒在地。正是：

邪正請從心剖判，疑神疑鬼莫疑人。

不知後事如何，且聽下回分解。

第六十二回　韓家庄岳雷逢義士　七寶鎮牛通鬧酒坊

詩曰：

秋月春花似水流，等閑白了少年頭。功名富貴今何在？好漢英雄仝一坵！
對酒當歌須慷慨，逢塲作樂任優遊。紅塵滚滚迷車馬，且向樽前一醉休。

這首詩乃是達人看破世情，勸人不必認真，樂得受用些春花秋月，消磨那歲月光陰。不信時，但看那岳元帥做到这等大官，一旦被秦桧所害，父子死于獄中。兀是不肯饒他，致使他一家離散，奔走天涯。倒不如了周三畏、倪完二人棄職修行，飄然物外。閒話休說。

那王師婆跌倒地下，停了一會，爬起身來，對着李夫人道：「我方纔見一個神道，金盔金甲，手執鋼鞭，把我一推，我就昏昏的睡去了，不知神道怎么樣去了？」夫人就將適來之事，說了一遍。王師婆道：「夫人、小姐們且請放心！吉人自有天相，我那里隔壁有個灵感大王，最有靈感。明日夫人們可到那里去燒燒香，許個愿心，保佑保佑，決然無事的。」夫人賞了王師婆五錢銀子，王師婆叩謝辭別，自回去了。

夫人仝着鞏氏夫人、銀瓶小姐，正在疑疑惑惑，忽見岳雷、岳霆、岳霖、岳震，同着岳雲的兒子岳申、岳甫一齊走來，岳震道：「母親，今日是元宵佳節，怎不叫家人把灯來掛掛，到晚間來，母親好與嫂嫂姐姐賞灯過節。」夫人道：「你这娃子家一些事也不曉，你父親進京，叫了你哥哥仝張將軍去，不知消息。前日張摠兵去打聽，連他也不知信息。還有甚么心緒，看什么燈！」五公子听了，就走過半邊。那二公子岳雷走上來道：「母親放心！待孩兒明日起身到臨安，去爹爹那里討個信回來就是。」夫人道：「張摠兵去了，尚無信息。你小小年紀，幹得甚事？」

當時夫人、公子們正在後堂閒講，只見岳安進來稟道：「外面有個道人，說有机密大事，必要面見夫人。小人再三回他，他決不肯去，特來稟知。」夫人聽了，好生疑惑，就吩咐岳雷出去看來。岳雷來到門首，見了道人，問道：「師父何來？」道人也不答話，竟一直走進來。到了大廳上，行了一個長禮，問道：「足下何人？」二公子道：「弟子岳雷。」道人道：「岳飛元帥是何称呼？」岳雷道：「是家父。」道人道：「既是令尊，可以說得。我非別人，乃大理寺正卿周三畏，因秦桧着我勘問令尊，必要謀陷令尊性命，故我掛冠逃走。後來另委了万俟卨，嚴刑拷打，令尊不肯招認。聞得有個摠兵張保，撞死在獄中。」講到了这一句——裡邊女眷，其時俱在屏門後聽着——洪氏心中先哭起來了。及至周三畏說到「去年臘月二十九日，岳元帥父子三人屈死在風波亭上」这一句，那些眾女眷好似猛可半天飛霹靂，滿門頭頂失三魂，一家男男女女盡皆痛哭起來。周三畏道：「裡面夫人們，且慢高聲啼哭！我非為報信而來，乃是為存元帥後嗣大事。快快端正逃难！欽差不久便來拘拿眷屬，休被他一網打盡。貧道去了。」夫人們聽得，連忙一齊走出來道：「恩公慢行，待妾等拜謝。」夫人就仝着一班公子跪下拜謝。周三畏連忙也跪下答拜了，起來道：「夫人不要錯了主意，快快打發公子們逃往他鄉，以存岳氏香火！貧道就此告別了。」公子們一齊送出大門，回至裡邊痛哭。

夫人就叫媳婦到裡邊去，將人家所欠的賬目并眾家人們的身契盡行燒了，對眾家人道：「我家太老爺已死，你們俱是外姓之人，何苦連累着你們？尔等趁早帶領家小，各自去投生罷！」說罷，又哭將起來，眾公子、媳婦、女兒並洪氏母子，一齊哭聲震地。那岳安、岳成、岳定、岳保四個老家人，對眾人道：「列位兄弟們，我們四人情愿保夫人、小姐、公子們一仝進京盡義。你們有愿去者，早些講來；不愿者，趁早逃生。不要臨期懊悔，就遲了。」只聽得眾家人齊聲道：「不必叮嚀，我等情愿一仝進京，憑那奸賊要殺要剮，也不肯替老爺出醜的。」岳安道：「难得，难得！」便道：「夫人，不必顧小的們，小的們都是情愿與老爺爭光的。只有一件大事未定，請太夫人先着那位公子逃往他方避难要緊。」夫人道：「你們雖是这樣講，叫我兒到何處去安身？」岳安道：「老爺平日豈無一二好友？只消夫人寫封書，打發那一位公子去投奔他，豈有不留之理？」夫人哭叫：「岳雷孩兒，你可去逃难罷！」岳雷道：「母親另叫別個兄弟去，孩兒愿保母親進京。」岳安道：「公子不要推三阻四，須要速行！況『不孝有三，無後為大。』难道老爺有一百個公子，也都一齊被奸臣害了罷？也須走脫一兩位，後來也好收拾老爺骸骨，若得报仇，也不枉了為人一世。太夫人快快寫起書來，待小人去收拾些包裹銀兩，作速起身，休得悞了。」當時，岳安進去，取了些散碎銀兩，連衣服打做一包，取件舊衣替公子換了。夫人當即含淚修書一封，遞與岳雷道：「我兒，可將此書到寧夏，去投奔留守宗方，他念舊情，自然留你。你須要與父親爭氣，一路上須要小心！」公子無奈，拜辭了母親、嫂嫂，又別了眾兄弟、妹子，大家痛哭。眾公子送出大門，回進裡邊，靜候聖旨，不提。

且說藕塘關牛皐的夫人所生之子，年已十五，取名牛通。生得身面俱黑，滿臉黃毛，連頭髮俱黃，故此人取他個綽號，叫做「金毛太歲」。乃是上天一位象星下界，生得來千斤膂力，身材雄偉。那日正月初十，正是金摠兵小生日，牛夫人就領了牛通來到後堂。牛夫人先拜過了姐夫、姐姐，然後命牛通來拜姨爹、姨母的壽，金節就命他母子二人坐了。少停擺上家宴來，一齊仝吃慶春壽酒。閒話之間，金摠兵道：「我看內姪年已長成，武藝也將就看得過。聞得岳元帥欽召進京，將帥印托付他父親掌晉。賢內姪該到那邊走走，掙個出身。但是，我昨日有細作來报，說是：『岳元帥被秦桧陷他謀反大罪，去年臘月二十九日已死于獄中。』未知真假，已命人又去打聽。待他回來，便知的實也。」牛夫人吃驚道：「呀！若是謀叛逆臣，必然抄斬家屬，岳氏一門休矣！何不使牛通前徃相州，叫他兒子到此避难，以留岳氏一脉？未知姐夫允否？」金摠兵道：「此事甚好。且等細作探聽回來，果有此事，就着姪兒去便了。」牛夫人道：「姐夫差矣！相州離此八九百里，若果有此事，朝廷必速徃抄扎，若等探子回來，遷延日子，豈不悞了？」牛通接口道：「既如此說，事不宜遲，孩兒今日連夜就徃湯陰，若是無事，只算望望伯母；倘若有变，孩兒就接了岳家一個兄弟來，可不是好？」金節道：「也等明日准備行李馬匹，叫個家丁跟去方是。」牛通道：「姨爹，虧你做了官，也不曉事！这是偷鷄狗的事，那要張遑？我这兩隻脚怕不會走路，要甚馬匹！」牛夫人喝道：「畜生！姨爹面前敢放肆大聲叫喊么！就是明日着你去便了。」當時吃了一會酒，各自散去。

牛通回到書房，心中暗想：「『急驚風撞著慢郎中』，倘若岳家兄弟俱被他們拿去，豈不絕了岳氏後代！」急到了黃昏時候，悄悄的收拾了一個小包裹背着，提了一條短棒，走出府門，對守門軍人道：「你可進去稟上老爺，說我去探個親眷，不久便回，夫人們不要掛念。」說罷，大踏步去了。那守門軍士那里敢阻當他，只得進來稟知金摠兵。金摠兵忙與牛夫人說知，連忙端正些衣服銀兩，連夜着家人赶上，那里赶得着。家人只得回來覆命，說：「不知從那条路去了。」金節也只得罷了。

且說那牛通曉行夜宿，一路問信，來到湯陰。直至岳府，與門公說知，不等通报，竟望裡邊走。到大廳上，正值太夫人一家在廳上，牛通拜畢，通了名姓。太夫人大哭道：「賢侄，难得你來望我！你伯父與大哥被奸臣所害，俱死在獄中了！」牛通道：「老伯母不要啼哭！我母親因為有細作探知此事，放心不下，叫姪兒來接一位兄弟到我那邊去避难。大哥既死，快叫二兄弟來仝我去。倘聖旨一到，就不能脫身了！」夫人道：「你二兄弟已往寧夏投宗公子去了。」牛通道：「老伯母，不該叫兄弟到那邊去，这么路程遙遠，那裡放心得下。不知二兄弟幾時出門的？」夫人道：「是今日早上去的。」牛通道：「这還不打緊，姪兒走得快，待姪兒去赶着他，就仝他到藕塘関去，小侄也不回來了。」說罷，就辭別了夫人，出府來問眾家人道：「二公子往那一條路去的？」家人道：「望東去的。」牛通聽了，竟也投東追赶，不提。

且說那欽差馮忠、馮孝，帶了校尉離了臨安，望相州一路進發。不一日，到了湯陰岳府門首，傳令把岳府團團圍住。岳安慌慌忙忙稟知夫人，夫人正待出來接旨，那張保的兒子張英——年紀雖只得十三四歲，生得身長力大，滿身盡是砍瘩，有名的叫做「花斑小豹」——上前對夫人道：「夫人且慢，待我出去問個明白了來。」就幾步走到門口，那些校尉乱嘈嘈的，正要打進來。張英大喝一聲：「住着！」这一聲，猶如半天裡起了個霹靂，嚇得眾人俱住了手。馮忠道：「你是什么人？」張英道：「我乃馬前張保之子張英便是。若依了我的性，莫說你这幾個毛虫，就有二三千兵馬，也不是我的心事！但可惜我家太老爺一門俱是忠孝之人，不肯壞了名節，故來問你一聲。」馮忠道：「原來如此。但不知張掌家有何話說？」張英道：「你們此來，我明知是奸臣差你們來拿捉家屬。但不知你們要文拿呢，還是要武拿？」馮忠道：「文拿便怎么？武拿却怎么說？」張英道：「若是文拿，只許一人進府，將聖旨開讀，整備車馬，候俺家太夫人、小夫人等一門家屬起身；若說武拿，自然用囚車鐐銬，我卻先把你这幾個狗頭活活打死，然後自上臨安面君。隨你主意，有不怕死的就來。」說罷就在門旁取過一根大閂，有一二尺粗細，向膝蓋上这一曲，曲成兩段，怒吽吽的立住在門中間。眾人吃了一嚇，俱吐出了舌頭縮不進去。馮忠看來不搭對，便道：「張掌家息怒！我們不過奉公差遣，只要有人進京便罷了。难道有什么冤仇么？相煩掌家進去稟知夫人，出來接旨。我們一面着人到地方官處，呌他整備車馬便了。」

張英聽了，就將断閂丟在一邊，轉身入內，將欽差的話稟明夫人。夫人道：「也难得他們肯用情，可端正三百兩銀子與他。我們也多帶幾百兩，一路去好做盤纏。」夫人出來接了聖旨，到廳上開讀過了，將家中收拾一番，府門內外重重封鎖。一門老少共有三百多人，一齊起身。那湯陰縣官將封皮把岳府府門封好了。那些鄉民村老、男男女女，哭送之聲喧天動地。岳氏一家家屬自此日進京，不知死活存亡，且按下慢表。

再說到那二公子岳雷離了湯陰，一路上淒淒涼涼。一日，行到一個村坊上，地名七寶鎮，却也熱鬧。岳雷走進一個店中坐定，小二就走來問道：「官人還是待客，還是自飲？」岳雷道：「我是過路的，胡乱吃一碗就去。有飯索性拿一碗來，一總算賬。」那小二應聲：「曉得」，就去煖了一壺酒，擺上幾色菜，連飯一揔搬來，放在桌子上。公子獨自一個吃得飽了，走到櫃上，打開銀包，放在櫃上，叫聲：「店家，該多少，你自称去。」主人家取過一錠銀子要夾，不想對門門首站着一個人，看見岳雷年紀幼小，身上雖不甚華麗，却也穿得齊整，將这二三十兩銀子攤在櫃上，就心裡想道：「这後生是不慣出門的，若是路近還好，若是路遠，前途去豈不要把性命送了！」岳雷還了酒飯錢，收起銀包，背了包裹出門。却見對門那個人走上前來，叫聲：「客官且請慢行！在下就在前面，轉弯幾步便是，乞到小庄奉茶，有言相告。」岳雷抬頭一看，但見那人生得面如炭火，細目長眉，項下微微幾根髭鬚，身上穿得十分齊整，即忙答道：「小子前途有事，不敢領教了。」店主人道：「小客人，这位員外是此地有名的財主，最是好客的。到他府上去講講不妨。」岳雷道：「只是不當輕造！」員外道：「好說。四海之內皆兄弟也，在下就此引道。」

當時員外在前，岳雷在後，走過七寶鎮，轉弯來到了一所大庄院，一仝進了庄門。到得大廳上，岳雷把包裹放下，上前見禮畢，分賓坐下。員外便問：「仁兄貴姓大名？仙鄉何處？今欲何往？」岳雷答道：「小子姓張名龍，湯陰人氏，要往寧夏探親。不敢動問員外尊姓貴表？有何見諭？」員外道：「在下姓韓名起龍，就在此七寶鎮居住。方纔見仁兄露了財帛，恐到前途去被人暗算，故此相招。適聞仁兄貴處是湯陰，可曉得岳元帥的消息么？」岳雷見問，便答道：「小子乃寒素之家，與帥府不相聞問，不知什么消息。」一面說，不覺眼中流下淚來。起龍見了，便道：「仁兄不必瞞我！若與岳家有甚瓜葛，但請放心！當年我父親曾為宗留守裨將，失机犯罪，幸得岳元帥救拔。今已亡過三年，再三遺囑，休忘了元帥恩德！你看上面，供的不是岳元帥的長生祿位么？」岳雷抬頭一看，果然供着岳公牌位，連忙立起身來道：「待小子拜了先父牌位，然後奉告。」起龍道：「如此說來，是二公子了！」岳雷拜罷起來，講過姓名，再說：「周三畏來报信，家父、大兄與張將軍，盡喪于奸臣之手，又來捉拿家屬，為此逃难出來。」不覺大哭起來。起龍咬牙大怒道：「公子且不要悲傷！如今不必往寧夏去，且在我庄上居住，打聽京中消息再處。」岳雷道：「既承盛情，敢不如命！欲與員外結為兄弟，未知允否？」起龍大喜道：「正欲如此，不敢啟齒。」當時員外叫庄丁殺雞打肉，点起香燭，兩人結為異姓兄弟。收拾書房，留岳二公子住下，不表。

且說牛通追赶岳雷，兩三日不曾住脚。赶到一個鎮上，跑得餓了，看見一座酒店，便走將進去，坐在一副座頭上，拍着桌子乱喊。小二連忙上前，陪着笑臉問道：「小爺吃些甚么？」牛通道：「你这狗頭！你店中賣的什么？反來問我？」小二道：「不是吓！小爺喜吃甚的，問問方好拿來。」牛通道：「只揀可口的便拿來，管什么！」小二出來，只揀大魚大肉好酒送來。牛通本是餓了，一上手吃個精光，再叫小二去添來，又吃了十來碗，肚中已是挺飽。抹抹嘴，立起身來，背了包裹，提着短棒，往外就走。小二上前攔住道：「小爺會了鈔好去。」牛通道：「太歲爺因赶兄弟心忙，不曾帶得銀子。權記一記賬，轉來還你罷。」小二道：「我又不認得你，怎么說轉來還我？快快称出來！」牛通道：「偏要轉來還你，你待奈何了我！若惹得我小爺性起，把你这個鳥店，打得粉碎。」店主人聽得，便走來說道：「你这人好沒道理，吃了人家的東西不還錢，還要撒野！快拿出銀子來便罷，牙縫内迸半個『不』字，連筋都抽断你的。」牛通罵道：「老殺才！我偏沒有銀子，看你怎樣抽我的筋。」店主人大怒，一掌打去，牛通動也不動，反哈哈大笑起來：「你这樣力氣，好像是幾日不曾吃飯的，只當替我拍灰。」店主人愈加大怒，再一拳，早把自己的手打得生疼。便吆呼走堂的、燒火的，眾人一齊上前，拳頭巴掌，乒乓劈拍，乱打將來。牛通只是不動，笑道：「太歲爺赶路辛苦，正待要人搥背。你們重重的搥，若是輕了，惱起太歲爺的性子，叫你們这班狗頭一個個看打。」那些走堂的、火工、小二，也有手打痛的，也有脚踢腫的。

正在無法可處，只見二三十個家丁，簇擁着一位員外，坐在馬上，正在店門口走過。店主人看見了，便走出店來，叫聲：「員外來得正好。請住馬！」員外把馬勒住，問道：「你們為何將这個人亂打？」店主人道：「他吃了酒飯不肯還錢，反在此撒野，把家伙打壞。小人領的是員外的本錢，故請員外看看。」員外聽了一番言語，就下馬走進店來，喝道：「你这人吃了酒飯不還錢，反在此行兇，是何道理？」牛通道：「扯淡！又不曾吃你的，干你鳥事？」員外大怒，喝令眾人：「與我打这廝！」二三十個家丁聽了主人之命，七手八脚一齊上前。牛通右手一格，跌倒了六七個；左手一格，打倒了三四隻。員外見了，兩太陽中直噴出火來，自己走上前來，將牛通一連七八拳。却不知牛通是上天象星下降，这些拳頭那裡在他心上。打得有些不耐煩了，攔腰的將員外抱住，走到店門首，望街上一丟道：「这樣膿包，也要來打人。」員外爬起來，指着牛通道：「叫你不要慌！」家丁簇擁着望西去了。牛通哈哈大笑，背了包裹，提着短棒，出了店門，大踏着步竟走。店家打又打他不過，也不敢來追。

牛通走不到二三十家人家門面，横巷裡胡風嘟哨，撞出四五十個人來，手中各執棍棒，叫道：「黃毛小賊！今番走到那里去！」牛通舉目一看，為頭这人却就是方纔馬上的这位員外，手中拿着兩條竹節鋼鞭。牛通挺起短棒，正待上前廝打，不期兩邊人家丟下兩條板櫈來，牛通一脚踹着，絆了一跌，眾人上前按住，用繩索捆了。員外道：「且帶他到庄上去，細細的拷問他。」正是：

饒君縱有千斤力，難免今朝一旦灾。

不知員外將牛通捉去，怎生結果？且聽下回分解。

第六十三回　興風浪忠魂顯聖　投古井烈女殉身

詩曰：

奸佞當權識見偏，岳侯一旦受冤愆。長江何故風波惡，欲報深仇知甚年？

却說員外命眾人將牛通捆了，抬回庄上，綁在廊柱上。員外掇把椅子坐下，叫人取過一捆荊条來，慢慢的打这廝。那家人提起一根荊條，將牛通腿上打過二三十，又換過一個來打。牛通只叫：「好打，好打！」接連換過了三四個人，打了也有百餘下，牛通大叫起來道：「你們这班狗頭！打得太歲爺不疼不癢，好不耐煩！」

那牛通的聲音响亮，这一聲喊，早驚動了隔壁一位員外，却是韓起龍。看官聽了这半日，却不知这打牛通的員外是誰？原來是起龍的兄弟，叫做韓起鳳。那日起龍正在書房仝岳雷閑講，聽得隔壁聲喊，岳雷問道：「隔壁是何人家？為何喧嚷？」起龍道：「隔壁就是舍弟起鳳，人見他生得面黑身高，江湖上起他一個渾名，叫做『賽張飛』。不瞞二弟說，我弟兄兩個是水滸寨中百勝將軍韓滔的孫子。當初我祖公公同宋公明受了招安，與朝庭出力，立下多少功勞，不曾受得封賞，反被奸臣害了性命。我父親在宗留守帳下立功，又失机犯罪，幾乎送了性命，幸得恩公救了。所以我弟兄兩個不想功名，只守这田庄過活，倒也安閑。只是我那兄弟不守本分，養着一班閑漢，常常惹禍。今日，又不知做甚勾當。二弟請少坐，待愚兄去看來。」岳雷道：「既是令弟，仝去何妨？」起龍道：「甚妙。」

二人一同來到隔壁，起鳳見了，慌忙迎下來道：「正待要請哥哥來審这人。不知此位何人？」起龍道：「這是岳元帥的二公子岳雷，快來相見！」起鳳忙道：「不知公子到此，有失迎接。得罪，得罪！」二公子連称「不敢」。那牛通綁在柱上，聽見說是岳二公子，便乱喊道：「你可是岳雷兄弟么？我乃牛通，是牛臯之子。」岳雷聽了，便道：「果若是牛哥，却從何處來？到这裡做甚么？」牛通道：「我從藕塘関來，奉母親之命，特來尋你的。」韓起鳳聽了，叫聲：「阿呀！不知是牛兄，多多得罪了！」連忙自來解下繩索，取過衣服來替他穿了。請上廳來，一齊見禮，坐定。起鳳道：「牛兄何不早通姓名，使小弟多多得罪！勿怪，勿怪！」牛通道：「不知者不罪。但是方纔打得不甚煞癢。」眾人一齊大笑起來，牛通道：「小弟已先到湯陰，見過伯母，故尔追尋到此。既已尋着，不必到寕夏去了，就仝俺到藕塘関去罷。」起龍道：「且慢！我已差人往臨安打聽夫人、公子的消息去了，且等他回來，再為商議。」起鳳就吩咐整備筵席，四人直吃到更深方散。牛通就仝岳雷在韓家庄住下，過了數日，無話。

这一日，正同在後堂閒話，庄丁進來报說：「関帝廟的住持要見員外。」員外道：「請他進來。」庄丁出去不多時，領了一個和尚來到堂前，眾人俱見過礼，坐定。和尚道：「貧僧此來，非為別事，这関帝廟原是清靜道場，蒙員外護法，近來十分興旺。不意半月前，地方上一眾遊手好閑之人，接了一位教師住在庙中，教了許多徒弟，終日使鎗弄棍，吵鬧不堪。恐日後弄出些事來，帶累貧僧。貧僧是個弱門，又不敢得罪他，為此特來求二位員外，設個計較打發他去了，免得是非。」員外道：「这個鎮上有我們在此，那個敢胡為？師父先請回去，我們隨後就來。」和尚作謝，別了先去。起龍便對起鳳道：「兄弟，我仝你去看看是何等人。他好好去了便罷，若不然，就打他個下馬威。」牛通道：「也帶挈我去看看。」起龍道：「这個何妨。」岳雷道：「小弟也仝去走走。」起鳳道：「更妙，更妙！」四個人高高興興，帶了七八個有力的庄客，出了庄門，一徑仝到関帝廟來。

衆人進廟，不見甚么，一直到大殿上，也無動靜。再走到後殿一望，只有一個人坐在上面，生得面如紙灰，赤髮黃鬚，身長九尺，巨眼獠牙；兩邊站着二三十個人，却都是從他習學武藝的。起龍叫庄丁且在大殿上伺候，自己却仝三個弟兄走進後殿來，那些徒弟們多有認得韓員外的，走去悄悄的向教師耳邊說了幾句，那教師跳下座來，說道：「小可至此行教半個多月，这個有名的七宝鎮上，却未曾遇見個有本事的好漢。若有不懼的，可上來見個高下。」韓起龍走上一步道：「小弟特來請教。」說未畢，牛通便喊道：「讓我來打倒这廝。」就把衣裳脫下，上前就要動手，那教師道：「且慢！既要比武，還是長拳，還是短拳？」牛通道：「什么長拳短拳，只要打得赢就是。」搶上來就是一拳；那教師側身一閃，把牛通左手一扯，牛通扑地一交便倒。連忙爬起來，睜着眼道：「我不曾防備，这個不算。」搶將去，又是一拳；那教師使個「獅子大翻身」，將兩手在牛通肩上一捺，牛通站不住，一個獨蹲，又跌倒在地下。那教師道：「你們會武藝的怎不上來？叫这樣夯漢子來吃跌。」岳雷大怒，就脫下上蓋衣服，走上前來道：「小弟來了。」教師道：「甚好。」就擺開門戶，使個「金雞獨立」；岳雷就使做「大鵬展翅」。來來往往，走了半日。岳二爺見他來得兇，便往外收步；那教師進一步赶來；岳雷回轉身，將右手攔開了他的隻手，用左手向前心一捺。那教師吃了一驚，連忙側身躲過。喝聲：「住手！这是『岳家拳』，你是何人？那里學得來？乞道姓名！」韓起龍道：「教師既識得『岳家拳』，決非庸流之輩。此地亦非說話之所，請仝到小庄細談，何如？」教師道：「正要拜識，只是輕造不當！」員外道：「好說。」傍邊眾徒弟一齊道：「这位韓員外極是好客的。師父正好去請教請教，小徒輩暫別。」俱各自散去。

　　只剩員外等共是五人，帶了庄丁出了廟門，轉彎抹角，到了韓家庄。進入大廳上，各各行禮坐定。岳雷先開口道：「請問教師尊姓大名？何以曉得『岳家拳頭』？」教師道：「不瞞兄長說，先祖是東京留守宗澤，家父是寧夏留守宗方，小弟叫做宗良。因我臉色生得淡黑，江湖上多呼小弟做『鬼臉太歲』。我家與岳家三代世交，岳元帥常與家父講論拳法，故此識得这『黑虎偷心』是岳家拳法。目下老父打聽得岳老伯被奸臣陷害，叫小弟到湯陰探聽。不道岳氏一門俱已拿捉進京，只走了一位二公子，現在限期緝獲。故此小弟各處尋訪，要仝他到寧夏去。只因盤纏用盡，故此在这廟中教幾個徒弟，覓些盤費，以便前去尋訪。不想得遇列位，乞道尊姓大名！」岳雷道：「兄既就是宗留守的公子，請少坐，待小弟取了書來。」岳雷起身進去，这裡三人各通姓名，岳雷已取了書出來，遞與宗良。宗良接書觀看，大喜道：「原來就是岳家二弟！愚兄各處訪問，不意在此相會！正教做：

着意種花花不發，無心插柳柳成蔭。

既已天幸相遇，便請二弟仝回寧夏，以免老父懸望。」牛通道：「我也是來尋二弟的，难道藕塘関近些不走，反走遠路，到你寧夏去麼？」起龍道：「二位老弟休要爭論。且仝住在此，待我的家人探了臨安實信回來，再議也未遲。」眾人俱說是「有理」。韓起龍就差人到庙中去，取了宗公子的行李來。一面排下酒席，五人坐下敘談心曲，直飲到月轉花梢，方各安歇，不表。

再談臨安大理獄獄官倪完，自從岳爺歸天之後，心中好生慘切。過了新年，悄悄收拾行李，帶了家小，逃出了臨安，竟望朱仙鎮而來。不止一日，到了朱仙鎮上，將家小安置在客寓內，自己拿了岳元帥的遺書，來到營門，對傳宣官道：「相煩通報，說岳元帥有書投上。」傳宣即忙進帳稟知，施全道：「快着他進來。」傳宣出來道：「投書人呢？老爺喚你進去。」倪完跟了傳宣進來，到帳前跪下，將書呈上。施全接書拆開，觀看畢，大哭道：「牛兄不好了！元帥與公子、張將軍三人，俱被秦桧陷害死于獄中了！」牛皐听了，大叫起來道：「把这下書人綁去砍了！」嚇得倪完連聲叫屈，施全連忙止住道：「这是元帥的恩公，為何反要殺他起來？」牛皐道：「我只道是奸臣叫他來下書，不知他是元帥的恩人，得罪了，得罪了！」施全又問倪完道：「元帥怎生被奸臣陷害的？」倪完將徃事一五一十，細細的直說到十二月二十九日屈死在風波亭上。施全、牛皐并眾只將一齊痛哭，聲震山岳。施全叫左右取過五百兩銀子，送與倪完。倪完再三推辞，施全那裡肯，倪完只得收了，拜謝出營，到寓中取了家小，自回家鄉去了。

且說牛皐對眾兄弟道：「大哥被奸臣陷害，我等殺上臨安，拿住奸賊，碎尸萬段，與大哥报仇！」眾人齊聲道：「有理，有理！」當時連夜赶造白盔白甲，不數日造完，眾將帶領兵卒，三聲炮响，浩浩蕩蕩，殺奔臨安而來。朱仙鎮上眾百姓聞知岳元帥被害，哭聲震野，如喪考妣一般，莫不攜酒載肉，一路犒軍，人人切齒，個個咬牙，俱要替岳爺報仇。

却說大兵不日行至大江，取齊舡隻，眾兵將一齊下船渡江。这一日，真正風清日朗，兵船方至江心，忽然狂風大作，雲霧迷漫。空中現出兩面綉旗，上有「精忠报国」四個大字。但見岳爺站立雲端，左首岳雲，右首張憲，眾人見了，個個在船頭上哭拜道：「哥哥陰靈不遠，兄弟們今日與哥哥報仇雪恨，望哥哥保佑！」岳爺在雲端內把手數搖，这是叫施全回兵，不許报仇之意。那牛皐令速速開船，眾兵卒將船搖動，只見岳爺怒容滿面，將袍袖一拂，登時白浪滔天，連翻三四隻兵舡，餘船不能前進。余化龍大叫道：「大哥不許小弟們報仇，何顏立于人世！」大吼一聲，拔出宝劍，自刎而亡。何元慶也叫一聲：「余兄既去，小弟也來了！」舉起銀鎚，向自己頭上扑的一下，將頭顱打碎歸天去了。牛皐見二人自盡，大哭一塲，望着長江裡扑通的一聲响，跳下去了。眾兵將道：「元帥既不許我等报仇，可將兵舡回岸，一齊回鄉去罷。」其時便把風篷調轉來，把船攏了岸，大眾紛紛的散去。

只剩了施全、張顯、王貴、趙云、梁興、吉青、周青七個人，還有三千八百個長勝軍不動。施全道：「你們為何不散？」眾兵士道：「我等受大老爺莫大之恩，难以抛撇。目今雖遭陷害，我們想那奸臣少不得有個敗壞之日，那時我們得到大老爺坟墓之前拜奠拜奠，也見我等一點真心。如今情愿跟隨眾位將軍做些事業，所以不散。」施全道：「只是我等無處安身，怎生是好？」吉青道：「不如依舊往太行山去佇扎，差人探聽夫人、娘兒們消息，再圖報仇，何如？」眾英雄齊道：「此言有理。」七位英雄帶領三千八百長勝軍，竟奔太行山而去。有詩曰：

死生天縱忠貞性，不讓田橫五百人❶。當時羞殺秦長脚，身在南朝心在金。

❶ 田橫五百人：秦末，原齊貴族田橫起事，自立為齊王，漢朝建立，橫率部屬五百人逃亡海島。高祖召之，橫不欲臣服，於途中自殺。其部屬聞之，全於島上自殺。喻指盡忠效死，以報知遇之恩的義士。

再說牛皐跳下長江，隨着波浪滾去，性命將危。忽然一陣狂風大浪，將牛皐刮在一個山脚之下，耳中聽得叫道：「牛皐醒來！」牛皐悠悠的醒轉，吐了幾口白沫。開眼看時，却原來是鮑方老祖，背後一個小道童，手中拿着一套乾衣。牛皐見是老祖，慌忙跪下磕頭。老祖道：「牛皐，你的祿壽還未應絕，快把乾衣換了。」牛皐痛哭道：「弟子雖蒙師父救了性命，只是我不報大哥之仇，有何顏面立于人世！」老祖道：「岳飛被害，自有一段因果，後來自有封贈。奸臣不久將敗。你也不必過傷，可速往太行山去，有施全等在彼，你可去仝他們暫為目前之計。日後尚要與朝庭出力，不可忘了！」說罷，一陣清風，倏然不見。牛皐只得將乾衣換了，尋路往太行山去，不表。

再說那馮忠、馮孝，解了岳府家屬，到了臨安，安頓驛中，即來報知秦桧。秦桧假傳一道旨意出來，把岳家一門人口，一齊拿往西郊處斬。其時韓元帥正仝了夫人梁紅玉進京朝見了高宗，尚未回鎮，家將來報知此事，梁夫人就請韓元帥速去阻住假旨，校尉不許動手。自己忙忙的披掛上馬，帶領了二十名女將跟隨，一程竟至相府，不等通报，直至大堂下馬。守門官見來得凶，慌忙通報，王氏出來接進私衙，見禮坐下。梁夫人道：「快請丞相相見，本帥有話問他！」王氏見梁夫人怒容滿面，披掛而來，諒來有些兒尷尬，假意回道：「夫君奉旨宣進宮去，尚未回來。不知夫人有何見教？」梁夫人道：「非為別事，只因岳元帥一事，人人共憤，個個不平。聞得今日又要將他家屬斬首，所以本帥親自前來，仝丞相進宮去，與聖上講話。」王氏道：「我家相公正為着此事，入官保奏去了，諒必就回。請夫人少待片刻。」一面吩咐丫環送上茶來，一面暗暗叫女使到書房中去通知秦桧，叫他只可如此如此。秦桧也惧怕梁夫人，只得連忙收轉了行刑聖旨，假意打從外邊進來，見了梁夫人。梁夫人大怒道：「秦丞相！你將『莫須有』

三字，屈殺了岳家父子三人，冗自不甘；還要把他一家斬首，是何緣故？本帥與你到聖上面前講講去。」秦檜連忙陪笑道：「夫人請息怒！聖上傳旨要斬岳氏一門；下官連忙入朝，在聖上面前再三保奏，方蒙聖恩免死，流徙雲南為民了。」梁夫人道：「如此說來，倒虧你了。」也不作別，竟在大堂上上馬，一直出府去了。这纔是：

從空伸出拿雲手，救拔天羅地網人。

秦檜心頭方把这塊石頭放下。王氏道：「相公，难道真個把岳家一門多免死了？倘他們後來报仇，怎么處？」秦檜道：「这梁紅玉是個女中豪傑，再也惹他不得。倘若行凶起來，我兩人的性命先不保了。我如今將机就計，將他們充發雲南，我只消寫一封書去送與柴王，就在那邊把他一門盡行結果，有何难哉！」王氏贊道：「相公此計甚妙！」

不言夫妻定計，却說梁夫人出了相府，來至驛中，與岳夫人見禮坐下，敘了一會寒溫。梁夫人道：「秦賊欲害夫人一門性命，賤妾得知，到奸賊府中，要扯他去面聖，所以免死，發往雲南安置。夫人且請安心住下，待妾明日進朝見駕，一定保留不去。」夫人听了，慌忙拜謝道：「多感夫人盛情！但先夫小兒既已盡忠报國，妾又安敢違抗聖旨？況奸臣在朝，終生他变，不如遠去，再圖別計。但有一大事，要求夫人保留妾等耽延一月，然後起身，乃莫大之恩也！」梁夫人道：「却為何事？」岳夫人道：「別無牽掛，只是先夫、小兒輩既已身亡，不知尸骨在于何處。欲待尋着了，安葬入土，方得如愿。」梁夫人道：「这個不难。待妾在此相伴夫人住在驛中，解差也不敢來催促起身。元帥歸天，乃是臘月除夜之事，所以無人知道。不如寫一招紙，貼在驛門首，如有人知得尸首下落前來報信者，謝銀一百兩；收藏者，謝銀三百兩。出了賞賜，必有下落。」岳夫人道：「如此甚好。但是屈了夫人，如何處？」梁夫人道：「这又何妨？」隨即寫了招紙，叫人貼了。梁夫人當夜就陪伴岳夫人歇在驛中，說得投机，兩個就結為姊妹，梁夫人年長為姊，岳夫人為妹。

過得一夜，那王能、李直已寫了一張，貼在招紙旁邊，早上驛卒出來開門，見了就來與岳夫人討賞，說：「元帥尸首在螺螄壳內。」岳夫人道：「这狗才！大老爺的尸首既是你藏過，就該早說，為何遲延？」驛卒道：「不是小人藏的，小人適纔開門，看見門上貼着一張報条，所以曉得。小人揭得在此，請夫人觀看。」夫人接來一看，只見上面寫道：

欲覓忠臣骨，螺螄壳裡尋。

夫人流淚道：「我先夫為國為民，死後還有人來嘲笑。」梁夫人道：「報条上寫得明白，決非奸臣嘲笑，必是仗義之人見元帥盡忠，故將尸骨藏在什麼螺螄殼內，賢妹可差人尋訪尋訪。」

夫人即差岳安等四處去查問，有一個老者道：「西湖上螺螄壳堆積如山，須往那里去看。」岳安回來稟知岳夫人，梁夫人道：「我仝賢妹去看，或者在內亦未可知。」岳夫人道：「只是有勞姐姐不當。」遂一仝上馬，帶領一眾家人出城，來到西湖上，果然有一處堆積着許多螺螄壳。即令家人耙開來看，見有一口棺木在內。岳安上前看時，只見材頭上寫着「濠梁摠兵張保公柩」。岳夫人道：「既有了張保的棺木，大老爺三人也必然在內的了。」吽家丁再耙，眾家丁一齊動手，霎時間將螺螄壳盡行耙開，果然露出三口棺木。俱有記號，遂連忙僱人搭起篷來，擺下祭礼，合家痛哭。後人有詩弔之曰：

無辜父子抱奇冤，飄零母女淚如泉。堪憐大梦歸蝴蝶，忍聽啼魂泣杜鵑❷。

祭奠已畢，那銀瓶小姐想道：「我是個女兒，不能為父兄报仇，在世何為？千休萬休，不如死休！」回頭見路傍有一口大井，遂走至井邊，湧身一跳，夫人聽得聲响，回轉頭來見了，忙叫家人撈救起來，已氣絕了。真個是：

斷送落花三月雨，摧殘楊柳九秋霜。

不知後事如何，且聽下回分解。

---

❷ 堪憐大梦歸蝴蝶二句：意謂可憐人生如大夢一場，化歸蝴蝶；怎忍心聽杜鵑鳥晝夜哀鳴，啼至泣血。大梦，古人用以喻人生。梦歸蝴蝶，典出莊子齊物論，莊周做夢成為蝴蝶，栩栩然是一隻蝴蝶，不知有莊周。一會兒醒轉，又蘧蘧然成了莊周。因此莊子感嘆，不知是莊周夢為蝴蝶呢，還是蝴蝶夢為莊周？這就叫事物的變化。後因以蝶夢喻迷離惝恍的夢境。啼魂泣杜鵑，杜鵑鳥，又名杜宇、子規。相傳為古蜀王杜宇之魂所化，春末夏初，常晝夜悲鳴，啼至出血乃止。

第六十四回　諸葛夢裡授兵書　歐陽獄中施巧計

詩曰：

三卷兵書授遠孫，輔成孝子建奇勳。非關預識歐陽計，須知袖裡有乾坤❶。

却說岳夫人見銀瓶小姐投井身亡，痛哭不止。梁夫人亦甚悲傷，合家無不哀苦，就是那些來來往往行路之人，那一個不贊嘆小姐孝烈！梁夫人含淚勸道：「令愛既死，不能復活，且端正後事要緊。」岳夫人即吩咐岳安速去置備衣衾棺槨，當時收殮已畢。岳夫人對梁夫人道：「現今这五口棺木將何處置？必須尋得一塊坟地安葬，方可放心。望姊姊索性耽待幾日，感恩無盡！」梁夫人道：「这個自然，要全始全終，愚姊豈肯半途而廢？可命家人即於近地尋覓便了。」當時岳夫人即命四個家人在蓬下看守，自全梁夫人并眾家屬仍回驛內安歇。

過了兩日，岳安來稟道：「这里棲霞嶺下有一塊空坟地，乃是本城一位財主李官人的。說是太老爺一門俱是忠臣孝子，情愿送與太老爺，不論價錢。只要夫人去看得中即便成交。」岳夫人聽了，即邀了梁夫人一仝出城來至棲霞嶺下，看了那塊坟地，十分歡喜。回轉驛中，即命岳安去請李官人來成交。去

❶ 袖裡有乾坤：謂袖中藏有天地。比喻變化無窮的幻術。

不多時，李直仝了岳安來見岳夫人，送上文契，不肯收價。韓夫人道：「雖然是官人仗義，但沒有個空契之理，請畧收些，少表意可也。」李直領命，收下二十金，告辭回去。岳夫人擇定吉日，安葬已畢。梁夫人送回驛中，已見那四個解官、二十四名解差催促起身。岳夫人就檢點行李，擇于明日起身。梁夫人又着人去通知韓元帥，點了有力家將四名護送。梁夫人親送出城，岳夫人再三辭謝，只得洒淚而別。梁夫人自回公寓，岳夫人一家自上路去。

这裡秦桧又差馮忠帶領三百名兵卒，不住在岳坟近處巡察，如有來祭掃者，即時拿下。一面行下文書，四處捉拿岳雷；一面又差馮孝前往湯陰，抄沒岳元帥家產，不提。

再說韓起龍一日正與岳雷等坐在後廳閑話，那上臨安去的家人打聽得明明白白，回來見了員外，將秦桧如何謀害，梁夫人如何尋棺，如何安葬，銀瓶小姐投井身亡，岳氏一門已經解往雲南，現在差官抄紮家私，四下行文捕捉二公子的話，細細說了一遍。岳雷聽了不覺傷心痛哭，暈倒在地。眾人連忙將姜湯灌醒，醒來只是哀哀的哭：「爹爹吓！你一生忠孝，為國為民，不能封賞，反被奸臣慘害！一家骨肉，又充發雲南！此仇此恨，何日得报！」正是：

路隔三千里，腸迴十二時。思親無盡日，痛哭淚沾衣。

起龍道：「事已至此，二弟不可過傷。你坏了身子，难以報仇！」岳雷道：「多承相勸，只是兄弟欲往臨安，到坟前去祭奠一番，少盡為子之心，然後往雲南去探望母親。」起龍道：「二弟，你不聽見說奸臣差人在坟上巡察，如有人祭奠的，必是叛臣一党，即要拿去問罪？況且行開文書，有你面貌花甲，如何去得？」牛通道：「怕他什麼？有人看守，偏要去！若有人來拿，通自抵當。」宗良道：「不如我們五個人仝去，就有千軍萬馬，也拿我不住。」衆人齊聲拍手道：「妙，妙！我們一齊去。」韓起龍就吩咐端正行李，一仝明日起身，不表。

且說諸葛英自長江分散回家，朝夕思念岳爺，鬱鬱不樂，染成一病而死。其子諸葛錦在家守孝，忽一夜睡到三更時分，梦中見父親走進房來，叫聲：「孩兒，快快去保岳二公子上坟，不可有悮！」諸葛錦道：「爹爹原來在此！叫孩兒想得好苦！」上前一把扯住衣袂，諸葛英將諸葛錦一推，倒在床上，醒來却是一梦。次日將夜間之梦告訴母親，諸葛夫人道：「我久有心叫你往湯陰去探望岳夫人消息，既是你爹爹托梦，孩兒可速速前往。」

諸葛錦領命，收拾行囊，辞別母親，離了南陽，望相州進發。不想人生路不熟，这一日貪趲路程，又錯過了客店，無處棲身，天色又黑將下來，又走了一程，只見一帶茂林，朦朦月色，照見一所冷廟，心中方定，暗想：「且向这廟內去蹲一夜再處。」走上幾步，來到廟門首，兩扇舊門也不関。上邊雖有一個扁額，字蹟已剝落的看不出了。諸葛錦走進去一看，四邊並無什物，黑影影兩邊立着兩個皂隸，上頭坐個土地老兒。一張破桌缺了一隻脚，已斜攤在一邊。諸葛錦無奈，只得在拜臺上放下包裹，攤開行李，將就睡下。行路辛苦，竟朦朧的睡着了。

將至三更時分，忽見一人走進廟來，頭帶綸巾，身穿鶴氅，面如滿月，五綹長鬚，手執羽扇，上前叫道：「孫兒，我非別人，乃尔祖先孔明是也。你可快去保扶岳雷，成就岳氏一門『忠孝節義』。我有兵書三卷：上卷占風望氣，中卷行兵佈陣，下卷卜算祈禱。如今付你去扶助他，日後成功之日，即將此書燒去，不可傳留人世。須要小心！」說罷，化陣清風而去。諸葛錦矍然醒來，却是一夢。巴到了天明起來，見那供桌底下有個黃綾包服，打開一看，果然是兵書三卷，好不歡喜。連忙一摠收拾在包裹內了，就望空拜謝。看看東方漸白，就背上包裹，出了土地廟。

一路下來，日間走路，夜間宿店看書。又在市鎮上買了幾件衣服，從此日就改作道家裝束。又行了幾日，到了江都地方，住在一個馬王廟內，每日在路傍搭個篷帳，寫起一張招牌來，上寫著「南陽諸葛錦相識魚龍，並不計利」十三個大字，那些人多有來相的，皆說相得准。送些銀錢，諸葛錦也不計論多寡，賺得些來度日。

那一日，岳雷仝着牛通、宗良、韓起龍、韓起鳳五個人，一路行至江都，打從諸葛錦帳篷前走過。牛通看見圍着一簇人，不知是做甚的，便叫：「哥哥們慢走，待我看看。」就向人叢裡分開眾人，上前一看，說道：「是個相面的，甚么希罕，聚这許多人！」岳雷聽見便道：「我們何不相一相，看他怎么說？」岳雷就走進帳篷，眾人也一齊跟進去，不道看相的人多，牛通就大喝道：「你們这班鳥人，要相就相，不相的却擠在这裡做甚么？快快與我走他娘，不要惹我老爺動手！」那看的人見牛通是個野蛮，況这五個人多是異鄉來的，與他爭競什么，都一鬨的散了。岳雷上前把手一拱，說道：「先生，求與在下相一相。」那諸葛錦抬頭將岳雷一看，說道：「足下的尊相，非等閑可比！等小子收拾了帳篷，一同到敝寓細細的相罷。」岳雷道：「如此甚好。」那道人即去把招牌收下，捲起帳篷，一同眾人來到馬王廟中，各各見禮坐下。

諸葛錦道：「足下莫非就是岳二公子麼？」岳雷吃了一驚，便道：「小弟姓張，先生休要錯認了！」

諸葛錦道：「二兄弟，休得瞞我！我非別人，乃諸葛英之子也。因先父托夢，叫我來保扶你去上坟的。」岳雷大喜道：「大哥從未識面，那里就認得小弟？」諸葛錦道：「我一路來的關津，俱有榜文張掛，那面貌相似，所以認得。」眾人大喜道：「今番上坟，有了諸葛兄就不妨事了。」牛通道：「既有了軍師，我們何不殺上臨安，拿住昏君，殺了眾奸臣？二兄弟就做了皇帝，我們都做了大將軍，豈不是好？」岳雷道：「牛兄休得乱道！恐人家听見了，不是當耍的！」當時諸葛錦一一問了姓名，就在廟中住了一夜。到次日收拾行李，離了馬王廟，六個人仝望臨安上路。

行了一日，到得瓜州，已是日落西山，天已晚了，不好過江，且在近處揀一個清淨歇店住了一夜。天明起身，吃飽了離了店門，一齊出了瓜州城門，見有一個金龍大王廟，諸葛錦道：「我們且把行李歇在廟中坐坐，那一位兄弟先到江口去叫定了船，我們好一齊過江去。」岳雷道：「待小弟去，眾位可進廟中等着。」說罷，竟獨自一個來到江邊。

恰好有隻船泊在岸邊，岳雷叫聲：「駕長，我要僱你的船過江，要多少船錢？」那船家走出艙來，定睛一看，滿面堆下笑來道：「客人請坐了，我上去叫我夥計來講船錢。」岳雷便跳上船，進艙坐下，那船家上岸飛跑去了。岳雷正坐在船中，等一會只見船家後邊跟了兩個人，一仝上船來道：「我夥計就來了。这兩個客人也要過江的，帶他一帶也好。」岳雷道：「这個何妨。不知二位過江到何處去公幹？」二人流淚道：「我二人要往臨安去上坟的。」岳雷听了「上坟」兩字，打動他的心事，便問：「二位遠途到臨安，不知上何人之坟？」二人道：「我看兄是外路人，諒說也不妨。我們要去上岳爺的坟的。」岳雷聽了，不知不覺就哭將起來，問道：「二位與先父有何相與？敢劳前去上坟？實不相瞞，小弟即是岳雷。二公要去，仝行正好。」二人道：「你既是岳雷，我二人也不敢相瞞，乃是本州公差，奉秦太師鈞旨來拿你的。」二人即在身邊取出鐵鍊，將公子鎖了，上岸進城，解往知州衙門裡來。

那知州姓王名炳文，正值升堂理事。兩個公差將岳雷僱船拿住之事稟明，知州大喜道：「帶進來！」兩邊一聲吆喝，將岳雷推至堂上。知州大喝道：「你是叛臣之子，見了本州，為何不跪？」岳雷道：「我乃忠臣之子，雖被奸臣害了，又不犯法，為何跪你？」知州道：「且把这廝監禁了，明日偹文書起解。」左右答應，就將岳雷推入監中。

且說那眾小弟兄在大王廟中，等了半日，不見岳雷轉來。韓起龍道：「待我去尋尋看，為何这半日還不來？大江邊又是死路，走向那里去了？」起鳳道：「我仝哥哥去。」弟兄兩個出了廟門，來至江口，只聽得三三兩兩傳說：「知州拿住了岳雷，明日解上臨安去，倒是一件大功劳！」也有的說：「可憐岳元帥一生盡忠，不得好報！」也有的說：「秦太師大約是前世與他有甚冤仇。」

韓起龍弟兄兩個聽得明白，慌慌張張回轉廟中，報知眾人。牛通便對諸葛錦道：「都是你这牛鼻子，叫他去叫船，如今被人捉去。快快還我二兄弟來便罷，不然我就與你拼了命罷！」諸葛錦也慌了手脚，宗良便道：「牛兄弟且莫要忙，事已至此，我們且商量一計，救他方好。」諸葛錦道：「且慢！待我來卜他一卜。」就在身邊取出三個金錢，對天禱告，排下卦來。細細看了卦象，大喜道：「你們各請放心！包管二更時分，還你岳家兄弟見面便了。」眾人道：「如今現被知州監禁在獄，我們若不去劫牢，今晚怎得出來？」諸葛錦道：「我看卦象，是有救星在內，應在戌亥二時出城。我們多往城邊守候，包你不錯就是。」眾人無奈，只得依他。

且說岳雷在監中，放聲大哭，大罵：「秦桧奸臣！我父親在牛頭山保駕，朱仙鎮殺退金兵，纔保得你半壁江山。你將我父兄三個害死風波亭上，又將我滿門充發雲南！今日雖被你拿住，我死後必為厲鬼，將你滿門殺絕，以洩此恨！」帶哭帶罵，嘮叨個不住。誰知驚動了間壁一人，聽得明明白白，便大喝一聲：「你这現世寶！你老子是個好漢，怎么生出你这個膿包來，这樣怕死，哭哭啼啼的來煩惱咱老子！」那禁子便道：「老爺不要理他，過了今日一晚，明早就要解往臨安去的。他不曉得老爺在此，待我們去打他，不許他哭就是了。」

你道此人是誰？原來是複姓歐陽雙名從善，綽號叫做「五方太歲」，慣賣私塩，帶做些私商勾當。只因他力大無窮，官兵不敢奈何他。又且為人率直，逢兇不怕，見善不欺。昔日渡張保過江的就是此人。因一日酒醉了，在街坊與人廝打，被弓兵❷捉住，送往州裡。州官將他監在獄中，那牢子奉承他，便賞他些銀錢；倘若得罪了他，非打即罵。那些禁子怕他打出獄去，盡皆害怕，所以称他做「老爺」，十分趋奉他。他倒安安穩穩坐在監房。

那日，聽得岳雷啼哭，假意發怒，便對禁子道：「今日是我生日，被这現世寶吵得我不耐煩。」就在床頭取出一包銀子，約有二十來兩，說道：「你拿去，替我買些雞鵝魚肉酒麪果子進來，慶個壽，也分些與眾人吃吃。」禁子接了銀子，到外邊買了許多酒菜，收拾端正，已是下午。禁子將那些東西，搬到從善面前擺着。從善叫分派與眾囚犯，又道：「这現世寶，也拿些與他吃吃。」眾牢子各各分派了，回到房中坐定。歐陽從善與这些牢頭禁子猜拳行令，直吃到更深，大家都吃得東倒西歪，盡皆睡着。

---

❷ 弓兵：宋元間負責地方巡邏、緝捕之事的兵士。

從善見眾人俱醉了，立起身，拏了幾根索子束在腰間，走過隔壁來，輕輕的對岳雷道：「我乃歐陽從善。日間聽見你被捉，故設此計來救你。」公子称謝不盡。從善便將公子鐐銬去了，便道：「快隨我來！」二人悄悄來至監門首，從善將鎖輕輕打落，二人逃出監來。如飛的來至城頭上，歐陽從善解下腰間索子，拴在岳雷腰裡，從城上放將下去。誰知这諸葛錦預先算定陰陽，仝眾弟兄在城脚下接應，見岳雷在城上墜下，盡皆歡喜。牛通道：「这個道人算的陰陽，果然不差！」但聽見城上高喊一聲：「下邊是甚麼人？走開些！」这一聲喊裡，歐陽從善趁勢一蹤，已跳下城來。與眾弟兄相見了，各通姓名。岳雷將從善在監中相救之事，說了一遍，眾弟兄十分感激，称謝不盡。

諸葛錦道：「我等不可遲延，速速尋覓船隻過江！恐城中知覺，起兵追來，就費手脚了。」眾弟兄各各称「是」，一齊仝到江口，却見日裡那隻船還泊在岸邊。韓起龍跳上船頭，喝聲：「艄公快起來，本州太爺解犯人過江。」那艄公在睡梦裡聽見吆喝，連忙披了衣服，冒冒失失鑽出艙來。早被韓起龍一把揪住頭髮，身邊拔出腰刀，一刀剁落水去。眾弟兄齊上船來，架起櫓槳，一逕搖過江去了。正是：

鼇魚脫却金鈎去，擺尾搖頭再不來。

不知後事如何，且聽下回分解。

第六十五回　小弟兄偷祭岳王坟　呂巡檢婪贓鬧烏鎮

詩曰：

堪嘆英雄值坎坷，平生意氣盡消磨。寬離故苑歸應少，恨滿長江淚轉多。

且說瓜州城裡那獄中这些牢頭禁子，酒醒來，不見了歐陽從善，慌慌的到各處查看，眾犯俱在，單單不見了岳雷。又看到監門首，但見監門大開。这一嚇真個是魂飛天外，魄散九霄，忙去州裡報知。知州聞报是越了獄，即刻升堂，急急點起弓兵民壯，先在城内各處搜尋，那里有一點影響，鬧了半夜。天色將明，開了城門，赶到江口，一望絕無痕迹。無可奈何，只得回衙，將眾禁子各打了四十，一面差人四處追捉，不表。

且說眾小弟兄渡過了長江，到京口上岸，把船棄了，僱了牲口，望武林一路進發。不一日，到了北新関外，見一招牌上寫着「王老店安寓客商」。眾弟兄正在觀望，早有店主人出來招接道：「眾位相公要歇，小店盡有潔淨房子。」眾弟兄一齊走進店内，小二早把行李接了，搬到後邊三間屋内安放。眾人舉眼看時，兩邊兩間臥房，安排着三四張床鋪。中間却是一個客座。影壁門上貼着一副硃砂紅紙對聯，上寫着：

人生未許全無事，世態何須定認真？

中間一隻天然几上，供着一個牌位，諸葛錦定睛看時，却寫着「都督大元帥岳公之靈位」。眾弟兄吃驚，也不解其意。少停，店主人端正酒飯，仝了小二搬進來。諸葛錦便請問主人家：「这岳公牌位為甚設在此間？」主人道：「不瞞諸位相公，相公是外來客人，不避忌諱，这裡本地人却不與他得知。小可原是大理寺禁子王德。因岳爺被奸臣陷害，倪獄官也看破世情，回鄉去了。小可想在獄中勾當，賺的多是欺心錢，怕沒有報應日子？因此也棄了这行業，幫着我兄弟在此開個歇店。因岳爺歸天，小子也在那裡相帮，想他是個忠臣，故此設这牌位，早晚燒一炷香，愿他早生天界。」諸葛錦道：「原來是一家人，决不走漏風聲的。」指着岳雷道：「这位就是岳元帥的二公子，特來上坟的。」王德道：「如此，小人失敬了！小可因做過衙門生意，熟識的多，再無人來查察，眾位相公儘可安身。但是坟前左右，秦太師着人在彼巡察，恐怕难去上坟，只好半夜裡悄悄前去方可。」諸葛錦道：「且再作商量。」當日弟兄七個在店中宿了一夜。

天明起來梳洗，吃了早飯。諸葛錦取出三四兩銀子來，對着主人家道：「煩你把祭禮替我們端正好了。我們先進城去探探消息，晚間回來，好去上坟。」王德道：「祭禮小事，待小的備了就是，何必又要相公們破鈔？」岳雷接口道：「豈有此理？劳動已是不當了！」說罷就一齊出了店門。

進城來，一路東看西看，鬧了半日。日已過午，來到一座酒楼門首經過，牛通道：「諸葛哥，我肚中飢了，買碗酒吃了去。」眾人道：「我們也用得着了。」七個人一齊走進店門，小二道：「各位相公，可是用酒的？請上楼去坐。」眾人上了楼，揀一副乾淨座頭佔了。小二鋪排下按酒東西，盪上酒來。七個人猜拳行令，直吃到紅日西沉。下楼來算還了酒錢，一路望武林門而來。

恰恰打從丞相府前經過，諸葛錦悄悄的對眾人說道：「这裡是奸賊秦桧門首，不要多言，快快走過去。」眾人依言，俱嘿嘿的向前走去。獨有那牛通聽了此言，暗自想道：「我正要殺这個奸賊，與岳伯父报仇。今日在此賊門首經過，反悄悄而行，豈有此理？待我進去，除了这賊，有何不可？」想定了主意，挨進頭門。此時天色已晚，衙役人等盡皆散去，無人盤問。遠遠望見那門公點火出來上灯，牛通連忙往馬街內去躲。看見擱着一乘大轎在那里，牛通就鑽進轎中坐着。直至更深人靜，牛通鑽出轎來，走至裡邊。門戶俱已閑上，無處可入。抬頭一看，對面房子不甚高大，湊着墻邊一棵大樹，遂盤將上去。爬上了屋，望下一看，屋内却有灯光。便輕輕的將瓦來揭起，撬去椽子，溜將下去，只見一個人睡在床上，卻被牛通驚醒。正待要喊，牛通上前，照着他兜心一拳。那人疼了，一軲轆滾下床來，被牛通趔勢一腳，踹住胸膛，一連三四拳，早嗚呼了。回頭看那桌上，却有好些爆竹，牛通道：「待我拿些去坟上放也好。」就撈了幾十個揣在懷裡。將桌上灯剔亮了，四下觀看，滿房俱是流星花炮烟火之物。原來是秦桧的花炮火藥房，叫那人在此做造，施放作樂的。牛通罵一聲：「秦桧奸賊！萬代王八！你在家中这般快活！我那岳伯父擹❶身捨命與金人廝殺，纔保全得你半壁江山，你方得如此快活。驀地裡將他害了性命，弄得他家破人亡，連坟都不許上！你若撞在我太歲手裡，活剝了你的皮，方洩我恨！」一面恨，一手將灯煤一彈，正彈在火藥之中，登時烈焰冲天，乒乒乓乓，竟天價燒起來。牛通大驚，欲尋出路，

❶ 擹：同「拚」。捨棄；不顧惜。

却被火烟迷住了眼目，正在走頭無路，十分着急。忽然一陣冷風，火中走出一個人來，叫聲：「牛公子，休要驚慌，我來救你。」牛通道：「你乃何人？」那人道：「我乃張保。」一手就將牛通提在空中去了。

那秦檜在睡梦之中，听得火燒，驚醒起來。說是花炮房失火，急喚起家丁衆人連忙救滅。只燒了他兩間小房。只道是做花炮的遺漏了火，以至燒死，那裡曉得是牛通放的。

且說岳雷、諸葛錦一班小弟兄，出城回到店中，却不見了牛通，岳雷大驚道：「牛哥不知那里去了，如何是好？」諸葛錦就袖占一卦，早知其事，便道：「卦象無妨。我們且去墳上等他便了。」店主人便將三牲祭禮搬將出來，衆弟兄收拾齊備，着兩個火家抬了，一齊出門，望栖霞嶺而來。

到得坟前，不見牛通，衆人個個慌張。諸葛錦道：「你們不必心焦，即刻時辰已到，包你就來。」衆人正在不信，只見空中跌下一人，衆人上前觀看，果然是牛通。衆人齊道：「諸葛兄果然好神算！」岳雷問道：「牛兄，你往何處去了？使我們好着急！在空中跌下來，不知何故？」牛通將私入相府、悮燒火藥房、張保顯靈相救之事細細說了一遍。韓起龍道：「也好，也好！雖未報仇，只算先送個信與他。」衆人就將祭禮擺下，岳雷哭奠一番，衆人然後一個個拜奠。岳雷跪在傍邊回禮，十分悲苦，一陣心酸，不覺暈倒在地。宗良正在地焚化紙錢，牛通見了，想起：「我方纔在奸賊家裡，挐得些爆竹在懷裡，何不放了？」便向胸前去摸將出來，歐陽從善一手就接過來，点上藥線就放。起龍、起鳳俱是後生心性，各人取來放起，一時間轟天價响起來。

那秦桧原差馮忠領三百名軍兵，在岳爺坟上左右巡察，如有人來私祭者，即便拿去究問。那馮忠在坟上守許多日，並不見有人來祭奠，因此把人馬駐扎在昭慶寺前。这一晚，听得花炮震响，恰正是这腳風色，連忙点起人馬，迎着風唿哨而來。諸葛錦道：「有兵來了，快快走罷！」衆弟兄俱望後山逃走，性急慌忙，却忘了岳雷還睡在坟上。那馮忠赶到坟上，並無一人，但見擺著祭禮。再將灯火照看，却見地下睡着一人，上前細認，與画上面貌一般無異。馮忠大喜，便將來用繩捆了，放在馬鞍上，好不歡喜。吩咐三軍回營，離了岳坟，往昭慶寺而來。

來至湖塘上，岳雷已悠悠醒轉，開眼看時，滿身繩索，已知被人拿住，吃了一驚，不敢則聲。那馮忠得意揚揚，坐在馬上，來到一棵大樹傍邊擦過，因樹枝繁茂，炸開碍路，把頭一低，在樹底下鑽過去。岳雷頓生一計，把雙脚鈎住在樹上，用力一蹬，馮忠、岳雷連人帶馬一齊跌下湖中。衆軍士見主人跌下水去，一齊上前撈救。忽然一陣陰風，將灯球火把盡皆吹滅。衆軍士毛骨竦然，烏天黑地，那里去撈救，卻往四下里去尋火。那岳雷跌入湖中，自分必死，忽見銀瓶小姐頭帶星冠，身披鶴氅❷，叫聲：「二弟休慌，我來救你也！」就把岳雷提在空中，再一陣風，將馮忠吹入湖心之中，吃了一肚子的清水，待等衆軍点了火把來救時，眼見得不活了。

再說岳雷在空中如雲似霧，頃刻之間，已到了烏鎮。小姐道：「二弟小心，我去也！」岳雷睜開眼一看，却在平地上，杳無人跡。在黑暗里，一步捱一步，來到一家門首，門兒半掩，裡面透出灯光。岳雷走上前去，把門一推，却原來是老夫婦二人，在那里磨豆腐。岳雷就叫聲：「老丈，望乞方便，搭救則個！」那老者出來，見岳雷渾身透濕，便問：「小客人為何这般光景？」岳雷道：「小子是異鄉人，因遇着強盜，刧了行囊，跳入河中逃得性命。有火借烘烘衣服。」那老兒道：「可憐，可憐！如此青年，

❷ 鶴氅：道袍。

也不該獨自一個出門。快進來，灶內有的是火，可坐在那邊去。」又叫婆子：「你可去取件舊衣服，與他換了，脫下來好烘。」那婆子就取出乾衣來，與岳雷換了。岳雷感恩不盡，一面烘衣，一面問道：「請問老丈尊姓？」老兒道：「老漢姓張，本是湖州府城裡人；五十六歲，沒了兒子，我兩口兒將就在这烏鎮市上，做些豆腐過活。不知小客人從何處來？因何遇了強盜？」岳雷假說道：「小子也姓張，湯陰人，因往臨安探親，在船上遇着強盜。」張老道：「湯陰有個岳元帥，算得是個大英雄，虧他保全了今上皇帝，可惜被奸臣害了！如今還在拿他的子孫哩！」

兩人說說話話，不覺天已大明。張老舀了一碗豆漿，遞與岳雷道：「小客人，胡乱吃些擋寒。」岳雷謝了，接過來正吃，只見兩個人推門進來，叫聲：「張老兒，有豆漿舀兩碗來吃。」張老舉眼看時，却是本鎮巡檢司內的兩個弓兵，一個趙大，一個錢二。張老連忙舀了兩碗豆漿遞去，掇条櫈子，說：「請二位坐了。」二人一面吃，却看見岳雷，便問張老道：「这個後生是那裡來的？」張老暗想：「衙門中人，與他纏什麼賬？」就隨口荅道：「是我的外甥。」趙、李二人吃了豆腐漿，丟了兩個錢，走出門來。

趙大對錢二道：「從未見老張有什么親眷來往。我看这個人正與岳雷圖形無異，我們何不轉去盤問他個細底？倘若是岳雷，將他解上去，豈不得了这塲富貴？」錢二道：「有理。」兩個轉進店中問道：「你这外甥，却是何處人？姓甚名誰？為甚往常從不提起？」張老道：「他叫做張小三，因他住得遠了，所以不能常來看我。」趙大大喝道：「放你的騗子屁！你姓張，那有外甥也姓張！明明是岳雷，還要賴到那里去？」岳雷道：「既被你們識破，任憑你拿我去請功何妨。」趙、錢二人大喜，上前拿住，就叫攏地方左右鄰舍俱到。趙大、錢二道：「这個是朝廷要犯，在此拿住。你們俱要護送，若有疎失，你們都有干係！」眾人道：「自然自然，我們相帮解去。」趙大道：「这張老兒窩藏欽犯，假說外甥，也要帶到衙門去的。」張老道：「他說是被盜落水，到此借烘烘衣服，實是不知情的。」錢二道：「不相干，你自到當官去講。」不由分說，拖了他就走，張老着了急，便叫道：「二位不要囉唣。我家中銀子實沒有分文，只養得一窩小豬在後頭，拿來奉送與二位。不叫我到官，感恩不盡！」趙大、錢二還要做腔做勢，地方鄰舍俱來替他討情，二人方纔應允，叫張老把小豬替他赶到他家裡去。遂同地方等將岳雷解到巡檢司來。

巡檢是個蘇州人，姓呂名柏青，最是貪賍刁惡之人，听說是捉住了欽犯，連忙坐堂。趙大、錢二仝着地方等一齊跪下，稟說是「岳雷在那里買豆腐漿吃，被小的們盤倒，故此協仝地方鄰里一齊擒拿。」巡檢道：「既是岳雷，自認不諱，不必審問，且將他鎖在後堂。連夜打起一輛囚車來，明日備文起解，你二人再來領賞。」又吩咐衙役去傳諭合鎮百姓：「說我老爺拿了岳雷，十分功劳，朝廷必然加官封爵。你們眾百姓須要家家送礼物慶賀。」衙役領命，忙忙的去做囚車，將岳雷囚了。又分頭去傳諭百姓，俱紛紛的來送礼不絕。

再說眾弟兄那晚上坟聽得人喊馬嘶，連忙往後山逃走，到僻靜處，不見了岳二公子，眾人大驚道：「方纔二兄弟哭倒在墓傍，必然被人馬拿去了。如何是好？」諸葛錦道：「列位不必着忙，我早已算定。我等且到烏鎮去，決然會着。」眾弟兄將信將疑，况已佩服諸葛錦神算，只得一齊回轉店中，取了行李，辭別了王德，連夜望烏鎮而來。

到得鎮上，已是申牌時分。眾人腹中飢餓，走進一個飯店來吃飯。但見市鎮上來來往往，也有拿着盒子的，也有捧着酒菓的，甚是熱閙。諸葛錦便問小二道：「今日这鎮上有甚事情，这等熱閙？」小二答道：「只因本鎮巡檢呂老爺，拿住了一個欽犯，叫做岳雷，要鎮上人家送礼慶賀，故此熱閙。」諸葛錦道：「原來為此。那巡檢是我們的鄉親，也該去賀賀纔是。」便摸出五六錠銀子，替店家回了一個封筒封好了，算還了飯錢，跟着眾人來到巡檢衙門。

那巡檢正坐在堂上，看着兩個書吏收禮登簿。諸葛錦等六人跟了百姓竟到堂上，見了巡檢，深深作揖，送上賀禮。韓起龍道：「我們六人俱是外路商人，在此經過。听得老爺捉了岳雷，解上京師，老爺定然榮陞，故此湊得些賀礼，特來叩賀叩賀。但是商人們在路上，傳聞說那岳雷腦後有一隻眼睛，不知果然否？」那巡檢一眼見那賀礼沉重，好生欢喜，便道：「难得你們好意。一個人那裡腦後有眼的？豈不是妖怪？就因在後堂，列位何不進去看看？倒是個好人品！」六個人七張八嘴道：「既是老爺叫我們看，也讓我們識瞻識瞻，極好的了。」巡檢就叫衙役：「領他六位進去，看看就出來。不許眾人進去囉唕。」那六個弟兄那裡等他說完，遂一齊擁到後堂，叫聲：「岳雷在那裡？」岳雷看見眾弟兄俱來，便高聲道：「在这里！」便把隻足一登，囚車已散，將手拷扭断。眾弟兄各去搶根排棍竹片，乱打出堂來，只見：

> 雙拳起處雲雷吼，飛脚來時風雨驚。

那呂巡檢見不是頭，慌忙要躲時，早被歐陽從善提起案上籤筒，望他頭上一下，可憐呂巡檢賀礼不曾受用分文，早已腦漿迸裂，死于地下。眾書辦衙役，只恨爺娘少生了兩隻脚，四散飛跑。

眾弟兄打出巡檢衙門來，那些市鎮上人家，那個肯出頭惹禍，趂着天已黑將下來，家家把門閉上，由他七個人，安然無事，走了二十餘里。天已昏黑，舉眼一望，七個人齊叫一聲：「苦！」不道面前白茫茫，一望汪洋！來到这個所在，不是天盡頭，即是地絕處。真個是：

茫茫大海無邊岸，渺渺天涯無盡頭。

不知眾弟兄怎生脫離得此难，且听下回分解。

第六十六回　牛公子直言觸父　柴娘娘恩義待仇

詩曰：

不念舊惡怨自希，福有根源禍有基。能移怨恨為恩德，千古賢名柴桂妻。

道家有解冤之懺悔，釋氏有解結之經文❶，即我儒教孔夫子，也說道：「不念舊惡，怨是用希❷。」可見三教雖然各立門戶，其實揔歸一脉。在下先說個故事，與列位看官聽。

當日汴京將破之時，東京城外有個小戶人家，名叫王小三，帮人家做長工。只因孤身吃了現成的，倒積趲得百十多兩銀子。只因他一生敬奉的观音菩薩，遂請了一軸画像，供養在家中。朝晨出去，晚上回來，務必誠心焚香拜禱。

那一日，聞得金兵已到，那左右鄰舍，家家逃走一空。王小三也連夜收拾收拾，打点明日也要去逃難。到得三更天時分，朦朧見观音菩薩，手執楊枝，身穿白衣，叫聲：「王小三听着，你前世本是個小

---

❶ 釋氏有解結之經文：人開罪於人，存在著冤結，所以佛教有解除冤結的經文與解結的儀式。

❷ 不念舊惡二句：論語公治長：「子曰：『伯夷、叔齊，不念舊惡，怨是用希。』」這是孔子贊美伯夷、叔齊二人不念舊時之惡而欲報復，所以也少為人所怨恨。

軍，交鋒時節一刀殺了一個番兵。你今轉世在此，他也轉世做了金朝將官，叫做墨利。明日午時三刻，應該死于他手，以報前世一刀之仇。揔然逃走，也难脫此灾。我念你奉我虔誠，且戒食牛犬，特來解你此厄。明日可將羊肉五六斤煮好，端正燒酒米飯，待墨利來時，敬他飽飡一頓，或者可免一死，亦未可定。」言畢，把柳枝一拂，王小三矍然醒來，却是一梦。思量菩薩吩咐，乃是前世冤愆，揔逃無益，不如依了佛爺言語，拚得償他一命。

早晨起來，走了二十里路，方買得些羊肉燒酒之類回來，忙忙的整治好了。把門関了，坐在家中坐候。剛剛到得午牌時分，忽聽得打門聲响，王小三也不慌忙，走出來問道：「可是墨將爺來了么？」一面說，一面就把門開了，說道：「將爺請進去坐。」那墨利跨進門來，看見桌上有許多羊肉燒酒。大凡金兵本是要來擄掠，不道人民盡皆逃散，家家空虛，自早至午，不曾有一点東西下肚。正在飢餓之際，見了这羊肉燒酒，好不快活！拿起來就吃。那王小三又將燒酒大碗篩來，恭恭敬敬的奉上；吃了一回，大米子飯熱騰騰的盛來敬上。那墨利吃得好不快活，便問：「你这蛮子，如何曉得咱的名字？怎么你前後人家，家家逃去，為何單單剩你一個不走，却是為何？」王小三道：「不瞞將爺說，小的一生敬奉的是这观音菩薩，昨晚托梦與小的，說我前世也是一個軍兵，因上陣殺了將爺，將爺今生做了金國將官，也該殺我，以报前仇，故此不走。如今將爺用完了酒飯，就請將爺將小的殺了，以償此冤孽，讓我好去投胎。」

那墨利听了，呆了一回，心中暗想：「他前世殺我，我今世殺他，他來世又焉知不来殺我？这冤冤相报，幾時得了？况且我與他今世無仇，吃了他一飡，何苦又去殺他！」便叫道：「蛮子，我們不過來擄些金銀財寶，前世已過，今世無仇，何苦殺你！我吃了你一飡飽食，無物贈你。」隨向腰間取下一面小旗，付王小三道：「你可將此旗插在門上，我國之兵見了，就不進來。就是帶了此旗在路上走也不妨的。」說罷，竟揚長的出門去了。王小三就在菩薩面前，燒香拜謝活命之恩。後來一味修行，直活到九十多歲善終。这等看起來，那「冤仇」兩字，只可解，不可結。此回書中，柴娘娘不报殺夫之仇，反將恩義結識岳夫人，真乃千古女中之丈夫也！閑話慢表。

且說那上回正傳，眾弟兄急急忙忙走到这個所在，白茫茫一帶，無邊無際，原來是太湖邊上。天又昏黑，又無船隻，好不驚慌！只得沿着湖邊，一路下來，見幾株綠楊樹下繫着四五隻漁船，前面又有幾隻大官船。那弟兄七人走近船邊，諸葛錦叫聲：「駕長，我們是臨安下來，要往京口去的。貪走了幾里路，無處歇宿，望你渡我們過湖，多將銀錢送你。」那漁翁道：「天色晚了，過不得湖。」岳雷道：「天又昏黑，又無宿店，沒奈何，就借你船裡坐坐，等到天明罷。」漁翁道：「我們船不便。」用手一指道：「你再走去，不到半里路，这一帶林子裡有個湖山廟，倒可借宿得一宵。」

岳雷謝了，就仝眾人到得林子內一看，果然有個古廟。傍邊還有一二十間草房，俱是漁戶住家之所。諸葛錦道：「你們且站着，待我先去說明了，休得大驚小怪。」眾人依言，就在樹林下立着，諸葛錦走到廟前，把門敲了三下，裡邊走出一個老道來開門，問道：「是那個？」諸葛錦深深作了一揖，說道：「小可弟兄們，自臨安買賣回來，貪趲路程，失了宿頭，特來告宿一夜，明日過湖。望乞方便！」那老道人道：「这個不妨。但是荒涼地面，誠恐褻慢。」諸葛錦道：「說那裡話！勞動已是不當了！」把手一招，弟兄們一齊進廟，各各與老道人見禮畢。

忽然，殿後邊走出一個人來，將眾人細細一看，對岳雷道：「这位官人，可是岳二公子么？」岳雷道：「我是姓張，不曉得甚麼岳二公子。」那人道：「二公子，你不要瞞我，我非別人，乃是元帥的家將王明。一仝四個人，隨了大老爺進京，到得平江，就被校尉拿了，把王橫砍死，我們四人各自逃难。我到此間，恰遇着我那哥哥，就在此廟裡安身。我今日在鎮上買辦香紙，听得呂巡檢拿住二公子，明日解上臨安，因此我糾合眾人，駕着漁舟，耑等他來時搶刦。你的相貌宛然與大公子一般，況且圖形上一些不差。不是二公子，却是兀誰？」岳雷听了，不覺兩淚交流，便把前後事情細細說明。王明便道：「二公子且免悲傷。現今秦桧又差馮孝往府中抄沒家私，裝着幾船，今日正泊在这里過夜。我們想個方法，呌那奸臣不得受用我們的東西方好。」眾人听了，俱各大怒道：「我們就去把那些狗奴殺個乾淨！」諸葛錦道：「不必莽撞。我們这消如此如此，萬無一失。」眾人大喜，各人準備，王明端正夜膳，與眾人飽餐一頓。

挨至二更時分，來至湖邊。王明照會小船上漁人，將引火之物搬上小船。一齊搖至大船邊，輕輕的將舡纜砍断，慢慢的拖至湖心。將引火之物点着，抛上大船，趂着湖風，盡皆燒着。可憐滿船之人，走頭無路，有的跳出火中，也落在湖内淹死。眾人立在小舡上面，看得好不快活。牛通道：「妙阿！如今是火德星君拿去，送與海龍王了。」看看船已燒完，眾人方纔搖回岸來。那馮孝燒死在船中，尸骨葬于湖内，也是附助奸臣、陷害忠良的报應。明日地方官免不得寫本申奏朝廷，行文緝獲。且按下不表。

且說眾弟兄回轉廟中，已是五更將盡。宗良道：「如今坟已上了，馮忠淹死了，馮孝燒死了。二弟還是往那里去好？」岳雷道：「我母親、兄弟等一門家屬俱流往雲南，未卜生死。我意下竟往雲南去探問，何如？」牛通道：「二兄弟既是要往雲南，我們眾人都一齊仝去罷。」諸葛錦道：「不可造次！此去雲南甚遠，况且二兄弟画影圖形，捉拿甚緊，如何去得？我前日一路來時，聞得人傳說：『牛皐叔叔在太行山上，聚有數千人馬，官兵不敢征勦。』我們不如前往太行山，向牛叔叔那里借些人馬，往雲南去探望伯母，方為萬全。」牛通道：「嗄！我一向不知他在何處。原來依舊在那里做強盜，快活受用！待我前去問他，為什么不領兵來與岳伯父报仇！」當時眾人議定了主意，王明便去殺翻了兩口猪，宰些雞鵝之類，煮得熟了，盪起酒來，大家吃得醉飽。

天色漸明，王明將眾弟兄的行李搬上小舡；另將一舡，把向日收得岳元帥的那匹白玉駒，并那口寶劍，送還岳雷，物歸故主。眾人上舡，渡過太湖，直到宜興地方上岸。王明拜別了二公子，仍舊回太湖去訖。这裡弟兄七人把那行李一摠拴縛在馬上，一齊步行。不敢由京口舊路，遠遠的轉到建康過江，望太行山一路而來。

有話即長，無話即短。一日，來到太行山下，只听得一棒鑼聲，走出二三十個嘍囉攔住，叫道：「快拿出買路錢來！」牛通上前大喝一聲：「該死的狗強盜！快快上山去叫牛皐來見太歲。若是遲延，叫你这狗強盜一窩兒都是死！」嘍囉大怒，罵道：「黃毛野賊，如此可惡！」方欲動手，岳雷上前道：「休得動手！我乃岳雷，特來投奔大王的，相煩通报！」那些嘍囉聽得說是岳雷，便道：「原來是二公子！大王日日想念，差人各處打聽，並無消息。今日來得恰好！」就飛奔上山通報。

牛皐大喜，隨仝了施全、張顕、王貴、趙雲、梁興、吉青、周青一齊下山迎接。岳雷和眾人相見過了，一同上山來到分金亭上，各各通名見禮。牛皐便問起從前一向事情，岳雷將一門拿至臨安，幸得梁夫人解救發往雲南，又將上坟許多苦楚說了一遍。牛臯聽了，大哭起來。牛通怒哄哄的立起身走上來，指着牛臯大喝道：「牛臯！你不思量替岳伯父報仇，反在此做強盜快活，叫岳二哥受了許多苦楚，今日還假惺惺哭什么？」牛臯被兒子數說了这幾句，對二公子道：「當初你父親在日，常對我說：『孝順還生孝順子，忤逆還生忤逆兒。』今日果應其言！」岳雷道：「姪兒要往雲南去探望母親，因路上难走，欲向叔父借兵幾千前去，不知可否？」牛臯道：「我們正有此心。賢姪且暫留幾日，待我打造白盔白甲，起兵前去便了。」一面吩咐安排酒席，請眾弟兄飲至更深方散，送往兩邊各寨安歇，不提。

且說岳太夫人一門家眷，跟着四個解官、二十四名解差，一路望雲南進發。一日，已到南寧地方。那南寧却就是時今的貴州貴陽府，當初宋朝却叫做南寧州，就是柴王的封疆。自從柴桂在東京教場中被岳爺挑死，他的兒子柴排福就蔭襲了梁王封號，鎮守南寧。因得了秦桧的書信，曉得岳氏一門到雲南必由此經過，叫他報殺父之仇，那柴排福就領兵出了鉄炉関，在那巴龍山上扎住，差人一路探听消息。那日，岳夫人到了巴龍山下，一派荒涼地面，又無宿店，只得扎下營寨，埋鍋造飯。那探子連忙报上巴龍山。

柴排福聽报，就上馬提刀，帶了人馬飛奔下山，直至營前，大聲喊道：「誰來見我！」这邊家將慌忙進來通报，岳太夫人好不驚慌。張英道：「太太放心，待小人去問他。」太太道：「須要小心！」張英遂提棍出營，但見那小柴王頭帶雙鳳翅紫金盔，身穿鎖子搪猊甲；外罩一件大紅鑲龍袍，腰間束一條閃龍黃金帶；坐下一匹白玉嘶風馬，手掄金背大砍刀；年紀只得二十上下：生得來威風凜凜，相貌堂堂。張英把手中渾鉄棍一擺道：「这位將軍，到來何幹？」柴王道：「岳飛與孤家有殺父之仇，今日狹路相逢，要報昔日武塲之根。你們一門男女，休想要活一個。你是他家何人，敢來問我？」張英道：「我乃濠梁擦兵張保之子張英是也。我家元帥被奸臣陷害，已死于非命，又將家眷充發雲南。就有仇怨，也可釋了！望王爺放一條路，讓我們過去罷！」柴王道：「胡說！殺父之仇如何肯罷？你既姓張，不是岳家親丁，快把岳家一門送出，孤家便饒你。不然，也难逃一命。」張英大怒道：「你这狗頭！我老爺好好對你說，不肯聽我。不要走，吃我一棍！」便掄起渾鉄棍打來，柴王舉刀來迎。一個刀如惡龍奔海，一個棍似猛虎離山，刀來棍去，棍去刀迎，來來往往，战了百十來個回合。張英的棍，只望下三路打；柴王在馬上望下砍，十分費力。兩人又战了幾合，看看日已沉西，柴王喝道：「天色已晚，孤家要去用飯了。明日來取你的命罷！」張英道：「且饒你多活一宵。」柴王回馬上山。

張英回身進營，太太便問：「却是何人？交战這一日？」張英道：「是柴桂之子，因當年先太老爺在武塲中，將他的父親挑死，如今他襲了王位，要報前仇。小人與他戰了一日，未分勝敗，約定明日再定輸贏。」岳太夫人聽了，十分悲切。

到了次日，柴王領了人馬，又到營前討战。張英帶了家將出營，也不答話，交手就戰。正是棋逢敵手，又戰了百十合。柴王把手一招，三百人馬一齊上來捉張英；这里眾家將亦各上前敵住，混殺一塲。張英一棍，正打着柴王坐的馬腿上，那馬跳將起來，把柴王掀在地下。張英正待舉棍打來，幸得柴王人多，搶得快，敗回山上。柴王坐下，喘息定了，便吩咐眾軍士小心牢守：「待孤家回府去，多點人馬，出関拿他。」眾軍得令，守定鉄爐関，不與交戰。

柴王飛騎進関，回轉王府，來至後殿，老娘娘正坐在殿中，便問：「我兒，你兩日出関，與何人交兵，今日纔回？」柴王道：「母親，昔日父王在東京搶奪狀元，郤被岳飛挑死，至今尚未报仇。不意天網恢恢，岳飛被朝廷處死，將他一門老小流徙雲南。孩兒蒙秦丞相書來，叫孩兒將他一門殺盡，以报父王之仇。如今已到関外，孩兒與他戰了兩日，未分勝敗。因此回來，多點人馬出関，明日務要擒他。」那柴娘娘聽了便道：「我兒，不可聽信奸臣言語，恩將仇報。」柴王道：「母親差矣！那岳家與孩兒有殺父之仇，不共戴天，怎么母親反說恩將仇报？」娘娘道：「吾兒當初年幼，不知其細。你父親乃一家籓王，為何去大就小，反去搶奪狀元？乃是誤聽了金刀王善之語，假意以奪狀元爲名，實是要搶宋室江山。所以你父死後，王善起兵謀反，全軍盡沒。你父親在教場中，以勢逼他，岳飛再三不肯。况當日倘然做出叛君大逆的事來，你父亦與王善一樣，你我的身命亦不能保，怎得個世襲王位，與國仝休？况我聞得岳飛一生為國為民，忠孝兩全。那秦檜奸賊欺君悮國，將他父子謀害，又寫書來叫你害他一門性命。你若依附奸臣，豈不罵名萬代么？」柴王道：「孩兒原曉得秦桧是奸臣，因為要報父仇，故尔要殺他。若非母親之言，險些悮害忠良！」娘娘道：「我兒，明日可請岳安人進関，與我相見。」柴王道：「謹依慈命。」當晚無話。

次日，柴王出関，單人獨騎來至營前，對家將道：「孤家奉娘娘之命，特來請岳太夫人到府中相會。」家將進來稟知夫人，眾人齊道：「太太不可聽他，那奸王因兩日战張英不下，設計來騙太太。太太若去，必受其害。」太太道：「我此來乃奉旨的，拚郤一死，以成先夫之名罷了！」眾家將那里肯放岳夫人出去。正在議論紛紛，忽見解軍來报道：「柴老娘娘親自駕車來到，特來報知。」岳夫人聽了，慌忙出營，一眾家將跟着張英左右護着，出得營來。恰好柴王扶着柴娘娘下車，岳夫人連忙跪下，口称：

「罪婦李氏，不知娘娘駕臨，未得遠迎，望乞恕罪！」柴娘娘慌忙雙手扶起道：「小兒悞听奸臣之言，驚犯夫人，特命他來迎請到敝府請罪。恐夫人見疑，為此親自來迎。就請仝行，萬勿推却。」岳夫人道：「既蒙恩德，不計前仇，已屬萬幸，焉敢有屈鳳駕來臨？罪難言盡！」柴娘娘道：「你們忠義之門，休如此說。」就攙了岳夫人的手，一仝上車。又令柴王仝各位公子、男婦人等，一齊拔營進関。

來到王府，柴王仝眾公子在便殿相見。柴娘娘自仝岳太太、鞏氏夫人進後殿見禮，分賓坐下。柴娘娘將秦桧寫書來，呌柴王報仇之事，說了一遍，岳夫人再三称謝。柴娘娘又問岳爺如何被奸臣陷害？岳夫人將受屈之事細說一番。柴娘娘听了，也不覺心酸起來。不一時，筵席擺完，請岳夫人、鞏夫人入席。柴王另仝各位小爺，另在百花亭飲宴。柴娘娘飲酒中間，與岳夫人說得投机，便道：「妾身久慕夫人閫範❸，今天幸相逢，欲與結為姊妹，不知允否？」岳夫人道：「娘娘乃金枝玉葉，罪婦怎敢仰攀！」柴娘娘道：「夫人何出此言？」隨叫侍女們擺起香案來，兩人對天結拜。柴娘娘年長爲姐，岳夫人爲妹。又喚柴王來拜了姨母，眾小爺亦各來拜了柴娘娘，重新入席飲酒，直至更深方散。打掃寢室，送岳夫人婆媳安歇。眾家將解官等，自有那柴王的家將們料理他們，在外廂安置。

到了次日，柴王來稟岳夫人道：「姨母往雲南去，必定要由三関經過。鎮南関摠兵名黑虎、平南関摠兵巴雲、盡南関摠兵石山，俱受秦桧囑托，要謀害姨母。況一路上高山峻嶺，甚是难走。姨母不如且住在这裡，待姪兒將些金銀買囑解官，叫地方官起角回文，進京復命便了。」岳夫人道：「多蒙賢姪盛情，感激非小！但先夫、小兒既已盡忠，老身何敢偷生背旨？凴着三関謀害，老身死後，也好相見先夫

❸ 閫範：指婦女的道德規範。閫，音ㄎㄨㄣˇ。

于九泉之下也。」柴娘娘道：「既是賢妹立意要去，待愚姐親自送你到雲南便了。」岳夫人道：「妾身身犯国法，理所當然，怎敢劳賢姐長途跋涉？決难從命。」柴娘娘道：「賢妹不知，此去三關，有愚姐護送，方保無虞。不然，徒死于奸臣之手，亦所不甘！」柴王道：「母親若去，孩兒情愿一仝到彼，看看那裡民情風俗，也不枉了在此封籓立國。」柴娘娘大喜道：「如此更妙了。你可即去端正。」柴王領命，來到殿上齊集眾將，吩咐各去分頭緊守関隘。一面整備車馬，点齊家將。

到次日，一齊往雲南進發。一路上早行夜宿，非止一日。那三関摠兵雖接了秦桧來書，欲要謀害，無奈柴王母子親自護送，怎敢動手？一路平安，直到了雲南，解官將文書並秦桧的諭帖交與土官朱致。那朱致備了回文，並回覆秦檜的稟帖，另備盤費上儀，打發解官解差回京。然後升堂點名，從岳夫人起，一路點到鞏氏夫人。朱致見他年輕貌美，便吩咐道：「李氏、洪氏、岳霆、岳霖、岳震、岳申、岳甫、張英等，俱在外面安插。鞏氏着他進衙伏侍我老爺。」鞏氏道：「胡說！妾身雖然犯罪，也是朝庭命婦，奉旨流到此間為民，並非奴隸可比。大人豈可出此無禮之言！」朱致道：「人無下賤，下賤自生。秦太師有書呌我害你一門，我心不安，故此呌你進來伏侍我。你一家性命俱在我手掌之中，反如此不中抬舉？快快進去！」鞏氏夫人大怒道：「我岳氏一門忠孝節義，豈肯受你这狗官之辱？罷，罷，罷！今既到此間，身不由主，拚着这命罷！」就望着那堂堦石上一頭撞去。

可憐紅粉多嬌婦，化作南柯夢裡人。

不知鞏夫人性命如何，且聽下回分解。

第六十七回　趙王府莽漢鬧新房　問月菴弟兄婁配匹

詩曰：

有意無媒莫漫猜，張槎裴杵楚陽臺。百年夫婦一朝合，宿世姻緣今世諧。

話說鞏夫人正待望堦石上撞去，却被兩傍從人一齊扯住。當時惱了張英，大怒起來，罵道：「你这狗官，如此無礼！我老爺和你拚了命罷！」捏着拳頭就要打來，朱致大怒，喝罵道：「你这該死的囚徒，怎敢放肆！左右與我打死这囚徒！」兩邊從人答應一聲，正待動手，忽見守門衙役慌來報道：「柴王仝老娘娘駕到，快快迎接。」朱致聽了，嚇得魂不附體，忙忙的走出頭門，遠遠的跪着。恰好柴王與老娘娘已到，朱致接到堂上。

柴娘娘坐定，柴王亦在傍邊坐下。張英即上前來，把朱致無禮之話細細稟上。柴娘娘聽了，勃然大怒。柴王道：「你这狗官，輕薄朝庭命婦，罪應斬首！」叫家將：「與我綁去砍了！」岳夫人慌忙上前道：「殿下看老身薄面，饒了他罷！」老娘娘道：「若不斬此狗官，將來何以伏眾？」岳夫人再三討饒，柴王道：「姨母說情，權寄你這狗頭在頸上。」朱致那敢則聲，只是磕頭。柴娘娘又喝道：「你这狗官，快快的把家口搬出衙去，讓岳太太居住。你早晚在此小心伺候，稍有差遲，決不饒你的狗命！」朱致喏啱連聲，急急的將合衙人口，盡行搬出去，另借別處居住。柴王、老娘娘遂仝岳氏一門人眾，俱搬在土官衙內安身。岳夫人又整備盤費，打發韓元帥差送來的四名家將；修書一封，備細將一路情形稟知，致謝韓元帥、梁夫人的恩德。那家將辭別了，自回京口不提。那柴王在衙，倒也清閒無事，日日仝眾小爺、張英，帶了家將，各處打圍頑耍。

一日眾人抬了諸多獐貍鹿兔回來，岳夫人仝着柴娘娘正在後堂閑話，只見那眾小爺欣欣得意。岳夫人不覺墜下淚來，好生傷感。柴娘娘道：「小兒輩正在尋樂，賢妹為何悲傷起來？」岳夫人道：「这些小子只知憨頑作樂，全不想哥哥往寧夏避难，音信全無，不知存亡死活，叫我怎不傷心！」岳霆聽了，便道：「母親何必愁煩，待孩兒前往寧夏去探個信息回來便了。」岳夫人道：「你这點小小年紀，路程遙遠，倘被奸臣拿住，又起風波，如何是好？」柴王接着道：「姨母放心，三弟並無圖形，誰人認得？若說怕人盤問，待姪兒給一紙護身批文與他，說是往寧夏公幹，一路關津便無事了。」岳夫人道：「如此甚妙。」三公子便去收拾行李，到次日，辭別太太并柴老娘娘和眾小弟兄。岳夫人吩咐：「若見了二哥，便仝他此地來，免我記念。一路須當小心！凡百忍耐，不可與人爭競。」三公子領命，拜別起身，離了雲南，進了三關，望寧夏而來。尚有許多後事，暫且按下慢表。

先說太行山公道大王牛臯，打造盔甲器械，諸事齊備，發兵三千，與二公子帶往雲南。中軍打起一面大旗，上面明寫着「雲南探母」四個大字。岳雷別了牛臯和眾叔伯等，同了牛通、諸葛錦、歐陽從善、宗良、韓起龍、韓起鳳共是七人，帶領了三千人馬，俱是白旗白甲，離了太行山，望雲南進發。牛臯又發起馬牌，傳檄所過地方，發給粮草，如有違令者，即領人馬征勦。那些地方官，也有念那岳元帥忠義的，也有惧怕牛皐的，所以經過地方，各各應付供給。在路行了數月，並無阻擋。離鎮南関不遠，已是五月盡邊，天氣炎熱，人馬難行。二公子傳令軍士，在山下陰涼之處扎住營盤，埋鍋造飯，且待明日早涼再行。

那牛通吃了午飯，坐在營中納悶，便走出營來閑步。走上山崗，見一座茂林，甚覺陰涼，就走進林中，揀一塊大石頭上坐着歇涼。坐了一會，不覺困倦起來，就倒身在石上睡去。這一睡不打緊，直睡到次日早上方醒，慌忙起來，抹抹眼，下山回營。誰知忘了原來的路，反往後山下來。只見山下也扎着營房，帳房外邊擺張桌子。傍邊立着幾個小軍，中間一個軍官坐着，下面有百十個軍士。那軍官坐在上面点名，点到六七十名上，只聽得叫一名「刘通」，那牛通錯聽了，只道是叫「牛通」，便大嚷起來道：「誰敢擅呼我的大名？」那軍官抬頭一看，見牛通光着身子。也錯認是軍人，大怒道：「这狗頭如此放肆！」叫左右：「與我捆打四十！」左右答應一聲「吓」，便來要拿牛通。牛通大怒，一拳打倒了兩三個，一脚踢翻了三四隻。軍官愈加忿怒，叫道：「反了，反了！」牛通便上前向軍官打來，那軍官慌了，忙向後邊一溜風逃走了。眾軍人見不是頭，吶聲喊，俱四散跑了。牛通見眾人散去，走進帳房一看，只見桌上擺着酒餚，叫聲：「妙吓！我肚中正有些飢餓，这些狗頭都逃走了，正好讓我受用。」竟獨自一個坐下，大吃大嚼。正吃得高興，忽聽得一聲吶喊，一位王爺領着一二百名軍士，各執鎗刀器械，將帳房圍住，來捉拿牛通。牛通心下驚慌，手無軍器，將桌子一脚踢翻，拔下兩隻桌脚，飛舞來敵眾軍。

且說岳雷營中軍士，見牛通吃了飯上崗子去，一夜不回，到了天明，到崗子上來，一路找尋不着。直至後山，但聽得喊聲震地，遠遠望見牛通獨自一人，手持棹腳，與眾軍厮殺。那軍士慌了，飛跑的下崗回營，报知二公子。二公子大驚，忙同眾兄弟帶領四五百名軍士，飛奔而來，但見牛通兀自在那里交战。眾弟兄一齊上前，高聲大叫道：「兩家俱休動手！有話說明了再處。」那王爺見來的人馬眾多，便各各住手。岳雷便問牛通道：「你為何在此與他們相殺？」牛通道：「我在崗子上乘涼，恍忽睡着。今早下崗，錯走到此。叵耐那廝在此點名，点起我的名字來，反道喧嘩，要將我綑打，故此殺他娘。二兄弟正好來帮我。」眾人聽了，方知牛通錯認了。岳雷便向那王爺問道：「不知你們是何處人馬，却在此處点名？」那王爺道：「这也好笑！孤家乃潞花王趙鑑。这里是我們所轄之地方。你等何人，敢來此横行？」岳雷連忙下禮道：「臣乃岳飛之子岳雷。臣兄不知，有犯龍駕，死罪死罪！」趙王道：「原來是岳公子！孤家久聞令尊大名，不曾識面。今幸公子到此，就請眾位同孤家到敝府一敘。」

岳雷謝了，隨同眾人一齊來到王府銀安殿上。叅見已畢，趙王吩咐看坐，一一問了姓名，又問起岳元帥之事。岳雷即將父兄被奸臣陷害、家眷流到此地之事，細細告訴一遍。趙王十分嘆息、痛恨：「秦桧如此專權悮國，天下何時方得太平！」岳雷道：「方今炎天暑日，王爺何故操演人馬？」趙王道：「孤家只有一女，这裡鎮南関總兵黑虎強要聯姻，孤家不愿，故此操演人馬，意欲與彼決一死战。」岳雷道：「既是不愿聯姻，只消回他罷了，何致動起刀兵來？」趙王道：「公子不知，那廝倚仗他本事高強，手下兵多將勇，又結交秦桧做了內應，故敢于欺壓孤家，強圖郡主。今幸得眾位到此，望助孤家一臂之力，不知允否？」牛通便嚷道：「不妨，不妨。有我們在此，那怕他千軍萬馬，包你殺他個盡絕。」諸葛錦微微暗笑，岳雷道：「諸葛兄哂笑，不知計將安出？」諸葛錦道：「不知那個為媒？幾時成親？」趙王道：「那有甚么人為媒！三日前，他差一軍官，領了十餘人，強將花紅禮物丟下，說是这六月初一日，就要來迎娶。」諸葛錦道：「既如此，也不用動干戈，只消差個人去，說：『姻緣乃是好事，門戶也相當，但只有一個郡主，不忍分離，須得招贅來此，便當從命。否則寧動干戈，決难成就。』他若肯到此，只消如此如此，豈不了事？」趙王聽了大喜，便整備筵席，請眾弟兄到春景園飲宴。一面差官到鎮南關去說親。趙王在席上與眾弟兄談文論武，直吃到日午。只見那差官同了鎮南関一個千摠官兒回來覆命，說：「摠兵聽說王爺肯招做郡馬，十分歡喜。賞了小官許多花紅喜錢，准期于初一吉期來入贅，特同这位軍官到此，討個允吉喜信。」趙王隨吩咐安排酒飯，管待來人，也賞了些花紅錢鈔，自去回覆黑虎。这里眾弟兄重新入席，商議招親之事。飲至更深，辭別趙王回營。

光陰迅速，幾日間，已是六月初一。岳雷等七人俱到趙王府中，將三千軍士，遠遠四散埋伏。趙王仍同眾弟兄在後園飲酒，一面各各暗自整備。看看天色已晚，銀安殿上掛灯結綵，一路金鼓樂人，直擺到頭門上。少頃，忽見家將來报：「黑虎帶領着千餘人馬，鼓樂喧天，已到門首。」趙王即着四個官兒出來迎接，黑虎吩咐把人馬暫扎在外，仝了兩員偏將直至銀安殿上，參見趙王。趙王賜坐，擺上宴來。黑虎見殿上掛紅結綵，十分齊整，喜不自勝。趙王命家將快將花紅羊酒等物，仝著二位將軍，給賞軍士。黑虎起身道：「吉時已到，請郡主出來，仝拜花燭罷。」趙王道：「小女生長深閨，從未見人，不特怕羞，恐驚嚇了他。今日先請進內成親，明日再拜花燭罷。」

黑虎未及回言，早有七八個宮裝女子，掌着灯前迎後送，引到新房。黑虎進了新房，見擺列着古玩器皿，甚是齊整，好生歡喜，便問：「郡主何在？」丫環道：「郡主怕羞，早已躲在帳中。」黑虎大笑道：「既已做了夫妻，何必害羞？」叫丫环們：「且自迴避，我老爺自有制度。」眾丫環呆的呆，笑的笑，俱走出房去了。黑虎自去把房門関了，走到床邊，叫道：「我的親親！不要害羞！」一手將帳子揭起，不期帳內飛出一個拳頭來，將黑虎當胸一下，撲地一交。黑虎大叫道：「親尚未做，怎么就打老公？」話還未絕，床上跳下個人來，一脚將黑虎踹定，罵聲：「狗頭！叫你認認老婆的手段！」黑虎回轉頭一看，那里是什么郡主，却是個黃毛大漢。黑虎道：「你是何人？敢裝郡主來侮弄我！」那人道：「老爺叫做『金毛太歲牛通』。你悔氣瞎了眼，來認我做老婆！」便兜眼一拳，兩個眼珠一齊迸出。黑虎大叫：「好漢饒命！」牛通道：「你就死了，我也不饒你。」提起拳來，接連幾下，那黑虎已尚饗❶了。

那黑虎跟來的兩員偏將，給散了眾軍的羊酒回到殿上，聽得裡面沸反連天❷，拔出腰刀搶進來。韓起龍、韓起鳳喝聲：「那里走！」一刀一個，变做四截。宗良、歐陽從善等，一齊拿着軍器殺出王府。一聲號炮，四面伏兵齊起，將黑虎帶來的一千人馬殺個八九，逃不得幾個回去報信。

趙王仝眾弟兄回至銀安殿上，向各位称謝。命將黑虎尸首抬出去燒化了。一面給發酒肉，犒労軍兵；大排筵席，請眾人飲宴。吃過幾盃，趙王對諸葛錦道：「吾女若非各位拔刀相助，幾乎失身于匪類！孤家意欲趁此良宵，將小女招岳公子成親，眾位以為何如？」諸葛錦道：「王爺此舉，臣等盡感大恩。」二公子立起身來道：「不可！雖則王爺恩德，但岳雷父兄之仇未报，母流化外，正在顛沛流離之際，怎敢私自不告而娶！待臣稟過母親，方敢奉命。」趙王道：「此話亦深為有理，但是不可失信。」牛通道：「这個不妨。有臣在此為媒，不怕二兄弟賴了婚的。」趙王大笑，眾人再飲到半夜，各自散去安歇。

---

❶ 尚饗：亦作「尚享」。舊時用作祭文的結語，表示希望死者來享用祭品的意思。
❷ 沸反連天：亦作「沸反盈天」。形容極度喧鬧，亂成一片。

次日，眾弟兄保了趙王，帶領本部三千人馬，直至鎮南關。守關將士，聞報黑虎已死，人馬殺盡，即便開關迎接。趙王同了眾弟兄進關住下，挑選一員將官守關，寫本申奏朝庭，說是：「黑虎謀叛，今已勦除，請旨定奪。」過了一夜，趙王別了眾弟兄，自回潞花王府。

眾弟兄又行了兩日，來到平南關。岳雷傳令三軍扎下營寨，便問：「那位哥哥去討關？」韓起龍、韓起鳳道：「待愚兄去。」就帶領人馬，來至關前，高聲叫道：「守關將士，快去報知摠兵，我等太行山義士，要往雲南探母，快快開關放行。」那守關軍士慌忙飛報與摠兵知道。那位摠兵姓巴名雲，生得身長力大，聞報大怒，隨即披掛，提刀上馬，帶領三軍，一聲炮响，衝出關來，厲聲大喝：「何方毛賊？擅敢闖關！」韓起龍拍馬上前，把手一舉道：「我乃韓起龍是也。奉太行山牛大王將令，保岳公子往雲南探母，望摠兵開關放行！」巴雲哈哈大笑道：「原來就是岳雷一党。本鎮奉秦丞相鈞旨，正要拿你，你今日反來納命。也罷，你若勝得我手中这刀，就放你過去；倘你本事低微，恐难逃一死！」起龍大怒，罵道：「狗奴！小爺好言對你說，你反出惡語。不要走，看傢伙罷！」舉起三尖兩刃刀，劈面砍來，巴雲舉刀迎住，二馬相交，雙刀並舉，战有十數個回合。起龍買個破綻，架住巴雲的刀，腰邊扯出鋼鞭，只一下，打中巴雲背上。巴雲叫聲：「不好！」口吐鮮血，敗進關去，把關門緊閉。

巴雲回到後堂，睡在床上，疼痛不止。家將慌忙進內報知秀琳小姐，小姐忙來看視父親，但見昏沉幾次，十分危急，忙請太醫醫治。正在商議守關之策，軍士來報：「關外賊人討战。」

秀琳大怒，披掛上馬，手掄日月雙刀，帶領人馬出關，大罵：「無知毛賊，敢傷吾父！快來納命！」起龍抬頭觀看，但見那員女將：

頭帶包髮纍絲盔，紮着鬪龍抹額，雉尾分飄；身披鎖子黃金甲，襯的團花战袄，繡裙飛舞。坐下一匹紅鬃馬，捏着兩柄日月刀。生得面如滿月，眉似遠山，眼含秋水，口若櫻桃。分明是仙女臨凡，却錯認昭君出塞。

韓起龍看了，十分歡喜，拍馬上前，叫聲：「女將通個名來。」小姐道：「我乃平南關摠兵巴雲之女秀琳是也。賊將何名？」起龍道：「我乃太行山牛大王部下大將韓起龍是也。你父親已被我殺敗，你乃嬌柔女子，何苦來送命！快快開關，讓我們過去。你若是未曾婚配，我倒娶你做個夫人。」秀琳大怒，罵道：「賊將焉敢侮我！你傷我父親一鞭，正要拿你报仇。不要走，且吃我一刀！」就掄動雙刀，飛舞砍來，韓起龍將刀架住，來來往往，战有三十餘合。秀琳小姐招架不住，勒馬奔回。

誰知那馬不進本關，反落荒而走，起龍拍馬緊緊追來。秀琳小姐一路敗下來，到一個尼菴門首，認得是問月菴，就下馬叩門。尼僧開門接進，眾尼便問：「小姐為何如此？」秀琳將战敗之事，說了一遍，又道：「師父，可將我的戰馬牽到後邊藏了，待我躲在房內，倘那賊將追來，你們指引他進房，我在房門後一刀砍死他。」眾尼依計而行，恰好韓起龍赶到尼菴前，不見了秀琳，暗想：「必定躲在裡面。」便下馬來，把馬拴在樹上，來叩菴門。尼僧開了門，起龍便問：「可有一員女將躲在你这菴內？」尼僧道：「有一個女將被人殺敗了，躲在裡邊。我們不敢隱瞞。」起龍道：「可引我進去。」尼僧將起龍引到一帶五間小房內，尼僧指道：「就在这房內，小尼不敢進去。」便翻身往外。起龍見房門掩上，暗想：「他必然躲在門後暗算我。」便把刀放下，手提鋼鞭，一脚把門踢開。秀琳果在門後飛出刀來，要砍起龍。起龍將鞭架開刀，把身子一鑽，反鑽在秀琳背後，將秀琳雙手搿住，奪去雙刀，攔腰抱住。秀琳叫將起來，起龍道：「天南地北，在此相遇，合是姻緣。況你我才貌相當，不必推辭。」竟將秀琳按倒在床上，秀琳力怯，那里脫得身，只得半推半就，卸甲寬衣，成全了一樁好事。正是：

天南地北喜相逢，強諧魚水樂和融。今日牛郎逢織女，明年玉母❸產金童。

却說韓起鳳見哥哥追赶女將，也拍馬追來。追到菴前，見哥哥的馬拴在樹上，便下馬來，也將來拴在一處，走進菴來。問尼僧道：「战馬拴在外邊，那位將軍在于何處？」尼僧道：「方纔在裡面交战，好一會不聽見聲响，不知在内做些甚事。他們都是拖刀弄劍的，小尼們不敢進去。」起鳳聽了，一直走到後邊，却不見起龍。又到一間小房，覺得十分幽雅，隨手把門推開，裡邊却坐着一個少年女子，生得十分美貌。韓起鳳便走進房來。那女子看見，心下驚慌，正欲開言，起鳳上前一把抱住。那女子嚇得面漲通紅，正要聲張，那起鳳道：「小娘子獨自一個在此，偏偏遇着我，諒必是前世姻緣。」那女子只掙得一句：「將軍若要用強，寕死不從。必待妾身回家稟知父親，明媒正娶，方得從命。」起鳳道：「雖是这等說，但恐你变局，必須對天立誓，方纔信你。」那女子道：「這也使得。」二人即將房門閉了，兩個對天立誓，結為夫婦。詩曰：

孤鸞寡鶴許成雙，一段姻緣自主張。不是藍田曾種玉，怎能巫女梦襄王❹。

---

❸ 玉母：即母。玉形容美好，如玉食、玉女。

韓起鳳細問：「小娘子何家宅眷？到此何事？」那女子道：「妾乃前村王長者之女素娟。因母親三週忌辰，特地到此燒香追荐，不意遇見將軍。」起鳳道：「此乃前生所定也。」隨攙手出房。

適值韓起龍也仝了巴秀琳俱到大殿上。弟兄二人各將心事說明，商議求親之事。起龍即挽尼僧到前村通知王長者，請他到此相會。王長者聽知，飛跑來到問月菴中，看見女兒和那後生一仝迎接，氣得目瞪口呆。倒是巴秀琳上前說道：「無意相逢，合是姻緣。妾願與他為媒。」王長者見事已如此，況見韓起鳳人才出眾，只得嘆口氣道：「是我命薄，老妻亡過，以致如此！罷，罷，罷，由你們罷！」起鳳就拜謝了丈人，扶着素娟上馬，自己步行，跟隨回營。巴秀琳對着韓起龍道：「妾身依先敗進關去，將軍赶來。待妾進關，與父親說明，明日招親便了。」起龍依允，送了王長者出菴。

秀琳上馬，望平南關敗去，起龍在後追赶，來至關前。關上軍卒見小姐敗回，忙忙放下吊橋，秀琳方纔過去，不意韓起龍馬快，飛奔搶過弔橋，沖進關內。这裡岳雷等眾弟兄見起龍得了關，就一齊擁入。軍士慌忙報知巴雲，巴雲大叫一聲：「氣死我也！」口中吐出鮮紅，膊背疼痛，又不能起來，竟氣死在床上。岳雷等得了平南關，一齊來到帥府坐定。巴云手下偏將軍兵一半逃亡，一半情愿投服。岳雷命將巴雲尸首安葬，秀琳大哭一塲。韓起龍弟兄二人將聘定秀琳、王素娟之事說了一遍，岳雷大喜，就差人

❹ 不是藍田曾種玉二句：意謂不是曾在藍田種玉，為締結良緣創造條件，怎能夠巫女夢見襄王，男女合歡。種玉於藍田，比喻長得其所。藍田，古以出產美玉出名。巫女，巫山神女。相傳赤帝之女名姚姬，未嫁而卒，葬於巫山之陽。楚襄王遊高唐，晝寢，夢與其神相遇，事見宋玉高唐賦序。後來楚襄王與宋玉游於雲夢之浦，襄王命玉賦高唐之事，其夜襄王寢，果夢與神女相遇。事見神女賦。

迎接王素娟進關，與巴秀琳共守平南關。

過了一夜，岳雷催兵起營，望盡南關而來。行了數日，已到盡南關前，扎下營寨。岳雷便問：「那位兄長去討關？」牛通道：「这遭該我也去尋一個老婆了。」岳雷道：「聞說此處摠兵厲害，須要小心！」牛通答應，帶領人馬，來至關前，大叫：「快快把这牢門開了，讓爺爺們過去便罷；若有半個『不』字，就把你們这鳥關內殺個乾淨！」那守關軍士忙忙的去报與那摠兵石山知道，石山聽报，披掛上馬，手提鉄叉，帶領人馬冲出關來。牛通看見，也不問姓名，舉起潑風刀，劈頭就砍。石山掄叉招架，二馬跑開，刀叉齊舉，叉來刀架，刀至叉迎，來來往往，战有二三十個回合。牛通性起，逼開石山手中叉，掄轉一刀，石山把身子一閃，來不及，已砍傷着肩膊，負痛撥馬敗進關。走到堂上坐定，叫家將：「快請夫人、小姐出來。」不多時夫人、小姐同出堂來相見，石山道：「我今日與賊人交戰，被他砍傷肩膊。女兒可快快出去擒拿此賊，與我报仇！」

那鸞英小姐領命，披掛齊整，上馬拎鎗，帶領人馬出關。三聲炮响轟天，兩面繡旂飄動。正是：

未逢海外擒龍將，先認關中娘子軍。

畢竟勝負如何，且听下回分解。

第六十八回　綁牛通智取盡南関　刦岳霆途遇眾好漢

詩曰：

父子精忠鉄石堅，一朝駢首喪黃泉。心懷萱室❶遭顛沛，遠提虎旅赴滇南。

話說牛通正在盡南関下吽罵討战，忽見鴦英放炮出関。牛通抬頭一看，但見馬上坐着一員女將，生得：

眉含薄翠，殺氣橫生；眼溜清波，電光直射。面似楊妃肥白，腮如飛燕霞紅。玉笋纖纖，掄動梨花飛舞；金蓮窄窄，跨着劣馬咆哮。帶一頂蟠虎鳳頭冠，斜插雉尾；穿一領鎖子魚鱗甲，緊束战裙。儼然是水滸扈三娘❷，賽過那西遊羅刹女❸。

---

❶ 萱室：即萱堂。指母親。詩衛風伯兮：「焉得諼草，言樹之背。」毛傳：「諼草令人忘憂；背，北堂也。」諼，又作萱。謂北堂樹萱，可以令人忘憂。古制，北堂為主婦的居室，後因以「萱堂」指母親的居室，並借以指母親。

❷ 扈三娘：水滸傳中梁山泊女將，使兩口日月刀，武藝超群。扈家莊主之女，原與祝家莊主第三子祝彪定親，在宋江三打祝家莊戰役中，她活捉矮腳虎王英，戰平歐鵬，在追趕宋江時被林沖擒獲。由宋江作主，嫁給

牛通見了，大喜道：「这是我的夫人來了。我等不是無名之輩，乃藕塘關揔兵的內姪婿、太行山大王之子，正是門當戶對，不如和你結了親，放我們到雲南去，叫你父親仍在此做揔兵，豈不為美？」石鸞英大怒道：「黃毛小醜，休得胡言，照鎗罷！」挺起手中鎗，分心刺來，牛通舞刀相迎，來來往往，战不到十餘合，牛通力大無窮，鸞英那里招架得住，轉馬敗回。牛通拍馬追來，鸞英回頭一看，見牛通將次赶近，暗暗的向錦袋內摸出一個石元寶來，喝聲：「醜漢看寶！」祭起空中，牛通叫聲：「不好！」將身一閃，那石元寶落將下來，正打在牛通腰眼骨上。牛通大叫一聲，伏鞍落荒而走。

鸞英勒回馬頭，卻要追赶，这里惱了歐陽從善，掄動斐斧，大喝一聲：「蛮婆！休得追我兄弟，我『五方太歲』來也！」鸞英見勢來得兇，隨手在袋內又摸出一個石元寶，劈面打來。歐陽從善將斧一隔，噹的一聲，打在左手背上，拿不住斧，把來丟了，轉馬敗回本陣。宗良拍馬舞棍接着，鸞英厮殺不上三四合，鸞英又勒馬敗回。宗良道：「別人怕你暗算，我偏不怕。」拍馬追來，不道鸞英又暗暗的腰邊取出一柄石如意來，祭在空中，落將下來。宗良眼快，把身子一偏，却打着坐下馬腿，那馬負疼一蹶，把宗良掀下馬來。鸞英回馬舉鎗便刺，岳營內韓起龍、韓起鳳斐馬齊出，眾軍救了宗良回營。鸞英也不追趕，掌着得勝鼓回進關中，不表。

王英。

❸ 羅剎女：傳說中的吃人女妖。唐玄奘大唐西域記僧伽羅國：「昔此寶洲大鐵城中，五百羅剎女之所居也。……恆伺商人至寶洲者，便變為美女，持香花，奏音樂，出迎慰問，誘入鐵城，樂讌歡會已，而置鐵牢中，漸取食之。」剎，音ㄔㄚˋ。

且說牛通被石元寶打傷，伏在鞍上落荒而走，昏迷不省人事。不道前面兩個後生坐着馬，後面跟着十數個家將，擎鷹牽犬，出獵回來。那牛通的馬跑至二人面前，那後生道：「这個人怎的在馬上打磕睡，待我耍他一耍。」隨將馬一攔，那馬一閃，將牛通跌下馬來。牛通大叫一聲：「痛死我也！」睜開眼睛一看，只見二人在馬上大笑。牛通叫道：「你們是誰？把我推下馬來。」二人道：「你是何人？往那里去？却在馬上睡着。」牛通道：「我乃『金毛太歲』牛通，奉爹爹牛皐之令，送岳雷兄弟往雲南探母。來到此間盡南関，那摠兵石山不肯放過，我與他女兒交戰，被他用石元寶打傷了腰，因此敗下來。」二人聽了，慌忙下馬，扶起牛通，道：「小弟非別，姓施名鳳，父親施全，那位兄弟姓湯名英，乃叔父湯懷之子。我二人奉母親之命，往化外去問候岳老伯母。路過盡南関，遇見石山，強留我兩個為螟蛉之子。今日幸得相逢牛兄，那石山女兒鸞英曾遇異人傳授石元寶、如意，打人百發百中，难以取勝。小弟今有一計在此：不如將牛兄綁了，送進関去，只說我二人出獵回來，路上遇見，解至石山跟前，我二人相助，將那廝殺了；搶了小姐，與牛兄完姻，不知可使得否？」牛通大喜道：「此計甚妙！」

施鳳、湯英就將牛通綁了，回至関中，一齊來見石山道：「孩兒們與獵回來，路遇一人敗下來，細細盤問，乃是賊將牛通。被孩兒拿下，候父親發落。」石山聽了大喜，吩咐將牛通推進來。兩邊軍士答應一聲，出來將牛通推至大堂。牛通立而不跪，石山大罵道：「該死的賊！今日被擒，命在頃刻，尚敢不跪么？」牛通將怪眼圓睜，黃毛倒豎，大吼一聲：「你这萬剮的賊！」便把繩索掮斷。施鳳遞過潑風刀，牛通接刀，赶上前來將石山一刀殺死。兩傍家將被施鳳、湯英連殺十數人，大喝道：「降者免死！」眾人一齊跪下，口称愿降。牛通奔進私衙，正遇鸞英，上前一把抱住，飛身上馬，竟往本營而來。

岳二公子因眾將敗回，不知牛通被傷，敗走何處，正在着急，忽見軍士來報道：「牛將軍拿了一員女將回營來了。」二公子大喜，只見牛通抱了石鸞英來，大叫道：「二兄弟！快進關去，我放了嫂嫂就來的。」二公子問了牛通細底，帶領人馬來至關前，只見湯英、施鳳上前迎接進關，二公子與施鳳、湯英見過了禮。一面將石山尸首收拾安葬，查盤糧草，給賞軍士；一面大排筵席，請眾弟兄飲宴。

且說牛通將鸞英抱進營中，不由分說，扯去盔袍，按倒在床。鸞英左推右避，終是力怯，这一場可羞之事，怎能免得？詩曰：

柔枝嫩蕊未經傷，蝶鬧蜂偷何太狂！暫借深房為淺苐，今朝預試採花方。

歡畢起身，石鸞英羞慚滿面，低頭垂淚。牛通道：「我和你既做了夫妻，自當百年諧老，何必如此！」隨即整理衣裳，一同拔營。帶了人馬進關。

來到衙內，與岳雷相見，說明已許成配匹。岳雷就差人將鸞英母女送往平南關，與巴秀琳、王素娟一仝居住。

當晚把人馬在關內扎住了一夜。次日，即便催兵起身，往化外而來。有話即長，無話即短。在路非止一日，早已到了雲南。岳雷已探知母親與柴王母子將士官的衙門改造王府，一仝居住。便將人馬安頓，仝了眾弟兄一齊進關。到王府來，見了母親、嫂嫂并各位兄弟，將前事細說了一遍。又引眾弟兄拜見了岳太夫人。太夫人甚喜，命拜謝了柴娘娘。柴娘娘命柴王到後堂相見，就與眾人結拜做弟兄。岳雷問起：「三弟因何不見？」岳夫人道：「我因記念你，在一月之前，打發他到寧夏來尋你了。」岳雷道：「三弟年紀幼小，路上倘有疎失，如何是好？」柴王道：「二兄弟不須愁慮，我有護身批文與他，只說寧夏公幹，路上決無人盤問的。」岳雷聽了，方纔放心。當日，柴王大排筵席，與眾弟兄開懷暢飲，直吃到月轉花梢，各人安置。这一班小英雄自此皆在化外住下。正是：

飄蕩風塵阻雁魚，幸逢骨肉共欷歔。幾翻困厄勞無怨，相敘從容樂有餘。

再說那三公子岳霆，一路上果然驗了護身批文，並無人盤問，安安穩穩，直到寧夏。問到宗留守府中，傳宣官進去通報。宗方吩咐請進相見，三公子進內，見了宗方，雙膝跪下，將岳太夫人書扎呈上。宗方接書，拆開觀看，就用手扶起三公子，便問：「賢姪，一向令堂好么？」岳霆即將前後事情細訴了一遍，宗方道：「你哥哥並不曾來此。我因心下也十分記念，故此叫我孩兒宗良前去尋訪，至今也無音信回來。前日有細作來报說：『你哥哥在臨安上坟，到烏鎮殺了巡檢，共有六七個人往雲南去了。』我已差人前去打聽，賢姪且在我这裡住幾日，等打探人回來，得了實信再回去回覆令堂便了。」岳霆道：「多感老伯父盛情！但姪兒提起上坟，意欲也往臨安去祭奠一番，少盡為子之心。」宗方道：「賢姪要去上坟，乃是孝心，怎好阻當你？但是奸臣在朝，如何去得？也罷，你可假裝作我的孩兒，方可放心前去。」公子應允，當日設宴欵待，過了一夜。次日宗方點了四名家將，跟三公子同上臨安：「路上倘有人盤問，只說是我的公子便了。」岳霆拜謝，宗方又再三囑咐：「路上須要小心！」

三公子拜別，出衙上馬，四個家將騎馬跟隨上路。一日，來至一座山前，但見大松樹下，拴着兩匹馬，石上坐着兩位好漢：一個傍邊地上插着一桿鏨金鎗，生得面如重棗，頭帶大紅包巾，身穿猩紅袍，年紀不上二十歲；一個面如藍靛，髮似硃砂，膀闊腰圓，頭帶藍包巾，身穿藍战袍，年紀二十三四光景，傍邊石壁上倚着一柄開山大斧。岳霆剛走到面前，那二人把手一招，說道：「朋友！何不在此坐坐？我們打夥同行如何？」岳霆見那二人相貌雄偉，料不是常人，便下馬道：「如此甚好。」二人立起身來見禮，三個俱在石上坐定，岳霆便請問：「二位尊姓大名？今欲何往？」那紅臉的道：「在下姓羅名鴻。因我生得臉紅，沒有髭鬚，那些人就起弟一個混名，叫做『火燒靈官』，乃湖廣人氏。」那藍臉的道：「在下姓吉名成亮，乃河南人氏。人見我生得臉青紅髮，多順口兒叫我做『紅毛獅子』。今要往臨安去上坟的。」岳霆道：「羅兄貴處湖廣，吉兄又是河南，為何坟墓反在臨安？」那二人道：「兄長有所不知，家父叫做羅延慶，吉兄令尊叫做吉青，皆是岳元帥的好友。只因岳老伯在朱仙鎮上，被奸臣秦桧連發十二道金牌，召回臨安，將他父子三人害了性命。家父同了眾位叔父，提兵上臨安去報仇，來至長江內，岳伯父顯聖，不許前去，所以眾人盡皆散去。家父回家，氣憤身亡。吉叔叔不知去向。今我二人奉母親之命，往臨安去上岳伯父的坟。」岳霆聽了大哭道：「原來是羅、吉二位兄長！待小弟拜謝。」二人問道：「兄長是他家何人？」三公子道：「小弟乃岳霆是也。」就把流到雲南、奉母命往寧夏訪問二哥岳雷、見過了宗叔父、今要往臨安上坟之事，細細說了一遍：「今日天遣相逢，實出萬幸！如今同了二位哥哥前往臨安，可保無事。」三人大喜，遂即撮土為香，拜為弟兄，便一路同行。

一日，來至一座大樹林中，只見一個人面如火神，髮似硃砂，身長體壯，手提大砍刀，立在樹林前。見了岳霆等三人，便迎上前來，把手中刀一擺，大叫道：「快拿買路錢來！」羅鴻上前道：「你有甚么本事？擅敢要我們的買路錢？」那人道：「不用多講，若無買路錢送爺爺，休想過去！」岳霆聽了大怒，把手中鎗緊一緊，分心刺來。那人用手中大刀招架，來來往往，战有三四十個回合。羅鴻上前，把手中鏨金鎗架住二人的兵器，說道：「朋友，你的山寨在于何處？我們一路行來，實在肚中飢餓了，你也該留我們吃頓酒飯，再與你战。」那人道：「我那里有甚么山寨？只因要往一個地方去，身邊沒有了盤費，故在此收些買路錢做盤費，那有酒飯與你們吃？」吉成亮道：「你且說要往那里去？」那人道：「我要往臨安去，上岳元帥坟的。你們身邊若有，快送些與我。」岳霆忙叫道：「好漢！你與岳家是何親戚？要去上他的坟么？」那人道：「我就說與你聽何妨。我姓王名英，綽號『小火神』。先父王貴，乃是岳元帥的好朋友。我奉了母親之命，到岳伯父坟上去走走。」岳霆听說，慌忙下馬道：「原來是王家哥哥！小弟不知，多多得罪！」王英亦恭手問道：「兄是他家何人？」岳霆道：「小弟乃岳元帥第三子岳霆的便是。」王英道：「原來就是岳家三弟，正乃天遣相逢。不知这二位高姓大名？」羅、吉二人亦下馬相見，各通了姓名，家將就讓匹馬，與王英坐了仝行。

行了數日，已到了海塘上。遠遠望見一個大漢，身長丈二，愰愰蕩蕩的走來。吉成亮叫聲：「羅哥，你看那邊有個長子來了，我們將馬冲他下塘去，耍他一耍。」羅鴻道：「有理。」二人遂將馬一逼，加上兩鞭，跑將上去。那大漢見馬沖到面前，便將隻手一攔，那兩匹馬一齊倒退了十餘步。那人就向腰邊取出兩柄鉄鎚來，擺一擺，喝聲：「誰人敢來嚐我一鎚！」二人見那人力能倒退隻馬，手中鉄鎚，足有巴斗大小，甚是心慌。那岳霆就下馬來，上前一步，叫聲：「老兄息怒！我們因有些急事，故此悞犯，得罪了。幸勿見怪！」那人便收了鎚，說道：「你这位朋友，還有些理數，看你面上罷了。我對你說，我如今要往臨安去代一個人报仇。他那里千軍萬馬的地方，咱尚且不惧，何況你这幾個毛人？」岳霆道：

「如此說來，是位好漢了！請教尊姓大名？」那人道：「我姓余名雷，因我生得臉上不清不白，人都順口兒叫我做『煙燻太歲』。」岳霆听了，便道：「長兄的令尊，莫非是余化龍么？」余雷道：「先父正是余化龍。朋友何以認得？」岳霆道：「小弟就是岳霆，这位是羅兄，那位是吉兄，此位是王兄，都是各位叔父之子。」余雷大喜，岳霆就招呼三弟兄下馬，各各相見行禮。余雷便問：「三弟要往何處去？」岳霆將父兄被秦桧陷害、母親流徙雲南，「如今奉母命往寧夏探望二哥，誰知二哥未曾到彼，仝了幾個朋友往臨安上了坟，想是往化外去了。小弟不曾會着，所以不知實信。如今同这三位弟兄，也要到臨安去上坟。」余雷道：「伯父被奸臣害了，先父因报仇不遂，自刎而亡。我今欲到臨安，覷個方便，將這奸臣刺殺，替伯父、父親报仇。今日幸遇三弟，正好同行。」四人大喜，遂到駙馬行內，僱了一口脚力，仝余雷一路而行。

行了數日，已到武林門外，揀一個素飯店內歇下。吩咐家將打發了僱來的牲口，將自己馬匹牽在後邊園内養了。店主人送進夜膳來，便問道：「客官們到此，想必是來看打擂臺的了？」余雷問道：「我們俱是在江湖上販賣雜貨的客商，却不曉得这里打甚么『擂臺』，倒要請教請教！」

那店主人言無數句，話不一席，說出那打擂檯的緣故來，有分教：

昭慶寺前，聚幾個英雄好漢；萬花楼上，顕一番義魄忠魂。

直教：

漤拳打倒擒龍漢，一脚攧翻捉虎人。

畢竟後事如何，且聽下回分解。

第六十九回　打擂檯二祭岳王坟　憤冤情哭訴潮神廟

詩曰：

一杯酒淚奠重泉，孤塚荒墳衰草連。願將冤曲森羅❶訴，早磔奸邪恨始蠲❷。

話說當時余雷問那店主人道：「我等俱是做買賣的客人，却不曉得什么『擂檯』。請主人家與我們說說看。」那店主人道：「我这里臨安郡中，有個後軍都督叫做張俊。他的公子張国乾最喜歡武藝。數月前來了兩個教師：一個叫做戚光祖，一個叫做戚繼祖。他弟兄兩人本是岳元帥麾下統制官戚方的兒子。說他本事高強，張公子請他來學成武藝。在昭慶寺前，搭起一座大擂檯，要打盡天下英雄。已經二十餘日，並無敵手。客官們來得湊巧，这樣勝會，也該去看看。」

那店主人指手劃脚，正說得高興，只聽得小二來叫，說：「有客人來安寓，快去招接。」店主人聽得，忙忙的去了。不多時，只見小二搬進行李，店主人引將三個人來，就在對門房內安頓着。聽得那三人問道：「店家，这里的擂檯搭在那里？」店主人答道：「就在昭慶寺前。客官可是要去看么？」那三

❶森羅：即森羅殿、閻羅殿。

❷蠲：音ㄐㄩㄢ。免除。

個人道：「甚么看！我們特來與他比比手段的。」店主人道：「客官若是打得過他，倒是有官做的。」內中一人道：「那個要做甚么官！打倒了他也叫眾人笑笑。」店主人笑着自去了。

余雷道：「这三個說要去打擂檯，我看他們相貌威風，必然有些本事。我們那個該去會他們一會。」岳霆道：「待小弟去。」隨即走過對門房內來，把手一拱，說道：「仁兄們貴處那里？」那人道：「請坐。在下都是湖廣潭州人。」岳霆又問：「各位尊姓大名？」那人道：「小弟姓伍名連，这位姓何名鳳，那位姓鄭名世寶，俱是好弟兄。」岳霆道：「既是潭州，有一位姓伍的，叫做伍尚志，不知可是盛族否？」伍連道：「就是先父。我兄何以認得？」岳霆道：「如此說來，你是我的表弟兄了。」伍連道：「兄是何人？」岳霆道了姓名，二人大哭起來。伍連道：「外舅、大哥被奸臣所害，我爹爹自朱仙鎮兵散回家，終朝思念母舅，染病而亡。小弟奉母親之命，來此祭奠娘舅一番。这何兄是何元慶叔父之子，鄭兄乃鄭懷叔父之子，一同到此上坟的。小弟一路來，聽說奸臣之子，搭一座擂臺，要與天下英雄比武。小弟欲借此由，要與岳舅父報仇。表兄為何到此？」岳霆將奉母命到寧夏去找二哥不遇、也來此上坟、路上遇見羅鴻等，細說了一遍。伍連道：「諸兄既然在此，何不請來相見？」岳霆起身出房，邀了羅鴻、吉成亮、王英、余雷四人，來與伍連相見。禮畢坐定，商議去打擂檯。店主人送進夜膳來，八位英雄就一仝暢飲。談至更深，眾人各自安歇。

次日，吃了早飯，八個人一齊出店，看了路徑。回轉店中，岳霆拿出兩錠銀子遞與店家，說道：「煩你與我買些三牲福禮，再買四個大筐籃裝好，明日早間要用的。」主人家答應，收了銀子，當晚整備端正。次早，眾人吃了早飯，一齊上馬。先着羅鴻、吉成亮、王英帶了四個家將，一應行李馬匹，并四筐籃祭禮，先到棲霞嶺邊等候。

岳霆同着伍連、余雷、何鳳、鄭世寶，共是五人，去看打擂臺。來到昭慶寺前，但見人山人海，果然熱鬧。寺門口高高的搭着一座擂臺，兩傍邊一帶帳房，都是張家虞候、家將。少停了一刻，只見張國乾紮縛得花拳繡腿，戚光祖、戚繼祖兩個教師在後面跟着，走上臺來，兩邊坐定。張國乾就打了一回花拳，就去正中間坐下。戚光祖起身，對着臺下高叫道：「臺下眾軍民聽者，張公子在此識瞻天下英雄，二十餘日，並沒個對手；再有三日，就圓滿了。你們若有本事高強的，可上臺來比試。倘能勝得公子者，張大老爺即保奏，封他的官職。不要懼怕。」叫聲未絕，忽然人叢裡跳出一個人來，年紀三十多歲，生得豹頭圓臉，叫一聲：「我來也！」湧身跳上臺去。張國乾立起身來問道：「你是何方人氏？快通名來！」那人道：「爺乃山東有名的好漢，叫做『翻山虎』趙武臣的便是。且來試試爺的拳看。」說罷，就一拳打來，張國乾將身一閃，劈面還一拳去。兩個走了三五路，張國乾賣個破綻，將趙武臣兜屁股一脚，谷轆轆的滾下臺來。看的眾人喝一聲采，那趙武臣滿面羞慚，飛跑的去了。戚繼祖哈哈大笑，向臺下道：「再有人敢上臺來么？」連叫數聲，並無人答應。伍連方欲開口，岳霆將伍連手上揑着一把道：「哥哥且緩，讓小弟上去試試看，若然打輸了，哥哥就去拿個贏。」

岳霆便鑽出人叢，蹤身一跳，已到臺上。張國乾見是個瘦小後生，不在心上，叫聲：「小後生，你姓甚名誰？」岳霆道：「先比武，後通名。」張公子露出錦緞緊身蟒龍袄，擺個門戶，叫做「單鞭立馬勢」，等着岳霆。岳霆使個「出馬一枝鎗」，搶進來。張國乾轉個「金剛大踏步」，岳霆就回個「童子拜觀音」。兩個一來一往，走了十餘路。張國乾性起，一個「黑虎偷心」，照着岳霆當胸打來。岳霆把身子一蹲，反鑽在張国乾背後，一手扯住他左脚，一手揪住他背領，提起來望檯下朴通的摜將下去。檯下眾人也齊齊的喝一聲采，張國乾正跌得頭昏眼暗，扒不起來。伍連走上去，當心口一脚，踹得口中鮮血直噴，死于地下。說時遲，那時快，戚光祖弟兄立起身來，正待來拿岳霆，岳霆已經跳下檯來。

余雷取出雙鎚，將檑檯打倒。兩邊帳房內，眾家將各執兵器來殺岳霆。鄭世寶已將腰刀遞與岳霆，五位好漢一齊動手，已殺了幾個。戚光祖舉刀來砍，被余雷一鎚打在刀柄上，震開虎口。戚繼祖一鎗刺來，何鳳舉鞭架開鎗，復一鞭打來，閃得快，削去了一隻耳朵。弟兄兩人見不是頭路，回去又怕張俊見罪，趁着鬧裡，一溜風不知逃往何處去了。那五位好漢逢人便打，張公子帶的家將，俱逃回府去報信。这些看的人見來得兇，也各自逃散。

那五人飛奔來到栖霞嶺下。羅鴻等三人已在等候，齊到坟前。四個家將將祭禮擺下，哭奠了一番，焚化了紙錢。將福禮擺下，吃得飽了。打發那四個家將，自回寧夏去覆宗留守。八個好漢從後山尋路，同往雲南一路而去。

这裡張俊聞报，說是公子被人打死，戚家弟兄俱已逃散。張俊大怒，忙差兩個統制官，領兵出城追赶，已不知这班人從那里去了。隨即火速行文，拿捉戚家弟兄。一面將公子尸首收拾成殮；一面申奏朝庭，緝拿兇党。且按下慢表。

再說到王能、李直二人，自從那年除夜岳元帥歸天之後，二人身穿孝服，口吃長斋。他說：「朝內官員皆懼秦檜，無處與岳元帥伸冤。那陰間神道，正直無私，必有報應。」遂各廟燒香，誠心禱告。如此兩三年，並不見有一些影响。二人又惱又恨，就变了相：逢廟便打，遇神就罵。又過了幾時，一日正值八月十八，乃是長潮之日。那錢塘觀潮，原是浙江千古來的一件勝事，詩曰：

子胥乘白馬，天上湧潮來。雷破江門出，風吹地軸迴。
孤舟凌噴薄❸，長笛引淒哀。欲作枚乘賦❹，先揮張翰❺懷。

王能對李直道：「如此混濁世界，奸臣得福，忠良受殃，叩天無門，求神不應，你吾豈不氣悶死人！何不同到江邊觀潮，少消悶懷，何如？」李直道：「甚妙，甚妙！」當時王、李二人出了候潮門，來至江邊。

誰知这日潮不起汛，乃是暗長，甚覺沒興，只得沿江走走。走到一座神廟，上面寫着「潮神廟」三字。李直道：「我和你各廟神道都已求過，只有这潮神不曾拜過，何不與兄進去拜求拜求？」王能道：「原說是逢廟便拜，遇神即求，難道潮神就不是神道？」隨一同走進廟來。細看牌位，那潮神却就是伍子胥老爺。王能道：「別的神道，未受奸臣之害，你却被伯嚭讒害而死。後來伯嚭過江，你却立馬顯聖，自己也要報仇。難道岳爺為國為民，反被奸臣所害，你既為神，豈無應感？难道岳家不該報仇的么？」

---

❸ 噴薄：指洶湧激蕩的江水。

❹ 枚乘賦：指漢初辭賦家枚乘所作的七發。賦中描繪觀潮的情景，奇觀滿目，音聲盈耳，使讀者精神震蕩，有如身臨其境。

❺ 張翰：西晉文學家，吳（今蘇州）人，有清才，善文，原有集，已失傳，僅存詩六首。仕齊王冏為東曹掾，知冏將敗，又因秋風起，思念故鄉的菰菜、蒓羹、鱸魚膾，於是歸隱故鄉。

李直也惱起來，大叫道：「这樣神道留他何用？不如打碎了罷！」二人挐起磚頭石塊，將伍子胥老爺的神像并兩邊從人等盡皆打壞。正是：

英雄無故遭殘滅，一腔忠義和誰說！須將疏奏達天庭，方把忠良仇恨雪。

二人道：「打得快活！这番少出吾二人胸中之氣！」

兩個出了廟門，一路行來，不覺腹中飢餓。只見臨河一座酒楼，造得十分精緻。有西江月一首為證：

断送一生惟有，破除萬事無過。花開如綺鳥能歌，不飲傍人笑我。
憤恨憑他喚起，憂愁賴尔消磨。盃行到手莫辭多，一覺醉鄉沉臥。

二人走至店中，上楼坐定。小二問道：「二位相公，還請甚客來？」王能道：「我們是看潮回來，不請甚客。有好酒好餚，只晉取來，一摠算錢還你。」小二應了一聲，忙忙的安排酒菜，送上楼來。兩個吃一回，又哭一回，狂歌一回，直吃到天晚。小二道：「可不悔氣！撞着这兩個痴子，这時候還不回去，哭哭笑笑的！」便上楼來問道：「二位相公，還是在城外住呢，還是要進城去的？」二人纔想着是要進城的，隨即下楼，取出一錠銀子丟下，說道：「留在此一摠算罷。」出了店門，赶至候潮門，城門早已閑了。王能對著李直道：「城門已閉，不能回家，不如過了萬松嶺，到栖霞嶺下岳元帥坟上，去過了一夜罷。」李直道：「也使得。」兩個乘着酒興，一路來到岳坟，倒在草邊竟睡去了。

却說伍子胥老爺，是日在南海龍宮飲宴回來，到了殿上，那一眾鬼判從吏俱來迎接。但見一個個帽歪衣破，又看自己的神像，與兩傍吏役，盡皆打壞。便問：「何人大胆？敢將神像毀壞！」鬼判將王能、李直為岳家父子被奸臣陷害，求神不應，心中忿恨不平，今日在此哭訴了一番，把老爺的神像和那兩傍鬼吏都打壞了。伍老爺聽了，便道：「这兩個狂生，不知果报，毀辱神明，若不與他一個報應，这些世上愚人，只道天理是沒有的了。」吩鬼判：「好生看守廟宇，我去去就來。」即忙駕起雲頭，直至南天門外。正值溫元帥值日，便問道：「伍王到此，有何貴幹？」伍王即將前事細細說了一遍。溫元帥聽了，大怒道：「秦桧欺君誤國，殺害忠良，又將他子孫受此慘毒，情實难容。今伍王奏聞天帝，定有賞罰。」伍王進了南天門，直至靈霄寶殿，俯伏玉堦，將王能、李直之言，細細奏聞。玉帝就命太白金星查奏，金星查得明白，即忙覆奏道：「臣查得中界徽宗皇帝，係是赤腳大仙下降，只因元旦郊天，悞寫表文，特命赤鬚龍下界，擾乱宋室江山。岳飛乃西天大鵬鳥，因如來開講真經，眾星官聽講妙法，有女土蝠污了蓮臺，大鵬將他啄死，冤魂托生為秦檜之妻。如來因大鵬犯了殺戒，貶下塵凡，又將虬龍啄了一口，虬龍不憤，水泛湯陰犯了天條處斬，托生為秦檜。致有此冤冤相報。」玉帝聞奏，便道：「虬龍雖係報冤，但洪水泛湯陰，殘害生靈，自犯天條。如何又去謀害忠良？實為可惡！今命眾魂往各家顯靈炒鬧，待眾奸臣陽壽終時，罰去地獄受罪。岳飛為國為民，一生忠孝，應享人間血食，俟果報完時，再行酌授天爵。」伍王領了玉旨，出了天庭來至南天門。溫元帥迎着問道：「玉旨何如？」伍王即將先命忠魂顯靈炒鬧之事，說了一遍。溫元帥道：「伍明甫你雖領玉旨，命忠魂到奸臣家顯聖，但那相府都有門神戶尉攔阻，怎生進得他的門去？卻不先行奏明，要個憑據，使諸神不敢阻擋。」伍王聽了道：「不是元帥說知，幾乎悞事，待我再奏天庭便了。」溫元帥道：「今亦不必再奏，我有『無拘霄漢牌』一面，給與眾魂帶着。諸神自不敢攔阻，若到奸臣家炒鬧過了，即便還我。」伍王道：「如此甚妙！」接了「無拘霄漢牌」，辭別出了天門，來至岳飛坟上。那王能、李直正在睡梦之中，只見伍王叫道：「岳飛接旨！」二人上前觀看，但見伍王手捧玉旨開讀。大略云：

金闕玄穹高上玉皇帝君詔曰：賞善鋤奸，乃天曹之大權；陽施陰報，實循環之常理。茲據伍員所奏：宋相秦桧，陰通金虜專權妄上。其妻王氏，私淫兀朮，奸詐輔逆。寺丞万俟卨、羅汝楫，附奸趨惡，殘害忠良。咨尔岳飛，勤勞王事，能孝能忠，一門四德已全，誠為可嘉！但前冤未了，後怨重興，果報未明，不便賞罰。可許尔岳飛等，暫居天爵之府。許尔等陰魂，各尋冤主，顕靈預報。待其陽壽終時，再行勘問，着地獄官擬罪施行。王、李二生，不知果報，誹謗神明，折毀神像，本應處分，但念其忠義可嘉，姑置不究。欽哉謝恩！

岳王父子等謝恩畢，伍王即將「無拘宵漢牌」交與岳爺，辭別而去。那王、李二生驀然驚醒，想道：「方纔神道所言之事，我和你進城打聽。若是岳爺果在奸賊家中顕聖，便擇日重修伍王廟宇，再塑金身。」二人挨到天明，回城打聽，不表。

再說秦檜自從害了岳爺之後，心下想道：「岳飛雖除，還有韓世忠、張信、劉錡、吳璘、吳玠等，皆是一党。若不早除，必有後患。」這一日，獨自一個坐在萬花楼上寫本，欲起大獄，害盡忠良。这一本非同小可！正寫之間，岳爺陰魂，同了王横、張保正到萬花楼上，見秦檜寫这本章，十分大怒，將秦檜一鎚打倒，大罵：「奸賊！惡貫滿盈，死期已近，尚敢謀害忠良！」秦檜看見是岳爺，大叫一聲：「饒命吓！」岳爺吩咐張保：「在此吵鬧。我往万俟卨、羅汝楫、張俊家去顯聖。」岳爺往各奸臣家，唬得那些奸臣人人許愿，個個求神，不表。

再說王氏聽得丈夫在萬花楼上叫喊，忙叫丫環等上楼去看，那些丫環走上楼來，被張保盡皆打下，頭腦跌破，大叫：「楼上有鬼！」夫人叫何立往楼上觀看，何立走上楼來，張保就閃開了。何立見太師跌倒，昏迷不醒，只叫：「岳爺饒命！」何立驚慌，跪下求道：「岳爺！饒了小人的主人罷！明日在靈隱寺修齋拜懺，超度岳爺罷！」張保又往別處去了。秦檜醒轉，何立扶下楼來。王氏見了，問道：「相公何故叫喊？」秦檜道：「我方纔在楼上寫本，被岳飛打了一鎚，所以如此。」何立道：「小人上楼，見太師跌倒在地，小人許了靈隱寺修齋，太師方纔醒轉。」秦檜就叫何立拿二百兩銀子，往靈隱修齋拜懺：「明日我與夫人到寺拈香。」何立領命而去。

那王能、李直聞知此事，又打聽得各奸臣家家許愿，個個驚慌，二人十分歡喜，擇日與伍老爺修整廟宇，粧塑神像。正是：

湛湛青天不可欺，舉頭三尺有神知。善惡到頭終有報，只爭來早與來遲。

不知後事如何，且聽下回分解。

第七十回　靈隱寺進香瘋僧遊戲　眾安橋行刺義士捐軀

詩曰：

人生一夢似邯鄲❶，枉爭名利弄機關。妙藥不醫孽障病，好香難解殺人冤。
權貴生前徒鹿鹿❷，賢愚死後盡空拳。欲脫三途❸諸苦难，早把禪機❹仔細參❺。

前話休提。且說秦檜夫妻那日來到靈隱寺中進香，住寺眾僧迎接進寺。來到大殿上，先拜了佛。吩咐諸僧并一眾家人迴避了，然後嘿嘿禱告：「第一枝香，保佑自身夫妻長享富貴，百年偕老。第二枝香，保佑岳家父子早早超生，不來纏擾。第三枝香，凡有冤家，一齊消滅。」祝拜已畢，便喚住持上殿引道，

---

❶ 人生一夢似邯鄲：人生如盧生在邯鄲客店做黃粱夢一樣。

❷ 鹿鹿：忙碌。

❸ 三途：佛教語。生前作惡，死後淪落三途，或叫三惡道，即火途（地獄道）、血途（畜生道）、刀途（餓鬼道）。

❹ 禪機：佛教禪宗和尚談禪說法時，用含有機要祕訣的言辭、動作或事物來暗示教義，使人得以觸機領悟，故名。

❺ 本詩商務本作「從來天運總循環，報應昭彰善惡間。信是冥冥原有主，人生何必用機關！欺君誤國任專權，罪惡而今達帝天。赫濯聲靈施報復，頓教遺臭萬斯年。」

同了王氏到各處隨喜遊玩。一處處到了方丈前，但見壁上有詩一首，墨跡未乾。秦檜細看，只見上邊寫道：

縛虎容易縱虎難，無言終日倚欄杆。男兒兩点洒惶淚，流入胸襟透胆寒❻。

秦檜吃了一驚，心中想道：「这第一句，是我與夫人在東窓下灰中所寫，並無一人知覺，如何却寫在此處？甚是奇怪！」便問住持：「这壁上的詩，是何人寫的？」住持道：「太師爺在此拜佛，凡有過客遊僧，並不敢容留一人，想是舊時寫的。」秦檜道：「墨跡未乾，豈是寫久的？」住持想了想道：「是了。本寺近日來了一個瘋僧，最喜東塗西抹，想必是他寫的。」秦檜道：「你去喚他出來，待我問他。」住持稟道：「這個瘋僧，終日痴痴顛顛，恐怕得罪了太師爺，不當穩便。」秦檜道：「不妨。他既有病，我不計較他便了。」

住持領命，就出了方丈，來至香積廚下，叫道：「瘋僧！你終日東塗西汏，今日秦丞相見了，喚你去問哩！」瘋僧道：「我正要去見他。」住持道：「須要小心，不是當耍的！」瘋僧也不言語，往前便走。

住持仝到方丈來稟道：「瘋僧喚到了。」秦檜見那瘋僧垢面蓬頭，鶉衣❼百結，口嘴歪斜，手瘸足跛，渾身污穢，便笑道：你这僧人：

❻ 本詩商務本作「縛虎容易縱虎難，東窗毒計勝連環。哀哉彼婦施長舌，使我傷心肝膽寒。」

❼ 鶉衣：破爛的衣服。鶉尾禿，故稱。語本荀子大略：「子夏貧，衣若懸鶉。」

蓬頭不拜梁王懺❽，垢面何能誦佛詩？鏖糟❾枉受如來戒，瘋顛徒想步蓮池❿！

瘋僧聽了，便道：「我面貌雖醜，心地却是善良，不似你佛口蛇心。」秦檜道：「我問你这壁上詩句，是你寫的么？」瘋僧道：「难道你做得，我寫不得么？」秦檜道：「為何『胆』字甚小？」瘋僧道：「胆小出了家，胆大終久要弄出事來。」秦檜道：「你手中拿着这掃帚何用？」瘋僧道：「要他掃滅奸邪。」秦檜道：「那一隻手内是甚么？」瘋僧道：「是個火筒。」秦檜道：「既是火筒，就該放在廚下，拿在手中做甚？」瘋僧道：「這火筒節節生枝，能吹得狼烟四起，實是放他不得。」秦檜道：「都是胡說！且問你这病幾時起的？」瘋僧道：「在西湖上，見了『賣蠟丸』的時節，就得了胡言胡語的病。」王氏接口問道：「何不請個醫生來醫治好了？」瘋僧道：「不瞞夫人說，因在東窓下『傷涼』，沒有了『藥家附子』⓫，所以醫不得。」王氏道：「此僧瘋顛，言語支吾，問他做甚。叫他去罷！」瘋僧道：「三個都被你去了，那在我一個？」秦檜道：「你有法名么？」瘋僧道：有，有，有！

❽ 梁王懺：梁王劉武，為漢文帝二子，招延四方豪傑，自山東遊士莫不至。栗太子廢，太后欲以梁王為嗣，被大臣及爰盎等勸說景帝阻止。梁王因而暗地派人刺殺爰盎等人，未果，引起景帝的懷疑追查，梁王恐懼，通過長公主謝罪太后，然後得釋。因上書請朝，伏斧質之闕懺悔，太后、景帝皆大喜，相與泣。後入朝欲留，景帝勿許，歸國卒，謚孝。

❾ 鏖糟：骯髒。

❿ 蓮池：指佛地。佛教謂極樂淨土。

⓫ 藥家附子：即藥引。中藥方劑中附加的藥味，能調節藥性，增強藥效。

吾名葉守一，終日藏香積。不怕洩天機，是非多說出。

秦檜與王氏二人聽了，心下驚疑不定。秦檜又問瘋僧：「看你这般行徑，那能做詩，實是何人做了，叫你寫的？若與我說明了，我即給付度牒⓬與你披剃何如？」瘋僧道：「你替得我，我却替不得你。」秦檜道：「你既會做詩，可當面做一首來我看。」瘋僧道：「使得。將何為題？」秦檜道：「就指我為題。」命住持取紙筆來，瘋僧道：「不用去取，我袋內自有。」一面說，一面在袋內取出紙墨筆硯來，鋪在地下。秦檜便問：「这紙縐了，恐不中用？」行者道：「『蠟丸』內的紙，都是这樣縐的。」就磨濃了墨，提筆寫出一首詩來，遞與秦檜。秦檜接來一看，上邊寫道：

久聞丞相有良規，
佔擅朝綱人主危。
都緣長舌私金虜，
堂前燕子永難歸。
閉戶但謀傾宋室，
塞斷忠言國祚灰。
賢愚千載憑公論，
路上行人口似

⓬度牒：僧道出家，由官府發給憑證，稱為度牒。

秦檜見一句句都指出他的心事，雖然甚怒，却有些疑忌，不好發作，便問：「末句詩為何不寫全了？」行者道：「若見『施全』面，奸臣命必危。」秦檜回頭對左右道：「你們記着：若遇見叫施全者，不管他是非，便拿來見我。」王氏道：「这瘋子做的詩，全然不省得，只晋聽他怎的？」行者道：「你省不得这詩，不是順理做的，可横看去么。」秦檜果然將詩横看過去，却是「久佔都堂，閉塞賢路」八個字。秦檜大怒道：「你这小禿厮，敢如此戲弄大臣！」喝叫左右：「將他推下堦去，亂棒打殺了罷！」左右答應一聲，鷹拿燕雀的一般來拿行者，行者扯住案脚大叫道：「我雖然戲侮了丞相，不過無禮，並不是殺害了大臣，如何要打殺我？」那時嚇得那些眾和尚，一個個戰戰兢兢。左右只顧來乱拖，却拖不動。王氏輕輕的對秦檜道：「相公權傾朝野，諒這小小瘋僧怕他逃上天去？明日只消一個人，就拿來了結他的性命，此時何必如此？」秦檜會意，便叫：「放了他。以後不許如此！」叫住持：「可賞他兩個饅頭，叫他去罷。」住持隨叫侍者取出兩個饅頭，遞與瘋僧。瘋僧把饅頭雙手拍開，將餡都傾在地下。秦檜道：「你不吃就罷，怎么把餡都傾掉了？」行者道：「別人吃你『陷』，僧人却不吃你『陷』。」秦檜見瘋僧句句譏刺，心中大怒。王氏便叫：「行者，可去西廊下吃齋，休在丞相面前亂話！」眾僧恐懼，一齊向前把行者推向西廊。行者連叫：「慢推着！慢推着！夫人叫我西廊下去吃齋，他却要向東窓下去飼飯哩！」眾僧一直把瘋行者推去。

秦檜命左右打道回府。眾僧人一齊跪送，尚都是捏着一把汗。暗暗的將瘋行者看守，恐怕他逃走了，秦丞相來要人，不是當耍。

話分兩頭。且說施全在太行山，日夜思量與岳爺報仇。一日別了牛皐，只說私行探聽。離了太行山，星夜赶到臨安，悄悄到岳王坟上哭奠了一番。打聽得那日秦檜在靈隱寺修齋回來，必由眾安橋經過，他便躲在橋下。那秦檜一路回來，正在疑想：「我與夫人所為之事，這瘋僧為何件件皆知？好生奇怪！」看看進了錢塘門，來至眾安橋，那坐下馬忽然驚跳起來。秦檜忙把韁繩一勒，退後幾步。施全見秦檜將近，挺起利刃，望秦檜一刀搠來。忽然手臂一陣酸麻，提手不起。兩傍家將拔出腰刀，將施全砍倒，奪了施全手中刀，一齊上前捉住，帶回相府來。列位看官，要曉得施全，在百萬軍中打仗的一員勇將，那幾個家將那里是他的對手，反被他拿住？却因岳元帥陰靈不肯叫他刺死了奸臣，壞了他一生的忠名，所以陰空扯住他的兩臂，提不起手來，任他拿住，以成施全之義名也。

且說秦檜吃这一驚不小，回至府中，喘息未定，命左右押過施全來到面前，喝問道：「你是何人？擅敢大胆行刺？是何人唆使？說出來，吾便饒你。」施全大怒，罵道：「你这欺君賣國、讒害忠良的奸賊！天下人誰不欲食汝之肉，豈獨我一人！我乃堂堂丈夫，行不更名，坐不改姓，岳元帥麾下大將施全。今日特來將汝碎尸萬段，以報元帥之仇。不道你这奸賊命不該絕，少不得有日運退之時，看你这奸賊躲到那里去？」秦檜被施全千奸賊、萬奸賊，罵得則不得聲。隨敎拿送大理寺獄中，明日押赴雲陽市斬首。後人有詩贊之曰：

烈烈轟轟士，求仁竟不難。春秋稱豫讓⑬，宋代有施全。

⑬ 豫讓：春秋戰國間晉人，為晉卿智瑤家臣。晉出公二十二年，趙、韓、魏共滅智氏。豫讓用漆塗身，吞炭變啞，暗伏橋下，謀刺趙襄子未遂，後為趙襄子所捕。臨死時，求得趙襄子衣服，拔劍擊斬其衣，以示為主復

怒氣江河決，雄風星斗寒。雲陽甘就戮，千古史斑斑⓮。

那施全下山之後，牛皐放心不下，差下兩個精細嘍囉，悄悄下山打聽。那日嘍囉探得的實，回山報知此信。牛皐怒發如雷，即要起兵殺上臨安，與施全報仇。王貴勸道：「當初岳大哥死後，陰靈尚不許我們興兵。如今施大哥自投羅網，豈可輕動？」當時眾人大哭了一場，設祭望空遙拜，又痛飲了一回。王貴、張顯二人悲傷過度，是夜得了一病，又不肯服藥，不多幾日，雙雙病死。牛皐又哭了一場，弄得獨木不成林，無可如何，且把二人安葬，心中好不氣悶！按下慢表。

且說这日秦檜退入私衙，神思恍惚，舊疾復發。王夫人好生悶悶不悅。一日，王夫人對秦檜道：「前日與丞相往靈隱寺修齋，叫瘋行者題詩，句句譏刺，曾說『若見施全命必危』。這施全必是瘋僧一党，指使他來行刺的。」秦檜猛省道：「夫人所言，一些不差。」隨喚何立，帶領提轄家將十餘人，往靈隱寺去捉拿瘋行者，不許放走。

何立領命，仝眾人逕到靈隱寺來。尋見瘋行者，何立一手扯住道：「丞相令來拿你，快快前去！」瘋僧笑道：「不要性急。吾一人身不滿四尺，手無縛雞之力，諒不能走脫，何用捉住？我自知前日言語觸犯丞相，正待沐浴更衣，到府中來叩頭請死。你眾人且放手，立在房門外，待我進僧房去換了衣服，仝去便了。」何立道：「也不怕你騰了雲去，只要快些！」遂放行者進入僧房，好一會不見出來，何立

仇，然後伏劍自殺。事見史記刺客列傳。

⓮ 斑斑：明鮮貌；顯著貌。

疑惑：「不要他自盡了？」隨同眾人搶入房中，那里有什么瘋僧？床底閣上，四處找尋，並無踪跡。只有桌上一個小匣，封記上寫道：「匣中之物，付秦檜收拆。」何立無奈，只得取了小匣，全眾家將等回府，將瘋僧之事細細稟知。

秦檜拆開匣內，却是一個柬帖。那帖上寫道：

偶來塵世作瘋顛，說破奸邪返故園。若然問我家何處？却在東南第一山。

秦檜看罷，大怒道：「你这狗才！日前拿道悅和尚，你却賣放。今又放走了瘋行者，却將这匣兒來搪塞我！」叫左右去將何立的母親、妻子監禁獄中，就着何立：「前往東南第一山捉還瘋行者，便饒你罪；若捉不得瘋僧，本身處斬，全家處死。」何立驚惶無措，只得諾諾連聲。

次日，將天下地理圖細看，在招軍城東去有東南第一山，乃是神仙所居的地方，世人如何到得？無可奈何，只得進監中哭別了母親、妻子，起身望招軍城而去。

那秦檜自斬了施全之後，終日神昏意亂，覺道脊背上隱隱疼痛。過不得幾日，生出一個發背來，十分沉重。高宗傳旨，命太醫院看治。說話的，在下只有一張口，說不來兩處的事。且把秦檜一邊的話丟下，慢慢的表。

如今先說那岳霆、伍連等八人，自鬧了播臺，祭了岳坟，從後山盤上小路。夜宿曉行，一路無話，早已到了雲南。來至王府，三公子先進去通報了，然後出來接進，七位小英雄進府，見了柴王，各通姓名。岳霆進內見了岳夫人，把前事細細述了一遍，然後又出來請各位小爺進來，相見岳夫人行禮。又叩見了柴老娘娘，俱道：「岳家伯母皆虧老娘娘千歲大恩照看，方得如此。」柴娘娘道：「眾位公子何出此言！我看眾公子皆是孝義之人，甚為可敬，欲命小兒與列位公子結為異姓兄弟，幸勿推却！」眾人齊稱：「只是不敢仰攀。」柴王道：「什么說話！」即命擺下香案，與眾小爺一仝結拜做弟兄。柴排福年長居首，以下韓起龍、韓起鳳、諸葛錦、宗良、歐陽從善、牛通、湯英、施鳳、羅鴻、吉成亮、王英、余雷、伍連、何鳳、鄭世寶、岳雷、岳霆、岳霖、岳震，共是二十位小英雄。是日結為弟兄，終日講文習武，十分愛敬，賽過同胞。

看看到了八月十五，大排筵席，共賞中秋。柴王道：「今日過了中秋佳節，明日我們各向山前去打圍，如有拿得虎豹者，為大功；拿得獐鹿者，為次功；拿得小牲口者，為下功，罰冷酒三壺。」韓起龍道：「大哥之言，甚是有興，我們明日就去。」當晚酒散，各自安歇。

次日，眾小爺各拿兵器，帶領人馬，向山前結下營寨，各去搜尋野獸。有詩為証：

曉出鳳城東，分圍沙草中。紅旗遮日月，白馬逐西風。
背手抽金箭，番身挽角弓。眾人齊仰望，一雁落空中。

却說四公子岳霖，一心要尋大樣的走獸，把馬加上一鞭，跑過兩個山頭。只見前面一隻金錢大豹奔來，岳霖大喜，左手拈弓，右手搭箭，一箭射去，正中豹身。那豹中了一箭，滚倒在地。岳霖飛馬赶上，又是一鎗將豹搠死。後邊軍士正想赶上拿回献功，不道前面來了一員苗將，後邊跟着十多個苗兵，赶來大喝道：「你們休要動手！这豹是俺家追來的。」岳霖道：「胡說！我找尋了半日，方纔遇着这豹，是我一箭射中，方纔搠死的，怎么說是你追來的？」那苗將道：「就是你射着的，如今我要，也不怕你不把來與我。」岳霖道：「你要这豹也不難，只要贏得我手中这鎗，就與了你。倘若被我搠死，只當你自己命短，不要怨我。」苗將聽了大怒道：「你这個小毛虫，好生無禮，先吃我一刀罷！」掄起大刀砍來，岳霖把手中鎗緊一緊，架開刀，分心就刺。兩個交手不到十合，岳霖賣個破綻，攔開刀，拍馬就走；苗將在後追來，岳霖回馬一鎗，將苗將刺下馬來，再一鎗，結果了性命。那些跟來的苗兵慌忙轉馬，飛跑回去報信了。岳霖取着豹，慢慢的坐馬回營。

走不到一二十步，忽聽得後面大叫道：「小毛蟲不要走，我來取你的命也！」岳霖回頭一看，嚇得魂不附體，但見一個苗將生得來：

面如藍靛眼紅灯，獠牙賽利箭；臉似青松口血盆，虬鬚像鋼針。身長丈二，穿一副象皮鎖子甲，紅袍外罩；頭如笆斗，帶一頂鬧龍赤金盔，雉尾凄分。獅蛮帶腰間緊束，牛皮靴足下牢登。一丈高的紅砂馬，奔來如掣電；碗口粗的溜金鑹，舞動似飛雲。遠望去，只道是龍鬚虎；近前來，恰是個巨靈神。

那苗將聲如霹靂，飛馬赶來。岳霖心慌，回馬問道：「小將何處得罪大王？如此發怒！」苗王大喝一聲：「小毛虫，你把我先鋒赤利刺死，怎肯饒你！」便一鑹打來，岳霖舉鎗架住，覺道沉重，好不驚慌。不上三四合被苗王攔開鎗，輕舒猿臂，將岳霖勒甲絛一把擒過馬去。眾苗兵將赤利的尸首收拾回去。这岳霖被苗王擒進苗洞而去，正是：

海鰲曾欺井內蛙，大鵬展翅繞天涯。強中更有強中手，莫向人前滿自誇！

畢竟不知那苗王將岳霖擒進苗洞，性命如何，且聽下回分解。

第七十一回　苗王洞岳霖入贅　東南山何立見佛

詩曰：

紅鸞天喜已相將，不費冰人線引長。着意種花花不發，無心插柳柳成行。

話說那苗王將岳霖擒進苗洞，喝叫苗兵：「將这小毛虫綁過來！」苗兵即將岳霖綁起，推上銀安殿來。苗王喝道：「你是何處來的毛虫，敢將我先鋒挑死？今日被我擒來，還敢不跪么？」岳霖道：「我乃堂堂元帥之子，焉肯跪你化外苗人？要殺就殺，不必多言。」苗王道：「你父是甚么元帥？就如此大樣，見我王位不跪。」岳霖道：「我父乃太子少保武昌開國公岳元帥，那個不知，誰人不曉？」苗王道：「莫不是朱仙鎮上掃金兵的岳飛么？」岳霖道：「然也。」苗王道：「你是岳元帥第幾個兒子？因何到此？」公子道：「我排行第四，名喚岳霖。父親、哥哥被奸臣秦檜陷害，我同母親流徙到此。」苗王聽了道：「原來是岳元帥的公子，如此受驚了！」隨親自下坐來放了綁，與公子見禮坐下，苗王問道：「令尊怎么被奸臣陷害的？」公子就將在朱仙鎮上十二道金牌召回、直說到風波亭盡忠的事說了一遍，不覺放聲大哭。苗王道：「公子，俺非別人，乃化外苗王李述甫是也。昔日在朱仙鎮上會過令尊，許我在皇帝面前保奏了，來到化外封王，不想被奸賊害了，令人可惱！你今既到此間，俺家只有一女，招你做個女壻罷。」吩咐左右：「將岳公子送到裡面，與娘娘說知，端正今夜與宮主成親。」岳霖聞言，哀求道：「蒙大王垂愛，只是我父兄之仇未報，待小姪回去，稟過母親，再來成親方可。」苗王道：「你們弟兄多，你只當過繼與俺，省得受那奸臣之氣。」岳霖再三不肯依從，苗王不由分說，送到裡面。苗后看見岳霖，十分歡喜，便對公子說道：「大王當年到朱仙鎮時，我外甥黑蠻龍曾與你哥哥結為弟兄。我外甥回來，無日不思想你父親、哥哥，今日纔得知你家遭此大變，天遣你到此，只當你父親分了你在此罷。」岳公子無奈，只得依允。

且說眾弟兄各拿了些大小野獸，陸續回到營中。正是：

獲禽得獸滿肩挑，猛虎逢吾命怎逃？清平漫說文章好，今日原來武藝高。

不一時，眾弟兄俱已到齊，單單不見四公子回來。正在盼望，忽見那些逃回軍士，氣急敗壞，跑回營來報道：「不好了！四公子被一個苗王生擒去了！」柴王大驚失色，便對眾弟兄道：「我們快去救他，不可遲悞。」

眾小爺們聽了，一齊上馬，飛奔來至苗洞門口，大叫道：「快快將岳家公子送出，萬事全休。遲了片刻，踏平你这牢洞，寸草不留！」苗兵忙進來報知苗王，苗王道：「这一定是柴王了，待我出去見他。」便坐馬提攛，出洞而來。眾人見他生得相貌兇惡，俱各吃驚，柴王上前道：「你是何人？為何把我岳家兄弟拿了？」苗王道：「俺乃化外苗王李述甫是也。你那岳公子把我先鋒赤利刺死，是我拿的，你們待怎么？」柴王道：「此乃失誤，若肯放他，我等情愿一同請罪。」苗王道：「既講情理，且請到洞中少敘。」眾弟兄就一同進了洞門，來到王府，行禮已畢，坐定，左右送上酪漿來，吃罷。苗王道：「眾位是岳家何人？」眾人各通姓名，說明俱是拜盟弟兄。苗王喜道：「如此說，俱是一家了。俺家向日曾在朱仙鎮會過岳元帥，我外甥黑蠻龍，也曾與岳大公子結拜。今难得眾位在此，俺只有一女，要將四公子入贅為婿，望眾位玉成。」岳雷道：「極承大王美意。但我弟兄大仇未報，待報了大仇之後，即送兄弟來成親便了。」苗王道：「二公子，不是這等說。你弟兄甚多，只當把令弟過繼與我了。況且你們在此化外，又無親戚，就與俺家結了这門親，也不為過，何必推辭？若有赦回鄉里之日，俺家就聽憑令弟仝小女歸宗便了。」岳雷、柴王眾兄弟見苗王執意，只得應允。苗王大喜，分咐安排酒席。

正欲上席，苗兵上來稟道：「黑王爺到了。」李大王道：「請進來。」黑蠻龍進來，見過了李述甫，又與眾弟兄見過了禮。李述甫便把岳元帥被害之事，細細對黑蠻龍說了一遍。黑蠻龍聽了，不覺腮邊火冒，毛髮盡豎，大怒道：「只因路遙，不知哥哥被奸賊陷害，不能前去相救，不由人不惱恨！」牛通道：「黑哥，你若肯去報仇，倒是不妨得的。況且王爺是化外之人，不曾受過昏君的官職，若是殺進關去，百姓人等皆感激岳老伯的恩德，揔肯資助粮草的。若到了太行山，在我父親那里起了大兵，一同殺上臨安，豈不是好？」黑蠻龍聽了，心中大喜，也不回言，暗地叫一個心腹苗兵，假報李王爺道：「今有猺洞，領兵前來犯界。」苗王聞報大怒，就令黑蠻龍領兵三千征剿。蠻龍別了眾人，領了人馬，殺進三關，與岳元帥报仇去了。

再說李述甫一邊飲酒，心中想道：「外甥方纔回來，怎么說就有猺洞來犯界？事有可疑。」即差苗兵前去打聽。不多時，那苗兵回來報道：「小的探得小大王帶了兵馬，殺進中原去了。」李大王道：「不出我之所料。」因向眾弟兄說道：「俺家並無子姪，只有这個外甥。他如今殺進中原，與岳元帥報仇，路遠滔滔❶，無人相助，倘有不虞，只好存一點忠義之名罷了。眾位公子且請回，只留女婿在此相伴俺家，待外甥回來時，再作道理。」岳雷見黑蠻龍如此義氣，只得應允，將岳霖留下，眾公子辭別回去。岳霖道：「二哥回家，代我安慰母親，料我在此無碍。」岳雷道：「曉得。」遂別了苗王。眾人回來見了岳夫人，將岳霖招贅之事細細說了一遍。岳夫人道：「难得苗王如此美情！我欲親去謝親。」柴娘娘道：「賢妹若去，愚姊奉陪。」次日，柴娘娘同岳夫人來到苗王府中，苗后出來迎接進內。岳霖同宮主雲蛮，出來見過礼。當下就擺酒席欵待，岳夫人見了雲蛮，十分相愛，到晚作別回來。岳夫人結了这門親常常來往，倒也頗不寂寞。按下不表。

如今且接着前回，秦檜差那何立往東南第一山去捉拿瘋僧。那何立無奈，監中別了母親、妻子，連夜望招軍城一路而行。行了三四個月，逢人便問東南第一山的葉守一，並無人曉得東南第一山，也沒有人得知甚么葉守一。何立暗想：「若無瘋僧下落，豈不連累了母親、妻子？」好生愁悶，一日，來到一個三叉路口，又無人家，不知從那條路去方好。正在躊躕，忽見一個先生，左手拿着課筒，右手拿扇招牌，招牌上寫着兩句道：

八卦推求玄妙理，六爻搜盡鬼神机。

何立見是個賣卜先生，便上前一把扯住道：「先生，小子正有事疑惑不決，求先生代我一卜。」那先生

❶ 滔滔：比喻事物連續不斷。

即在路邊石上放下招牌道：「所問何事？可禱告來。」何立撮土為香，望空暗暗禱告已畢，先生卜了一卦，便問：「問的何事？」何立道：「要尋人，未知尋得着否？」先生道：「敢是西北上往東南去的么？」何立道：「先生真個如見！」那先生道：「此卦不好，路上巔險崎嶇，快快回頭，不要去罷！」何立道：「不要說巔險难行，就是死，也要去的。」先生道：「既是你拚得死，我就指引你去。你往中間这條路上去，不到二三十里，就是泗洲大路。若到了泗洲，就尋得着那人了。」何立說聲：「有劳了！」隨在身邊摸出十來個錢來，謝了先生。先生拿了招牌，搖着課筒，自轉彎去了。

何立依着先生指的中路，向前便走。走到申牌時分，果然到了泗洲，尋個歇店，住了一夜。明日，訪來訪去，訪了一月，城裡城外並沒有個東南第一山。過了數日，並無影响，暗想：「那賣卜先生言語，全無一點應驗。聞說这裡泗明山上，有一座泗聖祠，祠内神道最靈。何不去禱告神道，求他指引？」定了主意，忙忙的去買辦了香燭，上山來走進廟中，到神道面前燒香點燭，嘿嘿禱告了一番。那里有甚么應驗？一步懶一步的走出廟門，在山前閑望，忽見一處山石嶙峋，奇峰壁立。何立走近一看，只見一塊石上，鐫着「捨身岩」三個大字，臨下一望，空空洞洞，深邃不測。何立思想道：「我半年之間歷盡艱辛跋涉，並無瘋僧下落，終久是死，不如跳入于此，做個了身之計。」欲待要跳，又想道：「我身何足惜！但吾母親年紀八十三歲，我若死了，妻子必难活命，何人侍奉？」不覺坐在石上，傷心痛哭起來。哭了一回，那身子甚覺困倦，竟在那石上倒身睡去。

忽有一人用手推道：「快走，快走！」何立抬頭一看，却是前日遇見的那位賣卦先生。何立道：「好吓！你說到了泗洲，就有下落，怎的並不見甚么消耗？」先生道：「你實對我說，要往何處？尋甚么人？」何立道：「我奉秦太師命，要往東南第一山去尋瘋僧葉守一。」先生道：「你不見前面高山，不是東南第一山麼？」

何立回頭一望，果然見前面一座高山，喜之不勝，便慌慌的向前走去。走了一程，來到山前，但見一座大寺院，宮殿巍峩，輝煌金碧。山門前一座大牌坊，上邊寫着「東南第一山」五個大金字。何立暗想：「好個大所在！」正在觀看，只見山門內走出一個行者來，何立上前把手一拱，叫聲：「師父借問一聲，这寺裡可有個瘋僧葉守一么？」那行者大喝一聲：「咄！你是何等之人，擅敢稱呼佛爺的寶號？好生大胆！」何立道：「小人不知，望乞恕罪！但不知这寶號是那位佛爺？」行者笑道：「那里是『葉守一』，乃是『也十一』，音同字不同，『也』字加了『十一』，不是個『地』字？此乃地藏王菩薩的化身寶號。」何立道：「望師父代小人稟一聲，說是秦太師差家人何立求見。」那行者道：「你且在此等候，待佛爺升殿，方好與你傳稟。」話猶未絕，只聽得殿內鐘鳴鼓响，行者道：「菩薩升殿了，待我替你稟去。」何立連聲称謝。

等不多時，只見那侍者走出來喚道：「何立，佛爺喚你進去。」何立慌忙走進寺中，來至大殿跪下道：「願佛爺聖壽無疆！」地藏王菩薩道：「何立，你到此何幹？」何立道：「奉家主之命，特請菩薩赴齋。」佛爺道：「那里是請我赴斋，明明是叫你來拿我。你也不必隱瞞，那秦桧已被我拿下酆都受罪了。」何立道：「小人出門時候，太師爺好好的在府中，怎么說在此？」佛爺道：「你既不信，」叫侍者：「與我吩咐獄主冥官，帶秦檜上殿，與何立面對。」侍者領佛旨去了。不多時，只見獄主冥官將秦檜帶到，跪下道：「求佛爺大發慈悲，我秦檜受苦不過了！」佛爺道：「你不該叫人來拿我。」秦檜道：

「沒有此事。」佛爺道：「你休胡賴。叫何立上來，與他對証。」何立上殿來，但見秦檜披枷帶肘，十分痛苦。叫道：「太師爺，小人在此！」秦檜道：「何立，你休叫我太師，只叫我害忠良的奸賊罷！你若回去，可對夫人說，我在此受罪，皆因東窗事發覺，如今懊悔已遲！他不久也要來此受罪了。」佛爺叫獄主：「帶秦檜仍回地獄去罷。」獄主辭了菩薩，眾鬼卒將秦檜一步一打去了。何立見了，十分不忍，稟道：「求佛爺饒恕了主人，何立情愿代主人受罪罷。」菩薩道：「一身做事一身當，怎能代得？但你今已到了陰司，怎能再回陽世？」何立道：「求佛爺慈悲，小人家中現有八十三歲的老母，待小人回去侍奉終年，再來受罪罷！」佛爺道：「善哉，善哉！何立倒有一點孝心，可敬，可敬！」佛爺隨命侍者：「領何立還陽去。」

何立叩頭謝了，隨着侍者出了山門，一路而行，却不是前番來的路了，但見陰風慘慘，黑霧漫漫。來至一個村中，俱是惡狗，形如狼虎一般。又有一班鬼卒，押着罪犯經過，那狗上前乱咬，也有咬去手的，也有咬出肚腸的。何立嚇得心驚胆戰，緊緊跟着侍者，過了惡狗村。又到一處，兩邊俱是高山，山上石峰尖聳，猶如刀劍一般。山下牛頭馬面，將鬼犯一個一個丟上山去，也有丟在峰上搠破肚皮的，也有打破頭的，鮮血淋漓，好不慘傷！纔過得刀山地獄，前面却是奈何橋。何立到了橋邊，望河內一看，好怕人吓！河內許多鬼犯，盡是赤身露體，許多毒蛇盤繞着，也有咬破天靈蓋的，也有啄去眼珠的。又看那橋，那裡是甚麼橋，不過是橫着一根木頭。何立道：「師父，這一根木頭如何走得過去？若是跌將下去，你看这些惡物，不是耍處！」侍者道：「不妨。你只閉着眼睛，包你過去！」何立魂胆俱無，只得把兩隻眼睛緊緊閉着，兩手扯住侍者衣服，大着胆走。過了奈何橋，却是一派荒郊曠野，黃沙撲面，鬼哭神號。何立战競競的問侍者道：「師父这是甚么地方？这等悽慘！」侍者道：「前面就是鬼門關，右首就是枉死城，大凡鬼魂進了枉死城，就难得人身了。」說話之間，已到了鬼門關。那城門下搶出幾個猙獰惡鬼，上前攔住，喝道：「往那里走？」侍者道：「佛爺念他孝義，命我送他回陽。休得攔阻。」眾鬼道：「不敢，不敢。既是佛爺法旨，就請過關。」何立過了鬼門關，望見一座高臺，何立問道：「師父这是那里？」侍者道：「就是望鄉臺了。」不一時，來到臺前，何立道：「小人上去望一望，不知可否？」侍者道：「待我仝你上去。」二人上了臺，何立一望，果然臨安城市，皆在目前。侍者道：「你既見家鄉，如何還不回去？」將他背上一推，何立大叫一聲，一交跌下臺來，猛然驚醒，却原來在捨身岩上，好一場大惡夢！

何立定了神，細想梦中之事，十分咤異：「方纔明明的見了地藏王菩薩，已將丞相拘入酆都。又親見多少地獄之苦，分明是神道指引，不如謝了神道，回去回覆太師罷。」隨即再進廟來，拜謝了泗洲大聖。下山回寓，歇了一夜。次日，算還了飯錢，起身赶回臨安。

在路非止一日，已到了家鄉。進相府來見秦檜，秦檜發背沉重，睡在書房內床上，時時發昏，叫痛不絕。何立來到書房中跪下，秦檜開眼見了何立，便道：「何立，你回來了麼？瘋僧之事，我已盡知，也不必說了。你的家小，我已放了，你可回去安慰母親、妻子罷！」

何立叩頭辭謝了秦檜，出了相府。回到家中，相見了母親、妻子，大家哭訴了一場。再去備辦香紙，拜謝祖宗，從此存心行善。那母親直活到九十歲，無病而終，何立盡心祭葬。夫妻二人又無子女，隻隻出家修行。聞得何立後來坐化在平江府玄妙觀中，即是如今的蓑衣真人，未知真否，有詩曰：

冤山仇海兩何憑，百歲風前短焰灯。早知今日冤冤報，悔却從前枉用心！

不知後事如何，且聽下回分解。

第七十二回　黑蠻龍三祭岳王墳　秦丞相嚼舌歸陰府

詩曰：

一嘯江河盡倒流，青霜片片落吳鈎❶。直搗中原非叛逆，雄心誓斬逆臣頭。

上回何立之事，已經交代。如今要說那黑蠻龍在苗王李述甫面前，假說征剿猺蠻，領兵殺過三關。一路移文，說是要拿秦檜，與岳元帥報仇。故此在路並無阻擋，反各餽送糧草。

那些地方官飛本進京。張俊、万俟卨、羅汝楫，看了本章大驚，一同來見秦檜。到了相府，直至書房，只見秦檜發背沉重，臥床不起。三人將黑蠻龍殺進三關與岳家報仇，聲言要朝廷献出太師，方纔回兵，「今告急本章雪片一般，小官們不敢輕自奏聞，故特來請命。」秦檜聽了，大叫一聲，背瘡迸裂，昏迷無語。

三人見秦檜这般光景，只得辭回商議：黑蠻龍十分兇狠，料难取勝。且假傳聖旨，差官往雲南去，將罪名都推在岳夫人身上，叫他寫書撤回苗兵，他自然聽允。一面吩咐地方官緊守関隘，添兵設備，以防攻擊。

❶ 吳鈎：亦作「吳鉤」。鈎，兵器，形似劍而曲。春秋吳人善鑄鈎，故稱吳鈎。後亦泛指利劍。

次日，進朝啟奏：「秦丞相病在危篤，請旨另冊宰輔，以理朝政。」高宗聞奏，即傳旨擺駕親往相府看問。那秦檜過繼的兒子秦熺，忙仝着王氏夫人，一齊出府接駕。高宗來至書房，直到床前坐下，但見秦檜睡在床上，昏迷不醒。秦熺叫聲：「大人！聖駕在此。」秦檜微微睜開眼來，手不能動，帶喘道：「何劳聖駕親臨！赦臣萬死！臣因罪孽深重，致受陰愆。願陛下善保龍體。臣被岳飛索命，擊了一鎚，背脊疼痛，料不能再瞻天顏也！」言畢，又發昏暈去。高宗命太醫用心調治，朝事暫着万俟卨、湯思退協辦。遂傳旨擺駕回宮，不表。

再說黑蛮龍一路殺來，勢如破竹，遇州得州，逢縣得縣，一逕殺到臨安范村地方。但見：

盔甲鮮明如繡簇，喊聲威震若山崩。恰似天王離北闕，真如惡煞下凡塵❷。

張俊聞報，急命揔兵王武，領兵五千，出城擒拿洞蛮。王武得令，帶了人馬，來到范村，安下營寨。黑蛮龍提鎚出馬，直至營前喊叫道：「宋朝將官，曉事的快把秦檜献出，萬事全休。稍有遲延，殺進城來，將你們那昏君一齊了命！」軍士慌忙報知王武，王武隨即提刀上馬，出營大喝道：「你等洞蛮，為何不遵王化，擅敢興兵來犯天朝？罪在不赦！本帥特來拿你，碎尸萬段。」黑蛮龍大怒，罵聲：「你这班奸党逆賊，快快把秦檜首惡献出，饒你这班助奸為惡的多活幾天。不然，殺進來，玉石不分，那時雞犬不留，休要懊悔！」王武大怒，喝聲：「洞蛮，休得胡謅！看刀罷！」便一刀砍來，黑蛮龍把鎚梟開刀，還一鎚打來。兩馬相交，刀鎚並舉，戰不上五六個回合，这黑蛮龍的鎚十分沉重，王武那里是他的

❷ 恰似天王離北闕二句：商務本作「天王乘勢離宮闕，下界凡夫孰敢凌？」

對手，招架不住，着了忙，早被蠻龍一鎚打個正着，頭顱粉碎，死于馬下。黑蠻龍招呼人馬，冲將過來。王武的五千人馬自相踐踏，傷了一半，那些敗殘兵馬，逃進城去了。

黑蠻龍引兵直至栖霞嶺下寨。隨命軍士備下祭禮，親到岳王墳上，祭奠了一番。

次日，那張俊自己帶領人馬出城，來到淨慈寺前，安下營寨。兩傍道路，皆把石車塞断。張俊與御前揔兵吳倫、陳琦、王得勝、李必顯四人商議道：「那洞蠻十分驍勇，只可智取，不可力敵。」王得勝道：「小將有一計在此，今夜可將桌子數百張，四脚朝天，放在湖內，將草人綁于桌脚之上，各執灯毬。元帥帶領人馬，乘着竹牌，將桌子放過湖去。小將前去劫營，那廝決來迎戰。小將引他到河邊，黑夜之中，不知水旱，決然跌下水去。那時擒之易如反掌也。」張俊大喜道：「妙計，妙計！」遂暗暗吩咐軍士依計而行。

待至天晚，領了人馬，來到黑蠻龍營前吶喊。那黑蠻龍正在睡梦之中，聽得有人來刦寨，慌忙披掛，提鎚上馬，冲出營門。王得勝看見黑蠻龍出營，連忙帶轉馬頭便走，走到湖邊，往別條小路上去了。黑蠻龍追至湖邊，不見了王得勝，但見河內有人手執灯球。因黑夜看不明白，便將雙膝一摧，拍馬往湖內追來，撲通的一聲响，跌下水去。張俊在對岸見黑蠻龍跌入水中，心中大喜。眾軍士一齊吶喊，用撓鈎把蠻龍搭起，將繩索綁了。命揔兵張坤帶領了三百人馬，連兩柄鐵鎚與坐騎，由六條橋解進城來。

正行之間，只見前面來了一將，白馬銀鎗，拍馬上來，一鎗把張坤刺死，放了黑蠻龍，將那些護送人馬盡皆殺散。黑蠻龍道：「將軍尊姓大名，多蒙救俺的性命！」那將答道：「小弟姓韓名彥直。家父乃大元帥韓世忠。因岳元帥父子被害，心中氣悶，不願為官，隱居于此。今聞將軍起兵，與岳元帥報仇，大快人心。今晚聞將軍與張俊交兵，家父恐將軍被奸賊暗算，特着小弟來探聽消息，不想正遇將軍。」黑蠻龍道：「小弟多蒙將軍救了性命，如不嫌化外之人，願與結為兄弟。」韓彥直聽了大喜，二人就在六條橋上，撮土為香，拜為兄弟。黑蠻龍年長韓彥直兩歲，遂為兄長。彥直道：「哥哥，小弟要告別了。若再遲延，恐奸臣知覺，深為不便。」黑蠻龍道：「賢弟，若得空閑，可到化外來見見愚兄一面。」二人依依，不忍分手而別。彥直仍回家中，黑蠻龍仍舊到湖邊下寨。

次日，領了人馬，直至城門下討戰。軍士報與張俊，張俊好生煩悶：「好好的已擒住了，又被他走脫！」遂與眾將等商議道：「黑蠻龍驍猛难擋，不如用緩兵之計，只說朝廷有病，俟聖體少安，送出奸人，與他報仇。目下先送粮草與他，犒勞軍士，彼必停兵。待雲南消息一到，必然回兵，那時再調人馬拿他。」商議定妥，就上城說與蠻龍。蠻龍道：「也罷，限你十日之內，將奸臣献出。若再遲延，便殺進城來，休想要活一個！」隨命軍士仍舊退回棲霞嶺下安營。

这里張俊一面端正粮草犒軍之物，差人送到黑蠻龍营中；一面發文書去調各處人馬，火速勤王。不意那雲南岳老夫人接到了朝廷旨意，知道黑蠻龍兵犯臨安，忙令岳雷寫書一封，即命張英星夜兼程，來到臨安；直至黑蠻龍營內。蠻龍接進寨中，取書開看，上寫道：

大宋罪婦岳李氏，致書于蠻龍黑將軍麾下：先夫遭罹國典，老婦待罪雲南。倘奸邪有敗露之日，必子孫有冤白之年。今將軍雖具雄心義胆，但奮一憤之私，興兵犯闕，朝庭震驚，本意為岳氏報仇雪恨，實壞我父子一生忠義之名。故特差張英捧呈尺素，乞鑒我心！望即星夜班師回國，勿累老婦萬世罵名，實有望焉！

蠻龍看書，不覺感憤皆集，垂淚對張英道：「小弟自進三關，一路百姓無不為岳老伯悲惜。今岳伯母又堅持忠義之心，要小弟回兵。但是便宜了这奸賊，實不甘心！」張英道：「昔日牛將軍等，亦為岳太老爺興兵報仇，兵至長江，岳太老爺顯聖作浪，不許渡江。可見他一生忠義，決不肯壞了名節。那奸臣罪惡滿盈，少不得有報應之日，我只與你看他後來結果罷了。」蠻龍無奈，吩咐軍士整俻豐盛祭禮，仝了張英，到墳上哭奠了一番，化了紙錢。回轉營中，安歇了一宵。次日，拔寨起營，自回化外。正是：

滿腔義憤興師旅，一封尺素便回兵。

却說張俊已得了下書人回報，又見探子來報：「洞蠻已拔寨退兵去了。」纔放下了心。遂進朝來假奏：「微臣殺退洞蠻，追赶不着，已逃竄遠去，特此奏聞。」高宗大喜，加封張俊為鎮遠大都督，賞賜黃金彩緞。隨征將士各皆陞賞。

張俊謝恩出朝，一直來到相府，看候秦檜。秦熺接進書房，張俊到床前，見秦檜面色黃瘦，牙根緊咬，十分危篤，便問：「太師病體如何？連日曾服藥否？」秦熺答道：「太醫進藥，揔無效驗。惟日夜喊呼疼痛，不時昏暈，諒不濟事的了。」張俊輕輕叫聲：「太師，保重貴體！黑蠻龍已被小弟殺退，特來報知。」秦檜睜開隻眼，見了張俊，大叫一聲：「岳爺爺饒命吓！」張俊看見這般光景，心下疑慮，只得別去。

秦熺送出府門，覆身轉來，方至書房門口，但聽得裡邊有鉄索之聲。慌忙走進到床前來看，但見秦檜看了秦熺，把頭搖了兩搖，分明要對秦熺說什么話，却是說不出來。霎時把舌頭咥將出來，咬得粉碎，嘔血不止而死。詩曰：

宋祖明良享太平，高宗南渡起胡塵。奸邪進幸忠賢退，報國將軍枉用兵！
排斥朝臣居別墅，暗通金虜誤蒼生。請看臨危神鬼擊，咬舌誰憐痛楚聲！

當時秦熺哭了一塲，一面打點喪斂❸諸事，一面寫本入朝奏聞。这正是：

運乖金失色，時退玉無光。

不知後事如何，且聽下回分解。

❸ 斂：同「歛」，通「殮」。

第七十三回　胡夢蝶醉後吟詩遊地獄　金兀朮三曹對案再興兵

詩曰：

石火電光俱是梦，蛮争觸鬪揔無常。達人識破因緣事，火自明兮鶴自翔。

說話的常言道得好：「死的是死，活的是活。」上回秦檜既死，且丟過一邊。却說那臨安城內，有一個讀書秀才，姓胡名迪，字夢蝶❶，為人正直倜儻。自從那年臘月歲底，岳爺歸天之後，心中十分憤恨，常常自言自語，說道：「天地有私，鬼神不公！」手頭遇着些紙頭，也只寫這兩句，已有幾年。一日，聞得黑蛮龍領兵殺到臨安，與岳爺報仇，已到范村地方了，聲聲要送出奸臣，即便回兵，不然就要殺進城來了。胡迪聽了此信，好不歡喜，便道：「这纔是快心之事！」就叫家人出去打聽。

次日，家人來報說：「王武被黑蛮龍打死，苗兵已到栖霞嶺扎營，張俊自領兵出城了。」胡迪越發歡喜：「但願得張俊也死于苗人之手，也除了一個奸臣。」自此時時刻刻叫家人出去打聽，已知朝庭驚恐，餽送犒軍錢粮，許他十日內送出秦檜，喜得搊耳搔顋。那日叫書童去整偹美酒，獨自個在小軒獨酌，專等消息，吃了又吃。吃到黃昏時分，已經酣了，忽見家人來報說：「黑蛮龍被張俊殺敗，逃回化外去

❶ 蝶：同「蝶」。

了。朝庭今日加封張元帥官爵，十分榮耀。」胡迪聽了此言，按不住心頭火起，拍案大怒，取過一張黃紙，提起筆來寫道：

長脚奸臣長舌妻，忍將忠孝苦謀夷。天曹默默緣無報，地府冥冥定有私！
黃閣❷主和千載恨，青衣行酒兩君悲❸。愚生若得閻羅做，定剝奸臣萬劫皮！

寫罷，讀了一遍，就在這燈下燒了，恨聲不絕，又將酒吃了一會。

朦朦朧朧，忽見桌子底下走出兩個皂衣鬼吏來，道：「王爺喚你，快隨我去。」胡迪道：「那個王爺？是什麼人？為何喚我？」二人道：「不必多問，到那里就曉得。」胡迪隨着二人便走。那書童送進飯來，見主人已死在椅上，忙去報知主母。主母大驚，三腳兩步跑入書房，見丈夫果然死在椅上，摸他心口，尚是微溫，便扶到床上放下。合家啼哭，整備後事，不提。

且說那胡夢蝶跟了二人，行走了十餘里，皆是一片荒郊野地，烟雨霏霏，好像深秋時候。來到一所城郭，也有居民往來貿易。入到城內，也像市廛一樣。一直到一殿宇，朱門高敞，上邊寫着「靈曜之府」，門外立着牛頭馬面，手執鋼叉鐵鎚守着。胡迪心慌，那皂衣吏着一個伴着胡迪，進去稟報。

---

❷ 黃閣：亦作「黃閤」。漢代丞相、太尉和漢以後的三公官署避用朱門，廳門塗黃色，以區別於天子。書中借指宰相秦檜。

❸ 青衣行酒兩君悲：青衣行酒，指晉懷帝被俘後，劉聰使其穿青衣（地位低下者所服）依次行酒，來侮辱他。兩君，指徽、欽二帝，他們被虜受辱，與晉懷帝相似。

少頃，那皂衣吏走出來道：「閻君喚你進去。」胡迪嚇得手足無措，只得跟着兩個來到殿廷。但見殿上坐着一位大王，袞衣冕旒，好像廟中塑的神像一樣。左右立着神吏六人，綠袍皂帶，高幞廣履，各各手執文簿。堦下立著五十餘人，俱是猙獰惡相，赤髮獠牙，好不怕人！胡迪在堦下叩頭跪下，閻王怒道：「你乃讀書士子，自該敬天禮地，為何反怨恨天地，誹謗鬼神？」胡迪道：「賤子雖後進之流，早習先聖之道，安貧循理，何敢怨恨天地，誹謗鬼神？」閻王道：「你常言：『天地有私，鬼神不公。』也罷，那『天曹默默緣無報，地府冥冥定有私』之句，是那個做的？」胡迪聽了，方纔醒悟酒後之詩，便拜道：「賤子見岳公為國為民，一旦被奸臣殘害，沉冤不雪，那奸臣反得安享富貴，一時酒後感忿，望大王寬宥！」閻王道：「汝好議論古今人之臧否，我今令你寫一供狀上來，若寫得有理，便放你還陽，與妻孥完聚；倘詞意舛誤，遂押你到刀山地獄中受苦。」命鬼吏：「將紙筆給與胡迪，好生供來。」

胡迪唯唯叩頭，提起筆來，一揮而就。鬼使將來呈上閻王，閻王細看，只見上邊寫着：

伏以混沌未分，亦無生而無死；陰陽既判，方有鬼以有神。為桑門❹傳因果之經，知地獄設輪迴之報。善者福，惡者禍，理所當然；直之升，屈之沉，亦非謬矣。蓋愚賢之異類，若幽顯之殊途。是以不得其平則鳴，匪沽名而弔譽；敢忘非法不道之戒，故罹罪以招愆？出于自然，本乎天性。竊念某幼讀父書，早有功名之志；長承師訓，慚無經緯之才。非惟弄月管之毫，擬欲插天門之翼。每夙興而夜寐，常窮理以修身。讀孔聖之微言，思舉直而錯枉；觀王珪之確論❺，想激濁以揚

❹ 桑門：僧侶。「沙門」的異譯。

清❻。立忠貞欲効松筠，肯衰老甘同蒲柳！天高地厚，知半世之行藏；日居月諸，見一心之妙用。惟尊賢而似寳，第見惡而如仇。聞岳飛父子之冤，欲追求而死諍；覩秦檜夫妻之惡，更願得而生吞。因東窗賛擒虎之言，致北狩失回鑾之望。傷忠臣而被害，恨賊子以全終。天道無知，鬼神安在？俾奸回生于有幸，令賢哲死于無辜。謗鬼侮神，豈比滑稽之士？好賢惡佞，實非迂闊之儒。是皆至正之心，焉有偏私之意？飲三杯之狂藥，賦八句之鄙吟。雖冒天聰❼，誠為小過。斯言至矣，惟神鑒之！

閻王看罷，笑道：「这腐儒還是这等倔強！雖然好善惡惡，人人如此；但『若得閻羅做』這一句，其毀辱甚焉！汝若做了閻羅，將我置于何地？」胡迪道：「昔日韓擒虎❽云：『生為上柱國，死作閻羅王。』

---

❺ 王珪之確論：王珪初事建成，唐太宗李世民召為諫議大夫，推誠納善，每存規益，遷侍中，與房玄齡、李靖、文彥博、戴冑、魏徵同輔政。唐太宗因王珪善評人物且知言，對王珪說：「卿標鑒通晤，為朕言房玄齡等材，且自謂孰與諸子賢？」王對曰：「孜孜奉國，知無不為，臣不如玄齡；兼資文武，出將入相，臣不如靖；敷奏詳明，出納惟允，臣不如彥博；濟繁治劇，眾務必舉，臣不如冑；以諫諍為心，恥君不及堯舜，臣不如徵；至激濁揚清，疾惡好善，臣於數子有一日之長。」太宗稱善，而玄齡等亦以為盡己所長，謂之確論。確論，精當確切的言論。

❻ 激濁以揚清：語出尸子君治：「水有四德，……揚清激濁，蕩去滓穢，義也。」本指沖去污水，浮起清水。後用以喻斥惡獎善。

❼ 天聰：猶天聽。謂若天有耳，聽能聰。

❽ 韓擒虎：唐人避諱，改作「韓擒」。隋文帝時名將。因其文武才用，文帝委以平陳之任，為先鋒，以精騎五

又寇萊公❾、江丞相亦嘗有此言，明載簡冊，班班可考。这等說起來，那閻王皆是世間正人君子之所為。賤子雖不敢比着韓、寇、江三公之萬一，但是那公正之心，頗有三公之毫末。」閻王道：「若然，冥王有代，那舊的如何？」胡迪道：「新者既臨，舊者必生人世，去做王公大人矣。」閻王對左右曰：「此人所言，深有玄理。但是这等狂生，若不令他見之，恐終不信善惡之报，看得幽明之道如若風聲水月，無所忌憚矣。」即叫綠衣吏取過一白簡來，寫道：「右仰普掠獄冥官，即狴牢領此儒生遍觀眾局報應，毋得違錯！」那綠衣吏領命，就引了胡迪下西廊。

過了殿後三里許，但見白石墻高數仞，以鉄為門，上邊寫着「普掠之獄」。把門叩動，忽然夜叉突出，來搶胡迪。那吏喝曰：「此儒生也，無罪到此，是閻君令他遍視善惡之報。」將白簡與他看了，夜叉謝道：「我們只道是罪鬼，不知是儒生，幸勿見怪！」那綠衣吏便引胡迪進內，但見其中闊有五十餘里，日光慘淡，冷氣蕭蕭。四邊門牌皆寫着名額：東曰「風雷之獄」，南曰「火車之獄」，西曰「金剛之

百，兵不血刃，直取金陵，執陳後主叔寶，進位上柱國，別封壽光縣公。去世前幾日，「鄰母見擒門下儀衛甚盛，有同王者，母異而問之，其中人曰：『我來迎王。』忽然不見。又有人疾篤，忽驚走至擒家曰：『我欲謁王。』左右問曰：『何王也？』答曰：『閻羅王。』擒子弟欲撻之，擒止之曰：『生為上柱國，死作閻羅王，斯亦足矣！』因寢疾數日，竟卒，時年五十五。」見隋書韓擒等傳。上柱國，官名，起於戰國，楚制凡破軍殺將者，官為上柱國，位極尊重。隋時有上柱國及柱國，以酬勳勞。

❾寇萊公：即宋宰相寇準。耿直敢諫，嘗奏事殿中，語不合，帝怒起，準輒引帝衣令帝復坐，事決乃退。太宗嘉許，比他為唐代的魏徵。景德初，遼兵入侵，中外震駭，準力排眾議，請帝親征，於是有澶淵之盟，遼罷兵而還。後被譖罷相，天德初復相，封萊國公。

獄」，北曰「溟冷之獄」。男女披枷帶鎖，約有千百餘人。

又到一小門，窺見男子二十餘人，皆披髮赤體，以巨釘釘其手足于鉄床之上，項荷鐵枷，遍體有刀杖之痕，膿血腥穢，不可近視。綠衣吏指着下邊一人，對胡迪道：「这個就是秦檜也，已先拿到此。这万俟卨、張俊等，不日受了陽間果報，亦然受此罪孽。」又指着數人說：「这是章惇，这是蔡京父子，这是王黼、朱勔、耿南仲、吳升、莫儔、范瓊等，一班俱是奸惡之徒，在此受罪。方纔閻君遣我施陰刑，令君觀之。」即呼鬼卒三十餘人，驅桧等到「風雷之獄」，縛于銅柱。一鬼卒以鞭扣其環，但見風刀亂至，遶刺其身，檜等體如篩底。不一會，雷震一聲，擊其身如齏粉，血流滿地。少傾，惡風盤旋，吹其骨肉，復為人形。吏對胡迪道：「此震擊者，陰雷也；吹者，業風也。」

又呼獄卒驅至「金剛之獄」，縛檜等于鉄床之上。牛頭鬼唿哨一聲，只見黑風滚滚，飛戈攢簇其身，痛苦非常，血流滿地。牛頭復哨一聲，黑風乃止，風砂亦息。

又驅至「火車之獄」，夜叉以鉄撾驅檜等登車，以巨扇一搧，那火車如飛旋轉，烈焰大作，頃刻皆為煨燼。獄卒以水洒之，復变人形。

又呼獄卒驅檜等至「溟冷之獄」，見夜叉以長矛貫檜等沉于寒水中，舉刀亂砍，骨肉皆碎。少刻以鉄鉤鉤出，仍舊驅于舊所，以釘釘手足于銅柱，用滾油澆之；飢則食以鉄丸，渴則飲以銅汁。

綠衣吏對胡迪道：「此輩奸臣，凡三日則遍歷諸獄，受諸苦楚。三年之後變為牛羊猪犬，生于凡世，使人烹剝食肉。秦桧之妻王氏，即日亦要拿到此間受罪，三年之後，变作母猪，替人生育小猪，到後來仍不免刀頭之苦。今此眾已為畜類五十餘世。」胡迪問道：「其罪何時可止？」綠衣吏道：「歷萬刦而無已，豈有底止！」一面說，又引至西垣一小門，題曰「奸回之獄」。但見披枷帶鎖百餘人，滿身插着刀刃，渾類獸形。胡迪道：「此等何人？」綠衣吏道：「乃是歷代將相、奸回党惡，欺君罔上，誤國害民，每三日亦與秦檜等同受其刑。三年後變為畜類，與秦檜一樣也。」

又至南垣一小門，題曰「不忠內臣之獄」。內有牝牛數百，皆以鉄索貫鼻，繫于鉄柱，四圍以火炙之。胡迪道：「牛乃畜類也，有何罪過，以致如此？」綠衣吏道：「書生不必問，你且看。」即呼獄卒以巨扇搧火，須臾烈焰亘天，牛皆疼痛难熬，哮吼躑躅，皮肉腐爛。大震一聲，忽然皮綻，裂出人形，俱無鬚髯。綠衣吏呼夜叉擲于鐵鍋內湯中烹之，已而皮肉融液，惟存白骨；再以冷水沃之，仍復人形。綠衣吏曰：「此等皆是歷代宦官，漢朝的十常侍，唐朝的李輔國、仇士良、王守澄、田令孜，宋之閻文應、童貫等。向時長養禁中，錦衣玉食，欺誑人主，殘害忠良，濁乱海內。今受此報，應萬刦不赦。」

再至東壁，有男女千數，皆赤身跣足，或烹剝剖心，或剉燒舂磨，哀痛之聲，呼號不絕。綠衣吏道：「此等皆在生為官為吏，貪污虐民，不孝不忠，悖負君親，奸淫濫賂，為盜為賊，皆受此報。」胡迪大喜，嘆曰：「今日始出我不平之氣也！」綠衣吏仍領胡迪回至靈曜殿，閻王問道：「狂生所見何如？」胡迪叩頭謝道：「可謂天地無私，鬼神明察也！」閻王便道：「汝今既見，心已坦然，可再作一判文，以梟秦桧父子夫妻之過。」

胡迪領命，遂提筆寫出一判曰：

嘗謂軒轅得六相而助理萬机，則神明應至；虞舜有五臣以揆持⑩百事，而內外平成。苟非懷經天緯地之才，曷敢受調鼎持衡⓫之任？今照奸臣秦檜，斗筲之器，閭閻小人。獐頭鼠目，忖主意以逢迎；羊質虎皮，阿邪情而諂諛。豈有論道經邦之志，全無扶危拯溺之心。久占都堂，閉塞賢路。傷殘猶剽掠之徒，貪鄙勝穿窬之盜。既忝職居宰輔，而叨任處公台。惟知黃閣之榮華，罔竭赤心之左右。欺君罔上，擅行予奪之權；嫉善妒能，專起竄誅之典。奸宄逾于莽、操⓬，兇頑尤勝斯、高⓭。以梟獍⓮為心，蛇蝎成性。忠臣義士，盡陷羅網之中；賊子亂臣，咸置廟廊之上。視本朝于弊甑，通敵國若宗親。奸心迷暗，受詭胡兀朮之私盟；兇行荒殘，害賢將岳飛之正命。悍妻王氏，不言隱豹⓯，而言放虎之難；愚子秦熺，只願狠貪，不顧回鑾之幸。一家同情而穢惡，萬民

⓾ 揆持：治理操持。

⓫ 調鼎持衡：執掌權柄，治理國家。調鼎，喻任宰相治理國家。語本韓詩外傳卷七：「伊尹，故有莘氏僮也。負鼎操俎調五味，而立為相，其遇湯也。」持衡，即持衡擁璇，比喻執掌權柄。璇、衡是北斗七星中的二星。

⓬ 莽操：即王莽與曹操。王莽，漢元帝皇后侄，以外戚掌握政權，後篡漢建立新王朝，最終在赤眉、綠林等農民起義軍攻擊下，新朝崩潰，王莽被綠林軍所殺。曹操，東漢末，他挾漢獻帝以令諸侯，從正統觀念看，他名為漢相，實為漢賊。

⓭ 斯高：即秦李斯與趙高。李斯，是荀子的學生，入秦，被秦王政任為客卿，幫助秦王統一六國，任秦丞相，建立封建的中央集權統治。秦始皇死後，追隨宦官趙高，合謀偽造遺詔，逼令秦始皇長子扶蘇自殺，立少子胡亥為秦二世，後為趙高所忌，被殺。趙高，任中丞相，不久殺二世，立子嬰為秦王，又即被子嬰所殺。

⓮ 梟獍：相傳梟是食母的惡鳥，獍是食父的惡獸。比喻忘恩負義的惡人。獍，音ㄐㄧㄥ。

⓯ 隱豹：漢劉向列女傳陶答子妻：「答子治陶三年，名譽不興，家富三倍，其妻數諫不用……『妾聞南山有玄豹，霧雨七日而不下食者，何也？欲以澤其毛而成文章也，故藏而遠害。犬彘不擇食，以肥其身，坐而須死

共怒以含冤。雖僥倖免乎陽誅，其業報還教陰受。数其罪狀，書千張繭紙，不能盡其詳；登此慾非，歷萬劫畜生，不足償其責！合行榜示，幽顯同知。

胡迪寫完呈上。閻君看了賛道：「这生果然狂直。」胡迪禀道：「奸臣報應，生員已經目擊。但岳侯如此忠義被陷，不知此時在于何所？」閻王道：「只因狂生不知果報，故特獨令汝遍歷地獄。已邀請岳侯、兀朮之魂，到此三曹對案。你要知昔日道君皇帝元旦郊天，表上悞寫，將玉字一点，点在大字上，玉皇大怒：『王皇可恕，犬帝难容！』故遣赤鬚龍下界，攪乱他的江山，那赤鬚龍就是金国兀朮四太子。这岳元帥乃是大鵬鳥，因他啄死了女土蝠，如來罰他下凡。女土蝠又托生為秦檜之妻，東窗設計，以報一啄之仇。秦檜乃虬龍轉世，亦為大鵬起見，致受天誅。故此冤冤相报，理所當然。但王氏不該貪淫污穢，私通兀朮；秦檜殘害忠良，殺戮過度，所以皆要受此地獄慘報。今赤鬚龍不久歸位，岳元帥現居天爵府中，即日再受陽間封贈，千年香火，萬世流芳。」說罷，即命左右去請岳元帥與四太子來相見。

不一時，但見岳老爺隨着岳雲、張憲，又有一位番邦王子到來。閻王下殿迎接，接至殿上行禮，分賓主坐下。胡迪战战競競，不敢仰視。但見閻君道：「玆因狂生不知果報，妄云『天地有私，鬼神不公！』即岳公、太子，猶未明前後諸因，故特請諸公到此三曹對案，以明天地鬼神禀公無私，但有报應輕重遠近之別耳。」遂將前事細細說了一遍。又云：「岳公子、張將軍，亦係雷府星官應運下凡，不日亦即有玉旨，加封歸位矣。」說完了，就命鬼卒：「往酆都帶秦檜出來。」不一時，秦檜披枷帶鎖，跪

耳。』」後因以隱豹比喻愛惜其身，隱居伏處而有所不為。

在殿前。閻君喝令牛頭馬面重打二十銅棍，打得鮮血淋漓，仍令押入地獄。閻王道：「請元帥、太子各回本府。胡迪狂妄無知，姑念勁義正直，如今果報已明，加壽一紀，放他回陽去罷！」當時岳王父子、兀朮，方纔明白往事，一齊辭別閻君。閻君親送下堦，方纔歸殿。

只見功曹稟道：「胡迪來久，若再遲三刻，坏了軀壳，难以回陽，奈何？」閻君道：「既如此，可將急脚駒借與他乘去。勿悞時刻。」鬼卒即去牽過一匹馬來，不由分說，把胡迪撮上了馬，加上一鞭，那馬如飛雲掣電一般跑去。嚇得胡迪驚惶無措，把韁繩扯住，緊緊的閉了雙眼，不敢開看，由着他騰空而走。倏忽之間，來到一座高山，胡迪微微開眼一望：「阿呀！不好了！」兩邊俱是萬丈深澗，中間只得一條窄路，嚇得坐不住鞍轎，閧的一聲，跌下澗中。一身冷汗驚醒來，身子却睡在堂上。但見合家悲哭，正要下殮，胡迪道：「我已回陽，不必啼哭。」合家男女，好不歡喜，多各去了孝服。死了三日，重活轉來，真個是詫聞異事！胡迪坐起來吃了些湯水，慢慢的將陰間所見之事細細說了一遍。眾人不勝驚駭道：「秦桧昨日方死，不道已在陰司受罪，真個可怕！」胡迪方知秦檜已死，越發敬信。自此以後，齋僧佈施，廣行善事，也不圖功名富貴，安享田園，直活到九十多歲，無病而終。这些後話不表。

且說黃龍府金主完顏阿骨打駕崩，傳位與皇弟吳乞買。是時吳乞買崩，原立粘罕長子完顏亶為君。眾王子朝賀之後，兀朮回轉府中，悶悶不樂。那日在睡梦之中，明明到陰司與岳飛在閻王殿上三曹對案。他雖然是個天上火龍下界，賦性本來是個粗莽的，閻王原說他不久就要歸位，不道錯聽了，道是不久就要正位。一覺醒來，細想夢中之事：「原來我是奉着玉旨下界，應有帝王之分。岳飛強違天意，故遭丧命。他今已死，中國還有何人搅我？不趁此時去搶宋室江山，等待何時？」隨入朝奏知，即仝軍師哈迷蚩、粲謀忽尔迷商定計策。約仝眾王子完顏乾等，大元帥粘得力、張豹馬，提國元帥冒利，燕支國元帥迷特，金堤國大將哈仝文，銀堤國元帥完黑寶，黑水國元帥斡里朵，共成大兵五十萬，浩浩蕩蕩，殺進中原而來。但見：

鉄騎如雲繞，塞滿関山道。弓隨月影灣，劍逐霜光耀。
笳笛征鴻起，濤聲鼙鼓敲。指日破京城，直向中原搗。

那些地方官告急本章，猶如雪片一般的進朝告急。

不知高宗作何主意，且聽下回分解。

第七十四回　赦罪封功御祭岳王坟　勘奸定罪正法棲霞嶺

詩曰：

窃弄威權意氣豪，誰知一旦似氷消。人生禍福皆天理，天道昭昭定不饒！

話說秦檜夫人王氏，自從丈夫死後，日夜心神恍惚，坐臥不寧。一日，獨自一個在房中，傍着桌兒手托香腮，不知想着些甚事。忽有丫環進來禀道：「適纔有張元帥差人來報，說：『金邦四太子又起大兵五十萬，殺進中原，勢如破竹，十分厲害，將近朱仙鎮了。』」王氏聽了，心中暗想：「岳飛已死，無人迎敵，宋室江山，決然难保。我何不仝了孩兒、家屬，悄悄逃往金邦，決有封贈，莫待他得了天下，落人之後。」正在暗算，忽然一陣陰風，吹得來毛髮皆豎。舉眼一看，却見牛頭馬面，引着一班鬼卒，赤髮獠牙，各執鎚棍，將秦檜牽着，披枷帶鎖，走近前來，對王氏道：「我好苦吓！」王氏驚得魂飛魄散，索落落的抖個不住，冷汗直流。秦檜只說得一聲：「東窗事發了。」那鬼卒將鐵槌向王氏背上一擊，王氏大㕶一聲，跌倒在地。眾丫頭听得房內聲响，俱各赶進來，看見王氏倒在地下，慌忙扶上床去，口口聲聲只㕶：「饒命！」眾婢女慌到外邊报知秦熺。秦熺忙赶進來看視，但見舌頭拖出二三寸，兩眼爆出，已死在床上。秦熺悲傷，大哭一場，一面端正喪事。次日早晨，寫本奏聞。

恰值高宗升殿，文武官員朝參已畢，分班站立。只見黃門官手持表章，來至金階，俯伏奏道：「邊關告急本章進呈御覽。」近侍接本，擺在龍案之上。高宗舉目一觀，上寫着「大金國四太子完顏兀朮領兵五十萬，來犯中原，十分危急，請速發救兵」等事。高宗看罷大驚，便問兩班文武：「那位賢卿，領兵去退金兵？」那時岳爺的忠魂，附在羅汝楫身上，跪下奏道：「臣岳飛願往。」高宗听了「岳飛」二字，唬得魂不附體，大叫一聲，跌下龍床。眾大臣連忙扶起，回宮得病，服藥不効，不多幾日，高宗駕崩。眾大臣議立太子登位，乃高宗之姪，称為孝宗。紅白詔書，頒行天下，在朝文武，盡皆加職。

那時有南朝元帥張信，聞得高宗駕崩，新君即位，來到臨安朝賀。孝宗宣召張信進宮，張信進內，朝見已畢，奏道：「陛下即位未久，今值金兵又犯中原，未知聖裁如何？」孝宗道：「朕年幼無知，老卿有何良策，可退金兵？」張信道：「臣有五事：第一要拿各奸臣下獄治罪，以洩民怨；第二命官起造岳王坟，建立忠祠，以表忠義；第三差官往雲南赦回岳家一門子孫，應襲父職，就命岳雷去退番兵；第四招安太行山牛皐眾將，協同剿滅兀朮；第五復還舊臣原職。陛下若依此五件行事，不愁金兵不破，社稷不安也！」孝宗聞言大喜道：「就煩老柱國捉拿各奸臣家眷，下獄治罪。」又命吏部差官一員往雲南，赦回岳氏一門，應襲父職。又命大學士李文升往太行山，招安牛皐眾將。又差張九思建造岳王坟祠。頒詔天下，舊時老臣，被秦桧所貶者，復還原職起用。

張信謝恩，領旨出宮，帶了校尉，往拿羅汝楫、万俟卨、張俊以及各家家屬，盡行下在天牢內。張九思領了聖旨，即在栖霞嶺下，起造岳王祠廟并眾忠臣殿宇，竪立碑記，增塑神像。吏部大堂承旨，即差行人司陳宗義，捧詔往雲南去，赦回岳氏一門。又頒發詔書，凡岳氏并波累諸人在逃者，俱各赦罪，入朝受職。其時周三畏得了此信，遂將岳爺前後被秦檜排害，并將昔年勘問招狀寫成冤本，進朝來替岳爺鳴冤。孝宗准本，即復三畏舊職，命復推勘各奸覆旨。

且先說那李文升奉旨往太行山招安牛皐等眾，行了月餘，方到得太行山下，與嘍囉說知。嘍囉上山報知牛皐，牛皐道：「叫他上山來。」嘍囉下山說道：「大王喚你上山去相見。」李文升無奈，只得上山。來到分金亭，見了牛皐，便道：「牛將軍，快排香案接旨。」牛皐道：「接你娘的鳥旨！这個昏君，當初在牛頭山的時節，我等全岳大哥如何救他，立下这許多功劳。反听了奸臣之言，將我岳大哥害了，又把他一門流往雲南。这昏君想是又要來害我們了！」李文升道：「將軍原來尚不知道，如今高宗聖駕已崩了。」牛皐道：「这個昏君既死就罷了，你又到此做什么？又說什麼接旨！」李文升道：「如今皇太子即位，稱為孝宗皇帝。將朝內奸臣盡行下獄；又差官往雲南赦回岳氏一門，應襲父職；又命張九思建造岳王坟廟；命下官前來招安將軍，回京起用。」牛皐道：「大凡做了皇帝，盡是無情義的。我牛皐不受皇帝的騙，不受招安！」李文升道：「敢是將軍知道兀朮又犯中原，必定惧怕，故此不受招安么？」牛皐大怒道：「放你娘的狗屁！我牛皐豈是怕兀朮的？就受招安，待我前去殺退了兀朮，再回太行山便了。」吉青道：「牛哥不可造次，这些話不知真假。牛哥可先往雲南去見過了嫂嫂，若果然赦了他們，我等便一仝進京。」牛皐道：「吉兄弟說得有理。」一面打發李文升回京覆旨去了。牛皐帶了人馬，自往雲南而來，不表。

再說岳夫人與柴娘娘正在閑話，只見軍士進來稟道：「聖旨下了。」岳太夫人聞报，慌忙帶了眾公子出來，迎接聖旨到堂上。陳宗義宣詔已畢，夫人率領眾公子叩頭謝恩，設宴欵待欽差。次日，欽差作別，回京覆旨。

李述甫聞知此事，帶了女婿岳霖并自己女兒雲蛮，前來恭喜。岳夫人出來相見已畢，李述甫道：「某家聞知親母奉旨還朝，特送令郎、小女歸宗。」岳太夫人再三稱謝。當日俻酒欵待，吃至黃昏方散。

次日，收拾行李起身，李述甫與女兒大哭送別。柴老娘娘與柴王親送眾公子與岳家眷属，望三関上路。行了數日，到了平南関。岳太夫人擇日與岳雷、韓起龍、韓起鳳、牛通四人結了花燭。過了三朝，帶了新人，一齊望臨安上路。到得南寧，柴王、老娘娘、潞花王，各與眾人拜別，各回王府。

岳太夫人過了鉄炉関，一路而來，恰好遇着牛臯的人馬。那牛臯問道：「前面是何處人馬？」軍士禀道：「是岳家奉旨還朝的。」牛臯道：「快與我通报，說牛臯要見夫人。」眾軍慌忙报知岳夫人，岳夫人叫軍士就此安營，命眾公子：「快去請牛叔叔相見！」眾公子領命出來見了牛臯，接進營中。牛臯拜見了岳夫人，又與眾公子重新見禮畢。岳夫人道：「牛叔叔！如今我們奉旨進京，既已赦罪，牛叔叔亦該棄了山寨，一仝去朝見新君，仍與國家出力，以全忠義為是！」牛臯連聲道：「嫂嫂之言，甚是有理。小叔就領人馬，仍回太行山去，收拾了山寨，仝了眾弟兄一齊在前途等候便了。」當下別了眾公子，星夜回轉太行山，收拾去了。

且說岳家人馬，在路又行了幾日，牛臯和趙雲、梁興、吉青、周青五人，帶領合山人馬，已在前途等候。各各相見了，遂合兵仝行。在路非止一日，已到臨安。岳夫人率領牛臯并各位公子，一齊來到午門候旨。黃門官啟奏，孝宗即宣岳夫人等上殿，眾皆俯伏謝恩。孝宗道：「先帝悞聽奸臣之言，以致忠良受屈。今特封李氏為一品郡國夫人，四子俱封侯爵。牛臯、吉青五人，俱封為滅虜將軍。韓起龍、宗良等，俱封御前都統制。岳雷賜襲父職，賜第暫居。亡過諸臣，侯朕明日親臨致祭褒封。」眾人一齊謝恩出朝。

次日，孝宗帶領文武各官，傳旨擺駕，出了錢塘門，來到岳王坟前，擺了御祭。命大學士李文升代祭。後人有詩曰：

一著戎衣破逆腥，漫陳餚醴弔亡灵。君臣義重敦三節❶，父子恩深殉九京❷。
纍纍白骨埋山足，隱隱封坵繞水濆❸。人生自古誰無死，留得丹心照汗青❹。

李文升祭奠畢，孝宗傳旨封岳飛為鄂國公，岳雲為忠烈侯，銀瓶小姐為孝和夫人，張憲為成義將軍，施全為眾安橋土地，王橫為平江駉土地，張保為義勇尉，湯懷為忠義將軍，楊再興為忠勇將軍，董先等五人俱封為萃忠尉。其餘陣亡諸將，俱各追封，建立祠廟，春秋祭祀。又命周三畏協仝牛皐，勘問秦熺、万俟卨、羅汝楫、張俊等，并各家家屬，依律定罪。岳夫人率領眾人謝恩，天子擺駕回宮，眾臣送駕已畢，然後各又上祭。

❶ 三節：舊俗稱端午、中秋、春節為三節。

❷ 九京：猶九泉。指地下。

❸ 濆：音ㄈㄣˊ。水邊；涯岸。

❹ 人生自古誰無死二句：出自文天祥過零丁洋。汗青，古時在竹簡上書寫，先以火炙竹青令汗，取其易書，並可免蟲蛀，調之「汗青」。

正在熱鬧之際，只見兩個人身穿孝服，走到坟前祭奠，放聲大哭。祭畢起來，脫了孝衣。眾公子因在回禮，却不認得。岳雷上前：「請問二位尊姓大名？」二人道：「小生王能，此位李直，向慕岳爺忠義。被奸臣假傳聖旨，召進京來，小生二人雖曾料理監中諸事，但奸臣決意要謀害岳爺，小生亦無法可救。只得買囑獄官牢子，將各位尸首從墻上弔出，收歛入棺，藏于螺螄壳內。自從那年帶孝至今，天開眼現报，故到此間來除服。」說罷，轉身就走。公子忙叫家將：「請他二位轉來！」家將忙走出坟門來，已不知往那裡去了。岳夫人與眾公子無不感激讚嘆。次日，着人尋訪，說是二人向時俱住在箭橋邊，數年前將田房產業盡行变賣，東一日，西一日，並無定處。家人尋了數日，並無下落。直到後來岳雷掃北回來之後，有人傳說二人在雲棲出家。岳雷親往拜謝向日之情，贈以黃金布帛。二人亦不肯受，就佈施在常住公用。二人活到九十多歲，得道坐化。此是後事不提。

再說那日牛臯來到大理寺衙門，周三畏接到大堂上。中間供着聖旨，二人左右坐定，監中去吊出張俊、秦熺等一干人犯，來到堂下，唱名跪下。周三畏先叫秦熺上去問道：「你父親身為一品，你又僭入翰苑，受了朝庭厚祿，不思报國也罷；反去私通兀朮，假傳聖旨，謀害忠良，欺君誤國，有何理說？」秦熺嚇得不敢則聲。牛臯道：「不必問他，先打四十嘴巴，然後定罪。」左右「吓」的一聲，將秦熺打了四十巴掌。可憐小時受用到今，何曾受此刑法！打得臉如屁股一般。周三畏又問張俊：「你的罪名，也讁不得这許多。只問你身為大將，但知依附權奸，殺害忠良，當得何罪？」張俊嘿嘿無言，低着頭只不則聲。牛臯道：「問他怎的！也打四十嘴巴，然後定罪。」左右將張俊也重重的打了四十。周三畏又問万俟卨：「你怎么說？」万俟卨道：「犯官不過是聽秦太師差遣，非関犯官之事。」周三畏又問羅汝楫：「你身為法司大臣，怎么屈害岳家父子？」羅汝楫道：「都是秦桧吩咐了万俟卨所為，犯官如何敢違拗？實是他二人專主，與犯官無涉。」牛皐大喝一聲：「放你娘的屁！这樣狗官，問他做什么！」叫左右：「拿下去，先打他四十大板，然後定罪。」左右答應一聲，鷹拿燕雀的一般，將二人拖翻，每人四十，打得鮮血淋漓，死而復醒。周三畏便執筆判擬：「秦檜夫妻，私通兀朮，賣國欺君，殘害忠臣，法應斬棺戮尸。其子秦熺，營謀編修，妄修國史，顛倒是非；張俊身為大將，不思報効，佔權乱政，誤國害民；万俟卨、羅汝楫依附權奸，夤緣大位，殘害忠良，貪婪悮國：並擬立決不枉。其各奸妻孥家属，並發嶺南充軍。」周三畏疊成罪案，命將各犯收監，候旨施行。

當時將所定之罪，次早入朝奏聞。孝宗准奏，即傳旨命牛皐監斬。將各犯押往棲霞嶺下岳王坟前處決。又頒賜岳夫人生鉄五百斤，鑄成秦桧、王氏、張俊、万俟卨四人形像，跪在坟前，以快眾百姓公憤。聖旨一下，那些臨安百姓人人踴躍，個個歡呼。那日岳夫人備了祭禮，同眾公子到坟上等候。

不多一會，周三畏取出監中各犯，到大理寺堂上綁起，判了「斬」字。劊子手左右服侍，軍校在前，招旂在後，一起破鑼，一起破鼓，迎出錢塘門。一路上看的百姓，男男女女，人千人萬，那一個不說是天理昭彰，報應不爽！看看迎到了岳坟，牛皐穿了大紅吉服，擺列公案坐下，吩咐先將秦檜夫妻二人的棺木打開，梟了首級，供在祭桌上。再命把張、秦、羅、万四個犯人，推出斬首。正是：

萬事勸人休碌碌，舉頭三尺有神明。早知今日遭刑戮，悔却從前使黑心。

左右刀斧手將四人剛剛推到坟前，只聽得坟門外齊聲吶喊，震得天搖地動。牛皐吃驚，只道誰來刦法場，忙喚家將出去查看。

不知果是何人，且聽下回分解。

第七十五回　萬人口張俊應誓　殺奸屬王彪報仇

詩曰：

休言是是非非地，現有明明白白天。試看害人終自害，贏得今朝冤報冤。

話說岳夫人聽得外邊吶喊，即着家將出去查看。牛皐道：「敢是有人來劫法場么？快將我的兵器來！」正待要立起身來披掛，家將已進來稟道：「眾百姓為那張俊在臨安奸人婦女，佔人田產，今日許多受冤之人，都來看他行刑，想要報仇，故此喧嚷。」岳夫人道：「既有此事，那百姓眾多怨恨，這一刀，怎能報得許多仇來？也罷，如今可傳我之命，將張俊賞與眾百姓，隨他們怎么一個處置罷！」家將領命，傳出这句話來，那些眾百姓齊齊跪在外面叩頭，謝了岳夫人，起來七手八腳，一窩風把張俊擁到湖塘上。也有手打的，也有腳踢的，亂個不止。內中走出一個人來叫道：「列位且慢動手！我們多感岳夫人將这奸賊賞與我們报仇。若是張家報了，李家不能报，就有許多爭論了。況且受害之家儘多，他一個人，如何报得完？我們不如把他推到空闊之處，眾人立在一邊，逐個走來，將冤仇數說他一遍，就咬他一口，如何？」眾人齊聲道：「妙極，妙極！」即時將張俊推在空處，綁在一棵柳樹上。先是一個走過來，罵聲：「奸賊！你為何強佔我的妻子？」就一口咬下一塊肉來，就走開去。讓第二個來罵道：「奸賊！你為何謀我的田地？」也是一口。又一個來道：「奸賊！你為何貪贓，把我父親害死了？」也是一口。你也咬，我也咬，咬得血肉伶仃。咬到後頭，竟咬出一場笑話來。不知那裡走出一個無賴，有甚冤仇，竟把他陽物都咬掉了！這回纔應了當年考武場的時節，巧言設誓：「死于萬人之口」，直至今日方應驗了。可見冥冥之中，自有鬼神鑒察，報應不爽也。

當時牛皐命將張俊尸首，梟了首級。然後命將秦熺、万俟卨、羅汝楫三人斬了。將四顆首級，一并擺在岳爺面前，祭奠一翻，焚化了紙錢。太夫人起身進城，仝了牛皐、眾將、公子等，入朝謝恩已畢，回歸府第。次日，周三畏差解官將各奸臣家屬，起解嶺南而去。

過不得兩三日，又有告急本章進朝，說：「兀朮大兵已近朱仙鎮，十分危急，請速發救兵。」張信抱本上殿啟奏。孝宗隨傳旨，宣岳雷進朝。朝見畢，孝宗面封為掃北大元帥，牛皐為監軍都督，諸葛錦為軍師，眾位英雄俱各隨征，有功之日，另行封賞。岳雷謝恩，辭駕出朝。

次日，張元帥調撥人馬。岳雷拜別了母親妻小，到教場中點齊各將，帶領二十萬人馬，浩浩蕩蕩，離了臨安，望朱仙鎮來。有詩曰：

羡君談笑出風塵，叨受兵符寵渥❶新。鵬鶚❷九霄初奮翮，行看功業画麒麟。

慢表岳雷帶領三軍來迎兀朮。再說到當年鐵面董先在九宮山落草，遇見了張憲，一仝去投順了岳爺。

---

❶ 寵渥：皇帝的寵愛與恩澤。

❷ 鶚：雕屬鳥。性凶猛，捕魚為食，俗稱魚鷹。

其時不便攜帶家小，將妻子錢氏，安頓在九宮山下一個村庄居住。所生一子，取名耀宗，年紀尚幼。後來董先死于金營陣上，岳元帥常常着人贈送金銀撫養。不道这耀宗長成起來，出落得好副長大身材，面如鍋底，力大無窮，慣使一柄九股托天叉，重有百十餘斤。那一村人俱怕他，俱称為「捲地虎」。那日和仝伴中頑耍閑講，提起岳爺父子被奸臣陷害，心中忿忿不平。回到家中，收拾行李，别了母親，竟望臨安上路，要與岳家報仇。

在路行了幾日，这一日來到列峰山下，天色漸夜。正愁沒個歇處，急步乱走，忽見前面樹林内走出一個人來，生得身長九尺，年紀不上二十，面如黃土，頭帶包巾，身穿青布扎袖；脚下絞纏捲腿，穿着一雙快鞋；手執一根銅棍。看見董耀宗近前，大喝道：「快拿買路錢來！」董耀宗哈哈大笑道：「朋友要什么？」那人道：「要買路錢，要什么？」董耀宗道：「朋友，這個路是你幾時掙的，却要我的買路錢？」那人道：「普天下的路，老爺撞着就要錢，若不與我，休想過去！」耀宗道：「你問我老爺要錢，豈不是虎頭上來抓癢！不要走，且賞你一叉，發個利市。」便舉叉望著那人搠來，那人大怒，舞動熟銅棍招架，二人戰了五十餘合，不分個高下。耀宗暗想：「這個人本事倒好，不如收伏他做個帮手也好。」便把九股叉架住了銅棍，叫道：「朋友，與你殺了半日，不曾問得你的姓名，且說說與我聽看。」那人道：「老爺行不改名，坐不改姓，姓王名彪。因我有些力氣，這些人都呼我做『搖山虎』。」董耀宗道：「你既有这樣本事，為什么不去幹些功名，倒在这裡剪徑？」王彪大喝道：「放你娘的屁！我父親乃岳元帥麾下將官，我豈肯為盜？只為要往臨安去，少了盤纏，問你借些。什么剪徑！」董耀宗道：「你父親既是岳元帥的將官，不知叫甚名字？」王彪道：「我父親王横，那處不聞名！」董耀宗道：「如此說來，我和你俱是自家人了。我非別人，乃鉄面董先之子董耀宗是也。」王彪聽了，便撇了熟銅棍，慌忙作揖道：「阿呀！原來是董公子，方纔多多得罪，休要見怪！不知公子為何到此？」董耀宗把要往臨安與岳家報仇的話，說了一遍：「不想在此處得會王兄！」王彪道：「不瞞公子說，父親跟隨大老爺來至臨安，到了平江驛，大老爺被校尉拿了。那時我父親不服，正欲動手，大老爺喝住，被眾校尉亂刀砍死。我在家聞了此信，不知真假，別了母親，赶到平江探聽。半路上遇着跟隨軍士，將此銅棍還我，方得實信。又聞得將大老爺拿進京去，只得回來。不道今年母親亡過，舅舅又死了，這剩得單身獨一。故此要往臨安去，打殺那些奸臣，為大老爺、父親报仇。不想帶少了盤纏，不能前去，所以在此做这勾當。」二人大笑。耀宗也把心事說了一遍，各各歡喜，就在山下撮土為香，拜為弟兄。赶到前村，尋個宿店，歇了一夜。

次日，仝望臨安上路。一日，來到九龍山下，只聽得一棒鑼聲，松林內走出幾十個嘍囉，一字排開，大叫：「快拿買路錢來！」董耀宗對王彪道：「王兄弟，你的子孫來了。」王彪大笑，走上一步，喝聲：「狗弟子孩兒！老爺正沒盤纏，若有，快快送些來與我。」嘍囉道：「可不悔氣么？兩天不發利市，今日張着個窮鬼！濫不濟，把身上的包裹留下，也當殺水氣。」眾嘍囉也不曉得厲害，七手八脚，向他二人背上來把包裹亂扯。王彪大怒，把熟銅棍一掃，早跌倒七八個。董耀宗把九股叉略略一動，又叉翻了四五隻。眾嘍囉見來得兇，都飛奔上山去了。

董耀宗叫聲：「王兄弟，你看那些嘍囉逃上山去，必然有賊頭下來，我與你在此等一等，替他要些盤纏去也好。」王彪道：「董哥說得有理。」道言未了，只見山上飛下一騎馬來，董耀宗抬頭一看，只見馬上坐着一位英雄，生得臉白身長，眉濃唇厚，兩耳垂肩，鼻高準闊；身穿一領團花繡白袍，頭帶一頂爛銀盔；坐下白龍馬，手提鑊鐵戟。近前來大喝一聲：「那里來的野種！擅敢傷我的嘍兵，爺爺來取你的命也。」董耀宗大怒，也不回話，舉手中托天叉劈面就搠。那將使動鑊戟，如雪花飄舞一般價飛來，馬步相交，叉戟並舉。不上二十來合，王彪見董耀宗招架不住，舉起手中的熟銅棍上前助戰。那人舉動手中鑊戟，猶如猛虎離山，好似惡龍戲水。二人招架不住，只得往下敗來，那人緊緊追赶。

二人大叫道：「我二人要緊去报大仇，和你作甚死冤家，苦苦的來追我？」那將道：「既是你要去报仇，且住着，說與我聽。若果有什么大仇要緊去報，便饒你前去；倘說不明白，休想要活。」董耀宗道：「俺乃岳元帥麾下統制董先之子，名喚董耀宗。这個王彪，是王横之子。因岳爺爺被秦桧、万俟卨等眾奸臣陷害，我兩個要到臨安去殺盡奸臣，故此要緊。」那將聽了，哈哈大笑，連忙收戟下馬道：「不知是二位兄長，多多得罪！我非別人，乃楊再興之子楊繼周是也。當日家父歸順了岳爺，小弟幼時，就全家母住在寨後。不料家父被兀朮射死在小商河，我母親日夜悲啼，染成一病而亡。小弟本欲到朱仙鎮投奔岳爺，去殺兀朮報仇，不想元帥又被奸臣陷害。故此小弟招集舊時人馬，復整山寨。今日得遇二位，既要報仇，請二兄到山寨商議。」二人大喜道：「原來是楊公子，怪道这等好武藝！」二人重新見禮，嘍囉牽過馬來，三人坐了，一仝上山。

進寨坐定，各把心中之事訴說一番。繼周道：「臨安既為帝都，自有許多人馬，我三人不可莽撞，反悞大事。二兄權住在此，且招攬英雄，粮草充足，那時殺進臨安，方可報得此仇。」二人称言有理。三人說得投机，排下香案，結為弟兄，就在这九龍山上落草，分撥嘍囉下山，四處探聽張羅。

一日，三人正在寨中閑談，忽有巡山小嘍囉报道：「山下有一起官家解犯，在此經過，打聽得有些油水，特來報知。」王彪起身道：「待小弟去拿來。」隨提着銅棍，帶領嘍囉，大步飛奔下山。只見四個解官、五六十個解差，押着三四十名犯人，男男女女，恰到面前。王彪大喝一聲：「買路錢來！」那些解官、解差嚇得魂不附體，戰競競的叫聲：「大王！我們並非客商，乃是刑部解差，解些罪犯，往嶺南去的。求大王放我們過去罷！」王彪道：「我也不睯這些嚕囌。」叫眾嘍囉：「都與我拿上山去。」眾嘍囉一聲吶喊，就把眾人推的推，扯的扯，推著車，挑着擔，一齊押上山來。

王彪進了山寨，對楊繼周道：「小弟拿得这一起罪犯，我們審他一審，看內中恐有冤枉的，便把解官殺了，放他們去。」眾犯聽得了，齊叫：「是冤枉的。」四個解官慌了，跪下稟道：「大王爺爺！这班都是奸臣的家屬，並沒有什么冤枉的嘘！」董耀宗便問道：「是那個奸臣的家屬？細細說來。」那解官道：「这是秦檜的媳婦、女兒，这是万俟卨、羅汝楫、張俊等眾奸臣的子女、媳姪，共有四十多名，現有文書為証。」楊繼周道：「这班所犯何罪？你可說來。」解官即將高宗駕崩，孝宗登極，兀朮起兵，張信進宮啟奏，赦回岳氏一門，岳公子應襲父職，聖上親往岳王墳前祭奠，又差官招降了太行山牛皐老爺們，將各奸臣處斬，子孫、眷屬盡流嶺南充軍之事，細細述了一遍。三個大王聽了，一齊呵呵大笑道：「这一班奸賊，不想也有今日！」吩咐將万俟卨、羅汝楫、張俊之子，取出心肝，另行梟首。眾嘍囉將这班人推到剝衣亭上，一齊綁起來，剮出心肝，又把他們首級砍下，擺在桌上。設了岳爺父子、張憲的牌位，將心肝人頭祭奠已畢。王彪又把父親王橫的牌位供着，亦將心肝人頭祭奠過了。那解官嚇得魂飛胆喪，只是磕頭求告。楊繼周道：「你休得害怕。俺且問你，如今那岳家少爺，還是在朝為官，還是在那里？」解官道：「岳家公子，今朝廷封為掃北大元帥。牛老將軍，封為監軍。一班老小英雄，盡皆隨征。起了二十萬大兵，迎請二聖梓宮，掃滅兀朮去了。」楊繼周吩咐：「將眾奸臣罪犯的財物，賞了解官，打發他下山去罷。」那解官等磕頭謝恩，沒命的奔下山去，赶路回臨安覆旨去了。

楊繼周對董耀宗道：「既然岳二公子提兵掃北，我們何不棄了山寨，統領人馬，去助他一臂，何如？」董耀宗道：「大哥之言，正合我意。」繼周道：「但是我們與岳公子並未相識，帶了許多人馬，恐怕動人疑惑。敢煩二位賢弟，先往朱仙鎮大營去通達岳二哥。我却在此收拾人馬粮草，隨後就來。」王、董二人道：「大哥所見極是。」次日，辭了繼周，只帶兩個小嘍囉作伴，星夜望朱仙鎮而來。正是：

心忙似箭猶嫌緩，馬走如飛尚道遲。

再說那岳雷領了大元帥印綬，統領大兵二十萬，到了天長關。即有本關摠兵鄭材，出關迎接。岳雷過了天長關，直至朱仙鎮上，放炮安營。

那金邦探子，報進牛皮帳中來道：「啟上狼主，宋朝差岳南蛮的兒子岳雷，統領二十萬人馬，已到朱仙鎮上扎營了。」兀朮道：「吓！有这等事！那南蛮皇帝，叫这後輩小兒來拒敵，想也是命盡祿絕了。再去打聽。」探子答應一聲「得令」，出帳去了。

到了次日，岳雷升帳，諸將叅見已畢，即傳下令來道：「今日那一位將軍去見頭陣？」說還未了，傍邊閃出一將，應聲：「小將願往。」岳雷一看，却是歐陽從善，岳雷即命帶領三千人馬，往金營討戰。從善答應一聲「得令」，出營上馬，手提隻斧，帶領軍士，直至番營，大聲喊道：「快着幾個有本事的出來試斧頭。」那探事小番報進帳中，兀朮問道：「今有南蠻討戰，誰人去與我拿來？」但見帳下閃出一員番將，應道：「小將土德龍愿往。」兀朮遂点三千人馬，叫土德龍出去迎敵。土德龍得令，手提鑌鐵烏油棍，出營上馬，帶領番兵，來到陣前。歐陽從善抬眼觀看，但見來的番將：

金盔插雉羽，藍臉爆睛紅。金甲袍如火，黃驃馬似熊。手執烏油棍，腰懸滿月弓。金邦稱大將，名為土德龍。

歐陽從善看見番將相貌兇惡，暗暗的道：「我在江邊海口，見了些粗蠢蛮漢，却是從不曾見過韃子的。不要初風發市，倒輸與他了。」便喝道：「來將何人？快通名來。」土德龍道：「俺乃大金國昌平王平南大元帥完顏兀朮四太子麾下前哨平章土德龍是也。你乃何人，敢來阻我大兵，自尋死路？」從善道：「我乃大宋天子駕前都督天下兵馬掃北大元帥岳帳下統制歐陽從善，喚名『五方太歲』的便是。何不下馬受縛，省我老爺動手？」土德龍大怒，舞動烏油棍，當頭打來；歐陽從善擺動雙斧，劈面相迎。兩馬跑開，斧棍並起，一來一往，不上十二三個回合，这個番賊，原來中看不中吃的。從善是拚命的把雙斧沒頭沒臉的乱劈，那根烏油棍竟有些招架不來了。又戰了三四合，被從善左手这把斧梟開烏油棍，右手这把斧砍去，正砍個着，土德龍好好一個頭，竟劈做兩爿，死于馬下。梟了首級，掌着得勝鼓回營繳令。岳雷命軍政司上了歐陽從善第一功。

那邊小番飛風报進牛皮帳中：「啟上狼主，土元帥失机了！」傍邊惱了土德虎、土德彪、土德豹弟兄三人，一齊上前稟道：「南蛮殺我哥哥，小將弟兄們前去擒拿岳南蛮來，與哥哥报仇。」兀朮依言，撥兵五千，仝去討戰。三人得令，上馬領兵，來至宋營前喊罵。小校报進中軍，岳雷即傳請老將吉青，協仝宗良、余雷，帶領三千人馬，一齊迎戰。三人領令，出營上馬，來到陣前。但見對陣馬上齊齊排列着三員番將，怎生打扮？但見正中間那將：

臉似赤霞紅，怪眼賽灯籠。鉄甲生光焰，皮帶嵌玲瓏。劣馬追風電，狼牙出海龍。將軍土德虎，出陣顕威風。

左首馬上坐着的，生得來：

一張鉄扇嘴，鬍鬚乱更虬。兩隻銅鈴眼，睜開神鬼愁。大刀横馬背，殺氣滿心頭。若問名和姓，金邦土德彪。

右首馬上坐着的，越發生得兇狠：

頭如笆斗大，青臉爆雙睛。身長一丈二，膂力幾千斤。叱咤風雲变，暗啞山岳崩。番邦土德豹，斂似巨靈神。

吉青大喝一聲：「你們这班狗養的！一個個擺齊了，報明名字，把頸頸子伸長些，好等我來排頭打去，省些力氣。」土德虎大喝道：「你这狗南蛮，休要乱話，尚不知某家的大名厲害哩！某乃大金兀朮四太子帳下前哨平章土德虎。這是俺三弟土德彪、四弟土德豹。你殺了我大哥，特來拿你去，挖出心肝來祭蓖。」吉青道：「啐！張三入了屄，卻問我李四要錢！不要走，吃我一棒罷！」舉起金頂狼牙棒，當頭蓋下，土德虎忙把鉄搠狼牙棍相迎。

二將一樣狼牙棍，棋逢敵手交相迸。來來往往手無停，下下高高心不定。一個棒來心不善，一個棒去真兇狠。直殺得：天昏地暗鬼神愁，倒海翻江波浪滾。

兩個戰了二三十合，土德虎有些招架不住了。土德彪搖動手中雁翎刀，出陣助戰。这裡宗良舉起鑌鐵棍，接住廝殺。土德豹挺着丈二蛇矛，飛風出馬，余雷舞動雙鐵鎚來迎。六個人捉對兒廝殺，但見：

兩陣齊鳴戰鼓，六人各逞英豪。長鎗鉄棍乱相交，雁翎雙槌閃耀，这場惡戰果蹊蹺，莫作尋常閑鬧！

六人大殺一陣，土德彪手中刀略略一鬆，被宗良攔腰一棍，打下馬來。三軍一聲吶喊，土德虎着了忙，來不及，吉青的狼牙棒早從頭上蓋將下來，把個天靈蓋打得粉碎。土德豹見兩個哥哥俱死，不敢恋戰，撥轉馬頭敗走。这裡三人也不追趕，取了首級，回營报功。

那土德豹敗回金營，來見兀朮，哭稟：「南蛮厲害，兩個哥哥俱喪于南蛮之手，特來領罪！」兀朮大怒道：「有这等事！」便問帳下：「有何人敢去與岳南蛮打仗？」當時惱了大元帥粘得力，上前來稟道：「小將愿往。」兀朮便道：「將軍若去，自必成功。」遂命領軍三千，去宋營报仇。

粘得力領令出營，手提一百二十斤重的紫金鎚，跨上駱駝，直至宋營討戰。小校報進中軍：「啟元帥：營門外有番將討战。」岳雷傳令命羅鴻、牛通二人，帶領三千人馬迎敵。」二人得令，出營上馬，來到陣前，抬頭觀看，但見來的番將：

頭上金冠雉尾飄，身穿金甲象皮絛。腰懸秋水青鋒劍，背插螭頭雁翎刀。
面似紅銅無二色，滿口黃鬚如臘膠。儼似金剛無二樣，勝却波斯國內豪。

牛通大喝一聲：「你这蛮戻入出來的，叫什么名字？說明了，好上賬。」粘得力道：「魔家乃金邦大元帥粘得力便是。你是何人，敢傷我的先鋒？」牛通道：「老爺叫做『金毛太歲』，你撞着太歲爺，也是閻王鑄定你的壽限了，且吃我一刀！」粘得力舉起紫金鎚，架開刀，還一鎚打來。牛通舉刀一架，格當一聲响，震得兩臂麻木，牛通叫聲：「好傢伙！」粘得力又是一鎚，牛通一閃，落了空，跌下馬來。羅鴻見了，飛馬上前抵住了粘得力，大战了四五個回合，宋營軍士將牛通救回營去，羅鴻戰不住粘得力，也只得敗回。

岳雷聞報番將厲害，忙令宗良、余雷、歐陽從善、鄭世寶四將，出營接應。正值羅鴻敗回，宗良就掄動鉄棍，從善舞開雙斧，余雷掄起鉄鎚，鄭世寶攞開鉄方槊，上前迎住粘得力，走馬燈相似，團團轉的廝殺。粘得力毫無惧怯，舞起紫金鎚，左插花，右插花，上三路，下三路，戰了四十餘合，越鬥越有精神了。四將看來不搭對，只得敗回。粘得力見天色已晚，鳴金收軍，回營來見兀朮報功。兀朮大喜道：「元帥今日辛苦了，且請回營將息。」粘得力謝了，自回本營。

次日，粘得力又到宋營討戰。岳雷傳令王英、吉成亮、施鳳、湯英、伍連、余雷、韓起龍、韓起鳳、何鳳、岳霆共是十員小將，出馬迎敵。眾將得令，各拿兵器出營，來到陣前，也不通名道姓，一窩風上前，將粘得力圍在垓心，刀鎗亂舉，鎚斧齊奔。粘得力大喝：「你們有多少？索性一齊來受死！」使起紫金鎚，左遮右架，前挑後掤，那里在他心上。早有小番报知兀朮，兀朮隨命撒離罕、孔彥舟、孛堇哈哩、鶻眼郎君四員驍將，出營助陣。吓！嗄嗄！这場惡戰，好不怕人！但見：

光爍爍，旌旗蕩漾，骨鼕鼕，戰鼓齊撾；昏慘慘，冥迷天日，淅索索，亂撒風砂；忽喇喇，箭鋒似雨，密鏘鏘，戈戟如蔴。直殺得黑洞洞叟眼亂飛花，只見那谷轆轆人頭滾落。

那粘得力猶如離山猛虎，出海蛟龍，更有这四員猛將，帮助威風。那十員小將竟有些招架不來，一個個撥馬奔回。粘得力率領眾將兵卒，隨後追來。將近宋營，虧得宋營軍士烏鎗噴筒，強弓硬弩，飛蝗一般放來。粘得力等只得鳴金收兵，打着得勝駝皮鼓，回營繳令去了。

到了次日，岳雷升帳，齊集眾將商議。諸葛錦道：「元帥不必憂心。小可夜來細觀乾象，袖卜陰陽，不日有將星來剋他，必有大將來幫助成功掃北也。」正在議論之際，有小校進帳來报：「啟元帥：番將粘得力又在營前討戰，口出大言，說要『踹進營來，踏為平地』。還有許多不好聽的說話，小的不敢說。」岳雷縐了眉頭，想：「那番將如此驍勇，如何擒得他？」吩咐：「且將『免战牌』挑出，待我商議一計，然後開兵。」那牛皐在傍邊聽見，便大吽道：「且慢着！我想你父親當日出征，陣陣當先，真個是旗開得勝，馬到成功，從不曾打過一陣敗仗。今日輪到你做元帥，一個番將擒他不住，還想要去掃北？真正出盡了你父親的醜了！待我為叔的出去擒來。」

說罷，就提了隻鐧出營，上馬沖出陣前，喊道：「呔！你可就是什么粘得力麼？」粘得力道：「既知魔家的大名，就該逃避。你是什么人，这等大胆，來送死么？」牛皐道：「你這冒失鬼！連牛皐爺爺都不認得，虧你還做什么將官！賞你一鐧罷！」耍的就是一鐧打去。粘得力舉起紫金椎，扑的一聲，梟開鐧，還一椎，當頂門打來。牛皐隻鐧望上一架，那鎚來得狠，把牛皐兩手的虎口都震開了，叫聲「不好」，回轉馬頭就走。只因在岳雷面前說了大話，不好意思往本營敗走，只得落荒而逃。粘得力道：「牛南蛮！你待走到那里去？」登開駱駝，緊緊追趕：

好似皂雕追紫燕，渾如猛虎逐群羊。

不知牛皐性命如何，且聽下回分解。

第七十六回　普風師寶珠打宋將　諸葛錦火箭破駝龍

詩曰：

勝敗軍家雖不常，請從邪正別妖祥。普風空倚駝龍術，难免今朝箭下傷。

却說牛皐被粘得力緊緊的赶下來，正在緊急之際，却來了一個救星。你道是那一個？却是那大刀関勝之子関鈴，自從在朱仙鎮上散夥回家之後，心中忿忿不平，欲待要與岳元帥报仇，却又孤掌难鳴。此時聞得高宗駕崩，新君即位，赦了岳氏一門，拜了岳雷做元帥，興兵掃北。打聽得的實，就出門上路，來到長沙府、潞安州、金門鎮各處，邀請陸文龍、樊成、嚴成方、狄雷四人，一仝往朱仙鎮上來助陣。那四個人自然是仝心合意的，俱各歡歡喜喜的，一路望朱仙鎮而來。

那一日離鎮不遠，正值牛皐敗陣下來。関鈴見了，高叫：「老將軍，請住馬！」牛皐耳朵裡听見，却不細看是何人，隨口道：「休管閑事，番將厲害哩！」関鈴又叫：「牛老將軍！休得驚慌，小侄関鈴在此！」牛皐勒住了馬，定睛一看，方定了神，在馬上對陸文龍等四人道：「如不下馬了！那個番將十分了得，殺他不過，已追將來了。」言之未已，只見那粘得力駱駝已到，大叫：「牛南蠻！你待走到那里去？快快下馬受縛。」牛皐不敢回頭，把馬加上一鞭就走。

關鈴讓過了牛皐，把青龍刀橫在馬背上，迎上前來，大喝一聲：「你是什么人？这等逞能。小爺在此！」粘得力大怒道：「你这小蛮子，是何等之人？擅敢阻我去路，放走魔的敗將。」關鈴道：「我不說，你也不知。小爺姓關名鈴，乃是漢朝義勇武安王之後人。今日你遇着小爺，只怕要活也不能勾了。」粘得力大怒，舉起紫金鎚，登開駱駝，照頭便打，關鈴把青龍刀劈面相還，一來一往，戰了三十餘合。狄雷在傍邊見關鈴戰他不下，把坐下青鬃馬一拎，舞鎚上前助戰。粘得力毫無惧怯，三個人又迸了十餘合。樊成正待向前，陸文龍大叫一聲：「二位賢弟少歇，某來也！」拍馬上前，耍的一鎗，粘得力把身子一閃，恰中了駱駝的眼睛。那駱駝負痛，把頭一蹲，被嚴成方舉起八稜紫金鎚，上前一鎚打去，把那駱駝頭顱打碎，一輪轆把粘得力跌下駝來。樊成手起鎗落，粘得力已是不活了。關鈴下馬來，取了首級。後面番兵一鬨逃散。牛皐大喜，轉馬來，仝了五人一齊回轉大營，來見了岳雷，將遇見小弟兄五人，斬了粘得力細細說了一遍。岳雷大喜，下帳來與五人見過了禮，各訴衷情。岳雷就寫本，差官入朝啟奏，請封五人官職。又命將粘得力首級，號令營前，已畢。

到了次日，探子來报：「河間府守倫解送糧草三千石，將近朱仙鎮，卻被金將尤可荣截住搶奪，望元帥速遣大將救應。」元帥便問：「那位將軍前去接救軍粮？功勞不小。」牛皐便道：「这個大差，別人去是不中用的，須得我為叔的去，方保無事。」岳雷道：「牛叔叔！粮草是要緊的，湏要小心！」牛皐道：「包你穩穩的就送了來。」岳雷就火速的點起三千兵卒。

牛皐上馬提鐧，一路迎將上去。那河間守倫孫蘭，正與金將尤可荣廝殺，正在危急，牛皐上前大喝一聲：「呔！你是那里來的野種？敢搶我們的粮草，且先來嚐嚐我的鉄鐧。」耍的就是一鐧，那金將舉刀招架相迎，不上三四合，戰不過牛臯，回馬敗走。牛臯道：「不要走！粮草雖然還了我，你這顆頭，一發送了來罷！」便拍馬追去。这里孫蘭仝眾軍士將粮草護送回營。

那牛臯一直追去，有一二里遠近，金將轉過山坡，便不見了。只見山坡之上，立着一位道人，叫聲：「牛臯。」牛臯抬頭一看：「阿呀！原來是我的師父。」慌得牛臯連忙下馬，上坡跪下，叫聲：「師父何來？」鮑方祖道：「那番將命不該絕，放他去罷！你兒子有难，我有丹藥一顆付汝，可半服半敷，救他性命。再有一顆，再救何鳳之命。你一路去，倘有妖人用寶傷人，你只將『穿雲箭』射去，便可破得。好生立功去罷！」說罷，把雙足一登，解起祥雲，霎時不見。牛臯又望空拜謝了，下崗上馬，慢慢的回來。且按下不表。

且說粘得力手下敗軍，报進牛皮帳中。兀朮聽報粘得力戰死，又氣又惱：「這一班小南蛮，比前番的老南蛮更加厲害，叫某家怎能個搶得宋家江山！」正在心中愁悶，忽見小番报進帳來：「啟上狼主，國師普風爺到了。」兀朮大喜，忙叫：「請進來！」小番得令出帳，不一會只見普風來到牛皮帳中，兀朮忙忙起身迎接，見過了禮。普風坐定，便問道：「太子與南蛮開兵幾次了？勝敗若何？」兀朮嘆口氣道：「不瞞國師說，这一班小南蛮十分厲害，比前那些老南蛮更加兇狠！開兵幾次，連敗幾陣，傷了某家十餘員上將。不能取勝，如何是好？」普風道：「太子放心。待僧家明日出陣去，拿幾個南蛮來，與太子解悶。」兀朮道：「全仗國師！」當夜設宴欵待，普風吃得大醉，方纔安歇。

到了次日，普風也不帶多人，獨自一個，叫取匹馬來坐了，提了禪杖，直至宋營討戰。小校報進大營：「啟上元帥，營門外有一個番僧討戰。」岳雷便問：「那位將軍出馬？」傍邊閃過牛通、何鳳二人，一齊上前道：「小將愿往。」岳雷道：「二位將軍，大凡僧道、婦女上陣，須要防他妖法暗算，須要小心！」遂命湯英、吉成亮、余雷，一仝出陣，隨机接應。

眾將一齊得令，出營上馬，帶領人馬來到陣前。看那來的番僧，怎生模樣？那和尚：

削髮披緇，不會看經念佛；狠心惡胆，那知問道叅禪？頭上帶金箍，身穿布衣衲裰；手中提鉄杖，脚登駿馬雕鞍。初見時，好像梁山泊魯智深無二；近前來，恰如五臺山楊和尚一般。

牛通大喝一聲：「呔！我太歲爺不斷無名之將，你這禿驢快報名來！」普風道：「佛爺乃大金國國師普風爺爺是也。」牛通道：「我太歲爺也不曾什么古風時文，只叫你这禿驢把脖子伸長些，等太歲爺砍了去報功，省得費力。」普風大怒，罵聲：「小南蛮！好生無禮，照佛爺的禪杖罷！」舉起手中鉄禪杖，當腦門打下。牛通叫聲：「來得好！」舉起潑風刀，噹的架開，復一刀砍來。普風架開刀，還杖又打，兩個一塲好殺：

一個黑煞，新從天上降；一個怪僧，久已產金邦。鉄禪杖，降龍伏虎；潑風刀，耀目爭光。杖打來，猶如毒龍噴紫霧；刀砍去，好比柳絮逞風狂。惡戰苦爭拚性命，捨身出力為君王。

兩個鬥了三十餘合，普風力怯，战不住牛通，便暗想打人先下手為強，假意說道：「佛爺戰你不過，饒你去罷！」撥轉馬頭就走，牛通道：「你这禿驢！便走上天，也要取了頭來，便放你去！」緊緊的追將下來。那普風暗暗的將手向豹皮袋中取出一顆「混元珠」來，有酒盃大小，拿在手中，叫聲：「小南蛮，休要赶，送你一件寶罷！」便把寶珠祭起，牛通抬頭一看，只見米篩一般物件，滴溜溜的在天上轉。牛通道：「你这禿驢！弄什么玄虛？倒也好耍子。」正說不完，呼的一聲响，望著牛通頂門上打將下來。牛通叫聲：「不好」，慌忙一閃，却打着左邊肩膀，翻落馬來。普風收了寶珠，舉起禪杖，來打牛通。恰恰何鳳全眾將剛剛赶到。何鳳吃了一驚，大叫一聲：「休要動手！我來也！」舞動金鞭，慌忙來接住普風廝殺。眾將將牛通救回。

何鳳與普風战不到十來合，又把混元珠祭起，何鳳曉得厲害，回馬便走，走得快，已打在背上，翻身落馬，死于地上。普風正待下馬來取首級，这裡湯英、余雷、吉成亮，各舉鎚斧沖上前來，把普風圍住混战。眾軍士將何鳳搶回，普風見人眾，料敵不過，又把「混元珠」望空拋去，猶如烏雲黑霧一般蓋將下來，那三人慌忙跑馬轉身，吉成亮的馬屁股已着了一下，將吉成亮顛將下來，幸虧得眾軍士噴筒弩箭，一齊亂發，吉成亮扒起身來，飛跑逃回營去。湯英、余雷不敢恋戰，亦敗回本營。

普風得勝，回轉番營。兀朮接進牛皮帳中，說道：「國師辛苦了！」連忙置酒欵待，普風道：「不是僧家誇口，这幾個小南蛮，只算得個甕中之鱉，不消費得僧家大力，管教他一個個束手就縛。」兀朮大喜，當晚吃得大醉，方各安歇。

且說宋營眾將敗陣進營，牛通、何鳳叫疼喚痛，看看待死。岳雷正在愁悶，忽見小校來报：「牛老將軍回來了。」岳雷傳令請進，只見牛皐搖搖擺擺，進帳來繳令。岳雷道：「恭喜叔父得了大功！但是牛哥哥今日出陣，被番僧用什么妖法打傷，病在危急，請叔父速往後營看視。」牛皐聽了，隨到後營來，只見牛通正睡着叫疼；何鳳睡在一邊，口中只有出的氣，沒有入的氣，已是九死一生。牛皐道：「不妨事。」叫軍士快取些水來，身邊取出丹藥，將一半磨了，命牛通吃下；一半敷在傷處，霎時全愈。再將那一顆來，照樣與何鳳磨敷，何鳳大叫一聲：「疼殺我也！」睜開眼來，見是牛皐救他，連忙就扒起來謝了。一時平復。

二人跟了牛皐出來，見了岳雷。岳雷便問緣故，牛皐將鮑方祖贈藥之事說了一遍。岳雷大喜，舉手謝天。牛通、何鳳咬牙根道：「多蒙鮑方祖賜下仙丹，救了性命。明日必要去拿那禿驢报仇！」岳雷道：「二位將軍，今日吃苦，且自將息幾天。这妖僧厲害，且將『免戰牌』掛出，再思良計擒他便了。」牛皐道：「我為叔的，當年跟你老子橫冲直撞，殺得那些金兵、湖寇，喪胆亡魂。你們这班小後生，做了將官，動不動掛出『免戰牌』，真正羞殺人！明日仍叫我兒子仝弟兄們出去，待我做叔父的壓陣，包你就把这禿驢拿了來。」岳雷道：「且待明日再議。」當夜，各自歸帳歇息。

到了次日，岳雷升帳，敘集眾將商議。忽小校來報：「番僧在營外討戰。」牛通、何鳳氣憤憤的上來，要領令出戰。岳雷正要止住，傍邊軍師諸葛錦道：「元帥可仍聽他五人出戰，只消牛老將軍壓陣，萬無一失！」岳雷聽了，便叫：「五位將軍，須要小心，就煩牛叔父壓陣！」

五人得令，出營上馬，牛皐在後，一仝帶領軍兵，來到陣前。牛通見了普風，也不答話，大吼一聲，舉起潑風刀，望着普風頂門上便砍。何鳳咬着牙齦，罵聲：「好禿驢！敢使什么妖法來傷我老爺們！不要走，且吃我三百鞭！」雙鞭並舉，沒頭沒臉的打來。湯英、余雷、吉成亮亦各舉兵器，上前助战。那普風看見不搭對，便取出「混元珠」，喝一聲：「南蛮看寶！」那五個人見頭上一片黑打來，正在慌張，不道那牛皐在後看見，說道：「这是什么東西，且賞他一箭看。」隨即取出那枝「穿雲箭」來，搭在弓弦上，望着這一團黑氣上，搜的一聲射去。那團黑氣便隨風四散，扑的一聲响，那顆「混元珠」墜在地下轉。牛通見了，便道：「好耍子，好耍子！」就甩下馬來，將那顆珠搶在手中。重復上馬，對普風道：「禿厮！也看看我太歲爺的寶來了。」也是照着樣，望空中一丟。那曉得这個寶貝着經箭，射了窟窿，便不靈了，被普風一手接去。正想再祭起來打宋將，早被余雷赶上去一槌，正中普風肩膀，一交跌下馬來。牛通舉刀來砍，那普風在地上化作一道金光逃去。眾將也不追赶，掌着得勝鼓，回營报功，不提。

再說普風借金光逃回營中，將丹藥敷了傷痕，一時便不疼痛，進帳來見兀朮道：「僧家今日與南蛮交战，被他破了寶珠，故此敗回。」兀朮道：「似此屡屡失利，何日方能搶得宋室江山！」普風道：「太子放心！看今晚僧家必將这些南蛮殺一個盡絕，方洩我今日之恨。」兀朮道：「这些小南蛮十分兇惡，國師怎能死得他個乾淨？」普風道：「僧家當日投師披剃，吾師曾賜我一件法寶：有五千四百零八條駝龍，能大能小，收在葫蘆内，專一吃人精髓。今晚待僧家作起法來，將宋營數十員將官，連那二十萬人馬，吃他一個乾乾淨淨，以报今日之仇。」兀朮聽了大喜，吩咐小番擺設筵宴，與國師預慶大功。小番領令，遂即搬上酒殽，兀朮與普風對酌，直至天晚。

普風辭了兀朮，回到自己營中，擺下香案，桌上供着一個葫蘆。普風口中念動真言，將葫蘆上蓋揭去，道：「請寶貝出來。」只聽得葫蘆内烘的一聲响亮，猶如蚊虫一般，飛將出來，起在空中。霎時間，每條变成數丈長，栲栳大小身軀，眼射金光，口似血盆，牙如利刃。这五千四百零八條駝龍，在空中張牙舞爪，直往宋營中冲來。

那宋營軍士，看見半天裡無數金光，猶如灯火一般，向着營裡奔來。有的軍士說道：「这些灯火，莫非是番兵來劫營么?」有的說道:「不要𠂇他,且報進營去,再作道理。」遂即進帳报道:「啟元帥,有無數火光在空中,直徃營內冲來,不知是何物?」諸葛錦聞得此报,忙抬頭一看,大叫一聲:「不好了!」吩咐各營各哨人馬將官,後隊作前隊,前隊作後隊,速速退後逃命。三軍一聲「得令」,俱各慌慌張張拔寨起行。只聽得後軍喊聲如雷,却被駝龍飛至,將軍士乱吃乱咬,也有將腿咬去,也有將頭嚙破的,也有吃骨髓的,也有吸血吃的。唬得那宋營軍士,沸反搖天,慌慌徃下奔逃,敗下六十餘里。已是五更時分,那邊普風念動真言,將駝龍收去。宋營中不見了駝龍,軍心始定。

天明查点人馬,已被駝龍傷了一萬八千。牛臯問道:「这是甚么東西?如此厲害!」岳雷便問諸葛錦道:「这乃何物?」諸葛錦道:「此陣名為『駝龍陣』。我未曾防備得,被他傷了許多人馬。我今略施小計,將他此陣破了,普風易擒耳。」遂吩咐三軍,取猪血、狗血,乾柴、蘆葦、火藥等物齊備。又令三千軍士,盡換皂衣,各帶火器藥箭等候。又令五千人馬,到舊時扎營之處,掘一濠溝:闊一丈五尺,深一丈二尺,長二十五丈,連夜就要成工,不得有悞。三軍領了軍令,前去挖掘,不消幾時,完工交令。諸葛錦又令軍士將火砲藏入溝渠之內,接着引火之物;上邊葢了乾柴、蘆葦,上面再放些引火之物;又將猪羊狗血放在上面,仍令軍士舊處下營。三軍得令,一齊吶喊,到原處下營。那諸葛錦傳令三千軍士,換了皂衣,埋伏營前,耑等駝龍落入溝渠,即聽放炮為號,齊放火箭。諸事齊備。

看看天色已晚,那金國國師普風又將葫蘆葢揭開,放出駝龍。親自坐馬,手執葫蘆,隨後來到宋營,到得濠邊,那些駝龍聞着血腥之氣,都落在溝渠中來吃血,你壓我,我壓你。諸葛錦見了,吩咐放起號炮。那三千伏兵聽得炮响,一齊施放火箭烏鎗,登時燒着蘆葦,火光沖天。埋在地下的火炮,一齊發作,乒乒乒乒，打得烟飛灰乱。普風慌忙作法，想要收轉駝龍，那曉得經了污穢血腥，飛騰不起，將五千四百零八條駝龍，盡皆燒死于溝渠之內。普風在黑暗之中，被亂箭射中了三四箭，逃回本營來，拔出箭頭，用藥敷好，思想：「这塲大敗，又傷了駝龍，何顏去見兀朮？不如且回山去，再煉法寶，來报此仇。」主意定了，也不去通知兀朮，連夜回山去了。後人有詩，贊那諸葛錦道：

玄妙兵机六出奇，胷藏韜畧少人知。不施血污深坑計，怎得駝龍盡斬除？

不知後事如何，且聽下回分解。

第七十七回　山獅駝兵阻界山　楊繼周力敵番將

詩曰：

丹心誓補前人事，浩氣臨戎不顧身。痛飲黃龍雪舊恥，平吞鴨綠報新君。

話說普風逃走回山之後，自有眾小番忙來报知兀朮。兀朮又驚又惱，只得寫成奏章，差官回本邦去奏聞，求再添兵遣將，與宋朝決戰。不道到了次日，岳雷升帳發令，命關鈴、牛通領軍三千，為一隊；陸文龍、樊成領軍三千，為第二隊；吉青、梁興、趙云、周青、牛臯五員老將，為第三隊；吉成亮、狄雷為左隊，嚴成方、伍連為右隊，自引一眾將官合後。扑通通三聲炮响，大兵直至番營。兀朮隨即帶領大小元帥、平章等，出營迎敵。兩邊也不通名道姓，各持兵器混战。兀朮人馬雖多，怎禁得宋軍四面八方的殺來，接應不及，却被那些小兇神，逢兵就殺，遇將便砍。但見那：

四下陰雲慘慘，八方殺氣洶洶。鞭鎚閃爍猛如熊，画戟剛刀奮勇。鎗刺前心兩脇，斧輪頭頂當胸。一個個咬牙切齒面皮紅，直殺得地府天関搖動。

有詩曰：

殺氣橫空紅日殘，征雲遍地白雲寒。人頭滾滾如瓜瓞❶，尸骨重重似阜山。

这一陣，殺得那些金兵馬仰人翻，尋爺覓子。五十萬金兵，倒殺去大半。兀朮大敗虧輸，帶領殘兵敗將，一路逃回。岳雷亦領大軍追出関外來，兀朮已走得遠了。岳雷隨令三軍扎住營盤：「候粮草到日，再去追拿兀朮，迎請二聖還朝便了。」昔日岳爺曾有寫志詩一首，不道被奸臣陷害，不能遂意，今日岳雷方得継父之志。其詩曰：

雄氣堂堂貫斗牛，誓將直節報君仇。斬除頑惡還車駕，不問登坛萬户侯！

且說兀朮敗回関外，與眾王子、平章等商議：「且回本國，再整人馬，前來報仇。」主意已定，帶領殘兵，狼狼狽狽而行。这一日，行至界山之下，只見前面一枝人馬屯住，打着金邦旂號。兀朮差人查問，却是本邦元帥山獅駝，仝一個涵関揔兵連兒心善，帶領番兵五千，前來助战。兀朮悲中一喜，就命小番報進行營。山獅駝仝着連兒心善出來迎接，進了牛皮帳中，見過了禮，便問道：「狼主為什么不殺進中原，反回來做甚？」兀朮道：「某家自進中原，一路上勢如破竹。不道未到朱仙鎮，即遇着岳小南蛮，反興兵來掃北，某家與他連战幾次，那班小蛮子十分厲害，傷我大將二十餘員，五十萬大兵，丧了大半。故此某家欲回本國去，再調人馬，與他決战。」山獅駝道：「既如此，待臣等这班南蛮到此，一個個擒來與狼主报仇。狼主可速回本国去，調兵來接應，一直殺上臨安便了。」哈迷蚩道：「山元帥之

❶ 瓞：音ㄉㄧㄝˊ。小瓜。

言，甚是有理。」遂將敗卒盡數留下，山獅駝、連兒心善就在界山下扎住營盤，專等宋兵交战。兀朮仝眾王子、軍師等，自回本國，去調人馬，不提。

且說岳雷率領大軍，一路來至界山，早有探軍飛报：「啟上元帥，界山下有金兵扎營阻住，不能前進，請令定奪。」元帥就命放炮安營。

金營中山獅駝聽得宋兵已到，隨即披掛上馬，手提一百二十斤的一桿溜金鎲，來至宋營討战。小校报進大營：「啟上元帥，有番將討战。」岳雷便問：「那位將軍出馬？」關鈴上前，應聲：「小將愿往。」岳雷道：「須要小心！」

關鈴得令，上馬提刀，帶領三千兵士，战鼓齊鳴，來至陣前，把馬勒住。舉眼一瞧，你道那山獅駝怎生模樣？但見：

> 黑踢䟰，一張瘦臉；狠粗疏，兩道黃眉。雷公嘴，渾如怪鳥；波斯鼻，活像油瓶。落腮鬍，賽過雞毛刷帚；蒲扇耳，盡道爬田祖宗。一隻鬼眼，白多黑少；兩隻毛拳，好似銅鎚。分明是催命判官，又道是無常惡鬼。

關鈴上前，大喝一聲：「番將何人，敢阻我大兵的去路？快快通個名來，好取你的頭去上功劳簿。」山獅駝呼呼大笑道：「某乃大金國神武大元帥山獅駝是也。尔等不知死活，自己國家殘破，君暗臣奸，不日滅亡。正要來取你的江山，你反敢興兵到我疆界上來送死！可憐你这小孩子，若要性命，可速速回去，換個有年紀有本事的來；若不要性命，也通個名，待某家送你到閻王殿上去勾賬。」關鈴道：「你这不識起倒的毛賊，那里曉得小爺的厲害！小爺乃義勇武安王之後關鈴便是。你且來試試我小爺的刀看。」山獅駝道：「不中抬舉的小狗才，不聽我的好話，賞你一鋭罷！」噹的一鋭，望頂門上蓋將下來。關鈴叫聲「來得好」，舉青龍偃月刀，望上一架，覺道來得沉重。那山獅駝碰碰硼硼，一連十來鋭。關鈴招架不住，回馬敗將下來。被山獅駝冲殺一陣，三千人馬，傷了一千。山獅駝掌着得勝鼓，收兵回營去了。

關鈴敗轉本營，來見元帥請罪。元帥道：「初次交兵，未知虛實，罪在本帥。但他得勝，今夜須要防他來劫寨。」遂與諸葛錦計議，暗暗傳令，命三軍退下二十里安營。命關鈴領兵三千，埋伏左邊；嚴成方領兵三千，埋伏右邊；陸文龍領兵三千，抄遠路轉出界山，截他歸路。自己領著眾軍將，於大營兩邊埋伏。但聽炮响為號，四面八方，一齊殺來，捉拿番將。安排已定。

到得黃昏，果然那連兒心善對山獅駝道：「宋兵今日敗陣，必然驚惶無備，元帥何不領兵劫他的營寨，必獲全勝。」山獅駝道：「你不知南朝的蛮子，詭計極多，故此我家的四狼主，往往吃他的虧苦。我若正經去刦他的寨，倘若有備，豈不反墮了他的算計？我不如使個反賔爲主之法，調遣裨將方臨、方學，叫他二人領兵一千，虛聲刦寨。我和你各分兵兩翼，左右抄轉，佔住他的後路。他進前不敢，退後不得，豈不俱死于我手？」連兒心善拍手道：「元帥神算，眾不能及！」當時就令小平章方臨、方學帶領番兵一千，從大路劫營。山獅駝、連兒心善各領兵從左右兩邊抄來。

將及三更時分，方臨、方學領兵直冲宋寨。宋營中一聲炮响，方臨、方學拨馬就轉。那知關鈴從左邊殺來，正遇山獅駝；嚴成方從右邊殺來，正遇着連兒心善。兩邊接住厮殺，黑夜混战，各有所傷。山獅駝看來不利，只得收軍回營。恰遇陸文龍抄出後邊，山獅駝、連兒心善二人正遇個着，又殺了一陣。

天已大明，兩邊各自鳴金收軍。山獅駝計点軍兵，方學被乱兵殺死，折了一千三四百人馬。岳雷那邊，也傷了千餘兵卒，只當扯個直。兩家各自休息了一天。

隔了一日，番營内連兒心善帶領番兵來到宋營討战。小校报上帳來：「啟元帥，又有一員番將在營門外討战。」岳雷便問：「那位將軍出馬？」傍邊閃過嚴成方應聲：「願往。」岳雷便令帶兵三千出戰。嚴成方得令，領兵出到陣前，但見那員番將，生得：

身長一丈，虯髯紅睛。頭帶着明晃晃金盔，高飄雉尾；身穿着索郎郎鎧甲，細砌龍鱗。獅蛮帶，腰間緊束；牛皮靴，脚下雙登。坐下烏騅馬，追風逐電；手提合扇刀，霹靂飛騰。

連兒心善躍馬横刀出陣來，大喝道：「來將通名！」嚴成方道：「俺乃大宋御前都統制嚴成方是也。你乃何人？快通名來！」連兒心善道：「某家乃大金國涵関大元帥連兒心善便是。你这南蛮，快快下馬受縛，休惹某家動手。」嚴成方道：「醜賊休得多言，照爺爺的傢伙罷。」便舞動雙鎚打來，連兒心善舉起合扇刀，劈面交加。好一塲廝殺，但見：

二將陣前把臉变，催開战馬心不善。一個指望直搗黄龍府，一個但愿殺到臨安殿。一個合扇刀，閃爍似寒氷；一個八楞鎚，星飛驚紫電。直殺得：揚塵播土日光寒，攪海翻江雲色变。

二人战到三四十個回合，嚴成方看看招架不住，恐他冲動大營，虛愰一鎚，撥轉馬頭，斜刺里落荒而走。連兒心善在後，緊緊追來。

嚴成方敗下有十餘里路，只見前面樹林下拴着兩匹馬，石上坐着兩個好漢：一個面如黑炭，一個臉若黃土，看見嚴成方敗來，便叫聲：「將軍休要驚慌，我們來帮你。」嚴成方道：「後面有番將追來，不知二位尊姓大名？」那黑面的道：「我乃董先之子董耀宗，这位是摠兵王横之子王彪，俱是來投岳二弟的。」嚴成方道：「我乃岳元帥麾下嚴成方，被番將殺敗，望二位助我一臂！」

說不了，連兒心善已赶到，大叫：「嚴蛮子，還不下馬，待走那里去？」董耀宗提起九股托天叉，甩上馬，上前攩住，叫聲：「番將休要趁能，董爺在此。」連兒心善大怒道：「那里走出这一個黑小鬼來，打我的咤？看刀罷！」提起合扇刀，望頂門上砍來。董耀宗舉九股叉迎敵，兩馬跑開，刀叉並舉，二人战有二十餘合。董耀宗那里是連兒心善的對手，看看招架不住，王彪上馬提棍，上前助戰。連兒心善力敵二將，全無惧怯。又战了幾合，嚴成方回馬舉鎚打來，連兒心善雖然勇猛，怎經得三個战一個，又是生力軍，那里戰得過，只得虛幌一刀，回馬敗走。三個將眾番兵赶殺一陣，連兒心善敗回番營。

三人也回馬來至本營，到帳內來見了岳雷。董耀宗、王彪即將「楊再興的公子楊繼周，要报父仇，先着小弟二人前來报知。他收拾粮草人馬，隨後便來。今日偶遇嚴將軍，一仝殺退連兒心善」，細細說了一遍。岳雷大喜，就記了董、王二人之功，然後設宴欵待，不提。

再說連兒心善敗回營中，來見山獅駝，說起追赶嚴蛮子，將次就擒，不意又遇着兩個小南蛮，被他救去。山獅駝心中好生焦燥。

到了次日，提攩上馬，來到宋營前，坐名要岳雷出馬。岳雷即欲親自出战，傍邊閃過王英出來，說：「這小寇，何必元帥親身出馬？待小弟去擒來便了。」岳雷吩咐：「須要小心！」王英道：「我是曉得的。」便提着大砍刀，跳上了馬，領兵出營。來到陣前，山獅駝大喝道：「來將何名？」王英道：「小爺行不更名，坐不改姓，綽號『小火神』王爺爺的便是。不要走，吃我一刀！」舉起大砍刀，噹的一刀砍來，山獅駝把溜金鋭架開刀，噹、噹、噹，一連幾鋭，殺得王英渾身是汗，叫聲：「好傢伙！殺你不過。」撥回馬望斜刺里敗走。山獅駝大喝一聲：「你徃那里走？」就催動坐下馬，忽喇喇赶將下來。

王英正在危急，恰遇牛臯一路催趲糧草，望着界山而來。正遇着王英敗下，便叫聲：「賢姪休要心慌，有我在此！」就讓過了王英。那山獅駝恰正赶到，大喝道：「呔！你是那里來的毛賊，敢放走我手下的敗將？」牛臯道：「我只道你有些本事，是個識貨的；原來是個冒失鬼，牛臯爺爺都不認得的！」山獅駝道：「吓！原來你就是牛臯，可曉得我山獅駝的厲害么？」牛臯道：「憑你什么山獅駝，遇了我牛老爺，就打你做個熟柿陀。」耍的一鐗，望山獅駝打來；山獅駝把鋭一梟，花的一聲响，把牛臯的鐗梟在半天雲裡，滴溜溜的落在草地上。牛臯叫聲：「不好！果然厲害！須得我的徒弟來拿你。」山獅駝道：「你这黑炭團，这般低武藝，還教什么徒弟？」牛臯道：「你是番国人，不曉得我們中國的事。大凡人的氣力，是天生成的，那些運用，須要拜個師父。若說我那個徒弟，不要說你見了他，慌做一團，就說說也驚破了你的胆。他的力氣，不知有幾千萬斤！凡是上陣，也不消用得兵器，一手就拎過一個來，一脚就踢倒兩三個。像你这樣瘦鬼，只消喝一聲，你就跌下馬來了！」山獅駝大怒道：「放你的屁！世上那有人在馬上俱喝得下的？」牛臯道：「你不信，你不要動，待我去喚他來，你試試看。」山獅駝大怒道：「就是說鬼話，也不怕你飛上天去，快去喚他來。」牛臯道：「既然如此，好漢做事，須要名正言順，我去叫他來。你若殺得過他，也是你的本事。我的糧草是動不得的嘘！」山獅駝道：「你这個糧草，是我麪袋裡的貨色，愁他則甚？快去喚你那徒弟來！」牛皐道：「我去便去，你不要怕吓！」一面說，一面下馬來拾了鐗，仍復上馬，向東而走，心裡暗想：「鬼話便說了，如何救得这些粮草回營？」一步懶一步的，走不到一里路，望見前面塵頭起處，一簇人馬，打着「九龍山勤王」的旂號，飛奔而來。牛皐閃過一傍，看看人馬近前，却見王英仝着一位英雄，並馬而來。牛皐看那將時，打扮得：

渾身粉潔，遍體素絲。頭帶一頂二龍戲珠銀盔，水磨得電光閃爍；身穿一件叟獅滾球白鎧，顧繡❷得月色清明。手輪叟戟，腰繫雕弓。坐着追雲逐日白龍駒，四脚奔騰，霏霏長空洒白雪，佩着吹毛截鉄青鋒劍，七星照耀，颼颼背地起寒風。呂溫侯❸忽然再見，薛仁貴驀地重生。

牛皐看得親切，暗暗想道：「是了。我在太行山上，久聞得楊再興的兒子，仍在九龍山落草。他今日必然聞得岳二侄掃北，前來助战的。」便上前叫一聲：「王英賢姪，那來的可是楊再興的令郎么？」王英道：「正是。」便向楊繼周道：「此位就是牛皐老伯。」楊繼周忙上前迎住，道：「小姪正是楊繼周。且請問番將怎么了？」牛皐道：「番將果然厲害。你既是楊再興的令郎，快些回去罷。」楊繼周道：「小姪正來幫助平番，怎么反叫我轉去？」牛皐道：「你不曉得那山獅駝十分厲害。不獨王英姪兒贏他不得，

❷ 顧繡：江浙間有名的刺繡。創始於明代顧名世家，其姬善繡，栩栩如生，遂馳名。後其藝廣傳蘇松一帶，也稱蘇繡。

❸ 呂溫侯：即呂布。漢末軍閥，武藝極高，先事丁原，繼事董卓，誓為父子，嘗小失卓意，幾乎被殺，又通卓婢，不自安，因與王允共殺卓，授奮威將軍，封溫侯。愛著白鎧甲，故書中形容楊繼周如呂布忽然再現。

就是我也戰他不過，被他把粮草阻住。我說：『若不放我粮草過去，我那徒弟楊繼周即日就來勤王，他有萬夫不當之勇，必然擒你。』他說：『那楊再興，當初何等英雄，不消我們一陣乱箭，射死在小商河裡，何況他的小子？他若來時，只消我一鎲，就剷下他的頭來了。』因此我們不如轉別路抄回大寨去，叫幾個狠些的姪兒們來殺他。」楊繼周聽了大怒，叫道：「牛伯伯，休要長他人之志氣，看小侄去擒他！」就吩咐三軍速趲上前。

看看來到粮車屯處，那山獅駝果然還在等候。牛臯上前一步，叫聲：「山獅駝！我的徒弟來了，你來試試手段看。」山獅駝躍馬橫鎲，高叫道：「你就是牛臯的徒弟么？姓甚名誰？」楊繼周道：「且先取了你的頭來，再和你通名姓。」山獅駝大怒，舉起溜金鎲，劈頭蓋來；楊繼周右手戟架開鎲，左手一戟當胸刺來。鎲來戟架，戟去鎲迎，真個是棋逢敵手，將遇良才。

一個是成都❹再世，一個是典韋❺重生。一個雙鉄戟，猶如二龍戲水；一個溜金鎲，恰像猛虎離

---

❹成都：即宇文成都。小說中的人物。說唐中說他是隋丞相宇文化及的長子。身高一丈，腰大十圍，使一柄流金鏜，重二百斤，還能力舉五千零四十八斤的秦鼎，在跟隨隋開皇打天下中立了功，開皇賜他一枚「天下第一」的金牌，但與李淵第四子李元霸比武中卻輸了，故是說唐十八條好漢中的第二條好漢。說岳中形容山獅駝是成都再世。

❺典韋：三國魏人，形貌魁梧，體力過人。曹操討呂布於濮陽，賊矢如雨，韋持十餘戟大呼起，所抵無不應手倒者，布退。為曹操校尉，性忠至謹重，常晝立侍終日；夜宿左右，稀歸私寢。張繡襲曹操營，韋戰於中門，受重傷死。

林。一個鋭發，虎吟山風生萬壑；一個戟施，龍噴海浪疊千層。直殺得：遍地征雲籠宇宙，迷空殺氣罩乾坤。

兩個戰有百餘合，並無高下。牛皐叫一聲：「山番，我却沒工夫等，得罪你，且先暫別了。」就命軍士推動粮車，一徑冲開番卒，望宋營中去了。山獅駝大喝一聲：「老蛮子！鬼頭鬼腦，怎肯輕放了你！」撇了楊繼周，恰待來赶，楊繼周、王英二人，一齊上前截住。山獅駝只得回馬，又战了幾合，敵不住二人，掇轉馬頭，望本營中敗去。

王英遂仝了楊繼周也回到宋營前，仝了牛皐一齊進帳繳令。岳雷仝眾將出帳迎接，楊繼周進帳，各各見禮，叙了些舊話寒溫。岳雷傳命收明粮草，分隸兵卒，設宴欵待。直吃到更深，各回本營安歇。

且說山獅駝敗回營中，氣憤不過，正在思想如何破得宋兵之計，忽見小番來报：「有國師普風在營外求見。」山獅駝心中暗想：「前日四狼主說他已被宋兵殺敗逃去，怎么今日又來？」便叫：「請進來相見。」小番得令，來至營門外傳請。

不因普風此來，有分教：

綠草黃沙地，忽变做尸山血海；青風白日天，霎時間霧慘雲愁。

正是：

天翻地覆何時定，虎鬪龍争甚日休？

不知普風來見山獅駝有何法術，再破宋兵，且聽下回分解。

第七十八回　黑風珠吉青喪命　白龍帶伍連被擒

詩曰：

衰草青霜鬼火燐，征夫血淚洒荒坟。爲國爲民徒自苦❶，沙場千古泣孤魂。

話說普風進到牛皮帳中，山獅駝仝着連兒心善一齊迎接，見禮坐定，山獅駝開口道：「前日四狼主敗回本國，說是國師寶珠、駝龍，俱被宋兵破了，也吃了他一虧。不知今日國師從何而來？」普風笑道：「諒宋朝这幾個小毛虫，何难剿滅？前日僧家貪功，不曾防備得，一時去劫他的寨，中了他的奸計。僧家明日出陣，必要殺盡那些小毛虫，以洩我恨。」山獅駝大喜，當夜安排酒筵欵待普風，吃至更深方歇。

次日普風也不乘騎，帶領三千人馬，步行來到陣前，大聲吆喝：「普風佛爺在此，叫那些小毛虫，一窩兒都來受死！」那宋營小校慌忙报入中軍：「啟上元帥，前番那個普風和尚，又在營門外討战。」岳雷聞报，縐着眉頭，悶悶不樂。眾將道：「元帥自受命出師以來，殺得兀朮望風而逃，何惧一和尚，这等遲疑？」岳雷道：「列位不知：大凡行兵，最忌的是和尚、道士、尼姑、婦女，他們俱是一派陰氣，必然倚仗着些妖法。如今这個和尚，逃去復來，必有緣故。我所以遲疑也。」諸葛錦道：「元帥之言，

❶ 徒自苦：商務本作「從來苦」。

甚是有理。不如且將『免戰牌』掛出，再思破敵之計。」話還未畢，左邊閃出吉青來，大喝道：「胡說！我們堂堂大將，反怕了一個和尚，况是敗軍之將！你这牛鼻子便这等害怕，還要做什么軍師！你看我不帶一名兵卒，空手去拿來，羞死你這牛鼻子！」傍邊走過梁興、趙云、周青三個一齊道：「吉哥說得有理，小弟們和你仝去。」牛臯道：「且慢着！你們要去，須得我來壓陣，方保無事。」四人道：「牛哥也去，極好的了！」五個人也不由岳雷做主，竟自各拿兵器，出營上馬去了。諸葛錦跌脚道：「这和尚去而復來，必有妖法。元帥，你乃三軍司命，怎不令他轉來？」岳雷道：「雖如此說，他乃父輩，非比他人，况未見輸贏。有牛叔父壓陣，料不妨事。只點幾位弟兄們去接應便了。」當時就命陸文龍、關鈴、狄雷、樊成四員小將領軍到陣前接應，不表。

且說吉青等四人來到陣前，牛臯壓住陣脚。只見對陣普風跕❷立在門旗之下，高叫：「宋將慢來，可吗岳雷出來會我。」吉青冲馬上前，大喝道：「呔！賊禿馿！殺不盡的狗馿子！前日被你逃脫，好好的去敲梆化緣度日罷了，又到这里來做什么？」普風大怒，罵一聲：「醜蛮子！待佛爺超度了你罷！」便舉起鉄禪杖打來，吉青舞動狼牙棒，架開禪杖，回棒便打。兩人鬪了十幾合，未分高下。那趙云、梁興、周青三個熬不住，各舉鎗叉大刀，三般兵器一齊上。普風那里招架得住，忙向腰邊袋中摸出一件東西來，名為「黑風珠」，祭起空中，喝聲「疾」，只見起一陣黑風，那顆珠在半空中一旋，一变十，十变百，一霎時，变做整千整萬的鉄珠，有碗口大小，望着吉青等四人頭上打來。牛臯在後看見，連忙取出「穿雲箭」，一箭射去，那珠紛紛的落下地來，仍变做一顆，那普風是在地下的，等到牛臯要下馬，已被

❷ 跕：猶「站」。

普風連箭搶在手裡。牛皐連忙上前看時：「阿呀！不好了！」不想吉青等未曾防備，被鉄珠打下馬來，可憐弟兄四人，俱各死于非命！正叫做：

瓦罐不離井上破，將軍难免陣前亡。

普風正待招呼軍士來取首級，这裡牛皐、陸文龍、関鈴、狄雷、樊成各舉兵器，一齊向前，將普風圍住廝殺。宋營軍士，將吉青等四人尸首搶回。牛皐等和普風战了一回，普風看來殺不過，又佔住䨇手，用不得法寶，只得就地蹤起金光，逃回營去。牛皐等因喪了吉青弟兄，無心恋战，鳴金收軍。回到營中，各各痛哭了一塲。吉成亮哭得死去復醒。元帥吩咐備辦棺木，成歛已畢，祭奠一番。吉成亮換了一身孝服。元帥又命諸葛錦在山崗邊，擇一高阜去處安葬。

過了兩日，又見軍士來报道：「普風又在營前討战。」吉成亮聽見，便啼啼哭哭上前來禀，要去與父親报仇。岳雷道：「賢弟，且寬心！那妖僧的妖法厲害，慢些與他交战。待我與軍師想一妙計，方可擒他。」吉成亮道：「父母之仇，不共戴天，如何緩得！」傍邊这些小爺們，又一齊叫將起來道：「豈有此理！若是元帥这等畏縮，怎能到得五國城去，迎得二聖還朝！我們一齊出去，且把这妖和尚捉來，與四位叔父报仇。」一片聲你争我嚷，岳雷無奈，只得命眾人分作左右中三隊，自領眾軍壓住陣脚，一齊放炮出營。

來到陣前，但見普風手提禪杖，帶領三千軍士正在吆吆喝喝。吉成亮大罵：「禿驢！傷我父親，快快償還我的命來！」提起開山斧，沒頭沒臉的乱砍。那普風也不及回言，舉起禪杖迎战。这里関鈴、狄雷、張英、王彪等叉鎚刀棍一齊上。普風那里招架得住，虛愰一杖，跳出圈子外，一手向豹皮袋中摸出一件東西來，却是小小一面黑旗，不上一尺長短，名爲「黑風旂」，拿在手中，迎風一展，霎時就有五六尺。普風口中念念有詞，把旂連搖幾搖，忽然平地裡刮起一陣惡風，吹得塵土迷天，黃砂撲面，霎時間烏雲閉日，黑霧瞞天，伸手不見五指，對面那分南北。那黑霧之中，氷牌雹塊，如飛蝗般望宋陣中打來，打得宋營將士呼疼叫苦，頭破鼻歪。普風招呼眾兒郎上前冲殺一陣，殺得宋兵星飛雲散，徃後逃命不及。普風率領番兵，直赶下十餘里，方纔天清日朗。普風得勝，收軍回營。

这裡岳雷直退至三十里安營。計点將士，也有打破了頭的，也有打傷了眼的，幸得不曾喪命。手下軍兵被殺的，馬踐的，折了千餘人馬；帶傷者不計其數。岳雷好生煩惱，對軍師道：「这妖僧如此厲害，如之奈何？」諸葛錦道：「元帥且免愁煩，小生算來，眾將該有此一番魔难，再遲兩日，自有高人來破此陣也。」岳雷無可奈何，一面調養將士，一面安排鉄蒺鹿角，以防妖僧乘勝劫寨。

過了兩三日，忽有小校來报：「營門外有一道人，說道牛老將軍是他的徒弟，今有事要見元帥。」岳雷听報，喜出望外，連忙仝了牛皐出營，迎接進帳。各見禮畢，牛通、何鳳謝了救命之恩。鮑方祖先開口道：「貧道方外之人，本不該在于紅塵纏擾。但今紫薇治世，宋室運合中興。元帥興兵掃北，被那妖僧阻住故特來相助一臂之力。」岳雷大喜，就取過兵符印信，雙手奉與鮑方祖道：「不才碌碌無知，悮膺重任，被番僧殺敗，誠乃朝庭之罪人！今幸師父降臨，實皇上之洪福！就請師父升帳發令。」鮑方祖道：「元帥不必如此，那妖僧本是蜃華江中一個烏魚。因他頭帶七星，朝禮北斗，一千餘年，已成了氣候。近因令尊前身害了烏灵聖母之子，故此命他來掣你之肘。全靠着这些妖法，並無實在本事。元帥可命軍士仍于界山前下營，他必來討战，不論着那位將軍出陣。等他放出妖法之時，待貧道收了他的來，就無能爲了。」岳雷大喜，一面整備素齋欵待，一面傳令三軍飽餐一頓。連夜拔營，仍向界山前舊處安營。當夜無話。

到了次日，山獅駝、連兒心善正和普風在帳中議論：「宋兵大敗而去，數日不見動靜，必不敢再來。且等四狼主兵到，殺入中原，穩取宋朝天下。」三人說說笑笑，忽見小番來报：「啟上二位元帥，宋兵仍逼界山前下營，旗旛越發興旺了。」普風道：「不信他們这等不知死活。也罷，待僧家去殺他一個盡絕罷。」兩個元帥道：「我二人一仝出去助陣，以壯威風。」就点起人馬，一仝放炮出營。

普風大㕧一聲：「宋營中有不怕死的，來會佛爺！」大聲吆喝。宋營中一聲炮响，一將躍馬橫刀，大叫：「牛爺爺在此，禿馿快拿頭來。」普風大罵：「殺不盡的狗蛮囚，看佛爺爺來超度你。」噹的就是一禪杖，牛通提起潑風刀，架開杖，耍耍耍，一連七八刀，殺得普風渾身是汗，回身就走。牛通道：「隨你这賊禿弄鬼，我太歲爺是不怕的。」拍馬追來。普風伸手就在豹皮袋中摸出这顆「黑風珠」來，喝一聲：「小南蛮看寶！」便祭起空中，誰想那寶珠被「穿雲箭」射壞，便不灵了，扑的一聲，落在地下，滴溜溜的轉。牛通道：「这賊禿耍的什么戲法，敢是要化我的緣么？我太歲爺是沒有的嘘！」那普風見寶珠不灵，趂着牛通在那里看，暗暗的就將牛皐的「穿雲箭」，望着牛通當面門射來。只見門旗下走出一個道人，一手接去。普風大怒道：「那里來的妖道，敢接我的箭？」就踊開大步，舉禪杖來打道人。道人閃過一邊。牛通接住普風又战。

但見宋營的関鈴、狄雷、陸文龍、樊成、嚴成方、吉成亮、施鳳、何鳳、鄭世寶、伍連、歐陽從善等一班小將齊喊：「今日不要放走了这妖和尚！」一齊出馬來奔普風。普風慌忙向袋中取出「黑風旗」連搖幾搖，忽地烏雲驟起，黑霧飛來。鮑方祖見了，便向胷前取出一面小小青銅鏡子，名為「寶光鏡」，拿在手中，迎風一幌。那鏡中放出萬道毫光，照得通天轍地價明朗，那黑風頓息，雲開霧絕，興不起冰雹。普風大怒，就把手中鉄禪杖磨了一磨，口中念念有詞。那根禪杖驀然飛在半空，一变十，十变百，一霎時間，成千成萬的禪杖，望宋將頭上打來。眾將正在驚惶，那鮑方祖不慌不忙，將手中的拂塵，望空抛去，喝聲「疾」，那拂塵在半天裡也是这般一变十，十变百，變成千千萬萬，一柄拂塵抵住一根禪杖，呆呆的懸在空中，不能下來。兩邊軍士倒都看得呆了，齊齊的喝采，却忘了打仗。

普風見禪杖不能打他，正待收回，那鮑方祖左手張開袍袖，右手一招：「來了罷！」那拂塵仍变做一柄，落在手中。这普風的禪杖，变作三寸長的一条泥鰍魚，簌的一聲，落在袍袖裡去了。普風失了禪杖，就似猢猻沒棒弄了，心慌意乱，駕起金光要走。纔離不得平地上一二尺，被歐陽從善赶上去一斧，正砍個着，一交跌翻。余雷又赶上前，手起一鎚，把普風腦蓋打開，現出原身，原來是個不大不小的一個大黑魚。可惜千年道行，一旦成空。可見嗔怒之心，害人不小！

當時山獅駝按不住心頭火起，把馬一拎，舉起溜金鎲，望歐陽從善頂門上蓋來。宋陣上楊繼周見了，挺夔戟，跑出陣前，接住山獅駝廝殺。連兒心善擺動合扇刀，跑馬出陣；这裡陸文龍舞動六沉鎗，飛馬迎敵。战不上幾個回合，楊繼周叫一聲：「山蛮，你爺战你不過。」回馬便走，山獅駝道：「楊南蛮，你待走到那里去？」拍馬追來，楊繼周听得腦後鸞鈴响，曉得山獅駝已近，回轉馬頭，發手中戟，緊對山獅駝心窩裡一戟。山獅駝要招架已來不及了，前心直透到後心，跌下馬來。再加上一戟，自然不活了。

連兒心善見山獅駝被殺，心裡着慌，手中刀略鬆得一鬆，被陸文龍一鎗，正中咽喉，也跌下馬來，灵魂兒赶着山獅駝一齊去了。岳雷把令旗招動，大軍一齊冲殺過去。这幾千番兵，那里夠殺，有命的逃了幾個，沒命的都做了沙塲之鬼。有詩曰：

苦争惡战兩交加，遍地尸横乱若蔴。只為宋金争社稷，不辨賢愚血染沙。

岳雷大軍過了界山，收集人馬，放炮安營，計功行賞。鮑方祖對岳雷道：「元帥此去，雖有些小週折，但宋朝氣運合當中興，自有百靈扶助。貧道告別回山去也。」岳雷再三苦留不住，牛皐道：「徒弟本待要跟了師父去，只是熬不得这樣清淡，只好再混幾時罷。但是这枝箭，求師父還了我，或者還有用處。」鮑方祖笑道：「你不久已功成名就，那里還用着他？你且把那隻草鞋休要遺失了。」牛皐道：「徒弟緊緊收好在腰邊一個袋里，再不遺失的。」鮑方祖道：「你且取出來看。」牛皐即在腰邊摸出那隻「破浪履」來，拿在手中道：「師父，这不是草鞋？」鮑方祖道：「你可再細看着。」牛皐低頭一看，那裡是草鞋，忽然变做一隻飛鳧，把口一張，隻翅一撲，呼的一聲，望空飛去。鮑方祖呼呼大笑，駕起祥雲，霎時不見。岳雷仝牛皐眾將，一齊望空拜謝。連夜寫本，差官上臨安報捷。

这里養兵三日，岳雷就點歐陽從善為頭隊先鋒，余雷、狄雷為副，帶領一萬人馬，爲第一隊；又點牛通為二隊先鋒，湯英、施鳳為副，領兵一萬，爲第二隊；自己仝眾將引大兵在後，望着牧羊城進發。但見：

號旗一展三軍動，畫鼓輕敲萬隊行。騰騰殺氣冲霄漢，簇簇征雲蓋地來。

不一日，前隊先鋒已到牧羊城。歐陽從善下令，眾軍士離城三十里，安下營寨。次日上馬提斧，余雷、狄雷持鎚在後，帶領兵卒，來到牧羊城下討戰。那牧羊城內守將，乃是金邦宗室完顏壽，生得虎頭豹眼，慣使一口九耳連環刀，有萬夫不當之勇。手下有兩員副將：一名戚光祖，一名戚繼祖，原是戚方之子。那年在臨安打「擂臺」，逃奔至此，降了金邦就分撥在完顏壽帳下。是日，听得探軍报說：「宋將在城下討战。」就上馬提刀，帶領了戚家兩個弟兄，開関出城，過了吊橋。

兩邊把人馬擺列，射有陣腳。完顏壽躍馬橫刀出陣，大喝：「宋將何等之人，敢來犯我城池？」歐陽從善道：「我乃大宋掃北大元帥麾下先鋒『五方太歲』。奉將令，特來取你這牧羊城。我太歲爺這斧下不斷無名之將，快通名來，好上我的功勞簿。」完顏壽道：「某家乃金宗室親，當今王叔完顏壽的便是。你若好好退兵，各守疆界，容你再活幾時；若是恃蠻，只恐你來時有路，退後無門，休得後悔！」從善大怒道：「我元帥奉命掃北，迎請二聖，一路來勢如破竹，何懼你小小一城！若不早献城池，打破之時，雞犬不留。」完顏壽大怒，喝一聲：「南蛮好無禮！看刀罷！」提起九耳連環刀，劈面砍來，從善隻斧相迎。一塲好殺：

擂鼓喊聲揚，二人殺一塲。紅旗燒烈焰，白幟映冰霜。战馬如飛轉，將軍手臂忙。斧去如龍舞，刀來似虎狼。一個赤胆開疆土，一個忠心保牧羊。真個是：大蟒逞威噴毒霧，蛟龍奮勇吐寒光。

兩人戰到二三十個回合，歐陽從善手略一鬆，被完顏壽攔腰一刀，斬于馬下。余雷、狄雷大吼一聲，四鎚並舉，兩馬齊奔，敵住完顏壽。眾軍士搶回尸首，余雷、狄雷與完顏壽鬪了幾合，無心恋戰，虛幌一鎚，轉馬敗走。完顏壽也不來追赶，掌着得勝鼓進城。余、狄二人只得將從善尸首收斂，暫葬于高崗之下。詩曰：

星落長空逐曉霜，捐軀留得姓名揚。水流江漢雄心在，蓮長蒲塘義骨香。
有死莫愁英傑少，能生堪羨水雲瀼。惟有忠魂千古在，不逐寒流去渺茫。

次日牛通二隊已到，與余、狄二人相見，說知歐陽從善陣亡。牛通大叫起來道：「罷了，罷了！我們就去把他這牢城，不踹他做一片白地，也誓不為人！」眾人勸道：「牛哥且不要性急。諒這牧羊城也拒不住我大兵。且等元帥到來，然後開兵，方是萬穩萬當。」牛通道：「等元帥來不打緊，又多氣我幾日。」

不講这里五人議論紛紛。且說那邊完顏壽雖然贏了一塲，算來終久眾寡不敵，就連夜寫本，差人星飛往黃龍府去討救兵。金主接了告急本章，忙請四王叔上殿商議。兀朮道：「今宋兵已至牧羊城，事在危急，可速傳旨往鷂関去調元帥西尔達，先領兵去救應。待臣親往萬錦山千花洞，拜請烏灵聖母。他有移山倒海之術，手下有三千魚鱗軍，十分厲害，若得他肯來相助，何惧宋朝百萬之眾？」金主道：「全仗王叔維持！」當時即降詔書，差番官往鷂関宣調西爾達，星夜往牧羊城救應。兀朮辭駕出朝，自往萬錦山去告求烏灵聖母，不提。

且說鷂関摠兵西爾達，接了金主調兵的旨意，隨即仝了女兒西雲小妹，帶領本部人馬，離了鷂関，一路滔滔，不一日，到了牧羊城。完顏壽出城迎接，進城相見畢，置酒欵待。另在教場傍側，紮營安歇。

次日，探子來报：「宋朝大兵已到，有將士討戰。」西尔達隨即披掛上馬出城，把人馬擺開。完顏壽仝着戚氏弟兄上城觀战。只見宋營中一聲炮响，門旗開處，一員小將出馬來到陣前，生得來：

千丈凌雲豪氣，一團仙骨精神。挺鎗躍馬蕩征塵，四海英雄誰近？身上白袍古繡，七星銀甲龍鱗。岳霆小將顯威名，飛馬當先出陣。

岳霆大叫一聲：「番將早早投降，饒你一城性命。若有遲延，頃刻即成虀粉，休要懊悔！」西尔達把馬一拎，出到陣前，好生威武！但見：

一部落腮鬍子，兩条板刷眉濃。臉如火炭熟蝦紅，眼射電光炯炯。頭上分開雉尾，腰間寶帶玲瓏。鶻関大將逞威風，叱吒山搖地動。

西尔達大喝一聲：「乳臭小蛮！焉敢犯我疆界？快通名來，好找你的駈頭。」岳霆笑道：「吾乃大宋天子敕封武穆王第三公子岳霆的便是。我这鎗下，不挑無名之將，也报個名來。」西尔達道：「某乃金國鶻関大元帥西尔達是也。奉聖旨特來拿你这班小毛虫。不要走，看傢伙罷！」提起赤銅刀，攔頭便砍。岳霆把手中爛銀鎗緊一緊，架開刀，當胸刺來。刀來鎗架，鎗去刀迎，兩個战到三四十合。西尔達雖然勇猛，怎當得岳霆少年英武，手中这桿爛銀鎗，猶如飛雲掣電一般。看看招架不住，赤銅刀畧鬆得一鬆，早被岳霆一鎗，刺中肩膀，翻身落馬，再一鎗，結果了性命。岳霆下馬取了首級，宋營眾將吶喊一聲，沖殺過去。完顏壽在城上見了，慌忙扯起弔橋，擂木砲石，一齊打下。岳雷傳令，鳴金收軍，記了岳霆功勞。那金兵只搶得西尔達的沒頭尸首進城。西雲小妹放聲大哭，完顏壽即命匠人雕成一個木人頭，來湊上成斂，把棺木暫停在僧寺。

次日，西雲小妹全身素白披掛，帶領番兵出城，坐名要岳霆出馬。小校报進中軍，岳雷仍領眾將出營，列成陣勢。但見金陣上一員女將，生得：

嬌姿嬝娜，慵拈針指好輪刀；玉貌娉婷，懶傍裝檯騎馬走。白羅包鳳髻，雉尾插當頭。素帶湘裙，窄窄金蓮挑寶鐙；龍鱗砌甲，彎彎翠黛若含愁。杏臉通紅，羞答答怕通名姓；桃腮微恨，嬌怯怯欲报父仇。正是：中原慢說多良將，且認金邦一女流。

那西雲小妹立馬陣前，高叫：「宋營將士知事者，快將岳霆献出，償我父親之命。若少遲延，教你合營多死于非命，半個不留！」岳霆聽了大怒，飛馬出陣，大叫：「賤人，休得要逞能，俺岳三爺來也！」拍馬輪鎗，望小妹當胷直刺。小妹舞動手中繡鸞刀，迎住廝殺。戰不上七八個回合，小妹那里是岳霆的對手，便把繡鸞刀一擺，回馬敗走。岳霆隨後赶來，原來那西雲小妹曾遇異人傳授的陰陽二彈，隨手在黃羅袋內，摸出一個陰彈來，扭轉身軀，望著岳霆打來。只見一道黑光，直射面門，岳霆一個寒噤，坐不住鞍轎，跌下馬來。小妹轉馬來取首級，宋陣上樊成一馬冲出，挺鎗攔住小妹，眾人將岳霆救回。那西雲小妹與樊成战了三四合，又向袋中摸出那個陽彈，劈面打來，但見一塊火光，望樊成臉上飛來，樊成叫聲：「阿呀！」把頭一仰，翻身落馬。虧得伍連見了，挺起画桿戟，叫聲：「蛮婆，休要動手！我伍連來拿你也！」西雲小妹抬頭一看，見那伍連：

紫金冠，緊束髮；飛鳳額，雉尾插。面如傅粉俏郎君，唇若塗珠可愛殺！獅鸞寶帶現玲瓏，大紅袍罩黃金甲。若不是潘安重出世，必定西天降下活菩薩。

西雲小妹一見伍連生得齊整，心下暗想：「我那番邦幾曾見这等俊俏郎君！不如活拏这南蛮回城，得與他成其好事，也不枉了我一世。」便舞動繡鸞刀來战伍連。伍連舉戟相迎，一來一往，戰有十餘合，小妹回馬又走。伍連道：「別人怕你暗算，我偏要拿你。」拍馬追來。小妹暗暗在腰間取出一条白龍帶，祭起空中，喝聲：「南蛮，看寶來了！」伍連抬頭一看，只見空中一条白龍，落將下來，將伍連緊緊捆定，被小妹赶上來攔腰一把擒過馬去。宋陣上嚴成方舞動八稜鎚，余雷使起雙鐵鎚，韓起龍搖着三尖兩刃刀，陸文龍挺一對六沉鎗，一齊赶上來救。伍連早被小妹擒在馬上，掌着得勝鼓，拽起弔橋進城去了。岳雷只得鳴金收軍，同眾將回轉大營，悶悶不樂。且按下慢表。

先說那西雲小妹擒了伍連回到自己營中，解下白龍帶，將伍連囚在陷車內，吩咐四名小番：「將他推入後營，好生看守！」卻暗暗的差一個心腹侍婢，叫做彩鴻，着他私下去說，他若肯降順，情愿與他結為夫婦，同享富貴。那伍連初時不肯，被那彩鴻再三叅掇，遂心生一計，不如假意應承，好再圖机會。便對那婢女道：「既蒙不殺之恩，但有一事，那歐陽從善與我結義弟兄，誓仝生死，今被完顏壽害了。若與我報了此仇，情愿依從，并去說那岳家弟兄，一仝到來歸降金國。若不殺得完顏壽，寕甘一死，決不從命。」彩鴻將此話回覆了小妹。小妹正在心持兩端，疑惑不決，忽报：「完顏壽元帥差官持着令箭來，要捉的宋將去斬首號令。」小妹吃了一驚，便叫軍士對差官說：「我父親被岳霆挑死，大仇未报，要捉了岳霆，一仝斬首祭我父親的。」差官回府去繳令。

完顏壽大怒道：「这賤婢畧勝了一陣，便这般小覷我。待我明日出陣也拿兩個宋將來，羞这賤人！」當日過了一夜。

到次日，小校報說：「宋將在城外討戰。」完顏壽聽了，便仝戚氏弟兄領兵出城，一面着小番：「請西雲小妹出城觀战，看我擒拿宋將。」西雲小妹遂帶本部人馬，在吊橋邊齊齊擺列，看那完顏壽橫刀躍馬，過了吊橋，大叫：「宋營中有不怕死的快來納命！」喝聲未絕，宋營中一聲炮响，飛出一將，坐下紅砂馬，手挺六沉鎗，大叫一聲：「陸文龍在此，快快下馬受縛！」完顏壽搖刀直砍，陸文龍雙鎗並舉，一塲好殺：

二將交鋒在战塲，四枝膀臂望空忙。一個丹心扶宋室，一個赤胆助金邦。一個似擺尾狻猊尋虎豹，一個似搖頭獅子下山崗。天生一對惡星辰，各人各爲各君王。

兩個戰到四五十個回合，完顏壽招架不住。大叫：「西雲小姐快來助我！」那小妹呆呆的在吊橋邊，勒馬站着只不動身。又戰了三四合，只得回馬敗走。剛至弔橋邊，陸文龍已經赶到，手起一鎗，將完顏壽挑下城河，做了個水中之鬼。陸文龍招呼眾軍搶橋，西雲小妹忙忙叫城上軍士拽起弔橋，弩箭齊發。可憐戚光祖、戚繼祖兩個，上不及弔橋，宋軍一擁，跌下坐騎，雙雙的被眾馬踐為肉泥。三千番卒不曾留了一個。陸文龍掌着得勝鼓，隨著大軍回營。岳雷記了陸文龍大功，犒賞軍士，暗暗差人打聽伍連消息。

且說西雲小妹回轉城中，早有完顏壽的女兒瑞仙郡主，一路大哭迎來。小妹見了，連忙下馬攙着郡主的手，勸道：「郡主且免悲傷，待小妹明日去拿那南蛮來，與令尊翁报仇便了。」就替他拭了眼淚，又安慰了幾句，命隨身女將送了郡主回府。

小妹自回營中，心下暗喜，便叫彩鴻到後營去，與伍連說知：「今日完顏壽已被宋將殺死，小姐坐視不救，與你报了義兄之仇。何不趁着今夜吉辰，成了好事，就將帥印交你掌管，何如？」不因彩鴻去與伍連說出这番說話，有分教：

落花有意，翻成就無意姻緣；流水無情，倒做了有情夫婦。

正是：

神女有心來楚岫，襄王無梦到陽臺。

不知这伍連如何結果，且聽下回分解。

第七十九回　施岑收服烏靈母　牛皐氣死金兀朮

詩曰：

嬌羞嬝娜世無雙，願得風流兩頡頏❶。襄王不入巫山夢，恐勞宋玉賦高唐。

这一首詩，單道那西雲小妹看中了伍連風流少年，動了邪念，一心想與他成就好事，竟忘了父母之仇。这伍連是個豪傑漢子，怎肯下氣求生？那知小妹一片痴心，反成了他意外姻緣，自己落得一塲話靶。閑話丟開。且說那彩鴻來對伍連說知：「完顏壽戰敗，我家小姐坐視不救，被宋將挑死，報了你歐陽之仇。何不趁着今晚良時，與俺家小姐完成好事？明日你就是帥爺了！」伍連聽了，又喜又愁：喜的是完顏已死，愁的是小妹要他成親。想了一想，便對彩鴻道：「既與我报了仇，你家小姐就是我的恩人了，敢不從命！但是婚姻大事，豈可草草？無媒無証，豈不被人笑話？須得要我宋營中一個人來說合爲媒，方是正理。若不通知，便是苟合了。这断断使不得！」彩鴻只得回覆小妹，小妹細想：「那宋營中人如何肯到此？也罷，待我明日到陣上擒一員宋將來，叫他爲媒，不怕他不從。」主意定了，一夜不睡，等到天明，傳令軍士造飯。吃得飽了，放炮出城，直至宋營討战。

❶ 頡頏：鳥飛上飛下的樣子。語本詩經邶風燕燕：「燕燕于飛，頡之頏之。」

且說岳雷那日雖然勝了一陣，殺了完顏壽，但那牧羊城中，尚有西雲小妹守住，他有異法，一時不能勝他。連差細作扒山過嶺，進城去打聽伍連生死消息，並無回报。岳霆、樊成被西雲小妹打傷，在後營昏迷不醒。心中十分愁悶，正在與軍師諸葛錦議論。諸葛錦道：「請元帥放心。小生昨日細卜一卦，伍兄有天喜星相救，性命無妨。又仰觀乾象，这金兵氣暗，我軍正旺，不日自有高人來相助。前日那妖僧如此厲害，尚不能阻我大兵，何況这女人？」二人正在談論，忽見小校來报：「西雲小妹在營前討战。」

岳雷聽了，傳令排齊隊伍，親到陣前。但見西雲小妹坐在馬上，嬌聲吆喝道：「宋將快來受死！」岳雷道：「那位將軍與我擒來？」話聲未絕，閃出吉成亮應道：「待小將去擒來。」搖動開山斧，拍着青騌馬，冲出陣前，大叫：「蛮婆慢來！」就一斧砍去。小妹見來得兇狠，不敢恋战，畧戰了兩三合，隨在袋中摸出一個陰彈，望吉成亮面門上打來。只見一道寒光直射，吉成亮渾身發抖，一交翻下馬來。羅鴻見了，連忙挺起鏨金鎗，飛馬出陣。眾人將吉成亮搶回。小妹見了，也不問名姓，舉起繡鸞刀，抵住便戰。兩個战了七八合，小妹取出陽彈打來，把羅鴻的眉毛都燒個乾淨，跌下馬來。小妹正待舉刀砍下，只見牛通大吼一聲：「休得動手！太歲爺在此！」搖刀直取小妹，救了羅鴻。小妹道：「不好了！不知是那個廟裡十王殿失了鎖，走出個醜鬼來了！」牛通道：「你道我醜吓！我家中有個老婆，會將石元寶打人；你这蛮婆也會弄玄虛，不如做了我的小老婆，倒也是一對。」小妹大怒，罵聲：「醜鬼，休得胡言亂道，看刀罷！」一刀砍來。牛通舉刀架住。搭上手战了十來合，那小妹那里敵得住牛通，暗暗的在腰間取出白龍帶，祭在空中。喝聲：「醜鬼看寶！」牛通見那小妹手發白光，抬頭一看，只見一条白龍，夭夭矯矯，落將下來，將牛通緊緊捆住。虧得宋陣上搶出施鳳、湯英、韓起龍、韓起鳳四將，一齊殺出，將牛通連帶搶回。岳雷傳令眾軍士將弩箭火炮一齊施放。西雲小妹只得掌着得勝鼓，回城去了。

这里宋營將士仍回大寨。看那牛通身上一條白帶，猶如生根一般，將身子綑住，要解也沒個頭。命將小刀割斷，那刀割在帶上，猶如鉄入紅炉，便轉了口，那里割得動半毫。元帥無奈，只得寫了榜文掛在營門口，有人能解得捆帶者，賞銀千金。且按下慢表。

再說那西雲小妹雖然勝了一陣，却不曾拿得半個宋將，回轉營中，悶悶不樂。彩鴻道：「若是小姐這般樣的廝殺，就打着他的人，也是死的，捆着他的人，他那里人多將多，自然被他搶去了。須得要詐敗佯輸，引他到無人之處，然後拿倒他，豈不是穩的？」小妹聽了大喜，說：「你这小丫頭，倒說得有理。待我明日詐敗，引他到山坳裡，拿他一個來，叫他為媒，怕他還有什么推托？」當夜歡歡喜喜，吃得醉了，且安睡一宵，明日好去行事。

且說伍連囚在後營，因小妹有意招親，所以看守的人不十分上緊，反將好酒好食供養着他。伍連是留心的，便問守軍：「今日陣上如何？」守軍道：「連打二將，捆住一人，却被人多搶去了，不曾拿得來，明日還要去出陣哩。」伍連道：「妙阿！若拿得個活的來，就好叫他爲媒。成就了親事，你們都是有賞賜的。我老爺在此，你們酒也該買些來請請我。」軍士道：「有，有，有。我这里牧羊城内出的是上等打辣酥，待小的們去燙幾瓶來。請爺吃個快活。明日與我家元帥做了親，就是帥爺了，須要照顧照顧小的們。」伍連道：「这個自然。最不濟，也賞你們做個千摠百戶。」那四個守軍歡歡喜喜的，你去烙胡餅，我去辦羊酒，搬到伍連面前，替伍連開了囚車，鬆了手銬。伍連道：「承你們的好情，大家來吃一盃。」小軍道：「这個小的們怎敢？」伍連道：「不妨。我是被擄之人，和你們如弟兄一般，不必拘禮。來，來，來！」于是四個小軍歡天喜地，囉囉唕唕，你一盃，我一碗，高興起來，吃完了又去添來，竟吃得爛醉，俱東倒西歪的睡了。伍連想道：「此時不走，更待何時？」悄悄的就走起身來，逃出後營。但是人生路不熟，逃到那里去好？正在乱闖，聽得前面擱擱的响，有巡更小番來了。伍連慌了，看見左邊一帶圍墻却不甚高，就湧身一跳，蹤入圍墻。

却原來是一座大花园，四面八方，俱有亭臺楼閣。伍連一步步捱進一重屋內，後面放出灯光來。再進一層，擺設得好生齊整。正在東張西望，忽聽得門外有人說話進來，伍連嚇得無處藏躲，竟向床底下一鑽。

少停，外邊來了三個人，却是完顏壽的女兒瑞仙郡主，兩個丫環在前面，掌着白紗灯。走入房來，就坐定了，止不住兩淚交流。只因住孝堂中上了晚祭，纔回來。丫頭勸道：「郡主且免悲傷。王爺已死，不能復生，郡主且自保重。小婢打聽得都是西雲小妹这賤人欺心，他前番捉的那宋將生得十分美貌，心上要他成親，所以不肯解來，以致王爺氣惱出陣，反害了性命。如今哭又哭不活了，且待慢慢的报仇罷！」郡主聽了，咬牙恨罵：「待我奏過狼主，將他千刀萬剮，不倒得饒了这賤人。」那伍連在床底下，是黑暗裡看明處，看得親切，但見那郡主生得來，好似：

雪裡梅開靠粉墻，梨花冷艷露凝香。腰肢嬝娜金蓮窄，體態風流玉笋長。
弯弯新月含愁悶，淡淡秋波滴淚霜。廣寒仙子臨凡世，月殿嫦娥降下方。

那兩個丫環解勸了一番，忙去收拾夜膳送進來。那郡主只是腮邊流淚，哭一聲「父王」，罵一聲「西雲」，那里肯吃什么。丫環再三相勸，只吃了幾盃酒，叫丫環將餚饌收拾去吃。又坐了一回，覺得身子困倦，便吩咐侍婢收拾床鋪，閉上房門，各各安寢。

好一會，那郡主已是睡着。伍連在床底下爬將出來，輕輕的揭起羅帳，看那瑞仙郡主，猶如酒醉楊妃，露出一身白肉，按不住心頭慾火，一時色胆如天，就解衣寬帶，捱入錦被，雙手將他抱住，上頭做了個呂字，下邊竟狂蕩起來。郡主驚醒，那身子却被伍連緊緊壓住，施展不得，便叫一聲：「有賊！」伍連輕輕叫道：「郡主不必聲張，我並不是賊，乃是來殺西雲小妹，替你父親报仇的。你若高聲，我只得先殺了你。」郡主道：「你是何人，也須說個明白。如若這等用強，寧死不從！」伍連道：「这也說得是。」就把手一鬆，郡主慌忙起身，披衣服下床。郡主扯劍在手，便喝問道：「你果是何人？擅敢私入王府，調戲郡主！今日不是你，便是我。」正要將劍砍來，伍連便深深作揖，叫聲：「郡主息怒！聽小將說明，悉聽發落。小將非別，乃宋營大將伍連。前日在陣上，被西雲小妹用妖法擒來，已拚一死。不意小妹着侍婢來說我成親，小將因他不把父仇為重，反貪淫慾，故尔不從。托言报了歐陽之仇，方與他成親。故此前日令尊敗陣，小妹故意不救，以致令尊陷死城河。小將今晚幸得逃脫，偶避至此。不意得遇郡主，也是天緣！今郡主已經失身于小將，倘若揚出聲名，有甚好處？不如俯就姻緣，和你結爲夫婦，殺了西雲小妹，仝歸宋室。一則报了殺父之仇，二來完了終身之事，豈不兩全其美？」郡主听了这一番言語，低着頭不做聲，細想：「此生之言，果然不差。」再偷眼看他，見那生生得一表非俗，氣宇軒昂，後來必作棟梁之器；况今金主荒淫無道，氣數已盡，不如嫁了他，也得個終身結局。遂嘆了一口氣，把劍放下道：「罷，罷，罷！但須要與我报了父仇，情愿和你一仝歸宋。倘不殺得西雲小妹这淫賤，我就拚却一命，無顏立于人世也！」伍連大喜，便道：「小妹明日必然出城征戰，不論輸贏，待他回來，郡主可帶領家將去迎接他。待小將扮作親隨，跟在後面，覰便將他殺了。將牧羊城献與岳元帥，朝庭必有封賞，豈不是好？」郡主道：「如此甚妙。」當夜兩個說得投机，喚起侍婢，與他說明，重新收拾酒筵，吃到半夜。兩個解衣上床，重整鸞凰，自不必說。

且說那晚四個守軍醒來，不見了伍連，嚇得不敢做聲，只得逃出營門，投往別處去了。到了次日，西雲小妹得知伍連逃走了，嚇了一跳，吩咐軍士在合城搜緝，乱了一日，那里有影响。

又過了一日，小妹披掛上馬，帶了軍士出城到宋營討战。岳雷吩咐將「免戰牌」掛出，再作計較。傍邊閃出四公子岳霖，大叫：「不可喪了威風！待小弟去活擒這妖婦來献。」岳雷道：「那妖婦有妖法厲害，須要小心！」岳霖一聲「得令」，提鎗上馬，出營來到陣前，喝道：「妖婦慢來，我四公子來取你的首級也！」小妹舉眼一看：「妙阿！又是一個標緻後生！今番必定要活拿他進城的了。」便叫聲：「小南蛮，看你小小年紀，何苦來送死？不如投降了我，封你做個官兒；另換個有本事的來與我廝殺。」岳霖便罵一聲：「不識羞恥的賤人！不要走，看鎗罷。」耍的一鎗刺來，小妹舉刀架住。來來往往，戰了七八個回合，小妹吽聲：「我战你不過，休得來赶！」回馬敗走，却不進城，反望左邊落荒而走。四公子道：「你这賤人弄什么鬼，我偏不怕你。」拍馬追來，忽辣辣赶下十多里路來。兩邊俱是亂山，只中間一條路，小妹想：「此時不下手，更待何時？」就在腰邊又取出一条白龍帶來，望空拋去，叫聲：「小蛮子看寶！」四公子抬頭一看，曉得此物厲害，正要回馬逃走，忽聽得前面山上叫道：「岳霖休要驚慌，有我在此！」岳霖抬頭一看，却是一個道人，頭帶九梁冠，身穿七星道袍；坐下一匹分水犀牛，手執一把古定劍，生得仙風道骨。慢慢的走下山來，把手一招，那白龍忽然縮做一團，鑽入道人袍袖內去了。小妹大罵：「何方妖道，敢收我寶？」舉刀望道人劈面砍來，道人舉劍相迎，岳霖挺鎗助戰。小妹諒來战不過，飛起陰彈打來；道人把袖口一張，一道寒光，落在袖裡去了。小妹慌了，又將陽彈打來；道人將左手接住，也丟入袖內。「不好了！这番小妹真個要輸了！」撥馬飛奔望本城逃走。岳霖仝着道人一路赶回。剛到城門邊，城上瑞仙郡主忙將吊橋放下，自己走下城來，開了城門迎接。小妹一騎馬剛纔進得甕城，城門邊閃出伍連，拔出腰刀，攔腰一刀，將小妹斬為兩段。

可憐紅粉多嬌女，化作沙塲怨鬼魂！

那時節，岳雷聞報岳霖追殺女將，恐又着他道路，正領大兵來救應。忽見伍連手提小妹首級，又有一位年少佳人，坐在馬上叫喊：「我已歸順宋朝，降者免死！」眾番兵齊聲「願降」。有不願者，逃去十分之二。岳雷見了，便統領大兵一齊進城。伍連引了郡主，來見岳雷，接進完顏帥府。岳霖仝道人見了，岳霖訴說道人相救。岳雷下禮拜謝：「請問仙長何方洞府？那處名山？高姓尊名？來救我兄弟之命，且得了牧羊城，其功不小！」道人道：「貧道乃蓬萊散人，姓施名岑。偶見令弟有难，少助一臂。若有將士受傷，貧道亦能醫治。」岳雷大喜，就命將岳霆、樊成、吉成亮、羅鴻、牛通五人，一齊抬到大堂上。施岑道：「此乃陰陽彈所傷。」就取出四丸丹藥，用水化開，灌入四人口中，霎時平復。牛通大叫道：「我被这牢帶子綑得慌了，快來救救我！」施岑用手一指，其帶自脫。牛通爬起來道：「好厲害！骨頭都被他捆酥了！待我來砍他幾段。」就向傍邊軍士手內奪過一把刀來，連砍幾刀，那里砍得断。岳雷道：「这是什么東西？这等厲害！」施岑笑嘻嘻的又在袖中撈出那条帶來，說道：「還有一条在此。那里是什么寶貝，这是他煉就的一隻裹腳帶子。」又摸出兩個彈子來與岳雷看：那白彈是鉛粉捏成的，紅彈是臙脂團就的。眾將無不驚異，俱各讚嘆仙長法力，各皆下拜，多稱為施仙師。岳雷不敢怠慢，着人送至城西涵真道觀內安歇。

次日，傳令查盤府庫，出榜安民，犒賞將士。就與伍連、郡主結了花燭，大排慶賀筵席。養軍練士，整備掃北。

再說兀朮往萬錦山千花洞中來拜請烏靈聖母，扶金滅宋。看官不知，你道那烏灵聖母是何等出身？且聽在下說個明白。他却是東晉時長沙賈使君的女兒，被妖精假变作秀才，改名慎郎入贅，成為夫婦，得了妖氣，亦變為蛟，連生三子。却被許真君找尋到長沙，將慎郎擒去，鎖在鉄樹上，斬了他兩個兒子，賈使君再三哀求，遂饒了他女兒，并第三個外孫。这女兒就出家修行，在这萬錦山成了正果。那第三個兒子逃在黃河灘邊，修成鉄背虬龍，不意被岳飛前身啄瞎了眼，因要报仇，所以水泛湯陰，遺害百姓，犯了天條斬了。这烏靈聖母想报兒子之仇，故遣普風去帮助兀朮，不道又被鮑方老祖破了法術，喪了性命。正在懊恨，今見兀朮來請他助陣，就滿口應承，帶領三千魚鱗軍，星夜起身，往牧羊城救應。路上遇着小番，报知牧羊城已失。兀朮大驚，即來見烏灵聖母，商議退兵之策。聖母道：「太子放心！待貧道就于蜃華江邊擺下一個陣圖，看那岳雷過得過不得。」兀朮大喜，當夜同聖母渡過蜃華江，背着江，紮下大營。一面差官調請六國三川人馬速來救應，各營准備，不提。

且說岳雷大兵分作四隊，一路而來。離蜃華江不到五十里，早有探子來報：「江邊有幾十番營紮住。」岳雷便命揀空闊處安營。隨命韓起龍、韓起鳳、楊繼周、董耀宗四人在左，羅鴻、吉成亮、王英、余雷在右，分為兩翼；自領眾將在中，結成三個大寨。再命張英、王彪率領軍士砍伐樹木，督造大筏，整備渡江。岦等牛臯後隊到時開兵，當日分撥已定。

過不得兩三日，金邦救兵已到，俱是請來的六國三川共有十萬人馬。各過蜃華江來，週圍紮住營寨。烏灵聖母擺下一陣，名為「烏龍陣」，真個是：

營安勝地，寨倚長江。五色旂按金木水火土，相生相尅；八卦帶分東西南北中，隨色隨方。密密扎扎圍營，伏着弓，架着弩；整整齊齊隊伍，刀似雪，劍如霜。魚鱗軍，中央守護；左右營，旛立五方。南排朱雀，北方玄武施威武；東按青龍，西邊白虎爪牙張。但見那：鞭鐧瓜鎚光耀日，斧戟長鎗豹尾颺。

當時那烏灵聖母排下陣圖，即命兀朮打下戰書到宋營，約日決戰。岳雷即批：「來日准戰。」到了次日，兩邊放炮出陣。兀朮提斧縱騎，叫岳雷親自出來打話。岳雷即帶了眾將來到陣前，兩下相見。兀朮叫聲：「岳雷，自古道：『赶人不可赶上，英雄不可使盡。』某家當日三進中原，勢若破竹，皆因是你宋朝君闇臣奸，以致國家破碎。今尒主既安坐臨安，理宜各守疆土。你今反奪我城池，殺我大將，矯横已極。況汝宋君新立，現差樞密使臣何鑄、曹勛到本國來議和。你若不趁此得意之時，退兵自守，安享功名，一味貪功，恐一旦有失，悔之無及也！」岳雷道：「兀朮，汝之言大差了！你無故犯我城池，劫我二聖，殺我人民，擄我宗室；就是三尺童子，也思報仇雪恨。何況我岳氏忠義傳家，名震四海，若不踏平尔國，何以報二帝之仇？」兀朮大怒道：「小畜生！某家好意勸你，樂得兩邦和好，你反口出大言！不必多講，放馬來罷！」

岳雷方欲上前，傍邊閃過關鈴，大叫：「元帥請住馬，待小將去擒來。」舉起青龍偃月刀，跑動赤兔臙脂馬，劈面砍來。兀朮把金雀斧架住，一塲廝殺，兩個戰了十餘合，兀朮招架不住，撥馬逃回本陣。關鈴拍馬赶來，陣內一聲鐘响，走出一位老道姑，騎着一匹壁水烏牛，手中仗着一對截鉄刀，大叫一聲：「南蛮，休得眼底無人，我來也！」關鈴舉眼看那道姑：

頭上雙蟠雲髻，身穿壁火氷袍。絲絛緊束現光毫，鶴髮童顏容貌。坐的水牛猛騎，手持鑌鉄剛刀。
千花洞內久名標，萬錦山中得道。

關鈴道：「你是那裡來的出家人？何苦來管閒事？」聖母道：「胡說！我乃萬錦山千花洞烏靈聖母。因尔等侵犯我國，特來拿你。」就舞動雙刀，望關鈴砍來，關鈴搖刀架住迎敵。不上三四合，聖母把雙刀一擺，只見陣內飛出三千軍馬，俱用鯊魚皮做就的盔甲，頭上至脚下渾身包裹得密密匝匝，只空得兩隻眼睛，隨你刀鎗火箭，不能傷他；各執煉就的鑌鉄梟刀，烟一般的滾來乱砍。關鈴抵擋不住，回馬敗走。兀朮招呼眾番兵一齊掩殺，殺得宋兵大敗虧輸，退走二十餘里方定。計点軍兵，折了二三千，受傷者不計其數。

岳雷悶悶不樂，正在與眾將商議，忽報牛皐等後隊已到，不一時，牛皐仝眾將進營相見。岳雷將昨日戰敗之事告訴一遍，施岑道：「元帥放心！待貧道明日出陣，必定擒他。」元帥道：「全仗仙師法力！」當日，閑談議論過了。

到了次日，岳雷傳令三軍拔寨而進，直至金營對面排下陣勢，命牛皐出馬討戰。金營內一聲鼓响，兀朮親自出陣，見了牛皐，大罵：「你这黑臉賊，某家今日決要取你的命也！」舉金雀斧便砍，牛皐回鐧便打。戰了十來合，宋營中関鈴、陸文龍、狄雷、嚴成方、樊成、牛通六員小將，各舉兵器一齊上；金營中哈仝文、哈仝武、黎明七、烏利孛、撒里思、撒里虎等亦各出馬，接住混战。不防宗良舉起烏油鉄棍，斜刺里望兀朮一棍，正中左臂，幾乎落馬。兀朮大叫一聲，回馬便走。眾番將見兀朮受傷，無心恋戰。哈仝文被関鈴砍死，哈仝武被狄雷打死，其餘大敗逃奔。宋將一齊趕至金陣前，只聽得一聲鐘响，陣中走出一位聖母，坐下黑牛，手执斐刀，大叫：「宋將休得無禮！可叫岳雷自來破我之陣。」牛皐大怒，也不晉三七二十一，舉鐧乱打。烏灵聖母見來得兇，把手中斐刀一擺，陣內滾出三千魚鱗軍，蜂湧而來。宋將俱各回馬而走。

宋陣內走出一位道者，身坐分水犀牛，手執松紋古定劍，大叫：「列位將軍，休要驚慌。貧道來也！」就一手拿出個葫蘆，揭開了蓋，呼的一聲响，飛出一隊鉄嘴火鴉，起在半空，只望魚鱗軍的眼珠乱啄。那魚鱗軍刀鎗俱不怕，只是这鉄嘴鴉單啄他的眼睛。赶了左邊的去，右邊的又來；赶了右邊的去，左邊的又來：却是無法可施，只得四散逃走。大半被神鴉啄瞎了眼睛的，俱被宋軍擒去。道人收了神鴉，聖母大怒，摧動烏牛上前，大喝一聲：「何方妖道，敢破我陣！」道人笑道：「逆畜！你記得當年在長沙時，我師父原要斬你，我在傍邊參答，饒了汝命，叫你修行學道？怎么今日助紂為虐，抗拒天兵！若不快快回心，献出兀朮，叫你死無葬身之地！」聖母仔細一認：「阿呀！不好了！原來是許真君的徒弟施仙師！怎與他做得對頭？但是既变了臉，那里就好收拾？」便勉強答道：「施仙師，你不知兀朮乃奉上天玉旨下界，岳飛無故將我小兒之眼啄瞎，以致喪命。今岳雷強違天命，恃蛮掃北，故我豈肯干休！況此事與仙師何涉，反來助他？」施岑喝道：「胡說！那岳飛啄坏汝子之眼，自有報應。汝子水泛湯陰，遺害百姓，自家犯了天条，何得唧怨別人？若再多言，我就飛劍斬汝之首也！」聖母臉漲通紅，高叫道：「施道人，你不容我报子之仇，又來欺負于我，我偏不放宋兵過去，看你奈何了我！」施岑大怒，舉起古定劍，望聖母砍來，聖母還刀招架。

战上三四合，聖母道：「施岑，自古道：『來者不善。』你敢來破我的陣么？」撥轉烏牛便進陣內去。施岑笑吟吟的道：「你休要慌，我來也！」便把分水犀牛頭上一拍，仗劍直入「烏龍陣」中。那聖母上了將臺，把黑旂一颭，口中念呪。只見平地上一霎時波濤滾滾，湧出一班蝦兵魚怪，喧喧嚷嚷，使叉的，拿棒的，蜂湧而來。宋將着了忙，一齊逃出陣來，兩邊番將截殺一陣，各有所傷。且說那施道人見了，把口張開，不知念些甚么，忽見半空裡一聲霹靂，震得水怪潛形，妖魔遁跡。就把犀牛頭上一拍，分開水勢，仗劍來取聖母，聖母慌了，將身一滾，变做一條無大不小的烏龍，舒開爪來撲道人。那道人趁勢一把抓住頸皮，正要將劍砍下，聖母哀求饒命。施岑道：「也罷，我也不斬你，只拿你去見師父，鎖在鉄樹上，叫你永不翻身。」就回頭高叫宋營眾將：「煩你們多拜上元帥，貧道擒妖覆命去也。」腰間解下絲縧，將聖母縛了，横在犀牛背上，借着水遁，霎時而去。

那一班宋將看見破了「烏龍陣」，勇氣十倍，奮勇殺來。眾番兵番將料來不濟，俱各逃奔敗走。直赶至蜃華江邊，亂亂竄竄上船，逃回北岸。有上不及船的，被宋兵殺死無數。

却說牛皐在陣內東尋西尋，只揀人多的地方尋人厮殺。不意兀朮正在招集敗殘軍士逃命，劈面遇着牛皐，兀朮回馬便走。牛皐大叫道：「兀朮！今翻你待往那里去！」拍馬來赶，兀朮大怒道：「牛皐！你也來欺負我么？」回馬舉斧來战牛皐。不上三四合，兀朮左臂疼痛，只用右手使斧砍來。牛皐一手接住斧柄，便撇了鐧，雙手來奪斧。只一扯，兀朮身體重，往前一衝，跌下馬來。牛皐也是一交❷跌下，恰恰跌在兀朮身上，跌了個頭搭尾。番兵正待上前來救，这里宋軍接住乱殺。牛皐趁勢翻身騎在兀朮背上，大笑道：「兀朮！你也有被俺擒住之日么？」兀朮回轉頭來，看了牛皐，睜圓兩眼，大吼一聲：「氣死我也！」怒氣填胷，口中噴出鮮血不止而死。牛皐哈哈大笑，快活極了，一口氣不接，竟笑死于兀朮身上。这一回便叫做「虎騎龍背，氣死金兀朮，笑殺牛皐」的故事。那兀朮陰靈不憤，一手揪住牛皐的魂靈，吵吵嚷嚷，一直扭到森羅殿上去鳴冤。後人有詩笑兀朮曰：

空圖大業逞英豪，血战多年赴水漂。當時破宋威名震，今日時乖一旦拋。

那閻羅天子為他二人之事，自有一番大週折，且聽下回分解。

---

❷ 交：猶「跤」。

第八十回　表精忠墓頂加封　証因果大鵬歸位

詩曰：

世間缺陷甚紛紜，懊恨風波屈不伸。牛神蛇鬼生花舌，幻將奇語慰忠魂。

上回已說到兀朮被牛皐擒住，憤怒氣死，牛皐也大笑而亡。兩個魂灵，一仝扭結鬧入幽冥。那閻羅天子尚費一番大週折，且按下慢表。

先說那岳雷追殺金兵一陣，鳴金收軍。陸文龍擒得哈迷蚩來献，關鈴擒得金將白眼骨都來献，伍連取得番將烏百祿首級來献，諸將俱來报功，岳雷一一命軍政司寫了。次後，牛通哭上帳來，具言父親拿住兀朮，雙雙俱死。岳雷一悲一喜，隨傳令將牛皐從厚收斂，命牛通扶柩先回鄉去。兀朮尸首亦用棺木盛殮，暫葬于山崗之下。將哈迷蚩、白眼骨都斬首號令。一面具表入朝奏捷。

不數日，張英、王彪一齊上帳來稟：「船筏俱已完工，特來繳令。」岳雷也命上了功劳簿，擇日渡江。不道那金國眾兵將因兀朮被傷，各無鬪志，一直俱回黃龍府去，隔江並無防守。岳雷引大軍過了蚕華江，毫無阻擋，一路聞風瓦解，直望黃龍府進發。不一日，已到離城五十里，安下營寨。就打下战書，差人到黃龍府去。嚇得那金國君臣，滿朝文武，面面相覷，無計可施。

當下左丞相蕭毅上殿奏道：「今本國四太子已亡，無人退得宋兵。不如寫下降書降表，將二聖梓宮❶送還，求和爲上。」金主依奏，即着王叔完顏錦哥親到岳雷營中求和。岳雷道：「若要求和，快快將二聖送出。以後年年進貢，歲歲來朝。若稍有差訛，即起大兵來征，決不輕縱。」完顏錦哥道：「二聖久已歸天，只有天使張九成還在。待某回去奏聞，即到五國城去，送來便了。」當時完顏錦哥辭了岳雷進城。

不多幾日，完顏錦哥和張九成仝送徽、欽二帝，并鄭皇后、邢皇后梓宮出城。岳雷仝眾將迎接至營，設廠朝祭已畢，就令張九成與完顏錦哥領兵三千，護送梓宮，先上臨安去了。然後大兵一路慢慢的奏凱回朝。有詩曰：

虎帥桓桓❷士氣盈，旂開取勝虜塵清。威名遠揜金人惧，武將高超兀朮擒。
春意已回枯草綠，秋毫不犯鬼神欽。今朝奏凱梓宮返，碎破山河一旦平。

大軍一路回到朱仙鎮，鎮上父老攜男挈女，各頂香花迎接。各各贊嘆道：「这是岳爺爺的公子，今日平金回來，岳爺爺在九泉之下，不知怎樣的快活！那奸臣何苦妬賢悞國，落得個子孫滅絕，還不知在地獄裡如何受罪哩！」

閒話丟開。一日大軍已到臨安，孝宗即命眾大臣出城迎接。岳雷進了城中，率領眾將入朝朝見。孝

❶ 梓宮：皇帝的棺材。
❷ 桓桓：勇武、威武貌。

宗賜錦墩坐下道：「朕賴元帥大力，報了先帝之恥，迎得梓宮回朝，其功非小！且命暫居賜第，候朕加封官職。」岳雷謝恩，全眾將出朝候旨，不表。

且說孝宗命工部將秦桧宅基拆卸，起造王府，與岳雷居住。又于棲霞嶺下，營造岳王廟宇，及諸忠臣祠宇。一面擇吉安葬帝后梓宮。頒賜金銀彩段，與完顏錦哥回金國而去。着眾大臣議定封賞。過了數日，差內監手捧綸音來至午門外。岳雷率領眾將，跪聽宣讀，詔曰：

奉天承運皇帝詔曰：朕惟臣子乃国家揚武翊運❸之棟樑，忠義又臣子立身行己之要領。功施社稷，宜膺茅土之封❹；淨掃邊塵，當沐恩榮之典。咨尔故少保岳飛精忠報國，節義傳家；正當功業垂成，忽墮權奸毒手；幽魂久滯，忠節應旌。厥子岳雷，克成父志，迎請梓宮，豐功偉烈，宜銘鼎鐘。

今特追贈岳飛為鄂國公，加封武穆王，賜謚忠武，配享太祖廟；妻李氏封鄂國夫人。

王祖考岳成，追贈太師魏國公；祖妣楊氏，追贈慶國夫人。

王考岳和，追贈太師隋國公；妣姚氏，贈周國夫人。

王長子岳雲，追贈左武大夫安邊將軍忠烈侯；妻鞏氏，封忠烈夫人。

王次子岳雷，封兵馬大元帥平北公；妻趙郡主封慎德夫人。

---

❸ 揚武翊運：炫耀武力，輔助國運。翊，音ㄧˋ。輔助。

❹ 茅土之封：指王侯的封爵。

王三子岳霆，封智勇將軍；敕賜張信女為配，封恭人。

王四子岳霖，封仁勇將軍；妻雲蠻郡主封恭人。

王五子岳震，封信勇將軍；敕賜張九成女為配，封恭人。

王孫岳申、岳甫，俱封列侯。

王女銀瓶，加封為貞烈孝義仙姑。

張憲加封成義侯。

牛皐加封成烈侯。

張保加封龍武將軍。

王橫加封虎威將軍。

施全封眾安橋土地，加封興福明王。

吉青、梁興、趙云、周青、歐陽從善封為五方賢聖。

其餘，已故王貴、湯懷、張顯、王英、楊再興、董先、高寵、鄭懷、張奎、余化龍、何元慶等，俱封為各方土地正神，俱加侯爵。

現在隨征將佐宗良、牛通、韓起龍、韓起鳳、鄭世寶、楊繼周、董耀宗、吉成亮、陸文龍、伍連、施鳳、湯英、何鳳、王英、關鈴、狄雷、樊成、嚴成方、羅鴻、余雷，俱封各路摠兵。

諸葛錦，封禮部侍郎，兼理欽天監監正。

張英、王彪，封為殿前校尉。

嗚呼！酬功报德，率由典章。光天所覆，咸沾湛露之仁；太岳雖高，須竭纖埃之报。凡尔諸臣，
其益勵忠勳，用安社稷。欽哉！

當時讀罷聖旨，眾文武各各山呼，謝恩退朝。

次日，孝宗特旨拜張九成為大學士，張信為鎮國公。又差大臣前往雲南一路去，封李述甫為順義王，統屬各洞蛮王。封黑蛮龍為遵義將軍。頒賜柴王、潞花王，金珠彩段。各王亦遣使臣來進貢謝封。岳夫人擇日與岳霆、岳震成親。孝宗又賜采段千端，黃金千兩，宮娥二對，彩女四人，金蓮寶炬。好不荣耀！自此岳氏子孫繁盛，世代簪纓不絕。不能盡述。

却說無上至尊昊天玉皇玄穹高上帝，一日駕坐灵霄寶殿，兩傍列着四大天師、文武聖眾，堦下一班仙官、仙吏，齊齊整整，好不威儀。有詩曰：

萬象橫天紫極高，龍蛇盤緒動旌旄。巍峨金闕珠簾捲，緋烟簇擁赭黃袍。

當有傳言玉女喝道：「眾仙卿有事出班，無事退朝。」言未畢，早有太白金星俯伏玉堦啟奏道：「臣李長庚有事奏聞，今有下界閻羅天子引着赤鬚火龍魂魄，云係奉玉旨下凡，被牛皐擒獲氣死，有冤本上告。臣查得中界道君皇帝元旦郊天，悮寫表文，曾命赤鬚龍下凡擾亂宋室江山，西天佛祖恐其难制，亦命大鵬下降。隨後眾星官紛紛下界者不一。今紫薇星已臨凡治世，宋室合當中興，所有火龍、大鵬并一眾星辰陣亡魂魄，應當作何處置？特此奏聞，候玉旨施行。」玉帝將本章細細看明，即傳下玉旨道：

道君原係九華長眉大仙下降，因他忘却本來，信任奸邪，不敬天地，戲寫表文，故令赤鬚龍下凡攪擾，令其歷盡苦楚，竄死沙漠。今既受人累，免其天罰，令其歸位潛修。火龍雖奉玉旨下凡，不應私污秦桧之妻，难逃淫乱之罪，罰打鉄鞭一百，摘去項下火珠，着南海龍王敖欽鎖禁丹霞山下，令他潛修返本。牛皐乃趙玄壇❺座下黑虎，仍着趙公明收去。秦桧諸奸臣等，着冥官分擬輕重，俱入地獄受罪。岳飛乃西天護法降凡，即着金星送歸蓮座，聽候佛旨發遣。岳雲、張憲，本雷部將吏，今加封為雷部賞善罰惡二元帥。張保、王横，並授雷部忠勇尉。飛女銀瓶封為地府貞孝仙姑。其餘一應降凡星官，已亡者，各歸原位；未亡者，待其陽壽終時，另行酌處。欽此。

當時眾仙魂山呼謝聖退班。玉帝駕回金闕雲宮。

那太白金星仝着岳元帥，齊駕祥雲，頃刻來到西天大雷音寺，正值我佛如來，端坐蓮臺，聚集三千諸佛、五百羅漢、八大金剛、阿難❻揭諦、比邱僧尼等眾，講說三乘妙典❼、五蘊楞嚴❽。正講得天花

---

❺ 趙玄壇：神名。相傳其姓趙名朗，字公明。秦時得道於終南山，道教尊為正一玄壇元帥。其像頭戴鐵冠，黑面濃鬚，執鐵鞭，騎黑虎。傳說能驅雷役電，除瘟禳災，主持公道，求財如意。故舊時各地有玄壇廟，民間奉為財神。

❻ 阿難：阿難陀的省稱。意譯為歡喜、慶喜。是釋迦牟尼十大弟子之一，長於記憶，稱多聞第一。

❼ 三乘妙典：指佛教經典。三乘，一般指小乘（聲聞乘）、中乘（緣覺乘）和大乘（菩薩乘）。三者均為淺深不同的解脫之道。亦泛指佛法。

❽ 五蘊楞嚴：即五蘊論、楞嚴經，都屬大乘教的經典。

乱墜，寶雨繽紛，忽見金星引了岳飛魂魄，稽首皈依，將玉帝牒文呈上。佛爺道：「善哉，善哉！大鵬久証菩提，忽生嗔念，以致墮落塵凡，受諸苦惱。今試回頭，英雄何在？」岳飛聽了，猛然驚悟。隨向佛前打個稽首，就地一滾，变作一隻大鵬金翅鳥，鬨的一聲，飛上佛頂。如來用手一指，放出五色豪光，照耀四大部洲，無微不顯。佛即合掌而說偈曰：

一切有爲法，如梦幻泡影。如露亦如電，應作如是觀。

大眾齊齊合掌，念一聲：「南無大慈大悲救苦救难過去未來現在三世阿弥陀佛！」各各繞佛三匝，作禮而退。

詩曰：

宋室江山一旦空，天時人事兩相蒙。徽宗失德邀天禍，兀朮乘机得逞雄。
萬古共称秦桧惡，千年难沒岳飛忠。因將武穆終身恨，一假牛阜奏大功。

又詩曰：

力圖社稷逞豪雄，辛苦當年百戰中。日月仝明惟赤胆，天人共鑒在清衷。
一門忠義名猶在，幾處烽煙事已空。奸佞立朝千古恨，元戎誰與立奇功？

附　錄——說岳全傳情事與史實比勘

中國小說有史傳的傳統，所以一向比較尊重歷史。金豐在說岳全傳序中說道：「從來創說者不宜盡出於虛，而亦不必盡由於實。苟事事皆虛，則過於誕妄，而無以服考古之心；事事皆實，則失於平庸，而無以動一時之聽。」這番議論說明了創作歷史小說中史實與虛構的辨證關係。

說岳特別是第六十一回前，所表現的大的關節，大抵是有史實依據的。在第六十一回後，平反岳飛冤獄，也有根據。但是，說岳的作者依據藝術創作的要求，又有不少虛構。與三國演義的「七實三虛」不同，說岳在歷史事實與藝術虛構的比例上，只能算是「三實七虛」。

一、對岳飛史實不可忽視的問題

要考覈說岳事件、情節的本事，必須與岳飛史實加以比照，然其間有一個不可忽視的問題，即岳飛史料中存在著有待比勘印證之處。換言之，即其中有不盡確鑿之處，必須注意及之。

南宋記載岳飛生平事蹟的史書或專文，大致可分三個系統：一是官修史書，二是私人著述，三是岳飛之孫岳珂編撰的鄂王行實編年，它雖也是私人著述，但為有別於前者，故別之為家傳系統。

第一個系統從宋高宗紹興八年（一一三八）到紹興二十五年（一一五五），其時一直是由秦檜以宰相而兼領「監修國史」的職務，史館中執筆者，非其子弟即其黨羽，也即李心傳說的：「蓋紹興十二年以前日歷，皆成於檜子熺之手。」他們對岳飛抗金的輝煌戰績不如實記載，隱匿功狀，顛倒事實乃至虛擬事端，不一而足。南宋的日歷、實錄、國史等官修史書，已全部失傳。傳世的宋史高宗紀、李心傳的建炎以來繫年要錄等書中的記事，絕大部分都是根據那幾種官修史書撰成，雖經李燾剔，但仍夾雜著不實的成分。

第二個系統，因岳飛生時軍營中招攬了不少文人學士，他們對岳飛與岳家軍的記載為數不少，但在岳飛遭害後，為了避免禍端，這些文人學士大都自動焚毀文稿，不再收集在其著述內。它們有似吉光片羽，收入在徐夢莘編寫的三朝北盟會編和岳珂編錄的金陀續編百氏昭忠錄。由於岳飛的戰功被埋沒與冤死，出於對岳飛的景仰，因之岳飛的生平事蹟同時被編撰為帶有想像與願望的故事，從而使此後編寫的有關岳飛的傳記，或多或少地包含了一些不可信據的事項，由是對私家著述也不能百分之百的作為信史看待。

家傳系統的主要著作為鄂王行實編年。據岳珂說：「大訪遺佚之文，博觀建炎、紹興以來記述之事，下及野老所傳，故吏所錄，一語涉其事則筆之于冊，……蓋五年而僅成一書。」它於宋寧宗嘉泰三年（一二〇三年，上距岳飛被害之日已有六十二年）寫成，並呈進南宋王朝。三年後，史官章穎把行實編年的文字稍加刪節，改寫為岳飛傳，和他所寫的劉錡、魏勝、李顯忠三人的傳記合併為南渡四將傳，上呈朝廷，列置史館。後元朝修宋史岳飛傳，基本上照抄章穎的岳飛傳。此後凡是記述岳飛生平事蹟的，無論是官史，或編寫戲曲小說，大都直接或間接地以家傳系統的著述為基本依據。但岳珂生活在南宋王朝，不得不迴避高宗與岳飛的矛盾，以及出於孝子慈孫的用心，對乃祖生平事蹟的敘述，又不免有溢美之詞。

總之，三個系統內，都或多或少包含了一些不可憑信的成份，三者之間相互矛盾、相互影響，輾轉抄襲之處也所在多有，因此，我們引用時，絕不可忽略這一點。

二、岳飛的家庭、身世與所受教育

岳飛的出生與命名，據宋史岳飛傳：「飛生時，有大禽若鵠，飛鳴室上，因以為名。」是岳飛的父親將岳飛出生時與從屋頂飛鳴而過的大鳥聯繫在一起，而命名飛，字鵬舉的。在說岳中，則虛構了岳飛是如來佛祖頭頂上的護法神祇大鵬金翅明王降世與陳摶老祖賜名的故事，使英雄人物一出生就不同凡響，並使之具有神奇色彩。岳飛出生未幾，黃河在內黃縣境決口，岳飛家鄉湯陰縣正處在黃河北岸，地勢低窪，立即被洪水淹沒，當時岳飛的父親不在家，「母姚氏倉卒襁抱飛坐巨甕中，衝濤而下，乘流濊沒，俄及岸得免。」（鄂王行實編年）但田地變為一片沙磧，家境也從主戶（略有薄田的自耕農）淪為客戶（佃農）。因為家境貧寒，岳飛從小就幹農活。而在說岳中，不僅將岳飛的家境寫成員外之家，讓岳飛父親在兒子三朝時就因水災亡故，由岳母獨自撫養孩子。又讓王員外施恩撫養孤寡，引出麒麟小英雄結義，使岳飛在抗金大業中有一批共患難同生死的結義兄弟。

三、岳飛的父親岳和的存年

據鄂王行實編年，岳和卒於宋徽宗宣和四年（一一二二）岳飛二十歲時，但在岳飛的乞終制札子中有「伏念臣孤賤之軀，幼失所怙，鞠育訓導，皆自臣母」之語，二十歲喪父絕不能稱「幼失所怙」，從「幼」字和「鞠育（意為撫養）」的用詞推斷，岳飛父親之逝必在岳飛的童年。岳飛自己的話當然是最可信據的。因此，鄂王行實編年中記載的岳飛父親訓勉岳飛：「使汝異日得為時用，其徇國死義之臣乎？」與岳飛的回答：「惟大人許飛以遺體報國家，何事不敢為！」顯然是岳珂摭拾遺聞之誤，或是為美化岳和，憑想像而架構的，它既不符合岳和一個普通農民的身份，更不符合岳和在世的時間。

四、岳母刺字岳飛背上

岳母姚氏於夫亡後，肩負起鞠育訓導岳飛的重任，她教子以忠，特於兒子背上刺上「盡忠報國」四字。史實是在岳飛二十四歲決心投效時任兵馬大元帥的趙構（高宗）的軍隊時，放心不下白髮蒼蒼的老母，岳母刺「盡忠報國」，勉勵兒子永做忠臣，流芳百世。說岳中岳母的刺字，是針對岳飛的結義兄弟們當時不能安守清貧，落草為寇，洞庭湖賊寇頭領楊么以富貴財寶來邀請岳飛入夥的情況而發。接著岳飛被新君高宗宣召赴闕，從此走上抗金的戰場。後來被冤受審，袒背示問官，以證其忠貞不貳！「刺字」成了千古流傳的佳話，岳母也成了中國歷史上著名的教子有方的賢母。至今臺灣宜蘭岳廟每年逢岳母姚氏逝世的農曆三月二十六日，女信士們仍聚會隆重紀念。岳飛背刺「盡忠報國」四字，具見宋史何鑄傳：「秦檜力主和議……脇飛故將王貴上變，逮飛繫大理獄，先命鑄鞫之。鑄引飛至庭，詰其反狀。飛袒而示之背，背有舊涅『盡忠報國』四大字，深入膚理，既而閱實俱無驗，鑄察其冤……。」

五、岳飛的妻與子

岳飛十六歲成親，娶妻劉氏，生二子（按生年推算，岳雲、岳雷當均為劉氏所出）。但在兵亂中，劉氏改嫁。岳飛二十八歲屯兵宜興時，尋回失散的老母與二子。續娶李氏，即岳夫人，生三子，霖、震、霆。此事在徐夢莘的三朝北盟會編與李心傳的建炎以來繫年要錄中都有記載，但岳珂的鄂王行實編年卻對劉氏一節諱莫如深，隻字不提，以致從宋史開始，就將岳雲說成是養子。岳母長年臥病，後來連起止動作都十分困難，李氏夫人能很恭順地服侍婆婆。除家事外，岳飛決不把別的事委托給李氏。據周密齊東野語岳武穆逸事載：岳飛移軍駐屯宜興，老母與妻子都隨軍住在那裡。一次岳飛奉命外出作戰，「命親將守之，飛出兵不利，夫人密諭親將選精銳、具餱糧潛為策應之備，未幾，飛兵還，即入教場呼問之曰：『汝欲何為？』曰：『聞太尉軍小不利，故擇敢戰士以備策應，此男女孝順耳。』飛曰：『吾命汝堅守根本，天不能移，地不能動，汝今不待吾令，擅自動搖，是無師律也。』立命責短狀，將大懼，祈哀吐實：『此非某所自為，蓋夫人亦曾有命耳！』」飛愈怒，嚴厲地處分了親將。在說岳中，將有損岳飛英雄形象的劉氏刪去，編撰了李氏是縣主李春的獨生女兒，在縣考武童時，李春慧眼識英雄，慨締百年姻的故事，李氏成為英雄的賢內助，使岳飛的一家更為完美。

六、岳飛受教育情況

岳飛少時，白天下田，晚上識字讀書，後進私塾上冬學，粗通文墨，在相州晝錦堂（北宋重臣韓琦及其子孫的府第）做莊客幾年，又讀了些書，在韓府耳濡目染，學到不少治軍、治政的知識。他從小喜愛練武，十一歲時，外祖父令岳飛從全縣聞名的刀槍手陳廣學習技擊，不久岳飛就成為「一縣無敵」的槍手。十九歲時，又從同鄉周同學射箭，周無保留地教，沒有多久就將技藝全部傳授給岳飛。飛盡得其術，能左右射，百發百中，有神力，能挽弓三百斤、弩八石（一石合今一百十斤）。周病逝，飛無以報答，每逢初一、十五，岳飛都要到周墓前祭奠，沒有錢買酒肉，便典賣衣服換錢，酹酒埋肉於墓側，並以老師所贈的弓連發三矢，來紀念恩師周同的教導並寄托哀思。說岳沒有提到岳飛的刀槍師父陳廣，而讓周侗全面教授岳飛的文章武藝十載（從七歲直到十六歲），並讓岳飛拜周侗為義父，突出了周侗的作用。

七、岳飛的第一次從軍

宋史岳飛傳載：「宣和四年，真定宣撫劉韐募敢戰士，飛應募。」當時宋與金聯合攻遼，宋方統帥童貫派真定府路安撫使劉韐在河北招募「敢戰士」，岳飛祖籍所在相州屬真定府路統轄，飛應募，由於超群的武藝與識見，劉破格提拔飛為「敢死隊」小隊長，到達了前線燕京（岳飛誤以為是黃龍府），卻根本得不到與遼軍交鋒的機會。征遼失敗後，岳飛受命鎮壓陶俊、賈進和的兵匪之亂。「相有劇賊陶俊、賈進和，飛請百騎滅之。遣卒偽為商入賊境，賊掠以充部伍。飛遣百人伏山下，自領數十騎逼賊壘。賊出戰，飛陽北，賊來追之，伏兵起，先所遣卒擒俊及進和以歸。」（見宋史岳飛傳）說岳摒去了征遼與討陶、賈兵匪之亂等事，只寫了劉節度徵兵，飛應募的情節。但真定府路節度使劉韐則變成了相州節度劉光世大老爺（說岳把歷史人物寫入作品時，經常作變動，如周同改為周侗、吉倩改為吉青、黃佐改為王佐），將「募兵」改成了州試，虛構了「夢飛虎徐仁荐賢，索賄賂洪先革職」的情節，使岳飛等在武試的道路上歷經曲折，最後劉節度識英才，捐銀造屋，讓岳飛仍歸故土，使虛擬的王員外恩養岳氏母子一節，有了歸宿。

據行實編年：「宣和六年，岳飛二十二歲，投平定軍，為效用士，稍擢為偏校。」宋史專家鄧廣銘先生認為沒有此事。說岳中也沒有反映，為節省篇幅，故不具論了。

八、岳飛的第三次從軍

靖康元年，趙構接到欽宗的聖旨，在相州建立天下兵馬大元帥府，宗澤、汪伯彥為副元帥。岳飛二十四歲，應樞密院官員劉浩的招募，在相州參加大元帥府的部隊，是劉浩麾下，因當時宗澤所部人馬較少，於是劉浩被改充前軍統制，隸屬宗澤指揮。靖康二年（一一二七）二月六日，岳飛所在部隊奉大元帥府的命令，改由黃潛善節制。岳飛於四月隨同大元帥前往應天府，六、七月間，因上書要求抗金，以小臣越職言事，被革職為民。八月，岳飛往大名府，第四次從軍，請見正在募兵的河北西路招撫使張所，受到賞識，被破格提拔為借補修武郎，後又升為統制，撥歸都統制王彥部下當偏裨將，後在新鄉突圍戰中，因不理解王彥保存實力的持重方針，責備王膽怯，不聽王的節制，率部離去。後來岳飛認識到自己的錯誤，曾單騎前往王彥的山寨請罪，希望重歸「八字軍」，未被容納，於是只好率部轉戰太行山區。雖也取得不少戰績，「嘗以數十騎乘險據要，卻胡虜萬人之軍。」刺死金酋黑風大王，但終勢孤力單，乃決定南下汴京，投奔宗澤，這是建炎元年（一一二七）十二月的事。宗澤於建炎元年六月任東京留守後，將王彥招致留守司中，因此了解岳飛脫離王彥的情況與軍事才能，「時岳飛偶犯，有司欲正典刑，公一見奇之，曰：『此將才也。』留軍前。適羽報敵犯汜水，遣飛為踏白使，以五百騎授之。公語曰：『吾釋汝罪，今當為我立功。』且戒無輕鬥。飛稟命即行，凱還，補為統領，後遷總制，自是軍聲大振。」

九、岳飛與宗澤的關係

在岳飛一生中，受到宗澤的知遇，使岳飛有了施展才華的機會，宗澤對岳飛的培養和影響是深遠的。行實編年卷一記載：靖康二年春正月與二月，於開德、曹州對金的戰鬥中，由於岳飛的英勇，作戰獲勝，「澤大奇先臣，謂之曰：『爾勇智才藝，雖古良將不能過。然好野戰非古法，今為偏裨尚可，他日為大將，此非萬全計也。』因授以陣圖。先臣一見，即置之。後復以問先臣，先臣曰：『留守所賜陣圖，飛熟觀之，乃定局耳。古今異宜，夷險異地，豈可按一定之圖。兵家之要，在于出奇，不可測識，始能取勝。若平原曠野，猝與虜遇，何暇整陣哉！況飛今日以裨將聽命麾下，掌兵不多，使陣一定，虜人得窺虛實，鐵騎四蹂，無遺類矣。』澤曰：『如爾所言，陣法不足用耶？』先臣曰：『陣而後戰，兵之常法，然勢有不可拘者，且運用之妙，存於一心，留守第思之。』澤默然，良久，曰：『爾言是也。』」宋史岳飛傳沿襲此說。同樣，李漢魂所編岳武穆年譜也持此說。但這段記載時間上有誤，宗澤向岳飛授陣圖事，發生在宗澤任東京留守期間，而不是在大元帥府。岳飛與宗澤之間關係在時間上，有前後兩個階段，其接觸情況也大不相同。

第一階段是隸屬性質。宗澤當時的職務是副元帥，而不是宋史岳飛傳和行實編年所說的為東京留守（三朝北盟會編卷七三）。岳飛在宗澤節制的劉浩所部，時間從靖康元年（一一二六）十二月建置大元帥府起，到次年二月改歸黃潛善建制，前後不足一個半月，在這期間岳飛並沒有突出的事功表現，所以不但不為趙構所知悉，副元帥宗澤也應是無緣與之相識的，而且這期間宗澤平均二、三天就與金兵有一次惡戰，顯然無暇從容討論陣法，從對話中稱宗澤為「留守」看，也應為宗澤出任東京留守後的事。

第二階段是，建炎元年（一一二七）十二月岳飛投奔宗澤，得到宗澤的賞識與信任，並直接由宗澤指揮。到次年七月宗澤為國事憂憤而卒，歷時大約七個半月。其間，建炎二年正月至四月，岳飛參加滑州之戰，每戰必勝。岳飛的非凡軍事指揮才能得到充分的發揮。宗澤則更有意加以培養，所以才有授陣圖的事。繼宗澤任東京留守的是杜充，岳飛改隸杜充。三朝北盟會編、建炎以來繫年要錄或說：「杜充用飛為統制」，或說：「（飛）以其眾千人降于東京留守杜充」，抹煞了岳飛與宗澤的關係，皆誤。

說岳對岳飛這段從軍經歷突出了宗澤對岳飛的賞識，並架構了「元帥府岳鵬舉談兵」，又展現了宗澤與張邦昌等在選武狀元之試上的鬥爭，虛擬了精彩的「鎗挑小梁王」情節。同時又將岳飛在高宗建炎三年（一一二九）的事跡提前。那就是叛軍王善等率眾五十萬迫近汴京南薰門，「岳飛所部僅八百，眾懼不敵，飛曰：『吾為諸將破之。』左挾弓，右運矛，橫衝其陣，賊亂，大敗之……後王善圍陳州，岳飛與之戰于清河，擒其將。」（宋史岳飛傳）說岳以之構築了「岳飛破賊酬知己」的情節，而將建炎元年岳飛以五人闖營、以抗金大義招安吉倩三百八十人事移後至第二十三回，前後史實的移動，雖然違反了事件發生的年代，但並沒有違反歷史人物的原貌。

應該說，說岳將岳飛比較複雜平淡的投軍經歷，改造成第五回至第十四回的故事情節，描寫岳飛從縣試、州試到京試，「鎗挑小梁王」，使岳飛一鳴驚人，他的超群武藝與不畏權貴的錚錚鐵骨，使天下英雄盡折腰；到破王善，酬知己宗澤，從而使情節起伏跌宕，是十分成功的。

十、靖康時金統帥非兀朮

金兵入寇，靖康之難，徽、欽二帝被俘北遷，劉豫降金被封魯王，均為史實。但欽宗靖康元年（一一二六），金兵分兩路大舉侵宋時，東路是由斡離不率領攻取燕京，直逼開封，兀朮當時擔任前鋒。西路由粘沒喝率領，進攻太原。在說岳中，為集中塑造金兀朮這個反面人物，虛擬了校場比武兀朮舉起鐵龍，被封為昌平王、掃南大元帥，成了侵宋金軍的統帥。其實到宋高宗九年（一一三九）七月，完顏宗磐、宗雋謀反被殺，宗弼（即兀朮）為都元帥，晉封越國王，才成為金軍的最高統帥。八月，殺金朝主和派首領撻懶。次年夏，領行臺尚書省事，更掌握了中原的行政大權。說岳寫由於黃河突然結冰，金兵才得以渡河，並非史實。

十一、陸登殉難與梁紅玉「炮炸失兩狼」皆為虛構

說岳寫金人入侵，首遇潞安州節度使陸登的抵抗，兵敗後自刎而死。陸登不見於宋代史籍，他的抗金故事與一家殉難及後來的陸文龍歸宋，應全是小說家之言。「梁夫人炮炸失兩狼」也是如此。宋史韓世忠傳載：「欽

宗即位，(韓)從梁方平屯濬州，金人壓境，方平備不嚴，金人迫而遁，王師數萬皆潰。世忠陷重圍中，揮戈力戰，突圍出，焚橋而還。欽宗聞，召對便殿，詢方平失律狀，甚悉，轉武節大夫。」可見金兵入寇，韓世忠戰敗突圍，有史實根據，然無「炮炸失兩狼」之事。

十二、張叔夜假降保河間府非史實

據宋史張叔夜傳與宋史記事本末記載：靖康改元，金人南下時，張叔夜再上章乞借騎兵，與諸將並力斷其歸路，未得上報。後欽宗四道置帥，叔夜領南道都總管。金兵再至，欽宗手札促入衛。張即自領中軍，子伯奮領前軍，仲熊領後軍，合三萬人，翌日上道。至尉氏，與金游兵遇，轉戰而前。十一月三十，至都，帝御南薰門見之，軍容甚整。入對，言賊鋒正銳，願帝如唐明皇之避祿山，暫詣襄陽以圖幸雍。帝頷之，加延康殿學士。閏月，帝登城，叔夜陳兵玉津園，鎧甲光明，拜舞城下，帝益喜，進資政殿學士，俄簽書樞密院。金人攻南壁，張叔夜與之大戰，斬其金環貴將二人。遙見金兵奔還，自相蹈藉，溺隍死者以千數。帝遣使賚蠟書，以褒寵叔夜之事檄告諸道，然迄無赴者。京城陷，叔夜被創，猶父子力戰。靖康二年七月，帝車駕再出郊，叔夜因起居叩馬而諫，帝曰：「朕為生靈之故，不得不親往。」叔夜號慟再拜，眾皆哭。帝回首以字呼之曰：「嵇仲努力！」二月，金人邀上皇出城到金營，上皇將行，張叔夜諫曰：「皇帝一出不復歸，陛下不可再出，臣當率勵精兵，護駕突圍而出，庶幾僥倖於萬一。天不祚宋，死于封疆，不猶勝生陷夷狄乎！」上皇遲疑未行，欲飲藥，為范瓊所奪。瓊遂逼上皇與太后御犢車出宮。初，張叔夜聞金人議立異姓，謂孫傅曰：「今日之事，有死而已。」寫信給二酋，請立太子，以從民望。二酋怒，追赴軍中，被虜北去。叔夜在道中，惟時飲水，度白溝，御者曰：「過界河矣。」叔夜乃矍然起，仰天大呼，遂不復語，扼吭而死。所以，張叔夜假降保河間一節，在歷史上是不存在的。說岳之所以如此寫，還是著眼在其「保」（守國土）上，並非著意貶損張叔夜。

十三、李若水瑜中有微瑕

說岳中李若水是痛罵金酋而死的大臣，但他先前也曾對金國輕信過和議。據宋史記事本末記載：「靖康二年春正月庚子，金人索金帛急，且再邀帝至金營，帝有難色，何㮚、李若水以為無虞，勸帝行。……帝乃命孫傅、謝克家輔太子監國，而與何㮚、李若水等復至青城。……金人逼帝及上皇易服，李若水抱帝哭，詆金人為狗輩。金人曳若水出，擊之，敗面，氣結仆地。粘沒喝令鐵騎十餘守視之，曰：『必使李侍郎無恙。』若水絕不食，或勉之曰：『事無不可為者，公今日順從，明日富貴矣！』若水嘆曰：『天無二日，若水寧有二主哉！』其僕亦慰解之曰：『公父母春秋高，若少屈，冀得一歸覲。』若水叱之曰：『吾不當復顧家矣！』……若水在金營旬日，粘沒喝召問立異姓狀，若水罵之，粘沒喝令擁去，若水反顧罵益甚，監軍撾破其唇，噀血復罵，至以刃裂頸斷舌而死。金人相與言曰：『遼國之亡，死義者十數，南朝惟李侍郎一人。』」在說岳中，摒去了李若水主和以及勸帝再至金營的政治錯誤。將罵金酋粘沒喝改為罵番王，對被剮指粉身碎骨細節，寫得更詳盡生動，突出了其忠臣形象。

十四、崔總兵傳「血詔」與「泥馬渡康王」辨

說岳第十九回「崔摠兵進衣傳血詔」與第二十回「金營神鳥引真主，夾江泥馬渡康王」的情節，並不是歷史事實。按諸歷史：靖康元年，欽宗為議和允金國斡離不提出「以宰相親王為質」的條件。庚辰，以張邦昌為計議使，奉康王趙構往金軍為質，以求成。二月丁酉，姚平仲夜斫敵營，欲生擒斡離不及取康王以回，兵敗，

亡去。李綱率諸將出救，遂與金人戰於幕天坡，以神臂弓射卻之。金斡離不召諸使者，詰責用兵違誓之故，張邦昌恐懼涕泣，康王不為動，金人異之，乃使王汭來致責，且請更以他王為質。所以欽宗命肅王往代質，康王、張邦昌還。

十一月中，在南下金軍分道渡過黃河、逼近汴京的危急情勢下，欽宗又派遣康王至河北出使金斡離不軍，派刑部尚書王雲為副使，以割三鎮、尊金主為皇叔等條件，請求金人緩師。康王趙構一行離京北上，十一月二十日，「由滑、浚至磁州，守臣宗澤請曰：『肅王去不返，金軍已迫，復去何益？請留磁。』」（宋史高宗紀一）趙構在磁州時，曾由宗澤陪同拜謁了城北崔府君廟（當地稱之為「應王祠」）。該廟位於通往邢、洺州的驛道側旁，當時此處「民如山擁」，眾多百姓因為擔心康王取道於此繼續北行而聚集在廟宇周圍，號呼勸諫。進入祠廟後，康王卜得「吉」簽，廟吏抬應王轎輿，擁廟中神馬，請康王乘歸館舍。紛亂中，力主使金的王雲被殺，康王則留了下來，並於次日返回相州。十一月二十七日，趙構接到欽宗手詔，受命為河北兵馬大元帥；次年三、四月間，徽、欽二帝被金軍虜掠北去，北宋滅亡。五月初一日，趙構在應天府即帝位，改元建炎，是為南宋。如若沒有使金途中的這一轉折，也許就不會有趙構此後的應天即位。對這一突發事端，其後成為南宋官私記載中極力渲染的「崔府君顯聖」，而「神馬」也敷衍為「泥馬渡康王」了。

高宗趙構排行第九，素無威望，其所以能夠即位，只是由於北宋亡國，金人扶植的偽楚張邦昌政權得不到中原軍民的承認，尖銳的民族矛盾使人們強烈要求恢復趙宋統治，抵禦金人的侵略。當時在汴京的宗室諸王都被金軍俘虜遷北，趙構卻由於偶然的機會滯留在河北、山東一帶，結果成為不期然而然的帝位繼承人。正如清四庫館臣所說：「蓋建炎之初，流離潰散，姑為此神道設教，以聳動人心，實出權謀，初非實事。」（四庫全書總目提要史部存目使金錄條）。

說岳所寫崔孝傳徽宗血詔，雖於史無徵，然卻頗有風影。在門下侍郎耿南仲率文武官吏上「勸進」中說到「太上萬里有『即真』二字之兆。」據耿延禧解釋，當時有竄逸自虜寨歸者，傳太上皇帝聖語：「康王可便即帝位。」又衣裏蠟封方二寸許，親筆二字曰「即真」。「蓋昭天命之符，二聖相授之至意。」（三朝北盟會編卷九二）？其所謂「聖語」實難憑信，十分明顯的是，若果有徽宗親筆「即真」之語，也即是有了徽宗授位的詔旨，也就毋需再引證其他符瑞來作為趙構即位之依據，而當時對此卻並不怎麼強調和宣揚。直到是年七月，趙構已經即位之後，曹勛自金營脫歸，才又帶來「太上皇帝背心書絹八字」，即「可便即真，來救父母」（北狩聞見錄）。高宗曾將此詔向輔臣們宣示。儘管如此，在建炎三年苗、劉之亂突發之際，苗傅等人仍然公開反對趙構即位。在此關鍵時刻，出面勸諭的隆裕太后和宰相朱勝非等人，也並未及時引述太上皇帝的「襯領詔」，作為高宗繼統合法性最直接有力的證明。因此，崔總兵傳的「血詔」固屬齊東野語，而曹勛帶回的「襯領詔」也可謂是一樁千古疑案了。

十五、高宗逃竄海上與岳飛收復建康

建炎二年（一一二八）秋天，金軍再次渡河南侵，高宗倉惶逃離揚州到達杭州。建炎三年五月，逼於輿論，返回建康。十一月，金軍分兩路跨過長江後，一路深入江西，追擒孟太后；一路經溧陽（今江蘇溧陽）、廣德（今安徽廣德）、安吉（今浙江安吉）、湖州（今浙江湖州）、杭州、明州（今浙江寧波），窮追高宗。高宗喪魂落魄，乘海舟自昌國縣（今浙江舟山）逃往溫州。

兀朮軍以舟師追高宗不及，北還常州時，岳飛自宜興率軍截擊，四戰四勝。戰後，岳飛第一次直接收到詔書，命令配合韓世忠伺機收復建康。兀朮主力部隊繼續往鎮江方向北撤，又遇到韓世忠部隊的阻截。宋史韓世忠傳：「兀朮遣使通問，約日大戰，許之。戰將十合，梁夫人親執桴鼓，金兵終不得渡。盡歸所掠假道，不聽；請以名馬獻，又不聽。撻辣在濰州，遣孛堇太一趨淮東以援兀朮，世忠與二酋相持黃天蕩者四十八日。孛堇太一軍江北，兀朮軍江南，世忠以海艦進泊金山下，預以鐵綆貫大鈎授驍健者。明旦，敵軍譟而前，世忠分海舟為兩道出其背，每縋一綆，則曳一舟沉之。兀朮窮蹙，求會語，祈請甚哀。世忠曰：『還我兩宮，復我疆土，則可以相全。』兀朮語塞。又數日，求再會，言不遜，世忠引弓欲射之，亟馳去，謂諸將曰：『南軍使船如馬，奈何？』募人獻破海舟策。閩人王某者教其舟中載土，平板鋪之，穴船板以櫂槳，風息則出江，有風則勿出。海舟無風不可動也。又有獻條奏謀者曰：『鑿大渠接江口，則在世忠上流。』兀朮一夕潛鑿渠三十里，且用方士計，刑白馬，剔婦人心，自割其額祭天。次日風止，我軍帆弱不能進，金人以小舟縱火，矢下如雨，孫世詢、嚴允皆戰死，敵得絕江遁去。」與此同時，岳飛軍奮勇出擊，緊緊咬住金軍尾部不放，清水亭一仗，「金人大敗，僵屍十五餘里，斬耳帶金銀環者一百七十五級，擒女真渤海漢兒軍四十五人，獲其馬甲一百九十三副，弓箭刀旗金鼓三千五百一十七事。五月，兀朮復趨建康，先臣設伏於牛頭山上待之，夜令軍衣黑衣，混虜中，擾其營，虜人驚，自相攻擊。虜乃謀益邏卒於營外伺望，先臣復潛令壯士銜枚於其側，伺其往來，盡擒之。」弄得金軍損兵折將，惶惶不安。建炎四年（一一三〇）五月，金軍準備從建康西北的靜安（亦稱龍灣）渡江，「初十日，兀朮次於龍灣，要索城中金銀縑帛騾馬及北方人，先臣以騎三百、步卒二千人自牛頭山馳下，至南門新城設寨，遂戰，大破兀朮，凡其所要獲負而登舟者，盡以戈殪其人於水，溺墳委於岸者山積，斬禿髮垂環者三千餘，殺僵屍十餘里，降其卒千餘人，萬戶千戶二十餘人，得馬三百匹，鐙仗旗鼓以數萬計，牛驢輜重甚眾，兀朮遂奔淮西。先臣乃入城。」收復建康，岳飛聲名大振。靜安大捷標誌著金軍渡江南侵以失敗告終，從此，金軍在江南不復留下一騎一卒。六月，岳飛親押戰俘前往越州（今浙江紹興）向皇帝獻俘。南宋立國後，此屬首舉。

說岳描述金兀朮因岳飛統軍在湖湘鎮壓楊么，所以才分兵五路進軍南侵，宗澤焦急而亡，高宗為尋求岳飛的保護而逃難到湖廣，被困在湖廣牛頭山，這些在時間與地點上均有錯亂。說高宗當即封岳飛為「武昌開國公少保、統屬文武兵部尚書、都督大元帥」，也係誇大之詞（在岳飛收復建康後，才升為通泰鎮撫使，兼知泰州）。至於奸臣張邦昌、王鐸被當作豬羊祭奠，當然是小說家的戲言，事實是張邦昌被高宗賜死潭州。但就總體說，金兵再次南侵、宋高宗狼狽下海逃竄、韓世忠阻擊金兀朮於黃天蕩、梁紅玉擊鼓戰金山、岳飛英勇抗擊金軍、收復建康等這些歷史事件，說岳中都作了真實的藝術的反映。

十六、討平游寇軍賊

長年的戰亂，產生了不少游寇、軍賊，他們乘國難深重之際，割據自雄，滋亂百姓，有的還暗中勾結女真貴族，無惡不作。岳飛奉命討平了軍賊李成、張用和曹成。李成事說岳中沒有反映，且不論。張用事據金陀稡編卷五載：「相州人張用，勇力絕群，號張莽蕩。其妻勇在用右，帶甲上馬敵千人，自號『一丈青』，以兵五萬寇江西。俊召先臣語曰：『非公無可遣者。』問：『用兵幾何？』先臣曰：『以飛自行，此賊可徒手擒。』俊固以步兵三千益之，先臣至金牛頓兵，遣一卒持書諭之曰：『吾與汝同里人，忠以告汝，南薰門鐵路步之戰，皆汝所悉也（指建炎三年，賊首王善、曹成、張用、孔彥政、孔彥舟率眾五十萬迫近汴京南薰門外，鼓聲震地，當時岳飛率八百人大敗賊眾等事）。今吾自將在此，汝欲戰，則出戰；不欲戰，則降。降則國家錄用，各受寵榮；不降則身殞鋒鏑，或係累歸朝廷，雖悔不可及矣。』用與其妻得書拜使者曰：『果吾父也，敢不降。』遂俱解甲，先臣受之以歸。」說岳中，為避免簡單重複，虛構張立、張用為張叔夜二子，張用無處棲身，投了曹成，封為茶陵關總兵，被兄張立說降獻關。

關於曹成，金陀稡編卷五載：「先臣至茶陵，先遣兵趨郴及桂陽路，伺成動息。上又令察其受招與否，為之進退，先臣數以上意諭之，成不聽。乃上奏云：『內寇不除，何以攘外？近郊多壘，何以服遠？比年群盜競作，朝廷務廣德意，多命招安，故盜亦玩威不畏。力強則肆暴，力屈則就招。苟不略加剿除，蠭起之眾未可遽殄。』上許之。夏閏四月入賀州境，成置寨太平場。先臣未至，賊屯數十里，按兵立柵。會得成諜，縛而坐之帳下省問。先臣出帳召軍吏調兵食，吏請曰：『糧且罄矣，奈何？』先臣曰：『促之耳。不然，姑返茶陵以就餉。』已而顧見成諜，捽耳頓足而入，乃逸之。諜至成軍，盡以告成，成大喜。期明日追先臣軍。是夜，先臣命士蓐食，夜半悉甲趨遶嶺，初五，日未明，已破太平場寨，盡殲其守隘之兵而焚毀之。成大驚，明日進兵，距賀城二十里，成募願戰賊兵三萬，夜半據山之險，迎捍官軍。先臣麾兵掩擊，賊眾大潰，追至城東江岸，成奔桂嶺路。上復賜詔，令不以遠近追捕，又以暑月暴露之苦，令學士院降敕書撫諭。先臣進兵趨桂嶺，其地有北藏嶺、上梧關、蓬嶺，號為三隘。成先引兵據北藏嶺、上梧關，以待先臣。成自喜以為得地利，後來者莫能奪。先臣至，成以都統領王淵迎戰，先臣麾兵疾馳，不陣而鼓，淵軍大潰，復殲其守隘之卒，奪二隘而據之，成急遁去。十三日，成復選銳將自北藏嶺夾擊官軍，先臣以兵迎之，成敗，斬一萬五千餘級，獲其弓箭刀槍等無數。成又自桂嶺置寨，至北藏嶺，緜亙六十餘里，所據皆山險河澗，道路隘狹，人馬不得並行。成自守蓬嶺，嚴備特甚。是時賊眾十餘萬，皆河北、河東、陝右之散卒，驍勇健鬥。先臣所部纔八千人，而騎兵最少，視成軍十不及其一。十五日，先臣進兵蓬嶺，分布嶺下，日及未，一鼓登之，成軍四潰，所殺及掩擁入河者，不知其數，成自投嶺下，得駿馬而逃。先臣舉其寨盡有之，凡鎗刀金鼓旗幟無遺者，奪其被虜人民，數萬人歸之田里，擒其將張全，成竄連州。先臣召張憲、王貴、徐慶謂之曰：『曹成敗走，餘黨盡散，追而殺之，則良民脅從，深可憫痛；然縱其所往，則大兵既旋，復聚為盜。吾今遣若等三路招降，若復抵拒，誅其酋而撫其眾，謹毋妄殺，以累主上保民之仁。』於是憲自賀連、慶自邵道、貴自郴桂陽，招之降者二萬，與先臣會于連州。先臣用其酋領而給其食，降民大喜，乃益進兵追成。成懼甚，走宣撫司降。有郝政者率眾走沅州，首被白布，自稱為成報讎，謂之白頭巾。已而為張憲所擒。其將楊再興走躍入澗中，憲欲殺之。再興曰：『願執我見岳公。』遂受縛。先臣見再興，奇其貌，命解其縛曰：『吾不殺汝，汝當以忠義報國。』再興拜謝，後卒死國事，為名將。嶺表悉平。」

說岳不像寫歷史，敘述一般戰鬥的過程。在討平曹成的戰役中，著重描述的是岳飛招降大將何元慶的活動，兩擒兩縱，終於感動何元慶歸降岳元帥。收降楊再興也是如此。據史載，楊是曹成手下的梟將，當岳飛追剿曹成時，曹搶先佔領了莫邪關，扼險據守。岳飛命張憲率部攻關，由於勇猛奮戰，攻佔了此關。沒想到守關的韓順夫酷好酒色，麻痺大意，被潛伏在附近的楊再興乘機襲擊，殺死韓順夫，復佔莫邪關。岳飛嚴懲失責者，再進行反攻。在惡戰中，楊驍勇非凡，刺死了岳飛的胞弟。在岳家軍的奮勇衝殺下，曹成潰逃，楊再興跳入深澗被擒。將士們紛紛要求將其斬首報仇，但岳飛不計私仇，親為鬆綁，鼓勵他同赴國難，使楊深受感動，後來成為岳飛手下忠誠得力的戰將。

說岳中描寫的太湖水寇楊虎、戚方、羅綱、郝先等名字，雖未見史載，但岳飛確有剿太湖水寇事。金陀稡編卷五載：「建炎四年春，郭吉在宜興擾掠吏民，令佐聞先臣威名，同奉使以迎，且謂邑之糧糗可給萬軍十歲。先臣得書遂赴宜興，甫及境，吉已載百餘舟逃入湖矣。先臣即遣部將王貴、傅慶將二千人，大破其眾，毆其人船輜重以還。」戚方事則有詳細記載：「初，叛將戚方掠扈成軍老稚以歸。成責之，方陽謝約成盟還所掠，成不悟而往，方伏壯士殺之，併屠其家。成死，其部曲相率歸于先臣，廣德守臣亦奉書以方之難來告，會有詔命先臣討之。先臣以三千人行營於苦嶺，方時發兵斷官橋以自固。先臣射矢橋柱，方得之大驚，遂遁。先臣命傅慶等追之不獲，俄益兵來，先臣自領十人出，凡十數合皆勝，復遁。先臣窮追不已，方生路垂絕，知必為先臣所獲；張俊後來會師，方乃間道降俊。俊為先臣置酒，令方出拜，方號泣請命，俊力為懇免。先臣謂俊曰：『招討有命，飛固當稟從。然飛與方同在建康，方遽叛去，固嘗遣人以逆順喻之不聽，屠掠生靈，騷動郡縣，又誘殺扈將而屠其家，具拒命不降，比諸兇為甚，此安可貰？』俊再三請，先臣呼方謂之曰：『招討既赦汝一死，宜思有以報國家。』方再拜謝立于左。當廣德之戰也，先臣身先士卒，方以手弩射先臣中鞍，先臣納矢於箙曰：『他日擒此賊，必令折之以就戮。』至是取矢畀方，方寸折惟謹。先臣與俊皆大笑，方流汗股慄，不敢仰視。」說岳將戚方暗射岳飛事移至滅楊么戰役中，戚方破壞了岳飛的戰略部署，受到岳飛的重責，不服而暗害岳飛。岳飛仁義為懷，仍放他一條生路，結果被牛皋殺死。

十七、關於瓦解湘湖地區楊么義軍

金陀稡編卷六詳細記載了此過程：「先臣遣使招降。么之部將黃佐謂其屬曰：『吾聞岳節使號令如山，不可玩也。若與之敵，我曹萬無生全理。不若速往就降，岳節使誠人也，必善遇我。』率其所部詣潭城降，皆再拜。先臣釋其罪，慰勞之。即日聞于朝，擢佐武義大夫、閤門宣贊舍人，賞予特厚。佐出，復單騎按其部，撫問甚至。明日召佐，使坐，命具酒與飲，酒酣撫佐背謂曰：『子真丈夫！知逆順禍福者，無如子。子姿力雄鷙不在時輩下，果能為朝廷立功名，一封侯豈足道哉！吾欲遣子復至湖中，視有便利可乘者，擒之；可以言語勸者，招之。子能卒任吾事否？』佐感激至泣，再拜謝先臣曰：『佐受節使厚恩，雖以死報，佐不辭，惟節使命。』乃遣佐歸湖中。又有戰士三百餘人來降，先臣皆委曲慰勞，命其首領以官，優給銀絹。縱之聽其所往，有復入湖者，亦弗問。居數日，又有二千餘人來降，先臣待之如初。時張浚以都督軍事至潭州，參政席益與浚備語先臣所為。謂浚曰：『岳侯得無有他意，故玩此寇，益欲預以奏聞，如何？』浚笑曰：『岳侯忠孝人也，足下何獨不知用兵有深機，胡可易測？』益慚而止。夏四月，黃佐襲周倫寨擊之，倫大敗走，殺死及掩入湖者甚眾，擒偽統制陳貴等九人，奪衣甲器仗無數，塞柵糧船焚毀無遺者。佐遣人馳報先臣，先臣即上佐功，轉武經大夫，仍撫勞所遣將士，第功以聞。

統制任士安慢王瓔令，不戰，先臣鞭士安一百，使餌賊曰：『三日不平賊，斬之。』士安乃揚言岳太尉兵二十萬至矣，及所見止士安等軍耳，賊乃併兵永安寨攻之。先臣遣兵設伏，士安等戰垂困，伏兵乃起，四合擊之，賊眾敗走，獲戰馬器甲無數，又追襲過苟陂山，所殺獲不可勝計。士安復移軍與牛皐屯龍陽舊縣之南，逼近賊巢。賊出攻之，官軍迎擊，賊又敗走。

上賜札諭之曰：『朕以湘湖之寇逋誅累年，故委卿為且招且捕之計，欲使恩威並濟，綏靖一方。聞卿措畫得宜，朕甚嘉之。』五月，有旨召張浚還，浚得詔謂先臣曰：『浚將還矣，節使經營湖寇已有定畫否？』先臣袖出小圖以示浚曰：『有定畫矣。』浚按圖熟視移時謂先臣曰：『浚視此寇阻險窮絕，殆未有可投之隙。朝廷方召浚歸議防秋，盍且罷兵，規畫上流，俟來歲徐議之。』先臣曰：『何待來年？都督第能為飛少留，不八日可破賊。都督還朝在旬日後耳。』浚正色曰：『君何言之易耶！王四廂兩年尚不能成功，乃欲以八日破，君何言之易耶？』先臣曰：『王四廂以王師攻水寇則難，飛以水寇攻水寇則易。』浚曰：『何謂以水寇攻水寇？』先臣曰：『湖寇之巢，艱險莫測，舟師水戰，我短彼長。入其巢而無嚮導，以所短而犯所長，此成功所以難也。若因敵人之將，用敵人之兵，奪其手足之助，離其腹心之援，使桀黠孤立，而後以王師乘之，覆亡猶反手耳。飛請除來往三程，以八日之內俘諸囚於都督之庭。』浚亦未信。乃奏曰：『臣只候六月上旬，若見得水賊未下，即召飛前來潭州，分屯潭鼎人馬，規畫上流軍事訖赴行在。』先臣遂如鼎州。

六月二日，楊欽受黃佐之招，率三千餘人乘船四百餘艘詣先臣降。先臣喜，私謂左右曰：『黃佐可任也。楊欽驍悍之尤者。欽今乃降，賊之腹心潰矣！』欽自束縛至庭，先臣命解其縛，以所賜金束帶戰袍予之，即日聞奏授武義大夫。又命具酒使王貴主之，禮遇甚厚，及所部犒賞有差，欽感激不自勝，所部皆喜躍，恨降晚。先臣乃復遣欽歸湖中，諸將皆力諫，先臣不答。越兩日，欽盡說全琮、劉詵等降。未降者尚數萬，先臣詭罵曰：『賊不盡降，何來也？』杖之，復令入湖。是夜，以舟師掩其營，併俘欽等，其餘黨殺獲略盡。

惟楊么負固不服，方浮游湖上，夸逞神速。其舟有所謂望三州、和州載、五樓、九樓、大德山、小德山、大海鰍頭、小海鰍頭，以數百計。舟以輪激水，疾駛如羽，左右前後俱置撞竿，官舟犯之，輒破。又官舟淺小，而賊舟高大，賊矢石自上而下，而官軍仰面攻之，見其舟而不見其人。先臣取君山之木，多為巨筏，塞湖中諸港；又以腐爛草木，自上流浮而下。擇視水淺之地，遣口伐者二千人挑之，且行且詈，賊聞詈，不勝憤爭，揮瓦石追而投之，俄而草木坌積，舟輪下膠滯不行。先臣亟遣軍攻之，賊奔港中，為筏所拒，官軍乘筏張牛革以拒矢石，群舉巨木撞賊舟，舟為之碎。楊么舉鍾儀投于水，繼乃自仆，牛皐投水擒么，至先臣前，斬首函送都督行府。偽統制陳瑫等亦劫鍾儀之舟，獲金交床、金鞍龍鳳簟以獻，率所部降。先臣亟領黃佐、楊欽等軍入賊營，餘酋大驚曰：『是何神也！』夏誠、劉衡俱就擒，黃誠大懼，不知所為，亟與周倫等首領三百人俱降。

牛皐請曰：『此寇逋誅，罪不容數。勞民動眾，亦且累年，若不略行剿殺，何以示軍威？』先臣曰：『彼皆田里匹夫耳！先惑於鍾相妖巫之術，故相聚以為姦。其後乃沮於程吏部盡誅雪恥之意，故恐懼而不降。日往月來，養成元惡，其實但欲求全性命而已。今楊么已被顯誅，鍾儀且死，其餘皆國家赤子，苟徒殺之，非主上好生之意也。』連聲呼謂官軍曰：『勿殺！勿殺！』牛皐敬服其言而退。先臣請行諸寨慰撫之。命少壯強有力者籍為軍，老弱不堪役者各給米糧令歸田。有自請歸業者二萬七千餘戶，先臣皆給據而遣之。又命悉賊寨之物，盡散之諸軍。而縱火焚寨，凡焚三十餘所，揭榜於青草洞庭湖上，不數日行旅之往來，居民之耕種，頓若無事之時然，湖湘悉平。」

岳飛剿撫並用，在短短半個月的時間內（自其與浚言至賊平，果八日）將堅持了六年的湘湖農民義軍消滅了。所得壯丁共有五、六萬人，老弱共不下十萬，繳獲大小船隻幾千，「鄂渚水軍之盛，遂為沿江之冠」。在說岳中，作者根據岳飛「以水寇攻水寇」的策略，著重描述了招撫王佐的過程，岳飛冒著生命危險，親赴金蘭宴與探君山，終於使王佐愧疚萬分而歸降。後在朱仙鎮會戰中，王佐主動斷臂，詐降金營，以講故事方式說動陸文龍歸宋；又預報「鐵浮陀」信息，使宋軍避免傷亡，立了大功。體現了岳飛讓「安內」服從「攘外」的戰略思想，一切服從抗金大業。

十八、關於朱仙鎮大捷

據史載，紹興九年（一一三九），南宋向金稱臣，獻銀二十五萬兩等，簽訂了「紹興和議」。次年（一一四〇），「盟墨未乾」，金人即撕毀和約，大規模南侵。高宗慌作一團，日夜下達催師進禦的詔令，允許岳飛「圖復京師」，實現「中興大計」。盼望了十年的戰機到了，岳飛未等朝廷催師出兵，即迅速部署，帥府從鄂州開拔，揮師挺進中原。但當南侵金兵被抗戰的南宋軍隊阻止住後，高宗又對岳飛下了「兵不可輕動，宜且班師」的口詔。岳飛不執行高宗的旨意，岳家軍相繼收復黃河以南的大片土地，自東京東北的曹州、西面的鄭州、西南的潁昌、南面的蔡州、陳州，構成了對東京的合圍圈。此時淮西軍張俊部將收復亳州，已向應天府靠近；在淮東，韓世忠已收復海州，出現了前所未有的北伐形勢。然而高宗卻對岳飛警告：用兵不能「逾度」，突然命令「入覲」。善於看風使舵的張俊，立即從亳州退兵，撤至淮南的壽春。岳飛仍繼續部署直取東京的大會戰。七月二日收復西京（今洛陽），黃河北岸的忠義民兵，在梁興、董榮等率領下，收復河南的懷州、衛州、孟州、山西的翼城，以及敵人心腹地區的趙州（今石家庄），極大地鼓舞了敵佔區的軍民，黃河北岸廣大的忠義民兵都等待岳家軍過河後一同起兵。而高宗、秦檜卻有計劃地撤走其他友鄰抗金部隊，人為地製造岳飛孤軍深入的態勢，迫使岳飛在班師與陷入金兵重圍兩種結局中作抉擇。

岳飛不甘心北伐事業再一次夭折，除繼續上書乞請友軍併力上前，自己抽回在湖北、京西兩路以外執行任務的軍隊，集中兵力在潁昌、郾城（今河南郾城）一線，前後呼應，而對方「兀朮怒其敗，初八日，果合龍虎大王、蓋天大王及偽昭武大將軍韓常之兵逼郾城。先臣遣臣雲領背嵬遊弈馬軍直貫虜陣，謂之曰：『必勝而後返，如不用命，吾先斬汝矣！』鏖戰數十合，賊屍布野，得馬數百匹。楊再興以單騎入其軍，擒兀朮不獲，手殺數百人而還。初兀朮有勁軍皆重鎧，貫以韋索，凡三人為聯，號『拐子馬』，又號『鐵浮圖』，堵墻而進，官軍不能當，所至屢勝。是戰也，以萬五千騎來，諸將懼，先臣笑曰：『易爾！』乃命步人以麻札刀入陣，勿仰視，第斫馬足。拐子馬既相聯合，一馬僨，二馬皆不能行，坐而待斃。官軍奮擊，僵屍如丘，兀朮大慟曰：『自海上起兵皆以此勝，今已矣！』拐子馬由是遂廢。兀朮復益兵至郾城北五里店，初十日，背嵬部將王綱以五十騎出覘虜，遇之，奮身先入，斬其將阿李朵孛堇，賊大駭。先臣時出視戰地，望見黃塵蔽天，眾欲少卻，先臣曰：『不可！汝等封侯取賞之機正在此舉，豈可後時！』自以四十騎馳出，都訓練霍堅者扣馬諫曰：『相公為國重臣，安危所係，奈何輕敵？』先臣鞭堅手，麾之曰：『非爾所知！』乃突戰賊陣前，左右馳射，士氣倍增，無不一當百，呼聲動地，一鼓攻之。」（金陀稡編卷八）對此，高宗也認為：金人侵十五年以來，我師臨陣戰鬥何止百次、萬次，未聞以一遠征之孤軍，能抗擊敵酋親率之重兵於平原曠野中，如今日之郾城大捷也。

但高宗絕無增援岳家軍乘勝前進之意。因此，金兀朮又得集結十二萬之眾於臨潁，企圖分開郾城與潁昌的岳家軍主力。岳飛立即緊急部署戰鬥，七月十三日，楊再興率領的三百名騎兵為前鋒偵察兵，在臨穎境內的小商橋，突遇金大隊兵馬，被重重圍困，三百人浴血奮戰，竟斬敵二千餘人，其中有萬戶一人、千戶百人。但終因寡不敵眾，全部壯烈犧牲，火化楊再興屍體時，發現其身上留下的箭鏃達兩升之多。後張憲統率的大軍趕到，不但殺退了金軍，並追擊逃敵過臨穎縣城三十餘里。

金兀朮是久經沙場的女真名將，在臨穎發起攻勢的同時，又分兵偷襲穎昌。岳飛料敵如神，金陀稡編卷八記岳飛「謂臣雲曰：『賊犯郾城，屢失利，必回鋒以攻穎昌，汝宜速以背嵬援王貴。』既而兀朮果以兵十萬、騎三萬來，於是貴將遊弈、雲將背嵬戰于城西，虜陣自舞陽橋以南，橫亙十餘里，金鼓振天，城堞為搖，臣雲令諸軍勿牽馬執俘，視梆而發，以騎兵八百，挺前決戰步軍，張左右翼繼進，自辰至午戰方酣，」難分難解，「人為血人，馬為血馬」，守城的董先、胡清主動率軍出城參戰，金軍終於抵擋不住，兀朮帶兵潰逃。此戰殺死兀朮女婿夏金吾、俘虜軍官七十八人、士卒二千餘人、戰馬三千餘匹，其餘死傷甚。兀朮悲嘆：「自我起北方以來，未有如今日之衄！」金軍驚呼：「撼山易，撼岳家軍難！」

郾城—穎昌大決戰歷時十一天，岳飛雖無友軍配合，面對數倍之敵，仍每戰必勝，擊垮金兵十餘萬人馬的輪番反撲，殲敵二萬，岳飛不愧為無敵的統帥。岳飛再接再勵，向位於開封西南四十五里的朱仙鎮進軍。金兵軍心動搖，不少將領投奔岳飛。岳飛興奮地對部下說：「直搗黃龍府，與諸君痛飲耳！」岳飛的輝煌戰績，更增加了高宗、秦檜對岳飛的疑懼，高宗一連發出十二道金牌，強令岳飛「班師赴闕奏事」。岳飛班師，「十年之功，廢於一旦，所得州郡，一朝全休」，河南、京西百姓大失所望。對一定要跟岳家軍走的蔡州百姓，岳飛為此停留五天，保護蔡州人民往襄陽搬遷，又派人分別接應河北梁興、守陳州的趙秉淵歸還，料理完諸事，岳飛遣王貴、張憲率大軍回襄陽、鄂州屯駐，自領親兵二千，赴臨安行在。

說岳中「朱仙鎮大捷」在藝術上是一個十分成功的戰役描寫，它成為宋金會戰的標誌與岳家軍勝利的頂點，也是岳飛爾後冤死轉捩點。問題是有兩點須加考覈：一是，上述這些大戰鬥是否在朱仙鎮地區進行的，也即是能否把它稱之為「朱仙鎮大捷」？二是，岳家軍有否挺進到朱仙鎮（距北宋首都東京汴梁四十五里）？

「朱仙鎮大捷」實是紹興十年（一一四〇）兀朮再度大規模侵宋，岳飛率岳家軍於六月收復蔡州、陳州、鄭州、洛陽、潁昌等地，七月又大敗兀朮於郾城（破拐子馬即在此役）等迭次戰役勝利的概括（稱之「會戰」亦未嘗不可），皆有史實可據。但地點不是在朱仙鎮，因此稱之為「朱仙鎮大捷」不甚確切。那麼，岳家軍有無到達朱仙鎮呢？史家出於「朱仙鎮大捷」的「不存在」，從而有對岳家軍曾否抵達朱仙鎮加以置疑。據岳珂鄂王行實編年（卷八）：「先臣獨以其軍進至朱仙鎮，距京師才四十五里。兀朮復聚兵十萬來敵，對壘而陣，先臣按兵不動，先遣驍將以背嵬騎（勇健親軍）五百奮擊，大破之，兀朮奔還京師。」又據金史阿魯補傳：「宋兵取河南地……宋將岳飛、劉光世等乘間襲取許、潁、陳三州，旁郡皆響應。」又金史僕散渾坦傳：「與宋岳飛相距，渾坦領六十騎深入覘伺，至鄢陵（位於潁昌東北，開封與朱仙鎮之南）敗宋護糧餉軍七百餘人，多所俘獲。」這兩條金史料（特別是後者），充分證明，岳家軍已經越過潁昌和鄢陵，抵達朱仙鎮了。

十九、岳飛的下獄時間與罪名

說岳寫岳飛下大理寺獄，是在岳飛接詔班師令其回京，於到達平江途中，由秦檜令錦衣指揮馮忠、馮孝帶領二十名校尉以「按兵不動，克減軍糧，縱兵搶奪」罪，逮捕押解臨安，送大理寺監禁，隨即冤死。其時間緊接班師，其所云罪名，皆不符史實。岳飛的下大理寺獄，時間是在奉詔班師的一年多以後，其公佈的「罪狀」亦並非如此。紹興十年（一一四〇）七月，岳飛回軍後，高宗令岳飛仍駐原地鄂州（武昌），岳上書高宗「解除兵柄」，未獲允准。自退兵後，所收復地區又為金人所踞，而兀朮並不因議和而收兵，反而不斷侵入淮南。紹興十一年（一一四一）元月，陷壽春、廬州，三月陷濠州。兀朮再入侵，「上命飛以兵來援。……及濠州既破，飛始以兵至舒蘄境上」（建炎以來繫年要錄卷一三九）。在這之前，宋軍劉錡、楊沂中於柘臯（廬州東）破兀朮部將韓常軍，兀朮在破濠州後不久也撤回淮北，並致書願議和。四月，高宗「以柘臯之捷，召韓世忠、張俊、岳飛赴行在論功行賞」，並採納給事中、直學士范同建議，「皆除三大將樞府（封樞密使、樞密副使），而罷其兵權」（建炎以來繫年要錄紹興十一年辛卯）。之後，秦檜黨羽万俟卨等二次上書高宗彈劾岳飛在淮西之戰中「逗留不進」，然這不足以致岳飛死地，於是脇迫、收買岳飛部將王俊等誣告岳飛父子與張憲勾結，企圖謀反，另栽上一條「指斥乘輿」（言其潛擬太祖趙匡胤）罪名，於紹興十一年十月下大理寺獄，十二月二十九被處死於風波亭（岳雲、張憲被腰斬於市）。所以，岳飛的下獄時間距班師日期，中間相隔有一年三個月，其冤死則更要遲兩個月光景；其罪名也遠比說岳述說的重得多，是「謀反」和「指斥乘輿」。

二十、岳飛冤獄的昭雪

說岳第七十四回「赦罪封功御祭岳王坟」，寫岳飛冤獄平反是因兀朮又興兵五十萬犯境，高宗聞報，徵求統兵抗金之人，忽岳飛魂附羅汝楫身，跪奏：「臣岳飛願往。」高宗驚倒，不日駕崩，孝宗即位，徵詢來到臨安朝賀之元帥張信的退金良策。張信上奏「五事」（懲奸、為岳飛造墳立廟並赦回岳氏家屬、命岳雷抗金、復舊臣原職），孝宗准奏……。多年來，人們一般印象皆以為岳飛冤獄是一朝洗雪的，實則不然。史實是：在岳飛冤死後的二十年（也即宋、金簽訂和約二十年），紹興三十一年（一一六一），完顏亮毀約大舉南侵，朝野上書主張正秦檜之罪，洗雪岳飛等之冤，如太學生程宏圖、宋芑（苞）、殿中侍御史杜莘老等上書、上疏，除要正秦檜擅權誤國之罪外，指出「岳飛以決定用兵而誣致大逆，則三軍忠憤之氣沮矣」，要求「昭雪岳飛，錄其子孫，以激天下忠臣義士之氣」（見建炎以來繫年要錄卷一四二、一九〇，金陀續編百氏昭忠錄），高宗迫於金人入侵的形勢與輿情，被迫於十月二十八日下詔為被羈嶺外、閩地的岳、張（憲）家族「放令逐便」（使之得還原居）。次年六月，高宗內禪，孝宗繼位。他對岳飛冤死，素日痛心，即位之初的七月十三日，即下詔：「追復岳飛原官，以禮改葬，訪求其後，特予錄用。」同年十月十六日，恢復岳飛少保、武勝定國軍節度使、武昌郡開國公官爵；十八日復飛妻李氏封號，以及復其已死之子岳雲、岳雷和現存的岳霖、岳震、岳霆官（金陀續編天定實錄）。孝宗乾道六年（一一七〇），允准湖北轉運使之請，為岳飛在鄂州立廟，特賜「忠烈廟」額。淳熙五年（一一七八）九月十八日，孝宗同意太常寺提請，賜諡「武穆」（宋史孝宗紀）。至此，岳飛冤獄才徹底昭雪，前後歷時達三十八年。

二十一、說岳後二十四回瑣考

說岳自第六十一回冤死後，至孝宗「赦罪封祭」，命岳雷統兵掃北，最後牛皋擒殺兀朮，金主書降表求和為止，絕大部分並無史實，然其間亦有（或包含有）史實與影射後世史事者，撮要瑣考如下：

三祭岳墳全為虛擬。說岳中寫三次祭岳墳，一是岳雷與小弟兄們「偷祭」，二是岳霆、伍連等藉打擂「二祭」，三是黑蠻龍帶苗兵殺抵臨安「三祭」；這三次祭掃穿插敘寫岳飛後代與其小兄弟們的一系列活動，但都無史實。至於孝宗下詔差張九思建造岳王祠廟並「御祭」，也是如此（岳王廟乃孝宗之孫寧宗所建，孝宗也根本不曾「御祭」）。

瘋僧掃秦與施全刺秦。「瘋僧掃秦」純係想像附會，而施全刺秦則確有史實。那是發生在紹興二十年（一一五〇），殿前司後軍使臣施全於望仙橋秦檜住宅附近，伺秦檜入朝時持斬馬刀刺秦檜，但只斫斷了轎子一柱，未刺傷秦檜。他並沒有撞頭自殺，而是被擒後，由秦檜親自審訊，施全毅然回答：「舉天下都要去殺番人，你獨不肯殺番人，我便要殺你！」（朱熹朱子語類）結果被秦檜慘殺於眾安橋市曹。

秦檜之死。說岳寫秦檜是在病勢危篤時見岳飛顯靈，驚恐萬狀之下嚼舌而死的。「顯靈」之說不確，無須贅言。其嚼舌而死也是史無明文，他於紹興二十五年（一一五五）被高宗進封為建康郡王，不久死去。死後並賜謚忠獻。其封爵謚號後來還經歷過一個戲劇性的曲折，寧宗開禧二年（一二〇六）下詔伐金（即史稱的「開禧北伐」），在這一年，寧宗削去了秦檜的王爵，並謚其為「繆醜」，在第三年的寧宗嘉定元年（一二〇八），因北伐失敗，宋、金簽訂「嘉定和議」，則又恢復了他的王爵。顯然，這是由宋、金的和、戰形勢的變化而致此的。

岳雷掃北與金主戰敗求和。岳雷統兵掃北，大敗金兵，兀朮戰死，金主書降表求和，這些全非史實。且不說岳雷早死於岳飛冤獄平反前，也從未統兵掃北，而掃北一節，似係影寫「開禧北伐」，而此役卻是以失敗告終的，根本沒有大獲全勝。兀朮的死更不在孝宗年間，而是在金皇統八年（宋高宗紹興十八年，一一四八），不是在戰爭中死去的。至於金向宋求和則有史實，但那是在金哀宗正大元年（即宋寧宗嘉定十七年，一二二四），金向宋求和，並派官至廣州，「榜諭」（公開宣告）再不南下，時間相差在半個世紀以上。

牛皐「虎騎龍背」。說岳寫掃北結束，牛皐騎在跌下馬來的兀朮身上，氣得兀朮吐血而亡，牛皐亦大笑不止而死。這「虎騎龍背」、「氣死金兀朮，笑殺牛皐」一直為人們所津津而道。當然這全非史實，不僅在這場所謂「掃北」中兀朮早已不在人世，同樣，牛皐也早已在岳飛死後次年的紹興十七年（一一四七）被秦檜使人毒死在荊湖南路馬軍副總管的任上了。

万俟卨等群奸的處決。說岳在昭雪岳飛同時，寫了牛皐、周三畏奉旨審判群奸，並將万俟卨、羅汝楫、張俟等判處死刑，「正法棲霞嶺」，這全屬虛擬。群奸中的主要人物万俟卨，因誣陷岳飛有功，於岳飛死後的次年任參知政事，秦檜死後又任宰相，他病死於紹興二十七年（一一五七）；而積極相助秦檜偽證岳飛謀反的張俊，晚年封清河郡王，拜太師，極受高宗禮遇，他死於紹興二十四年（一一五四）。審判群奸與將其正法棲霞嶺，全非史實。

二十二、岳飛的謚號廟貌

岳飛冤死時（紹興十年十二月二十九日，一一四二年一月二十八日）的官爵為少保、武勝定國軍節度使、武昌郡開國公。其謚號：孝宗淳熙五年（一一七八）謚為武穆（宋史孝宗紀），寧宗嘉泰四年（一二〇四）追封鄂王（宋史寧宗紀），理宗寶慶元年（一二二五）又改謚忠武（宋史理宗紀）。岳飛的祠廟，率先建立的是在鄂州（今武昌），由湖北轉運使題請孝宗核准，孝宗並賜「忠烈廟」額，寧宗嘉定十四年（一二二一）於棲霞嶺下建今之岳王廟（飛與子岳雲墓在焉）。明正德八年（一五一三）都指揮李隆「範銅」（熔鐵）鑄秦檜、王氏及万俟卨像反剪跪墓前；萬曆二十二年（一五九四）按察副使范淶又增加了張俊跪像。岳飛被殺害的風波亭（在宋大理寺內），相傳亭前有古柏一株，在岳飛被害同日枯槁，歷數百年堅赤如鐵而不倒（清「中興」名將彭玉麟曾題「精忠有柏，名成岳武」，見錢汝霖宋岳鄂王年譜精忠柏）；民國十一年（一九二二）浙江交涉使王豐鎬將其移植岳王廟，並建「精忠柏亭」，以鐵欄護之（今猶存），經歷史修葺，杭州岳王廟不僅為海內外聞名的岳飛紀念建築群，且保存有大量的文獻、文物資料。岳飛故鄉河南省湯陰縣的「岳忠武王廟」，始建於明景泰元年（一四五〇），當時主管營建的湯陰縣教諭袁純，搜集了有關岳飛的文獻資料，纂成精忠錄一書，萬曆間（一五八〇年前後）彰德府推官張應登進一步輯錄增訂為湯陰精忠廟誌，對岳飛先塋、世系、岳飛遺像、大事年表加以輯錄，同時收錄了岳飛本人及後世的憑弔詩文，有很高的歷史文獻價值。其中如乾隆十五年（一七五〇）的湯陰岳飛廟，中有「故鄉俎豆夫何恨，恨是金牌太促期」，對金牌召還岳飛一節是否屬實，頗資參考。其傳誌對岳飛之子雲、雷、霖、震、霆，女孝娥，孫岳珂，均有簡介。廟的山門下跪像，除秦檜、王氏、万俟卨、張俊外，還有王俊（受張俊收買，挾嫌誣告岳飛，有「王雕兒」之稱）。岳飛被害後，有獄卒隗順，潛負飛屍，葬於錢塘門外北山（即今寶石山），也即金陀詞事錄說的「隗順負屍潛瘗北山之潛」，在湯陰岳廟內附有隗順的祠像。數百年來，岳飛的精忠報國，還我河山壯猷，成為中華民族反抗異族的象徵。當光緒二十二年（一八九六）日本佔領臺灣之初，臺灣宜蘭縣由進士楊芳發起，創建岳武穆王廟（至今臺灣各地存有官廟十二處），激勵同胞效法岳飛「精忠報國」，以達到「還我河山」。當時為避日人耳目，對外名曰：「碧霞宮」（意為「碧血丹心望曉霞」）。其建廟榜文現存碧霞宮：岳武穆王聖跡。廟為水泥建築，上覆黃瓦，橫匾「岳武穆王廟」，屋脊飾以彩瓷翔龍，主廟龕內供奉岳飛坐姿塑像。宜蘭岳廟每年逢岳飛誕日舉行隆重祭典，抗日戰爭時期，派人深入民間巡迴宣傳武穆精神，祭典採用民族固有之三獻古代禮樂與武佾舞，以抵制日人的「皇民化」政策，維繫民心歸向祖國。在日人蹂躪宜蘭五十年間，民族氣節一直昂揚，為抗日而犧牲的志士仁人輩出（岳武穆王聖跡）。

岳飛墓在杭州岳王廟內（右側為其子岳雲墓），豐碑巍然，翁仲相拱，流芳百世。對比的「江寧鎮南」（今南京市江寧縣銅井鄉）牧牛亭，遺臭萬年的秦檜之墓，當年墓前雖曾有「豐碑屹立」卻「不鐫一字」，乃一真正的「無字碑」。其所以無字，乃由於「當時將以求文，而莫之肯為」（程史牧牛亭），不久就倒臥石草間。人們痛恨秦檜，不願為其撰文。不寧唯是，且「行道過之，無不指唾」（正德江寧縣誌卷七），並有意在其處牧牛放草（牧牛亭之名即由此而來）。宋將孟珙率兵與金軍作戰時，故意「屯軍于檜墓所，令軍士糞溺墓上」，後人嗤之曰「穢冢」（骨董瑣記卷三）。

中國古典名著

專家校注考訂　古典小說戲曲大觀

世俗人情類

紅樓夢　饒彬校注
脂評本紅樓夢　馬美信校注
金瓶梅　劉本棟校注
老殘遊記　田素蘭校注
平山冷燕　張國風校注
品花寶鑑　徐德明校注
野叟曝言　黃珅校注
綠野仙蹤　葉經柱校注
禪真逸史　黃珅校注
海上花列傳　姜漢椿校注
九尾龜　楊子堅校注
醒世姻緣傳　袁世碩、鄒宗良校注
三門街　嚴文儒校注
花月痕　趙乃增校注
孽海花　葉經柱校注
魯男子　黃珅校注
遊仙窟　玉梨魂（合刊）　黃瑚、黃珅校注
筆生花　黃明校注
浮生六記　陶恂若校注
玉嬌梨　石昌渝校注
好逑傳　石昌渝校注
啼笑因緣　束忱校注
歧路燈　侯忠義校注

公案俠義類

水滸傳　繆天華校注
兒女英雄傳　繆天華校注
三俠五義　張虹校注
七俠五義　楊宗瑩校注
小五義　李宗為校注
續小五義　文斌校注
蕩寇志　侯忠義校注
綠牡丹　劉倩校注
羅通掃北　劉倩校注
楊家將演義　楊子堅校注
萬花樓演義　陳大康校注
粉妝樓全傳　陳大康校注
七劍十三俠　張建一校注
包公案　顧宏義校注
海公大紅袍全傳　楊同甫校注
施公案　黃珅校注
乾隆下江南　姜榮剛校注

歷史演義類

三國演義　饒彬校注
東周列國志　劉本棟校注
東西漢演義　朱恒夫校注
隋唐演義　嚴文儒校注
說岳全傳　平慧善校注
大明英烈傳　楊宗瑩校注

神魔志怪類

西遊記　繆天華校注
封神演義　楊宗瑩校注
濟公傳　楊宗瑩校注
三遂平妖傳　楊東方校注
南海觀音全傳　達磨出身
傳燈傳（合刊）　沈傳鳳校注

諷刺譴責類

儒林外史　繆天華校注
官場現形記　張素貞校注
文明小史　張素貞校注
鏡花緣　尤信雄校注
二十年目睹之怪現狀　石昌渝校注
何典　斬鬼傳　唐鍾馗平
鬼傳（合刊）　鄔國平校注

擬話本類

拍案驚奇　劉本棟校注
二刻拍案驚奇　徐文助校注
喻世明言　徐文助校注
警世通言　徐文助校注
醒世恒言　廖吉郎校注
今古奇觀　李平校注
豆棚閒話　照世盃（合刊）
陳大康校注
石點頭　李忠明校注
十二樓　陶恂若校注
西湖佳話　陳美林、喬光輝校注
西湖二集　陳美林校注
型世言　侯忠義校注

著名戲曲選

竇娥冤　王星琦校注
漢宮秋　王星琦校注
梧桐雨　王星琦校注
琵琶記　江巨榮校注
第六才子書西廂記　張建一校注
牡丹亭　邵海清校注
荊釵記　趙山林校注
荔鏡記　趙山林、趙婷婷校注
長生殿　樓含松、江興祐校注
桃花扇　陳美林、皐于厚校注
雷峰塔　俞為民校注
倩女離魂　王星琦校注

七劍十三俠

唐芸洲／著　張建一／校注

《七劍十三俠》是一部以明代武宗年間，寧王朱宸濠叛亂一事為背景架構，寫七子十三生如何鏟奸除惡，並助明武宗平定宸濠之亂的歷史俠義小說。作者採用虛實交錯的手法，將歷史與想像結合，故事高潮迭起，描述生動，讀來讓人不忍釋卷。本書以善本相校，難解詞語注釋詳盡，書中所提歷史制度、人物事件則皆有說明，十分便於閱讀。

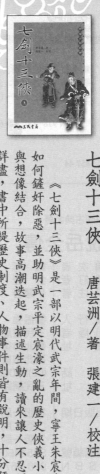